ANNIE WAYE

IN-GAME

DEINER STIMME SO NAH

LAGO

Bibliografische Information der Deutschen Nationalbibliothek
Die Deutsche Nationalbibliothek verzeichnet diese Publikation in der Deutschen Nationalbibliografie. Detaillierte bibliografische Daten sind im Internet über https://dnb.de abrufbar.

Für Fragen und Anregungen
info@lago-verlag.de

Originalausgabe
1. Auflage 2023

Türkenstraße 89
80799 München
Tel.: 089 651285-0
Fax: 089 652096

Redaktion: Jil Aimée Bayer und Nina Krönes
Umschlaggestaltung: Manuela Amode
Umschlagabbildung: Buyansanjaa, Law H. Bagaskoro, Agung Trilaksito
Layout und Satz: inpunkt[w]o, Wilnsdorf (www.inpunktwo.de)
Druck: CPI books GmbH, Leck
Printed in the EU

ISBN Print 978-3-95761-231-1
ISBN E-Book (PDF) 978-3-95762-352-2
ISBN E-Book (EPUB, Mobi) 978-3-95762-353-9

Für Florian,
mit dir fühlt es sich an, als hätte ich die höchste Liga erreicht.

Für Kaja,
du bist wie ein Power-up für mein Leben.

Für alle Menschen, die nicht länger ihr Umfeld über sich bestimmen lassen wollen. Dein wichtigster Unterstützer bist du selbst.

1. KAPITEL

DOWNLOAD

Mein Name war Anne, aber in Magistrar kannte man mich als *Fontana*. Magistrar, eine Welt voller Magie und Zauber, voller Gilden und finsterer Gestalten, voller Monster und gefährlicher Kreaturen. Eine Welt, die aus wundervollen Feldern und Tälern, weitläufigen Wäldern und Ebenen, belebten Städten und wilder Natur bestand. Eine Welt, in der man nur zu gerne versank, ein paar Stunden verbrachte, sich mit Ale und neuen Zaubern eindeckte und einfach nur seine Zeit genoss.

Und genau das hätte ich jetzt wahrscheinlich auch getan, wäre ich nicht mitten in einem *Raid* gewesen: einem Gefecht zwischen mutigen Magiern und einem unerbittlichen Monster auf Leben und Tod.

Das Brüllen des Drachen hallte in meinem Schädel wider. Ich versteifte mich am ganzen Körper und das Blut rauschte in meinen Ohren, als ich mich ihm näherte. Wir waren zu viert und hatten ihn in eine Ecke seiner Höhle zurückgedrängt. Es war finster, aber nicht so, dass ich die Hand nicht mehr vor Augen gesehen hätte. Die Farbexplosionen unserer Zauber auf den Höhlenwänden und den roten Schuppen des Drachen trugen ihr Übriges dazu bei. Der Gestank von Rauch und Ruß drang in meine Nase und stach in meiner Lunge.

Doch ich ließ mich nicht davon beirren. Zwei meiner Mitstreiter und ich hatten uns nur kurz zurückgezogen, um wieder zu Kräften zu kommen, während die anderen die Aufmerksamkeit der Bestie auf sich zogen. Auch wenn mein Herz noch immer wie wild in meiner Brust schlug, durften wir keine Zeit mehr verschwenden.

Ich riss meinen Stab in die Höhe und machte einen Satz in Richtung Drache.

Miercoles, der Oger, befand sich genau neben mir. Während ich aus der Ferne einen Wasserzauber auf den Drachen schleuderte, grub sich der Oger in den Boden ein. Ich konnte nur zu deutlich sehen, wo er sich unter der Erde durchschaufelte – die Bestie jedoch nicht.

AtomkraftNeinNein, der Minnesänger, begann auf seiner Harfe zu spielen. Er hielt sich im Hintergrund, weil er so gut wie keine Rüstung trug und deshalb mehr als schwach gegen Angriffe war. Dafür konnte seine Musik die Abwehr des Drachen senken und ihn empfindlicher für meine Wasserangriffe machen.

Ich straffte die Schultern und checkte meine Zauber-Anzeige unten rechts in meinem Blickfeld. Meine Basis-Zauber waren alle aktiv. Ich könnte sie einsetzen und abfeuern, wie es mir beliebte. Anders sah es mit meinen Spezialzaubern aus. Die würden sich erst aufladen, wenn ich vom Feuer des Drachen getroffen wurde – oder selbst einen Treffer landete.

Nichts leichter als das.

Der Drache schlug angestrengt mit den Flügeln. Ein kräftiger Windstoß traf auf mein Gesicht und brachte den Boden unter meinen Füßen zum Vibrieren. In meinen schweren Stiefeln, die ich gerade erst beim Schuhmacher hatte ausbessern lassen, schlitterte ich rückwärts, was mich beinahe aus der kleinen Arena stieß.

Einen schnellen Schutzzauber auf den Lippen schnitt ich den Wind ab und rannte weiter auf den Drachen zu. Je näher ich ihm kam, desto mehr schadeten ihm meine Zauber – und ich wollte unbedingt aufs Ganze gehen.

Wir waren in der Überzahl. Was im Grunde schon mal gut klang, wäre da nicht die Tatsache, dass das Vieh auf Level 3000 war. Seine

Bezeichnung wurde mir rot angezeigt, was so viel bedeutete wie: *Sorry, Anne, der ist eine Nummer zu groß für dich*. Trotzdem hatten wir uns hergewagt. Wir brauchten unbedingt die Gegenstände, die dieser Drache fallen lassen würde, sobald er besiegt wäre. Andernfalls könnten wir uns das nächste Duell so was von abschminken.

Wir waren bis in die tiefsten Höhlen von Avgar gereist und hatten zwei Stunden gewartet, bis das blöde Vieh endlich aufgetaucht war. Ich hatte unterschätzt, wie hoch seine Verteidigung war. Aber schließlich war ich nicht gekommen, um zu verlieren.

Alligator1337 hielt sich dicht an meiner Seite. Er hatte ein Schwert ausgerüstet, das eigentlich viel zu groß und schwer für seinen winzigen Körper hätte sein müssen, welches er aber mit einer Eleganz schwang, die ich einem Kobold niemals zugetraut hätte. Auf Stummelbeinen stürzte er auf den Drachen zu, schlug mit seinem Schwert auf ihn ein und zog ihm ein großes Stück Leben ab.

Doch dafür war der Kerl verdammt langsam – und der Drache ziemlich schnell. Er reagierte sofort, wirbelte um die eigene Achse und traf den Kobold mit seinem schuppigen Schwanz. Die Wucht des Aufpralls schleuderte ihn fort und gegen eine Höhlenwand.

»Autsch«, murmelte ich und stand dem Drachen plötzlich allein gegenüber.

Die Bestie fixierte mich mit funkensprühenden Augen, und mein Herz setzte einen Schlag aus.

»Shit!« Meine Verteidigung war auch nicht gerade die beste. Und einen Angriff wie den, den Alligator1337 abbekommen hatte, könnte ich niemals einfach so wegstecken.

»Hau ab!«, rief AtomkraftNeinNein mir zu, aber das war leichter gesagt als getan.

Schnell bewegte ich mich rückwärts, doch da bäumte sich der Drache auch schon auf. Ich wusste genau, welcher Angriff kommen würde:

einer seiner mächtigsten, die er auspackte, sobald sich sein Leben dem Ende neigte. Er würde erst versuchen, mich mit seinen Pranken zu erschlagen. Falls es ihm nicht gelang, würden sie stattdessen auf dem Boden aufprallen, diesen zum Erbeben bringen lassen. Wenn ich dann zufällig in einem der Risse stand, die sich durch die Arena ziehen würden, würde das übel für mich ausgehen. Und sollte ich das wider Erwarten überstehen, wäre da immer noch der Feuerball, der sich bereits jetzt in der Kehle des Untiers zusammenbraute.

Meine Chancen standen schlecht, denn schon sausten besagte Pranken auf mich zu. Gerade so wich ich aus, war aber nicht vor den Nachwirkungen geschützt. Ein paar kleinere Risse wanden sich durch den Boden links und rechts von mir und brachten mich ins Wanken. Im letzten Moment konnte ich mich auf den Beinen halten, riss den Kopf hoch … und blickte geradewegs ins weit aufgerissene Maul des Drachen.

Mein Herz machte einen panischen Satz. »Nein!«, rief ich und schleuderte eine Wasserfontäne in Richtung meines Angreifers – in dem Augenblick, in dem der Feuerball aus seinem Mund schoss.

Mein Zauber war nicht stark genug. Für einen Moment sah ich nichts als Rot … und dann einen Oger, der vor mir aus der Erde gesprungen kam. Seinen Langschild hielt er schützend vor sich und damit auch vor mich. Mit einem Zischen wurden die Flammen abgeleitet und zogen rechts und links an uns vorbei.

Ich verlor ungefähr die Hälfte meiner Lebensleiste, aber dem Drachen ging es deutlich schlimmer. In dem Moment, in dem ich den Blick auf sein Leben richtete, leerte sich die Anzeige vollständig.

Für einen Augenblick war es windstill in der Höhle. Dann explodierte die Bestie in einer Wolke aus Asche und Rauch. Die Hitze schlug mir unbarmherzig entgegen, doch sie schadete mir nicht – denn sie war ein Zeichen unseres Triumphs. Ein funkelnder Regen aus Belohnungen ergoss sich über mich und verteilte sich zu meinen Füßen. Ein Schauer der Erleichterung rann mir über den Rücken, und ich musste nur mit einer kurzen Handbewegung über die Beute fahren, um sie einzusammeln.

Dieser Raid hatte sich so was von gelohnt. Jeder von uns hatte die legendäre Drachenkrone erhalten, die einmalig in einem anderen Raid oder Duell eingesetzt werden konnte, um alle Basiszauber zehn Sekunden lang um fünfzig Prozent zu stärken. In meiner oberen Bildschirmleiste sah ich, wie sich die silberne Anzeige immer weiter füllte. Dann bedeckte ein dicker Schriftzug meinen Screen:

LEVEL-UP: Du bist jetzt auf Level Silber (69)!

»Yes!« Seufzend lehnte ich mich auf meinem Stuhl zurück, sodass mir meine langen braunen Haare ungebändigt über die Schultern fielen. So lange hatte ich auf das hier hingearbeitet. So oft hatte ich verloren und wieder ganz unten anfangen müssen. So sehr hatte ich mich verbessert. Und nach all der Zeit hatte sich das Ganze endlich gelohnt.

»Gute Arbeit, Männer!«, lobte uns AtomkraftNeinNein, und ich beschloss, mich einfach angesprochen zu fühlen. Sie hatten schließlich keine Ahnung, dass ich eine Frau war. Nicht wenige Männer spielten mit weiblichen Avataren, und obwohl es verdammt viele Gamerinnen gab, hatte sich das offenbar in den meisten Köpfen noch nicht festgesetzt.

Erst jetzt bemerkte ich, was für einen Tunnelblick ich gehabt hatte. Erschöpft rieb ich mir die Schläfen und fragte mich, wann ich zuletzt etwas getrunken hatte. Oder aufs Klo gegangen war. Oder auch nur geatmet hatte. Ich brauchte dringend eine Pause.

»Gleich zum Duell?«, erkundigte sich Miercoles in meinen Ohren.

»Ja, komm«, antwortete Alligator1337, ehe ich die Frage auch nur verarbeiten konnte.

»Fontana?«, fragte einer der Jungs, und ich realisierte, dass ich die Einzige war, die noch keine Antwort gegeben hatte.

O Mann. Eigentlich musste ich echt dringend pinkeln. Und meine letzten Umzugskartons packen. Und Hunger hatte ich auch. Es war fast sieben, und ich konnte seit einer halben Stunde den Geruch von Essen nicht mehr ausblenden, der von unten aus der Küche heraufgeweht kam.

Aber die Jungs waren *jetzt* online … und wir hatten *jetzt* die Krone bekommen …

Einige Sekunden länger als nötig ließ ich meine Finger über der Tastatur schweben. Zögerte. Und gab mir schließlich einen Ruck. *OK*, tippte ich ein. Ich schaltete im Voicechat nie mein Mikrofon an. Das war mir einfach zu unsicher.

»Alles klar«, quittierten die Jungs meine Antwort.

Los geht's. Ich musste diese Chance hier nutzen, denn mit der Drachenkrone in der Tasche konnte überhaupt nichts schiefgehen.

Das hoffte ich zumindest.

Masters of Magic war anders als alles, was ich je zuvor gespielt hatte. Es kombinierte einen offenen Spielmodus in einer schier endlosen Welt mit Kampf-Sequenzen im geschlossenen Raum, wie es kein anderes Game bisher geschafft hatte.

Gerade eben verließen wir den *MMORPG*-Modus, in dem wir durch ganz Magistrar reisen und irgendwelchen Bestien die Köpfe abschlagen konnten, und begaben uns in den *MOBA*-Bereich: Einen Bereich, in dem Fünfer-Teams aus unterschiedlichen Gilden Duelle gegeneinander austrugen. Zuerst mochte das wie ein kleiner Spaß am Rande des eigentlichen Spiels klingen, aber das war es nicht. Es bedeutete einfach alles.

In *Masters of Magic* gab es fünf Ligen, in die man je nach Level eingruppiert wurde:

Level 12 bis 19: Zink
Level 20 bis 49: Kupfer
Level 50 bis 69: Silber
Level 70 bis 89: Gold
Level 90+: Platin

Bis man nicht Level 12 im Kampf gegen die Kreaturen von Magistrar erreicht hatte, konnte man an keiner Meisterschaft teilnehmen. Die harte Arbeit begann aber erst dann.

Um in eine höhere Meisterschaftsstufe zu kommen, musste man das dafür erforderliche Level erreichen. Sobald man in die Gold-Liga und darüber hinaus gelangen wollte, war es außerdem notwendig, sich mit einer bestimmten Anzahl Duellen zu qualifizieren. Dabei durfte man *nur* gewinnen – und nichts als gewinnen! Wer ein einziges Mal verlor, wurde sofort in die vorherige Liga zurückversetzt. Wer also nach Gold strebte und in Silber starb, fand sich ohne Vorwarnung in Kupfer (20) wieder.

Es war zum Kotzen. Dieses Spiel war grausam. Es war ungerecht, es war unnötig schwer. Und genau das sorgte dafür, dass man verdammt schnell süchtig danach wurde. In rasender Geschwindigkeit hatte *MoM* Spieler aus allen anderen MOBAs und MMORPGs abgegrast und sie nicht mehr gehen lassen. Ich war nur eine davon.

Zurzeit spielte ich eine Elfenkriegerin. Es gab mehr als dreißig verschiedene Völker in *Masters of Magic*, die teilweise unterschiedliche Zauber und Ausrüstungsgegenstände erlangen konnten. Man wurde besser als die anderen, indem man höhere Level erreichte und sich neue Fähigkeiten und Gegenstände unter den Nagel riss. Aber selbst die besten Zauber und Items halfen einem nicht weiter, wenn man sie nicht richtig einzusetzen wusste.

Vor allem nicht in einem Duell wie diesem, in dem man Spielern gegenübertrat, die mindestens so viel auf dem Kasten hatten wie man selbst.

Wir sprachen uns nicht mehr ab, als wir die Arena betraten. Ich spielte dieses Spiel seit drei Jahren rauf und runter und wusste nur zu gut, was ich tat, als ich mich ausrüstete. Daher legte ich wieder eine leichte Rüstung an. Der Nachteil: Sie schützte mich kaum, dafür machte sie mich beweglicher als die meisten anderen Spieler. Dazu meinen Zauberstab, der mich seit zwei Monaten begleitete und den ich immer wieder neu aufrüstete, anstatt ihn zu ersetzen. Und dann natürlich meine Zauber.

Jeder Spieler konnte vier davon mit in ein Duell nehmen – das waren zwei weniger als im offenen Modus. In meinem Team waren die Rollen klar verteilt. Die anderen hatten von Anfang an festgelegt, dass ich bei Duellen die Heilerin sein sollte, und ich hatte mich nie beklagt, weil ich dann zumindest nicht so sehr auf andere angewiesen war.

Ich entschied mich für einen leichten Angriffszauber, einen schweren Feuerzauber – den ich gerade vom Drachen bekommen hatte –, einen Heilzauber und …

Es klopfte an meiner Tür. »In zehn Minuten gibt es Essen!«, drang die Stimme meiner Mom stark gedämpft durch das Holz und mein Headset. Ich war mir nicht einmal sicher, ob sie das überhaupt sagte, ging aber davon aus, dass sie vom Essen sprach, weil es nichts gab, was sie gerade sonst von mir wollen könnte.

»Ja!«, war alles, was ich erwiderte, ehe ich mich wieder dem Bildschirm zuwandte und meine Auswahl bestätigte.

Unsere Gilde bestand aus zwölf Spielern, die aber nicht immer alle zur selben Zeit anwesend waren. Tatsächlich begegnete ich hier meistens nur denselben fünf, sechs Leuten. Neben den dreien, mit denen ich den Drachen erschlagen hatte, war jetzt noch ein weiteres Mitglied hinzugestoßen, um uns beim Duell zu verstärken.

In unserem Team hatte ich das höchste Level. Die anderen dümpelten auf 60, 61 und 64 herum. Ich hingegen hatte gerade Silber (69) erreicht. Damit war ich so kurz davor, in die Gold-Riege aufzusteigen, und die bloße Vorstellung davon beflügelte mein Herz.

Ich hatte die erforderlichen Level abgeschlossen und mich in mehreren Duellen hochgekämpft. Die silberne Leiste oben rechts auf meinem Bildschirm war fast voll. Alles, was ich tun musste, um endlich – zum ersten Mal in meinem Leben – Gold zu erreichen, war, diesen verdammten Kampf zu gewinnen.

Der Wartebildschirm zeigte alle Spieler und ihre Avatare an. In der Mitte leuchtete eine violette Kristallkugel, die offenbarte, zu wie viel Prozent die Arena geladen war. Sobald das Spiel startete, würden wir am unteren linken Ende der Karte ausgesetzt werden, die Feinde am oberen rechten Ende. Jedes Team hatte drei *Lanes* mit jeweils einem Turm zu beschützen, die unsere Angriffe und Abwehr drastisch verstärkten. Sollten die Gegner auch nur einen davon zerstören, ehe wir einen ihrer Türme dem Erdboden gleichmachen könnten, wären wir so was von geliefert.

Als sich der Bildschirm teilte und einen Blick auf die Arena freigab, war ich Feuer und Flamme, dieses Duell zu rocken. Doch meine Zuversicht schwand schnell.

Es begann in dem Moment, in dem ich realisierte, dass wir der Dschungelarena zugeteilt worden waren: Einem Territorium, in dem man sich an jeder Ecke in einem Gebüsch oder einer dunklen Nische verstecken konnte. Zauber-Fehlzündungen vorprogrammiert.

Es ging damit weiter, dass unsere Gegner alle auf Level 69 waren. Das bedeutete nicht nur, dass sie uns einige Erfahrungspunkte voraus waren. Für sie stand außerdem verdammt viel auf dem Spiel. Wenn sie wie ich waren, gehörten sie zur Kategorie *ambitioniert mit einer leichten Nuance von Verzweiflung.* Sie mussten in die nächste Stufe aufsteigen, sonst wären ihre Mühen der letzten Stunden oder vielleicht sogar Tage, Wochen und Monate endgültig dahin.

Ich musste auf der Hut sein und durfte meine Verteidigung nicht außer Acht lassen. Zum Glück hatte ich einen starken Schutzzauber eingepackt, der mir definitiv helfen würde …

Mein Blick wanderte zum Fähigkeiten-Menü.

Leichter Zauber.

Feuer.

Heilung.

Der vierte Slot war leer.

Meine Gesichtszüge entgleisten, und ein eiskalter Schauer lief mir über den Rücken. Wie hatte das passieren können? Wie hatte ich …?

Meine Mom. Sie hatte an meine Tür geklopft und mich aus der Konzentration gerissen. Ich hatte gedacht, ich hätte den vierten Slot mit dem Schutzzauber gefüllt, aber das hatte ich nicht. Ich hatte es einfach vergessen. Wie eine verdammte Anfängerin. Und das war mein drittes und vielleicht sogar schlimmstes Problem.

Dachte ich jedenfalls.

Bis es einige Minuten später zu einem Clash kam: Alle zehn Spieler trafen auf einer Lane aufeinander. Zauber wurden gesprochen, Barrikaden fallen gelassen, Spieler starben und wurden sechzig Sekunden lang außer Gefecht gesetzt. An sich war das keine große Sache – aber wenn alle Gildenmitglieder gleichzeitig tot waren, hieß es *Game over*.

Entsprechend angespannt war die Stimmung. Mein Team brüllte sich gegenseitig Kommandos zu, sodass ich die Stimmen schon bald nicht mehr auseinanderhalten konnte.

»Mein Ultra ist noch nicht voll!«

»Ich aktiviere die Krone!«

»Alligator, hier rüber!«

»Fontana, wo bist du?!«

Sofort wurde ich hellhörig. »Hier!«, rief ich instinktiv, bis mir auffiel, dass mein Mikro ja aus war. Einem idiotischen Drang nach wollte ich ins Chatfenster schreiben, bis mir klar wurde, dass ich in derselben Zeit auch einfach zu ihm gehen könnte.

Doch auf halber Strecke zu AtomkraftNeinNein kam mir ein gegnerischer Oger entgegen. Ich hatte einen Sekundenbruchteil Zeit, um zu realisieren, dass er einen Wasserzauber auf mich abfeuerte.

Mit einer geschickten Tastenkombination beschwor ich das Feuer herauf und wehrte ihn ab. Der Oger und ich verloren beide etwas Leben, aber es hätte schlimmer ausgehen können.

Schnell wollte ich meinen Schutzzauber hinterherschieben, doch nichts passierte. Die Taste mit dem leeren Slot war natürlich nicht belegt.

»Verdammt!«, rief ich aus und hechtete in die entgegengesetzte Richtung. Ich rannte, so schnell mich meine digitalen Beine trugen.

»Fontana!«, brüllte AtomkraftNeinNein wieder. »Heil mich endlich mal!«

Ich verdrehte die Augen und wich von meinem Kurs ab. Drei Sekunden später stand ich in seiner Reichweite. Als ich meinen Heilzauber sprach, wurde ich von einem kreisrunden, gleißenden Licht umgeben. Alle, die sich darin befanden oder ihn nur anschnitten, wurden geheilt, und Alligator1337 sprang schnell zu uns hinüber, um auch ein kleines bisschen von der Wirkung abzubekommen.

Ich hatte diesen Zauber nicht benutzen wollen. Denn ich hatte noch nicht besonders viel Leben verloren, und jetzt müsste ich geschlagene zwei Minuten warten, ehe ich ihn wieder wirken konnte. Und in *Masters of Magic* konnten zwei Minuten über einfach alles entscheiden.

Das taten sie auch. Denn dreißig Sekunden später war mein Leben im roten Bereich und ich hatte nichts, womit ich mich heilen konnte. Da fiel mir plötzlich etwas ein: Im Dschungel gab es ein paar Pflanzen, von denen ich mir Lebenspunkte holen könnte. Ich musste sie nur schnell genug erreichen. Ich musste sie …

»Fontana, ich brauch 'nen *Heal!*«, bellte Miercoles und heftete sich an meine Fersen.

Ich rannte. Ich rannte, gefolgt von meinem Gildenmitglied – und einem gegnerischen Elfen.

»Hallo? Fontana!«

Ich presste die Kiefer aufeinander. Konnte der Kerl nicht sehen, dass sich der Zauber noch auflud? Ich konnte nichts für ihn tun, selbst wenn ich wollte. Kein Grund, mich von der Seite anzumaulen.

»Was soll der Scheiß, Mann?!«

Ich bekam die Krise. Während ich lief, betätigte ich die Tastenkombination, die meine Zauber-Ladezeiten im gemeinsamen Chat anzeigen würde und …

Der Elf entfesselte seine mächtigste Attacke, die mich und Miercoles in einem Stück ausradierte.

Mein Bildschirm wurde grau, und die sechzig Sekunden bis zu unserer Wiederauferstehung begannen abzulaufen.

»Fuck!«, stieß ich hervor und widerstand gerade so dem Drang, auf meine Tastatur zu schlagen.

Miercoles fluchte umso lauter.

»Fontana!«, bellte einer. »Was war das denn jetzt?!«

»Was soll der Mist?«

Ihre Stimmen dröhnten rau und schroff in meinen Ohren und beschworen eine kratzige Wut in meiner Magengrube herauf.

»Scheiße!«, rief Alligator1337, als er ebenfalls ausgelöscht wurde. Damit waren lediglich zwei übrig. AtomkraftNeinNein und unser dazugestoßenes Gildenmitglied, eine Fee. Schnell zogen sie sich aus dem Kampfgebiet in die hintersten Winkel des Dschungels zurück, ehe sie auch noch besiegt werden konnten.

Jetzt, wo drei von uns tot waren und warten mussten, ging das Gezeter erst richtig los.

»Mann, Fontana!«

»Hast du das Spiel überhaupt schon mal gespielt?«

»Wegen dir verlieren wir!«

»Ich hab keinen Bock auf Kupfer!«

Die in mir angestaute Wut schoss völlig unvermittelt in mir hoch. Warum war ich denn jetzt schuld?! Hätte mich Alligator1337 nicht so gedrängt, ihn zu heilen, wäre das alles nicht passiert! Aber klar, denken war nicht mehr so wichtig, wenn man sich ein billiges Opfer rauspicken konnte.

»Ich schlage 'nen Gilden-Rauswurf vor«, meldete sich AtomkraftNeinNein zu Wort. »Das mit dem Drachen war auch 'ne echt üble Nummer.«

Wie bitte?

»Kann man heutzutage nicht mal mehr 'nen Heal bekommen, wenn …«

Es reichte. Endgültig. Mit einer fließenden Bewegung schaltete ich das Mikro meines Headsets an. »Er war nicht aufgeladen!«, keifte ich und starrte die Sekundenzahl an, die immer weiter ablief. »Und jetzt haltet endlich den Rand, ich muss mich konzentrieren!«

Jemand grunzte. »Was?«, fragte er irritiert. »Bist du zwölf oder so?«

Ich stutzte. Das war die letzte Reaktion gewesen, die ich erwartet hatte. Vor allem, weil er ehrlich verwirrt klang. Was war das denn jetzt für eine Frage?

»Wusste nicht, dass hier kleine Jungs auf dem Server sind.«

Plötzlich machte es klick. Meine Stimme – sie konnten sie anscheinend nicht zuordnen. Ich biss die Zähne zusammen und bereute es jetzt schon, etwas gesagt zu haben. »Ich bin weder zwölf«, zischte ich, »noch ein Junge.« Danach schickte ich mich an, das Mikro wieder abzustellen.

Für einen Moment herrschte betretenes Schweigen. »Ein Mädchen?!«, brach es dann aus Miercoles heraus. »Wir haben hier ein *Mädchen?* Wie süß!«

Mehrere von ihnen prusteten los, während ich endlich wiedergeboren wurde. »Hast du dich verlaufen?«

»Sie spielt auch wie ein Mädchen. Kein Wunder.«

»Hast du schon 'nen Freund?«

»Das hier ist nicht Candy Crush!«

»Miercoles!«, zischte ich und lief los. »Du lebst längst wieder, jetzt beweg dich gefälligst auch!«

Miercoles schnaubte nur abfällig und setzte sich nur langsam in Bewegung. »Mit 'ner Frau im Team haben wir eh schon verloren.«

»Immer diese Drecksweiber«, murrte AtomkraftNeinNein. »Scheiß Feminismus.«

Entgeistert starrte ich den Bildschirm an. »Was?«, fragte ich barsch. »*Dürfen* Frauen deiner Meinung nach etwa nicht dabei sein?«

»Wieso denn nicht?«, kam mir ausgerechnet Alligator1337 zu Hilfe.

Verdattert schloss ich den Mund und hätte mich fast wieder entspannt. Beinahe hätte ich geglaubt, dass er Partei für mich ergreifen würde. Und dass das hier nicht ausgehen würde wie meine letzten Spiele mit meinen zehn letzten Gilden. Bei denen ich irgendwann immer und immer wieder den Fehler gemacht hatte, mich am Mikrofon zu melden. Mich als Frau zu outen. Und zuzulassen, dass ich von allen Seiten bloßgestellt wurde.

Für einen verräterischen Augenblick glaubte ich wirklich, diesmal würde es sich anders entwickeln. Dass wir uns alle am Riemen reißen würden.

Schließlich sprach er weiter: »Später mit Webcam? Dann zeig ich dir mal 'nen richtigen Zauberstab.«

Meine Mundwinkel sackten herab, und etwas in mir drohte abzusterben. Gerade eben war ich fest entschlossen gewesen, dieses Match zu gewinnen. Doch jetzt saß ich auf meinem Stuhl, von einer Totenstille erfüllt, und fragte mich, wozu ich mir das alles überhaupt noch antat.

Als die anderen wieder loslachten, riss mir endgültig die Hutschnur. »Ich hoffe, deine Mutter fällt gerade irgendeine Treppe runter!« Dass meine Worte nicht annähernd so cool rüberkamen, wie sie sich in meinem Kopf anhörten, bemerkte ich erst, als ich sie ausgesprochen hatte.

»Ohhh! Jetzt hab ich aber Angst!«

»Also, das Angebot steht, Fontana.« Alligator hauchte meinen Namen wie bei einer Werbung für Schokoladeneis, und mir wurde übel.

»Leckt mich!«, rief ich aus – und spürte einen Luftzug in meinem Rücken, als meine Zimmertür aufgerissen wurde.

»Anne Elisabeth Schmitt!«, donnerte meine Mutter mit ihrem schrillsten Tonfall. »Jetzt mach endlich die blöde Kiste aus! Das Essen steht seit zwanzig Minuten auf dem Tisch!«

Damit verschwand sie, und ich erstarrte.

»Uh, Anne Elisabeth!«, drang es aus meinem Headset, während jemand anderes in schallendes Gelächter ausbrach.

»Jetzt weiß ich, wie du heißt, Fontana.«

»Googeln wir doch gleich mal …«

Ich biss mir auf die Unterlippe, bis es wehtat, und ballte die Hände zu Fäusten, die immer noch zitterten, als würde der Drache wieder seine Pranken auf den Boden unter mir hämmern. Ich wollte tief durchatmen und weitermachen, aber das konnte ich einfach nicht mehr.

Ich *wollte* einfach nicht mehr.

Ich schaltete das Mikro nicht aus. Stattdessen drückte ich STRG, ALT und ENTF und fuhr den Computer herunter.

Ich hatte keine Ahnung, wie lange ich dasaß und den schwarzen Bildschirm vor mir anstarrte, der sich wie ein Spiegelbild meiner Seele anfühlte. Schon so oft hatte ich es versucht. Hatte der Welt da draußen eine Chance gegeben, mich zu akzeptieren. Oder nicht einmal *mich* als Person – sondern nur die Tatsache, dass ich existierte.

Aber irgendwann musste sogar eine Anne Elisabeth Schmitt einsehen, dass vielleicht doch nicht alles möglich war.

Meine Beine fühlten sich bleiern an, als ich aufstand und in die Küche schlurfte.

Mom saß bereits am Esstisch, die langen braunen Haare zu einem unsauberen Knoten gebunden, der immer noch ordentlicher als alles aussah, was ich auf dem Kopf trug. Sie hatte sich auf ihrem Stuhl zurückgelehnt und blätterte teilnahmslos in der Tageszeitung. Papas benutztes Geschirr wartete bereits in der geöffneten Spülmaschine – er war inzwischen zur Nachtschicht aufgebrochen.

Seufzend blickte mir meine Mutter entgegen und rückte ihre dicke, schwarze Brille zurecht. »Ich habs dir in der Mikrowelle warm gemacht«, sagte sie müde und nickte in Richtung des Pasta-Tellers, der vor meinem Stuhl auf dem Tisch stand.

Zögerlich trat ich näher heran und setzte mich. »Danke.«

Sie musterte mich kurz. »Dieses Spiel macht dich so aggressiv.«

Ich spürte einen Stich in meiner Brust. »Das Spiel macht mich nicht aggressiv«, murmelte ich. »Sondern die Menschen.«

2. KAPITEL
SIGN-UP

Wenn ich nicht die Elfenkriegerin Fontana mimte, war ich ein achtzehnjähriges Mädchen aus Hürth mit ganz normalen Achtzehnjähriges-Mädchen-Problemen. Nach dem Vorfall im Game hätte ich mich am liebsten die nächsten Tage missmutig unter meiner Bettdecke verkrochen, wobei das wahrscheinlich nicht mal die beste Methode war, um meinem Computer zu zeigen, dass ich wütend war. Da hätte ich mich eher nach draußen in die Sonne verziehen müssen.

Aber ich hatte für nichts davon Zeit: Der erste Tag des Semesters rückte immer näher und damit auch mein neuer Lebensabschnitt. Einen, den ich zum Glück mit meiner besten Freundin Pia teilen würde.

Wir waren unzertrennlich, seit ich denken konnte. Früher waren wir Nachbarinnen gewesen, bis ihre Eltern ans andere Ende von Hürth gezogen waren. Abgesehen davon hatte uns aber nichts trennen können: Die Grundschule und das Gymnasium hatten wir Seite an Seite überstanden. Trotzdem hatten wir uns völlig unterschiedlich entwickelt.

Pia und ich waren definitiv nicht aus demselben Holz geschnitzt. Und doch gehörten wir einfach zusammen. Also auch an dieselbe Fachhochschule, an der ich mich für Ingenieurwissenschaften und sie sich für Internationale Betriebswirtschaftslehre eingeschrieben hatte. Und natürlich würden wir uns eine Wohnung teilen, eine ziemlich kleine, bei der ich bereits jetzt wusste, dass mich Pia nicht oft das Bad von innen würde sehen lassen.

Es brauchte nur einen einzigen Tag und die Unterstützung von unseren Familien, um unseren wichtigsten Krempel von Hürth ins semi-zentrale Köln zu schaffen – aber zwei geschlagene Wochen, bis wir uns dort pünktlich zum Semesterstart endlich zu Hause fühlten, jede von uns in ihrem eigenen kleinen Reich von Zimmer. Meines war so vollgestopft mit MoM-Merchandise, dass man meinen könnte, mein Kinderzimmer wäre jetzt wie leergefegt – aber keine Sorge! Ich besaß mehr als genug Krimskrams, um sogar drei Wohnsitze damit ausstatten zu können.

Der erste Semestertag fiel ausgerechnet auf einen Montag. Für Pia bedeutete das: eine ganze Woche voller cooler Ersti-Veranstaltungen, neue Leute kennenlernen, Partys und vor allem Gratisartikel. Für *mich* bedeutete das: fünf Tage Kulturschock und nur zwei Tage, um mich von den vielen Menschen zu erholen, die mir schon zwei Minuten, nachdem ich einen Fuß auf den Campus gesetzt hatte, zu Kopf zu steigen drohten.

Es war ein ziemlich warmer Tag für Ende September, und die vielen Menschen, die in unserer Umgebung herumwuselten, flößten mir auf seltsame Weise Respekt ein. Ich war froh, diesen Tag nicht allein antreten zu müssen – auch wenn meine gemeinsame Studienzeit mit Pia spätestens nach Abschluss der Ersti-Woche vorbei wäre.

Pia hatte in der Schule so viele naturwissenschaftliche Fächer abgewählt wie möglich, ich hingegen hatte meine Seele an sie verkauft – das erkannte man wahrscheinlich auch an der Wahl unserer Studiengänge. Sie war ein Fremdsprachen-Ass und wollte irgendwann in der Tourismus-Branche arbeiten, *falls* ihr Plan A scheiterte , weil sie keinen passenden Millionär dafür fand). Sie hatte in Englisch nur Bestnoten geschrieben, mit denen ich nie hatte mithalten können, weil mein größter Lehrer die internationalen Server von MoM waren und sich dort leider niemand um Rechtschreibung und Grammatik scherte.

Ich trug einen Hoodie, so wie ich sie immer trug, um den Blob darunter zu kaschieren. Früher hatte ich mich damit noch wie Billie Eilish fühlen können, aber dann hatte sie ihr sexy Vogue-Covershoot gehabt und mich im Stich gelassen. Danke für nichts, Billie.

Pia hingegen hatte sich ein schönes Kleid übergestreift, für das es vielleicht zwei bis drei Grad zu kalt war, was sie sich aber nicht anmerken ließ. Im Gegenteil: Während ich mit jedem Schritt meine Möglichkeiten austestete, im Boden zu versinken, strotzte sie förmlich vor Selbstbewusstsein. Ich betete, dass sie diejenige von uns beiden war, die die Blicke auf sich zog, welche uns die Leute aus allen Richtungen zuwarfen.

Zumindest war es bis jetzt immer so gewesen. Für gewöhnlich strahlte Pia genug für uns beide. In der Schule hatte sie sich in der Theater-AG engagiert, wo sie vor allem mit Impro geglänzt hatte, ich hingegen hatte quasi in den Räumen der Robotik-AG gewohnt. Sie hatte mehrere Jahre Volleyball gespielt und ich den Sportunterricht gehasst, weil ich die magische Begabung besaß, Woche für Woche aufs Neue von einem fehlgeleiteten Ball regelrecht erschlagen zu werden – auch dann, wenn überhaupt kein Ballsport auf dem Plan gestanden hatte!

Pia trug immer perfektes Make-up, ich stach mir mit meiner Mascara-Bürste regelmäßig fast die Augen aus. Sie hatte lange blonde Haare mit einer Frisur, die seltsamerweise nicht einmal der stärkste Windhauch ruinieren konnte – auch nicht, wenn sie sie offen trug. Meine waren dunkel und wellig. Nicht wunderschön lockig oder wunderschön glatt, sondern wellig. Wenn ich einen Lockenstab benutzte, fielen sie nach einer Stunde in sich zusammen, und wenn ich sie mit einem Glätteisen malträtierte, bäumten sie sich nach kürzester Zeit wieder auf. An manchen Tagen konnte ich mich selbst nicht mehr im Spiegel ansehen, und hatte es schließlich aufgegeben, meine Haare zu etwas zwingen zu wollen, auf das sie partout keinen Bock hatten. Meine Lösung: ein Beanie, das ich auf dem Gymnasium nur abgenommen hatte, wenn mir mein überkorrekter Mathelehrer mal wieder mit Nachsitzen drohte.

Keine Kopfbedeckungen im Gebäude!, hatte er mich dann wie ein Stier angeschnaubt – vielleicht, weil er sich wünschte, er könnte seinen immer schlimmer werdenden Haarausfall mit irgendetwas bedecken.

Im Gegensatz zu mir steckte Herr Niedermeyer immer noch in dem Höllenloch von Gymnasium fest, aus dem wir entflohen waren. Trotzdem klingelte mir seine Stimme nach wie vor in den Ohren, weshalb ich meine Mütze heute zu Hause gelassen hatte.

Der Campus der Curie-Hochschule war ziemlich klein, was aber zumindest bedeutete, dass wir keine Chance hatten, uns an diesem ersten Tag zu verlaufen. Für alle höheren Semester startete das neue Studienjahr erst morgen, sodass wir nur dem Strom aus Menschen folgen mussten, der uns geradewegs ins Hauptgebäude hineinsog. Es war halb neun Uhr morgens. Ein Haufen studentischer Vereine und die Studierendenvertretung waren dabei, unzählige Stände mit Essen, kostenlosen Artikeln, auf die Pia ganz geil war, und natürlich Informationen, auf die Pia nicht ganz so geil war, aufzubauen, damit die Ersti-Messe wie geplant pünktlich um zehn Uhr losgehen konnte.

Es war der zweite Programmpunkt auf unserer Liste. Als Erstes mussten wir uns im Vorlesungssaal 001 einfinden – beziehungsweise, im größten schmucklosen Zimmer, das ich jemals gesehen hatte.

Unzählige Reihen aus altmodischen Klappsitzen und -tischen füllten beinahe den ganzen Saal aus und verliefen stufenweise in die Tiefe. Der Raum musste insgesamt zwei Stockwerke umfassen. Am unteren Ende erspähte ich einen verloren aussehenden Schreibtisch inklusive Laptop sowie ein verlassenes Rednerpult.

Der Raum war bereits jetzt proppenvoll, und nach ein paar Schritten blieben Pia und ich leicht überfordert stehen und ließen die Blicke schweifen – auf der Suche nach einem Platz für uns. Ich wiederum spürte schon, wie das pure Social-Burn-out in mir hochkochte. Zum Glück war Pia hier. Wäre ich allein und darauf angewiesen, *neue Leute kennenzulernen,* würde ich spätestens jetzt in Tränen ausbrechen.

»Oh! Hey, komm!« Plötzlich ergriff Pia mein Handgelenk und zog mich zielstrebig auf zwei freie Plätze am Rand der Tischreihen zu. »Sieh mal an, wen wir hier alles haben.«

Erst als wir uns niederließen, registrierte ich, dass sie damit nicht die Allgemeinheit, sondern unsere direkten Sitznachbarn meinte – und dass ich mehr bekannte Gesichter erblickte, als mir lieb war.

Meine Schultern sackten herab und ich rutschte auf meinem Stuhl tiefer. »Das gibt's doch nicht«, murmelte ich.

Pia schenkte mir einen fragenden Blick. »Was ist denn los?«

Entgeistert starrte ich erst die vertrauten Haarprachten vor mir, dann die zusammengesteckten Köpfe hinter mir an. »Warum sind hier dieselben Leute wie in der Schule?«

Meine Freundin grinste. »Ist das nicht der Wahnsinn? Wer hätte gedacht, dass sich so viele aus unserem Abschlussjahrgang ausgerechnet hier einschreiben?«

Als sie es so aussprach, realisierte ich, dass es keinen Grund dafür gab, überrascht zu sein. Ein Haufen Hürther Schüler, die Kölner Studenten wurden – das schrie doch gerade nach einer RTL-Sondersendung!

»Aber …« Ich senkte die Stimme. »Was machen die alle hier? Was haben die hier zu suchen?«

Pia blinzelte. »Das große Geschenk der Bildung?«

Sie kapierte nicht, worauf ich hinauswollte. Was die eigene berufliche Zukunft betraf, war der Großteil meiner Klassenkameraden schon sehr festgelegt gewesen. Vielleicht ein wenig *zu* festgelegt.

Da gab es Vanessa in der Reihe vor uns, die in diesem Moment den Kopf drehte und uns fast peinlich berührt grüßte. Bereits seit zwei Jahren kämpfte sie darum, endlich eine erfolgreiche Travel-Influencerin zu werden, was bis jetzt eher schlecht als recht geklappt hatte, weil sie nur einmal im Jahr mit ihren Eltern in den Urlaub fliegen konnte. Anstatt auf die Malediven ging es dann an die Ostsee, und anscheinend war sie noch nicht gut genug in ihrem Job, um sogar die schnödesten Strandabschnitte auf ihren Fotos schön bearbeitet in Szene zu setzen.

Oder Marco, dessen Finger ich jetzt schon wieder in meinem Rücken spüren konnte, versuchte sich an TikTok-Videos, zu denen er regelmäßig seine Großeltern einlud, und hatte vor Kurzem einen viralen Hit gelandet. Das war es aber auch schon gewesen, und weil ein zweiter Erfolg bisher ausgeblieben war, hatte ihn das in eine tiefe Schaffenskrise gestürzt. Offenbar war das hier sein bescheidener Plan B.

Da sah es mit Pias bescheidenem Plan A, einen reichen Kerl zu heiraten und ihre Ruhe vor dem ganzen Arbeitsthema zu haben, noch deutlich rosiger aus.

Ich schlang die Arme um meinen Oberkörper und versuchte, mich nicht zu sehr in die Angelegenheiten der anderen hineinzusteigern. Beispielsweise in die Tatsache, dass meine Ex-Mitschüler doch eigentlich was ganz anderes im Leben vorgehabt hatten als zu studieren. Das hier war nur ihr Ausweichplan. Ihre Absicherung, damit sie überhaupt was zu tun hatten und nicht durch das Gitter unseres Sozialstaats rasselten.

Ich hingegen war aus einem bestimmten Grund hier.

Meine Klasse war so verrückt gewesen, dass ich immer noch nicht wusste, ob meine eigenen Träume normal waren oder in die Kategorie *abgedreht* fielen. In der Unterstufe hatte ich einen Schnuppertag bei einer großen Firma gehabt, in der sie an Künstlicher Intelligenz forschten. Sie hatten uns Roboter in allen Farben und Formen gezeigt – von einzelnen Armen, die immer wieder denselben Handgriff machten, bis hin zu einem Androiden, der zwar nur sehr entfernt an einen Menschen und mehr an ein Gewirr aus Kabeln und Schaltkreisen erinnerte, sich aber trotzdem so agil bewegt hatte, dass mir der Atem gestockt war.

An jenem Tag hatte ich mich unsterblich verliebt. Nicht in den Androiden, natürlich. Sondern in die KI. Der Gedanke daran, ein intelligentes Wesen erschaffen zu können, war einfach nur magisch. Wenn ich in einem Bürojob arbeitete, würde ich jeden Tag, wenn ich schlafen ging, keinen Unterschied zum letzten oder vorletzten Tag verspüren, da war ich mir sicher. Doch wer an Künstlicher Intelligenz forschte, tastete sich jeden Arbeitstag aufs Neue an etwas Großes heran. An etwas Unglaubliches. An etwas, das wir vor ein paar Jahrzehnten noch nicht einmal für möglich gehalten hatten, was es nur in Science-Fiction-Filmen gegeben hatte und vielen Menschen bis heute Angst machte.

Es war wie Magie, aber es war Wissenschaft. Es war real. Und das machte es perfekt für mich.

Nur dumm, dass ich mich bis dahin durch mindestens drei Jahre Studium quälen musste. Und jetzt, wo ich hier so saß, hatte ich das Gefühl, dass mir der schlimmste Teil noch bevorstand.

Vanessa machte gerade den Mund auf, vielleicht, um sich zu rechtfertigen, warum sie nicht längst ihre glanzvolle Karriere auf den Bahamas oder den Malediven fortgesetzt hatte, als plötzlich das charakteristische Quietschen eines Mikrofons das Stimmengemurmel um uns herum zerriss. Ein steinalter Mann mit Glatze und weißem Ziegenbart war vorne beim Dozentenpult aufgetaucht und räusperte sich vier- oder fünfmal, ehe er die versammelte Mannschaft endlich begrüßte.

Pia stöhnte leise, als wäre sie jetzt schon genervt von dieser ganzen Studiumssache, und fischte ihr knallpinkes Handy von der Tischplatte, um eine Nachricht an Vanessa zu schreiben.

Ich versuchte ungefähr zwei Minuten lang, der staubtrockenen Begrüßung des Mannes zu folgen. Ob es der Kanzler, der Präsident oder der Hausmeister der Hochschule war, wusste ich nicht. Dann beschloss ich, mir meine Konzentration auch lieber für meine Vorlesungen aufzusparen, und widmete mich ebenfalls meinem Handy.

Aber nicht, um mit Leuten zu chatten, die buchstäblich fünfzig Zentimeter vor mir saßen.

Stattdessen rief ich mein Profil bei *Masters of Magic* auf. Seit zwei Wochen hatte ich mich aus lauter Umzugsstress und Wut auf diese Kerle nicht mehr damit beschäftigt. Aber jetzt konnte ich nicht anders. Es war genug Gras über die Sache gewachsen – ich musste wissen, wie es ausgegangen war.

Normalerweise wurde man bestraft, wenn man das Spiel mitten in einem Duell beendete und seine Gildenmitglieder im Stich ließ. Für gewöhnlich verlor man einige Level oder wurde sogar eine ganze Liga zurückgesetzt, selbst wenn die Kameraden gewonnen hatten. Wenn ich ungeschoren davonkommen wollte, musste ich darauf hoffen, dass meine Gilde das Duell innerhalb von zwei Minuten gewann. Dann würde ich nicht bestraft werden und die nächste Liga erreichen.

Als ich das Spiel verlassen hatte, war das gegnerische Team ziemlich geschwächt gewesen. Doch einige hatten noch ihre Ultra-Zauber übrig gehabt – ihren mächtigsten Angriff, der am meisten Ladezeit beanspruchte, aber dafür auch den größten Schaden anrichtete. Und wenn sie ihre geballte Macht rausgehauen hatten, hatte es wohl zappenduster für meine Seite ausgesehen.

Doch vielleicht, ganz vielleicht, hatte mein es Team ja geschafft. Innerhalb von zwei Minuten …

Ich spürte ein schmerzhaftes Ziehen in meinem Hinterkopf, als würde Marco hinter mir versuchen, mir all meine Haare gleichzeitig auszureißen. Im Grunde wünschte ich es diesen Typen gar nicht, gewonnen zu haben. Nicht für diese ekelhaften Kommentare, die sie auf mich abgelassen hatten.

Ja, eigentlich sollte es mich überhaupt nicht kümmern. Jeder bekam, was er verdiente. Und auch wenn ich abgestiegen war, wäre das schließlich nicht das Ende. Karma würde alles richten und ich würde schon bald über mich selbst hinauswachsen. Genau so, wie ich im Studium über mich hinauswachsen würde. Denn ich war jetzt nicht mehr die dumme Schülerin Anne Schmitt, sondern die selbstbewusste erwachsene Frau Anne Schmitt, und ab sofort würde einfach alles besser werden!

»Hey«, zischte jemand in der Reihe vor mir. »AnnBot.«

Ein Zucken ging durch mein Augenlid. Ach ja. Nichts würde anders werden. Weil ich immer noch von denselben Leuten umgeben war wie vor den Sommerferien.

AnnBot war mein Spitzname, seit ich mich vor ein paar Jahren als erstes und einziges Mädchen in der Robotik-AG angemeldet hatte. Weil ich es mir nicht hatte nehmen lassen, an Tagen der offenen Tür unsere Technik vorzustellen, und ich auf den AG-Fotos ebenfalls das einzige weibliche Wesen war. Eine Exotin.

Mit der Zeit hatte sich das hartnäckige Gerücht entwickelt, die übrigen AG-Mitglieder hätten mich programmiert, damit sich zumindest eine Frau im Leben mit ihnen abgab. Seitdem war ich AnnBot.

Es war mir egal. Andere hatten schlimmere Spitznamen abbekommen. Tim war *Lauch* gewesen, Peter war *Ziegenpeter*, Michi war sogar jetzt noch *Fettwanst*, obwohl er zwanzig Kilo abgenommen hatte. Und wenn es Pia mal mit ihrem Make-up übertrieben hatte, war sie einen Tag lang *Barbie* gewesen.

»Pst!«, ertönte Clarissas Stimme vor mir wieder. Was, die war auch hier? »AnnBot!«

Vanessa und Clarissa waren schon immer Zwillinge im Geiste gewesen, die nie jemand gebraucht hatte. In unserem Jahrgang waren wir meistens eine eingeschworene Gemeinschaft gewesen, solange es um Stars und Klamotten ging. Aber sobald eine aus der Reihe tanzte – zum Beispiel mit Gaming und Robotik –, aktivierten sie ihre verzweifelten Bewältigungsmechanismen, weil sie sonst mit meiner bloßen Existenz nicht klargekommen wären.

Willkommen im 21. Jahrhundert.

»AnnBot, ich brauch mal 'nen Stift!«

»Ist mir schnuppe!«, zischte ich und zog mein Federmäppchen vorsichtshalber in die andere Richtung. Als ich Clarissa das letzte Mal einen Stift gegeben hatte, hatte sie versucht, ihn in meine Nase zu stecken, »um zu schauen, ob ich ihre Schaltzentrale deaktivieren kann«. Ich hätte ihr das Teil am liebsten in eine ganz andere Öffnung geschoben, aber natürlich war ich dann wieder diejenige gewesen, die eine Verwarnung bekommen hatte.

»Ich hab einen für dich«, flüsterte Pia und reichte ihr einen ihrer pinken Kugelschreiber – ehe sie ihn abrupt zurückzog. »Oh, fuck, das ist ja ein Lipliner!« Hastig kramte sie in ihrem Federmäppchen, in dem sie alle möglichen Arten von Stiften aufbewahrte, und zog diesmal einen richtigen Kugelschreiber hervor. »Hier.«

»Danke, Süße! Du bist die Beste!«

Ich unterdrückte ein Grunzen. *Süße.* Allein bei diesem Wort kam mir mein Frühstück wieder hoch.

Natürlich bekam Pia keinen Stift in ihre Nase gesteckt.

Während der alte Mann da vorne um die Aufmerksamkeit der Erstsemester für seine Geschichtsstunde in Sachen Grundsteinlegung des Hauptgebäudes kämpfte, widmete ich mich wieder unauffällig meinem Handy und loggte mich auf der MoM-Website ein. Das wollte ich zumindest, aber im letzten Moment hielt ich meinen Daumen davon ab, auf den entsprechenden Button zu tippen.

Meine Anspannung wuchs mit jeder Sekunde. Als ich das Spiel verlassen hatte, war einfach noch alles offen gewesen. Ich könnte jetzt eine Stufe aufgestiegen sein – oder komplett zurückgefallen.

Ich musste an Schrödingers Katze denken. Ein Gedankenexperiment, das besagt, dass beide Optionen eines Szenarios zutreffen, solange man sich nicht vergewissert, was davon nun wahr ist. Für mich bedeutete das:

Ich hatte das Match gleichzeitig gewonnen und verloren. Ich war gleichzeitig in Gold (70) und in Kupfer (20). Und würde es so lange sein, bis ich mein Profil öffnete.

War das nicht ein viel schöneres Gefühl, als wirklich abgestiegen zu sein? Vielleicht könnte ich mir mein Leben lang vorlügen, ich hätte es tatsächlich bis in Gold geschafft, wenn ich mich einfach nur nie wieder einloggte, das Kapitel *Masters of Magic* hinter mir ließ und mein restliches Leben als Tarotkarten legende Hundefriseurin verbrachte.

Vielleicht wäre das besser. Ich könnte mich auf meinen Lorbeeren ausruhen, zufrieden mit dem sein, was ich hatte, und mich selbst völlig neu erfinden. Ich müsste mich niemals wieder ärgern über …

»Hey.« Pia stupste mich so plötzlich in die Seite, dass ich zusammenzuckte. Genau wie mein Daumen.

Ich schluckte das erschrockene »Nein!« gerade so herunter, konnte aber nicht verhindern, dass meine Fingerspitze den Log-in-Button berührte.

Meine Augen weiteten sich. Die Seite lud. Mein Blick zuckte zum X oben rechts in meinem Browser-Tab. Ich könnte ihn schließen. Mein Handy ausschalten. Es aus dem Fenster werfen. Die Hunde …

Mein Profil leuchtete vor mir auf. Genau wie meine Ligastufe.

Kupfer (20).

Meine Mundwinkel sackten herab. Meine Loser von Gildenmitgliedern hatten natürlich nicht gewonnen. Vielleicht nicht, weil sie sich so sehr auf das Mädchen in ihrem Team fokussiert hatten, dass sie angefangen hatten, wie Kinder zu spielen.

Kupfer (20). Alles, was ich mir in den letzten Wochen so hart erarbeitet hatte, war für die Katz gewesen. Für Schrödingers Katz.

»Ähm«, flüsterte Pia. »Ich glaub, ich hab gerade meinen einzigen Kugelschreiber verliehen. Hast du noch einen?«

Ich antwortete nicht. Stattdessen kippte ich einfach vornüber und ließ meinen Kopf auf die Tischplatte fallen. Dabei unterschätzte ich die Geschwindigkeit – und stöhnte auf vor Schmerz, als meine Stirn mit einem lauten Knall auf dem harten Holz landete.

Jemand sog erschrocken die Luft sein, und ich konnte spüren, wie sich alle Blicke im Raum auf mich richteten.

»Jetzt schon so verzweifelt, junge Dame?«, raunzte der Gelehrte in sein Mikrofon.

Jemand kicherte hinter mir. »Hat sie sich das Genick gebrochen?«

»Pia hat endlich den Ausschalt-Knopf gefunden.«

Ächzend zog ich meinen Kopf wieder nach oben und rieb mir peinlich berührt die Stirn, die wie auf Befehl zu pulsieren begann. War es gerade noch zu früh oder schon zu spät, um sich zu exmatrikulieren?

Ich hatte das Gefühl, dass uns der Kerl in den darauffolgenden Minuten die ganze Zeit anstarrte, weshalb ich es nicht mehr wagte, mein Handy auch nur anzusehen. Ich glaubte sogar, Pia würde nicht einmal die Lippen bewegen, als sie mir zuflüsterte: »Du bist so durch den Wind. Alles okay?«

Ich unterdrückte ein Seufzen. »Es ist nur wegen MoM«, murmelte ich. »Neulich waren solche Idioten im Game! Würde mich nicht wundern, wenn Marco einer davon war.«

Pia schenkte mir einen schiefen Blick. »Es ist doch nur ein Spiel«, raunte sie. »Was regst du dich so darüber auf?«

Schnaubend sah ich sie an. »Es ist nur ein Spiel«, bestätigte ich. »Aber es sind echte Menschen.« Ich verdrehte die Augen. »Und meine Gefühle sind auch echt.«

Sie zuckte die Achseln. »Dann spiel doch einfach nicht mehr, und du bist sie los.«

Ich unterdrückte ein Stöhnen. »Und wenn sie dich hier wieder *Barbie* nennen, brichst du gleich das Studium ab?«

Abwehrend hob sie die Hände. »Hey, ich hab kein Problem mit so was. Barbie ist doch toll! Sie hat viele Generationen von Frauen dazu inspiriert, ihre Träume zu verfolgen und …«

Ihre Stimme rückte mehr und mehr in den Hintergrund meines Bewusstseins. Sie verstand mich nicht. Natürlich nicht. Dafür waren wir zu unterschiedlich. Die einzigen unangenehmen Online-Begegnungen, die sie hatte, waren Instagram-Follower, die nur jedes zweite ihrer Fotos likten. Auf der Straße bekam sie von Fremden Komplimente und online wurde sie in den Kommentarspalten ihrer Bilder regelmäßig von ihren Fans gefeiert. Sie machte nicht mal was dafür! Sie war keine Influencerin, postete keine Klamotten- oder Reisefotos, nichts davon! Einfach nur Selfies von sich selbst. Sie war eine Frau auf Instagram, und das reichte aus, damit wildfremde Menschen sie liebten.

Und ich? Ich war eine Frau bei *Masters of Magic*. Und das reichte aus, damit mich wildfremde Menschen verachteten.

Nein, jemand wie Pia würde mich niemals verstehen. Aber in diesem Augenblick realisierte ich, dass ich mich nicht davon abhängig machen sollte, von ihr verstanden zu werden. Das hier war mein Problem, und ich würde nicht davor davonlaufen. Ich würde es wie Fontana angehen: Meine besten Zauber einpacken und mich der Situation ganz einfach anpassen.

Mich anpassen.

Auf einmal kam mir eine Idee. Oder vielmehr der bloße Kern einer Idee, den es einzupflanzen und heranzuzüchten galt. Ein Ausweg, der dafür sorgen könnte, dass sich all meine Probleme in Luft auflösen könnten – abgesehen von meiner schmerzenden Stirn, die gerade bestimmt grün und blau anlief. Eine Idee für ein Theaterstück, um die mich sogar Schiller beneidet hätte. Und ich konnte es kaum erwarten, es zu schreiben.

3. KAPITEL

LOG-IN

Uns erwartete eine anstrengende Woche voller Einführungsveranstaltungen, Ersti-Führungen und Gratis-Fressgelegenheiten, in der Pia und ich unsere Ausbeute von der Ersti-Messe nur deshalb hatten nach Hause transportieren können, weil wir an einem der Stände mehrere Gratis-Turnbeutel abgestaubt hatten. Am Freitag war es endlich vorbei und ich konnte es nicht mehr erwarten, zur Wohnung zu gelangen. Mein Herz war beflügelt und leicht, als wir in den Bus sprangen, der uns fast bis vor unsere Haustür bringen würde. Doch kaum, dass ich mich gesetzt hatte, fiel mir ein, dass es gar nichts gab, worauf ich mich freuen konnte – natürlich abgesehen von meiner wundervollen Mitbewohnerin, die mich für so einen Gedanken bestimmt mit ihrer Lieblingsclutch geohrfeigt hätte.

Ich dachte an *Masters of Magic*, und mein Magen krampfte sich zusammen. Beinahe hätte ich den Vorfall von neulich vergessen können, aber jetzt, wo ich neben Pia saß und sie mir die aktuellsten Fotos zeigte, die sie für Instagram geschossen hatte, konnte ich nicht anders, als mit den Gedanken an meinen Lieblingsort zu schweifen – an meinen Lieblingsort, an dem es plötzlich zappenduster war. Darüber konnte nicht einmal Pias neuer Filter hinwegtäuschen.

Später konnte ich mich kaum auf meine To-do-Liste konzentrieren: Ich musste mich für Fächer einschreiben, gemeinsam mit Pia unsere BAföG-Anträge ausfüllen, den Haufen Müll verstauen, den ich heute vom Campus hatte mitgehen lassen, und mich über die studentischen Vereine informieren, obwohl mich sowieso nur die wenigsten davon interessierten. Was das betraf, hatte ich mich eindeutig an der falschen Hochschule eingeschrieben: Die örtliche Universität war ein Rising Star in Sachen E-Sports. Die hatten sogar eine MoM-Mannschaft. Keine, von der ich je mehr gehört hatte als ein »Hey! Wir existieren!«, aber immerhin besser als nichts.

Lustlos scrollte ich durch das Fächerangebot im Studiengang Ingenieurwissenschaften – wie viele Module namens *Materialkunde* konnte man haben?! Ich saß an meinem Schreibtisch vor meinem wuchtigen Gaming-Laptop, der zu schwer war, um ihn mit in die Uni zu schleppen. Meinen Desktop-Computer hatte ich vorerst zu Hause gelassen, weil mir der Umzug zu umständlich gewesen war. Aber der Laptop war mit seinem leistungsstarken Prozessor und seiner Grafikkarte auch nicht von schlechten Eltern … und lenkte in diesen Sekunden meine Aufmerksamkeit auf etwas, das nichts mit dem Studium zu tun hatte.

Das grün-goldene Icon unten in meiner Taskleiste schien bedrohlich zu pulsieren. MoM wartete. Es fragte sich, was ich jetzt tun würde – nach dem, was vor ein paar Wochen passiert war. Es wusste, dass es nicht das erste Mal gewesen war, und ich hatte die ganze Zeit über gehofft, ich hätte das letzte Mal hinter mir gehabt.

Wird sie jetzt klein beigeben?, hörte ich seine Stimme in meinem Kopf, als hätte das Spiel eine eigene Seele. Es klang herausfordernd, provokativ. Weil es genau wusste, wie es mich anfixen konnte.

Mit zusammengekniffenen Augen starrte ich auf das Icon. *Ruhe auf den billigen Plätzen!*

Es war, als würde der ganze Screen zu funkeln beginnen. *Komm doch rüber und bring mich zum Schweigen!*

Wütend zog ich die Maus zum unteren Bildschirmrand und klickte auf die App.

Also gut. Du wolltest es ja nicht anders.

Meine Log-in-Daten waren voreingestellt, und ich musste nur noch auf *Einloggen* klicken, um in Magistrar einzutauchen. Es war keine bewusste Entscheidung, sondern eher ein Reflex, genau das zu tun und mein Headset aufzusetzen.

Mein Mund wurde trocken, als der Ladebildschirm erschien. Als die Prozentleiste aufleuchtete und sich mehr und mehr füllte, während sich die Kristallkugel im Zentrum immer wieder um die eigene Achse drehte. Sie drehte sich. Und drehte sich. Und drehte sich …

Und dann sah ich sie. Fontana. Meine Elfenkriegerin, die in den letzten Monaten wie eine zweite Haut für mich geworden war. Mit ihrem violett schimmernden Körper, ihren langen blauen Haaren, die sie stets zu einem Zopf gebunden hatte, ihren viel zu freizügigen Standard-Klamotten, die ich so gut wie immer durch dichte Rüstungen ersetzte, und ihren gelben Augen war sie auf ihre eigene Weise wunderschön. Doch viel wichtiger waren ihre inneren Werte. Die Zauber, die ich mir für sie verdient hatte. Mit denen ich sie großgezogen hatte wie ein junges Fohlen, das von seiner Mutter verstoßen worden war.

An diesem Avatar hingen viel Blut, Schweiß und vielleicht auch ein paar Tränen. Doch all das wurde jäh in den Schatten gestellt von der Anzeige oben rechts.

Kupfer (20).

Ich biss mir auf die Unterlippe. Kupfer (20) also.

»Lange nicht gesehen«, murmelte ich und starrte teilnahmslos auf den Bildschirm. Auf einmal fühlte ich mich hin- und hergerissen. Ein Teil von mir wollte das Fenster schließen und sich etwas anderem widmen, das meine Zeit wert war. Aber gleichzeitig war da ein altbekannter Sog, der mich nach Magistrar bringen wollte. Eine wundersame Welt voller Kreaturen, die es zu besiegen galt, voller neuer Zauber, die ich mir unter den Nagel reißen würde, und Abenteuern, die ich erleben wollte.

Dieses Spiel war wie eine Droge für mich geworden. Und wenn es nach meiner Mom ginge, sollte ich dringend davon wegkommen. Vielleicht sollte ich das wirklich.

Ich lehnte mich in meinem Stuhl zurück und sah mich in meinem Zimmer um – nur um festzustellen, dass das gar nicht so einfach wäre, selbst wenn ich es gewollt hätte.

Der Raum war voll von MoM. Ich besaß Spielkarten, Figuren, Schuhe und Shirts, eine Landkarte, mehrere *Zaubertränke* – nicht trinken! – sowie drei Bücher und vier Comics, die sich alle um Magistrar drehten. MoM war in den letzten Jahren sehr schnell sehr groß geworden und es gab Unmengen an Fanartikeln, die ich mir alle nach und nach unter den Nagel gerissen hatte. Ich hatte sogar Bettwäsche davon gehabt, bis Mom sie klammheimlich entsorgt hatte, während ich im Sommerurlaub mit Pia gewesen war.

Man könnte sagen, mein ganzes Leben bestand aus *Masters of Magic*. Ich konnte es nicht von einem Tag auf den anderen ausradieren wie Pia die Existenz ihres Exfreunds vor einem halben Jahr. Sie hatte all seine Sachen in ihrem Garten verbrannt, das Feuer war auf einen Baum übergegangen und sie hätte beinahe das ganze Grundstück abgefackelt. Aber das war eine andere Geschichte – und das Wichtigste für sie war, dass die Boxershorts ihres Ex *vernichtet* worden waren.

Missmutig blickte ich Fontana entgegen und biss mir auf die Unterlippe. Ich wollte nicht spielen. Doch, ich wollte spielen. Ich wollte mir selbst zeigen, dass ich besser sein konnte. Eine bessere Version meiner selbst als beim letzten Mal. Silber konnte noch nicht das Ende sein. Da ging noch mehr, ich wusste es ganz genau.

Aber …

Ein schmerzhaftes Pochen wanderte durch meinen Kopf. Verdammt, ich wusste nicht, was ich tun sollte. Also griff ich nach meinem Handy und checkte meine Nachrichten. Vielleicht gab es etwas anderes, womit ich mich beschäftigen konnte. Womit ich mich ablenken konnte. Bis ich gar nicht mehr an MoM denken musste.

Ich wischte mich durch TikTok. Rief meine Mails ab. Öffnete Instagram und sah neue, wunderschöne Fotos von Pia und wie sie mit Herzen und Kommentaren überhäuft wurde. Das Internet meinte es wirklich gut mit ihr.

Ein paar Minuten lang scrollte ich lustlos durch meinen Feed, aber weil ich eigentlich nur E-Sportlern folgte, war dieser überfüllt mit MoM-Beiträgen. Ich konnte dem Spiel wohl einfach nicht entkommen.

Mit einem Seufzen legte ich das Handy weg und richtete den Blick wieder auf den Computerbildschirm. Fontana starrte beinahe traurig zurück.

Ich senkte die Lider und fasste einen Entschluss. »Nur noch einmal«, murmelte ich. »Ein allerletztes Mal.« Ich würde noch einen Neustart wagen. Nicht mit Fontana in Kupfer (20) – denn da konnte ich gleich ein neues Spiel beginnen. Und das würde ich. Mit einem neuen Avatar. Mit einer neuen Strategie. Mit einem neuen Ich. Ich würde es ein allerletztes Mal versuchen, aber sollte mir das Spiel noch einmal Kummer bereiten – auf eine Weise, die nichts damit zu tun hatte, dass ich zu Recht ein Match verlor oder von einem Drachen gegrillt wurde –, dann wäre es das!

Ich konnte die Welt nicht ändern, schon gar nicht die Online-Welt. Alles, was in meiner Macht stand, war, mich nicht von ihr zerstören zu lassen.

Also gab ich dem Ganzen noch eine letzte Chance. »Tut mir leid, Fontana«, murmelte ich. Ich hatte mir erst vergangenen Monat eine individualisierte Kakao-Tasse mit ihrem Konterfei gekauft. »Vielleicht sehen wir uns in einem anderen Leben wieder.«

Kurz entschlossen führte ich meine Maus zum Button *Neuer Avatar*, doch ich zögerte. Würde ein neuer Avatar reichen, um ein neues Leben anzufangen?

Nein. Denn er wäre immer noch mit meinem Account verbunden. Und falls meine alten Gildenmitglieder mein Profil aufriefen, würden sie sofort sehen, dass ich mir einen neuen Magier zugelegt hatte. Es würde nichts ändern. Ich würde mich im grellsten Scheinwerferlicht verstecken müssen.

Also gut. Dann eben anders.

Wie jeder, der auch nur durchschnittlich viel im Internet unterwegs war, hatte ich mehrere Mailadressen. Eine für Bewerbungen und Online-Shopping, die restlichen für Newsletter oder wenn ich bei irgendwelchen Gewinnspielen meine Chancen aufbessern wollte – leider hatte ich noch nie was gewonnen.

Kurzerhand loggte ich mich aus und gab eine meiner anderen Mailadressen an. Der Account war innerhalb weniger Sekunden erstellt. Mein Passwort: *DeinenZauberstabkannstdudirindeinenfetten-*

Zu lang.

Ich entschied mich um und wurde prompt in den Trailer für *Masters of Magic* geworfen. Ich sah die saftig grünen Wiesen des Blühenden Reichs, die glühenden Steppen der Flammenlande, die Wüsten von Marbahar, die eisigen Gletscher von Glacialis und tauchte in die Tiefen von Atlartica ein. Die epische Musik, die im Hintergrund immer mehr anschwoll, gemischt mit den verschiedensten Völkern und Charakteren, Monstern und Bestien, die in mitreißende Kämpfe verwickelt wurden, taten ihr Übriges, um mein Herz wieder höherschlagen zu lassen.

Ich musste lächeln. *Ich kann dir einfach nicht lange böse sein,* Masters of Magic.

Anschließend erstellte ich meinen Avatar und wurde dazu aufgefordert, mir ein Volk auszusuchen. Instinktiv wandte ich mich den Elfen zu, riss mich dann aber am Riemen. Wenn ich nicht wollte, dass sich die Geschichte wiederholte, musste ich mich selbst neu erfinden. Etwas machen, das Anne Schmitt sonst nie machen würde!

Also scrollte ich im Menü nach unten – und fand etwas, das ganz und gar nicht wie Anne Schmitt war. Sondern das absolute Gegenteil davon.

Ein Sensenmann. Eine knochige Gestalt mit einem langen schwarzen Mantel, der immer von einer leichten Brise bewegt wurde. Die Kapuze hatte er sich so tief ins Gesicht gezogen, dass man seine leeren Augenhöhlen kaum erkennen konnte, in denen es glühend rot leuchtete. Die Sense manifestierte sich immer dann in seiner Hand, wenn er sie für einen Zauber brauchte. Wenn man etwas Gold investierte, konnte man sein Aussehen etwas abändern – beispielsweise was die Farbe seines Umhangs betraf. Man konnte ihn auch die Kapuze sogar ganz abnehmen lassen, sodass er mit blankem Totenschädel herumlief oder, besser gesagt, schwebte.

Ich betrachtete ihn eine Weile. Irgendwie cool. Überhaupt nicht weiblich – nicht mal in der weiblichen Version. Und etwas ganz anderes als alles, was ich je gespielt hatte. Mit ihm würde ich es versuchen.

Je länger ich ihn anstarrte, ihn sich wie ein Model im Kreis drehen ließ und aus jedem Winkel begutachtete, desto deutlicher wurde mein vager Plan, der sich in meinem Hinterkopf zu formen begonnen hatte. Neulich auf dem Campus hatte ich ihn noch nicht ganz greifen können, jetzt aber lag er so klar vor mir, als hätte man ihn auf die Innenseite meiner Augenlider tätowiert.

Ich klickte mich in die Leiste, in der ich den Namen meines Avatars eintragen sollte, und tippte: *Mr.*

Mr. war gut. Es war männlich. Es war alles andere als mädchenhaft. Und dann …

Mein Blick zuckte zum Avatar und wieder zurück. Eigentlich war es offensichtlich. *Skull.*

Ja. Das war es. Es war schlicht. Es war cool. Es war alles, was ich in meinem neuen Leben in MoM ausstrahlen wollte. Also tippte ich: S-k-u-l-l.

Dieser Name ist bereits vergeben.

Ich stöhnte und drückte auf die 1.

Dieser Name ist bereits vergeben.

Dann eben noch eine 2.

Dieser Name ist bereits vergeben.

3.

Dieser Name ist bereits vergeben.

456789.

Dieser Name ist bereits vergeben.

MrSkull.

Dieser Name ist bereits vergeben.

MrSkulll.

Dieser Name ist bereits vergeben.

TheRealMrSkull.

Dieser Name ist bereits vergeben.

MrMcSkull.

Dieser Name ist bereits vergeben.

DieSkullDogge.

Dieser Name ist bereits vergeben.

»Ach, komm schon!« Entnervt gab ich das Nächstbeste ein, was mir einfiel: *_Mr_Skull_*

Dieser Name ist verfügbar.

»Ernsthaft?«, murmelte ich und hatte jetzt schon keinen Bock mehr. So lange, bis ich auf *Spiel betreten* klickte – und sofort wieder in die wundersame Welt gesogen wurde, der ich einfach nicht entfliehen konnte.

Jetzt war ich nicht mehr Anne Schmitt. Ich war Mr. Skull. Und ich würde alles dafür tun, dass ganz Magistrar davon überzeugt war.

Der Bildschirm schrie mich förmlich an: *DU BIST AUF LEVEL 1*, und ich verdrehte die Augen. Das würden wir ganz schnell ändern. Ich wollte es heute zumindest noch bis Level 12 schaffen, damit ich die

Zink-Meisterschaftsstufe erreichte. Erst dann würde das Spiel wirklich herausfordernd werden.

Weil ich einen neuen Account erstellt hatte, konnte ich meine Gegenstände nicht zwischen Fontana und Mr. Skull bewegen, was bedeutete, dass ich tatsächlich bei null anfing. Aber das war kein Problem für mich. Ich wusste genau, an welche Orte ich reisen und welche Kreaturen ich besiegen musste, um schnell aufzusteigen.

Am Anfang war es mühselig, weil meine Standardzauber kaum Schaden verursachten und mich einmal ein Eichhörnchen fast umbrachte. Ich hatte kein Gold, um mir bessere Angriffe zu kaufen. Natürlich könnte ich auch mit echtem Geld bezahlen, aber ich pumpte schon so viel Kohle in die Fanartikel, dass mich meine Mutter umbringen würde, wenn ich ihre Kreditkarte benutzte, um mir jetzt auch noch In-Game-Währung zu gönnen.

Nach zwei Stunden hatte ich Level 6 erreicht. Dann reiste ich in die Wüstenwelt Marbahar und schloss mich einem groß angelegten Raid an. Der Riesenskorpion, der aus dem Sand geschossen kam, war auf Level 1000, aber es durften dafür auch bis zu zwanzig Spieler mitmachen. Was zuerst mehr als lukrativ klang, entpuppte sich als Zeitverschwendung für Spieler auf einem höheren Level, weil die Erfahrungspunkte unter allen Magiern aufgeteilt wurden und die Belohnungen schlechter ausfielen, je mehr Spieler am Raid beteiligt waren. Das hier lohnte sich also nur für Leute in der Zink-Liga und ohne Wertung.

Während ich für mich allein gejagt hatte, war ich an einen ziemlich coolen Finsterzauber gekommen und setzte ihn großzügig ein. Weil ich so gut wie keine Rüstung hatte, hielt ich mich im Hintergrund und ließ eine Gruppe Orks aus Zink (19) den Großteil der Arbeit machen – genau wie die anderen Spieler auf niedrigen Leveln, die hergekommen waren, um ein Stück vom Kuchen abzukommen. Unsere Angriffe richteten aus der Ferne so gut wie keinen Schaden an, aber wir nutzten den Vorteil unserer schieren Anzahl und hatten das Vieh innerhalb von zwanzig Minuten besiegt.

Ich sackte meine Beute ein – und hatte sofort eine neue Freundschaftsanfrage. Von einem Spieler, der anscheinend auch gerade im Raid gewesen war und sich in diesem Moment in meinen Bildschirm schob. Es war ein Tagschatten – ein Mensch mit sonnenfarbener Haut, von dem die ganze Zeit über ein leichtes Strahlen ausging, das stärker wurde, wenn er einen Zauber wirkte. Also so ziemlich das absolute Gegenteil meines Sensenmannes.

Hey, schrieb er im Chat. *Das ist nicht dein erster acc, oder?*

Ich zögerte, verneinte dann aber. Es war nicht schlimm, so viel zu verraten. Es gab keinen Weg, wie er herausfinden könnte, mit welchen Avataren ich sonst gespielt hatte und wer ich wirklich war. Vorausgesetzt, meine Mom kreuzte nicht hier auf und brüllte meinen vollen Namen durch die ganze Wohnung.

Cool, meiner auch nicht, erwiderte der Tagschatten. Seine Nachrichten erreichten mich in erstaunlich kurzen Abständen. Anscheinend bewegten sich seine Finger flink über die Tastatur. *Ich will ne gilde gründen mit leuten, die sich schnell hocharbeiten wollen. du warst gut. willst du mitmachen?*

Ich runzelte die Stirn. *Bis Zink gibt es noch keine Gilden.*

Er schickte mir einen grinsenden Smiley. *Als wärst du nicht schon in zwei stunden in zink.*

Ich musste lächeln. Ich hatte keine Ahnung, wer der Kerl war, aber er schätzte mich schon mal richtig ein. *OK*, gab ich zurück. *Die Frage ist: Wie schnell bist DU in Zink?*

Während er tippte, ließ ich meinen Blick zu seinem Namen zucken. *xXPlayerOneXx*. Wie kreativ.

Seine Antwort ließ nicht lange auf sich warten: *Herausforderung angenommen, würde ich sagen. ;)*

Die Freundschaftsanfrage unten links auf meinem Bildschirm schien immer größer zu werden, obwohl das gar nicht möglich war. Und doch schob sie sich immer mehr in den Vordergrund meines Bewusstseins. Ich spürte, dass xXPlayerOneXx meine erste Hürde war. Nicht meine erste Hürde, mich bis zu Gold und darüber hinaus zu spielen, sondern auf einer anderen Ebene.

Ich war jetzt nicht mehr Anne, sondern Mr. Skull. Und mein Ziel war es, die Welt dort drinnen davon zu überzeugen. xXPlayerOneXx war mein erstes Testobjekt. Nicht, weil ich ihm irgendetwas beweisen wollte. Sondern weil ich mir selbst etwas beweisen wollte.

Ich war eine Frau. Ich liebte es, zu zocken. Und ich würde mir diesen Spaß von nichts und niemandem nehmen lassen.

Kurzerhand nahm ich seine Anfrage an. Lässig schrieb ich: *Mal sehen, was du draufhast.*

4. KAPITEL

TRAILER

Wie lange spielst du schon MoM?, fragte xXPlayerOneXx, während wir die Wiesen des Blühenden Reichs auf der Suche nach einem goldenen Huhn durchkämmten, das uns genug Kohle für einen Satz neue Ausrüstung bescheren würde. Das Problem war nur: In all dem Grün liefen unzählige Hühner herum, und man wusste erst, ob eines golden war, wenn man es getötet hatte. Wenn man Glück hatte, bekam man bereits nach zwei, drei Versuchen eines ab – oder eben nach dreihundert.

3 Jahre, antwortete ich. *Aber ich hab am Anfang nicht ernsthaft gespielt.*

Und jetzt spielst du ernsthaft? Ich hatte das Gefühl, dass etwas Schnippisches in seinen Worten lag, und ein Hauch des Ehrgeizes stieg in mir auf.

Du hast mich doch vorhin gesehen, oder?

Nee, korrigierte er sich. *Ich meine, was ist dein ziel? Willst du meisterschaften spielen?*

Erstaunt blinzelte ich. Ich schaute mir gern MoM-Meisterschaften online an. Sie wurden bisher hauptsächlich in den USA ausgetragen, aber in den letzten zwei Jahren hatte es auch mehr davon in Deutschland gegeben. Es gab einige Teams sowohl von traditionellen Sportvereinen als auch von Unis. Ich hatte Spaß daran, die Spiele zu analysieren und dabei zu lernen, hatte mir aber noch nie Gedanken darüber gemacht, wie es wäre, selbst bei so einer Meisterschaft dabei zu sein.

Was mitunter daran lag, dass ich dort bisher keine einzige Frau entdeckt hatte. Aus älteren Spielen waren Frauen inzwischen nicht mehr wegzudenken, aber ich hatte das Gefühl, bei MoM waren sie noch nicht angekommen – zumindest nicht, was die höchsten Riegen betraf. Waren Frauen in Männer-Teams überhaupt erlaubt? Oder gab es nach Geschlechtern getrennte Mannschaften und ich hatte nur zufällig noch nie von einem guten Frauen-Team gehört?

Ich würde jedenfalls meine verschollene Bettwäsche darauf verwetten, dass mir xXPlayerOneXx diese Frage nicht gestellt hätte, hätte er gewusst, dass ich ein Mädchen war.

Ich will erst mal Platin erreichen, antwortete ich.

Lol. Viele spieler in der meisterschaft sind nicht mal in platin, entgegnete er. *Oder nur ganz kurz und sind dann wieder rausgeflogen.*

Und?

Bis du platin erreichst, bist du wsl schon in 10 mannschaften genommen worden.

Ich schnaubte. Das glaubte er doch wohl selbst nicht. *Mal sehen.*

Schnell checkte ich die Ausrüstung von xXPlayerOneXx und entdeckte ein paar Zauber, die kein normaler Spieler unter Zink besitzen konnte. Ihre Symbole waren nicht farblos, sondern kupferfarben hinterlegt, was bedeutete, dass sie mächtiger waren und nur mit viel Gold gekauft oder durch einen höherrangigen Raid verdient werden konnten.

Dein wievielter Avatar ist das?, fragte ich direkt nach. Außerhalb des Spielmodus hätte ich sein Profil und seine anderen Avatare ansehen können, aber gerade ging das nicht. Ich riet, dass er genau wie ich ganz von vorn angefangen hatte, nur eben nicht mit einem neuen Account.

So konnte er seine Gegenstände bequem zwischen seinen Avataren hin- und herschieben.

Mein fünfter, erwiderte er. *Hab ein paar ausprobiert. Den sensenmann auch. Hat mir aber nicht so gefallen.*

Ich betrachtete mein düsteres Äußeres und wusste gar nicht, was er hatte. *Wenn du meinst.* Als ich den Blick schweifen ließ, fielen mir einige andere Spieler mit chinesischen Spielernamen auf – obwohl das hier der deutsche Server war. Ein klassischer Anblick bei Herausforderungen wie diesen. Es waren Bots, die der Hohe Rat – das Entwicklerteam von MoM – trotz aller Vorkehrungen nie ganz ausmerzen konnte. Sie sammelten automatisiert Hühnerbelohnungen, die ihre Programmierer dann für echtes Geld an zahlende Kunden verscherbelten. Dabei legten sie immer neue, wahnwitzige Strategien an den Tag, um nicht so sehr aufzufallen. Wenn man die neuesten Modelle von ihnen im Chat anschrieb, antworteten sie wie aus der Pistole geschossen, dass sie keine Bots waren – ganz egal, ob man sie gerade nach dem Wetter, der Liga, dem letzten Raid oder der liebsten Zubereitungsart für Hühnerfleisch gefragt hatte.

Der wievielte avatar ist es bei dir?, zog xXPlayerOneXx meine Aufmerksamkeit zurück auf den vielleicht einzig anderen echten Spieler, der hier abgesehen von mir unterwegs war.

Ich dachte kurz nach und schoss in dieser Zeit aus der Distanz auf drei Hühner. Sie explodierten in den verschiedensten Farben – Rot, Blau, Grün –, aber auf den Goldregen wartete ich vergeblich. Und die Erfahrungspunkte, die sie mir bescherten, waren geradezu lächerlich.

Der sechste oder so, antwortete ich ausweichend. Als ich noch in MoM-Kinderschuhen gesteckt hatte, hatte ich wie wild durcheinander neue Avatare erschaffen und war mit keinem besonders weit gekommen. Erst nach einer Weile war mir klar geworden, dass ich mich so nie nach ganz oben kämpfen konnte, und hatte mich unter dem Namen Fontana zunächst auf meine Karriere als Waldfee und dann auf meine tapfere Elfenkriegerin konzentriert. Während meine wundersame Reise immer und immer wieder auf dieselbe Weise ein Ende gefunden hatte.

Diesmal würde ich es nicht so weit kommen lassen. *Das verspreche ich dir, Mr. Skull.*

xXPlayerOneXx und ich bewegten uns etwas voneinander weg und ich mich geradewegs auf eine Horde Hühner zu, er in Richtung eines einzelnen Huhns. Ich löste meinen mächtigsten Zauber aus – nicht besonders mächtig – und meine Sense leuchtete in meiner Hand auf. Mit ihr beschwor ich ein schwarzes Loch unter den Hühnern hervor und saugte sie alle darin ein. Eine Explosion aus Regenbogen raubte mir beinahe die Sicht – doch ich erkannte sofort, dass keines von ihnen golden gewesen war.

xXPlayerOneXx hingegen tippte sein Einzelgängerhuhn mit einem Sonnenstrahl an, woraufhin es platzte wie ein Luftballon, und ein goldener Regen ergoss sich über den Tagschatten.

Ich stöhnte, und meine Sense verpuffte aus meiner knochigen Hand, als wäre sie peinlich berührt. Das durfte doch nicht wahr sein!

Ha!!!, gab xXPlayerOneXx im Chat den Bescheidenen.

Ich schnaubte. *Cheatest du?*

ich kanns halt. Der Tagschatten brach in einen Robo-Tanz aus, und ich fragte mich, wie viel Gold er ausgegeben hatte, um sich diese Bewegung im Shop kaufen zu können.

Ich verdrehte die Augen und widerstand dem Drang, mich in die nächste Stadt zu teleportieren.

Besser so: Denn im nächsten Moment leuchtete eine Benachrichtigung auf meinem rechten Bildschirmrand auf: + *500 Gold von xXPlayerOneXx.*

Ich stutzte. *Hast du dich verklickt?*

Da er zunächst nicht antwortete, doppelklickte ich auf seinen Avatar und machte Anstalten, ihm das Geld zurückzugeben. Dafür musste ich nur auf ein, zwei Buttons …

Wenn wir in einer gilde wären, wäre die beute auch aufgeteilt worden, ließ mich sein nächster Satz innehalten.

Mein Finger schwebte über der linken Maustaste. Das war nicht ganz richtig. Sie wäre *verdoppelt* worden – und jeder von uns hätte das bekommen, was er gerade allein eingesackt hatte. Warum machte er das? So nett konnte doch niemand sein.

Ich wusste nicht, was ich tun oder schreiben sollte, aber xXPlayerOneXx erwartete auch gar keine Reaktion. Stattdessen rannte er förmlich vor mir weg und geradewegs in eine Horde Hühner hinein, die wild gackernd auseinanderstob. Ich konnte die Luftstöße regelrecht spüren, den ihre verzweifelten Flügelschläge in mein Gesicht schleuderten.

Warum hast du für diesen avatar einen neuen acc gemacht?, fragte xXPlayerOneXx.

Ich stutzte. Wann hatte er sich *mein* Profil angesehen? *Hatte keinen Platz mehr für neue Avatare*, gab ich zurück.

Echt??, erwiderte er irritiert. *Wusste nicht, dass es da 'ne obergrenze gibt.*

Gab es auch nicht. Zumindest nicht, soweit ich wusste. Aber wenn er ebenfalls keine Ahnung hatte, war ja alles in Butter.

Wie heißt dein alter acc?

Ich zögerte. Kein gutes Gesprächsthema. *Schnee von gestern*, wehrte ich ab.

In welcher liga warst du?

Ich unterdrückte ein Seufzen. *Silber (69). Und dann wieder Kupfer. Was auch sonst?*

xXPlayerOneXx blieb einfach stehen, als wäre es ihm gerade wichtiger, mit mir zu chatten, als zu leveln. So würde er aber niemals in Zink ankommen. *Autsch.*

Ich ließ mich nicht beirren und killte weiter Hühner in der Hoffnung, doch noch den großen Coup zu landen. *Du?*

Silber 52. und dann auch wieder kupfer.

Auch nicht viel besser.

Ich komm klar. Er schickte sich an, weitere Hühner zu grillen – langsam. *Was zockst du noch so außer MoM?*

Ich runzelte die Stirn. Nie zuvor hatte ich so ein langes Gespräch geführt, das sich nicht um die konkrete Situation gedreht hatte, in der wir gerade steckten. Meine letzten Gildenmitglieder hatten die ganze Zeit nur Befehle in den Chat geworfen oder ins Mikro gebrüllt. Und außerhalb der großen Raids oder Duelle war von ihnen rein gar nichts gekommen. xXPlayerOneXx schien anders gestrickt zu sein. Es war eine angenehme Abwechslung – aber irgendwie machte sie mich auch misstrauisch. Gerade jetzt, wo ich mich in eine neue Identität hüllen wollte, kamen mir diese Fragen nicht gelegen.

Wozu der ganze Small Talk?, tippte ich.

xXPlayerOneXxs Avatar wirkt beinahe gelangweilt, als er ein Huhn in die Luft jagte. *Sorry*, antwortete er. *Hier leveln ist iwie öde.*

Er hatte gut reden. Schließlich hatte er gerade ordentlich abgesahnt. Aber …

Ich checkte kurz die Weltkarte und musste lächeln. Wollten wir doch mal sehen, wie risikobereit xXPlayerOneXx war. *Machen wir den Gorgonen-Raid?*

Mein Pseudo-Gildenmitglied hielt inne und drehte sich zu mir um, obwohl das überhaupt nicht nötig war, um mit mir zu chatten. *Der ist Level 1000*, schrieb er. *Und es dürfen nur fünf in die Arena.*

War ja klar, dass er das antworten würde. *Na und?*

Ich hab keine Lust, jetzt schon zu sterben.

Unbeeindruckt blies ich mir eine Haarsträhne aus dem Gesicht. Wovor hatte er Angst? Schließlich hatten wir noch absolut nichts zu verlieren – außer die paar Level, die wir gerade hatten und im Nullkommanichts wieder aufholen könnten.

Dann jedoch überraschte er mich, als er ergänzte: *Noch ein paar min, dann können wir.*

Ein gelöstes Lächeln breitete sich in meiner Miene aus. Na, ging doch! Vielleicht hatte ich xXPlayerOneXx unterschätzt. Oder vielleicht schätzte *er* uns genau richtig ein, und wir würden im Raid gnadenlos untergehen. Das würde sich noch zeigen.

Wie auf Befehl begann mein Herz schneller zu schlagen. *Bis zum nächsten Level-up?*, fragte ich.

Er antwortete nicht. Stattdessen ließ er seinen Avatar die Arme hochwerfen und einmal im Kreis rennen.

Das hieß dann wohl Ja.

Wir killten noch ein paar Hühner, aber der langersehnte Goldregen blieb aus. Ich hatte gerade so Level 8 erreicht, als wir uns zurück in die Stadt teleportierten, um uns auszurüsten. Dank seiner großzügigen Spende hatte ich zumindest ein bisschen Gold, das ich ausgeben konnte. Er hingegen hatte seines wahrscheinlich gar nicht nötig. Schließlich hatte er ein paar richtig gute Zauber von seinem anderen Avatar rübergeschoben, die die Sache für ihn einfacher machen würden. Probleme würde er erst in den Duellen bekommen, wenn er keine höherrangigen Zauber benutzen durfte – alles andere wäre unfair denjenigen gegenüber, die zum ersten Mal spielten und noch gar keine Chance gehabt hatten, an sie ranzukommen.

In Luria angelangt, schoben wir uns durch die Menschenmengen auf den Hauptstraßen, die zum Großteil aus Spielern und zu einem winzigen Bruchteil aus NPCs bestanden, also aus computergesteuerten

Charakteren. Die meisten von ihnen waren Händler, bei denen man neue Ausrüstung und Zauber kaufen oder seine Gegenstände verbessern konnte. Manche davon boten einem auch Quests an. Dabei zog man ins Blühende Reich hinaus, um eine bestimmte Kreatur zu besiegen oder eine Sache zu finden, und kehrte im Anschluss zum NPC zurück, um die Belohnung einzusammeln. Aber die Quests, die man vor Level 12 bekam, waren in erster Linie zur Eingewöhnung ins Spiel da. Für Magier wie xXPlayerOneXx und mich waren sie nicht der Rede wert und eher Zeitverschwendung als nützlich.

Muss kurz zum schmied, schrieb er mir im Chat. *Voicechat?*

Meine Augen weiteten sich. Ein Teil von mir hatte gehofft, diese Frage würde nicht kommen. Aber natürlich tat sie das. Sie kam immer. Weil mit dem Voicechat alles leichter wurde. Vor allem, wenn wir uns an einen Raid wagen wollten, der zwei Nummern zu groß für uns war.

Mein Mund wurde trocken. *Wozu?*, tippte ich ein, um Zeit zu schinden. Meine Gedanken rasten und mein Gesicht wurde ganz heiß. Nein, das konnte ich nicht. Das durfte ich nicht. Ich hatte doch gerade erst mit meinem neuen Account angefangen. Ich konnte mich nicht jetzt schon outen, noch bevor ich auch nur in Zink angekommen war.

xXPlayerOneXx wirkte nett. Aber meine letzten Gildenmitglieder hatten auch *nett* gewirkt, bis ich mich als Frau entlarvt hatte. Das hatte also nichts zu bedeuten. Ich durfte online niemandem über den Weg trauen.

Dann wäre es einfacher zu koordinieren, gab mir xXPlayerOneXx genau die Antwort, die ich erwartet hatte. Weil er recht damit hatte. Und ich wusste, dass es so rüberkam, als hätte ich nur keinen Bock und würde uns beide mit Freuden in den sicheren Untergang befördern.

Schnell überlegte ich mir eine Ausrede und tippte: *Mein Mikro ist kaputt.*

Ach so!

Pause.

Unsere Avatare standen mitten in der Menge und sahen dabei in zwei verschiedene Richtungen. Ein seltsames Gespräch. Ich widerstand dem Drang, mich ihm zuzudrehen, weil es das noch komischer machen würde.

Wir können ja trotzdem in den voicechat, dann rede halt nur ich. Wäre leichter für mich. ok? Er wartete gar keine Antwort ab, sondern schickte mir sofort eine Anfrage.

Mir blieb fast das Herz stehen. *Nein, nein, nein, nein!* Auf einmal wurde ich von einer Schüchternheit erfasst, die ich von mir selbst nicht kannte.

Ich war schon oft in Voicechats gewesen. Ständig. Spätestens, wenn ich einer Gilde beigetreten war, waren die unterschiedlichsten Stimmen in meinen Ohren Normalität für mich gewesen. Aber jetzt war es irgendwie anders.

Das hier war keine Gilde, sondern ein einziger Typ. Ein Typ, mit dem ich bereits mehr Worte gewechselt hatte als mit jedem anderen Spieler, zu dem ich je Kontakt gehabt hatte – zumindest, was Worte betraf, die keine genervten Befehle gewesen waren. Ich hatte mit ihm gechattet und Hühner mit ihm geschlachtet. Wir hatten quasi zusammen Geschichte geschrieben! Und auf einmal hatte ich das Gefühl, indem ich seine Anfrage annahm, könnte das alles zerstören, was wir uns mühevoll aufgebaut hatten.

Völlig affig, schon klar. Wir hatten nichts, was irgendjemand von uns zerstören könnte. Alles, was passieren konnte, war, dass meine Tarnung aufflog, aber das wäre ausgeschlossen, wenn ich einfach nicht sprach.

Trotzdem wusste ich nicht, ob ich das hier konnte. Ob ich das hier *wollte.* Schnell griff ich an mein Headset und drückte auf den Knopf, der mein Mikrofon deaktivierte. Aus dem Augenwinkel sah ich, wie ein rotes Lämpchen daran aufleuchtete und mir signalisierte, dass ich stumm geschaltet war.

Dennoch zögerte ich. Ich war verunsichert.

Hallo?, fragte xXPlayerOneXx. *afk?*

Nein, ich war nicht *away from keyboard.* Und wenn ich nicht wie die letzte Idiotin dastehen wollte, hatte ich gar keine andere Wahl, als sein Angebot anzunehmen. Schließlich ging es hier um meine Karriere. Also, um Mr. Skulls Karriere. Wenn ich xXPlayerOneXx hören konnte, würde uns der Raid leichter fallen. Und ich wollte heute noch unbedingt Zink erreichen, damit mir der Abstieg von neulich nicht mehr ganz so schwer auf meinen Schultern lastete.

Ich gab mir einen Ruck. Ehe meine Nervosität die Oberhand gewinnen konnte, drückte ich auf *Akzeptieren* – und landete im Voicechat mit xXPlayerOneXx.

Obwohl mein Mikro aus war, hielt ich instinktiv die Luft an und starrte auf die Leiste, die auf meiner linken Bildschirmseite aufgetaucht war. Sie zeigte die Gesprächspartner in unserem Voicechat an. Gerade eben waren das nur xXPlayerOneXx und ich. Wir waren allein. Er und ich …

Ich bereute es sofort, das hier gemacht zu haben. Vielleicht könnte ich so tun, als hätte ich eine Internetstörung oder so. Könnte mich ausklinken, offline gehen, meinen Computer aus dem Fenster werfen und …

»Hallo?«

Mein Herz machte einen Satz. O Gott, das war er. Das war seine Stimme. Warum machte mich sogar seine Stimme so nervös?

Nur mit Mühe widerstand ich dem Drang, mir eine Hand auf den Mund zu pressen. *Beruhig dich mal, dein Mikro ist aus!*

Ich warf förmlich meine Finger auf die Tastatur und tippte ein schnelles *Hallo*.

Ein leises Lachen drang an meine Ohren und brachte meine Wangen zum Prickeln. Ich war noch nie in einem Voicechat so nervös gewesen. Weil ich das erste Mal allein zu zweit mit jemandem war. Meistens war ich mit einer ganzen Gilde unterwegs gewesen. Die anderen hatten wie wild durcheinandergeredet, und wahrscheinlich hatten sie die meiste Zeit über vergessen, dass ich auch noch da war. Das war mein Style gewesen, die Art, wie ich mich durchs Spiel bewegte. Als stumme Mitläuferin, die keine große Aufmerksamkeit erregen wollte.

Aber jetzt hatte ich xXPlayerOneXxs volle Aufmerksamkeit. Und obwohl er mich weder sehen noch hören konnte, fühlte ich mich auf einmal wie ausgehöhlt – als würde er mich in- und auswendig kennen.

»Okay. Da … sind wir also«, hob er an. Er hatte eine überraschend angenehme Stimme. Und eine überraschend *junge* Stimme – glaubte ich zumindest. Müsste ich raten, würde ich tippen, dass er in meinem Alter war. Oder maximal zwanzig. Seine Stimme klang nicht tief und bellend wie die von anderen Spielern, die ich in meinen letzten Gilden gehört hatte. Sie war sanft und locker-leicht und erinnerte mich an eine Meeresbrise …

Unwillkürlich fragte ich mich, wie das dazugehörige Gesicht aussehen mochte. Ich stellte mir einen großgewachsenen, blonden jungen Mann vor, mit ein paar Sommersprossen auf der Nase, die er am liebsten von seiner Haut rubbeln würde. Und einem allgegenwärtigen Lächeln, das seine Mundwinkel umspielte.

Ach, Anne. Wahrscheinlich war er ein Mittfünfziger mit Geheimratsecken, der sein Leben zwischen zwei Dutzend muffigen Pizzakartons fristete.

»Okay, cool«, sagte xXPlayerOneXx. »Dein Mikro ist kaputt, aber das ist kein Problem. Du kannst mich ja hören, und wenn du was in den

Chat schreibst, lese ich es natürlich. Dann kriegen wir das schon irgendwie hin. Hoffe ich«, fügte er hinzu. »Wollen wir uns in Rollen einteilen? Offensive und Defensive? Dann ist es ausgeglichener.«

Er war strategisch. Gut. *Ich bin offensiv*, tippte ich sofort. Schließlich war ich jetzt ein Mann und konnte tun und lassen, was ich wollte. Und Mr. Skull war kein Defensivspieler.

Außerdem war ich mit Fontana so oft in die Heiler-Rolle gesteckt worden, dass ich angefangen hatte, mich wie eine billige Krankenschwester zu fühlen. Eine, die die ganze Zeit angebrüllt wurde, weil sie sich um vier wehleidige Patienten gleichzeitig kümmern musste, die es nicht mal allein aufs Klo schafften.

»O-okay.« Ich hörte das Widerstreben in seiner Stimme, aber es war mir egal. Er wollte mit mir spielen, also musste er sich nach meinen Regeln richten.

Mann, fühlte sich das gut an!

»Kein Problem. Ich hab noch zwei ziemlich starke Schutzzauber von meinem anderen Avatar. Das passt.«

Ich konnte nicht anders, als beeindruckt zu sein. Ich hatte beschlossen, dass ich offensiv spielen würde – und das war okay? *Warum* war es für ihn okay? Faszinierend. In jeder anderen Gilde hätten sofort alle am Rad gedreht und mich so lange zur Schnecke gemacht, bis ich meine Schutzzauber angelegt hätte. Was war der Unterschied? Dass ich einen männlichen Avatar spielte? Oder lag es einfach nur an xXPlayerOneXx?

Jetzt, wo er eine Stimme hatte, traute ich mich, ihn etwas aufzuziehen: *Wenn das dein fünfter Avatar ist, solltest du dann nicht schon xXPlayerFiveXx sein?*

Seine Reaktion kam mit kurzer Verzögerung. »Haha!«, sagte er trocken. »Sehr witzig. Auf den wäre ich nie gekommen.«

Ich grinste in mich hinein, während wir uns Seite an Seite über den Markt bewegten.

»Ich spiele zum ersten Mal einen Tagschatten.« xXPlayerOneXx wandte sich um und schwebte zu einem Händler hinüber. »Gerade eben gefällt es mir ganz gut. Auf jeden Fall besser als der Sensenmann. Ich bin gespannt, wie du mit ihm klarkommen wirst. O Mann«, fügte er hinzu. »Ich hab irgendwie die ganze Zeit das Gefühl, reden zu müssen, damit es nicht so still ist.« Er schnaubte belustigt. »Wenn ich leise sein soll, sag Bescheid.«

Okay, mach ich.

»Es ist ein bisschen so, als würde ich livestreamen.« Er machte eine Pause und fügte trocken hinzu: »Mit genau einem Zuschauer.«

Ich kicherte leise – und fühlte mich sofort ertappt, bis mir wieder einfiel, dass das Mikro aus war.

Entspann dich, Anne! Sei Mr. Skull!, ermahnte ich mich selbst.

Jeder fängt mal klein an, tippte ich in den Chat, während ich zum Rüstungsbauer ging, um meinen Umhang verbessern zu lassen. Selbst mit einer höheren Rüstungsstufe würde mich der Gorgone mit zwei Hieben kaputt schlagen, wenn ich nicht aufpasste, aber es half zumindest meinem Level-8-Selbstbewusstsein.

Level 1000. Worauf ließen wir uns da nur ein?

Wir hatten uns schnell ausgerüstet und ich den Großteil meines Golds ausgegeben. Wenn man hier verlor, rutschte man nicht nur in den Keller, man büßte auch einen Haufen Kohle ein, den man davor genauso gut in Zauber und Ausrüstung hätte investieren können. Und eine Bestie wie den Gorgonen würden wir nicht besiegen, indem wir sie mit Goldstücken bewarfen.

Kurz darauf kamen xXPlayerOneXx und ich wieder in der Mitte des Marktplatzes zusammen – und meine Nervosität schoss ins Unermessliche. Nicht nur wegen des Gorgonen, sondern auch, weil sich die Stille zwischen uns komisch anfühlte. Am liebsten hätte ich gesprochen, um sie zu überbrücken, aber das konnte ich ja nicht. Und ich fühlte mich genauso affig, den Chat vollzuspammen, einfach nur, um ein Lebenszeichen von mir zu geben.

Verdammt, gab es keine andere Lösung? Und wie würden wir das im Kampf handhaben?

Könnte ich nicht doch irgendwie …?

»Also«, unterbrach xXPlayerOneXx meine Gedanken. »Bist du be…« Er stockte, und ich runzelte die Stirn. Was war denn jetzt los? Mehrere Sekunden lang drang nur Stille aus meinen Kopfhörern, und ich ging davon aus, dass er sein Mikro abgestellt hatte. »Ach, verdammt«, fuhr er dann plötzlich fort. »Ich muss ganz kurz weg. Nur zehn, fünfzehn Minuten. Kannst du so lange warten?«

Ich checkte meine trockene Kehle und meine Blase. *Klar, muss sowieso pinkeln*, schrieb ich – und korrigierte mich im letzten Moment, bis dort stand: *Klar, muss sowieso pissen.* Das klang doch schon viel männlicher.

»Cool. Bin gleich wieder da. Töte den Gorgonen nicht ohne mich«, fügte er mit einem Lächeln in der Stimme hinzu. Dann war da wieder Stille.

Auf einmal fiel eine Anspannung von mir ab, die mir zuvor gar nicht aufgefallen war. Mit einem erleichterten Seufzer lehnte ich mich in meinen Stuhl zurück und starrte an die Decke. Es war seltsam. Als Fontana war ich einfach ich selbst gewesen und hatte schlichtweg kein Wort darüber verloren, eine Frau zu sein. Aber jetzt war es anders. Jetzt wollte ich ganz Magistrar weismachen, dass ich ein Mann war. Und bis eben hatte das vielleicht auch ganz gut geklappt.

Doch das war erst der Anfang. Wenn ich die Fassade aufrechterhalten und gut spielen wollte, musste ich mir dringend etwas einfallen lassen. Allen voran, wie ich mit xXPlayerOneXx kommunizieren wollte – wenn es schon daran scheiterte, könnten wir den Gorgonen vergessen.

In diesem Moment fiel es mir wie Schuppen von den Augen. Ich musste grinsen, denn die Idee, die mir gerade kam, war so hart an der Grenze zwischen *dumm* und *genial*, dass ich nicht anders konnte, als ihr nachzugehen.

5. KAPITEL

INTRO

Ich verließ den Voicechat und minimierte das Fenster, in dem *Masters of Magic* geöffnet war. In meinem Browser war außerdem noch WhatsApp Web offen, und ich hatte ein paar verpasste Nachrichten von Pia drauf, die es sich in einem Campus-Café bequem gemacht und irgendwas am BAföG-Antrag nicht verstanden hatte.

Ich grunzte. Als wäre ich die richtige Adresse für so etwas. Dennoch antwortete ich ihr kurz, dass ich keinen Plan hatte, weil ich ihn sowieso noch nicht angeschaut hatte, und wechselte zu Google. Zwei Suchanfragen später wurde es spannend.

Ich schluckte, während sich ein neuer Schwall aus Nervosität in mir ausbreitete. Was ich vor mir sah, löste Hoffnung und Furcht zugleich in mir aus. Es war ein Testbericht für verschiedene Stimmverzerrer.

Kurz entschlossen scrollte ich durch den Artikel. Die meisten davon waren Müll oder Kinderkram – doch dann fand ich genau das, was ich suchte. Eine Software, die ich sofort herunterladen und mit der ich meine Stimme glaubhaft verstellen konnte. Also kein Chipmunk-Verriss, sondern eine, die man mir auch abkaufen würde.

Nein, nicht mir. Die man *Mr. Skull* abkaufen würde.

Das Programm kostete neunundneunzig Euro. Mein Nacken fühlte sich heiß an, als ich mit dem Mauszeiger über den *Warenkorbhinzufügen*-Button fuhr. Wenn ich das hier durchziehen wollte, hatte ich nicht viel Zeit. xXPlayerOneXx wäre gleich wieder da, und bis dahin musste ich mich entschieden haben. Wollte ich mit ihm sprechen? Wollte ich unsere Chancen auf einen Sieg erhöhen?

Ich fügte die Software meinem Warenkorb hinzu. Von da musste ich nur noch auf *Bezahlen* klicken. Ich hatte die Kreditkartendaten meiner Mom von meinem Browser speichern lassen, als sie vorletztes Jahr einen Satz neuer Klamotten für mich bezahlt hatte. Natürlich könnte ich niemals mit ihrem Geld zahlen, ohne dass sie davon Wind bekam, aber so würde sie das Ganze erst mit der Abrechnung sehen, und dann könnte ich die Software sowieso nicht mehr umtauschen. Sollte sie mir das von meinen Geburtstagsgeschenken der nächsten fünf Jahre abziehen. Ich investierte hier in meine Zukunft!

Bevor ich es mir anders überlegen konnte, drückte ich auf *Jetzt bezahlen*. Dann musste ich nur eine Prüfnummer eingeben, die auf der Rückseite ihrer Kreditkarte stand. Es waren nur drei Ziffern, und ich hatte sie längst auswendig gelernt. Kein Wunder, dass Kreditkartenbetrug so weit verbreitet war.

Ich klickte auf *Kauf abschließen*, und Augenblicke später erschien ein Download-Button vor mir. Ich fühlte mich erleichtert und angespannt und hatte ein schlechtes Gewissen – ein Gefühlscocktail, der mir auf den Magen schlug. Das Programm wurde so langsam heruntergeladen, dass ich es mir erlaubte, kurz aufs Klo zu rennen. Als ich wiederkam, stand es bei neunundneunzig Prozent.

Ich stöhnte. »Komm schon!« So lahm war meine Kiste doch gar nicht. Wenn es für MoM reichte, sollte es für diesen Download allemal herhalten können.

Nervös ließ ich meinen Blick zur Uhr zucken. Wie lange war xXPlayerOneXx schon weg? War er inzwischen zurück?

Ich klickte mich ins Spiel, doch unsere Avatare standen immer noch teilnahmslos voreinander und starrten in verschiedene Richtungen wie zwei alte Bekannte an der Bushaltestelle, die sich tunlichst ignorieren wollten, aber leider auf dieselbe Linie warteten.

Dafür bekam ich eine Nachricht über WhatsApp Web. *Bist du mit dem Antrag schon durch? Was hast du bei Nummer 4?*

Ich rümpfte die Nase und klickte gar nicht erst auf die Vorschau.

Einhundert Prozent.

Schnell öffnete ich die *.exe*-Datei meiner neuen Software und installierte sie mit ein paar Klicks. Wieder musste ich warten, bis sich die entsprechende Ladeleiste gefüllt hatte. Danach verband ich die Software mit meinem Mikrofon. Das Interface des Programms war sehr schlicht gehalten – und intuitiv. Obwohl ich noch nie zuvor so etwas benutzt hatte, wusste ich sofort, wo ich draufklicken musste, um zu dem Menü zu kommen, das ich brauchte.

Vor mir erstreckte sich eine kleine Datenbank aus Stimmen. Es waren ungefähr dreißig verschiedene, aber ein Link ganz unten zeigte an, dass man sich noch weitere gratis herunterladen konnte. Schnell ließ ich meinen Blick über das Angebot schweifen und …

Ein Zucken ging durch mein Augenlid. Ich hatte gehofft, die Stimmen wären klar gekennzeichnet. Mit *kleines Mädchen, alter Mann* oder sonst irgendetwas Eindeutigem. Aber das wäre ja auch zu einfach gewesen. Stattdessen erwarteten mich Namen wie *Poppy, Lux, Peach, Mexiko* und unzählige andere Wörter, die mich eher an Cocktail- oder Eiscreme-Sorten als an Stimmen erinnerten.

Eingehender Sprachanruf von Pia, ploppte es auf dem Screen vor mir auf. Ich klickte ihn weg. xXPlayerOneXx wäre bestimmt jede Sekunde zurück, und wenn ich bis dahin nicht fertig war, könnte ich meinen Plan in die Tonne kloppen.

Ghost.

Aufgeregt sah ich genauer hin. Tatsächlich, da stand *Ghost*. Das klang doch wie die Ecke, in die ein Mr. Skull gehörte. Schnell doppelklickte ich auf das Wort. Ich schaltete mein Mikrofon an und testete die Stimme: »Ich bin Mr. Skull.«

Kaum dass ich geendet hatte, ertönten die Worte aus meinem Headset. »Ich bin Mr. Skull«, sagte eine hohe, seichte Frauenstimme, als würde sie von einem Windhauch davongetragen werden.

Verdammt. Ich hatte ein Schreckgespenst erwartet, das andere mit einer Kettensäge jagte, und nicht diesen traurigen Trauerkloß von Frau. Weiter.

Gangster. War Mr. Skull ein Gangster? Keine Ahnung, aber einen Versuch war es ja wert. Ich wählte die Stimme aus und wurde wieder unterbrochen.

Eingehender Sprachanruf von Pia.

»Ach, komm schon«, murrte ich und nahm den Anruf über meinen Laptop an. »Was ist denn?!«

»Hey«, setzte Pia an und verstummte dann so abrupt, dass ich mir nicht mehr sicher war, ob ich überhaupt etwas gehört hatte. Totenstille brach in der Leitung aus.

»Hallo?«, fragte ich irritiert. Warum rief sie mich an, wenn sie mir nichts zu sagen hatte? »Ich hab jetzt echt keine Zeit für sowas!«

Ich bildete mir ein, Pia atmen zu hören, als wäre *sie* nun zum Schreckgespenst mutiert. »W-wer sind Sie?«, hauchte sie kaum hörbar. »Und wo haben Sie dieses Handy her?«

Ich stutzte. »Was?« Mein Handy lag in einiger Entfernung auf meinem Bett. Und warum zur Hölle siezte sie mich?

Mein Blick fiel auf meine neue Software. Und auf den Eintrag *Gangster,* der nach wie vor hell unterlegt war. Weil er noch ausgewählt war. Weil das Programm meine Stimme über mein Mikrofon manipulierte.

Mein Herz machte einen Satz. »Hey, wie klinge ich?«, fragte ich gehetzt. »Wie klingt meine Stimme?«

»Wo ist Anne?«, stieß Pia hervor. »Woher haben Sie dieses Handy?!«

Ich stöhnte. »Ich *bin* Anne!«

»Verarschen kann ich mich selbst!«

»Ich mein's ernst!« Schnell doppelklickte ich den *Gangster* weg und hoffte, dass meine Stimme wieder normal wurde. »Ich bin es wirklich!«

Pias Unsicherheit war förmlich durch mein Headset zu spüren. »Anne.« Dafür konnte ich *sie* nun kaum mehr hören und checkte meine Internet-Verbindung. Sie war einwandfrei. Also lag es wohl an ihr. »Bist du etwa *mit einem Mann* unterwegs?«

Mit einem alten Mann, der nicht dein Dad ist, schwang es deutlich in ihren Worten mit.

Plötzlich schnappte sie nach Luft. »O Gott«, sprudelte es aus ihr heraus. »Deshalb benimmst du dich in letzter Zeit so komisch!«

Meine Brauen schossen in die Höhe. *Wie bitte, was?*

»Okay. Also gut.« Ihre Sätze waren so abgehackt, dass ich sie fast nicht mehr entzerren konnte. »Wenn du Hilfe brauchst, wenn ich deine Eltern oder die Polizei anrufen soll, sag einfach Banane!«

»*Banane?*«, wiederholte ich verdutzt.

Pia stieß einen unterdrückten Schrei aus, und mit einem Schlag wurde mir klar, dass ich einen großen Fehler gemacht hatte.

»Äh … nein!«, beteuerte ich. »Keine Banane! Nix mit Banane! Ich nehme die Banane zurück!«

»B-bedroht er dich etwa gerade?! I-ich rufe die Polizei. Nein, das kann ich nicht! Ich kann doch jetzt nicht auflegen! Du brauchst mich!« Sie klang immer aufgeregter, und ich fragte mich, ob sie sich selbst noch ernst nahm. »Was soll ich nur tun?!«

»Du sollst dich beruhigen!«, nutzte ich ihre Vorlage. »Ich verstelle doch nur meine Stimme.«

Pia brach abrupt ab. »Was?«, stieß sie hervor. Sie rang mit sich, das spürte ich ganz deutlich. »Wie ein … Puppenspieler?!«

Ich zog die Brauen zusammen. »Nein, wie jemand mit einem Computer.«

Dem Geräusch nach stieß sie die letzte Luft aus ihren Lungen, als wäre sie mit ihren Nerven am Ende. »Also … machst du gerade wieder irgend so ein Robo-Zeugs?«

Ich unterdrückte ein Seufzen. »Ja«, murrte ich. »Robo-Zeugs.«

»Robo-Zeugs. Also … ist kein *Mann* bei dir?«

»Nein.«

»Niemand bedroht dich mit einer Pistole?«

»Nicht mit einer Pistole«, murmelte ich, »und nicht mit einer Banane.«

»O mein Gott«, hauchte Pia. »Mein Herz. Ich brauch dringend eine Gesichtsmaske.«

Ich stutzte. »Für dein Herz?«

»Okay, wenn du Robo-Zeugs machst, dann stör ich dich nicht weiter.« Sie klang ehrlich erleichtert. »Sag mir einfach nur später, was du bei Nummer vier hast, okay? Tüdelü!«

Ich runzelte die Stirn. »Was für eine Nummer vier denn?«

Ein Signalton verriet mir, dass Pia aufgelegt hatte. Na toll. Allmählich bereitete mir diese dubiose Nummer vier ein seltsames Gefühl in der Magengrube. Fast schon, als hätte ich wieder Hausaufgaben zu erledigen.

Etwas durch den Wind ließ ich meinen Blick zurück zu meiner neuen Software wandern, und Hoffnung keimte in mir auf. Erneut aktivierte ich *Gangster*, startete einen Test und sprach dann in mein Mikro: »Ich bin Mr. Skull.«

»Ich bin Mr. Skull«, antwortete das Programm mit Verzögerung, damit ich dem Effekt auch klar und deutlich lauschen konnte.

Meine Gesichtszüge entgleisten, als ich hörte, was Pia gehört hatte. Es war perfekt. Ich hatte eine tiefe Stimme. Tief wie die eines Mannes.

Tiefer als die von xXPlayerOneXx. Aber nicht so tief, dass sie fake wirkte. Sie war alles, was ich wollte. Sie war der Inbegriff eines Sensenmannes.

Dieser Gangster war Mr. Skull!

O Mann. Meine Gedanken sollte wirklich nie jemand zu hören bekommen.

Schnell wechselte ich zurück zu MoM – und war nicht die Erste, die zurückkehrte.

Hallo?, hatte xXPlayerOneXx geschrieben. *Noch da?*

Parallel war eine Anfrage für einen neuen Voicechat eingegangen.

Von jetzt auf gleich schlug mir mein Herz bis zum Hals. Ich würde das wirklich durchziehen, oder?

Natürlich würde ich das. Andernfalls hätte ich gerade einen Hunni zum Fenster rausgeworfen.

Ich atmete tief durch, um mich zu beruhigen, aber stattdessen fühlte es sich so an, als würde die Luft meine Nervosität nur durch meinen Körper wirbeln, wo sie sich in allen Ecken und Winkeln verteilte.

Der Tagschatten riss die Arme hoch und rannte in einem Kreis um mich herum. *Hallooo?*

Ich musste grinsen – und allein damit half mir xXPlayerOneXx dabei, über meinen Schatten zu springen. Ich nahm die Anfrage an.

»Oh, hey!«, sagte er sofort. »Da bist du ja wieder.«

Meine Lippen teilten sich, doch kein Ton drang zwischen ihnen hervor. Was auch immer ich gerade hatte sagen wollen, blieb mir im Hals stecken, in dem sich daraufhin ein so dicker Knoten bildete, dass ich zwei Stricknadeln gebraucht hätte, um ihn zu entwirren.

»Wollen wir los?«

Erst jetzt fiel mir auf, dass er ja gar nicht auf eine verbale Antwort wartete, sondern darauf, dass ich etwas in den Chat schrieb. Weil er nicht wusste, was ich hinter den Kulissen getan hatte. Weil er dachte, mein Mikro wäre kaputt.

Ich konnte mich noch dazu entscheiden, es sein zu lassen. Das Risiko nicht einzugehen. Einfach so weiterzumachen wie bisher. Aber auf einmal war das keine Option mehr für mich. Wenn das hier nicht klappte, müsste ich mich eben notfalls von xXPlayerOneXx trennen, obwohl mir die Vorstellung davon irgendwie Bauchschmerzen bereitete.

Ich versuchte, mich zu sammeln. Räusperte mich, damit der Gangster nicht verlegen zu krächzen begann, und sagte: »Ja.« Ein einzelnes, simples Wort.

In dem Moment, in dem meine Stimme an seine Ohren dringen musste, war es, als würde ich geradewegs ins Spiel hineingesogen werden – und das war ein Gefühl, das ich den ganzen Tag über schmerzlich vermisst hatte. Der Augenblick, in dem ich nicht mehr wusste, wo ich endete und Mr. Skull anfing. In dem ich mich fallen lassen, voll und ganz auf MoM einlassen konnte. In dem ich mich *endlich* entspannen konnte.

Ich saß nicht mehr auf meinem Stuhl, sondern stand dem Tagschatten gegenüber. Seine goldenen Haare hingen ihm in Strähnen ins Gesicht, konnten aber die erhobene Augenbraue nicht verbergen, die er mir schenkte. »Ich dachte, dein Mikro wäre kaputt«, hob er argwöhnisch an.

Ach, verdammt. Bloß nichts anmerken lassen. Ich reckte das Kinn. »Hab mir ein neues geholt.«

xXPlayerOneXx runzelte die Stirn. »In der Viertelstunde? Wohnst du neben MediaMarkt?«

»Vom Dachboden!«, gab ich überfordert zurück und wandte mich ab. Warum bohrte er denn so sehr nach?

»Ein Mikro vom Dachboden«, murmelte er. »Hey, wie alt bist du eigentlich?«

Ich erstarrte. In einer mechanischen Bewegung drehte ich mich zu ihm um und musterte ihn argwöhnisch. »Warum?«, fragte ich lauernd. Stimmte etwas nicht mit meiner Stimme? Klang ich etwa wie ein Mädchen? Oder wie ein Zwölfjähriger? Hatte die Software jetzt schon den Geist aufgegeben?

»Ich weiß nicht«, erwiderte er gedehnt. »Von der Art, wie du schreibst, dachte ich, du wärst in meinem Alter. Aber du klingst älter.«

Meine Schultern sackten herab. *Wie ein älterer* Mann*?*, wollte ich hinterherschieben, biss mir jedoch in letzter Sekunde auf die Zunge. »Wie alt bist du denn?«, gab ich zurück und hoffte, dass ich den Satz nicht wie ein Mädchen betonte. Falls das überhaupt einen Sinn ergab.

»Neunzehn«, antwortete er, und aus irgendeinem Grund fiel mir ein Stein vom Herzen. »Du?«

Ich zögerte. Die besten Lügen waren doch die, die im Detail viele Wahrheiten beinhalteten, oder? So lief man weniger Gefahr, sich zu verplappern. Also fing ich gleich mit einer Wahrheit an: »Achtzehn.«

»Wow«, kommentierte xXPlayerOneXx. »Nicht schlecht.«

Ich schenkte dem Tagschatten einen lauernden Blick. »Meine Stimme oder meine Skills?«

Er lachte. »Deine Stimme. Von deinen Skills bin ich noch nicht überzeugt.«

Ein Zucken ging durch meine Braue. »Was soll das denn heißen?« O Gott, *das* hatte ich jetzt aber wie ein Mädchen betont. Hoffentlich fiel ihm das nicht auf.

»Komm«, sagte er. »Bevor die uns den Gorgonen auch noch wegschnappen. Die anderen 1000er im Blühenden Reich sind gerade alle bereits im Kampf oder besiegt.«

Mist! Ich hatte vor lauter Trubel fast vergessen, weshalb wir überhaupt hier waren. So würde ich nie Zink erreichen. »Klar. Bin soweit.« Mit einer geschickten Bewegung meiner Sense startete ich die Teleportation. Ein Lichtkegel bildete sich um mich herum – und auch um xXPlayerOneXx. Gleichzeitig verschwanden wir von der Karte, und der Ladebildschirm drohte mich beinahe aus meinem Tunnelblick zu reißen.

»Wie heißt du eigentlich?«, fragte er in der Zwischenzeit, und der bloße Klang seiner Stimme zog mich sofort wieder zurück ins Spiel. »In echt, meine ich.«

Ich stockte. »Ähm«, formte mein Mund wie von selbst, und ich verfluchte mich dafür. Wer musste denn schon darüber nachdenken, wie er hieß?! Was war heute nur los mit mir?

Okay, ganz ruhig. Bloß nicht Anne sagen, befahl ich mir selbst. Ein männlicher Name musste her. Der männlichste Männername, den ich kannte. Vielleicht eine männliche Version von meinem Namen?

Anne.

Verdammt.

Noch mal.

Anton?

Nein, ich wollte nicht Anton heißen. Auf gar keinen Fall. Anton war das genaue Gegenteil von Mr. Skull.

Vielleicht was mit S…, Sk…

»Hallo?«, fragte xXPlayerOneXx irritiert. »Noch da?«

Komm schon, Mann, irgendwas mit S!, herrschte ich mich selbst an. Meine Lippen teilten sich und formten den erstbesten Namen, der mir einfiel: »Skull.«

Ach, verdammt, Anne!

xXPlayerOneXx schenkte mir ein lang gezogenes »Oookaaay« und stellte sich dann selbst vor. »Ich bin Linus.«

Linus. Dieser Name passte so gut zu seiner samtig weichen Stimme. »H-hi.« Wieder geriet ich ins Stocken. Sagten Jungen überhaupt Hi? »Ich meine *hallo*«, schob ich hinterher und hätte mich am liebsten selbst geohrfeigt. Warum war ich heute nur so nervös?

Okay, vielleicht war ich nervös, weil ich mit einem männlichen Avatar und einer brandneuen Stimmenversteller-Software hantierte, von der ich keine Ahnung hatte, ob sie wirklich funktionierte oder schon bald alle drei Sekunden einen Sprung haben würde, bis ich wie ein Dreizehnjähriger mitten im krassesten Stimmbruch klang, den die Welt je erlebt hatte. Vielleicht lag es aber auch daran, dass xXPlayerOneXx – Linus – der erste Spieler überhaupt war, der mich je nach meinem richtigen Namen gefragt hatte. Und das, obwohl er nicht wusste, dass ich ein Mädchen war. Er machte es ohne Hintergedanken. Einfach, weil es ihn interessierte. Warum war er so scheiße nett?

Ich kannte ihn erst seit wenigen Stunden, aber er verwirrte mich jetzt schon. Auf eine positive, faszinierende Weise.

Der Ladebildschirm verschwand, und wir fanden uns in einem anderen Teil des Blühenden Reichs wieder.

»Oh, siehst du das?«, fragte Linus. »Der Raid füllt sich.«

Und tatsächlich: In der Ferne konnte ich den Felsbrocken erkennen, der sich in der Mitte der saftig grünen Wiesen erhob. Die Höhle des Gorgonen darin war finster und undurchdringlich. Deshalb konnte ich die Anzeige daneben klar und deutlich sehen. Sie sagte: 3/5.

Es waren noch zwei Plätze frei.

»Verdammt!« Ich hätte Linus' Hand genommen, hätte ich es gekonnt. Stattdessen schwebte ich einfach drauflos – und sah aus dem Augenwinkel, wie er mühelos mit mir Schritt hielt, ohne mit den Füßen den Boden zu berühren.

Mir war, als spürte ich seine Körperwärme neben mir, und ich konnte nicht anders, als ihm immer wieder einen verstohlenen Seitenblick zuzuwerfen. Zum Glück konnte er das nicht sehen. Ich hatte bisher selten mit Tagschatten zusammen gespielt und war gespannt, was Linus aus diesem Avatar machte.

Meine Aufmerksamkeit blieb aber nicht an seinem Skillset hängen. Ich sah mir sein Profil nicht mal an. Stattdessen musterte ich seine strahlende Haut, seine langen Haare, die genau wie meine Robe im Zugwind wehten, und sein wallendes Gewand, das er mit einer solchen Würde trug, dass einem nur der Atem stocken konnte.

xXPlayerOneXx und Fontana hätten ein ziemlich hübsches Pärchen abgegeben. Doch jetzt war ich Mr. Skull, und ein Sensenmann gab mit nichts und niemandem etwas *Hübsches* ab.

Am Rande meines Blickfelds sah ich sie kommen. Zwei andere Spieler – eine Elfe und ein Ork. Sie waren schon auf Level 12 und auf dem Weg hierher. Wahrscheinlich fragten sie sich gerade, warum zwei Schwächlinge wie wir überhaupt in diese Höhle wollten.

Aber das änderte nichts daran, *dass* wir es wollten.

»Schnell!«, zischte ich und legte umso mehr Energie in meine Schwebe. Mein Gewand schlotterte um meine Knochen und der kalte Wind peitschte mir aus der Höhle ins Gesicht, als wollte der Gorgone verhindern, dass wir ihn erreichten.

Aber das würden wir. Die Frage war nur, ob wir es schaffen würden, bevor uns die anderen beiden unsere Plätze wegnahmen.

»Das schaffen wir«, schien Linus meine Gedanken zu lesen. »Nicht aufhören!« Am Rande meines Bewusstseins bildete ich mir ein, seine Maus zu hören, als er in immer kürzeren Abständen auf die Höhle klickte – genau wie ich.

Ein plötzlicher Energieschub erfasste mich. Die Elfe und der Ork kamen immer näher – aber wir auch. Ich musste unbedingt dort hinein. Ich hatte keine Lust, auf die nächste Gelegenheit zu warten. Zink rief nach mir – ich konnte seine süße, nicht durch eine billige Software verzerrte Stimme deutlich hören …

Auf einmal war die Elfe neben mir.

Ein angestrengter Schrei stieg meine Kehle hinauf, als ich meine letzte Kraft in meine Arme lenkte, meine Beine oder was auch immer es war, das mich in der Luft hielt. Mit einem Ruck stürzte ich nach vorne und …

Die Dunkelheit verschlang mich und machte dem Ausrüstungsbildschirm Platz.

Ich schnappte nach Luft, von der ich gar nicht wusste, dass ich sie angehalten hatte. »B-bist du auch drin?«, keuchte ich.

»Jap.« Linus klang vollkommen ruhig, als hätte er keine Angst gehabt, das hier nicht zu schaffen. Oder als steigerte er sich nicht annähernd so sehr in dieses Spiel hinein wie ich. »Du bist offensiv, ja?«

Mein Mund klappte zu, und ich dachte viel zu lange über meine Wortwahl nach, wenn man berücksichtigte, dass ich am Ende einfach nur »Ja« sagte.

Auf meinem Bildschirm wurden auch die drei anderen Spieler angezeigt, die die Höhle vor uns betreten hatten. Wir konnten einsehen, welche Zauber und Gegenstände sie ausgerüstet hatten. Sie waren alle in Zink, was gut für uns war, sie aber wahrscheinlich gerade hunderte Flüche ausstoßen ließ, warum ausgerechnet zwei Luschen, die sich nicht mal für eine Liga qualifiziert hatten, hier mitmischen wollten.

Wir würden denen schon zeigen, was wir auf dem Kasten hatten. Hoffte ich zumindest.

Seit dem letzten Update konnte man in einem Raid nur noch einen Voicechat abhalten, wenn man zu einer Gilde gehörte oder ihn bereits vor Betreten der Arena gestartet hatte. Was bedeutete: Linus und ich konnten miteinander sprechen, genau wie wahrscheinlich die drei anderen. Aber wenn wir zwischen unseren Teilgruppen kommunizieren wollten, mussten wir den guten alten schriftlichen Chat benutzen. Das Update war für die Tonne gewesen und ich wartete nur darauf, dass sie die Änderung wieder zurücknahmen. Aber im Moment hatten wir keine andere Wahl, als das Hindernis in Kauf zu nehmen.

Nachdem ich meine Auswahl bestätigt hatte, wurde mir vorab ein Blick auf den Gegner gewährt. Ich konnte das Innerste der Höhle betreten und vollends in ihre Schwärze eintauchen. Gerade eben legte sich noch ein leichter dunkler Schleier in mein Sichtfeld. Sobald er verblasste, würde der Raid beginnen.

Erst nach ein paar Sekunden gewöhnte ich mich an die Dunkelheit – und erkannte die riesige, dünne Silhouette, deren roter Blick sich durch meinen Schädel zu brennen drohte.

Der Gorgone war mindestens dreimal so groß wie ich, vielleicht sogar viermal. Seine Gestalt ähnelte nur entfernt der eines Menschen. Er hatte zwar einen Kopf, zwei Arme und zwei Beine, aber damit endeten die Gemeinsamkeiten auch schon. Der Gorgone wirkte wie ein Skelett, das man frei aus dem Gedächtnis heraus zusammengesetzt hatte, ohne auch nur einen einzigen Knorpel an die richtige Stelle zu bekommen. Ach ja, und all seine Knochen glänzten pechschwarz. Seine Hände wiederum endeten nicht in Fingern, sondern gingen nahtlos in lange Krallen über.

Das Monstrum stand nicht einfach nur da wie der Drache, den ich neulich mit meiner alten Gilde besiegt hatte. Stattdessen wiegte er seinen Körper hin und her, hin und her, als hätte er eine Horde Hummeln im Hintern und wartete nur auf das Startsignal, um durch die ganze Höhle zu springen, sich von den Wänden abzustoßen und auf alles zu stürzen, was nicht schnell genug auswich.

Eine beißende Kälte schlug mir entgegen, die nichts mit der Höhle um mich herum zu tun hatte, sondern nur mit ihrem einzigen Bewohner. Eine Kälte, ausgelöst von seiner Finsternis. Als Sensenmann gehörte auch ich der Finsternis an, aber meine Kräfte waren noch nicht annähernd so stark, um diese Wirkung auf andere zu haben. Vielleicht eines Tages, wenn ich Platin erreicht hatte.

Ich spürte Linus neben mir. Seine Wärme prickelte ein kleines bisschen auf meiner Haut. Ziemlich praktisch, eine Sonne auf zwei Beinen bei sich zu haben.

»Hui«, murmelte ich, als ich den Gorgonen musterte. Irgendwie wirkte er düsterer als die letzten Male, die ich ihn abgeschlachtet hatte.

Kälter. Zur Sicherheit checkte ich mein Menü, aber diesmal hatte ich daran gedacht, all meine Slots zu füllen. »Haben sie dem ein Update verpasst?«

»Wusstest du das nicht?«, fragte Linus überrascht. »Schon vor zwei Wochen.«

Ich riss den Kopf zu ihm herum und starrte ihn an, doch er hielt den Blick weiterhin auf die Bestie gerichtet. »S-Sekunde«, stieß ich hervor. »Haben sie nur das *Aussehen* verändert, oder auch …«

»… auch seine Fähigkeiten, ja«, klärte er mich auf. Auf einmal legte sich etwas Gehetztes in seine Stimme. »Er … ist jetzt schneller als vorher.«

»*Noch* schneller?!«, brach es aus mir heraus, ohne Rücksicht darauf, wie männlich oder weiblich ich ihn gerade anschnauzte. »Willst du mich verarschen?«

»Scheiße«, murmelte Linus. »Ich dachte, du wüsstest das.«

Mir wurde heiß und kalt zugleich. Hätte ich das gewusst, hätte ich diesen Raid nie vorgeschlagen. »Warum hast du dann zugestimmt?!«

»Ach, komm«, versuchte er mich zu beschwichtigen. »Das kriegen wir schon hin.«

Betreten starrte ich den Tagschatten an. Wie konnte er so ruhig bleiben? Der Gorgone war noch viel gefährlicher als vorher und wir nur kleine Knirpse mit Frischlingsavataren, die das Vieh binnen zwei Sekunden wegpusten könnte.

Auf einmal bereute ich es, die Offensive gewählt zu haben. Ich hatte schon jetzt das Gefühl, dass ich Linus in den nächsten Minuten so was von zur Last fallen würde. Und damit meinte ich, dass er mir die ganze Zeit den Arsch würde retten müssen.

Ich fluchte. »Ich weiß nicht, ob wir das hinkriegen.«

Der dunkle Schleier, der sich über mein Sichtfeld gelegt hatte, lichtete sich.

6. KAPITEL

TUTORIAL

Uns blieben nur noch Sekundenbruchteile.

»Vielleicht hättest *du* lieber offensiv spielen sollen«, sagte ich mit dünner Stimme.

»Jetzt ist es zu spät.« Der Tagschatten schenkte mir einen letzten, nüchternen Blick, dann hechtete er förmlich davon. »Hau raus, Skull!«

Skull. Es war komisch, so genannt zu werden – und das, obwohl es der Name meines Avatars war. Aber irgendwie könnte ich mich daran gewöhnen.

Der Gorgone riss den Kopf hoch und stieß einen Schrei aus, der von den Wänden widerhallte und mir das Blut in den Adern gefrieren ließ.

Ein Schauer rann mir über den Rücken. *Was hast du dir da nur eingebrockt, Anne?*

Sofort straffte ich die Schultern. *Hau raus, Skull!*

Die Bestie schoss vorwärts, aber zu meinem Glück hatte sie es nicht auf mich abgesehen – noch nicht. Stattdessen zuckte sie durch die Schwärze und schlug ihre Krallen irgendwo neben mir in den Boden. Dass dort ein Gnom gestanden hatte, bemerkte ich erst, als dieser an meine Seite flitzte – definitiv mithilfe eines Geschwindigkeitszaubers, von dem ich nur träumen konnte.

Der Gnom wirbelte neben mir herum und warf seine Spitzhacke nach dem Gorgonen, während dieser seine Krallen aus dem Boden zog. Das Teil traf ihn mit voller Wucht, doch als mein Blick nach oben zu seiner Lebensleiste zuckte, erkannte ich fast keine Veränderung. Tja, Level 1000 war eben sogar für Zink-Spieler eine Herausforderung.

Der Gorgone fuhr herum und griff einen Troll an, der eine Sternenzauberin vor Gröberem abschirmte. Das war meine Chance. Ich nahm die Beine in die Hand und schoss durch die Luft auf ihn zu. Je näher ich ihm kommen konnte, desto stärker wäre mein Angriff. Ich hatte noch nicht besonders viele verschiedene Zauber bekommen, weshalb ich nur einen Standardzauber aussprach. Meine Lippen bewegten sich, während ich mit einer Hand ausholte und einen Ball aus Finsternis auf den Gorgonen warf. Ich traf voll ins Schwarze, machte aber noch weniger Schaden als der Gnom eben.

Das könnte eine schwere Geburt werden.

Der giftgrüne Troll wirkte einen Schutzzauber, der den Gorgonen nicht im Geringsten zu stören schien. Er sprang bis vor den Spieler und schlug seine Krallen immer und immer wieder in den schimmernden Wall, der sie voneinander trennte. Wenn ich mich nicht irrte, lud jeder Angriff die Ultra-Attacke des Trolls auf. Wenn er sie einsetzte, würde das den Gorgonen einiges an Leben kosten. Aber noch lange nicht genug.

Gehetzt sah ich mich um – und entdeckte Linus, der sich an den Rand der Arena zurückgezogen hatte. Geradezu halbherzig feuerte er einen Standard-Angriff nach dem anderen auf den Gorgonen ab, der ihm aus der Entfernung kaum ein Haar krümmte und ihn so wenig juckte, dass sich die Bestie nicht mal nach dem Tagschatten umsah. Ich wusste, dass Linus auf seine eigenen Ultra-Zauber hin sparte, konnte mich aber gerade nicht mehr daran erinnern, welche das war.

»Kannst du mich stärken?«, fragte ich und war jetzt schon froh darüber, dass wir nicht auf den schriftlichen Chat angewiesen waren. »Hast du was?«

»Gleich«, erwiderte er. »Noch zehn.«

Okay, zehn Sekunden.

»Wann hast du deinen Ultra?«, schob er hinterher.

Mein Blick zuckte zu meinem Menü, und mein Magen verkrampfte sich. »Frag nicht.« Kurz entschlossen wirbelte ich zum Gorgonen herum und startete einen größeren Angriff in seine Richtung. Diesmal war es kein Ball aus Schwärze, sondern ein Speer, der sich wie von selbst in meiner Hand manifestierte und …

Der Gorgone sprang auf die Seite, aber mein Speer war zu klug, um sich austricksen zu lassen. Er beschrieb eine Halbkreisbewegung und traf doch noch in den Leib der Bestie. Das Vieh verlor … na ja, ein bisschen mehr Leben als zuvor.

Dafür musste sich dieser Angriff jetzt allerdings zwanzig Sekunden aufladen.

Sofort stolperte ich in die entgegengesetzte Richtung und riss eine Hand hoch, um meine Standard-Attacken auf ihn abzufeuern. Gerade konnte ich nicht viel mehr tun, aber versammeltes Kleinvieh machte schließlich auch Mist.

Meine Aufmerksamkeit wanderte nur rein zufällig zur Chat-Box, als der Troll schrieb: *Gebt mir Deckung.*

Sofort wurde ein Schalter in mir umgelegt. Unser aller Einsatz war gefragt. »Rückendeckung«, sagte ich kurz angebunden an Linus gewandt.

»Check«, bestätigte dieser.

Ich sah mich nach dem Troll um – in dem Augenblick, in dem er mit einem lauten Schrei auf den Gorgonen zustürmte, bewaffnet mit einer Keule, die eher an ein Stück Fleisch erinnerte, das man zum Trocknen aufgehängt hatte.

Der Gorgone wirbelte zu ihm herum, hob die Klauen in die Höhe – und der Troll wurde von einem sanften Licht umgeben. Die Keule traf auf die Krallen, und die Druckwelle ihrer geballten Kräfte drückte mich nach hinten. Obwohl ich schwebte, geriet ich ins Wanken und konnte mich gerade so auf den Beinen halten. Mir dämmerte, dass es Linus' Zauber gewesen war, der den Troll in letzter Sekunde geschützt hatte.

Verdammt, den Zauber hatte ich doch für mich reservieren lassen!

Nun gut. Dann eben ohne.

Ich unterbrach meine Angriffsserie nicht. Aus dem Augenwinkel sah ich, wie die Lebensleiste des Trolls ein ganzes Stück kürzer wurde, aber nicht kurz genug, als dass ich mir ernsthaft Sorgen machen müsste. Nicht, wenn er rechtzeitig außer Reichweite des Gorgonen kam.

Geh!, tippte ich in den Chat, während ich durch die Luft auf das Vieh zuschoss.

»Vorsicht!«, ermahnte mich Linus, aber jetzt war es zu spät, um umzukehren.

Noch im Laufen feuerte ich mehrere Angriffe auf den Gorgonen ab – genau wie die anderen von vier Seiten. Meine Attacken trafen alle ihr Ziel, so lange, bis der Gorgone plötzlich weg war.

Er war einfach weg.

Entgeistert hielt ich an und durchbohrte mit meinem Blick die Stelle, an der er gerade noch gewesen war. Von wo er so schnell weggesprungen war, dass ich mich rückwirkend an nicht mehr als einen schwarzen Schatten erinnern konnte, der durch mein Bewusstsein gezuckt war. Der jetzt irgendwo in der Höhle verschwunden war, aber nicht lange warten würde, ehe er …

Ich riss den Kopf hoch und blickte an die Decke. Dort hing er kopfüber – und starrte geradewegs in meine Richtung. Seine Augen begannen umso röter zu leuchten.

Ich ahnte, was jetzt kam. Geistesgegenwärtig machte ich einen Satz zur Seite, und die Erde erbebte zu meinen Füßen, als die Laserstrahlen dort in den Boden einschlugen, wo ich gerade eben noch gestanden hatte.

Ich keuchte erschrocken. Das war knapp gewesen. Hätte mich dieser Angriff getroffen, hätte Linus meine Einzelteile vom Boden zusammenklauben müssen, um mich zu heilen.

Aber es war noch nicht vorbei, denn der Gorgone landete genau vor mir. Er riss seine Klauen nach oben.

»Nein!«, rief ich aus. Wieder sprang ich zur Seite, doch die äußerste Kralle des Mistviehs schlitzte über meinen Körper und zog eine brennende Spur über meine Haut. Ich ächzte vor Schmerz, noch bevor ich der Länge nach auf den Boden knallte. Mit einem Fluch rappelte ich mich auf, wohl wissend, dass der Gorgone zu mir herumwirbelte. Ich rannte und rannte, doch ich hatte keine Chance.

Nein, falsch. Ich *hätte* keine Chance gehabt, wäre Linus nicht zwischen uns aufgetaucht. Das Licht seines Schutzzaubers umgab zwar nur ihn, reichte aber aus, um auch mich vor dem Gröbsten zu schützen, als die Klauen des Gorgonen in unsere Richtung schossen.

»Geh da weg!«, rief er mir über die Schulter zu, und ich beeilte mich, Abstand zu gewinnen.

Irgendjemand heilte mich. Keine Ahnung, ob es Linus oder der Troll oder der Gnom oder die Sternenzauberin in ihrem wunderschönen blauen Kleid war, aber feststand, dass ich meine eigene Dummheit fast nicht überlebt hätte. Und dass ich es doch hatte, hatte ich definitiv Linus zu verdanken.

»Scheiße!«, stieß ich hervor. »Tut mir leid!« Entschuldigten sich Jungs überhaupt beieinander? Oder beleidigten sie notfalls einfach nur sich und ihre Mütter, bis ihnen nichts mehr einfiel und sie schulterklopfend zusammen ein Bier trinken gingen?

»Schwamm drüber«, wehrte Linus ab und verriet mir damit zumindest, dass meine Tarnung nicht aufgeflogen war. Der Troll, ebenfalls geheilt, setzte zu einem neuen Angriff an und gab Linus die Möglichkeit, sich zurückzuziehen.

Der Tagschatten und ich gewannen Abstand zueinander, aber unsere Stimmen waren immer noch verbunden. »Skull«, sagte Linus trocken und jagte sofort den Schauer eines schlechten Gewissens über meinen Rücken. »Du bist ein klassischer Einzelkämpfer ...«

Ich stutzte. »Bin ich nicht!«, gab ich zurück.

»Aber du wärst gern einer. Nur, dass MoM ein Mannschaftssport ist.«

Ich schnaubte. Wenn das hier Sport wäre, wäre ich längst über alle Berge.

»Wollen wir mal austesten, was wir in Partnerarbeit schaffen?«

Partnerarbeit? Verdammt, ich hatte immer noch keine Ahnung, was Pia mit der mysteriösen Nummer vier gemeint hatte!

Irgendwie schaffte es Linus' Stimme, wieder zu mir durchzudringen. »Ich verpasse dir jetzt einen Stärkezauber, okay? Und du nutzt ihn gefälligst weise.«

»W-was für einen Zauber denn?«, fragte ich – und erschrak, als ich von einem gleißenden Licht umgeben wurde. »Was für einen Zauber?!«, wiederholte ich gehetzt.

»Greif ihn zweimal an«, sagte Linus, »und Spezialangriff. Dann wieder zweimal, und dann Ultra.«

Auf einmal hörte ich auf zu denken – stattdessen funktionierte ich einfach. Ich stürzte auf den Gorgonen zu. Aus dem Augenwinkel sah ich, dass Linus etwas in den Chat getippt hatte. Eine Anweisung an den Rest der Gruppe: *def skull.*

Sie sollten mich schützen. Weil ich die Offensive war – und einen gewaltigen Unterschied machen konnte.

Das hoffte ich jedenfalls.

Ich ahnte, mit welchem Zauber mich Linus gesegnet hatte, war aber trotzdem angespannt bis zur letzten Sekunde, in der ich seine Anweisungen befolgte. Ich schleuderte zwei Bälle aus Finsternis auf den Gorgonen – und dann meinen Speer.

Der Speer fand sein Ziel mit Leichtigkeit, doch diesmal wurde er von einem goldenen Schimmer umgeben. Er schlug mit voller Wucht in den Leib des Gorgonen ein und löste eine Explosion aus, die für einen Moment mein ganzes Sichtfeld schwarz und golden färbte.

»Noch mal mit Ultra!«, erinnerte mich Linus. »Beeilung, die Wirkung verfliegt gleich.«

Ich riss mich aus meiner Starre und fixierte den Gorgonen im Goldregen, der sich über uns ergoss. Ich hatte keinen Nerv, einen Blick auf seine Lebensleiste zu werfen, denn nun zählte jede Sekunde.

Jetzt bloß keinen Fehler machen, ermahnte ich mich stumm. Normalerweise schlug ich für Standardzauber förmlich auf die entsprechende Taste ein, um so viel wie möglich in kürzester Zeit rauszuhauen, aber nun musste ich genau abzählen, damit ich ihn bloß keine dreimal abfeuerte – und Linus' mächtigen Zauber für einen Mini-Angriff missbrauchte, der sich für den Gorgonen wie ein Jucken am Hintern anfühlen würde.

Ich stürzte auf ihn zu – und wurde von einem hellen Schutzwall umgeben. Irgendjemand war da und unterstützte mich.

Nein, das stimmte nicht. *Alle* waren da und unterstützten mich. Linus mit seinem Stärkezauber, jemand anderes mit dem Abwehrzauber, und der Rest einfach nur damit, dass sie sich förmlich auf den Gorgonen warfen und mir den Puffer verschafften, den ich brauchte.

Sie waren alle da. Nur ihnen hatte ich es zu verdanken, dass ich ungestört auf die Bestie zulaufen konnte, zwei einzelne schwarze Angriffe abfeuern und dann …

Verdammt. War mein Ultra überhaupt aufgeladen?

Ich gab mir keine Sekunde, um nachzusehen. Stattdessen drückte ich einfach auf die entsprechende Taste und schickte ein Stoßgebet zum Himmel, den man in Magistrar erst in der Gold-Liga betreten durfte.

Ich blieb nicht vor dem Gorgonen stehen. Im Eifer des Gefechts schwebte ich geradewegs in ihn hinein, während ich die Macht meines Ultra-Angriffs entfesselte.

Die Level-1000-Kreatur starb natürlich nicht, aber sie blieb nur noch mit der Hälfte ihres Lebens zurück. Mit vereinten Kräften brauchten wir nur noch zehn, fünfzehn Minuten, um ihr das Licht auszublasen.

Als wir fertig waren, standen mir allen Ernstes Schweißperlen auf der Stirn. Mir, nicht Mr. Skull. Dieser Kampf wäre fast eine Nummer zu groß für uns gewesen, und ich konnte nicht glauben, dass wir es geschafft hatten.

Die Belohnungen, die am Rande meines Blickfelds angezeigt wurden, registrierte ich kaum. Auch nicht mein Level-up auf Stufe 9 und gleich anschließend 10, oder dass sich die Leiste mit Erfahrungspunkten beinahe noch mal ganz auffüllte, was bedeutete, dass ich kurz vor Stufe 11 stand.

wp, schrieben die drei anderen in den Chat, die nicht übers Mikrofon mit uns verbunden waren. *Gut gespielt.*

Ich nahm so gut wie nichts davon wahr, sondern starrte einfach nur den Tagschatten an, kaum dass wir die Höhle verlassen hatten und in die allzeit scheinende Sonne des Blühenden Reichs traten. »Das war krass«, sagte ich atemlos.

Linus lächelte. »Ich hab doch gesagt, wir packen das.«

Ich schüttelte den Kopf. »Nein, das war … Was für ein krasser Zauber war das?«

Er grinste schief. »Ich habe noch so einige Überraschungen auf Lager«, sagte er gedehnt – doch dann wurde er wieder ernst. »Ich muss jetzt *off*.«

Ich spürte einen Stich in meiner Brust. Mit einem Mal wurde mein Geist aus dem Spiel geworfen und ich fand mich an meinem Gaming-Tisch wieder. »Echt jetzt?«, maulte ich. »Was ist mit Zink?«

»Sorry, mir ist was dazwischengekommen.« Er machte eine Pause. »Tritt ja keiner Gilde ohne mich bei, ja?«

Ein Zucken ging durch meine Mundwinkel, und eine seltsame Wärme machte sich in meiner Magengrube breit. »Mal sehen«, erwiderte ich lässig, aber wahrscheinlich durchschaute er mich sofort. Linus und ich waren ein gutes Team. Oder genauer gesagt: Er war ein guter Gegenpart für mich. Er hatte mir geholfen, mich ergänzt, mir gezeigt, wie es gehen konnte. Ich war heute durch ihn eine bessere Spielerin geworden. Und ich hoffte, dass er mir die Chance geben würde, mich zu revanchieren.

Kurz darauf war er offline, und auf einmal fühlte ich mich seltsam allein. Ich war schon in so vielen Gilden gewesen, hatte mit den meisten dort aber nicht annähernd so viele Worte gewechselt wie mit Linus in diesen paar Stunden. Und obwohl wir noch nicht in der Zink-Liga angekommen waren, hatte ich bereits jetzt das Gefühl, dass wir irgendwie zusammengehörten. Eine gemeinsame Gilde wäre das Mindeste, um dieses Gefühl zu besiegeln.

Aber da war noch etwas anderes. Etwas Tieferes, das dafür sorgte, dass ich die nächste halbe Stunde nicht damit verbrachte, mich auf Level 12 zu bringen und mein Tagesziel zu erreichen. Sondern damit, xXPlayerOneXxs Profil zu öffnen und es bis ins letzte Detail auseinanderzunehmen.

7. KAPITEL

SKILLS

In dieser Nacht träumte ich von Gorgonendrachen und Sternenschatten, von alten Männern, die nicht mein Vater waren und mich entführten, und von Pia, die in einem hautengen Catsuit auf der Bildfläche erschien und den Tag rettete, indem sie eine Banane auf den Bösewicht warf.

So abgedreht mein Traum auch war, so klar und deutlich konnte ich denken, kaum dass ich die Augen aufgeschlagen hatte. Gestern war nichts weiter als ein weiterer meiner kläglichen Versuche gewesen, einen Neuanfang in Magistrar zu wagen. Ein neues Leben zu führen, in dem ich nicht Gefahr laufen würde, meine wahre Identität preiszugeben und mir einmal mehr alles zerstören zu lassen, was ich mir über Monate hinweg aufgebaut hatte. Aber irgendwie hatte es besser geklappt, als ich erwartet hatte.

Ich lag auf dem Rücken und ließ den Blick durch den Raum schweifen – in Richtung meines Regals, indem ich einige MoM-Spielfiguren sammelte. Manche waren ausgepackt, andere noch in der Originalverpackung, weil ich sie bestimmt irgendwann für Millionen verkaufen könnte, es aber nie tun würde, weil mir diese kleinen Biester viel zu sehr ans Herz gewachsen waren. Ein Sensenmann war noch nicht darunter. Vielleicht sollte ich mir bald einen besorgen.

Skull zu werden, war das Beste, was ich hatte tun können. Ich fühlte mich wie ein Ninja, wie ein Chamäleon, das problemlos eins mit seiner Umgebung wurde, ohne einen auf stumme Pantomime machen zu müssen. Es war, als hätte ich mich in Harrys Tarnumhang gehüllt und Hades' Helm aufgesetzt und die ultimative Form der Unsichtbarkeit gefunden — indem ich mich mitten unter meinen Feinden versteckte.

Nicht, dass alle Männer meine Feinde wären, schließlich wollte ich eines Tages einen abbekommen. Aber in Magistrar galten andere Regeln als im echten Leben: Solange man mir nicht bewiesen hatte, mein Freund zu sein, musste man eben mit dem anderen Titel leben.

Das Problem war nur, wie konnte sich jemand als mein Freund herausstellen, wenn er überhaupt nicht wusste, wer ich wirklich war?

Stirnrunzelnd starrte ich an die Decke und dachte an Linus. Er war so abnormal nett gewesen, irgendwas stimmte doch sicher nicht mit ihm! Oder vielleicht war er einfach so. *Oder* vielleicht waren Männer einfach so zueinander, wenn gerade keine Frau dabei war, der sie krampfhaft ihr Testosteron unter Beweis stellen mussten. So angenehm ich es gefunden hatte, so verwirrt war ich jetzt und so wenig wusste ich, wie ich damit umgehen sollte. Denn das, was ich gestern getan hatte, hatte definitiv nichts mit *damit umgehen* zu tun gehabt.

Nein, ich hatte Zink immer noch nicht erreicht. Stattdessen hatte ich Linus' Profil so exzessiv gestalkt, dass ich mit seinen Avataren quasi per Du war.

Es war seltsam. Einerseits wollte ich nicht, dass er auch nur das winzigste Detail über mich – also über Anne, nicht Mr. Skull – wusste. Andererseits wollte ich einfach alles über ihn herausfinden. Oder zumindest ein kleines bisschen …

Meine Gedanken hafteten so sehr an ihm, dass ich meine ganze Selbstbeherrschung zusammennehmen musste, um mich nicht sofort in aller Herrgottsfrühe an den Computer zu setzen und MoM zu öffnen. Nicht zuletzt, weil ich sowieso nicht erwarten konnte, ihn um diese Zeit dort anzutreffen. Außerdem hatte ich inzwischen andere

Verpflichtungen, allen voran meine erste richtige Vorlesung *Werkstofftechnik I*, was wohl leider bedeutete, dass ich später noch mindestens *Werkstofftechnik II* oder gar *Werkstofftechnik III* belegen musste. Umso verzweifelter meine Hoffnung, dass mich die heutige Veranstaltung nicht all meine Lebensentscheidungen überdenken lassen würde.

Weil Pia keine Module gewählt hatte, die vor zehn Uhr begannen, schlief sie noch ihren Schönheitsschlaf, während ich mich allein auf den Weg in Richtung Campus machte. Obwohl sich dieser seit dem letzten Mal nicht verändert hatte, fühlte er sich plötzlich viel größer und bedrohlicher an, kaum dass ich einen Fuß darauf setzte.

Unzählige Menschen waren hier unterwegs, und diesmal nicht nur junge, dumme Erstsemester wie ich. Ich war umgeben von Studenten aller Jahrgänge und Fachbereiche, die wahrscheinlich die Nase rümpften, wann immer sie den Blick eines Erstis auf sich spürten. Diese ganze Situation flößte mir so unglaublichen Respekt ein, dass ich meinen Schritt beschleunigte, kaum dass mein Vorlesungssaal in Sichtweite kam, und mich darin in Sicherheit brachte.

Ich trat durch die Tür – und stieg in ein Meer aus sehr kurzen und sehr langen Haaren, aus stoppeligen oder wild wuchernden Bärten und buschigen Augenbrauen, aus Hemden und Nerd-Shirts und der seltsamen Kombination von AXE und frischem Schweiß.

Der Vorlesungsraum war mittelgroß, mit wahrscheinlich fünfzig oder sechzig Plätzen, die glücklicherweise aus richtigen Tischen und Stühlen bestanden und nicht aus diesem furchtbaren Ausklappmobiliar aus dem letzten Jahrtausend. Durch die Tür betrat man den hinteren Bereich des Raums, und auf der gegenüberliegenden Seite erspähte ich das Dozentenpult vor einer altmodischen, grünen Tafel und, zu meiner Erleichterung, einem Beamer.

Es waren noch etwa fünf Minuten bis zum Vorlesungsbeginn und viele Plätze schon besetzt. Doch das, was ich sah, ließ mich nach drei

Schritten abrupt stehen bleiben und fieberhaft meinen Stundenplan checken, in der trügerischen Hoffnung, dass ich mich in der Tür geirrt hatte. Dabei war der Anblick eher eine Bestätigung, dass ich hier *richtig* war. Ich, eine junge Frau, die auf die wahnwitzige Idee gekommen war, sich in einen Studiengang wie Ingenieurwissenschaften einzuschreiben.

Verzweifelt sah ich mich nach langen blond gefärbten Haaren um, spitzte die Ohren auf der Suche nach einem hohen Lachen, ließ den Blick schweifen und betete, einen Anflug von Pink zu erspähen, oder Lidschatten oder einem Arm, der besonders weit vom Körper gestreckt wurde, um diesen denkwürdigen Augenblick bloß aus dem richtigen Winkel für die Nachwelt auf Insta verewigen zu können.

Fehlanzeige. Sogar die wenigen Brüste, die ich fand, gehörten zu Männern. Ich hatte gewusst, geahnt, befürchtet, dass Y-Chromosomen hier stark vertreten wären, aber – niemand? Es gab wirklich *keine einzige* Frau hier drinnen?

Mir drehte sich der Magen um. Einem seltsamen Fluchtinstinkt zufolge wollte ich noch mal auf mein Handy schauen, die Augen aufreißen, als würde ich kapieren, dass ich mich im Raum geirrt hatte und dies gar nicht der Einführungskurs von Gender Studies war, und mit einem belustigten Kopfschütteln von hier verschwinden. Wie schusselig ich mich doch wieder anstellte!

Aber als ich gerade so einen Blick über die Schulter warf, wurde die Tür hinter mir zugezogen. Ein groß gewachsener, bärtiger Mann mit dicker Brille und altmodischer Anzugjacke kam geradewegs auf mich zu.

Ich versteifte mich und machte einen langen Schritt zur Seite, um ihn durchzulassen. Damit konnte ich jedoch nicht verhindern, dass ich ganz nebenbei in die berühmte Kaninchenschockstarre wechselte, in der man zu keiner Bewegung und keinem Gedanken fähig war, bis sich die Schlange an einem vorbeigewunden und einem interessanteren Opfer zugewandt hatte.

Doch anstatt sich anderen Dingen zu widmen, blieb die Schlange neben mir stehen und musterte mich mit gerunzelter Stirn. »Das hier ist die Einführungsveranstaltung für Werkstofftechnik«, zischelte sie, ehe sie ihren Weg fortsetzte.

»Okay, danke für die Info«, sagte mein Mund wie von selbst, und ich spürte, wie sich mehrere verwirrte Blicke auf mich richteten – insbesondere dann, als ich wie betäubt auf den nächstbesten freien Platz zutrat und mich hinsetzte. Ich war hier richtig. Aber gleichzeitig fühlte ich mich hier so was von falsch.

Es waren noch drei Minuten bis Vorlesungsbeginn. Drei Minuten, in denen ich mir alles noch mal anders überlegen konnte. Mein Leben über den Haufen werfen konnte. Versuchen konnte, zu erörtern, inwieweit meine Mr.-Skull-Strategie im Real Life umsetzbar war. Aber ich war zu keinem klaren Gedanken fähig.

Ein leises Stimmengemurmel erfüllte den Raum, und ich konnte nicht anders, als mir einzubilden, dass alle über mich tuschelten. Mein Sitznachbar – ein schwarzhaariger Typ im Holzfällerhemd und mit Dreitagebart, der offenbar jedes Klischee mitnehmen wollte, das sich ihm bot – lehnte sich zu mir herüber und raunte: »Krass, dass sich hier auch Frauen einschreiben.«

Ich konnte ihn nicht einmal ansehen. »Total krass.«

Umso erleichterter war ich, als der Dozent den Beamer anschaltete und Ruhe im Raum einkehrte.

Er räusperte sich und ließ den Blick über die Menge schweifen. »Herzlich willkommen zur Einführungsveranstaltung der Werkstofftechnik des Bachelorstudiengangs …« Ich konnte den Moment, in dem er mich entdeckte, genau abpassen, als er stockte und die Brauen zusammenzog. »… *Ingenieurwissenschaften!*«, rief er förmlich über die versammelte Mannschaft hinweg, und ich rutschte unwillkürlich tiefer in meinen Sitz. Meine Kehle war wie zugeschnürt, und während ein

Teil von mir hoffte, er würde jetzt endlich mit Tagesordnungspunkt eins loslegen, befürchtete der andere, er würde mich so lange weiter durch den Raum hinweg anschreien, bis ich meinen Platz, den Saal, den Campus und das Land verlassen hatte. Dem verzweifelten Drang nach, ihm endlich zu verklickern, dass ich genau hier sein wollte, hob ich eine Hand und reckte einen Daumen nach oben.

Der Dozent runzelte irritiert die Stirn, und ich fragte mich, ob das vielleicht gerade der peinlichste erste Amtsakt gewesen war, den sich ein Student jemals geleistet hatte. Wahrscheinlich spielte der Mann für einen Moment wirklich mit dem Gedanken, mich hier rauszuekeln, entschied sich dann aber offenbar dafür, dass es ihm sowieso egal war, weil er nur für seine Anwesenheit bezahlt wurde.

Ich wiederum fühlte mich innerlich tot, was nicht zuletzt daran lag, dass der Dozent eine seltsame Art und Weise an den Tag legte, Nomen zu betonen, wann immer sein Blick meinem begegnete. Ich konnte nur die Hälfte von dem, was er sagte und auf seinen Präsentationsfolien zeigte, wirklich in mich aufnehmen. Als er die Wahlmodule vorstellte, die wir in den kommenden Semestern belegen konnten, ließ nicht einmal *Künstliche Intelligenz* mein Herz höherschlagen.

Irgendwann saß ich so tief in meinem Sitz, dass ich kaum mehr über die Tischplatte hinwegsehen konnte. Ein Teil von mir hoffte, der Dozent würde mich nicht mehr entdecken und es würde das ganze Semester lang keine seltsamen Unterbrechungen mehr geben, in denen er das Studienfach wie ein Cheerleader herunterbuchstabierte, weil er glaubte, ich hätte mich im Raum geirrt. Ich musste nur aufpassen, dass ich bei Prüfungen noch sichtbar genug war, um einen Bogen ausgeteilt zu bekommen. Dann hätte ich nichts mehr zu befürchten, oder?

O Mann. Ich hatte gedacht, im Studium würde alles anders werden. Aber wenn ich die Blicke bedachte, die ich bereits jetzt sporadisch von allen Seiten erntete, konnte ich das so was von vergessen.

Schon im Schulunterricht war ich zu wenig Mädchen, in der Robotik-AG zu wenig Junge gewesen, um für voll genommen zu werden. Was ein Witz war. Ich war durch und durch eine Frau. Nur eine, die sich für Technik interessierte. Aber das ergab in den Augen anderer keinen Sinn. War ich also seltsam oder sie total beschränkt?

Unwillkürlich musste ich an Linus denken. Wie wäre er wohl drauf? Fände er es okay, dass Frauen Roboter bauten und MoM zockten? Ich könnte schwören, dass er es sogar gut finden würde. Schließlich hatte er gestern mit einer Fr…

Er wusste es nicht. Obwohl ich meinen Move mit dem Stimmverzerrer nicht vergessen hatte, traf mich die Gewissheit mit einem Schlag. Er wusste nicht, dass er mit einer Frau gespielt hatte. Die ganzen Aufmerksamkeiten und Nettigkeiten – angefangen von dem gemeinsamen Ausflug zum Leveln über das geteilte Gold bis hin zu seiner Unterstützung im Raid –, hatten allein darauf aufgebaut, dass er einen neuen, *total männlichen* Kumpel zum Zocken gefunden hatte. Hätte er von Anfang an gewusst, dass ich eine Frau war, hätte die Sache vielleicht anders ausgesehen.

Aber Linus …

Ich durfte mir nichts vormachen, denn ich hatte das Szenario schon so oft erlebt. Es war ein Muster in meinem Leben, das sich niemals änderte. Mit jedem Avatar in jeder Gilde war ich anfangs wie ein Teil des großen Ganzen behandelt worden. Natürlich war ich nie das am meisten gefeierte Mitglied gewesen, einfach deshalb, weil ich nicht am Voicechat teilnahm. Aber ich war gleichwertig gewesen. Weil alle gedacht hatten, ich wäre einer von ihnen.

Genau wie Linus.

Und dann, wann immer ich mich sicher oder gut aufgehoben – oder wie beim letzten Mal einfach nur wütend – gefühlt hatte, hatte ich meine Identität preisgegeben. Und, Überraschung, das Ergebnis war stets dasselbe gewesen.

Später mit Webcam? Dann zeige ich dir mal 'nen richtigen Zauberstab.

Ich wollte einfach nur kotzen. Und ich konnte auf gar keinen Fall riskieren, dass so etwas erneut geschah. Denn am Ende wäre ich wieder die Leidtragende.

Ich musste mich selbst schützen. Und das bedeutete, dass ich es nicht drauf ankommen lassen würde, herauszufinden, wie Linus tickte. Weil ich ihm nicht verraten würde, wer ich war. Weil Mr. Skull und er ein gutes Team waren und es keinen Grund gab, das zu zerstören.

Mein Entschluss stand fest: Ich hatte das hier angefangen und ich würde es gnadenlos durchziehen. Bis zum bitteren Ende.

8. KAPITEL

LEVEL-UP

Der erste richtige Tag an der Hochschule war furchtbar gewesen. Während Pia und ich uns in der vergangenen Woche noch an gratis Essensständen, lustigen Einführungsveranstaltungen, gratis Crêpe-Ständen, einer Kneipentour, gratis Popcorn-Ständen, einem Spieleabend und als besonderes Highlight einem Gratis-Apfelstand entlanggehangelt hatten, hatte mich heute der Ernst des Lebens mit einem Paukenschlag getroffen. Nach der Einführungsveranstaltung, in der der Dozent immer wieder einen prüfenden Blick in meine Richtung geworfen hatte, als befürchtete er, ich würde in einer Wolke aus Make-up und Glitzer explodieren, hatte irgendwann die zweite Vorlesung begonnen. Nur Mathe – nichts, was ich nicht schon mal gehabt hätte. Zum Glück, denn ich hatte mich kaum auf den Stoff konzentrieren können.

Man hätte es darauf schieben können, dass ich vielleicht einfach noch nicht so weit war, dass mein Hirn im Sommermodus stecken geblieben war und ich mich erst an das Studentenleben gewöhnen musste. Aber das zu behaupten, wäre eine dreiste Lüge gewesen. Mein Geist steckte nicht im Sommer fest, sondern in den sechs Seasons von Magistrar.

Tritt ja keiner Gilde ohne mich bei, ja?

Eine seltsame Nervosität erfasste mich, als ich im Bus nach Hause saß und an Linus' Bitte dachte. Ich hatte es gestern nicht mehr nach

Zink geschafft, aber wie sah es mit ihm aus? Ich hatte keine Ahnung von seinem Leben, wann er so zockte und für wie lange. Ob er arbeitete, studierte oder ein trostloses Dasein zwischen einem Haufen Pizzakartons fristete. Je länger ich darüber nachdachte, desto fester war ich davon überzeugt, dass er mich inzwischen abgehängt haben musste.

Natürlich. Ich hatte den ganzen Tag auf dem Campus herumgedümpelt, während er sicher genug Zeit gehabt hatte, um zu leveln und in Zink zu gelangen. Wahrscheinlich war er längst einer Gilde beigetreten und hatte sich bestenfalls den letzten freien Slot geschnappt, sodass Nachzügler wie ich keine Chance hätten, dazuzustoßen. Bestimmt kannte er inzwischen schon zig andere Spieler mit genauso tollen Sensenmann-Avataren und mindestens so männlichen Stimmen wie Mr. Skull, und ich war längst vergessen.

Ich widerstand dem Drang, mich selbst zu ohrfeigen. Hier ging es doch nicht um Linus! Sondern einzig darum, dass ich in Ruhe spielen wollte und es gestern zum ersten Mal seit einer Ewigkeit geschafft hatte. Linus war mein Versuchskaninchen gewesen. Mein Mittel zum Zweck, um mir selbst zu beweisen, dass ich es draufhatte – als MoM-Spielerin und als Fake-Mann. Jetzt, wo mein erstes Experiment abgeschlossen war, könnte ich darauf aufbauen, mich seelenruhig nach oben spielen und in die Geschichte von Magistrar eingehen!

Hoffentlich als MoM-Spielerin und nicht als Fake-Mann.

Fest stand: Es war völlig egal, ob sich Linus schon andere Spieler gesucht hatte. Denn wenn ich es geschafft hatte, ihn zu täuschen und zu seinem Kumpel, Kollegen, Bro, was auch immer zu werden, dann würde ich das beim Rest der MoM-Community auch schaffen.

Ich schloss die Augen und lächelte in mich hinein. Nach dem Vorfall mit meiner alten Gilde war ich so kurz davor gewesen, ein für alle Mal aufzugeben. Aber ich war froh, dass ich das nicht getan hatte. Nach einem Tag wie heute war MoM mein einziger Lichtblick.

Schon damals, als ich angefangen hatte, hatte mich das Spiel sofort gepackt. Ich war ein ehrgeiziger Mensch, der keine halben Sachen machte. Wenn ich etwas ausprobierte, wollte ich auch, dass es funktionierte. Und wenn es einen Wettbewerb gab, der nichts mit klassischem Sport zu tun hatte, dann wollte ich ihn gewinnen. Kein Wunder, dass ich an meinen hitzigsten Tagen jede freie Minute am Computer verbrachte. Dieses Spiel war der perfekte Ausgleich für meinen Alltag. Dort gab es keine Idioten und Zicken, sondern nur Magier und Monster. Keine Noten und Studienarbeiten, sondern Zauber, Ausrüstung und Gegenstände, die man sich mit seinen eigenen großen und kleinen Erfolgen verdiente.

Wenn ich in Magistrar war, war das richtige Leben so weit entfernt. Und heute konnte ich mir nichts Besseres als das vorstellen.

Mein Herz schlug unwillkürlich höher, nicht zuletzt, als meine Haltestelle angesagt wurde. Ich war es noch gar nicht gewohnt, jetzt schon innerhalb des Stadtgebiets auszusteigen, und sprang abrupt von meinem Sitz auf. Ich erreichte die Tür des Busses in dem Moment, in dem sie sich öffnete, und betrat fünf Minuten später Pias und meine Wohnung. Die gemeinsam genutzten Flächen waren noch sehr spartanisch eingerichtet, mit einem schiefen Tisch und zwei ungleichen Stühlen in der beengten Küche, absolut keiner Dekoration im Flur und zwei völlig abgeschotteten Welten aus reinem Chaos, die sich hinter unseren Zimmertüren erstreckten. Dafür, dass Pia in den letzten Tagen unzählige Kartons und Koffer umhergefahren hatte, hatte sich erstaunlich wenig an ihrer Einrichtung geändert – weil neunzig Prozent des Inhalts auf direktem Weg in ihren Kleiderschrank gewandert waren. Ich hingegen hatte heute früh festgestellt, dass die einzige Herbstgarderobe, die ich eingepackt hatte, aus drei Pullovern – einer davon mit Pikachu-Motiv – bestand, die keine Woche herhalten würden. Stattdessen hatte ich mich nicht lumpen lassen, all die Dinge mitzunehmen, die ich am liebsten vierundzwanzig Stunden und sieben Tage die Woche um mich wissen wollte: meine MoM-Dekofiguren, die personalisierte Fontana-Tasse, ein paar Sammelkarten, Fotos von meiner letzten Convention – einfach alles, um mich hier wie zu Hause zu fühlen. Schließlich war dies nun mein Zuhause. Jetzt, da meine Mom nicht mehr in der Nähe war, könnte ich vielleicht auch wieder über passende Bettwäsche nachdenken …

Pia war noch nicht zu Hause, weshalb ich mich auf direktem Weg in mein Zimmer verzog. Kaum dass ich die Türschwelle überschritten hatte, kamen mir die verschiedensten Dinge in den Sinn, die seriöse Studentinnen, wie ich jetzt eine war, als Allererstes machen würden, bevor sie sich ihren Hobbys widmeten. Einkaufen zum Beispiel. Kochen. Aufräumen. Die Vorlesung nachbereiten. Andere Vorlesungen vorbereiten. Meine Eltern anrufen und ihnen erzählen, wie mein Tag verlaufen war. Mein Leben planen. Meine Steuererklärung machen?

Doch als mein Blick auf meinen Schreibtisch fiel, der es jetzt schon geschafft hatte, einen Haufen Krempel wie ein schwarzes Loch aus Unordnung anzuziehen, war all das schlagartig vergessen.

Mich juckte es in den Fingern. Und ich musste unbedingt herausfinden, ob Linus schon mit einer anderen Gilde durchgebrannt war.

Ich biss mir auf die Unterlippe – und entspannte mich wieder. Heute war der erste richtige Tag des Semesters gewesen. Niemand erwartete von mir, dass ich bereits jetzt mein ganzes Leben im Griff hatte. Im Gegenteil, ich durfte mir ruhig noch dreieinhalb Jahre Zeit damit lassen.

Was aber nicht warten konnte, war MoM. Und allen voran die Platin-Liga, die seit so vielen Jahren nach mir rief.

Wow. Seit drei Jahren meines kurzen Lebens versuchte ich schon, die Spitze der Magistrar-Charts zu erklimmen, und hatte es immer noch nicht geschafft. Es sollte Leute geben, die in dieser Zeit Bachelor,

Master *und* Doktor abgeschlossen hatten. Womöglich sollte ich bessere Prioritäten setzen.

Unschlüssig blieb ich im Raum stehen, ging in mich und kam zu einem Schluss: *Ein andermal vielleicht.*

Leichtfüßig warf ich mich in meinen Schreibtischstuhl und klappte meinen Laptop auf. Auch wenn dessen Leistung nicht ganz an meinen PC in Hürth heranreichte, würde er für meine ersten Tage als Mr. Skull völlig ausreichen. Nicht zuletzt, weil ich mich noch nicht mal für eine Liga qualifiziert hatte und der schlimmste Feind, der mir gerade begegnen konnte, die blöden Luftballon-Hühner von neulich waren.

Zwei Minuten später war der Laptop hochgefahren und ich hatte mich bei MoM eingeloggt. Mr. Skull erschien auf meinem Bildschirm und begrüßte mich mit liebevollen, glühend roten Augen. Sofort wurde ich von neuer Zuversicht erfüllt und betrat das Spiel.

Die Kristallkugel des Ladebildschirms drehte sich und drehte sich und drehte sich. Mein Puls ging immer schneller und mein Mund wurde trockener, während ich verzweifelt darauf wartete, endlich auf Magistrar losgelassen zu werden – und zu erfahren, was sich in meiner Abwesenheit abgespielt hatte.

Wahrscheinlich war es überhaupt nicht so viel, wie ich glaubte. Schließlich hatten andere Menschen auch noch ein echtes Leben. Und da sogar Linus gestern derjenige gewesen war, der unseren Beutezug vorzeitig beendet hatte, war er bestimmt ein viel beschäftigter Mensch mit echten Erwachsenenproblemen! Problemen rund um seine Arbeit, sein Aktiendepot oder den Nachbarn, der seinen Hund mit dem Rasenmäher überfahren hatte. Also war er heute mit Sicherheit noch gar nicht dazu gekommen, auch nur einen Gedanken an MoM zu verschwenden.

Die Kristallkugel hielt inne – und das Blühende Reich erstreckte sich um mich herum. Mein Herz machte einen Satz, als ich meinen Blick zur linken Seite des Bildschirms zu einer winzigen goldenen Leiste zucken ließ, die ich mit einer kurzen Mausbewegung ausklappte. Sie zeigte meine Freundesliste – und überraschte mich im ersten Moment damit, dass sich dort drei neue Anfragen befanden. Die drei Zink-Spieler von gestern hatten mich geaddet. Desinteressiert nahm ich sie an und überflog die Namen in meiner Liste, bis ich xXPlayerOneXx entdeckte – und mein schlimmster Albtraum wahr wurde.

Nein, nicht die mit der Entführung durch alte Männer und Pia als Bananen-Assassinin. Sondern der, in dem sich Linus tatsächlich schon in die Zink-Liga hochgespielt hatte. Und sich eine Gilde gesucht hatte.

Matt starrte ich den Namen der Gemeinschaft an, der Linus irgendwann in den letzten vierundzwanzig Stunden beigetreten war: *xXGuild-OneXx.* Eins musste ich zugeben – kreativ war der Kerl wirklich nicht.

Linus hatte seine Gilde gegründet – ohne mich. Und weil ich immer noch nicht Level 12 erreicht hatte, könnte ich nicht einmal beitreten, selbst wenn er mich fragen würde.

Aber würde er das überhaupt? Seine Gilde umfasste ganze sechs von neunundneunzig Mitgliedern. Er hatte schon so viele andere Leute getroffen! Für ihn war ich nur eine von vielen gewesen. Wortwörtlich Schnee von gestern.

Ich spürte einen Stich in meiner Brust und fragte mich, warum mich das so sehr störte. Vielleicht, weil er der einzige Mann seit Langem gewesen war – egal, ob online oder offline –, der mich wie einen normalen Menschen behandelt hatte.

Wenn man MoM startete, landete man immer in der Siedlung, die dem letzten Aufenthaltsort am nächsten gelegen war. Damit fand ich mich in Luria wieder, dem Ort, an dem jeder neue Spieler anfing und der somit voll von mickrigen Anfängern war. Ein Ort, an den Loser ohne Liga wie ich rechtmäßig gehörten.

Ich stieß einen tiefen Seufzer aus. Heute war ein ganz, ganz furchtbarer Tag. Daran konnte auch der Anblick der gelben Leuchte neben

Linus' Namen nichts ändern. Im Gegenteil. Auf einmal beschwor seine bloße Anwesenheit die reinste Übelkeit in mir herauf. Dann würde ich wohl wieder meiner eigenen Wege gehen. Der Spielinfo nach befand er sich nämlich in irgendeinem ach so tollen Raid mit seiner ach so tollen Gilde und würde wahrscheinlich gar nicht bemerken, dass ich …

Sein Status wechselte auf Grün: *Frei.*

Ich zuckte so heftig zusammen, dass mein Stuhl ein Stück rückwärts rollte. Was war heute nur los mit mir? Ich atmete tief durch und platzierte eine Hand selbstbestimmt auf meiner externen Maus, um die Freundesliste wegzuwischen. Ich brauchte keine Freunde. Schließlich war ich ein verdammter Sensenmann! Ich hatte es überhaupt nicht nötig, jemandem wie xXPlayerOneXx hinterherzulaufen.

Ein Chatfenster öffnete sich wie von selbst in der linken unteren Ecke. *Hey.* Es war xXPlayerOneXx.

Meine Kehle wurde eng. Ich kam gar nicht dazu, eine Antwort zu tippen oder mir auch nur eine auszudenken, als er bereits fortfuhr: *ich hab schon mal die gilde gegründet.*

Was du nicht sagst, Kumpel.

kommst du dazu?

Frustriert blies ich mir eine Haarsträhne aus dem Gesicht. *Kann nicht*, antwortete ich kurz. Warum fragte er mich überhaupt? Er hatte jetzt schließlich fünf andere tolle Freunde, mit denen er gerade wahrscheinlich den Raid seines Lebens gehabt hatte.

Das hast du doch gleich, gab er zurück. *wir machen gleich noch argos hinterher. also beeil dich :)*

Ich wusste nicht, was diese seltsame Sogwirkung auf mich ausübte, die ich in diesem Augenblick spürte. Die Tatsache, dass sich Linus wirklich die Mühe machte, mich mit an Bord zu holen, obwohl er sicher auch zig andere Leute für sein Team finden könnte? Dass das Erste, was er nach seinem Raid gemacht hatte, war, mir zu schreiben, wenngleich er sich auch erst mal um seine Beute oder sein neues Level-up auf Stufe 13 hätte kümmern können? Dass ich ihn überhaupt kümmerte? Oder womöglich war es auch nur dieser atemberaubende Smiley, der mich mit seinen großen dunklen Augen anstarrte und restlos in seinen Bann zog. Aber auf einmal war die Enttäuschung darüber, dass Linus weiter war als ich, wie weggeblasen. Verdammt, das waren doch nur zwei Level Unterschied! Ein paar Minuten Anstrengung, und ich wäre in Zink – die eine Liga, aus der man bei einer Niederlage nicht hochkant rausgeworfen wurde, weil die Level ohne Wertung wirklich nur neuen Spielern und Avataren vorbehalten sein sollten. Dann wären wir fast wieder gleichauf. Er hatte einen Zeitvorsprung gehabt – genau wie ich gestern ohne ihn hätte weiterspielen können. Und es auch getan hätte, hätte ich den restlichen Abend nicht damit verbracht, seine Avatare zu bespannen …

Ach. Da lag der Fehler.

Okay. Back to business, Anne. Ich würde den Laden gehörig aufmischen.

Als ich Luria verließ, rannte ich geradewegs in eine Horde Minidämonen hinein, die ziemlich einfach zu besiegen waren, dafür aber verdammt wenig Erfahrungspunkte abgaben. Mit meinen Angriffen aus reiner Finsternis riss ich aber so viele auf einmal in den Tod, dass sich die Punkte schnell aufsummierten und mich auf das nächste Level hoben. Die graue Leiste auf meinem Bildschirm füllte sich und wich endlich einem Farbton, der schon verführerisch nach Silber aussah, aber noch meilenweit davon entfernt war.

Ich nahm mir eine Schweigeminute, um meinem einstigen Level nachzutrauern, und schrieb dann Linus: *Noch da?*

Klar, antwortete er fast sofort – und im nächsten Augenblick ploppte eine Einladung in seine Gilde auf meinem Bildschirm auf.

Ich straffte die Schultern und nahm an, ohne zu überlegen. Sofort prallte eine ewig lange Anleitung, was es mit Gilden auf sich hatte und wie ich sie am besten für mich nutzen konnte, in die Mitte meines Sichtfelds. Ich musste fünf Fenster schließen, bis mich das Tutorial endlich in Ruhe ließ und ich an die Arbeit gehen konnte.

Über eine zusätzliche Liste, die ich jetzt aufrufen konnte, konnte ich meine Mitstreiter abchecken. Es waren Linus, die drei anderen vom Raid gestern, ein Pegasus namens *LeckerSpeck* und ein Spieler mit dem Namen *Holla* – ein Wort, das fast schon zu normal für ein Game klang, in dem sich ein dämliches Wortspiel an das andere reihte.

Als ich die Weltkarte von Magistrar öffnete, waren die meisten Zonen noch ausgegraut: Ich dürfte sie erst betreten, wenn ich eine höhere Ligastufe erreicht hatte. Dafür konnte ich mir jetzt die Standorte meiner Gildenmitglieder anzeigen lassen – und erkannte, dass sie sich alle in einer Stadt im Süden der Karte versammelt hatten. Da musste ich hin.

Ich ließ mich vom hellen Schein der Teleportation erfassen und landete mitten in Agintinia, der Stadt, die der Arena von Argos am nächsten lag. Hier waren alle NPCs wie im alten Griechenland gekleidet – mit weißen Togen und Sandalen und umringt von unzähligen strahlenden Statuen, von denen manche mit irgendwelchen abgedrehten Quests in Zusammenhang standen.

Ich klickte den nächstbesten Shop für Magie an und scrollte durch das Angebot. Wenn ich bei diesem Raid mitmachen wollte, brauchte ich ein paar schnelle, effektive Zauber.

Denn Argos war ein … *interessanter* Gegner. Angelehnt an den griechischen Riesen mit den hundert Augen – oder waren es tausend? –, wohnte er in einem riesigen Krater am Rande der Stadt, in dem ihn bis zu fünfzig Spieler gleichzeitig herausfordern konnten. Damit war er mehr als attraktiv für uns Zink-Nieten, die jede Chance ergreifen mussten, zusammen auf den Putz zu hauen, um überhaupt mal ein paar Erfahrungspunkte abzubekommen. Es war auch mehr als ratsam, die ganze Kapazität an Spielern auszufüllen, denn die Spezialattacke des Argos …

Eine Voicechat-Anfrage erschien in der linken unteren Ecke meines Bildschirms. Ich erschrak so sehr, dass ich ein leises Quietschen ausstieß. Meine Fresse – zum Glück sah mir hier niemand zu!

Bevor ich mich für mich selbst schämen konnte, registrierte ich, dass nicht nur xXPlayerOneXx im Voicechat war. Da standen auch noch drei andere Namen.

Inzwischen war meine Kehle wie zugeschnürt. Verdammt, das ging mir alles zu schnell. Ich hatte doch gerade erst die Feuertaufe hinter mich gebracht, und jetzt sollte ich mich schon am absoluten Endgegner versuchen? Auf einmal war Argos nicht mehr das, was mir am meisten Angst machte.

Okay, Anne. Ganz ruhig. Du schaffst das. Es sind nur ein paar dumme Jungen. Und du bist eine erwachsene, selbstbewusste Frau. Nicht selbstbewusst genug, um dich auch als erwachsene, selbstbewusste Frau zu outen, aber immerhin besser als nichts. Für Argos wird es doch reichen, oder etwa nicht?

Ich zwang mir die Selbstsicherheit auf, die ich brauchte, und klickte auf *Annehmen.* Einen Augenblick später landete ich im selben Audiokanal wie meine neuen Gildenmitglieder.

»Hey, Skull«, begrüßte mich Linus teilnahmslos, und die anderen stimmten in einem unverständlichen Brummen mit ein.

Meine Lippen teilten sich. »H-«, hauchte ich, ehe ich mit einem Schlag realisierte, dass ich etwas Wichtiges vergessen hatte. Etwas Überlebenswichtiges: den Stimmverzerrer!

Mein Mund klappte so ruckartig zu, dass ich mir auf die Zunge biss und ein ersticktes Zischen ausstieß.

»Hallo?«, fragte Linus verwundert. »Skull?«

Ich schlug mir eine Hand vor den Mund und schaltete mein Mikro ab, bevor ich noch mehr seltsame Geräusche von mir geben konnte. Mein Zeigefinger krachte auf die linke Maustaste, um das Fenster mit MoM zu minimieren und meine neue Software zu öffnen.

»Ist wohl schüchtern«, drang eine zweite männliche Stimme an mein Ohr, die ich noch nie zuvor gehört hatte, und ich erschauderte leicht. Eine ungeahnte Nervosität schoss in mir hoch und sorgte dafür, dass ich mehrere Sekunden lang einfach nur das Wort *Gangster* anstarrte, das darauf wartete, von mir angeklickt zu werden.

Das letzte Mal mit Linus hatte super funktioniert. Aber jetzt war es schwieriger. Es waren mehrere von ihnen dabei. Wie sollte ich das nur schaffen?

Bebend atmete ich durch. Vielleicht sollte ich doch lieber stumm bleiben. Damit nichts passieren konnte. Damit ich nicht auffliegen konnte. Damit alles so verdammt leicht und angenehm blieb, wie ich es gestern erlebt hatte.

Aber insgeheim wusste ich, dass das keine Option war. Denn schließlich hatte ich genau diese Vorgehensweise schon so oft getestet. Und es war immer schiefgegangen. Entweder weil es faktisch unmöglich war, schriftlich mit einem Haufen Spieler zu kommunizieren, die sich lieber kurz Befehle zubellten, als einen Blick in den Chat zu werfen. Oder weil ich mich in dem Moment ins Aus schoss, in dem ich doch mal das Wort erhob.

Es gab keine andere Möglichkeit. So gute Fortschritte, wie ich sie gestern mit Linus erzielt hatte, würde ich nur machen können, wenn ich meiner Strategie treu blieb. Und die lautete nun mal: *Denk wie Mr. Skull. Rede wie Mr. Skull. Sei Mr. Skull.*

»Vielleicht ist sein Mikro wieder kaputt«, bemerkte Linus. »Lasst uns schon mal rübergehen.«

Beeil dich, Anne!

Hastig klickte ich auf den Gangster, und einen Moment später leuchtete das Lämpchen neben der Einstellung grün auf. Der Stimmverzerrer war aktiviert. Dann schaltete ich mein Mikro wieder an. Meine Lippen teilten sich, aber aus irgendeinem Grund traute ich der

Software nicht über den Weg. Daher räusperte ich mich kurz und versuchte, in einem extrem tiefen Tonfall zu reden, damit ich im Zweifel vielleicht trotzdem als eine stimmbruchgeplagte Version von Mr. Skull durchgehen könnte. »Sorry«, würgte ich hervor und zerquetschte mir schon dabei halb den Kehlkopf.

»Ah, da bist du ja!« Ein Lächeln lag in Linus' Stimme und ließ mit einem Mal alle Anspannung von mir abfallen. Die Software hatte mich nicht im Stich gelassen. »Dann mal los.«

Wie auf sein Stichwort fühlte ich mich, als würde ich einmal mehr geradewegs ins Spiel gesogen werden, in dem ich vollends eins mit Mr. Skull wurde. Mein Zimmer um mich herum verblasste, und auf einmal war es, als stünde ich wieder mitten in Magistrar, umgeben von einer Waldfee, einer Sternenzauberin, einem Troll und einem Tagschatten.

»Sensenmann«, kommentierte der Kerl, der sich *Holla* nannte, und musterte mich skeptisch. Er spielte die Waldfee und trug das bloße Minimum an Kleidung am Körper. Ich spürte, wie bereits jetzt ein erster Schub von Ärger in mir aufstieg. »Hab schon lange keinen mehr gesehen.«

»Die meisten können ihn auch nicht so gut spielen«, erwiderte Linus. »Ich auch nicht. Aber Skull rockt das.«

»Da bin ich ja mal gespannt«, tönte *TonaldDrump*, die Sternenzauberin.

»Skull«, wiederholte Holla trocken. »Wie kreativ.«

Ich kniff die Augen zusammen. »Und was für ein Name soll Holla sein, wenn ich fragen darf?«

Der Kerl grunzte nur, als stünde ich auf einer unendlich langen Leitung, und blieb mir eine Antwort schuldig.

Wir konnten uns nicht direkt zum Krater des Argos teleportieren, weshalb wir über mehrere, langwierige Minuten hinweg zu Fuß dorthin laufen oder schweben mussten. Langwierige, unglaublich seltsame Minuten.

»Hat jemand das Spiel gestern gesehen?«, erkundigte sich Tonald-Drump in den Raum hinein.

Sofort wurde ich hellhörig. »Die asiatische MoM-Meisterschaft?«, fragte ich aufgeregt. Sie lief seit ein paar Tagen, und würden sie nicht zu unmenschlichen Uhrzeiten spielen, hätte ich mir deutlich mehr davon angesehen als die Zusammenfassungen im Internet.

Eine bizarre Stille machte sich unter uns breit. »Nein«, antwortete Tonald trocken. »Fußball.«

Meine Schultern sackten herab und meine Wangen glühten, als hätte ich sie mit Schnee eingerieben. »Oh.«

Na ja, zumindest hatte ich es versucht. Aber irgendwo kannte auch meine Tarnung ihre Grenzen, und diese hier trug den Namen Fußball. Ich klinkte mich aus dem Gespräch aus, weil ich mich nicht im Geringsten für die Bundesliga-Ergebnisse interessierte, die die anderen eingehend diskutierten, und ließ mich von Magistrar in seinen Bann ziehen.

Ich konnte den Krater des Argos schon in der Ferne erkennen. Er war so riesig, dass fünfzig Spieler locker darin Platz fänden, ohne sich ständig in die Quere zu kommen. Die Größe der Arena hing nicht nur mit ihrer Kapazität für Magier zusammen, sondern auch mit der Spezialattacke der Bestie, bei deren bloßer Vorstellung mein Magen Purzelbäume schlug. Manchmal nahm ich dieses Spiel wirklich zu ernst.

Die Südsonne von Magistrar brannte auf unsere Köpfe, und ich war froh, dass mein luftiger Sensenmantel locker um meine Knöchel wehte. Ein unschuldiger Teil von mir wollte sich einreden, dass die Temperaturen der einzige Grund waren, warum sich Holla wie eine marbaharische Bordsteinschwalbe kleidete. Die Wahrheit war wahrscheinlich viel einfacher: Der Kerl war zum Kotzen.

Nur am Rande meines Bewusstseins registrierte ich, dass die vierte Person im Voicechat noch kein einziges Wort gesagt hatte. *Brutus*, der

Troll, war stumm geschaltet. Vielleicht war er auch kein Fußballfan. Immerhin fiel ich so mit meiner Teilnahmslosigkeit etwas weniger auf.

Holla streckte sich genüsslich, und ich hatte das Gefühl, dass alle Blicke an ihm klebten, als er mit jeder Bewegung seine Kurven spielen ließ. »Habt ihr die ersten Entwürfe für den neuen Comic gesehen?«

»Den Elfenkrieger-Comic?«, fragte Linus, und aus irgendeinem Grund erfüllte mich allein der Gedanke daran, dass er sich mit Merchandise beschäftigte, mit einer ungeahnten Wärme. Vielleicht lag das aber auch nur an den Sonnenstrahlen, die der Tagschatten zu jeder Zeit absonderte. »Ja, die waren ziemlich cool. Bin gespannt, wann sie endlich das Release-Datum ankündigen.«

TonaldDrump schnaubte. »*Cool* war es nicht«, entgegnete er. Sein dunkelblaues Sternenkleid flatterte in einem unsichtbaren Wind. »Eher *heiß*.«

Holla stieß ein kehliges Lachen aus, und ich erinnerte mich an die Skizzen, die ich vor ein paar Tagen auf der MoM-Twitter-Seite gesehen hatte. Eine leicht bekleidete Elfenkriegerin, die nur nach Hollas Geschmack sein konnte. »Megaheiß«, schnurrte dieser regelrecht. »Zu der würde ich auch nicht Nein sagen.«

Ich rümpfte die Nase. War das gerade sein Ernst? Wie nötig hatte der es denn?

»Jedenfalls«, schaltete sich Linus gelassen ein, »bin ich gespannt, wohin sie die Storyline …«

»Wenn ich mit der fertig wäre, wäre nichts mehr an ihr grün«, unterbrach ihn Holla, und die Fee schenkte uns ein vielsagendes Grinsen. »Höchstens grün und blau.«

Mir wurde übel. »Schon klar«, zischte ich. »Du bist der Allergrößte. Man verleihe dir einen Orden.«

»Einen Orden«, sinnierte Holla und sah sich lässig nach mir um. »Wenn du damit ihren Slip meinst, nehme ich den gerne –«

»O mein Gott!«, brach es aus mir heraus. »Wie abartig kann man sein?«

Holla schnaubte. »Schnauze, Mann! Du redest wie die letzte Schwuchtel.«

Er erntete ein gedämpftes Lachen aus Richtung TonaldDrump. Linus stieg nicht darauf ein.

Fassungslos blickte ich der Sternenzauberin entgegen. Dass der Kerl solche Ausdrücke aus dem letzten Jahrtausend benutzte, sollte mich eigentlich nicht überraschen, machte mich aber umso wütender. Mein Mund öffnete sich und schloss sich wieder, immer wieder, bis ich mich wie der letzte Gammelfisch auf dem Trockenen fühlte.

Doch mein Ärger über dieses Ekelpaket rang jäh mit dem Schub aus Unsicherheit, den seine Beleidigung in mir aufsteigen ließ. Ich durfte mich nicht provozieren lassen. Genau das war es doch gewesen, was mir beim letzten Mal das Genick gebrochen hatte. Und ich wollte mich auf gar keinen Fall vor jemandem wie ihm outen.

Schweren Herzens schloss ich den Mund endgültig.

Auch der Troll sagte nichts. Er bestand zu neunzig Prozent aus Oberkörper und zu zehn Prozent aus Kopf und Beinen – vielleicht war er zu sehr damit beschäftigt, mit uns Schritt zu halten, ohne aufs Maul zu fliegen, als dass er sich am Gespräch beteiligen könnte.

»Da wären wir ja auch schon!« Der Tagschatten wirkte erleichtert, als wir endlich den Krater betraten. Es waren bereits fünfunddreißig Leute drinnen, und der Raid würde in sechs Minuten eröffnet werden. Keine schlechte Quote – vielleicht würden wir die Arena sogar noch vollbekommen.

In einer Gilde zu sein, brachte so viele Vorteile mit sich, dass man sich ohne sie das Leben in Magistrar unnötig schwer machte. Man konnte Ausrüstung und Geld schnell untereinander teilen oder zwischenlagern. Sogar Zauber konnte man tauschen – was andernfalls nicht mal unter Freunden funktionierte. Damit konnte man sich für jeden Raid und für jedes Duell optimal gemeinsam vorbereiten. Dass wir dann auch alle zusammen in einem Voicechat sein konnten, sollte eigentlich die Kirsche auf dem Sahnehäubchen sein, löste jetzt aber ein mulmiges Gefühl in mir aus. Schließlich war die Erinnerung an das letzte Mal, als ich in einer Gilde gekämpft hatte, noch verdammt lebendig.

Der Vorbereitungsbildschirm warf mich für einen Moment aus meinem Tunnelblick – umso mehr, als ich eine Nachricht von Linus bekam. In unserem Privatchat: *Spielen wir wieder zusammen?*

Ein leichtes Lächeln umspielte meine Lippen, und auf einmal fühlte ich mich besonders. Obwohl wir jetzt Teil einer Gilde, also von etwas Größerem waren, war das zwischen Linus und mir doch etwas anderes. Wir waren ein Team.

Klar, tippte ich. Schnell rüstete ich meine flinken Zauber aus, mit denen ich mich vorhin eingedeckt hatte. Mit einer Tastenkombination bildete ich eine Liste davon im Chat ab, sodass er sich einen Überblick verschaffen konnte.

Defensiv? Obwohl er nur schrieb und nicht sprach, stellte ich mir vor, wie er lächelte. *mal was ganz neues.*

Ich grinste. *Abwechslung muss sein.*

Beim letzten Mal hatte er mich dabei unterstützt, mächtige Angriffe abzufeuern, aber diese Strategie würde diesmal nicht so leicht aufgehen – weil wir es nicht wie beim Gorgonen mit nur einem Feind zu tun haben würden. Ich hatte jetzt schon keinen Bock mehr auf die ganzen Augen …

»Ich geh noch kurz pissen«, meldete sich TonaldDrump zu Wort und schaltete sein Mikro aus.

Sofort wurde ich hellhörig. Wusste ich's doch, dass Männer *pissen* sagten!

Kurz entschlossen öffnete ich ein Textfeld am Rand meines Bildschirms und notierte mir: *pissen.* Dabei fühlte ich mich allerdings unglaublich affig. Die hier waren nur ein anderes Geschlecht und keine andere Spezies!

Die letzten Minuten verstrichen wie im Flug, und im nächsten Moment fand ich mich mitten im Krater des Argos wieder. Die Bestie wartete bereits auf uns.

Sofort beschleunigte sich mein Puls. Ich war umgeben von einem Meer aus Magiern – knapp fünfzig Spielern, die sich mit allen erdenklichen Avataren hier versammelt hatten, um dem Monster den Garaus zu machen. Ich entdeckte unzählige Elfen, mehrere Tagschatten und glaubte sogar, aus der Ferne einen zweiten Sensenmann zu erspähen, dessen wallende Robe voller eingetrockneter Blutflecke war – nettes Gimmick.

Gemeinsam umringten wir die riesige, menschenähnliche Kreatur, die uns um ein Vielfaches überragte und uns aus ihren einhundert Augen gleichzeitig anstarrte, welche ihren ganzen Kopf übersäten.

Bei ihrem bloßen Anblick wurde mir heiß und kalt zugleich – noch mehr, als der Countdown abzulaufen begann.

Drei.

Warum hatte ich mich noch mal auf diesen Raid eingelassen?

Zwei.

Ach ja, Linus zuliebe.

Eins.

Hoffentlich würde ich das nicht bereuen.

Los.

9. KAPITEL

RAGE QUIT

Ein markerschütterndes Kreischen zerfetzte meinen Gehörgang, und ich schleuderte meinen ersten Angriff in Richtung Argos. Von überall her wurden Zauberkugeln, -blitze und -stürme auf den Riesen abgefeuert, und seine Lebensleiste sank überraschend schnell. Als ich den Blick schweifen ließ, entdeckte ich viele zinkfarbene Namen, aber auch einige, die in Kupfer gehalten waren. Mit vereinten Kräften waren wir gar nicht so schlecht. Vielleicht würde das hier deutlich schneller gehen als erwartet.

Doch ich änderte meine Meinung spätestens dann, als sich Argos mit einem Mal selbst aus seiner Trägheit riss und die Hände zu Fäusten ballte.

Ich versteifte mich am ganzen knochigen Körper. Gleich würde es erst richtig losgehen. Ich machte mich auf alles gefasst und bildete mir ein, dass sich alle einhundert Augen allein auf mich richteten.

Mir brach der kalte Angstschweiß aus, als die Bestie plötzlich beide Hammerfäuste in die Luft riss und mit einem Affenzahn zu Boden sausen ließ.

Obwohl Argos nicht annähernd in meine Richtung auf den Krater einschlug, machte ich einen Satz rückwärts und sah dabei zu, wie drei Magier unter seinen Handkanten zerquetscht wurden.

Scharf sog ich die Luft ein. »Autsch.«

»Fuck!«, rief Holla im selben Moment aus. »Was für eine Scheiße?! Ich bin ausgewichen!«

Erst jetzt bemerkte ich, dass eines der Opfer die vorlaute Fee gewesen war. Tat mir überhaupt nicht leid.

Argos hatte nicht viele Stärken oder Schwächen, weshalb es in gewisser Hinsicht egal war, welche Angriffe ich benutzte – Hauptsache, ich machte überhaupt etwas. Genau das war auch die Strategie, die alle anderen fuhren. Die Spieler schwirrten förmlich durch den Krater und feuerten einen Zauber nach dem anderen auf die Bestie ab, mit dem einzigen Ziel, ihre mächtigste Attacke aufzuladen und ordentlich Schaden anzurichten, bevor sie selbst erledigt würden.

Wieder stieß Argos ein ohrenbetäubendes Kreischen aus, bei dem meine Knie weich wurden – daher war es mein Glück, dass ich meine Beine nicht brauchte, um mich fortzubewegen. Alle hundert Augen begannen sich in ihren Höhlen wild hin und her zu bewegen, bis mir vom bloßen Hinsehen schlecht wurde.

»Skull!«, ertönte Linus samtige Stimme an meinen Ohren. »Gibst du mir Deckung?«

Mein Herz hüpfte aufgeregt gegen meine Rippen. »Bin gleich da!«, versprach ich und wirbelte herum. Ich entdeckte den Tagschatten in einigen Schritten Entfernung. Sein Name war mit einem grünen Punkt versehen worden, um ihn als Mitglied meiner Gilde zu kennzeichnen, sodass ich ihn gar nicht aus den Augen verlieren konnte, während ich auf ihn zuschwebte.

»Okay, macht euch bereit, gleich geht's los!«, tönte TonaldDrump, als könnte er es kaum erwarten, dass Argos zu seiner Spezialattacke ansetzte.

Ich hingegen wünschte mir, wir hätten ihn schnell genug töten können, bevor er diesen Move auspackte.

Aber ich hatte kein Glück. In dem Moment, in dem ich xXPlayer-OneXx erreichte, flutschten alle hundert Augen aus ihren Höhlen und sprangen den Spielern entgegen. Wie scharfe Geschosse sausten sie durch die Luft, vor Gier weit aufgerissen – und zwei davon stürzten geradewegs in unsere Richtung.

»Igitt!«, quietschte ich und feuerte einen blauen Blitzzauber auf das Glubschauge ab, das daraufhin einfach platzte.

Als Reaktion prusteten mindestens drei meiner Mitspieler los, und ich kapierte nicht, warum. Wo die anderen Augen den Boden – oder Magier – trafen, rissen sie alles in ihrer Umgebung in einer Explosion mit sich. Alles außer sich selbst: Von einer Sekunde auf die andere war es, als wären wir in einem Ameisenhaufen gelandet. Nur ohne Ameisen, sondern mit Augen, die aus allen Richtungen auf uns zusprangen und nur darauf warteten, uns in die Luft zu jagen.

»Was war das denn?«, fragte Linus amüsiert, und ich kniff die Augen zusammen. Was war sein Problem? Hatte er was gegen meinen Zauber gehabt?

Weil ich nicht wusste, was ich sagen sollte, fuhr ich herum und attackierte den nächstbesten Augapfel, der in unsere Richtung hüpfte.

»Sag ich doch«, brummte Holla. »Die reinste Schwuchtel.«

Meine Mundwinkel bogen sich nach unten. Das hatte er nicht wirklich gesagt, oder?

Ach so. Ich hatte mich vor einem Auge geekelt. Total unmännlich und damit ungefähr das größte Verbrechen, das man bei MoM begehen konnte.

Ich war nicht wütend auf mich selbst, weil ich meine Fassade erneut ins Bröckeln gebracht hatte. Nein, meine Wut galt einzig und allein Holla, der offenbar alles und jeden verabscheute, der nicht genauso war wie er.

Ich atmete tief durch. *Du musst da jetzt drüberstehen, Anne*, ermahnte ich mich. *Es läuft gerade so gut. Lass dir das nicht von ihm kaputtmachen.*

Ich presste die Kiefer aufeinander. »Tagschatten«, sprach ich Linus förmlich an. »Du knöpfst dir Argos vor, ich geb dir Deckung.«

»Zu Befehl«, antwortete er immer noch amüsiert und versetzte mir damit einen leichten Stich. Er wandte sich dem inzwischen augenlosen Argos zu, und eine strahlend weiße Energie sammelte sich an seinen Händen, als er seine mächtigste Attacke vorbereitete.

Ich tat, was wir besprochen hatten, und hielt mich dicht in seiner Nähe, um alles anzugreifen, was es auch nur wagte … na ja, ein Auge auf uns zu werfen. Wann immer ich konnte, wirkte ich einen Unterstützungszauber, der Linus' Angriffsgeschwindigkeit erhöhte. Eine kleine Hilfe, die zumindest ein paar Sekunden anhielt. So konnte er sich darauf konzentrieren, den eigentlichen Gegner zu schwächen, während ich mich um die lästigen Biester kümmerte, die jedes für sich mickrig und mit einzelnen Angriffen zu besiegen waren, in Summe jedoch enormen Schaden anrichten konnten.

Genau das war der Grund, weshalb ich auf schnelle und leichte Zauber gesetzt hatte. Ohne Aufladezeit konnte ich jede Sekunde einen abfeuern, und das reichte mehr als aus, um -

Ein weit aufgerissenes grünes Auge sprang mir mitten ins Gesicht.

Ich schrie auf vor Schreck, als das Teil mit voller Wucht auf mich traf und einfach explodierte. »What the fuck?!«, stieß ich hervor, als meine Lebensleiste um ein gutes Viertel sank – und war überrascht von mir selbst, in einen Voicechat hineinzufluchen.

Und noch viel überraschter, als keine Reaktion kam. Weil sich niemand daran störte. Weil es etwas völlig Normales war, hin und wieder zu schimpfen, wenn etwas schieflief – hatte ich in den letzten Jahren schließlich auch oft genug gehört. Ich war in letzter Zeit nur nie in den Genuss davon gekommen, es selbst zu tun, weil ich immer das Mikrofon abgestellt hatte, um mich nicht als Frau zu outen.

Wow. Das hier war einfach der Wahnsinn!

Das war der Zeitpunkt, ab dem sich alles veränderte. Ab dem mir dieser ganze Raid wie ein einziger Traum vorkam. Linus, TonaldDrump, Holla und ich gaben uns im Voicechat immer wieder kurze Befehle, baten um Deckung oder warnten einander vor. Ich probierte die kreativsten Flüche aus und entlockte dem einen oder anderen sogar ein leises Lachen. Und es machte Spaß. Ja, sogar *fluchen* machte als Mr. Skull Spaß! Ich hatte immer geglaubt, ich hätte die ganze Bandbreite von MoM längst erfasst – dabei war ich noch gar nicht in den Genuss des echten Spieleerlebnisses gekommen.

Auf einmal fühlte es sich so an, als hätte ich bis zu diesem Augenblick nie wirklich gelebt und als würde der heutige Tag den Start in mein neues Leben markieren. Das Leben, das ich längst hätte leben sollen.

Ein Teil von mir erwachte aus diesem Traum, als sich Argos' Lebensleiste langsam rot färbte. Wie schnell war das denn passiert? Meine Sense glühte in meiner Hand und mein untotes Herz schlug wie wild in meiner Brust. Ich hielt mich dicht an Linus, während ich einen Angriff nach dem anderen auf Argos abfeuerte. Argos, der sich kurz vor Schluss zu einem letzten Aufbäumen entschied. Die Augen, die ihm gerade erst nachgewachsen waren, schossen einmal mehr aus ihren Höhlen – und geradewegs auf uns zu.

»Scheiße!«, stieß ich hervor und schleuderte einen meiner mächtigeren Angriffe durch die Luft, der mehrere von ihnen auslöschte, bevor sie den Krater vergrößern konnten.

Anfangs waren wir achtundvierzig Magier gewesen, aber inzwischen waren einige gestorben – ohne Wiederkehr. Jetzt waren wir nur noch fünfunddreißig. Fünfunddreißig Magier auf einhundert Augen.

Der rosarote Traum färbte sich jäh schwarz. Hektisch wirbelte ich herum und warf einen Blitz nach dem anderen um mich, bis ich die Orientierung verlor und nur noch jeder zweite Angriff sein Ziel traf.

»Fuck!« Wo sich der Tagschatten bisher nur darum gekümmert hatte, Argos direkt anzugreifen, fuhr er jetzt herum – und killte eines der drei Augen, die sich in dieser Sekunde auf mich stürzten.

»Dank...« Ich kam nicht dazu, weiterzureden. Während ich den zweiten Augapfel selbst erledigte, prallte der dritte gegen meine Schulter und riss einen weiteren dicken Teil meiner Lebensleiste mit sich. Wieder fluchte ich. »Wer von euch kann heilen?« Mein einziger Heilzauber musste sich noch aufladen, und Linus, der offensiv spielte, hatte keinen dabei.

»Brutus«, antwortete TonaldDrump und wirkte auf einmal mehr als gereizt. »Was ist schon wieder mit dir?!«

»Das hat er vorhin auch schon nicht hinbekommen!«, tönte Holla, die Waldfee.

Entgeistert riss ich die Augen auf. *Jetzt* kapierte ich den Namen endlich!

»Hallo?«, fragte TonaldDrump genervt. »Bist du taub?«

»Vergiss den«, murrte Holla, der zum Glück am anderen Ende des Kraters weit weg von uns kämpfte. »Als mich vorhin die Faust erwischt hat, war es ihm auch egal.«

»Ich ...« Ich war so beschäftigt mit Reden und Zuhören, dass ich zu spät mitbekam, wie mich ein zweites Auge von der Seite ansprang. Erschrocken riss ich den Kopf herum, feuerte einen Schattenblitz auf es ab und ... es überlebte. Das gottverdammte Auge, das nur aus einem Augapfel und einem abgerissenen Sehnerv bestand, überlebte meinen Schattenblitz?!

Wie durch ein beknacktes Wunder überlebte es meinen Schattenblitz. Und sprang mir ans Bein, wo es explodierte.

Während die Druckwelle meine Robe nur etwas anhob, zog mein Leben an mir vorbei. Mein kurzes neues Leben als Mr. Skull, das in diesen Sekunden zu enden drohte, als meine Lebenspunkte in den roten Bereich absackten.

Verdammt. Ich wollte nicht versagen. Ich war doch gerade erst in Zink angekommen! Und ich hatte noch so viel vorgehabt!

»Brutus!«, flehte ich und kam mir so vor, als würde ich mit einem widerspenstigen Dobermann sprechen, der nicht aufhörte, an einem Hydranten zu schnuppern. »Komm schon! Ich hab keine Lust, jetzt noch zu sterben!«

»Wie wär's, wenn ihr einfach mal *Bitte* sagen würdet?«, fauchte mich plötzlich eine hohe Frauenstimme an, und ich erstarrte – einen Moment zu lang, sodass Linus das Einzige war, was sich zwischen ein drittes Auge und mich schob.

»O mein Gott«, hauchte ich, während mein Herz einen kleinen Hüpfer machte. Eine Frau! Eine andere Frau! »Hey, tut mir leid! War nicht so gemeint.« Als mich ein heller Lichtschein umgab und mich heilte, wuchs mein schlechtes Gewissen ins Unermessliche. »Wirklich nicht.«

Der Troll mit dem Namen Brutus – dem am wenigsten weiblichen Namen nach Mr. Skull – starrte mich unbeeindruckt an. »Schon gut«, murrte die Spielerin, ehe sie sich abwandte und in einen anderen Winkel des Kraters rannte, als wollte sie nicht einmal mehr dieselbe Luft wie ich atmen.

»Ohhh«, säuselte Holla. »Jetzt geht die Kleine weinen!«

»Hey!«, rief TonaldDrump so laut aus, dass mir die Ohren klingelten. »MoM ist nichts für Zicken, klar? Geh Sims spielen.«

Ein eiskalter Schauer rann mir über den Rücken. Wäre da nicht noch ein Dutzend Augen gewesen, die ich unbedingt vor Linus und mir selbst abschirmen musste, hätte ich vielleicht eine Chance gehabt, zu verarbeiten, was gerade geschah. So sickerte die Gewissheit nur nach und nach zu mir durch und lähmte meine Glieder.

Nicht darauf eingehen, beschwor ich mich selbst, während mein Puls in die Höhe schoss. *Wenn ihnen niemand Aufmerksamkeit schenkt, kriegen sie sich gleich wieder ein.*

»Hat jemand 'nen Tampon für sie?«, ätzte Holla und wurde von einem Auge am Hinterkopf getroffen. *Karma is a bitch.*

»Warte«, stieg TonaldDrump voll drauf ein. »Ich frag schnell deine Mom, die hat einen gebraucht, nachdem ich mit ihr fertig war.«

Ich würgte.

»Hey, Kleine!«, tönte Holla plötzlich, und ich sah, dass sich seine Lebensleiste rot gefärbt hatte. »Ich brauch 'nen Heal!«

Ich schnaubte und musste mich noch an die Tatsache gewöhnen, dass ausnahmsweise nicht ich gemeint war. »Ach, auf einmal?«

»Was willst du denn jetzt, Schwuchtel?« Die Waldfee feuerte einen Dorn in meine Richtung, der mich aber nicht juckte, weil das Spiel kein Friendly Fire unterstützte, sodass sich Teamkollegen kein Haar krümmen konnten. Leider. Ansonsten hätte sich die Bordsteinfee die Abreibung ihres Lebens geholt.

»Ich will, dass du den Mund hältst, wenn du nichts Intelligentes zu sagen hast!«, zischte ich.

»Fuck off!«, wehrte er ab, und meine Hand verkrampfte sich so sehr um die Maus, dass ich mich beinahe selbst aus meinem Tunnel geworfen hätte. Krampfhaft klammerte sich meine Seele in dem Spiel fest, während ich das letzte Auge in Reichweite pulverisierte und endlich – *endlich!* – wieder zu xXPlayerOneXx aufschloss.

»Hey!«, sagte dieser gerade mit überraschend schroffem Tonfall. »In unserer Gilde gilt Fair Play.«

»Dann soll mich die Zicke endlich heilen, verdammt nochmal!«, brüllte Holla in sein Mikrofon – und fluchte. »Jetzt hat sich die Schlampe auch noch ausgeloggt!«

Erschrocken ließ ich den Blick schweifen und entdeckte … weit und breit keinen Troll mehr, dessen Name mit einem grünen Lämpchen versehen war. Die Frau, die sich hinter Brutus verbarg, war gegangen. Und das ganz bestimmt nicht, weil ihr die Lebenspunkte ausgegangen waren.

Sie war gerade eben noch im grünen Bereich gewesen, hatte verdammt gut gespielt.

Ein bitterer Geschmack legte sich auf meine Zunge. Meine Glieder fühlten sich schwer an, und ich versuchte, meine gesammelte Wut auf Argos zu lenken. Das änderte jedoch nichts daran, dass mein Kopf immer heißer wurde. Der Tagschatten neben mir sah im Vergleich geradezu tiefenentspannt aus – doch das war schließlich eines der Hauptmerkmale dieses Avatars. Ich hatte keine Ahnung, was Linus über diese Sache dachte. Und ich hatte Angst davor, dass es ihm egal war. Obwohl seine Meinung keine Rolle für mich spielen sollte. Aber das war sie nicht. Weil ich inzwischen ein gewisses Bild von ihm hatte und nicht wollte, dass er es mit einem Schlag zerstörte.

Ich konnte es mir nicht leisten, weiter über Linus nachzudenken. Ehe ich mich versah, schnellte ein Überbleibsel von Auge am Rande meines Blickfelds heran. Gehetzt wirbelte ich herum und registrierte, dass es nicht auf dem Weg zu mir war, sondern geradewegs auf die Waldfee zusteuerte. Die Waldfee, die sich gerade nicht bewegte, weil sie fieberhaft in den Hauptchat schrieb, auf der Suche nach jemandem, der sie heilen konnte.

Meine Lippen teilten sich. *Achtung!*, wollte ich rufen, riss gedanklich schon die Hand hoch, um einen Schattenblitz auf das Auge zu werfen … und tat es doch nicht. Stattdessen blieb ich, wo ich war, stumm und steif, und sah dabei zu, wie das Auge gegen den Rücken der Waldfee prallte und sie in Fetzen riss.

»Fuck!«, brüllte mir Holla entgegen – und verstummte.

Sein Avatar war gestorben und er abgehauen. Theoretisch hätte er noch die Gelegenheit gehabt, sich den restlichen Raid von den billigen Plätzen aus anzusehen und mit uns im Voicechat zu bleiben, aber nun war er genauso hastig abgezogen wie Brutus, die er rausgeekelt hatte.

Diesmal hatte ich nicht das geringste schlechte Gewissen. Ganz im Gegenteil, ich fühlte mich mächtig.

Und ich fühlte mich furchtbar, sogar dann noch, als Argos all seine Augen gleichzeitig aufriss und auf die Knie sackte. Richtig grottig, um genau zu sein. Wegen Holla, obwohl ich selbst nicht das Ziel gewesen war.

Das war das Problem. Ich war nicht das Ziel gewesen. Und ich wusste auch genau, warum: weil sich eine Frau offenbar erst als Mann ausgeben musste, um in einer Männerdomäne akzeptiert zu werden. Alles in mir sträubte sich dagegen, das zu glauben, doch ich konnte nicht verhindern, dass ein winzig kleiner Teil von mir endgültig einknickte.

Unsere ganze Beute, die Belohnungen und Erfahrungspunkte, wurde eingeblendet, aber Linus' »Gute Arbeit« drang nur aus weiter Ferne an meine Ohren, obwohl mein Headset immer noch genauso fest saß wie zuvor.

Mir drehte sich der Magen um, und als ich an meinen Vormittag an der FH dachte, gleich umso mehr. Meine Augen begannen zu brennen und füllten sich mit widerspenstigen Tränen, bevor ich etwas dagegen unternehmen konnte. Bebend atmete ich durch, schaltete mein Mikrofon aus und verließ den Voicechat dann ganz.

Als wir uns am Rande des Kraters wiederfanden, war ich bereits vollends aus dem Spiel gerissen worden. Aus Mr. Skull und mir waren wieder zwei Entitäten geworden. Mit hängenden Schultern starrte ich den Bildschirm an und wusste nicht weiter.

Sollte das hier wirklich mein Leben sein? Bestehend daraus, dass ich in jedem Bereich, für den ich Feuer und Flamme war, belächelt, nicht ernst genommen, heruntergemacht oder Schlimmeres wurde?

Hier bei MoM konnte ich mich verstellen. So tun, als wäre ich jemand anderes, obwohl ich mich nicht unbedingt wohl dabei fühlte und ständig Gefahr lief, aufzufliegen. Aber im echten Leben funktionierte das nicht. Ich konnte keinen auf Mulan machen, mir einen

Fake-Bart ankleben und mich ab sofort als Anton in die Vorlesung setzen, der aus irgendeinem Grund mit achtzehn Jahren immer noch keinen Stimmbruch gehabt hatte.

Meine Kehle wurde eng. Wie sollte das nur weitergehen?

Ein Chat-Fenster leuchtete in der linken unteren Ecke auf. *Hey*, schrieb xXPlayerOneXx.

Ich biss mir auf die Unterlippe und kämpfte den plötzlichen Fluchtinstinkt herunter, der meine Glieder erfasste. *Hey.*

Linus tippte, und aus irgendeinem Grund stieg in der Wartezeit eine seltsame, nervöse Hitze in mir auf. Obwohl ich nicht einmal wusste, worum es ging, hatte ich Angst vor dem, was er sagen würde. Weil ich es bereits ahnte und mein Bild von ihm auch ganz allein ins Wanken brachte.

Das war echt übel, leuchtete es auf meinem Bildschirm auf. Der Tagschatten war einen halben Schritt vorwärts geschwebt und hatte sich dann zum Sensenmann umgedreht, sodass sie sich wieder mit einem Millimeter voneinander entfernten Nasenspitzen ansahen. Ein Anblick, der mich zum Grinsen gebracht hätte, würde es mir gerade nicht so hundsmiserabel gehen.

Das war auch der Grund, warum ich seinen Kommentar zuerst auf meine spielerische Leistung bezog. Ich spürte einen Stich in meiner Brust und fing an, eine Antwort zu tippen, die ich sowieso niemals abschicken würde, als er plötzlich fortfuhr: *Unsportliches verhalten. Aber zum glück erledigen sich die meisten probleme von selbst.*

Ich runzelte die Stirn – und dann fiel es mir wie Schuppen von den Augen. Schnell öffnete ich die Übersicht unserer Gilde und sah, dass wir nur noch zu dritt waren. TonaldDrump, Holla und leider auch Brutus waren ausgestiegen.

Ein gelöstes Lächeln umspielte meine Lippen. Ich schickte Linus einen Daumen nach oben – einen einzelnen, blöden Daumen, der in diesem Augenblick der einzige Weg war, meine chaotischen Gefühle auszudrücken.

Auf einmal war meine Wut wie verflogen, und ich konnte sogar den ulkigen Anblick von Sensenmann und Tagschatten, die auf Tuchfühlung gingen, endlich genießen. So schnell klappte das also, wenn man sich nur mit den richtigen Leuten umgab.

Was hatte ich heute gelernt? Linus war wirklich anders als der Standardpöbel, der sich bei MoM herumtrieb. Ach ja, und Holla, die Waldfee, war ein Arschloch.

Ich sah, dass Linus etwas schrieb, konnte es aber nicht abwarten, weil ich befürchtete, dass er gleich gehen würde – schließlich hatte er heute schon vor mir angefangen.

Meine Finger flogen förmlich über die Tastatur. *Willst du vielleicht …* Ich stockte mitten in der Bewegung. Auf einmal fühlte ich mich wie ein schüchternes kleines Mädchen, das einen Jungen fragte, ob sie auf dem Weg zur Schule Händchen halten wollten. Ich schluckte, gab mir aber einen Ruck. *Willst du vielleicht noch etwas zu zweit leveln?*

Linus hörte fast sofort auf zu tippen. Mehrere Sekunden lang passierte gar nichts. Dann, ohne jede Vorwarnung: *klar.*

Als Augenblicke später eine neue Voicechat-Anfrage auf meinem Bildschirm erschien, schlug mein Herz höher. Ohne noch mal über das Für und Wider nachzudenken, nahm ich an. »Hi, Linus.«

10. KAPITEL
FEEDEN

Die restliche Woche verging rasend schnell. Nicht unbedingt die Vormittage, die zum Glück noch nicht superdicht mit Vorlesungen ebpackt waren, dafür aber die Nachmittage und Abende, die ich mit Pia und Linus verbrachte. Natürlich nicht gleichzeitig. Mit meiner Besten-Freundin-jetzt-Mitbewohnerin genoss ich die ersten Stunden nach unserem Vorlesungsende und manchmal noch die späte Nacht bei einem Gläschen Wein und einem Film – und mit Linus schier die ganze Zeit dazwischen.

Da wir uns im zweiwöchigen Testlauf für die Module befanden, in dem man sich flexibel aus Kursen austragen und noch freie Plätze in anderen belegen konnte, hatten wir bisher nicht viel Stoff durchgenommen. Ein Teil davon waren auch nur Wiederholungen aus der Abi-Zeit gewesen: Dinge, die ich nicht mal dann über den Sommer hätte vergessen können, hätte mich eine Abrissbirne am Kopf getroffen.

Umso mehr konnte ich mich auf meine Zeit mit Linus einlassen. Gemeinsam levelten wir uns durch Zink und machten schnell Fortschritte. Linus nahm wieder vereinzelt Gildenmitglieder auf, aber im Gegensatz zu neulich hatte ich nicht mehr das Gefühl, dass sie auf einem Level mit mir waren – weder in Sachen MoM noch hinsichtlich meiner Beziehung zu Linus. Also, meine professionelle, rein berufliche Spieler-zu-Spieler-Beziehung, natürlich.

Wir befanden uns gerade in der Wüste Marbahar auf dem Weg zu einer Riesenschlange, die dort im Sand lauerte. Es passten nur zwanzig Spieler in die Pyramiden-Arena, und um bis zu ihr zu gelangen, musste man meilenweit durch Sandberge und Dünen laufen. In dieser Hinsicht war mir das Spiel manchmal eindeutig zu realistisch. Wir hatten keine große Hoffnung, dass wir es pünktlich bis zum nächsten Raid schaffen würden, aber diese starb ja bekanntlich zuletzt.

»Und du schaust wirklich gar nicht Fußball?«, erkundigte sich Linus ohne jede Wertung in der Stimme. »Überhaupt nicht?«

»Nein, null«, antwortete ich verdrossen und fragte mich gleichzeitig, ob Männer das Wort *null* benutzten. »Deshalb dachte ich, die Waldfee neulich würde von MoM reden und nicht von irgendeinem Bundesliga-Spiel.«

»Es ging um die Zweite Liga«, warf Linus amüsiert ein. »Weißt du, manche Menschen haben noch andere Hobbys als MoM.« *Im Gegensatz zu dir*, konnte ich jetzt deutlich aus seinem Tonfall heraushören.

Ich schnaubte. »Was?«, fragte ich vorwurfsvoll. »Du warst heute schon vor mir hier!«

»Na und?«, gab er zurück. »Ich bin Student. Ich hab keinen besonders vollen Terminplan.«

Meine Lippen teilten sich leicht, um zu kontern, aber dann biss ich mir auf die Zungenspitze. Ich hatte fieberhaft versucht, ihn auf Instagram, Snapchat & Co. zu finden, was absolut unmöglich gewesen war, weil ich nur seinen Vornamen kannte. Auf der anderen Seite hatte ich ihm bisher so gut wie nichts von meinem Privatleben erzählt. Vielleicht sollte ich es nicht darauf anlegen, solche sensiblen Themen anzuschneiden – weil ich noch gar nicht wusste, wie ich damit umgehen sollte.

»Was machst du eigentlich beruflich?«, beschloss Linus, mir absolut keine Zeit mehr zu lassen, um darüber nachzudenken.

»Ähm … arbeiten«, schoss es total gekonnt aus meinem Mund, und ich hätte am liebsten aufgelegt, um mir weitere Peinlichkeiten zu ersparen.

»Okay«, antwortete Linus, während wir nebeneinander über den Sand hinwegschwebten. Obwohl meine Füße nicht den Boden berührten, spürte ich förmlich die Schweißperlen auf Mr. Skulls Totenschädelstirn, und ich kam mir so vor, als würden wir mit jedem Augenblick langsamer werden. »Und was genau? Ich meine … so ungefähr?«

Meine Gedanken rasten. Als was arbeitete Mr. Skull? Es musste irgendwas Cooles sein. Irgendwas Nerdiges, das nicht zu sozial war, weil Mr. Skull sozial inkompetent war – genau wie Anne, eigentlich.

Hey, warum sollte ich jetzt groß lügen? Die besten Märchen lagen schließlich so nah an der Wahrheit, dass man sie kaum auseinanderhalten konnte. »Ich arbeite in einem Labor an der Weiterentwicklung Künstlicher Intelligenz«, sprach ich meinen absoluten Traumjob aus.

»Was?«, stieß Linus hervor, und ich bildete mir ein, dass mich der sonst so gefasste Tagschatten aus weit aufgerissenen Augen anstarrte. »Das ist ja der Wahnsinn! Mega Hammer! Ich studiere Informatik«, fügte er dann hinzu. »Ich weiß noch nicht, in welche Richtung ich nach dem Abschluss will, aber KI ist ein echt interessantes Feld und –« Seine Stimme überschlug sich beinahe, und er brach ab. »Wie ist das so?«, bohrte er schließlich weiter und stieß mich geradewegs an den Rand der Grube, die ich mir gerade selbst geschaufelt hatte. »Ich meine, womit beschäftigst du dich den ganzen Tag?«

Mein Herz pochte dumpf in meiner Brust, und ich dachte fieberhaft darüber nach, wie ein verschlossener, aber selbstbewusster Mann auf diese Frage antworten würde. Als förmlich die Wartemusik von Quizshows an meine Ohren drang, wenn man sich zu viel Zeit ließ, stieß ich mit der letzten Luft aus meinen Lungen hervor: »KI.«

Stille.

Ich widerstand gerade so dem Drang, einfach an Ort und Stelle stehen zu bleiben und herausfinden zu wollen, ob ich mich mit meinen Zink-Zaubern irgendwie im Erdboden versinken lassen konnte.

Linus schenkte mir ein lang gezogenes »Alles klaaar«, und die Sache war gegessen. Er war so unkompliziert. Warum war er so unkompliziert und ich so anstrengend? »Aber was für ein Job ist das dann? Ein Studienpraktikum?«

»Nein!«, wehrte ich sofort ab. Das war dann doch wieder zu nah an der Wahrheit. »Ich arbeite schon seit zehn Jahren in dieser Firma.«

Linus stutzte merklich. »Mit achtzehn?«

Ich blinzelte. »Achtzehn?«

»Hast du nicht neulich gesagt, du wärst achtzehn?«

Meine Gesichtszüge entgleisten, und eine Eiseskälte erfüllte mich, bei der Marbahar um mich herum mit einem Mal zu gefrieren drohte. O Mann, wie bescheuert konnte man sein? Ich hatte Linus bisher gefühlt zwei Dinge über mich verraten, und genau diese beiden Dinge widersprachen sich schon so sehr, dass nichts mehr einen Sinn ergab?!

»Achtzehn?«, würgte ich hervor und versuchte, amüsiert und nicht gequält zu klingen. »Nicht doch. Ich bin … achtundzwanzig.«

»Ahhh!« Linus klang so entspannt, wie der Tagschatten dreinsah. »Das erklärt einiges.«

Ich schluckte. »Ach ja?«

»Jap.« Er blieb mir weitere Ausführungen schuldig, aber ich schaffte es trotzdem, mich so weit zu entspannen, dass ich mein Bedürfnis herunterkämpfen konnte, den Computer runterzufahren und Hals über Kopf in ein anderes Land auszuwandern.

Endlich kam die Pyramide, in deren Inneren die Schlange lauerte, in Sichtweite. Noch waren knapp zehn Plätze frei. Eigentlich hätten wir gute Chancen gehabt, wären da nicht die Ströme über Ströme aus Spielern gewesen, die links und rechts von uns in ihre Richtung rannten.

»Scheiße!«, stieß ich hervor und stellte mir vor, wie das wohl mit Skulls Stimme klingen mochte. Verzweifelt klickte ich auf meine rechte Maustaste, in immer kürzeren Abständen, um mich vorwärts zu bewegen. Schneller, immer schneller, während Linus mit mir mithielt. Er stieß keine saftigen Flüche aus, und ich stellte mir vor, wie er hoch konzentriert vor seinem Rechner saß, alle Sinne auf die verdammte Pyramide ausgerichtet, in der vielleicht genug Erfahrungspunkte auf uns warteten, um uns in die Kupfer-Liga zu katapultieren.

Unglaublich. Noch vor Kurzem hatte ich Kupfer verabscheut – jetzt sehnte ich mich nach nichts anderem mehr. Na ja, außer nach Silber, Gold und Platin, natürlich.

»Verdammt«, murmelte Linus plötzlich. »Das schaffen wir nicht.«

Skulls Robe wehte wie wild im Wüstenwind, als wir uns mit immer schnelleren Klicks und doch im selben Tempo wie zuvor auf die Pyramide zubewegten. Die Pyramide, in die sich gerade ein Spieler nach dem anderen warf und uns die letzten Plätze wegnahm: 18 von 20.

19 von 20.

20 von 20.

»Fuck!« Am liebsten hätte ich auf meine Tastatur geschlagen. Doch weil ich keinen auf Holla machen wollte, lehnte ich mich stattdessen kraftlos in meinem Stuhl zurück und ließ Skull wenige Schritte von der Pyramide entfernt anhalten, deren leuchtender Eingang in diesen Sekunden verblasste. »Das war's dann wohl.« Der nächste Raid würde erst in sechs Stunden beginnen, und ich wollte ungern nach Mitternacht noch am Bildschirm hängen, wenn ich morgen früh rausmusste.

»Schade.« Linus schien nicht wirklich enttäuscht zu sein. Er war immer so unglaublich relaxed. »Dann lass uns woanders hingehen.«

»Wohin denn?«, fragte ich missmutig und drehte mich um, sodass sich die weiten Wüsten von Marbahar wieder vor mir erstreckten. »Gerade eben finden nur Raids statt, für die wir entweder viel zu stark oder viel zu schwach sind.« Und jetzt, wo ich in Zink war und etwas zu verlieren hatte, wollte ich definitiv vorsichtiger mit Gefechten umgehen, die ganz klar über meinem Niveau waren.

»Wir können noch ein Duell machen«, schlug Linus vor, doch ich schüttelte mich.

»Wir sind noch nicht soweit! Duelle erst am oberen Ende der Liga«, bläute ich ihm ein. »Da hat man die besten Chancen.«

Der Tagschatten streckte sich in der Sonne, weil Linus schon länger keine Taste betätigt hatte. Er war voll und ganz in unser Gespräch vertieft. »Als würde Zink (18) oder (19) so einen großen Unterschied machen«, widersprach er, und ich stöhnte.

»Ich will einfach nichts riskieren, verstehst du?« Ich öffnete die Weltkarte und betrachtete die Bereiche, die nicht ausgegraut waren. »Lass uns mal einen Abstecher machen nach …« Ich schloss die Augen und deutete blindlings mit meinem Finger auf den Screen. Als ich die Lider wieder hob, zeigte ich geradewegs auf … die Energy-Drink-Dose, die rechts von meinem Bildschirm stand. Meine Güte, hatte ich so wenig Orientierungssinn? Gleichgewichtssinn? Irgendeinen Sinn? War ich einer dieser Menschen, die man am Ende der Straße mit verbundenen Augen dreimal um sich selbst drehen konnte, auf dass sie nie wieder den Weg zurück nach Hause fanden?

»Ähm.« Ich räusperte mich und richtete meinen Finger auf das nächstbeste Ziel aus. »Die magischen Quellen von Azdahor. Da gehen wir hin.«

»Was?«, fragte Linus sichtlich verstört. »Was wollen wir denn da?«

»Ich war da schon lange nicht mehr«, gab ich zurück. »Vielleicht war ja in den letzten Updates was dabei.«

»Wenn du meinst«, lenkte Linus widerstrebend ein, und wir teleportierten uns geradewegs dorthin.

Die magischen Quellen waren mitunter der schönste Ort in Magistrar. Unzählige dünne Flüsse zogen sich durch das Land und wirkten eher wie Wege als die richtigen Pfade, auf denen sich die Spieler bewegten. Umringt vom Grün der Bäume und bunten Blumen, die bis weit über unsere Köpfe hinauswuchsen, wurde unsere Umgebung von den zarten Klängen einer Harfe erfüllt. Als ich tief einatmete, glaubte ich, den Duft von Rosen zu riechen. Bei den Quellen war es hell, mit wunderschönen Farben und einem allzeit sanften Sonnenschein.

Außer uns waren nicht viele hier. Und das hatte einen ganz bestimmten Grund: In unmittelbarer Nähe gab es keinen einzigen Raid und keine einzige Arena für Duelle. Die Monster, die man in der Umgebung killen konnte, waren auch nicht nennenswert, weil sie einem weder viele Erfahrungspunkte noch gutes Geld oder Gegenstände einbrachten.

Wenn man sich das richtige Equipment kaufte, konnte man hier zumindest angeln, mit einer 1:500-Chance, dass anstelle eines Fischs, den man teilweise nicht mal geschenkt loswurde, ein wertvoller Gegenstand dabei heraussprang. Somit war es der schönste und gleichzeitig stinklangweiligste Ort in ganz Magistrar. In manchen Gilden nannte man die magischen Quellen das Altersheim des Spiels, weil hier nur Leute herkamen, die keine Lust mehr auf das eigentliche Game hatten und ihre Avatare nur noch einen kurzen Lebensabend hier verbringen ließen, ehe sie ganz aufhörten.

»Na ja«, murmelte der Tagschatten und drehte sich unschlüssig um die eigene Achse. »Gab wohl kein Update.«

Ich ließ die Schultern hängen. »Sieht ganz so aus.«

Er dachte kurz nach. »Ach, weißt du was?«, ergänzte er dann plötzlich. »Lass uns angeln gehen.«

Ein Zucken ging durch mein Augenlid. »Dein Ernst?«, fragte ich vielleicht eine Spur zu barsch, aber wenn man wie ein alter Mann klang, war das offenbar kein Problem.

»Und wie!« Linus lachte leise. »Wenn wir schon mal hier sind …« Damit schwebte er auf den nächsten Händler zu.

Ich kam nicht mehr mit. »Wir sind noch nicht mal in Kupfer und du willst hier Zeit verschwenden?«

»Ich verschwende keine Zeit«, wehrte Linus gelassen ab. »Ich genieße nach einem langen Arbeitstag meinen wohlverdienten Feierabend.«

Ich grunzte. »Hast du nicht gesagt, du würdest studieren?«

»Auch das ist sehr, sehr harte Arbeit, Skull«, erwiderte er schnippisch und blieb vor dem nächstgelegenen NPC-Händler stehen. »Kannst du dir überhaupt eine Angel leisten oder hast du alles für miese Zauber rausgeworfen?«

»Hey!«, zischte ich. »Meine miesen Zauber haben dir bei Argos den Arsch gerettet!«

»Wusstest du, dass Argos auch eine britische Handelskette ist?«, nahm mir Linus jeglichen Wind aus den Segeln, und ich klickte mich ebenfalls in den Shop.

Missmutig ließ ich den Mauszeiger über die Angeln – *Angeln!* – wandern und schnappte mir die billigste davon, die mich trotzdem ein halbes Vermögen kostete. Wer hätte gedacht, dass ich mein Angespartes für ein Alte-Leute-Hobby rauswerfen würde?

Ich stutzte. Augenblick. Warum tat ich mir das hier überhaupt an? Wenn Linus unbedingt angeln wollte, musste ich doch nicht mitmachen. Ich könnte genauso gut gehen.

Mein Kauf wurde bestätigt, und nun war ich stolze Besitzerin einer Angelrute.

Einer *Angelrute.*

»Jetzt bin ich aber mal gespannt«, sagte Linus viel zu motiviert. »Ich hab das noch nie gemacht.«

»Kein Grund, heute damit anzufangen«, murrte ich und schlurfte hinter ihm her, als er zum nächstbesten Fluss hinüberschritt.

»Ich weiß nicht mal, ob es einen Unterschied macht, an welcher Stelle man angelt«, überlegte er laut weiter. »Glaubst du, die Wahrscheinlichkeit ist an jedem Fleck gleich hoch?«

»Selbst wenn nicht, ist die größte Wahrscheinlichkeit immer noch eins zu fünfhundert«, antwortete ich. »Nicht besonders lukrativ, wenn du mich fragst.«

»Jetzt sei doch nicht so ein Stinkstiefel!«, erwiderte Linus belustigt und hatte auch schon die Angel ausgepackt. »Nicht so wie neulich«, sinnierte er mit einem Lächeln in der Stimme.

Ich blinzelte. »Wann?«, fragte ich lauernd und packte demotiviert meine Angelrute aus.

»Na, die Sache mit dem Troll«, antwortete er locker. »Als sich die anderen wie die letzten … *Trolle* benommen haben.«

Ich verengte die Augen und setzte die Angel ein. Der Bildschirm veränderte sich nicht, stattdessen wurde jetzt nur ein Wartesymbol eingeblendet: Drei Punkte, die einer nach dem anderen auftauchten und wieder verschwanden. Und wieder …

»Ach, und wenn man sie Trolle nennt, sind sie auf einmal halb so schlimm?«, knurrte ich.

Und wieder …

»Es waren Ärsche! Dicke, fette –«

Und wieder …

»Einigen wir uns auf Trollärsche«, fügte Linus hinzu und seufzte. »Nein, versteh mich nicht falsch. Das war echt daneben. Absolut unsportliches Verhalten.« Er schnaubte. »Un*menschliches* Verhalten. Aber … wie du reagiert hast, hat mich trotzdem überrascht.«

Ich runzelte die Stirn und drehte die Kameraperspektive, sodass ich uns von vorn sehen konnte. »Ach ja?«

»Ja! Ich hätte nicht gedacht, dass du so einfühlsam sein kannst. Passt überhaupt nicht zu dir.«

Ich schnaubte. »Was?«, fragte ich schroff. »Hältst du mich jetzt auch für schwul? Weil es keine heterosexuellen einfühlsamen Männer geben kann?«

»Ähm«, erwiderte er unsicher. »Ich hab mir ehrlich gesagt noch keine Gedanken über deine Sexualität gemacht. Weil es mich nicht interessiert.«

Ich musste grinsen. »Gut. Deine Sexualität interessiert mich auch nicht.« Mein Augenlid zuckte. Was zum Teufel faselte ich denn da schon wieder? Das war alles andere als Mr.-Skull-Manier! »Ich meine …«

»Ich hab was!«, zischte Linus so plötzlich, dass ich zusammenzuckte – und er stöhnte.

»Was?«, fragte ich verwundert. Auf meinem Bildschirm wurde nichts angezeigt. »Was ist es?«

»Ich hab dich geangelt.«

»W…« Mir blieb fast das Herz stehen, als mich die Doppeldeutigkeit mit voller Wucht traf. »M-mich?«, fragte ich, verfluchte mich für meine Piepsstimme, die mich irgendwann outen würde, und realisierte im selben Moment, dass ich ja immer noch Mr. Skull war und Linus es wohl kaum so meinen konnte, wie ich glaubte.

Außer mein Stimmverzerrer hatte den Geist aufgegeben. O mein Gott. Hatte ich schon den ganzen Abend als Frau mit Linus geredet? War ich aufgeflogen und er hatte sich bis zum großen Finale nichts anmerken lassen?

»Es ist ein alter Stiefel!«, prustete er los. »Ein dicker, alter Stinkstiefel!«

Meine Miene glättete sich, und ich blies mir eine Haarsträhne aus dem Gesicht. »Zu deiner Info: Ich bin weder dick noch alt.«

»Dann sind wir uns ja zumindest beim wichtigsten Teil einig, Stinkstiefel«, sagte Linus mit einem Tonfall, der nur von einem süffisanten Grinsen begleitet werden konnte.

Ich atmete tief durch. »Weißt du, ich glaube, ich werfe mich einfach vor den nächsten Gorgonen und hoffe, von ihm in Stücke gerissen zu werden.«

Er lachte. »War doch nur Spaß. Entspann dich.« Er warf seine Angel wieder aus. »Insgesamt, meine ich. Man muss nicht immer sofort mit dem Kopf durch die Wand. Gut Ding will Weile haben.«

»Sagt derjenige, der gleich mit dem Kopf voran ins nächste Duell gestürzt wäre«, murmelte ich.

»Und jetzt bin ich hier und angle mit meinem guten alten Freund, Mr. Skull«, sprach er mit der Gelassenheit eines Mönchs und beschloss ganz offensichtlich, mich weiter auf den Arm zu nehmen. »Ich finde, ich hab die richtige Entscheidung getroffen.«

Ungläubig schüttelte ich den Kopf. »Na, wenigstens einer von uns.«

Ganz egal, was ich sagte – Linus ließ sich nicht aus der Ruhe bringen. »Das sagst du jetzt noch«, versicherte er mir mit verheißungsvollem Unterton. »Aber nächstes Wochenende wirst du mir bestimmt nachweinen.«

Ich blinzelte. »Was ist nächstes Wochen…?«

Plötzlich explodierte mein Bildschirm in einer übertrieben euphorischen Botschaft: **DU HAST ETWAS GEANGELT!**

Ich quietschte beinahe wieder. »Ich hab was!«

Es war ein Stiefel.

Mein Mund klappte zu. »Vergiss es. Wo waren wir?«

»Nächstes Wochenende musst du ohne mich klarkommen«, antwortete Linus lässig. »Da gehe ich ins Kloster.«

Ich grunzte. »Ins Kloster? Hast du gesündigt?«

»O ja«, sagte er mit einem so leidenschaftlichen Tonfall, dass es in meiner Magengrube zu kribbeln begann. »Und wie.« Er lachte leise. »Nein, ist nur so ein Modul fürs Studium. Ein Teambuilding-Seminar, das man anscheinend nicht hier in Köln abhalten kann, sondern nur zwei Stunden entfernt irgendwo im Nirgendwo.«

Ich konnte seine zweite Satzhälfte kaum mehr hören – denn ein einziges, verräterisches Wort heftete sich an meinen Geist und explodierte dort noch viel eindringlicher als die blöde Spielbotschaft, die mir verkündete, dass ich eine vermoderte Puppe geangelt hatte.

Köln.

Köln.

Köln.

Ich schluckte. »Köln?«

»Ja«, antwortete xXPlayerOneXx gelassen, der mir immer so weit entfernt vorgekommen war – bis zu diesem entscheidenden Augenblick. »Ich studiere hier. An der Curie-Hochschule.«

Es war, als würden all meine natürlichen Körperfunktionen gleichzeitig aussetzen. Mir blieb fast das Herz stehen, mein Atem stockte und ich war zu keinem klaren Gedanken mehr fähig. Fassungslos starrte ich den Bildschirm an und spürte förmlich, wie eine Sicherung nach der anderen in mir durchbrannte.

Ich schlug regelrecht gegen die Taste an meinem Headset, um mein Mikro zu deaktivieren. *O mein Gott*, dachte ich zuerst mehrere Dutzend Male, bis meine Lippen nicht mehr anders konnten, als mitzumachen. »O mein Gott. O mein Gott.«

Die Welt – beide Welten – hörten auf, sich zu drehen.

»Skull?«, fragte Linus verwirrt. »Du bist *gemutet.*«

Meine Hand zitterte wie Espenlaub, als ich sie wieder ans Headset führte und mein Mikro anschaltete. »An der Curie-Hochschule in Köln also?«, wiederholte ich mit tauben Lippen.

»Ja, ich weiß«, wehrte er ab. »Keine Universität von und zu. Keine hunderttausend Nobelpreisträger. Aber in meinem Fachbereich ist sie in den Rankings ziemlich weit oben, und sie ist nah an meinem Wohnort, also was soll's?«

Ich rang um Fassung, und das Blut begann laut wie ein Wasserfall in meinen Ohren zu rauschen. *Was soll's? Was soll's, Linus? Was zur Hölle soll das? Du hättest überall in ganz Deutschland wohnen kön-*

nen und bist ausgerechnet hier? In Köln? An meiner verdammten Hochschule?!

Ich fühlte mich wie betäubt, und ein seltsames Prickeln zog sich über meine ganze Haut. War ich ihm vielleicht schon mal auf dem Campus begegnet? Hatte ich ihn aus der Ferne gesehen? Hatte er in einem meiner Einführungskurse gesessen? Er studierte zwar Informatik, aber das eine oder andere Modul könnten wir trotzdem gemeinsam haben …

Ich räusperte mich. »Und jetzt geht ihr in ein Kloster«, versuchte ich, mit tiefer, männlicher, desinteressierter Stimme zu sagen. Gleichzeitig schoss ein nervöses Feuer durch meinen Körper und brachte mich dazu, den Vollbildmodus von MoM zu verlassen. Mit zittrigen Fingern öffnete ich meinen Browser und von dort aus das Online-Portal der FH, in dem man sich für Kurse ein- und austragen konnte. Ich hatte den Modul-Katalog für meinen Studiengang schon drei Wochen vor Studienbeginn auswendig gelernt und daher seit dem ersten Tag nicht mehr reingeschaut, weil ich meine Auswahl sowieso nicht ändern wollte. Doch jetzt …

»Ja, aber es ist ganz cool«, sagte Linus, der offenbar gar nicht mitbekam, dass ich aufgehört hatte zu angeln. Und dann gab er mir einfach alle Informationen, die ich brauchte: »Das Modul heißt *Teamentwicklung* und findet nur an diesem einen Wochenende statt. Tagsüber spielt man irgendwelche Spiele und abends geht man feiern. Dafür gibt es drei Credits und eine gute Note.«

Mein Atem ging nur noch flach, als ich mich durch die Website bis hin zu den studiengangübergreifenden Modulen klickte. *Teamentwicklung* – das klang doch wie etwas, für das sich jeder einschreiben konnte, oder?

»Es ist echt geschenkt. Alle, die noch dringend ein paar Credits brauchen, melden sich da an – wenn sie können.«

Hastig scrollte ich durch die Liste mit Kursen und scannte ruhelos die Seite.

Linus schnaubte belustigt. »Das Modul ist jedes Mal nach zwei Minuten ausgebucht. Ich hab nur einen Platz bekommen, weil ich vor dem Laptop gecampt hab.«

In diesem Moment fiel mein Blick auf ein Modul mit dem Titel *Teamentwicklung.* Es gab zwanzig Plätze. Und frei waren: null.

Es war, als würde etwas, das ich über Tage hinweg kultiviert, gehegt und gepflegt hatte, absterben. Eine ungeahnte Enttäuschung schwappte wie eine Flutwelle über mich hinweg und riss einfach alles mit sich. Ich begriff kaum, warum mich dieser Anblick mit solchen Gefühlen erfüllte, und je tiefer ich in meinem Seelenleben grub, desto schlimmer wurde es.

Kurz entschlossen minimierte ich das Fenster und öffnete MoM wieder im Vollbildmodus.

»Yes!«, rief Linus in dem Moment aus, in dem ich erneut zu meiner Angel griff. »Der Orden von Azdahor! Dafür krieg ich bestimmt einen Haufen Kohle!«

Meine Kinnlade klappte herunter. »Dein verdammter Ernst?«, keifte ich. Eins zu fünfhundert. Die Chance hatte verdammte eins zu *fünfhundert* gestanden.

»Wer kann, der kann«, mimte Linus den Bescheidenen. »Hey, wo wohnst du überhaupt, Skull?«

Meine Lippen schlossen sich wieder und ich zögerte. Ich durfte kein Risiko eingehen. Wirklich gar keines. »Woanders.«

Er lachte. »Wow! Darauf wäre ich nie gekommen.«

Damit ließ er es zum Glück auf sich beruhen.

11. KAPITEL

AFK

»Anne?«

Ich bemerkte erst, dass Pia die Tür geöffnet hatte, als sie auch schon neben mir stand. Es war kurz vor Mitternacht. Ich hatte mich vor zwei Stunden von Linus verabschiedet, mir eine Tiefkühlpizza in den Ofen geschoben und so vor dem Laptop gegessen, YouTube-Videos über MoM in einem Tab und dem Modul *Teamentwicklung* im anderen.

»Sag bloß, du spielst immer noch dieses dämliche Spiel!«

Tatsächlich spielte ich nur mit dem Gedanken, meine Freundin einfach nur wie eine räudige Katze anzuzischen, lehnte mich dann aber seufzend zurück. »Nein«, murrte ich. »Ich warte darauf, dass sich einer von zwanzig Leuten erbarmt und seinen Platz in diesem Modul räumt.«

Pia rümpfte die Nase. »Du sitzt hier und wartest auf einen Kurs?« Sie trug einen pinken Bademantel mit süßen Cartoon-Kätzchen drauf, dazu ein Paar überdimensionaler Flauschschuhe mit Ohren dran. »Anne, du hattest schon in der Schule deinen Ruf weg. Mach ihn nicht gleich auch noch an der Uni kaputt!«

»Glaub mir«, murmelte ich. »Da kann ich nicht mehr viel kaputtmachen.« Es sei denn, ich zog die Anton-Nummer doch noch durch.

»Oje«, pflichtete sie mir trocken bei. »Das Semester ist nicht mal ’ne Woche alt und ich hab schon wieder Depri-Anne an der Backe.«

»Hey!« Ich funkelte sie von der Seite an. »Du hast gleich was ganz anderes an der Backe!«

Unbeeindruckt warf sie einen Blick über meine Schulter. »Teamentwicklung?«, sprach sie den Begriff wie einen Avatar-Namen von MoM aus. »Und darum machst du den ganzen Aufstand? Das hat ja nicht mal was mit Robotern oder so zu tun.«

Ich reckte das Kinn. »Es ist ein übergreifender Kurs«, bestätigte ich. »Für meinen Wahlbereich.«

»Hä?« Sie legte den Kopf schief. »Kurse für den Wahlbereich sind doch für die höheren Semester.«

»Man kann nie früh genug damit anfangen!«, wehrte ich ab und aktualisierte die Seite aufs Neue. 20/20. Verdammt.

»Oh, hey!« Pias Miene erhellte sich plötzlich. »Ist das dieser geschenkte Kurs, in dem man zu einem einsamen Kloster ohne Empfang fährt und sich betrinkt?«

Ich blinzelte. »Woher weißt du das denn jetzt?«

Lässig zuckte sie die Achseln. »Ein paar Freunde haben mir davon erzählt. Die wollten den die letzten drei Semester über buchen und haben es nie geschafft.« Ihre Augen wurden groß. »So viele Legenden und Mythen ranken sich um diesen Kurs«, hauchte sie verheißungsvoll, und ich fragte mich, ob sie sich vorhin eine Flasche Wein aufgemacht hatte.

»Augenblick.« Ich drehte den Kopf vollends in ihre Richtung. »Die Vorlesungen laufen seit vier Tagen und du hast schon *ein paar Freunde* aus höheren Semestern?«

Abschätzig hob sie eine Braue. »Du hättest sicher auch mehr Freunde gefunden, wenn du nicht den ganzen Tag in deiner Fantasy-Welt verbringen würdest.«

Wow, wer hätte gedacht, dass meine Mitbewohnerin nahtlos den Platz meiner Mutter einnehmen würde?

Unwillkürlich musste ich an Linus denken – einen Studenten in einem höheren Semester, den ich in genau dieser Fantasy-Welt kennengelernt hatte. Meine Lippen teilten sich, um mich damit zu verteidigen – aber kein Ton drang zwischen ihnen hervor. Irgendwie wollte ich das Thema nicht an die große Glocke hängen. Weil ich ja selbst kaum begriff, was zur Hölle ich hier gerade tat.

»Na ja«, fuhr Pia fort und spielte schon wieder mit ihrem Handy herum. Als wäre *ich* diejenige mit einem viel zu hohen Internetkonsum. »Jedenfalls kapiere ich nicht, warum du dich in diesen Kurs stressen willst. Du hast doch noch sechs Chancen, um reinzukommen.«

»Mhm.« Aber ich hatte nur eine Chance mit Linus. Und das war der springende Punkt. Ich hatte bisher kaum Gelegenheit gehabt, zu verdauen, dass er ebenfalls an der Curie-Hochschule studierte. Hatte mir selbst keinen Moment gegeben, um zu überlegen, was ich mit dieser Information anfangen wollte. Stattdessen reagierte mein Körper von ganz allein und aktualisierte im Sekundentakt die Intranetseite in der Hoffnung, dass irgendeiner meiner Kommilitonen auf seiner Tastatur einschlief und sich aus Versehen aus dem vielleicht begehrtesten Kurs der ganzen Hochschule austrug.

»Auch Lust?«, fragte ich teilnahmslos, während ich wieder mit F5 aktualisierte. Nicht, dass die Chancen besonders gut standen, dass heute Nacht zwei Plätze frei wurden. Das wäre ungefähr genauso unwahrscheinlich wie zwei PlayStation 5 im Vorverkauf zu bekommen.

»Ähm, hallo-o?«, entgegnete Pia schnippisch. »Kein Handyempfang!«

»Du kannst deine Posts doch vorplanen«, erwiderte ich, ohne den Blick vom Bildschirm zu wenden.

F5 …

»Es geht doch nicht einfach nur um meine Posts!«, beharrte sie. »Ich muss mit den Leuten in Kontakt bleiben! Storys posten, auf Kommentare reagieren, Nachrichten beantworten … Oder kannst du mir etwa einen Algorithmus programmieren, der das für mich übernimmt?«

Tatsächlich machte sie mich damit hellhörig.

F5 …

Ich schenkte ihr einen nachdenklichen Blick. »Frag mich in ein paar Semestern noch mal.«

Sie riss die Augen auf. »Echt jetzt?«

Ich zuckte die Achseln. »Kann schon sein. Kann allerdings auch sein, dass Instagram solche Eingriffe nicht gefallen und sie dann deinen Account sperren.«

Pia sog scharf die Luft ein. »Und meine Follower?«

F5 …

Ich wusste nicht einmal, warum ich das hier unbedingt tun wollte. Warum ich so heiß darauf war, xXPlayerOneXx live und in Farbe zu erleben. Aber ich gab trotzdem alles dafür. Weil ich bereits spürte, dass ich es andernfalls bereuen würde.

F5 …

Andererseits saß ich jetzt schon seit Stunden hier und starrte, ohne zu blinzeln, auf meinen Bildschirm. Meine Augen fühlten sich so staubtrocken an, dass ich befürchtete, sie würden bald im Argos-Style aus meinen Höhlen springen, um den Qualen zu entkommen, denen ich sie aussetzte. Vielleicht sollte ich es für heute gut sein lassen.

19/20.

Mein Mund klappte auf und ich stieß einen so spitzen Schrei aus, dass sich meine Stimmverstellsoftware wahrscheinlich aus Graus kurzerhand selbst deinstallierte.

Pia kreischte mit und machte einen erschrockenen Satz rückwärts. »Was ist denn jetzt los?«, fragte sie so panisch, dass sie sogar für einen Moment den Blick von ihrem Handy riss.

Ich konnte kaum einen klaren Gedanken fassen. Starrte die magische Neunzehn an, die wie durch ein Wunder auf meinem Screen aufgetaucht war. Schon so lange hatte ich mir vorgestellt, wie sie aussehen mochte. Die starken, spitzen Enden der Eins und die warmen, ja, weichen Kurven der Neun. Gemeinsam bildeten sie die perfekte Harmonie, ein Wechselspiel aus Standhaftigkeit und Gleichgewicht, ein …

»Anne?«, riss mich Pia aus meiner Trance, und ich schüttelte heftig den Kopf. Worauf wartete ich denn noch?

Auf einmal wurde mir mulmig zumute. Während sich mein Verstand die letzten Stunden über zum Powernap zurückgezogen hatte, schlurfte er jetzt verschlafen zurück zur Kommandozentrale und warf einfach alles über den Haufen. Längst überfällige Zweifel ergriffen Besitz von mir.

Mein aktuelles Online-Leben war so viel angenehmer als zuvor. Wollte ich das wirklich aufs Spiel setzen, indem ich einem Typen hinterherrannte, der in MoM nett zu mir war?

Ach, was redete ich mir denn da ein? Ich hatte absolut nichts zu verlieren! Ich würde dorthin gehen, meine Credits abräumen und nebenbei ein Auge auf ihn haben. Aus reiner Neugierde. Nichts weiter. Live und in Farbe war Linus wahrscheinlich sowieso ein ganz anderer Mensch. Und nicht anders als die Kerle in meinem Studiengang.

Nein. Ich hatte rein gar nichts zu verlieren!

Kurz entschlossen drückte ich auf *Anmelden.*

Ihre Sitzung ist abgelaufen. Bitte melden Sie sich mit Ihren Zugangsdaten erneut an.

Ich warf die Arme in die Luft und kreischte wie Argos, als er seine hundert Augen auf uns abgefeuert hatte.

Langer Rede kurzer Sinn: Ich gab meine Zugangsdaten zweimal falsch ein, bedrohte meinen Laptop, die Website, meinen Tastaturanschluss mit dem Leben ihrer Mütter, gab mein Passwort ein drittes Mal falsch ein, verfluchte all diese Dinge *und* ihre Mütter, machte mich erneut auf die Suche nach dem magischen Modul – und meldete mich an.

Und dann saß ich einfach nur da und betrachtete mein vollendetes Werk, ungläubig, dass es funktioniert hatte. Ich hatte es tatsächlich geschafft. Das musste ein Wink des Schicksals sein. Ein Zeichen dafür, dass ich das Richtige tat.

Zumindest wollte ich mir das einreden. Denn schon als ich meinen Laptop herunterfuhr, kam es mir so vor, als würde ich einen furchtbaren Fehler begehen.

Ich hatte mir die Sache gut überlegt. So gut es in den panischen Sekunden möglich gewesen war, die ich mir gegeben hatte, nachdem ein Platz frei geworden war. War doch kein Act, oder? Vielleicht wäre dieses *Erlebnis Klosterwochenende* überhaupt nicht so bedeutungsvoll und bahnbrechend, wie ich es mir gerade vorstellte. Vielleicht wäre Linus am Ende krank und würde gar nicht mitfahren. Oder ich. Oder das Modul wurde abgesagt. Oder wir gingen doch nicht auf dieselbe Hochschule, weil er in einem zweiten Köln auf der anderen Seite der Welt studierte …

Und bei zwanzig Teilnehmern – wie wahrscheinlich war es, dass ich überhaupt etwas von Linus mitbekam? Vielleicht lief ich ihm nicht einmal über den Weg. Vielleicht war alles in bester Ordnung. Mein Leben würde so weitergehen wie bisher. Nichts würde sich jemals ändern. Es gab absolut nichts, worüber ich mir Sorgen machen müsste.

»Ich bin Linus.«

Als ich mich am ganzen Körper versteifte, hatte das nichts mit der kühlen Oktoberluft zu tun, sondern einzig und allein mit der Stimme, die in meinem Rücken ertönt war.

Ich hatte mich für das Teamentwicklungsseminar angemeldet. Hatte eine weitere Woche mit von meinem Anblick verstörten Dozenten verbracht, von meinem Anblick verstörten Studenten und von meinem Anblick verstörten Pias, wenn ich spätnachts mit halb verlaufener Schminke und vor Anstrengung gerötetem Gesicht nach einer Partie MoM aus meinem Zimmer stapfte. Und mich mit Linus in die Kupfer-Liga hochgezockt. Linus, der Einzige, der nicht von meinem Anblick verstört gewesen war, weil er keine Ahnung hatte, wie ich aussah, und das am besten auch niemals erfahren würde.

Linus, der heute allerdings *genau* das erfahren würde. Denn ich war vor zehn Minuten in den angemieteten Bus gestiegen, der uns zum Kloster bringen würde, und wenn es an meiner FH nicht zufällig einen zweiten Linus mit supersamtiger Stimme gab, der sich für dieses Seminar angemeldet hatte, dann … Dann war er es. Dann waren wir uns zum ersten Mal überhaupt so nah wie noch nie zuvor.

Linus, über den ich inzwischen viel zu viel wusste. Dass er Informatik im dritten Semester studierte. Dass er sich für ein Praktikum bei Google beworben hatte, das erst in anderthalb Jahren stattfinden sollte. Dass seine ältere Schwester in die USA gezogen war. Dass seine Lieblingsfarbe ein tiefdunkles Waldgrün war und er nur ein paar Straßen von der Messe entfernt wohnte – also in unmittelbarer Nähe zur Gamescom.

Ich hatte auch gewusst, dass er hier sein würde – schließlich hatte ich mich nur deshalb für dieses Seminar angemeldet. Aber jetzt, wo ich seine Stimme hinter mir vernahm und sich mir die Nackenhaare aufstellten, kam es mir einmal mehr so vor, als befände ich mich inmitten eines Traumes. Eines seltsamen, schrägen Traumes, der ganz normal anfing und sich dann immer mehr ins Groteske wandelte, bis es Killer-Schafe regnete, die gegen eine Alien-Armee um die Weltherrschaft kämpften.

Ein Teil von mir wünschte sich, es würde tatsächlich Killer-Schafe regnen, um mich aus dieser Situation zu reißen, in der mein ganzer Körper zu kribbeln begann und sich mein Puls so sehr beschleunigte, dass ich befürchtete, mein Herz würde jeden Moment aus meiner Brust springen.

Worauf hatte ich mich hier nur eingelassen? Warum hatte ich mich unbedingt für dieses Modul anmelden wollen? Warum hätte ich nicht einfach zu Hause bleiben und das Studium etwas ruhiger angehen lassen können? Warum nur setzte ich alles aufs Spiel?

Ich schloss die Augen und atmete tief durch. *Okay, Anne. Konzentrier dich auf das Wesentliche. Du bist hier, um zu studieren. Um dieses absolut geschenkte Modul in die Tasche zu stecken. Leichte Credits abzusahnen.*

Das hier würde ein Kinderspiel werden. Nachdem meine Woche an der Hochschule nicht besonders gut gelaufen war, könnte dies der entscheidende Wendepunkt für mich sein. Die drei Erfahrungspunkte, die mich von meinem Level-up trennten, nach welchem ich in der Lage wäre, im Studienalltag zu bestehen.

O ja. Ich war hier, um mir ein paar Credits abzuholen und den ersten Schritt in Richtung einer erfolgreichen …

»Das hab ich mich auch schon gefragt«, drang eine fremde und doch so vertraute Stimme zu mir durch und erinnerte mich daran, dass Linus fucking xXPlayerOneXx in diesem gottverdammten Bus nur wenige Reihen hinter mir saß und ich es auf der ganzen Fahrt noch kein einziges Mal gewagt hatte, mich nach ihm umzusehen.

Ich hielt die Luft an und rutschte tiefer in meinen Sitz. Das hier musste ein Traum sein. Ein völlig wirrer, abwegiger, unrealistischer Traum. Oder ein Bug, wie sie sie bei MoM mit jedem Update ausradierten. Einmal hatten Spieler ohne Liga-Zugehörigkeit den Himmel betreten dürfen, der Spielern ab der Gold-Liga vorbehalten war. Vereinzelte davon hatten sich in größere Raids geschlichen, absolut keinen Schaden gemacht und waren dann in Windeseile im Level aufgestiegen: ein klassischer Fall von *sich carrien lassen.* Dafür waren sie gebannt worden, weil sie sich einen unfairen Vorteil verschafft hatten.

Tja. Genau so fühlte ich mich nun: Als hätte ich mich selbst in den Himmel manövriert, den ich nicht verdient hatte. Nur wurde ich dafür nicht gebannt. Stattdessen musste ich jetzt dabei zusehen, wie sich der Himmel in meinem Kopf in die reinste Hölle verwandelte.

»Das Kloster … schön sein.«

Über das Dröhnen des Busmotors hinweg bekam ich nur Bruchstücke von der Unterhaltung mit, die Linus – oder jemand mit exakt seiner Stimme – und ein paar andere Kommilitonen führten. Trotzdem oder gerade deshalb spitzte ich umso mehr die Ohren, um jede noch so kleine Nuance seiner Worte kaltblütig an mich zu reißen.

»Ich glaube, im nächsten Dorf … ganz gutes Netz. Ist … Fußweg.«

Eine piepsig-weibliche Stimme drang an meine Ohren, und Linus lachte gedämpft.

Meine Augen weiteten sich. Dieses Lachen. Das war *sein* Lachen!

O mein Gott. Er war es wirklich. Ich konnte mir nichts anderes mehr einreden. Ich musste der Realität endlich ins Auge sehen.

Ein Teil von mir wollte einen Blick über die Schulter werfen, aber beim bloßen Gedanken daran erstarrte mein Körper schier zu Eis. Unwillkürlich stellte ich mir sein Gesicht vor – das, das ich mir seit unserer ersten Begegnung in Magistrar immer wieder ausgemalt hatte, ohne zu wissen, ob mein Bild auch nur nah dran war. Groß gewachsen, blond, blaue Augen, Sommersprossen …

Ich fragte mich, wie daneben ich damit lag. Und ich wollte es unbedingt herausfinden. Die Neugierde brannte regelrecht in meiner Brust, und doch gab ich ihr nicht nach. Weil mich das seltsame Gefühl beschlichen hatte, dass ich so kaputtmachen würde, was ich in den letzten beiden Wochen mühevoll errichtet hatte.

Linus war die leibgewordene Medusa. Ein falscher Blick könnte mich einfach alles kosten.

Also zog ich mir meine Cap tiefer ins Gesicht und lehnte mich mit verschränkten Armen seitlich gegen das Fenster, richtete den Blick auf die Bäume und vereinzelten Häuser, die draußen vorbeizogen, und versuchte, mich ganz weit weg zu denken. In die heiße Wüste Marbahar, in der …

… ich zuletzt mit Linus gewesen war. Linus, der jetzt nur ein paar Reihen hinter mir saß und keine Ahnung hatte, dass er ausgerechnet mit Mr. Skull auf einen Teambuilding-Ausflug fuhr. Verdammt!

Von da an brauchte der Bus noch etwa zwei Stunden bis zum Kloster. Zwei Stunden, die ich mit Kopfhörern und geschlossenen Augen verbrachte, um so wenig wie möglich von Linus mitzubekommen. Weil es mehr Plätze im Bus als Teilnehmer gab, saß ich zum Glück allein in einer Reihe. Es gab nichts und niemanden, der mich störte – aber auch nichts und niemanden, der mich von meinen eigenen Gedanken ablenken konnte, die wie wild durch meinen Geist zuckten.

Ein Teil von mir bereute es inzwischen, hergekommen zu sein. Es war, als hätte ich einen Freifahrtschein für sieben Minuten im Himmel mit Medusa gebucht. Es war die reinste Versuchung – obwohl ich ahnte, welche Konsequenzen es hätte, ihr nachzugeben. Nur ein ganz kurzer Blick …

Nein! Auf gar keinen Fall. Ich durfte ihn nicht ansehen. Oder gar mit ihm reden. Ich durfte *auf keinen Fall* mit ihm reden! Das wäre, als würde ich die vierte Wand durchbrechen. Oder als befände ich mich mitten in einer Zeitreise, auf der ich um keinen Preis etwas verändern durfte, da sonst in zwanzig Jahren ein Asteroid mit der Erde kollidieren und alles vernichten würde.

Ich war hier – schön und gut. Ich konnte Linus live und in Farbe erleben, okay. Doch mit ihm reden? Das ginge zu weit. Ich würde eine

Grenze überschreiten, von der ich bis vor wenigen Augenblicken nicht gewusst hatte, dass sie existierte, die sich jetzt aber wie eine klaffende Schlucht vor mir öffnete, deren gähnende Tiefen mich davor warnten, auch nur einen falschen Schritt in Linus' Richtung zu machen.

Jemand tippte mich an der Schulter an und ich schreckte hoch. Eine seltsame Benommenheit überkam mich, noch während ich die Augen öffnete – war ich etwa eingeschlafen?

Am Rande meines Bewusstseins registrierte ich, dass die Sitzplätze um mich herum allesamt leer waren. Da stand nur ein einzelner Mann in meinem Alter mit kurzen braunen Haaren und warmen Augen, der mir ein freundliches Lächeln schenkte. »Hey«, drang seine sanfte Stimme über meine Musik hinweg an meine Ohren – und noch deutlicher, als ich mir die Stöpsel herausriss. »Wir sind da.«

Das Blut gefror mir in den Adern. Meine Augen weiteten sich, aber zum Glück bekam er nichts davon mit. Seine Sporttasche geschultert, die er fürs Wochenende gepackt hatte, wandte sich Linus ab und sprang hinter den anderen aus dem Bus.

Fassungslos starrte ich ihm nach, und mir lief nachträglich ein Schauer über den Rücken. Das war ja schon mal verdammt gut gelaufen.

Mit zittrigen Fingern umfasste ich den Griff des kleinen, pinken Handkoffers, den mir Pia geliehen hatte. *Es ist noch nichts verloren,* bläute ich mir ein. Er hatte mit mir geredet, aber ich nicht mit ihm. Das war doch sozusagen ein halber Sieg, oder? Oder zumindest keine ganze Niederlage?

»Die Rückfahrt ist erst Sonntagmorgen!«, dröhnte die Stimme des Busfahrers an meine Ohren, und ich stand mit abgehackten Bewegungen auf.

Ich verließ den Bus und hatte erst jetzt ein Auge für unser Setting übrig. Wir hatten inmitten eines riesigen Vorplatzes gehalten, der von hohen grauen Mauern umgeben war. Das Hauptgebäude ragte mit einem üppigen Vorbau und mehreren Türmen vor uns auf. In einigen Schritten Entfernung sprudelte ein prächtiger Springbrunnen vor sich hin, und wo sich keine feinen Wege in Richtung der großen und kleinen Klostereingänge schlängelten, entdeckte ich gepflegte Grünflächen und perfekt gestutzte Büsche und Hecken. Ich hatte keine Ahnung, wie ich mir ein Kloster vorgestellt hatte – aber das hier hätte auch ein Schloss sein können.

Ich beeilte mich, zu den anderen aufzuschließen – und wurde sofort wieder langsamer, als ich einen brünetten Hinterkopf in der Menge ausmachte. Mein Herz und mein Magen zogen sich gleichzeitig zusammen, als wollten sie sich selbst auffressen, und ein dicker Kloß bildete sich in meinem Hals. So viel zu blond und blauäugig. So viel zu *Ich darf ihn nicht ansehen.* Immerhin war ich nicht zu Stein erstarrt – auch wenn ich mich so fühlte, als wäre etwas in meinem Inneren abgestorben, sodass es kein Kuss der wahren Liebe, keine Geheimrezeptur und keine noch so weiße Weißmagie je wiederbeleben könnten.

Weil ich so sehr darauf konzentriert war, bloß nicht in Linus' engeren Radius zu treten, bekam ich kaum mit, was in den darauffolgenden Minuten passierte. Wie wir eine der beiden geschwungenen, breiten Treppen nach oben stapften, die uns zum Haupteingang des Klosters führte. Wie wir uns in der Eingangshalle an der Rezeption aufstellten, wo wir unsere Zimmernummern zugewiesen bekamen. Wie ich meinen Namen sagte, im Nachhinein nicht mal mehr wusste, ob ich den richtigen gesagt hatte, und mir ein Schlüssel in die Hand gedrückt wurde -

»Mo-ment!«, hielt uns eine tiefe Frauenstimme davon ab, uns auf die Suche nach unseren Zimmern zu machen, die irgendwo in diesem Gewölbe auf uns warteten.

Als ich mich umdrehte, hatte sich unsere Dozentin den Ersten von uns in den Weg gestellt, die den mit *Zu den Zimmern* beschilderten

Gang angesteuert hatten. Sie trug ein Kostüm mit Blazer, mit dem sie viel zu overdressed für den Anlass wirkte, wenn man bedachte, dass neunzig Prozent von uns in Jogginghosen hergekommen waren. Ihre Haare hatte sie zu einem Dutt gesteckt, was sie in Verbindung mit ihrer eckigen Brille zwanzig Jahre älter wirken ließ, als sie tatsächlich sein musste. Energisch tippte sie auf ihre Armbanduhr. »Nicht vergessen: Um elf Uhr startet die Einführung. Richten Sie sich nur kurz ein und kommen Sie dann zum Seminarraum 1.«

Die Menge nickte kollektiv und brummte teilnahmslos, und sie machte einen Schritt zur Seite, um uns durchzulassen.

Während ich den anderen in den Gang folgte, der mit Ausnahme der elektrischen Lichter so aussah, als hätte man ihn seit fünfhundert Jahren unberührt gelassen, checkte ich kurz mein Handy. Wir hatten den genauen Zeitplan vorab per Mail bekommen und … ich hatte kein Internet und konnte nicht mehr darauf zugreifen. Verdammt!

Missmutig setzte ich meinen Weg fort. Der Boden war ziemlich uneben. Mit jedem Schritt trat ich entweder auf eine kleine Erhebung oder in eine Vertiefung. Wahrscheinlich nicht die größte Wohltat für Mönchsfüße, die in Sandalen steckten.

Wie dick die Klostermauern waren, bekam ich mit jedem Schritt etwas mehr zu spüren: Obwohl draußen die Sonne schien und ich mit meiner Jeansjacke ganz gut klargekommen war, begann ich allmählich zu frösteln. Noch dazu ergaben die Beschilderungen immer weniger Sinn: An einer Weggabelung ging es links zu den Zimmern 100 bis 120, rechts zu den Zimmern 121 bis 140. Nachdem ich mich mit ein paar anderen nach rechts gewandt hatte, waren aber nur noch die Zimmer 121 bis 125 und 135 bis 140 ausgeschildert.

Und wie lautete meine Zimmernummer? Natürlich 130. Ich wusste auch genau, warum. Weil in dieser Zahl eine subtile 13 steckte. Sie lieferte mir den letzten Beweis dafür, dass dieser Trip in dem Augenblick verflucht worden war, in dem ich mich mitten in der Nacht nach einem mehrstündigen F5-Marathon für das Seminar eingeschrieben hatte.

Bis ich mein Zimmer gefunden hatte – es war ein Zweibettzimmer und eines der Betten bereits mit einer riesigen Tasche belegt –, war es schon kurz vor elf und damit an der Zeit, mich wieder auf den Rückweg zu machen. Ich verließ den Raum und betrat einen menschenleeren Gang, der auf beiden Seiten genau gleich aussah.

Ratlos sah ich mich um. Aus welcher Richtung war ich noch mal gekommen? Und wo waren alle anderen hin? Waren sie noch in ihren Zimmern oder schon wieder zurückgestürmt?

Vorsichtig machte ich ein paar Schritte nach links, dann nach rechts, auf der Suche nach einem Schild, das mir sagte, wo es zu den Seminarräumen oder zumindest zurück zur Eingangshalle ging. Fehlanzeige. Alle Wegweiser führten mich zu mehr und mehr Zimmern in immer tiefere und kältere Gefilde. Bis mir endlich klar wurde, dass ich mich offenbar verlaufen hatte, war es zu spät, um umzukehren. Weil ich einmal mehr keinen Plan hatte, wo ich hergekommen war.

Ein Anflug von Klaustrophobie stieg in mir auf. Würde ich hier unten sterben? Mutterseelenallein erfrieren? Elendig krepieren? Und ich hatte nicht mal Netz …

»Hey!«, ertönte eine Stimme zu meiner Rechten. Erleichtert, ein Lebenszeichen zu bekommen, riss ich den Kopf herum – und zuckte zusammen, als ich niemand Geringerem als Linus entgegenblickte.

12. KAPITEL
GG

Verdammt, stalkte der Kerl mich etwa?

Sagt genau die Richtige, murrte eine Stimme in meinem Hinterkopf, die viel zu sehr nach Gangster klang, um nicht Mr. Skull zu gehören.

Linus und zwei weitere Kerle in unserem Alter blickten mir von der gegenüberliegenden Seite eines kurzen Gangs entgegen. Während der eine eine Jogginghose trug, hatten Linus und der andere wohl den heutigen Dresscode falsch verstanden und waren ordentlich angezogen.

Mit einem Lächeln winkte mich Linus zu sich. »Hier geht's lang.«

Ich ließ die Schultern hängen. War es so offensichtlich, dass ich verloren war? »K-klar«, antwortete ich und verfluchte mich selbst dafür, meinen letzten Strohhalm loszulassen, an den ich mich geklammert hatte. Nämlich den, nicht mit Linus zu reden.

Wie lange war ich hier? Seit zehn Minuten? Und ich hatte jetzt schon das Bedürfnis, mich unter den Bus zu legen und zwei Tage darauf zu warten, dass er mich Sonntagmorgen überfuhr.

Ich hatte gehofft, dass die drei Kerle einfach ihres Weges gehen würden, aber nein – sie warteten geduldig darauf, bis ich mit mechanischen Bewegungen die Distanz zu ihnen überbrückt hatte. Linus beobachtete mich auf Schritt und Tritt, noch immer mit einem Lächeln auf den Lippen, das mich zu entwaffnen drohte. Ahnte er etwas? Wusste er, wer ich wirklich war? Hatte ich mich irgendwann diese Woche aus Versehen im Game geoutet? Er musste doch etwas wissen, oder?

Bis ich bei ihnen angekommen war, glühte mein Kopf heißer als die antiken Lampen, die unseren Weg beleuchteten.

»Alles klar?« Linus' Frage ließ nur zu deutlich durchscheinen, dass er glaubte, dass absolut nichts bei mir klar war.

Ich öffnete den Mund zu einer kecken Antwort, doch dann traf mein Blick gnadenlos auf seinen. Ich sah in seine warmen braunen Augen, die mich jäh in ihren Bann zogen. Mit einem Schlag wurde mir klar, dass das hier kein Traum war. Weder ein schöner noch ein Albtraum. Es war real. Linus war real. Er war kein Chatbot, keine KI, keine Wahnvorstellung. Er existierte. Er existierte ziemlich genau zwei Schritte von mir entfernt. Und obwohl mir das schon in den letzten zwei Stunden hätte klar werden können, raubte mir diese Erkenntnis plötzlich den Verstand. So sehr, dass ich ihn einfach nur wie ein betäubter Fisch anstarrte und zu keiner Reaktion fähig war.

Linus blinzelte. »Okay«, murmelte er und wandte sich zum Gehen. Seine beiden Freunde schenkten mir irritierte Blicke, und am liebsten wäre ich im Erdboden versunken und hätte mich im Seminarraum ausspucken lassen, anstatt ihnen zu folgen.

Aber wenn ich mich nicht schon wieder verlaufen wollte, hatte ich keine andere Wahl. Also lief ich mit ein paar Schritten Sicherheitsabstand hinterher und hoffte, dass sie meine Anwesenheit, den Vorfall gerade eben und meine bloße Existenz vergaßen.

Die drei Männer – die anderen beiden so blond, wie ich mir eigentlich Linus vorgestellt hatte – unterhielten sich leise. Ihre Stimmen wurden von den nackten Wänden zurückgeworfen und an meine Ohren getragen, sodass ich sie nur zu deutlich hören konnte. Und worüber sie sprachen, jagte mir einen Eisspeer ins Herz.

»... für fünf Minuten in der Platin-Liga, dann haben sie ihn plattgemacht!«, murrte der Kerl, der rechts vor mir ging. Er war ziemlich athletisch gebaut und wirkte mit seinem Hemd und seinen Stoffhosen wie der klassische BWL-Student. Umso seltsamer waren die Worte, die aus seinem Mund drangen. »Und dann ist es nur noch bergab gegangen! Der Livestream ging drei Stunden und am Ende war er in der Kupfer-Liga.«

»Autsch.« Linus schüttelte den Kopf. »Das nenn ich mal 'ne steile Karriere.«

MoM. Sie unterhielten sich über MoM. Wäre ich blind, taub *und* blöd gewesen, wäre das der letzte Beweis, den ich gebraucht hätte, um zu wissen, dass ich es hier mit *dem* Linus zu tun hatte.

Der Dritte im Bunde grunzte. »Steil abwärts.« Er trug trotz der kühlen Temperaturen hier unten nur ein schwarzes Shirt, auf dessen Vorderseite ich vorhin irgendeinen Aufdruck hatte aufblitzen sehen, und dazu ein Paar graue Jogginghosen. Auf seinem linken Hosenbein erkannte ich einen dunklen Fleck und wollte gar nicht wissen, woher der stammte.

»Ich komm mit meinem neuen Account eigentlich ganz gut klar«, warf Linus ein. Da die drei nicht in einer Reihe gehen konnten, hatte Linus die Führung der Gruppe übernommen und warf beim Reden immer wieder Blicke über die Schulter in Richtung der anderen – und streifte damit auch ab und zu mich. »Ist wieder ganz schön viel Arbeit, nach oben zu kommen, aber was soll's.«

»Hast ja sonst nichts zu tun«, neckte ihn der BWL-Kerl.

»Was soll das denn heißen?«, fragte Linus scharf. »Ich habe viele Hobbys.«

»Mhm«, antwortete der andere wenig überzeugt – ich beschloss, ihn ab sofort Justus zu nennen. »Und wo warst du dann letzten Freitag? Als alle anderen auf der Ersti-Party waren?«

Linus schnaubte. »Ich bin kein Ersti mehr.«

Ich blinzelte. Aber ich. Und ich hatte überhaupt nichts von einer Ersti-Party mitbekommen.

Auf einmal machte es klick, als mir Pia in den Sinn kam, die neulich mitten in der Nacht völlig aufgetakelt in mein Zimmer spaziert war. Oh.

»Na und?«, entgegnete Justus. »Es gibt billige Getränke und Frischfleisch.«

Ich brauchte eine dämliche Sekunde, um zu checken, dass er nicht von einem Büfett sprach.

»Ich war auch nicht da!«, warf Nummer drei ein.

»Du bist ja auch nie irgendwo«, winkte sein Freund ab. »Aber bei Linus sind Hopfen und Malz noch nicht verloren. Glaube ich zumindest.«

Jedes Mal, wenn mich Linus beiläufig ansah, fühlte ich mich entlarvt, geoutet, verurteilt. Obwohl die Frage, ob ich auffliegen würde, inzwischen nicht mal mehr mein größtes Problem war. Linus hatte keine Ahnung, dass ich Mr. Skull war. Er hielt mich einfach nur für durchgeknallt.

»Na ja«, murmelte Justus. »Wenn er jetzt schon seine Freitagabende mit Zocken verbringt, gibt es vielleicht doch keine Hoffnung mehr.«

Linus schenkte ihm ein aufrichtiges Lächeln. »Ich hatte auch so einen schönen Abend, danke der Nachfrage.«

Meine Augen weiteten sich. Einen schönen Abend – den er zum Großteil mit mir verbracht hatte. Also, nein. Nicht mit mir. Mit Mr. Skull.

Er war also schön gewesen?

Ja, natürlich war er das gewesen. Wir hatten Spaß gehabt und hatten noch viel zusammen gelevelt. Sogar der blöde Angelausflug war toll gewesen! Aber das war nur meine Sicht der Dinge. Die Sicht einer gequälten Frau, die die Nase voll davon hatte, von allen anderen heruntergemacht zu werden, und die jetzt endlich einen tiefenentspannten Spieler gefunden hatte, mit dem sie es länger als einen Raid lang aushielt.

Aber was war mit ihm? Für ihn musste ich doch nur irgendjemand sein.

Und doch hatte er es schön gefunden. Genau wie ich …

Dass ich ihn schon eindeutig zu lange anstarrte, bemerkte ich erst, als sein Blick meinen zum zweiten Mal in zwei Sekunden streifte – und sich seine Augenbrauen kaum merklich zusammenzogen. Mit einem Ruck wandte ich den Kopf ab und starrte stattdessen die kahle Wand neben mir an – das perfekte Alibi an einem Ort, an dem es nichts anderes als das gab. Nicht.

Obwohl die drei den Weg kannten – hoffte ich zumindest –, brauchten wir eine geschlagene Ewigkeit, bis wir den Seminarraum erreichten. Eine Ewigkeit, in der meine Gedanken zu rasen begannen. Das Gespräch der Jungs driftete in Richtung Fußball ab, weshalb ich nicht anders konnte, als Linus' Hinterkopf zu fixieren, bis ich ihn besser kannte als mein eigenes Spiegelbild, und mir seine Worte immer wieder ins Gedächtnis zu rufen.

Ich hatte einen schönen Abend.

Ich hatte die Zeit mit ihm genossen. So sehr, dass ich hierhergekommen war. Doch jetzt, wo ich das gehört hatte, fühlte es sich wie ein Fehler an.

Er kannte mich als Mr. Skull. Und Mr. Skull hatte verdammt noch mal nicht hier zu sein. Das war nicht richtig. Ich war gerade drauf und dran, eine Grenze zu überschreiten. Und war das nicht genau das gewesen, was mir mit meinem neuen Account wichtig gewesen war? Grenzen zu ziehen und sie zu bewahren? Zu meiner eigenen Sicherheit?

Dabei ging es mir in diesem Fall überhaupt nicht um mich selbst, sondern um ihn. Dass ich hier war, kam mir auf einmal nicht mehr fair vor.

Umso erleichterter war ich, als wir endlich den Seminarraum erreichten. Alle Tische waren an die Wände gerückt und ein großer Stuhlkreis in der Mitte errichtet worden – quasi Pflicht für ein Softskill-Seminar. Wir waren noch lange nicht die Letzten und deshalb einige Plätze frei. In dem Moment, in dem ich auch nur ansatzweise ausgemacht hatte, wohin sich Linus und seine Freunde bewegten, stürmte ich förmlich in die entgegengesetzte Richtung und warf mich auf einen Platz zwischen zwei anderen Frauen.

Auf seiner gegenüberliegenden Seite zu sitzen, hatte allerdings auch einen bedeutenden Nachteil, der mir erst auffiel, als mein Po schon die Sitzfläche berührte und es damit eindeutig zu spät war, um sich noch anders zu entscheiden. Jetzt konnten wir uns sehen. Ich konnte ihn anstarren, ohne auch nur den Kopf bewegen zu müssen. Ganz ohne Vorwand, ohne dass es komisch aussähe, könnte mein Blick an ihm hängen bleiben, immer und immer wieder. Ich könnte sein Antlitz in mich aufsaugen …

Unwillkürlich schloss ich die Augen und versuchte, die Röte, die in meinen Kopf schoss, herunterzukämpfen. Im Spiel mochte ich ein selbstbewusster, erwachsener Mann sein, aber jetzt war ich nicht mal ein kleines Mädchen. Ich war ein Wurm.

Als alle da waren, machte sich unsere Dozentin, Prof. Dr. Eisenbeil, daran, eine Liste durchzugehen und uns in zwei Teams einzuteilen, die wir heute für den restlichen Tag bilden sollten. Gleichzeitig war das wohl so eine Art Bestandsaufnahme, wer von uns es überhaupt bis hierher geschafft hatte. *Vor* der Abfahrt war ihr das wohl nicht eingefallen.

Wie gebannt zuckte mein Blick zwischen ihren Lippen und Linus' Gesicht hin und her. So lange, bis sie sagte: »Treuhardt?«

Linus hob eine Hand, und ich drohte, dahinzuschmelzen. Linus Treuhardt? Das war der schönste Name, den ich jemals gehört hatte.

»Gruppe B.«

Gruppe B also. Linus war in Gruppe B. Das bedeutete, ich musste unbedingt in Gruppe A landen. Denn wenn nicht, dann würde ich … dann würde ich …

Was, Anne?, fragte mich Mr. Skull schnippisch. Keine Ahnung, warum der auf einmal in meinem Kopf herumspukte. *Das ganze Wochenende mit ihm verbringen? War es nicht genau das, was du wolltest?*

Nein, Mann!, entgegnete ich scharf. *Ich wollte ihn doch einfach nur sehen. Aus sicherer Entfernung. Wie in einer Tierdoku. Man beobachtet die Schönheit der Natur, ohne selbst einzugreifen. Egal, ob die Gazelle, die man seit Wochen begleitet hat, am Ende vom Löwen zerfleischt wird.*

Was zur Hölle faselst du da?

Ich weiß es doch auch nicht! Ich bin nervös, kapiert?

»Schmitt?«

Reiß dich zusammen!, fuhr mich Mr. Skull an. *Oder du vermasselst mir meine ganze Karriere!*

»Schmitt?« Irgendwas klopfte an meinem Unterbewusstsein.

Bebend atmete ich durch. *Ich werde versuchen, dich nicht zu –*

»Anne Schmitt!«, brüllte die Dozentin förmlich, sodass ich zusammenzuckte.

Mit einem Ruck riss ich die Hand in die Luft. »Hier!«, krächzte ich, verschluckte mich dabei an meinem eigenen Atem und stieß ein abgehacktes Husten aus, das fast so klang, als würde ich gleich mein Frühstück rauskotzen.

»Offensichtlich aber auch nur körperlich«, murmelte Eisenbeil und erntete gedämpftes Gelächter. Ich war gerade so wieder zu Atem gekommen, als sie ihre Liste abhakte und »Gruppe A!« sagte.

Ich stieß ein erleichtertes Seufzen aus – eines, das womöglich eine Spur zu laut war und mir ein paar verwirrte Blicke einbrachte. Zumindest eine Sache schien heute so zu laufen, wie ich wollte. Vielleicht war dieser Trip doch nicht verflucht.

»Also gut«, eröffnete Eisenbeil, als sie ihre Liste durchgegangen war und die Verluste verkraftet hatte. »Ich begrüße Sie recht herzlich zu diesem Seminarwochenende …«

Ich versuchte, mein Qi, mein Chakra, mein Karma und was es sonst noch alles gab, zu sortieren. Der Kurs hatte noch gar nicht richtig angefangen, und ich war Linus schon mehrere Male so unglaublich nahe gekommen, wie ich es mir nie im Leben erträumt hätte. Ich hatte ihn live erlebt und – Überraschung! – er schien wirklich genauso nett zu sein, wie ich ihn im Spiel kennengelernt hatte.

»Bis zum Mittagessen werden wir …«

Damit hatte ich mein Ziel erreicht. Und ich durfte auf keinen Fall darüber hinausschießen.

»… diesen Ball zuwerfen …«

Auch wenn es schwer werden würde. Denn schon jetzt ertappte ich mich immer wieder dabei, wie ich in seine Richtung starrte. Er wirkte so nah und doch so weit entfernt.

»… sagen Sie Ihren Namen und welche Erwartungen Sie an dieses Wochenende haben …«

Wie ein Superstar, der zufällig auf einem Zebrastreifen an einem vorbeilief und dem man so fassungslos hinterherblickte, dass man beinahe von einem abbiegenden Lkw über den Haufen gefahren wurde.

»Hallo, ich bin Lukas, und ich hoffe …«

Und leider hatte Linus genau dieselbe Wirkung auf mich: Je mehr ich von ihm mitbekam, desto mehr sehnte ich mich nach … na ja, mehr.

»… bin Marta, und ich bin gespannt auf …«

Ich zockte gerne mit ihm. Aber jetzt, wo er so dasaß, in ein ordentliches dunkles Shirt und fleckenfreie Jeans gekleidet, den Blick aufmerksam auf seine Umgebung gerichtet, konnte ich nicht anders, als darüber hinauszudenken. An das *Was wäre, wenn?*

»… Ludwig …«

Was wäre es schon für ein Problem, wenn ich ihn auch im Real Life kennenlernte? Das eine schloss das andere doch nicht aus, oder?

»… Hassan …«

Nein. Nein, so durfte ich das nicht sehen. Ich hatte die Regeln ganz klar definiert und ich musste mich an sie halten. Ich hatte mich dazu entschieden, ein Doppelleben zu führen, also musste ich Berufliches und Privates strikt voneinander trennen.

»… Eugenia …«

Ich hatte keine Ahnung, ob Mr. Skull mein Beruf oder mein Privatleben war, aber es spielte keine Rolle. Es war klar, dass die Akte Linus eindeutig in diese Schublade gehörte. Und damit würde ich sie hier in diesem Kloster gar nicht erst öffnen.

»Ich war doch schon dran!«

Ab sofort wäre ich einfach nur Anne. Dieselbe Anne, die ich ohne Mr. Skull gewesen wäre. Eine ganz normale Studentin auf einem ganz normalen Seminartrip, die nur eine schnelle gute Note abstauben und dann wieder im Nirvana der Hochschule verschwinden wollte. Linus war bloß einer von vielen für mich.

»Ups. Wirf ihn einfach weiter.«

Ja, genau das war mein Plan. Wenn ich es so machte, konnte überhaupt nichts …

Etwas Hartes prallte mit voller Wucht gegen meine Schläfe und fiel neben meinem Stuhl zu Boden.

Ich hätte zu Hause bleiben sollen.

Der restliche Tag kam mir immer noch wie ein Traum vor. Wie ein kranker Fiebertraum, in dem ein Ereignis das nächste jagte, ich ständig Angst davor hatte, einen Fehler zu machen, mich zu verplappern, zu blamieren oder wieder von tödlichen Geschossen getroffen zu werden. Da ich nicht in Linus' Gruppe eingeteilt worden war, konnte ich mich immerhin selbst davon abhalten, seinen Kopf aus allen anderen übrigen Blickwinkeln abzuscannen. Was aber nicht bedeutete, dass ich mich wirklich auf das konzentrieren konnte, was wir da taten.

Der erste Tag war vollgestopft mit Team-Übungen, die mich körperlich und geistig völlig auslaugten. Nach einer Schnitzeljagd durch den Wald außerhalb der Klostermauern sollten wir uns auf einem mehrere Meter langen und unglaublich dünnen Holzgestell aufstellen – und bekamen erst, als alle schon standen, gesagt, dass wir uns nun bitte in alphabetischer Reihenfolge des Vornamens sortieren sollten. Und das, ohne dass jemand den Boden berührte.

Ich stand genau am falschen Ende des Gestells und konnte mit neun Männern und Frauen auf Kuschelkurs gehen, bis ich das Gefühl hatte, sämtliche Parfüms, Deodorants und Aftershaves an meinem Körper kleben zu haben. Ach ja, und Schweiß.

Nachdem das geschafft war, ging es sofort weiter an ein überdimensionales Netz mit verschieden großen Maschen. Unsere Aufgabe war es, jedes unserer Teammitglieder durch eine der Maschen zu bugsieren. Jede davon durfte nur einmal genutzt werden, was wiederum bedeutete: Die Männer hoben die Frauen durch die höhergelegenen Bereiche und krabbelten am Ende selbst durch die Maschen unmittelbar über dem Boden.

Ich war eine der Ersten, die sie *auf die andere Seite bringen* wollten. Todeswortspiel beabsichtigt. Als drei mehr oder minder kräftige Männer auf mich zukamen, wurde mir angst und bange. Alles an mir war spindeldürr, mit Ausnahme von meinem Bauch. Nicht gerade die perfekte Kombination. Manchmal hatte ich lichte Momente, in denen ich mir einbildete, dass ich mich an meiner Figur störte, stellte jedoch immer wieder fest, dass ich zu stinkfaul war, um etwas zu ändern. Das bedeutete, dass ich absolut nicht trainiert war. Während mich Eisenbeil anschrie, mich endlich steif wie ein Brett zu machen, hing ich schlaff wie zäher Muffinteig im Griff meiner Kommilitonen, die mich mit Mühe und Not durch das Netz bugsierten und dann einfach fallen ließen.

Am Ende sollten wir den Tag in einer Gruppendiskussion Revue passieren lassen und waren so fertig, dass wir alle instinktiv einfach nur das sagten, was Eisenbeil hören wollte: wie toll und bereichernd alles gewesen war und wie stark wir zusammengewachsen waren und wie unglaublich diese wertvollen Erfahrungen für uns waren, bla, bla, bla.

Während ich Linus beim Mittagessen nirgends hatte entdecken können, änderte sich das beim Abendbrot, das namensgetreu nur aus Klosterbrot, Wurst sowie tierischem und nicht-tierischem Käse bestand. Er saß am Tisch hinter mir und unterhielt sich mit seinen beiden Freunden angeregt über MoM.

Ja, ich hatte Berufliches und Privates trennen wollen, aber ich konnte einfach nicht weghören! Vor allem, weil Justus so viel Unsinn von sich gab, wie ich ihn seit Jahren nicht mehr gehört hatte. Kein Wunder, dass er nonstop in der Kupfer-Liga herumdümpelte. Sollte er doch an der Börse spielen gehen!

Am späteren Abend waren die Pläne der Allgemeinheit sehr schnell klar: Einfach alle inklusive Eisenbeil sehnten sich nach einigermaßen laufendem Internet, und da es in diesem All-inclusive-Kloster nicht mal WLAN gab, bestellten sie sich mehrere Großraumtaxis und dampften in die nächste Ortschaft ab, wo sie gleich auch noch ein paar Bars unsicher machen würden.

Nachdem ich es den ganzen Tag über geschafft hatte, Linus aus dem Weg zu gehen, wollte ich mein Glück nicht überstrapazieren und blieb zurück. Vielleicht war es nicht das Beste, die eigenen Wünsche wegen eines Mannes zurückzustellen, aber ehrlich gesagt hatte ich sowieso keine Lust, mit meiner Dozentin feiern zu gehen. Ich konnte doch nicht die Einzige sein, die Respekt vor Eisenbeil hatte, oder? Ihr Name erinnerte mich an eine Guillotine – an eine schwere Klinge, die auf meinen entblößten Nacken herabsauste und das Einzige an meinem Körper abtrennte, das einigermaßen zu etwas zu gebrauchen war.

Vom Haupteingang aus beobachtete ich, wie die beiden Großraumtaxis davonfuhren, und fragte mich nur eine Sekunde lang, ob ich meinen Entschluss bereuen sollte. Wer wusste schon, nach welchen Gesetzen hier benotet wurde? Oder ob das Teambuilding-Programm für heute gar nicht mit dem Abendessen geendet hatte? Vielleicht wurden in der nächsten Bar neue Teams gebildet, und wer einen Tequila-ex-Wettbewerb gewann, sicherte sich automatisch wertvolle Punkte für die Bestnote.

Es war schon ziemlich finster, und ich hatte nicht nachgezählt, wer oder wie viele meiner Kommilitonen sich auf in den nächsten Ort gemacht hatten. Aber es mussten so gut wie alle bis alle gewesen sein. Was bedeutete, dass ich nach wie vor nicht herausfinden würde, mit wem ich mir mein Zimmer teilte. Wann immer ich nach einem langen Irrlauf dorthin zurückgefunden hatte, war das Gepäck auf dem linken Bett ein klein wenig anders arrangiert gewesen als beim letzten Mal – abgesehen davon gab es aber keine Anzeichen dafür, wer diese Nacht dort schlafen würde. Ich konnte mir nicht mal sicher sein, ob es eine Frau oder einfach nur ein sehr pflegebewusster Mönch war, der seine Rückenhaare mit einem pinken Glätteisen bearbeitete.

Ich rieb mir über die Oberarme und kehrte nach drinnen zurück. Die Eingangshalle lag still und leise vor mir, und nur eine dürftige Notbeleuchtung war angeschaltet. In der Ferne ertönte das Klirren von Gläsern und Geschirr, das aus der Küche kommen musste, und ich steuerte auf den Gang zu, der zu den Zimmern führte und jetzt noch düsterer und verlassener aussah als tagsüber.

Schon nach zwei Abbiegungen drohte ich, mich wieder zu verlaufen. Aber im Gegensatz zu vorhin kam ich gar nicht dazu, meinen miserablen Orientierungssinn noch mal unter Beweis zu stellen – weil mich plötzlich eine Stimme in meinem Rücken zurückhielt.

»Hey, du auch noch hier?«

13. KAPITEL
RESTORE

Wie vom Donner gerührt blieb ich stehen. Das konnte doch jetzt nicht sein, oder? Das konnte nicht wirklich passieren. Oder?

In einer steifen Bewegung drehte ich mich um und blickte Linus entgegen, der lockeren Schrittes auf mich zukam. »Ich dachte, alle wären in Richtung Dorf abgehauen.« Er lächelte. »Sag bloß, du hast hier Netz.«

Unsicher sah ich an mir herab. »Nicht wirklich. Aber ich denke, ich komme bis Sonntagmittag klar.«

»Wow.« Er blieb zwei Schritte von mir entfernt stehen und schenkte mir einen anerkennenden Blick. »Dann sind wir wohl die Letzten in unserem Alter, die noch keine Internetsucht entwickelt haben.«

Ich zog die Schultern hoch. »Sieht so aus.« Selbst wenn Linus nicht gewesen wäre, war ich einfach ein faules Stück und wäre wahrscheinlich nicht mal dann für ein bisschen mittelmäßiges Internet zwanzig Minuten in den nächsten Ort gefahren.

Ach ja, richtig. Ich hatte ihm aus dem Weg gehen wollen. Ich hatte ja nicht ahnen können, dass er sich dazu entschließen würde, sich dafür geradewegs in meinen zu werfen.

Die kühleren Temperaturen im Gewölbe schienen auch an Linus nicht ganz vorbeizugehen: Er hatte sich inzwischen einen Hoodie übergeworfen, in dessen Taschen er seine Hände vergrub. »Ich hab mich hier ein wenig umgesehen«, erzählte er weiter, als verspürte er nach unseren seltsamen Begegnungen wirklich auch nur den geringsten Drang, mit mir Small Talk zu führen. »Ich hab die Klosterschänke gefunden. Hatte gerade nach jemandem gesucht, der noch hier ist und mit mir hingehen will.«

Wow, als er mich für seine Gilde hatte akquirieren wollen, hatte er auch so geklungen. Und ehe ich mich versah, erwachte der Sensenmann in mir zum Leben. Ich reckte das Kinn. »Weil du dich nicht allein traust?«

Linus zuckte die Achseln. »Ich könnte jetzt lügen, aber als ich reingeschaut habe, hat mir der Barmann schon irgendwie Angst gemacht.«

Ich musste lächeln. Er verhielt sich im Real Life genau wie im Spiel. Natürlich tat er das. Warum sollte er sich auch verstellen?

So wie du?, verhöhnte mich Mr. Skulls tiefe Stimme in meinem Unterbewusstsein, und von jetzt auf gleich war meine Kehle wie zugeschnürt. Was zur Hölle tat ich überhaupt? Ich sollte nicht hier herumstehen und mit Linus reden! Ich sollte woanders herumstehen und nicht mit Linus reden! Und zwar auf der Stelle.

»Also.« Linus machte einen Schritt rückwärts. »Wollen wir?«

Nein. Wollten wir nicht. Wollten wir ganz und gar nicht. Ich war wegen einer einzigen Sache hergekommen: Linus live erleben. Und das hatte ich. Ich durfte nicht übermütig werden. Musste mich auf das Wesentliche konzentrieren.

Aber dann sah ich in seine sanften braunen Augen, und auf einmal war es um mich geschehen. Ja, ich hatte eine Grenze ziehen wollen. Ja, ich wusste, dass das vielleicht keine gute Idee war. Doch das hier war immer noch Linus. Und wenn es eines gab, das ich in den letzten zwei Wochen gelernt hatte, dann, dass ich ihm keinen Gefallen ausschlagen konnte.

Unsicherheit schlich sich in seinen Blick. »Oder hast du keine Lust?«

»I-ich habe immer Lust!«, beteuerte ich und realisierte zu spät, wie unglaublich falsch das rüberkam. Ich räusperte mich. »Ich meine auf Bier.«

Na toll, jetzt klingst du wie die reinste Säuferin!, tadelte mich eine Pseudo-Pia in meinen Gedanken und ich war froh, dass zumindest meine innere Skull-Stimme Sendepause hatte. Vorerst.

Linus lachte leise. »Trifft sich doch hervorragend.« Er wartete darauf, dass ich zu ihm aufschloss, während ich mich fragte, warum er nicht schon Hals über Kopf die Flucht ergriffen hatte. »Ich bin übrigens Linus.«

Ich blinzelte irritiert. »Ich w…« Da wurde es mir jäh klar. Schnell biss ich mir auf die Zunge und modelte meinen Satz blitzschnell um. »Ich wäre dann Anne.«

Er stutzte. »Du wärst gern Anne?«

»Nein!« Ich unterdrückte ein Stöhnen. »Ich … ich bin Anne.« War es zu spät, um abzuhauen oder den Kopf gegen die nächste Tunnelwand zu schlagen, bis meine Dummheit nicht mehr wehtat?

Linus lächelte. Warum lächelte er?! Machte er sich über mich lustig? »Und?«, fragte er, während wir uns in Bewegung setzten. »Wie fandest du den Tag heute?«

»Er war …« Ich dachte an meine Teammitglieder, die sogar zu dritt Probleme gehabt hatten, mich durch eine der Maschen zu quetschen, begleitet vom *Steif-wie-ein-Brett!*-Gekreische von Eisenbeil. »… interessant.«

»Ja«, stimmte mir Linus zu meiner Überraschung zu. »Ich hab mich hier nur wegen der leichten drei Credits eingeschrieben. Ich hätte nie gedacht, dass ich hier in so kurzer Zeit schon so viel lernen würde.«

Verdattert riss ich den Kopf zu ihm herum. »Ernsthaft jetzt?!«

Er grinste mich an. »Nein.«

Erleichtert stieß ich die Luft aus meinen Lungen. »Und ich dachte schon, ich wäre nach dem Mittagessen ins falsche Seminar abgebogen.«

»Es war trotzdem ganz witzig. Aber ich bin gespannt, womit die Eisenbeil das morgen noch toppen will.«

Jetzt, wo ich zum ersten Mal direkt mit ihm sprach, konnte ich ihm immer wieder Seitenblicke zuwerfen, ohne mich wie die letzte Spannerin zu fühlen. »Ich hoffe einfach, *dass* sie es nicht toppen will.« Für ein Wochenende hatte ich mich eindeutig genug blamiert. Und für ein Semester. Für mein restliches Leben.

Als ich mit Linus durch das Gewölbe schritt, fühlte ich mich, als würde ich neben einem Engel herlaufen – und das, obwohl er nicht die blonde Haarpracht hatte, die ich mir bei xXPlayerOneXx vorgestellt hatte. Ich konnte immer noch nicht ganz glauben, dass er echt war und kein Hologramm, das mir mein zukünftiges Ich in diese Zeit geschickt hatte, damit ich nicht die nächsten zwanzig Jahre in Einsamkeit verbringen musste.

Er war so nett. Und zuvorkommend. Und sympathisch. Er war … einfach Linus. Die Grenze zwischen ihm und xXPlayerOneXx verschwamm nicht mal, sie existierte überhaupt nicht. Und das in einer Welt, in der sich nicht nur Menschen wie *Germany's next Travel-Influencer*-Vanessa gekonnt im Internet verstellten, sondern schier jeder, den ich kannte! Mich eingeschlossen. Das fühlte sich verdammt unwirklich an.

Ich ertappte mich dabei, wie ich Linus schon wieder viel länger anstarrte, als gesellschaftlich angemessen war, und wandte den Blick schnell wieder nach vorn. In diesem Teil des Klosters gab es keine Treppen. Stattdessen sackte der Gang vor uns steil hinab. Der Untergrund wurde nur ein einziges Mal von drei kläglichen Stufen abgelöst, dann wurde er wieder eben. Die Beleuchtung hier unten war dürftig. Je weiter wir uns bewegten, desto klarer wurde, wann den Mönchen das Budget für richtige Lampen ausgegangen war, bis schließlich nur noch ein paar nackte, flackernde Glühbirnen unseren Weg erleuchteten. Zum Glück wurde das Klirren, auf das wir uns zubewegten, immer lauter und mischte sich schon bald mit gedämpftem Stimmengewirr.

»Da ist es«, kündigte Linus an, ehe wir um eine Kurve bogen und sich ein breiter, von rechteckigen roten Ziersteinen gesäumter Türrahmen vor uns erhob. Es war, als würde dahinter eine andere Welt auf uns warten. Unzählige Holzbänke, die nur handgefertigt sein konnten, reihten sich an unförmige Holztische mit dicken Tischplatten. Das Gewölbe, in das wir traten, war größer als unser Seminarraum, wenn auch nicht annähernd so gut besucht, wie es unser Kurs war. Und zu unserer Rechten entdeckte ich einen Tresen, hinter dem ein Mönch – ein *echter* Mönch! – stand und Bier aus einem Fass zapfte.

Meine Augen und mein Mund wurden gleichzeitig größer und größer. »Wow.«

»Cool, was? Wenn die anderen wüssten ...« Er stockte. »Na ja, wahrscheinlich wären sie trotzdem gefahren, weil es hier unten auch kein Internet gibt.«

Als wir zum Tresen traten, stellte ich mir vor, das hier wäre Magistrar und ich würde mit dem Tagschatten nach einem langen Tag voller Raids und Duelle ein wohlverdientes Ale kippen – doch als ich dann zu Linus sah, verlor sich dieser Tagtraum im Nichts. Das hier waren nicht xXPlayerOneXx und Skull, sondern Linus und Anne.

»Ich nehme ein Kellerbier«, sagte er an den Mönch gewandt, welcher einen kleinen Krug auf die Arbeitsplatte knallte und ihn bis oben hin mit schäumendem Bier füllte.

Ohne mir die Gelegenheit zu geben, mich nach einer Getränkekarte oder einem Aushang umzusehen, blickte mich der Mann auch schon auffordernd an. Ich straffte den Rücken. »Einen Hugo, bitte.«

Der Mönch starrte mich einen Moment lang mit steinerner Miene an, dann stieß er ein herzliches Lachen aus und zapfte mir ein Bier. Linus gab ein belustigtes Grunzen von sich und ich mich geschlagen. Einen Versuch war es wert gewesen.

Resigniert tastete ich meine Hosentaschen ab und fand – nichts.

»Scheiße«, zischte ich. Ich hatte meinen Geldbeutel im Zimmer gelassen, genau wie mein Handy inklusive des Not-Fünf-Euro-Scheins, den ich mal in die Handyhülle geschoben hatte. Letzteres hatte ich vorhin auf mein Kopfkissen geworfen, weil ich hier sowieso keine Verwendung dafür hatte. »Ich muss noch mal kurz …«

»Mach dir keinen Kopf.« Ehe ich reagieren konnte, hatte Linus einen Zehner aus seinem verschwindend dünnen Geldbeutel gezogen und auf den Tresen gelegt.

Ich öffnete den Mund, um zu widersprechen, aber da hatte der Mönch auch schon gierig zugegriffen – und gab kein Rückgeld raus. Fünf Euro für ein gottverdammtes Bier?! Und da wollte mir noch einer sagen, das Studentenleben sei günstig.

Weil ich mal wieder in einer Schockstarre gefangen war, nahm Linus die beiden Krüge an sich und marschierte einfach drauflos. Bedröppelt folgte ich ihm bis zu einem kleineren Tisch, der in einer Nische am hintersten Ende des Gewölbes auf uns wartete. Als wir uns niederließen, registrierte ich, dass wir von hier aus einen guten Blick auf die wenigen anderen Gäste hatten, sie aber nicht auf uns. Der perfekte Stalker-Platz, wenn man außer Acht ließ, dass Linus seinem Stalker bereits gegenübersaß.

Abgesehen von uns waren nur ein paar einsame alte Männer und ein betagtes Ehepaar hier. Offenbar gab es tatsächlich Leute, die nicht wegen leichter Credits herkamen. Oder war das gerade Altersdiskriminierung, zu glauben, das könnten nicht auch Studenten sein?

»Also dann.« Linus schob einen der beiden Krüge zu mir. »Wollen wir mal sehen, ob das Zeug was taugt.«

Ich hob mein Gefäß hoch und stieß umständlich mit ihm an. Als unsere Krüge aufeinandertrafen, schwappte ein Teil der Schaumkrone über den Rand und lief mir über die Finger. Lecker.

Während Linus seinen an den Lippen ansetzte und ein paar große Schlucke trank, versuchte ich, es ihm gleichzutun – und bekam nur Schaum in den Mund.

»Alles okay?«, fragte Linus, wahrscheinlich weil ich das Gesicht verzogen hatte. »Schmeckt es dir nicht?«

Ich setzte den Krug ab und überlegte, ob ich damit davonkommen würde, nur noch fake daran zu nippen. »Es ist ...« Ich lächelte entschuldigend. »... interessant?«

Er nickte langsam. »Ist ziemlich herb. Das ist nicht für jeden was.«

Falls er mit *herb* meinte, dass sich mein Mund gerade wie ein abgeranztes Schaumbad anfühlte, hatte er so was von recht. »Herb«, bestätigte ich.

Und dann sah er mich einfach nur an. Und ich sah ihn an. Und obwohl die Stille zwischen uns wahrscheinlich nur eine halbe Sekunde andauerte, kam es mir auf einmal so vor, als würde eine peinliche Ewigkeit vergehen. Eine Ewigkeit, der ich unbedingt ein Ende setzen musste. Blitzschnell durchforstete ich mein Gehirn nach der kleinsten Kleinigkeit, die man für Small Talk einsetzen konnte.

»Danke für neulich«, verließ es meine Lippen in dem Moment, als ich an unseren letzten Raid vor zwei Tagen dachte, an dem mich Linus last minute geheilt hatte. Oder in anderen Worten: Die letzte Sache, die ich jetzt ansprechen durfte und bei der mir eine unbeschreibliche Hitze in den Kopf schoss. Konnte ich nicht einmal zwei Sätze sagen, ohne mich hoffnungslos zu -

Er runzelte die Stirn. »Weil ich dich im Gang aufgelesen habe? Oder dafür, dass ich dich im Bus aufgeweckt habe?«

Ich unterdrückte ein erleichtertes Seufzen. »Genau deshalb!« Ich lehnte mich auf der Bank zurück, so weit es mir bei der niedrigen Rückenlehne möglich war. »Die Credits sind wahrscheinlich nicht ganz so leicht verdient, wenn man erst gar nicht zum Seminar auftaucht.«

Er lachte leise, so wie ich es schon oft durch meine Kopfhörer gehört hatte. »Wahrscheinlich nicht.« Wieder blickte er mich einfach nur an, und auf einmal fühlte ich mich durchbohrt. Ausgehöhlt. Verurteilt. Als wäre er nur mit mir hier, um sich zu vergewissern, dass ich wirklich so durchgeknallt war, wie er geglaubt hatte.

Unangenehm berührt starrte ich in die Tiefen meines Kruges. »Ähm«, murmelte ich schließlich. »Sorry, ich glaube, ich hab mich heute irgendwie verrückt benommen.«

Als ich zu ihm hinauflugte, hoben sich seine Mundwinkel leicht. »Ist doch voll okay. Es tut gut, ab und zu mal verrückt zu sein.«

Meine Augen weiteten sich etwas, und wie von selbst stahl sich ein Lächeln auf meine Lippen, das sein eigenes widerspiegelte. »Und wann bist du mal verrückt?«

Die Hand um den Krug geschlungen, musterte er mich nachdenklich. »Öfter, als du glaubst.«

Ich legte den Kopf schief und witterte eine Chance. »Ach ja? Zum Beispiel? Irgendwelche Hobbys?«

»Ach.« Er machte eine wegwerfende Handbewegung. »Das Übliche. Nichts Besonderes.«

Ein Zucken ging durch meine Augenbraue. Wollte da jemand etwa um keinen Preis über MoM reden?

O mein Gott. Ich ahnte, wie der Hase lief. Er sprach mit einer Frau und wollte vor ihr auf keinen Fall das nerdigste Thema anschneiden, das sein Leben zu bieten hatte. Weil er glaubte, damit nur ein Stirnrunzeln ernten zu können. Mich zu Tode zu langweilen. »Haben du und die anderen Jungs heute Morgen nicht von irgendwelchen Ligen geredet?«

»Hm? Oh.« Er zuckte die Achseln. »Fußball. Da ging es nur um Fußball. Wie ich schon sagte.« Auf einmal wirkte er unglaublich unsicher. »Das Übliche eben.«

Ich konnte es kaum glauben und musste meine ganze Selbstbeherrschung aufwenden, um nicht dumm zu grinsen. Wollte Linus eines seiner größten Hobbys vor mir geheim halten? Wobei ich natürlich nicht wissen konnte, ob es sein größtes war – aber gemessen an der Zeit, die wir in den letzten zwei Wochen zusammen verbracht hatten, konnte es überhaupt nicht anders sein.

Meine Güte, wollte er etwa Eindruck schinden? Vor mir? Der komischen Tussi, die im Bus eingeschlafen war und sich im Sitzkreis von einem Therapieball hatte abwerfen lassen? Das hatte er doch überhaupt nicht nötig! Aber … es war irgendwie süß, oder?

Ich mimte die Erstaunte. »Echt? Ich wusste nicht, dass es im Fußball auch eine Platin-Liga gibt. Wer soll sich denn da noch auskennen?«

Er blinzelte. »Oh«, sagte er wieder. »Das. Nein, das … war nicht Fußball.« Sein leicht gehetzter Blick driftete ab, als suchte er doch noch nach einem Fluchtweg. »Das ist … Ach, es ist nur so ein Online-Spiel, das wir manchmal zocken«, spielte er es herunter. »*Masters of Magic.*« Als er mich wieder fixierte, war mir, als würde sich ein hoffnungsvolles Schimmern in seine Augen legen. »Schon mal gehört?«

Und wie! Und wie und wie und wie! Oh, wenn er nur wüsste!

Mein geistiger Mr. Skull verpasste mir eine imaginäre Ohrfeige, die sich gewaschen hatte. *Wag es ja nicht!!!*

Ich hatte die Grenze schon übertreten. Wenn ich nicht hoffnungslos in die Schlucht stürzen wollte, die ich mir mit einem rostigen Spaten gegraben hatte, durfte ich keinen Schritt weitergehen.

Keinen. Schritt. Weiter.

»Ähm.« Ich runzelte die Stirn. »Ich weiß nicht. Kommt mir irgendwie bekannt vor.«

»Schon gut«, sagte er sofort. »Das muss man nicht kennen.«

Äh … doch?! »Du zockst also gerne«, schloss ich. »Macht Sinn, schätze ich.«

Den Krug auf halbem Weg zu seinen Lippen, hielt er inne. »Wie das?«

»Na, weil du doch Informatik studierst.« Oder rannte ich gerade in die nächste Klischee-Falle? »Computer und so.«

Langsam setzte er sein Bier wieder ab. »Woher weißt du, dass ich Informatik studiere?«

Eine Eiseskälte explodierte in meiner Brust und rann mir als Gänsehaut den Rücken herunter. Ich blinzelte. »Hm?«, fragte ich mit hoher Stimme. Weil ich nicht weiterwusste, riss ich meinen Krug hoch und stürzte ein paar Schlucke Bier herunter. Der Schaum war inzwischen weniger geworden, aber das, was übrig blieb, schmeckte auch nicht viel besser.

»Dass ich Informatik studiere«, half mir Linus auf die Sprünge, während ich mir wünschte, jemand würde ein Glas oder einen Krug fallen lassen oder einen Herzinfarkt erleiden, nur, damit ich aus dieser Situation kam. »Woher weißt du das?«

Doch nichts von all dem passierte, und ich war kurz davor, auf der Verrücktheitsskala noch eins draufzusetzen, bis ich nicht mal mehr Linus geheuer sein könnte. Also räusperte ich mich und gab ihm die erstbeste Antwort, die mir einfiel: »Hast du vorhin gesagt. In der Vorstellungsrunde.«

Er wirkte nicht überzeugt. »Hab ich nicht.«

»Oh.« Ich lächelte unbeholfen und zuckte die Achseln. »Dann hab ich dich wohl verwechselt.« Sogar mein Lachen klang auf einmal unglaublich hohl und nervös in meinen Ohren. »Wie heißt du noch mal?«

Entgeistert starrte er mich an. »Linus.«

Meine Gedanken rasten, stolperten über ihre eigenen Beine und warfen sich gegenseitig um wie beim Domino Day. »Ich, ähm, muss dich mit … *Lukas* verwechselt haben!«, erinnerte ich mich an den bulligen Kerl aus meiner Gruppe.

Linus blickte mich inzwischen so an, als hätte ich mitten im Satz zu Klingonisch gewechselt. »Lukas studiert Gender Studies.«

Meine Kinnlade klappte herunter. »Echt jetzt? *Der?*« Der Kerl war über zwei Meter groß und trug den dichtesten Vollbart zur Schau, den ich je gesehen hatte! Der könnte jede Bikergang in die Flucht schlagen!

Linus schnaubte verwirrt. »Also weißt du ja doch, wer er ist.«

Auf einmal war da nichts als Leere in mir. »Wer was ist?«, hauchte ich und überlegte, ob ich bewusstlos werden würde, wenn ich mich jetzt rücklings von der Bank fallen ließe.

Linus winkte ab. »Vergiss es.«

Eine eisige Klaue krallte sich um mein Herz. Mein Gott, wie peinlich war ich denn? Ich hätte nicht hierherkommen dürfen. Nicht in diese Klosterschänke und schon gar nicht auf dieses blöde Seminar. Ich hatte doch von Anfang an gewusst, dass es ein Fehler war.

Denn bis heute hatte Linus mich – Mr. Skull – als coolen Typen, guten Spieler und passablen Umgang gekannt. Aber jetzt war ich für ihn Anne, die schrullige Kommilitonin, die mehr als eine Schraube locker hatte. Und das hatte ich nun davon.

»Anne?«

Ich biss mir auf die Unterlippe und wandte den Blick ab. »Siehst du?«, murmelte ich. »Einfach nur verrückt.«

»Du bist … echt verplant«, stimmte mir Linus zu und versetzte mir einen Stich in die Brust. »Mal was anderes.«

Erstaunt sah ich ihn an. »Wie bitte?«

Er zuckte die Achseln. »Ist mal was anderes. Und ab jetzt …« Er hob den Krug an. »… kannst du es sogar aufs Bier schieben.«

Und da geschah es. Schon wieder zauberte Linus mir nichts, dir nichts ein Lächeln in mein Gesicht. »Na dann, immer rein damit!« Ich führte den Krug ein weiteres Mal an die Lippen – und bereute es auch ein weiteres Mal.

Linus lachte gedämpft, wahrscheinlich weil ich erneut ziemlich dumm aus der Wäsche schaute. »Also – ich studiere Informatik und zocke gerne MoM. Jetzt weißt du quasi alles über mich.« Auffordernd blickte er mich an. »Was ist mit dir?«

Meine Lippen teilten sich leicht, doch wieder geriet ich ins Schleudern. »Ich studiere Ingenieurwissenschaften und … spiele kein MoM.«

Linus grinste. »Wow. Kommt mir so vor, als würde ich dich schon seit Jahren kennen.« Er legte den Kopf schief. »Aber Ingenieurwissenschaften ist cool. Im wievielten Semester bist du?«

»Im ersten«, antwortete ich zögerlich, weil ich genau wusste, was jetzt kommen würde.

Seine Brauen schossen in die Höhe. »Echt? Im ersten Semester und direkt für den Geheimtipp angemeldet?«

Unbeholfen verschränkte ich die Hände in meinem Schoß. »Wer kann, der kann.«

»Nicht schlecht.« Die Art und Weise, wie er mich musterte, beschwor ein kryptisches Kribbeln in meiner Magengrube herauf. Ein wohliges Gefühl, gemischt mit einer seltsamen Vorahnung, dass ich es sowieso wieder verbocken würde. »Und weißt du schon, was du nach dem Abschluss machen willst? Ingenieurwissenschaften sind ja ein ziemlich breites Feld …«

»Ich würde gerne an Künstlicher …« Mit einem Schlag kehrte eine vage Erinnerung zu mir zurück. Hatte ich nicht letztens als Mr. Skull davon gesprochen? Hatte ich nicht behauptet, ich würde an KI forschen? Weil ich damals noch die leiseste Hoffnung gehabt hatte, dass Linus doch nur ein alter Mann auf einer Schaffarm in Neuseeland war und entgegen seiner Behauptungen kein gleichaltriger Kommilitone, der an meiner verdammten Uni studierte?

»Künstliche Intelligenz?«, kam er mir leider Gottes zu Hilfe. »Das ist ein spannendes Gebiet. Interessiert mich auch.« Nachdenklich zog er die Brauen zusammen. »Hab mich aber noch nicht so ganz entschieden. Im vierten Semester müssen wir bei uns Schwerpunkte wählen, und ich fände Game Design auch nicht schlecht …«

Instinktiv sandte ich ein Dankesgebet zum Himmel, dass Linus nichts an diesem Gespräch komisch vorkam. »Game Design«, griff ich den Faden schnell auf, bevor er sich an der KI aufhängen konnte. »Das ist cool. Hat dich MoM dazu inspiriert?«

Auf einmal war es Linus, der mir peinlich berührt vorkam. Er wirkte angespannt. »Unter anderem, ja. Es ist eine der vielfältigsten Welten, die ich jemals gesehen habe. Das Magiesystem ist simpel gehalten, wird durch die Anzahl der Optionen aber doch wieder komplex. Komplex und verdammt gut durchdacht. Genauso ist es mit den verschiedenen Reichen und Regionen, die alle ganz unterschiedliche …« Er unterbrach sich selbst und schenkte mir einen entschuldigenden Blick. »Sorry. Das muss dich echt langweilen.«

Ich lächelte. »Überhaupt nicht. Ich find's interessant.«

Ein lauernder Ausdruck legte sich in seine Miene. »So interessant wie den Seminartag heute?«

Ich kicherte. »Nein, wirklich!« Aufmunternd sah ich ihn an. »Ich will mehr darüber hören.«

Seine Gesichtszüge glätteten sich. »Okay. Also gut.« Und damit redete er einfach weiter. »Es gibt auch verschiedene Avatare, also Typen von Figuren, die man spielen kann«, erklärte er, weil ich, die gaming-uninteressierte Anne, natürlich nichts darüber wissen konnte. »So was wie Elfen, Feen, Trolle, Zwerge und so weiter. Ich spiele gerade einen Tagschatten.«

Endlich hatte ich die richtige Reaktion parat und hob die Brauen. »Was ist das denn?«

In diesem Moment strahlte Linus förmlich mit seinem Avatar um die Wette. »Das sind antike Himmelswesen, die die reine Sonnenenergie in sich tragen.« Damit machte er sich daran, mir all die Dinge zu erzählen, die ich insgeheim schon wusste, die ich aber nur zu gern noch mal aus seinem Mund hören wollte – weil ich bei allem anderen genauso an seinen Lippen gehangen hätte.

Wow, jetzt verstand ich erst wirklich, warum er neulich unbedingt hatte angeln gehen wollen. Er genoss dieses Spiel tatsächlich, und zwar jede einzelne Facette davon. Er war nicht nur ein Fan. Das, was ich hier gerade miterlebte, war pure Leidenschaft.

Unser Gespräch blieb nicht bei MoM. Wir unterhielten uns über die FH, über die ersten Semestertage und über Kurse, die unsere beiden Studiengänge gemeinsam hatten. Einmal zog Linus sein Handy aus der Tasche, um zu checken, ob wir uns vielleicht noch für andere identische Module eingeschrieben hatten, bis uns wieder einfiel, dass wir hier unten ja kein Netz hatten.

Irgendwann machte ich mir keinerlei Gedanken mehr darüber, ob das hier richtig oder verdammt falsch war. Im Gegenteil, ich vergaß es. Ich vergaß MoM, ich vergaß Magistrar, Mr. Skull und sogar xXPlayerOneXx. Das hier war Linus und ich war Anne, und es war einfach perfekt. Anders ausgedrückt: Er hielt mich inzwischen wahrscheinlich für dumm wie Brot, aber immerhin mochte er mich.

Er mochte mich. Das war weit mehr, als ich mir jemals von diesem Trip erhofft hatte. Die Frage war nur, *was* hatte ich mir von diesem Trip erhofft? Und wenn ich jetzt viel, viel mehr bekam als das, würde ich mich damit zufriedengeben können? Oder würde ich umso mehr wollen?

Als mich Linus nach dem Bier bis zu meinem Zimmer brachte, das ich ohne seine Hilfe niemals gefunden hätte, schwebte ich auf Wolke sieben. Ich konnte nichts dagegen tun. Daran änderte auch die Tatsache nichts, dass ich ihm noch fünf Euro schuldete.

»Warte«, bat ich ihn, als wir vor Tür Nummer 130 angekommen waren. »Ich geb dir dein Geld.«

»Schwamm drüber.« Er machte schon einen Schritt rückwärts, als würde er aus dem Weg hechten, wenn ich ihm einen Geldschein entgegenhielt. »Dafür gibst du mir einfach morgen eines aus.«

Nicht noch mehr Bier, war der erste Gedanke, der durch meinen Geist zuckte – und jäh von etwas ganz anderem abgelöst wurde. *Morgen?*

Bis mir klar wurde, was Linus' Angebot bedeutete, hatte er sich bereits mit einem »Gute Nacht, Anne« verabschiedet und war im angrenzenden Gang verschwunden. Doch seine Worte hallten noch lange in meinem Bewusstsein nach und sorgten dafür, dass ich die halbe Nacht nicht schlafen konnte.

14. KAPITEL
CHEAT

Morgen war alles, woran ich denken konnte, selbst dann noch, als mitten in der Nacht eine schmale Gestalt in den Raum trampelte, ungeniert sämtliche Lichter anschaltete und mir nicht einmal einen Blick schenkte, als ich sie so entgeistert anstarrte, wie es mir im Halbschlaf möglich war.

War es zumindest eine Frau, mit der ich mir das Zimmer teilte? Ja. Wäre mir ein ruhiger, rücksichtsvoller Mönch lieber gewesen? Und wie.

Eine halbe Stunde später war endlich wieder Ruhe eingekehrt, und ich bekam die Gelegenheit, denselben alten Gedanken nachzuhängen wie zuvor. Aber auf einmal erfüllten mich genau diese mit völlig anderen Gefühlen. Während ich *morgen* vorhin kaum noch hatte erwarten können, drehte sich mir plötzlich der Magen um. Was in aller Welt tat ich hier nur? Ich hatte doch Berufliches und Privates trennen wollen! Und was machte ich? Ging als Anne mit Linus ein Bier trinken, obwohl das eindeutig Mr. Skulls Zuständigkeitsbereich gewesen wäre.

Na ja, wenn man davon absah, dass Mr. Skull nur in meinem Computer existierte und es körperlich überhaupt nicht möglich war, dass er diese Rolle übernahm …

Red dich nur raus, brummte Skull auch schon in meinem Kopf. *Das ändert nichts daran, dass du einen Fehler gemacht hast.*

Ein dicker Kloß bildete sich in meinem Hals. War es das wirklich gewesen? Ein Fehler? Es war doch nichts passiert! Nichts von dem, was ich mir aufgebaut hatte, war kaputtgegangen. Ich hatte mich eindeutig zu oft verplappert, aber die Situation immer retten können – vielleicht weil das, was ich hier abzog, so wahnsinnig und abwegig war, dass nicht einmal jemand wie Linus darauf kommen könnte.

Und genau daran klammerte ich mich verzweifelt fest. Es war nichts passiert. Es war alles immer noch in bester Ordnung. Und in nicht mal sechsunddreißig Stunden säßen wir erneut in unterschiedlichen Reihen im Bus, ich würde wieder kurz vor Schluss einpennen und es wäre jemand anderes, der mich beim Aussteigen aufwecken würde – oder auch nicht und ich fuhr mit dem Busfahrer zu dessen nächstem Reiseziel. Hoffentlich Barcelona.

Und wer wusste schon, was bis dahin passierte? Morgen stünden erst einmal die partnerbasierten Übungen an, und die Wahrscheinlichkeit, dass ich ausgerechnet Linus zugeteilt wurde, stand bei 1:19. War also quasi nicht vorhanden. Und wenn ich jemand anderem zugelost wurde, würde ich von ihm den ganzen Tag über rein gar nichts mitbekommen. Wir würden wieder getrennte Leben leben – und nach diesem Trip nahtlos damit weitermachen. Es war alles in bester Ordnung.

Obwohl mich diese Vorstellung beruhigen sollte, gab es nur ein Problem: Ich wollte das nicht. Ich wollte es ganz und gar nicht.

Auch wenn der Stuhlkreis ungefähr denselben Grad an Unverbindlichkeit aufwies wie ein Haufen beliebig auf den Boden geworfener Sitzkissen, fand ich die Mannschaft am nächsten Morgen in genau derselben Anordnung vor wie gestern, weshalb mir nichts anderes übrig blieb, als mich auf meinen Platz vom Vortag zu setzen.

Das bedeutete, dass Linus einmal mehr meinem Blick ausgeliefert war, der sich in regelmäßigen Abständen wie von selbst auf ihn richtete. Aber was das betraf, gab es dann doch einen Unterschied zu gestern: Ab und zu, ganz selten mal, schaute er zurück – und lächelte.

»Daher werde ich Sie nun in Paare einteilen«, drang Eisenbeils Stimme wie aus weiter Ferne an meine Ohren. »Es werden immer zwei zusammenfinden, die nicht zusammen studieren und nicht in derselben gestrigen Gruppe waren, sodass Sie sich wahrscheinlich noch nicht allzu gut kennen werden. Ich lese jetzt die Zuteilung vor.«

Nach und nach vermeldete Eisenbeil unsere Namen, und die Genannten standen auf und fanden zu Pärchen zusammen. Es war unmöglich, dass ich Linus zugeteilt wurde. Selbst mit diesen Einschränkungen gab es immer noch neun andere Menschen in seiner Gruppe, auf die genau dieselben Kriterien zutrafen wie auf ihn. Also ging ich keine Sekunde lang davon aus, dass …

»Treuhardt.«

Mein Herz machte einen Satz. *Bitte ich, bitte ich, bitte ich!*

Du bist so erbärmlich!, donnerte Skull wie auf Kommando in meinem Hinterkopf, aber ich brauchte seine Wertschätzung nicht.

»Matić.«

Meine Schultern sackten herab. Das war nicht mein Name. Warum war das nicht mein Name?!

»Schmitt.« Erst als sie meinen Nachnamen sagte, fiel mir auf, dass ich mindestens einen Kandidaten zwischendrin verpasst hatte, und damit auch meinen Teampartner.

Gehetzt sprang ich auf. »Ich bin Schmitt!«, rief ich in die Runde – und erschrak, als meine Zimmermitbewohnerin vor mir stehen blieb. Ausgerechnet die.

»Wie der Kerl aus *New Girl?*«, fragte sie abschätzig.

»Ähm … was?«

»Entschuldigung!«, hörte ich Lukas, den bulligen Gender-Studies-Studenten, sagen. »Linus und ich kennen uns schon.«

Ich stutzte. Warum outeten sie sich? Dieser Kurs war sowieso geschenkt, aber warum sollten sie sich die Chance entgehen lassen, es sich *noch* einfacher zu machen?

»Ach so«, erwiderte Eisenbeil teilnahmslos. »Na, dann eben – Schmitt!«, brüllte sie meinen Namen so laut, als würde sie fest davon ausgehen, dass ich ihn in normaler Lautstärke sowieso nicht hören würde. »Sie und Treuhardt.«

Meine Augen weiteten sich und ich versteifte mich am ganzen Körper. Gab es hier noch andere Schmitts? War schließlich ein sehr geläufiger Name. Jeder hier könnte so heißen. Sogar ich kannte mindestens zehn weitere Leute mit meinem Nachnamen, ohne dass sie mit mir verwandt waren.

Jemand tippte mich an der Schulter an. Mit gemischten Gefühlen drehte ich mich um – und blickte nicht Prof. Eisenbeil entgegen, sondern Linus.

Er lächelte zaghaft. »Hi.«

Alles, was ich in diesem Moment tun konnte, war starren. Wie hoch war die Wahrscheinlichkeit gewesen? 1:10? Was zur Hölle?

»Sie kennen Ihren Zeitplan«, gab sich Eisenbeil geschäftig und ich fragte mich, was sie den ganzen Tag machen würde, während wir uns mit peinlichen Partnerspielen beschäftigten. Ich wurde das Gefühl nicht los, dass es was mit der Klosterschänke zu tun hatte. »Teilen Sie sich Ihre Kapazitäten mit Bedacht ein und lassen Sie Aufgabe zwei nicht zu lange schleifen, wenn Sie alle Punkte bis zum Abendessen erledigt haben wollen.«

Ich runzelte die Stirn. »Was für einen Zeitplan denn?«, murmelte ich.

»Den hat sie uns vorab gemailt«, erinnerte mich Linus. »Da standen die Pläne fürs ganze Wochenende drin.«

Ich verdrehte die Augen. »Ist natürlich perfekt, wenn man das ganze Wochenende kein Internet hat.«

»Hier.« Linus zog einen kleinen, ordentlich zusammengefalteten Zettel aus seiner Hosentasche und strich ihn glatt. »Ich bin vorbereitet.«

Natürlich war er das. Ich seufzte. »Immerhin einer von uns hat was dabei.« Sofort stutzte ich. Sagte man das nicht immer, wenn es um Kondome ging? Glaubte er, dass ich über Kondome redete?

Eine Affenhitze schoss in meinen Kopf. Verzweifelt fixierte ich Linus' Gesicht und versuchte, seine Miene zu deuten, aber er ließ den Blick über den Zettel schweifen, als hätte er mich nicht gehört – oder als hätte es rein gar nichts Verdächtiges an meinen Worten gegeben und ich wäre in den letzten vierundzwanzig Stunden einfach nur unglaublich paranoid geworden.

Ich stellte mich auf die Zehenspitzen, um über den Papierrand gucken zu können. »Kann ich mal …«

Abrupt ließ er den Zettel sinken. »Neeein«, entgegnete er lang gezogen und schenkte mir ein überhebliches Grinsen. »Das ist *mein* Tagesplan.« Seelenruhig faltete er das Papier wieder zusammen. »Du musst dich wohl oder übel überraschen lassen.«

Ich rümpfte die Nase. »Von mir aus.« War wahrscheinlich besser so, wenn ich nicht sofort von all den grauenvollen Partnerübungen erfuhr, die wir heute durchmachen mussten.

»Komm«, hob er an, als die ersten Pärchen schon den Raum verließen. »Gehen wir irgendwohin, wo es ruhiger ist.«

O mein Gott. Sagte man das nicht auch immer, wenn man mit jemandem rummachen wollte? Was war nur los mit mir?

Ich dachte daran, dass jetzt, wo alle gingen, wahrscheinlich *hier* der ruhigste Platz wäre, hielt aber den Mund, weil ich Eisenbeils kritischen Blick auf mir spürte. Warum wurde ich das Gefühl nicht los, dass ich die erste Studentin in der Geschichte der Hochschule war, die durch diesen Kurs fallen würde?

»Wohin geht's?«, fragte ich an Linus gewandt, der den auserwählten Ort festlegen musste, weil ich schon nach zwei Biegungen keinen Plan mehr hatte, wo wir waren. »Zurück in den Bierkeller?« Noch während ich die Frage aussprach, stieg ein unbeschreibliches Kribbeln in meiner Magengrube auf. O Gott, hatte ich das gerade wirklich gefragt? War das nicht, als würde ich ihn um eine Verabredung bitten?

»Nein«, antwortete er gelassen. Das war dann wohl ein Korb. Aber schließlich schenkte er mir ein verheißungsvolles Lächeln. »Das Beste hebt man sich doch zum Schluss auf.«

O. Mein. Gott. Hatte er gerade einem Date zugestimmt? Beim Gedanken daran wurde mir ganz heiß. Oder bildete ich mir wieder eindeutig zu viel ein, weil der MoM-Entzug schon Feen vor meinen Augen tanzen ließ?

Linus führte mich auf direktem Wege nach draußen. Nachdem ich bereits mehrmals in den Katakomben unter dem Kloster beinahe erfroren wäre, hatte ich meine Jacke jetzt jederzeit dabei, weshalb ich den kühlen Morgentemperaturen trotzte, während ich Linus die Treppenstufen abwärts folgte.

»Wir können uns da hinsetzen«, schlug er vor. Er trug seine Jacke in seiner Armbeuge mit sich herum und machte keine Anstalten, sie anzuziehen, obwohl er sonst nur ein Shirt anhatte. Kein Nerd-Shirt, sondern ein stilvolles, einfarbiges Oberteil, das kein bisschen durchscheinen ließ, was für eine Leidenschaft für Computerspiele in ihm wohnte.

»Darf man hier sitzen?«, fragte ich ratlos. »Ist das keine dieser Grünflächen, auf denen alle zwei Schritte ein Schild steht, dass man sie nicht betreten darf?« Ein Schild, das irgendjemand dort verdammt treffsicher hineingeworfen haben musste.

Linus blickte sich kurz um. »Also, ich kann hier keins sehen.« Damit stapfte er ins Gras hinein und machte sich zumindest schon mal zum Haupttäter, der im Zweifel die längere Haftstrafe absitzen müsste.

Noch bevor ich bei ihm angekommen war, warf Linus plötzlich seine Jacke auf den Boden und breitete sie so weit wie möglich aus. »Hier.«

Ich wusste nicht, wie mir geschah, als ich begann, mir meine eigene Jacke von den Schultern zu streifen.

Verdutzt sah er mich an. »Du kannst auf der sitzen«, bekräftigte er, weil ich immer auf dem Schlauch stand, wenn ich mit ihm sprach, und einfach nicht davon herunterkam. Um die Bedeutung seiner Worte zu unterstreichen – oder weil er mich inzwischen für komplett plemplem hielt –, beschrieb er mit der Hand eine wedelnde Bewegung in Richtung der Jacke.

»Oh.« Ich rang mir ein Lächeln ab. »Danke.«

Weil er höchstwahrscheinlich Kleidergröße M hatte, mussten wir ziemlich dicht nebeneinandersitzen, um beide Platz auf dem Stoff zu finden. Ich zog die Knie an, so weit es ging, ohne die Innenseite der Jacke mit meinen Schuhsohlen zu beschmutzen, und lockerte meine Schultern. »Okay, womit starten wir? Noch 'ne Schnitzeljagd? Den anderen blind durch den Wald jagen? Die Leute mit irgendwas abschießen?«

Betreten blickte mich Linus an. »Wir sind auf einem Teambuilding-Seminar und du willst andere Leute abschießen?«

Ich stockte. »Na ja, die sind ja nicht in unserem Team.«

Er lachte leise. »Tut mir leid, dich enttäuschen zu müssen.« Er stützte sich locker mit den Händen hinter sich ab und blinzelte mir durch das Morgenlicht der Sonne entgegen. »Die erste Aufgabe für heute lautet: Icebreaker-Fragen stellen.«

Ich stöhnte. »Muss das wirklich ein Tagesordnungspunkt sein?«, maulte ich. »Wir haben doch schon so viel miteinander geredet.«

Seine Brauen schossen in die Höhe. »Und jetzt hast du schon genug von mir?«

Meine Kinnlade klappte herunter. »N-nein«, beteuerte ich hektisch. »So war das nicht gemeint!«

»Ich nehme dich nur auf den Arm. Also …« Er zog noch mal das Aufgabenblatt heraus und faltete es neu – jedoch nicht, ohne es auf seiner anderen Seite auf den Boden zu legen, sodass ich nichts Hilfreiches erkennen konnte. Dann machte es plötzlich *Ratsch!*, und er hielt mir eine Hälfte hin. »Ein paar Inspirationen für dich.«

Ich runzelte die Stirn. Was sollte dieser Sankt-Martins-Move denn jetzt? Verwirrt nahm ich es entgegen – und hatte die Angabe der ersten Aufgabe vor mir. Nach zwei einleitenden Sätzen über die psychologische Tiefenwirkung von Icebreakern oder was weiß ich – die las doch nicht wirklich jemand, oder? –, waren ein paar Beispielfragen gelistet, die … einfach nur dämlich waren. Als würde ich einen Wildfremden als Allererstes fragen, ob er als Kind einen imaginären Freund gehabt hatte. Oder irgendjemanden sonst. Jemals.

»Nicht vergessen.« Damit sorgte Linus dafür, dass ich das Blatt sinken ließ. »Das Wichtigste an solchen Übungen ist es, Blickkontakt zu halten.« Er sah mir tief in die Augen, und jetzt, wo er mir so nah war, kam es mir so vor, als könnte ich jede noch so kleine helle und dunkle Braun-Nuance in seinen Iriden erkennen. »Du fängst an.«

Meine Lippen teilten sich leicht, und von jetzt auf gleich war mein Kopf leer. »Hattest du als Kind einen imaginären Freund?«

Linus prustete los. »*Das* ist auch immer das Erste, was ich von anderen wissen will.«

Ich versteifte mich etwas, weil ich nicht wusste, ob ich mitlachen oder weinen sollte. »Ja! Kann doch sein, dass man gemeinsame Kontakte hat.«

»Ach so.« Er grinste. »Du meinst also, es besteht die Wahrscheinlichkeit, dass das Cartoon-Einhorn, das mich bis zur Einschulung begleitet hat, auch ab und zu bei dir vorbeigaloppiert ist?«

Ich kicherte. »Ja!« Ich stutzte. »Du hattest deinen imaginären Freund nur bis zur Einschulung?«

»Ja.« Er zog die Brauen zusammen. »Wie lange hattest du denn deinen?«

Stille.

Schnell räusperte ich mich. »Ich stelle hier die Fragen! Also …«

»Nichts da!« Bevor ich den Zettel wieder scannen konnte, drückte er meinen Arm nach unten. »Das hier ist doch kein Interview.« Mir war, als würde er mein Handgelenk eine Zehntelsekunde länger berühren als unbedingt nötig, und die Stelle wurde sofort von einem seltsamen Kribbeln erfüllt. Nachdenklich sah er mir in die Augen, wobei er seine eigenen leicht verengte. »Hm …«

Ich schluckte. »Hm?«

Plötzlich hoben sich seine Mundwinkel etwas. »Warum hast du dich ausgerechnet für Ingenieurwissenschaften entschieden? Ging es dir von vornherein um KI?«

Ich machte große Augen. »Ehrlich gesagt ja.« In meinem Kopf ratterte es, und mein Blick zuckte für einen Moment woandershin, bis ich mich eines Besseren besann. »Ich hab mich schon immer für das interessiert, was alles möglich sein kann. In der Schule war ich in der Robotik-AG, und … Technologie fasziniert mich. Insbesondere, wenn es darum geht, sie zu verselbstständigen. Das hat mich irgendwie gecatcht.« Ich zuckte die Achseln. »Und weil die letzten Jahre nichts Besseres in Aussicht gekommen ist, sind es jetzt eben die Ingenieurwissenschaften.«

Linus legte den Kopf schief. »Wow, als Mädchen in der Robotik-AG. Da musst *du* ja das Einhorn gewesen sein.«

Ich grunzte. »Und wie.«

»Aber du hast es durchgezogen.« Er nickte langsam. »Respekt.«

Ich musste all meine Selbstbeherrschung aufnehmen, um nicht wegzusehen. Meine Wangen prickelten leicht. »Danke.«

Ich sah ihn an. Er sah mich an. Und ich brauchte eine geschlagene Ewigkeit, um zu kapieren, dass ich an der Reihe war. »Ä-ähm.« Schnell spickte ich und las die erstbeste Frage vor, die mir entgegensprang. »Wenn du in einer fiktionalen Welt leben könntest, welche w…« Ich unterbrach mich und lachte leise. »Lass mich raten: Magistrar?«

Linus' Augen weiteten sich. »Du hast es dir gemerkt?«

»Dass du MoM magst?«, fragte ich schnippisch. »Glaubst du, ich hätte dir gestern nicht zugehört?«

Seine Miene war todernst. »Dass die Welt von MoM Magistrar heißt.«

Mein Mund klappte zu. »Oh, das.« Auf einmal begann mein ganzer Kopf zu glühen. Machte ich mich schon wieder verdächtig? »I-ich hab mir das nur gemerkt mit der Eselsbrücke …« Ich bekam kaum mehr Luft. »… Magistrat.«

Linus stutzte. »Magistrat?«

»Magistrat.«

Ein paar Sekunden lang starrte er mich einfach nur an. »Okay«, lenkte er beinahe fasziniert ein. »Ergibt Sinn, schätze ich.«

Nein, Linus. Nichts von dem, was in seiner Gegenwart meine Lippen verließ, ergab irgendeinen Sinn. Aber für ihn schien es okay zu sein. Also war es das für mich auch.

Es fühlte sich immer noch unwirklich an, auch nur dieselbe Luft wie Linus zu atmen. Ich hätte es nie für möglich gehalten, aber sogar im richtigen Leben – in dem ich nicht gerade vor Selbstbewusstsein und Wortgewandtheit strotzte – hatte ich schnell einen Draht zu ihm bekommen.

Er behandelte mich nicht anders als Mr. Skull – er war zu uns beiden gleichermaßen nett, zuvorkommend und einfach eine gute Seele, die zu Recht einen Tagschatten als Avatar gewählt hatte. Noch dazu schaffte er es immer wieder, die richtigen Worte zu finden. Worte, die mein Herz zum Höherschlagen brachten.

Nachdem uns die bescheuerten Fragen ausgegangen waren, holten wir uns eine Augenbinde im Seminarraum 1 ab und marschierten damit in Richtung Wald.

»Müssen wir das wirklich machen?«, murmelte ich, während wir durch das geöffnete Tor der Klostermauern schritten. »Die Eisenbeil ist doch sowieso verschollen. Wir könnten auch genauso gut was anderes machen.«

»Sag mal«, fragte Linus spitz, »warum hast du dich überhaupt für dieses Seminar angemeldet, wenn du auf nichts Lust hast?«

Mein Herz verkrampfte sich in meiner Brust. »Ähm.« Ich spürte, wie mir das Blut in den Kopf schoss, während ich fieberhaft nach einer Antwort suchte, die nichts mit MoM, Mr. Skull oder auch nur einem Funken Wahrheit zu tun hatte.

»Schon klar, es ist eine geschenkte Note«, kam er mir zu Hilfe, ohne es zu wissen. »Aber hey, wir sind trotzdem hierhergekommen, um was zu lernen!«

Ich schnaubte. »Was lernen wir denn dabei, den anderen blind durch den Wald stolzieren zu lassen?«

Er sah mich direkt an. »Vertrauen.«

Seine Antwort nahm mir jeglichen Wind aus den Segeln, und aus irgendeinem Grund hallte das Echo dieses Worts immer und immer wieder in meinem Kopf nach. Als Mr. Skull vertraute ich xXPlayerOneXx, aber als Anne hatte ich Linus gerade erst kennengelernt. Dass zwischen uns Vertrauen herrschte, fühlte sich wie das nächste Level an – wenn nicht sogar wie die nächste Liga.

Als wir die Stelle im Wald erreichten, an der unsere gestrige Schnitzeljagd begonnen hatte, waren wir nicht die Einzigen. Sechs unserer Kommilitonen, drei davon mit verbundenen Augen, staksten über den Waldboden hinweg. Der Rest der Gruppe machte es wahrscheinlich richtig und war wieder pennen gegangen.

»Also gut.« Linus betrachtete das Stück Stoff in seiner Hand. »Wer soll anfangen?« Er schenkte mir einen kurzen Blick, was wohl ausreichte, um meine Gedanken zu lesen. »Okay, ich fang an.« Er reichte mir die Augenbinde und überbrückte die Distanz zu einem der Startpunkte, einem Baum, den wir gestern mit verschiedenfarbigen Bändchen markiert hatten ... um diesen Teil des Programms vorzubereiten. Ich wusste nicht, ob Eisenbeil gerissen oder einfach nur stinkfaul war.

»Links, links, links!«, ertönte eine gehetzte Stimme irgendwo neben uns. Unsere Aufgabe war es, unseren blinden Partner zwischen den teilweise ziemlich eng stehenden Bäumen hindurch in Richtung der markierten Zielpunkte zu führen. Die Bestnote gab es bestimmt, wenn er dort ankam, ohne einen Zahn verloren, sich den Knöchel verstaucht oder die Nase gebrochen zu haben. Zumindest würde ich es so machen.

Ich verband Linus fest, aber nicht zu fest, die Augen und stellte mich dann vor ihn, um zu überprüfen, ob er auch wirklich blind war. »Wie viele Finger halte ich hoch?«

»Keine Ahnung!«

»Das könnte ja jeder behaupten.« Unschlüssig, wie ich herausfinden sollte, ob er flunkerte, lehnte ich mich etwas vor – und geriet ins Wanken. Ich war ihm so nah. So unglaublich nah. Die Wärme seines Gesichts prickelte auf meiner Haut, und wie von selbst wanderte mein Blick zu seinen Lippen ...

»Hallo?«, bewegten sich diese plötzlich, und ich zuckte erschrocken zurück.

»Okay, also los!« Hastig packte ich ihn bei den Schultern und drehte ihn schnell um die eigene Achse. Eigentlich hätte ich es dreimal tun sollen, aber irgendwie schaffte ich es, mich bereits innerhalb dieses Zeitraums zu verzählen, und hatte keine Ahnung, ob es am Ende zwei oder fünfzig Umdrehungen gewesen waren. Damit ließ ich ihn los. »Also … ja.« Unschlüssig machte ich einen Schritt von ihm weg. »Dann lauf mal schön.«

»Warte«, bat mich Linus. »Hast du mich jetzt wieder in die richtige Richtung gedreht?«

Ich stockte. »Ja, warum auch nicht?«

»Dann bringt das mit dem Drehen doch gar nichts!« Er machte einen Schritt nach vorne – und verlor beinahe das Gleichgewicht. »Woah!«, stieß er hervor. »Okay, vergiss es. Das ist hart.« Als er eine Hand ausstreckte, war ich hin- und hergerissen, auszuweichen oder mich als Stütze zur Verfügung zu stellen.

»Ist nicht weit«, beteuerte ich und versuchte, das krähende »Rechts, rechts, rechts!« am Rande meines Bewusstseins zu ignorieren. »Eigentlich musst du nur geradeaus – o Gott, geht es dir gut?«, fragte ich besorgt, als Linus geradezu schwerfällig einen Fuß vor den anderen setzte.

»Das ist … echt krass!« Wie ein betrunkener Ork stapfte er voran, die Hände von sich gestreckt. »Ich fühl mich irgendwie schwerelos.«

»Hey!«, neckte ich ihn. »Wenn du die Arme zur Sicherheit ausstreckst, heißt das doch irgendwie, dass du mir noch nicht vertraust, oder?«

Er grinste, wirkte dabei aber etwas unbeholfen. »Muss doch noch Luft nach oben geben für später, oder?« Dennoch nahm er die Hände runter, was mich mit einer gewissen Genugtuung erfüllte. »Wohin jetzt?«

Immer ein paar Schritte von ihm entfernt, leitete ich ihn mit knappen Worten an und bugsierte ihn um die Bäume herum. Einmal musste er sich seitlich zwischen zwei eng zusammenstehenden Stämmen hindurchbewegen und schaffte es auf magische Weise, hindurchzuschlüpfen, ohne auch nur einen davon zu berühren. Und das hatte ganz sicher nichts mit meinen Navigationskünsten zu tun.

Ich hatte jetzt schon so was von keine Lust auf meine Blinde-Kuh-Runde. Nicht zuletzt, weil ich wahrscheinlich eher wie ein blindes Schwein im Dreck landen würde.

Augenblicke später berührte Linus den Ziel-Baumstamm und ertastete das farbige Band. »Yes!«, zischte er und riss sich die Augenbinde vom Kopf.

Ich nickte anerkennend. »Nicht schlecht, Herr Speck!« Ich stutzte. Was hatte ich gerade gesagt?

Entgeistert sah mich Linus an. »Hast du mich eben fett genannt?«

»Herr Speck!«, korrigierte ich mich erfolglos. Verdammtes Blinde-Schwein-Kopfkino! »Ich meine Specht!« Ich runzelte die Stirn. Moment, war das das richtige Tier? »Hecht?«

»Herr Hecht?« Fassungslos schüttelte er den Kopf. »Wer zum Teufel soll das sein?«

Ach, verdammt, das war mein sexistischer Dozent im Mathe-Aufbaumodul. Unsicher lehnte ich mich in die andere Richtung. »Können wir einfach so tun, als wäre die letzte Minute nicht passiert?«

Linus schenkte mir einen leeren Blick. »Nichts lieber als das.«

Ich beeilte mich, mich neben ihn zu stellen, sodass sein Zielpunkt zu meinem Startpunkt wurde. Behände, als würde er täglich nichts anderes machen, als Frauen zu fesseln, verband er mir die Augen und drehte mich ein paarmal locker im Kreis. Mir wurde jetzt schon kotzübel. Dann verschwand seine Präsenz um mich herum.

»Okay …« Weil seine Stimme hinter mir ertönte, war ich mir ganz sicher, dass er mich auch so hingestellt hatte, dass ich nur geradeaus ins Ziel laufen musste. Ich vertraute ihm und machte einen großen Schritt nach vorne …

»Halt!«

Zu spät. Mit voller Wucht knallte ich gegen einen harten Baumstamm.

Dass wir zu zweit zu Mittag essen sollten, um unsere Vertrauensbasis zu schärfen, war Teil von Eisenbeils Plan gewesen. Dass ich dabei meine blutverschmierte Nase mit einem eingepackten Kälteakku kühlen musste, hatte sie aber wahrscheinlich nicht vorgesehen.

Unsicher blickte mich Linus über seinen Fisch hinweg an. »Tut mir echt leid«, murmelte er.

»Schwamm drüber«, entgegnete ich trocken. »Du hast mich ja nicht gegen den Baum geschubst oder so.« Das war überhaupt nicht nötig gewesen – der Elan, mit dem ich zur Tat geschritten war, hatte mich sofort mit seinem ganzen Echo getroffen.

Und deshalb hasste ich Sport. Und jede Form der Bewegung.

»Ich würde sagen«, schloss Linus, »du hast die Aufgabe trotzdem bestanden. Warst schließlich mit vollem Körpereinsatz dabei.«

»Wann bekommen wir noch mal die Noten?«, fragte ich matt. »Ich will wissen, ob es sich lohnt, noch weiterzustudieren, bis ich durchfalle.«

»Quatsch!«, winkte Linus ab. »Mit mir als Teampartner kannst du überhaupt nicht durchfallen.«

»Warum?«, fragte ich schnippisch. »Weil du so ein Streber bist?«

»Weil wir uns gegenseitig bewerten sollen«, entgegnete er und verblüffte mich schon wieder. »Das gestern war sozusagen die Vorlesung. Das hier ist die Prüfungsleistung. Unsere Einschätzung des jeweils anderen ist die Grundlage für unsere Note am Ende.«

»Oh.« Auf einmal machte es klick. Deshalb hielt sich Eisenbeil aus einfach allem heraus, was mit diesem Kurs zu tun hatte. Weil sie sogar ihre einzige wirkliche Pflicht als Dozentin an uns delegiert hatte. »Praktisch.« Vor allem für sie.

Linus lächelte mitfühlend. »Ich glaube, was du brauchst, ist Serotonin.« Er griff er in seine Jackentasche und zog einen kleinen Schokoriegel daraus hervor. »Und zwar schnell.« Damit legte er ihn auf meinem Tablett ab.

Verwundert blickte ich auf ihn herab. »Für mich?«

»Hab den auf der Erstsemester-Messe an irgendeinem Stand mitgehen lassen«, erklärte Linus lässig. »Und anscheinend brauchst du ihn dringender als ich.«

Sofort keimte ein Heißhunger auf Süßes in mir hoch. Schon seit zwei Tagen war ich auf Energy-Drink-Entzug. Gierig riss ich die Verpackung auf. »Sag bloß, du hast immer Notfall-Schokolade dabei.«

Linus' rechte Braue zuckte, als wäre ich gerade drauf und dran, ein antikes Geheimnis zu lüften. »Vielleicht, vielleicht auch nicht.«

Aus großen Augen blickte ich ihn an und fragte mich, ob ich eines Tages irgendetwas von ihm erfahren würde, das mir nicht in den Kram passte. Allerdings hockten wir schon seit vierundzwanzig Stunden aufeinander – und wenn es jetzt noch nicht passiert war, wann dann? »Der Wahnsinn«, flüsterte ich, und mein Peinlichkeits-Alarmsystem reagierte sofort. »Ich meine den hier«, fügte ich mit Blick auf den Riegel hinzu.

Linus blinzelte. »Du hast doch noch gar nicht abgebissen.«

»Hör auf, mich infrage zu stellen!«

Meine Nase blieb puterrot und schmerzte bei Berührung, aber immerhin hörte sie auf, zu pulsieren, wann immer ich einatmete, und regelrecht zu explodieren, wenn ich nieste.

Weil Linus nach wie vor der Einzige von uns beiden war, der einen Plan vom Plan hatte, ließ ich mich von ihm durch das Labyrinth von Kloster führen, bis wir schließlich eine schmale Treppe nach oben erreichten.

»Wie gut kennst du dich hier eigentlich aus?«, fragte ich verwundert.

»Was glaubst du denn, wie lange ich hier herumgelaufen bin, bis ich endlich den blöden Bierkeller gefunden habe?«, murmelte er, während er vor mir hinaufstieg.

Ich folgte ihm nach oben, wo wir durch eine falltürähnliche Öffnung traten und – draußen landeten. »Wow«, entwich es mir, als ich ein paar Schritte unter der goldenen Oktobersonne machte. Einige Sekunden lang hatte ich keine Orientierung – und das, ohne mit verbundenen Augen wie ein Kreisel gedreht zu werden –, bis ich mich umwandte und den weitläufigen Klosterhof zu meinen Füßen erblickte.

Wir befanden uns auf einem Teil der Klostermauer. Das Backsteingebilde war so dünn, dass Linus und ich nur hintereinander darauf herumspazieren konnten, und die Wände links und rechts waren so niedrig, dass jemand wie ich keine Probleme hätte, sich versehentlich in den sicheren Genickbruch zu stürzen. Umso erleichterter war ich, dass Linus stehen blieb, wo er war. »Hier oben wären wir ungestört für die nächste Übung.«

Ungestört hallte dieses eine Wort unnötig lang in meinem Kopf wider. »Klar.« Ich drehte mich noch einmal um die eigene Achse, wollte es aber nicht darauf anlegen und wechselte lieber in den Schneidersitz. »Was müssen wir jetzt machen?«

Linus ließ sich mir gegenüber nieder, und mir war, als würde sich ein abwartender, fast schon lauernder Ausdruck in seinen Blick legen. »Jetzt«, erklärte er sachlich, »müssen wir uns mindestens drei Minuten in die Augen schauen und uns sagen, was wir voneinander halten.«

Ein dicker Kloß bildete sich in meinem Hals. »So lange?«

»Dafür kommt danach nur noch eine einzige Übung«, bekräftigte er aufmunternd. »Das Gröbste ist geschafft.« Er hob eine Braue. »Oder ist es so schlimm, mich anzusehen?«

Und wie. Es war eine Qual. Aber nicht auf die Weise, auf die er damit anspielte. »Ich bin nicht multitaskingfähig!«, beteuerte ich. »Gleichzeitig sehen und reden geht gar nicht!«

Er lachte. »Klar doch.« Er begann jetzt schon mit der ersten Hälfte der Übung, indem er mir tief in die Augen sah. »Du fängst an.«

Auf einmal wurde mein Mund staubtrocken. »N-nicht fair!«, entgegnete ich und wurde sofort von seiner schieren Präsenz in den Bann gezogen. »Du hattest Zeit, dich vorzubereiten. Ich nicht.«

»Man muss sich auf nichts vorbereiten, wenn es von Herzen kommt«, antwortete er gelassen – und hatte keine Ahnung, was er damit in mir anrichtete.

Von Herzen. Es muss von Herzen kommen.

Letzteres begann wie auf Befehl schneller zu schlagen. Ich befeuchtete meine Lippen und ließ mich vom Kopf bis zu den Zehenspitzen von diesem kribbeligen Gefühl ausfüllen, das mich immer dann befiel, wenn ich in Linus' Nähe war, mit ihm sprach oder auch nur an ihn dachte. So lange, bis ich die ultimative Dosis intus hatte.

»Du bist viel zu nett, um wahr zu sein«, murmelte ich. »Und trotzdem bist du … mehr als das. Mehr als einfach nur nett. Du bist vielschichtig und … interessant.« Interessant? Warum redete ich so? Linus war doch kein verdammtes Sachbuch! »Ähm.« Wieder brachte ich es kaum über mich, ihm in die Augen zu sehen. »Ist die Zeit schon um?«

Er lächelte schief. »Noch nicht annähernd.«

»Mist. Also …« Ich seufzte. »Ich bin echt verkorkst.«

»Es geht hier nicht um dich!«, warnte er mich.

»Ist ja gut!«, fauchte ich zurück. »Was ich damit sagen wollte, ist: Ich bin echt verkorkst, aber du schaffst es irgendwie, dir nicht anmerken zu lassen, dass ich es bin, und so kann ich dann auch selbst verdrängen, dass ich es bin, und das ist kein schlechtes Gefühl, also …« Mir fiel etwas ein. »Danke für den Schokoriegel.«

Er blinzelte. »Starkes Plädoyer. Vor allem der Übergang vom Mittelteil zum Ende hat mir gefallen.«

»Gehört das schon zu deinem Part?«, fragte ich verdrossen.

Er grinste. »Nein.« Damit atmete er tief durch und erlöste mich von meinem Leid. Zumindest jenem Leid, mir von der Seele reden zu müssen. Wobei – eigentlich war es gar nicht so schlecht gewesen. Ich fühlte mich ihm jetzt schon verbundener denn je. Dabei hatte er noch gar nicht angefangen.

Das änderte sich nun aber. »Ich denke«, sagte er langsam, »du bist witzig.«

Meine Mundwinkel sackten herab. Das hätte schmeichelhaft sein können, wenn ich nicht nur im wahrsten Sinne des Wortes unfreiwillig komisch gewesen wäre.

»Und … ziemlich cool.« Er schmunzelte auf meinen schiefen Blick hin. »Nein, wirklich. Ich glaube, jede andere Frau hier wäre gestern Abend aufs Klo verschwunden und nicht wiedergekommen, nachdem ich mit MoM angefangen hatte. Du hast … es irgendwie ausgehalten.«

Ja, warum nur?, giftete mich Skull aus weiter Ferne an.

»Als ich mich hier eingeschrieben habe, hatte ich gedacht, das würde eine riesengroße Party werden. Aber die habe ich dann verpasst. Zum Glück.«

Ich runzelte kaum merklich die Stirn. »Zum Glück?«

Er rang mit sich. »Ich weiß nicht, wie es dir geht, aber … Wir studieren verschiedene Studiengänge in verschiedenen Semestern. Die Wahrscheinlichkeit war nicht besonders groß …«

1:10, Linus. 1:10.

»Was ich damit sagen will: Ich bin froh, dass ich dich hier kennengelernt habe.«

Meine Kehle wurde eng. Die Wahrscheinlichkeit *dafür* hatte bei einhundert Prozent gelegen. Aber bevor ich mich furchtbar dafür fühlen konnte, mich hier eingeschleust zu haben, war da etwas ganz anderes, das in Windeseile die Oberhand über mein Denken an sich riss.

Linus hüllte sich in Schweigen, genau wie ich. Niemand von uns sagte mehr ein Wort, und zum ersten Mal überhaupt hatte ich nicht das krankhafte Bedürfnis, die Stille zwischen uns mit meinem Bullshit zu durchbrechen. Und keine Probleme mehr damit, in seine warmen braunen Augen zu sehen, so wie er in meine sah.

Wir waren uns so unglaublich nah – näher, als wir uns je online gewesen waren. Näher, als wir uns je in diesem Kloster gewesen waren. Das hier war etwas völlig anderes. Eine neue Ebene, wie man sie bei MoM nicht einmal in der Platin-Liga erreichen konnte. Ein Cheat, für den wir bestimmt gebannt werden könnten. Was aber kein Grund war, ihn nicht auszuprobieren.

Ich schluckte merklich. »S-stoppst du die Zeit?«

»Nein«, raunte er. »Du?«

Ich war zu keiner Antwort mehr fähig – oder auch nur zu einem Gedanken. Als hätte Linus einen Elementarzauber gewirkt, konnte ich plötzlich eine gewisse Spannung zwischen uns spüren. Aber die hatte nichts damit zu tun, dass einer von uns beiden gleich all seine Lebenspunkte verlieren würde - hoffte ich zumindest. Die Klostermauern waren schließlich immer noch verdammt hoch. Nein, die Macht, die wir gemeinsam erschufen, war so viel stärker als ein einfacher Blitzzauber. Und ich konnte es kaum erwarten, herauszufinden, was passieren würde, wenn wir sie entfesselten.

In dem Moment, in dem Linus' Blick ein kleines Stück abwärts zuckte, realisierte ich mit einem Schlag, dass das hier nicht MoM war – und ich keine selbstbewusste, starke Fontana, die sich vor Verehrern und Hinterherpfeifern kaum retten konnte. Ich war einfach nur Anne Elisabeth Schmitt, die auf Klassenfahrt ihre Zahnseide zu Hause vergessen und stattdessen versucht hatte, mit einem abstehenden Faden ihres Kulturbeutels Abhilfe zu schaffen – nicht zu empfehlen, echt nicht. Und die einer Situation wie dieser definitiv nicht gewachsen war.

Abrupt schnappte ich nach Luft. »Ich muss aufs Klo«, stieß ich hervor und sprang mit einem Satz auf die Füße. Noch während ich herumwirbelte, realisierte ich plötzlich, dass das die mieseste Ausrede war, die ich ihm nach seinem Geständnis an mich hätte geben können. Sofort warf ich ihm einen Blick über die Schulter zu. »Das heißt nicht, dass ich nicht zurückkomme!«

Linus grinste, aber ich bildete mir ein, dass sich etwas Gequältes in seine Miene geschlichen hatte. »Klar doch.«

15. KAPITEL

WP

Die letzte Übung fand aus irgendeinem Grund nicht im Seminarraum statt, sondern im Klosterhof. Jedoch nicht im weichen Gras, das unsere Stürze zumindest noch minimal hätte abfangen können. Nein, man hatte den Hof gewählt, wo der Boden hart und unnachgiebig war. Die Aufgabe war der absolute Klassiker unter den Vertrauensübungen und die dämlichste, die Eisenbeil zu ihrer Rückkehr hätte bewegen können.

Aber da war sie, stand mitten auf dem Hof und schenkte uns einen ungeduldigen Rundumblick. Ohne ein Klemmbrett oder sonst irgendetwas, das ihr dabei helfen würde, zu notieren, wen sie trotz noch so guter Fake-Bewertungen hoffnungslos durchfallen und wen bestehen lassen würde. »Stellen Sie sich mit dem Rücken zu Ihrem Partner auf und lassen Sie sich einfach fallen.« Sie fixierte mich. »Rückwärts natürlich.«

Ich versteifte mich etwas, und in meiner Nase begann es wie auf Befehl zu pulsieren. »Mhm.«

»Also«, sagte Linus neben mir. »Willst du zuerst oder soll ich?«

Unsicher rieb ich mir über den Unterarm. »Ich bin mir nicht sicher, ob ich heute Kapazitäten für einen zweiten Stunt übrig habe.«

Er reckte das Kinn. »Weil du mir immer noch nicht vertraust.« Ich öffnete den Mund, um zu widersprechen, aber er machte schon Anstalten sich umzudrehen. »Okay, ich lasse mich zuerst fallen, und du kannst es dir ja überlegen.«

Ich schluckte. »Oookay.« Er wandte mir vollends den Rücken zu, und aus irgendeinem Grund wurde ich unglaublich nervös. »Ähm … gibt es irgendeinen bestimmten Abstand, den ich zu dir halten soll? Oder meine Arme! Was soll ich mit meinen –«

»Das ist keine Wissenschaft, Anne! Fang mich einfach auf.«

Ein Schauer rann mir über den Rücken. Wenn es keine Wissenschaft war, wie sollte ich es dann jemals hinbekommen?

Während ich im Augenwinkel bereits die ersten Männer und Frauen sah, die wie nasse Säcke umkippten, spannte mich Linus auf die Folter. »Gleich geht's los«, warnte er mich vor, nur um dann in rasendem Tempo herunterzuzählen: »Dreizweieins!«

Im nächsten Moment kam er mir entgegen. Mit einem Quietschen riss ich die Arme hoch … und wurde von ihm mitgerissen. Mit einem dumpfen Aufprall landete ich auf dem Boden, Linus halb über, halb neben mir, während mir ruckartig die Luft aus den Lungen gepresst wurde.

Ich stöhnte leise, als ein leichter Schmerz durch meinen Po und meinen Rücken zuckte. Jetzt hatte ich mich irgendwie doch noch fallen lassen.

Als ich gerade so mein Gefühl für oben und unten wiedergefunden hatte, hatte sich auch schon die finstere Miene einer ganz und gar nicht begeisterten Softskill-Professorin in mein Blickfeld geschoben.

Unsicher sah ich zu ihr hinauf. »Sind wir jetzt durchgefallen?«

Wir waren nicht durchgefallen. Andernfalls hätte sich Prof. Eisenbeil niemals Linus' und meine Abschlussplädoyers angehört, in denen wir die Qualitäten des jeweils anderen in den Himmel gelobt hatten. Und das sagte ich nicht zuletzt deshalb, weil ich wortwörtlich über Linus'

Qualitäten gesprochen hatte, als würde ich von einer Zweihundert-Kilo-Zucchini bei einem Weltrekordversuch schwärmen.

Der Tag endete mit dem Abendessen und klang schließlich im Bierkeller aus, der diesmal etwas besser besucht war, weil nun selbst die größten Internetsuchtis die vierundzwanzig Stunden abwarten konnten, die sie von ihren nächsten TikTok-Clips und Insta-Story-Updates trennten.

Jetzt, wo alle hier waren, leider inklusive Prof. Eisenbeil, herrschte im Keller ein reges Treiben, in dem die Plätze schneller gewechselt wurden, als man schauen konnte. Während ich in einem Moment noch in Linus' unmittelbarer Nähe saß, hatte er sich irgendwann an einen anderen Tisch verzogen und war in ein MoM-Gespräch vertieft – zumindest den vereinzelten Wortfetzen zufolge, die an meine Ohren drangen, sobald ich das Geschnatter der Weiber an meinem Tisch über Kylie Jenners neueste Mode- oder Make-up- oder Was-auch-immer-Kollektion ausblendete. Er und seine beiden Kumpels hatten Lukas angehauen und versuchten nun krampfhaft, ihn einer Gehirnwäsche zu unterziehen, die ihn auch zum Gamer machen würde. Während sie zuerst noch darum bemüht waren, ihm das eigentliche Spiel schmackhaft zu machen, drifteten sie schon bald in die irrsten Themenecken ab – über einen Avatar-Schönheitswettbewerb bis hin zu angeblichen Algorithmen, mit denen man seine Gewinnchancen bei Duellen berechnen könnte, noch bevor sie starteten.

Das Gespräch war wie ein Nilpferd, das man an eine Rakete gebunden hatte: So wenig ich es auch sehen wollte, ich konnte es nicht ausblenden. Es juckte mich unter den Nägeln, mich einzumischen oder zumindest Justus eine runterzuhauen für den ganzen Schwachsinn, den er über MoM verbreitete. Während es mich vorhin all meine Willenskraft gekostet hatte, den Blick nicht von Linus abzuwenden, musste ich sie jetzt investieren, um ihn nicht wieder nonstop anzustarren. Denn das würde bedeuten, dass ich mich seit gestern früh kein bisschen weiterentwickelt hatte.

Aber das hatte ich. Wir beide hatten das. Gemeinsam.

Wow, vielleicht war an diesem ganzen Seminar ja doch etwas dran.

Obwohl mir der Mönch hinter der Bar auch in dieser Nacht verdeutlicht hatte, dass es hier nur Bier gab, entdeckte ich nach einer Weile zwei, drei andere Frauen, die aus Weingläsern schlürften, und fühlte mich ein klein wenig verarscht. Umso schneller stürzte ich mein Bier herunter und betrat um kurz nach Mitternacht die Klosterkatakomben.

Linus war nach wie vor mitten im MoM-Talk und ich inzwischen zu müde, um noch länger Mäuschen zu spielen. Ich wollte einfach nur zurück in mein Zimmer und hatte extra so lange gewartet, bis meine Mitbewohnerin aufgebrochen war – und dann noch mal dreißig Minuten länger. Wenn hier jemand diese Nacht die jeweils andere aus dem Schlaf trampelte, wäre das so was von ich!

Allerdings musste ich schon bald feststellen, dass es vermutlich nicht so weit kommen würde. Als hätte man mir wieder ein Stück Stoff um die Augen gebunden und mich herumgewirbelt, hatte ich bereits nach zwei Biegungen keinen Plan mehr, wo ich mich befand.

Verdammt. Letzte Nacht hatte ich nur zurückgefunden, weil Linus dabei gewesen war.

»Hast du dich verlaufen?«

Erleichtert drehte ich mich um und blickte … ausgerechnet Linus entgegen. Ich wusste nicht, ob ich mich freuen oder misstrauisch werden sollte. »Du stalkst mich doch!«

Er grinste. »Ich hab dich rausgehen sehen und mir schon gedacht, dass das nichts wird.« Gönnerhaft zuckte er die Achseln. »Und bevor du hier noch herumläufst, wenn wir längst wieder in Köln sind …«

Meine Mundwinkel hoben sich ganz von selbst, und ich verschränkte die Arme vor der Brust. »Wie ehrenhaft von dir.«

Er schloss vollends zu mir auf. »Komm.« Als er an mir vorbeiging, berührte sein Handrücken für einen Sekundenbruchteil meinen und entlockte meinen Fingerspitzen ein leichtes Zucken. »Freust du dich schon darauf, wieder nach Hause zu kommen?«, hatte er eindeutig bessere Icebreaker-Fragen parat als Eisenbeil.

»Schätze schon.« Ich sehnte mich nach Magistrar. Und vielleicht ein kleines bisschen nach Pia, die eindeutig eine angenehmere Mitbewohnerin war als meine Zimmerkameradin hier. »Wobei ich die Ruhe hier auch nicht schlecht fand. Mal was anderes als der Campus.« Ich sah ihn von der Seite an. »Du?«

»Geht mir genauso. Und außerdem hab ich hier echt viel gelernt.«

Ich schnaubte belustigt. »Ich hab immer noch keine Ahnung, ob du das ernst meinst oder nicht.«

»Und wie!«, bekräftigte er. »Ich wiege keine hundert Kilo und habe heute gelernt, dass ich trotzdem eine erwachsene Frau umwerfen kann, wenn ich mich einfach auf sie fallen lasse!«

Ich kicherte. »Das hättest du auch überall sonst lernen können!« Mein Steißbein tat immer noch weh.

Er grinste. »Aber da hätte es keinen Spaß gemacht.«

Ich war mir nicht sicher, ob er damit meinte, dass er Spaß *mit mir* gehabt hatte oder dass es ihm die größte Freude bereitet hatte, mich leiden zu sehen. Ich kam jedoch auch nicht dazu, groß darüber nachzugrübeln, weil wir in diesem Moment das Zimmer Nummer 130 erreichten.

»Da fällt mir ein«, sagte Linus, bevor ich auch nur an ein *Gute Nacht* denken konnte, und schenkte mir einen schiefen Blick. »Du hast mir heute gar kein Bier ausgegeben, Schmitt.«

Erschrocken drehte ich mich an der Tür vollends zu ihm um. »Oh.« Ich biss mir auf die Unterlippe und versuchte, meinen Geldbeutel aus meiner viel zu engen Jeanstasche zu zerren. »Sorry. Ich hab hier –«

»Nicht so wichtig.« Er machte eine wegwerfende Handbewegung. »So nötig hab ich's dann doch wieder nicht.«

Zaghaft hielt ich inne und lächelte ihn an. »Okay, ähm …« Ich dachte kurz nach. Sogar fünf Euro reichten bereits aus, um ein schlechtes Gewissen der Extraklasse in mir heraufzubeschwören. Ich hatte heute schon so viele negative Eindrücke bei ihm hinterlassen, aber komischerweise fühlte sich dieser besonders schwerwiegend an. Womöglich, weil es der Einzige war, den ich noch vereiteln könnte.

»Kann ich mich dann vielleicht irgendwie anders revanchieren?« Wie doppeldeutig meine Worte mal wieder klangen, bemerkte ich erst, als sie längst meine Lippen verlassen hatten. Aber erfahrungsgemäß hatte Linus sowieso keine Ahnung, was …

Sein Lächeln wurde breiter, und mir war, als würden sich seine Augen verdunkeln. »Ja«, sagte er leise. »Das kannst du.«

Auf einmal fühlte ich mich auf die Klostermauer zurückversetzt. Genau so blickten wir einander an, während uns die harmonische Stille unserer Umgebung umhüllte. Die Musik und das Gelächter aus dem Bierkeller drangen nur gedämpft an unsere Ohren und verloren sich in meiner Wahrnehmung schon bald im Nichts, bis es nur noch uns beide gab.

Diesmal reagierte Linus schneller als ich. Ehe ich auch nur einen Gedanken an meine Blase verschwenden konnte, hatte er eine Hand auf meine Schulter gelegt. Er bewies mir, dass wir uns auf der Mauer noch längst nicht nahe genug gewesen waren, indem er sich vorbeugte und seine Lippen sanft auf meine drückte.

Wieder stoppte niemand von uns die Zeit – und dennoch schien sie stillzustehen. Unwillkürlich stellte ich mich auf die Zehenspitzen und sog tief seinen Geruch ein, während sich sein Griff auf meiner Schulter versteifte und er sich umso mehr in meine Richtung lehnte.

Sein Mund fühlte sich genau so an, wie seine Stimme klang, und bildete mit seinem fremden und doch schon so vertrauten Duft eine wundervolle Harmonie. Sie waren wie ein Giftzauber, der mich nach und nach schwachmachte – oder wie die Heilung, nach der ich mich so lange gesehnt hatte.

Was auch immer das zwischen uns war, ich brauchte es. Ich brauchte es mehr, als ich es je für möglich gehalten hätte.

Das wurde mir spätestens dann klar, als sich Linus langsam von mir löste und mir ein unsicheres Lächeln schenkte. »Sorry, das …« Er ließ die Hände in seine Jackentaschen gleiten. »Das hat gerade einfach zu gut gepasst.«

Meine Unterlippe bebte leicht, als käme sie nicht mit den schieren Nachwirkungen des Kusses klar, die Linus in meinem Inneren ausgelöst hatte. »E-entschuldigung angenommen.« War das etwas, das man sagte, wenn man gerade geküsst worden war?

Dass Linus' Gesichtszüge kaum merklich entgleisten, war mir Antwort genug. Sofort machte er einen Schritt rückwärts – betont gelassen, als wäre ihm gerade eingefallen, dass er gleich zu spät zu seinem Zahnarzttermin käme, wenn er noch länger mit mir Wurzeln schlug. »Also dann … gute Nacht.«

Diesmal war ich genauso sprachlos wie gestern Abend – aber Linus verschwand noch viel schneller in der Finsternis des angrenzenden Gangs.

Ich war ratlos. Nicht nur, weil meine Zimmermitbewohnerin einfach nicht aufwachte, ganz egal, wie laut ich durch den Schlafraum stapfte – war sie vielleicht tot? –, sondern auch wegen Linus. Wegen einfach allem, was mit ihm zu tun hatte.

Meine Gedanken waren wirr und störrisch und ließen sich nicht zähmen. Noch dazu klopfte Mr. Skull in seiner schlimmsten Form – dem schlechten Gewissen – an meine Tür, und ich musste mich mit meinem ganzen Körper dagegenstemmen, um ihn draußen in der

Kälte zu behalten. Doch gleichzeitig wusste ich, dass ich nicht ewig vor ihm davonlaufen konnte.

Was Linus betraf, konnte ich es nicht einmal versuchen, denn wir sahen uns schon beim Frühstück wieder. Zum Glück war in seiner Nähe weit und breit kein Platz frei, weshalb ich gar keine andere Wahl hatte, als mich woandershin zu setzen. Als ich mit meinem Tablett bewaffnet an ihm vorbeiging, trafen sich unsere Blicke und wir tauschten ein kurzes »Hey« aus.

Er wirkte genauso unsicher wie ich. Dabei hatte er keine Ahnung, welcher Sturm in meinem Inneren tobte.

Auch später auf der Busfahrt nach Hause war ich aus dem Schneider. Linus hatte sich mit seinen Kumpels und Lukas, den sie jetzt irgendwie für ihre ungleiche MoM-Clique akquiriert hatten, in die hinterste Reihe gesetzt. Weil mir unsere Kommilitonen schon im Seminarraum gezeigt hatten, dass Studenten krasse Gewohnheitstiere waren, ließ ich mich auf exakt demselben Platz nieder wie dem, auf dem ich auf der Hinfahrt eingeschlafen war.

Ich wünschte, ich könnte jetzt einnicken – nicht zuletzt, weil es mir dann leichter gefallen wäre, Linus' Stimme in meinem Rücken auszublenden. Oder die Blicke, die ich immer wieder aus seiner Richtung zu spüren glaubte und die meine Haut zum Kribbeln brachten.

Ich könnte es schaffen. Ich könnte nach Hause kommen, ohne ein weiteres Wort mit ihm zu wechseln, ohne ihn zu konfrontieren oder konfrontiert zu werden. Könnte mir selbst die Gelegenheit geben, mich zu sammeln, meine Gedanken zu ordnen, vielleicht sogar den kleinen Nervenzusammenbruch abzuwenden, der sich in meinem Hinterkopf anbahnte – genau dort, wo Skull immer noch wie wild gegen die Tür hämmerte.

Meine Chancen standen gut. Die Fahrt verlief ereignis- und vor allem pausenlos. Als ich um kurz nach elf am Hauptbahnhof aus dem Bus sprang, kitzelten warme Sonnenstrahlen mein Gesicht und säuselten mir zu, dass jetzt alles gut werden würde …

»Hey, Anne.«

Sofort wünschte ich mir einen herabstürzenden Baum herbei, der mich unter sich begraben könnte – hier mitten in der Stadt leider vergeblich. Ich schluckte, setzte mein bezauberndstes Lächeln auf, falls ich so was denn hatte,und drehte mich um. »Hey.«

Zu meiner Überraschung drückte mir Linus ohne Umschweife einen zerknitterten Zettel in die Hand. »Ich dachte, das willst du vielleicht haben.«

Irritiert blickte ich auf das Blatt Papier hinab und erkannte es sofort. »Deinen Ausdruck vom Seminarplan?« Ich erschrak. »Bin ich etwa doch durchgefallen?«

»Nein!« Abwehrend hob er die Hände. »Ich dachte nur, vielleicht … vielleicht könntest du ihn brauchen.« Als ich zu ihm aufsah, war seine Miene undurchdringlich geworden. »Wenn nicht, wirf ihn einfach weg.« Er zog die Schultern hoch. »Ist kein Problem, wirklich.« Damit schenkte er mir ein letztes Lächeln. »Ciao.«

»Ciao«, gab ich ihm zum ersten Mal eine adäquate Antwort auf eine Verabschiedung und fühlte mich doch so, als hätte ich abgrundtiefer versagt als all die anderen Male zuvor. Mit gemischten Gefühlen beobachtete ich ihn dabei, wie er zu Justus zurückkehrte und sie auf die nächste U-Bahn-Station zusteuerten. Obwohl da so viele Menschen um mich herumwuselten, fühlte ich mich plötzlich einsam.

Schweren Herzens wandte ich mich zum Gehen und betrachtete den Zettel zwischen meinen Fingern. Warum hatte er unbedingt gewollt, dass ich ihn behielt? Sollte ich den Plan als Trophäe aufbewahren? Als Andenken? Als Erinnerung daran, wie ver*plan*t ich war?

Teilnahmslos ließ ich den Blick über die Zeilen und die fürchterlichen Small-Talk-Fragen à la Eisenbeil schweifen – und geriet ins Stocken. Musste stutzen. Und zwar so sehr, dass ich schon nach wenigen Schritten stehen blieb.

Immer und immer wieder scannte ich die Tagesordnungspunkte, die für Samstag vorgesehen gewesen waren – und kam auf keinen grünen Zweig.

Den ersten Teil, auf dem *Icebreaker* gestanden hatte, hatte Linus bereits für mich weggerissen, weshalb das Papier mit einem unsauberen Rand begann. Direkt darunter fand sich:

11:00 bis 12:00 Uhr: Blind Trail

12:00 bis 13:30 Uhr: Lunch Break.

Warum zur Hölle war das alles auf Englisch? Als hätte Eisenbeil das von irgendeiner englischen Blog-Seite im Internet rauskopiert. Kein Wunder, dass alle ihre Noten hinterhergeworfen bekamen. Wahrscheinlich nutzte Frau Professorin diese Wochenenden für ihre persönliche Kur oder so.

13:30 bis 15:00 Uhr: Cleaning (Müll aus dem Wald entsorgen!!!)

Ich runzelte die Stirn. Das hatten wir gar nicht gemacht. Hatte Linus *Streber* Treuhardt etwa einen Programmpunkt vergessen? Aus Versehen oder … mit Absicht?

Vielleicht hatte er keine Lust auf Müllsammeln gehabt, weil ihm unsere Mutter Erde scheißegal war, aber … was war dann mit *unserer* dritten Übung gewesen?

15:00 Uhr bis 16:00 Uhr: Final Test.

Vertane Chance! Diese Übung war so was von der *Final Countdown* des Wochenendes gewesen.

Danach kam nur noch das Abschlussgespräch in der großen Gruppe – das war's. Die Aufgabe, die wir zusammen auf der Klostermauer hinter uns gebracht hatten, war nirgends zu sehen.

Meine Augen weiteten sich. Sie stand da nicht drauf, weil sie nie existiert hatte. Linus hatte sie einfach heraufimprovisiert. Aber warum …?

Verwirrt faltete ich das Blatt Papier zusammen – und ausgerechnet dann fügten sich alle Puzzleteile endgültig zu einem großen Ganzen zusammen. Auf die Rückseite hatte Linus seine Handynummer gekritzelt.

16. KAPITEL

BUG

Ich war ruhelos. Ich war gestresst. Ich war verzweifelt. Nach einer kurzen Busfahrt trennten mich nur noch wenige Meter von meiner Wohnungstür, aber bis ich durch sie hindurchschritt, war ich schon so aufgelöst, dass ich mich zittrig fühlte. Den Zettel mit Linus' Nummer hatte ich die ganze Zeit über in meiner Jackentasche fest umklammert gehalten, sodass er jetzt Ähnlichkeit mit zerfleddertem Butterbrotpapier hatte.

Pia war übers Wochenende nach Hürth zu ihren Eltern gefahren, weshalb ich die Bude noch bis zum Abend für mich allein hatte. Und das ausgerechnet jetzt, wo ich auf keinen Fall mit meinen Gedanken allein sein durfte.

Denn Augenblicke, nachdem ich die Tür hinter mir geschlossen hatte, wurde sie auch schon energisch eingetreten. Von Mr. Skull alias meinen eigenen Schuldgefühlen, die ich in ganz Köln nicht hatte abhängen können.

Ich wirbelte herum und blickte meinem imaginären Feind entgegen. »Hey. Hey, hey, hey, ich kann das …«

Nichts kannst du!, grollte Mr. Skull und funkelte mich aus glühend roten Augen an. *Du hattest* einen *Job! Deine beiden Leben nicht zu vermischen. Und wie lange hast du durchgehalten?* Er zählte es an den knochigen Fingern ab – und hörte sofort wieder damit auf, weil es da nicht viel zu zählen gab. *Zwei verdammte Wochen!*

Abwehrend hob ich die Hände. »Es ist alles halb so schlimm!«, beteuerte ich und drehte ihm den Rücken zu, obwohl er sich daraufhin noch bedrohlicher anfühlte als zuvor. »Es ist alles in bester Ordnung.« Ich senkte die Lider und atmete tief durch. Was würde Pia zu mir sagen, wenn sie hier wäre?

›*Nichts kannst du!*‹

»Sei still, Skull!«, zischte ich und biss die Zähne zusammen. Okay. Vielleicht sollte ich mir meine aktuelle Situation vergegenwärtigen. Alles noch mal in Ruhe und strukturiert durchgehen. Womöglich sähe das alles dann gar nicht mehr so schlimm aus.

1. *Ich habe mich in den ersten Typen verliebt, der im Internet nett zu mir war.*
   Na ja. Kein besonders prickelnder Anfang, aber damit konnte es ja auch nur besser werden.

2. *Der Typ aus Fakt Nr. 1 glaubt, ich wäre ein mittelalter Mann.*
   Hm. Ja, gut. War bestimmt noch zu retten.

3. *Wie man es eben so macht, wenn man einen Typen süß findet, habe ich mich in sein Seminar geschlichen, um ihn noch mal als Frau kennenzulernen. Obwohl ich Grenzen gezogen habe, bin ich im nächsten Moment über sie drüber gestolpert und dann hat er mich geküsst und jetzt hat er mir seine Nummer gegeben und ich glaube, er mag mich auch, aber er hält mich immer noch für einen Kerl – also nicht mich, Anne, sondern mich, Mr. Skull, weil ich ein verdammtes Doppelleben führe und keine Ahnung habe, wie zur Hölle ich ihm das erklären soll!*
   Scheiße. Ich hatte einen riesigen Fehler gemacht.

Stunden später steckte ich immer noch in der Tinte. Ich konnte Linus nicht schreiben. Das sollte ich nicht. Weil ich mich schon zu tief in diesen Schlamassel hineingeritten hatte, als dass ich auch nur ein weiteres Wörtchen an ihn riskieren konnte.

Ich war Anne, doch ich war auch Mr. Skull. Und selbst wenn es für andere vielleicht bescheuert klang, bedeutete mir MoM verdammt viel. Das Online-Leben, das ich gerade führte, bedeutete mir viel. Und indem ich mit Linus aufs Kloster gefahren war, hatte ich genau das riskiert. Je mehr Zeit ich mit ihm verbrachte, desto größer wurde dieses Risiko.

Aber ich konnte ihn auch nicht einfach aus meinem Leben verbannen, denn er mochte mich schließlich zurück! Oder hatte immer noch nicht ganz begriffen, dass ich komisch war. Das konnte ich nicht wegwerfen. Ich musste also eine andere Lösung finden.

Und tatsächlich gab es da eine. Eine verdammt einfache Lösung, die all meinen Problemen ein Ende setzen würde.

Nachdem ich mir eine Scheibe Toast in den Schlund geschoben und danach festgestellt hatte, dass das Brot unten in der Packung zu schimmeln angefangen hatte, setzte ich mich an meinen Laptop und loggte mich bei MoM ein.

Anne und Mr. Skull konnten Linus nicht beide haben. Also musste sich einer von ihnen wohl oder übel von ihm trennen. Sorry, Skull.

Zwei Minuten später landete mein Sensenmann in Magistrar, und ich öffnete sofort das Gildenmenü, von dort aus die dazugehörigen Einstellungen, bewegte die Maus zum **GILDE-VERLASSEN**-Button und … hielt inne. Als würde Skulls Dunkelheit ihre langen, dünnen Finger nach mir ausstrecken, erschauderte ich.

Verdammt, ich konnte Linus doch nicht ohne eine Erklärung hängen lassen, oder? Ohne ein Wort verschwinden wie ein überforderter Vater, der zum Zigarettenautomaten aufbrach und nie zurückkehrte.

Linus würde sich fragen, was los war. Ob er etwas falsch gemacht hatte. Ich würde ihn verletzen.

Andererseits war das ja gar nicht ich, sondern Mr. Skull. Und Mr. Skull durfte doch ein Arschloch sein, nicht wahr?

Nein, verdammt! Weil ich nicht Mr. Skull war, sondern er ich! Falls das einen Sinn ergab. Es waren immer noch meine Taten, meine Aktionen, die Linus wehtun würden. Und das wollte ich nicht.

Natürlich könnte ich es ihm auch einfach sagen. Dann würde er mich wahrscheinlich wegen Stalkings, Betrugs und all diesen anderen klangvollen Wörtern anzeigen und mich nicht mal dann im Gefängnis besuchen kommen, wenn genug Zeit verstrichen sein müsste, damit wir alle herzlich darüber lachen könnten.

Also musste ich etwas tun, worin ich ganz und gar nicht begabt war: schauspielern. Ich musste Linus langsam zu unserer unvermeidlichen Trennung hinführen – zu Skulls und seiner, natürlich. Ich würde nur noch spielen, wenn er nicht online war, dann würden wir nach und nach andere Gefährten finden, die sowieso viel besser zu uns passten, und eines wundervollen Tages würde ich die Gilde wechseln und es würde ihm wahrscheinlich nicht mal auffallen. Waren das nicht die schönsten Arten der Trennung? Wenn man nicht mal bemerkte, dass der andere weg war?

Es wäre definitiv die anstrengendere Lösung. Die zeitintensivere – aber faktisch die mit dem besten Preis-Leistungs-Verhältnis. Und sie hatte noch einen zweiten Vorteil: Ich könnte mich trotzdem sofort bei Linus melden. Denn solange ich ihm online aus dem Weg ging, wäre er kein Bestandteil beider Hälften meines Doppellebens mehr. Er wäre -

Da ich das Gildenmenü bereits geöffnet hatte, sah ich sofort, als das Lämpchen neben xXPlayerOneXxs Namen auf Grün umsprang. Meine Schultern sackten herab. Jetzt schon? Hatte der Kerl keine anderen Hobbys?

Mr. Skull räusperte sich in meinem Hinterkopf. *Sagt genau die Richtige.*

Verdammt, ich musste schnell weg. Ich befand mich mitten im Blühenden Reich mit unzähligen Quest-, Raid- und Duellmöglichkeiten in meiner unmittelbaren Umgebung. Letztere könnten mich mir nichts, dir nichts vom Radar verschwinden lassen. Linus könnte mich nur anchatten, und wenn ich es schaffte, mich lange genug aus der Affäre zu ziehen, wäre er längst selbst zu beschäftigt, bis ich wieder verfügbar wäre.

Ich könnte das schaffen. Und wenn wir zur selben Zeit spielten, würde ich einfach immer *rein zufällig* einem Raid beitreten. Dann müsste sich Linus was anderes suchen. Jemand anderen. Das war mein neuer Plan A, und ich musste sofort damit anfangen.

Also gut. Auf zum nächsten Raid.

Ich visierte die nächstgelegene Möglichkeit auf der Karte an. Tatsächlich war sie *zu* nah, als dass ich mich dorthin hätte teleportieren können, weshalb ich die Beine in die Hand nehmen und so schnell schweben musste, wie mich meine federleichten Knochen trugen.

Mich erwartete ein Kupfer-Raid, in dem bis zu dreißig Spieler zugelassen waren. Die Zone befand sich an der äußersten Grenze des Blühenden Reichs. Auf der anderen Seite erstreckte sich das Ödland, das man erst in der Gold-Liga betreten konnte, weil dort die schlimmsten Monster lauerten, die arme Silber-Würstchen mit einem falschen Atemzug umhauen könnten. Als harte Grenze zwischen dem Reich, in dem das Leben wohnte, und dem toten Ödland diente der Wunderwald, der fabelhaft schön klang und von außen aussah, als hätte man ihn mit Wasserfarben auf eine Leinwand gemalt. Lichtdurchflutet mit Pflanzen in allen Farben, ein Traum von Szenerie. So mancher Kupfer-Frischling, der die Grundprinzipien von Magistrar noch nicht kannte, marschierte geradewegs hinein und lernte vor allem Regel Nummer eins: Nichts ist je so, wie es scheint.

Als könnte der Wald meine Gedanken lesen, erfasste mich eine Brise und brachte mein schwarzes Gewand zum Schlottern, je näher ich der Grenze kam – fast so, als würde eine riesige Bestie ausatmen. Fünfundzwanzig Plätze waren belegt, doch außer mir waren weit und breit keine anderen Spieler zu sehen, die es auch nur in die Nähe des Raids verschlug. Mir blieben nur noch anderthalb Minuten, um mich der Truppe anzuschließen. Aber wahrscheinlich noch viel weniger, wenn es danach ging, wann sich Linus bei mir melden würde.

Ich warf einen nervösen Blick auf meine Kontaktliste – und mich dann selbst mit vollem Karacho über die Grenze der Arena.

Es war, als würde jemand mit einem Mal das Licht ausknipsen. Die strahlenden Farben und das allgegenwärtige Schimmern des Wunderwalds erstarben von einer Sekunde auf die andere. Stattdessen wurde ich von nichts als Schatten umhüllt. Von Schatten und einer Totenstille.

Obwohl ich selbst ein gottverdammter Sensenmann war, wurde mir mulmig zumute. Sogar als mir der Ausrüstungsbildschirm die Sicht zu rauben drohte, drehte ich mich unsicher um die eigene Achse. Das hier war nur ein Kupfer-Raid. Ich war schon so gut wie in der Silber-Liga. Aber ich spielte MoM lange genug, um zu wissen, dass das rein gar nichts zu bedeuten hatte.

Linus war nicht da, und ich fühlte mich nackt. Wehrlos. Schutzlos. Vielleicht hätte ich mir zumindest draußen vor dem Wald ein paar andere Mitspieler suchen sollen, mit denen ich mich im Voicechat verständigen konnte. Am Anfang, als das mit Linus und mir noch nicht so ernst gewesen war – es fühlte sich Jahrzehnte her an –, hatte ich das ab und zu auch gemacht, doch inzwischen kam mir der bloße Gedanke daran wie ein fauler Kompromiss vor.

Nun war ich auf mich allein gestellt, aber ich würde das Kind schon schaukeln, oder?

Wieder wurde ich von einem Atemzug erfasst, der mein ganzes Gewand in die Höhe hob, bis ich mich *wirklich* nackt fühlte. Ich erschauderte und wählte schnell ein paar Zauber aus – inklusive Heilzauber, weil ich mich ohne Partner nicht darauf verlassen konnte, dass mir irgendjemand zu Hilfe eilte, wenn ich ihn brauchte. Man benötigte im Zweifelsfall keinen Voicechat, um unter Beweis zu stellen, dass man ein Arsch war.

Der Countdown lief ab und der Ausrüstungsbildschirm verschwand. Doch der dunkle Nebel, der sich über meine Umgebung gelegt hatte und dessen Schwaden Ähnlichkeit mit dicken schwarzen Raupen hatten, blieb schön da, wo er war. Die perfekte Tarnung für eine bestialische Kreatur, die größer war als der Gorgone – und doch unsichtbar für unsere Augen. Zumindest, solange sie sich unter der Erde bewegte.

LOS!

Der Raid begann, und ich verspannte mich am ganzen Körper, meinen Standardzauber im Anschlag und mit unruhigem Blick, der wie wild hin- und herzuckte. Das hier war nicht nur irgendein Monster. Es war eines der schlimmsten von allen in der gesamten Kupfer-Liga.

Das Stinktier.

Okay, okay, schon klar. So was klang schräg. Was zur Hölle sollte an einem Stinktier schon bedrohlich sein? Man durfte ihm nur nicht zu nahe kommen, ihm nicht ans Bein pinkeln, und alles war gut! Normalerweise.

Aber *dieses* Stinktier war ein ganz anderes Kaliber. Und aus irgendeinem Grund besaß es noch dazu die Grabkünste eines Maulwurfs – nein, einer verdammten Bohrmaschine!

Wie auf Befehl erbebte die Erde zu meinen Füßen. Auch wenn ich nicht einmal auf dem Boden stand, geriet ich ins Wanken und wurde von einem mulmigen Gefühl erfasst. Ein paar andere Magier ließen schon ihre Zauber los, obwohl noch rein gar nichts zu sehen war, als hätten ihre Finger auf der Tastatur vor Nervosität zu zittern begonnen.

Eine dumpfe Melodie wie von einem depressiven Orchester drang kaum hörbar an meine Ohren und kündigte das Unvermeidliche an: das Erwachen des Stinktiers.

Als ich die Luft anhielt, tat ich das nicht nur vor Anspannung, sondern in weiser Voraussicht. Dieses Vieh war nicht nur gefährlich, es war *tödlich.* Wenn man seine geballte Ladung im falschen Moment abbekam und kein Heiler in Reichweite war, dann war es das.

Unruhig ließ ich meinen Blick in Richtung des Raid-Chats zucken, in dem sich alle unterhielten, die keinem Voicechat beigetreten waren oder Nachrichten für den Rest der Truppe hatten. In diesen Sekunden überschlugen sie sich regelrecht. Namen und Texte rasten förmlich über den Screen, sodass ich sie nur überfliegen, aber kaum verstehen konnte. Erst recht nicht, als die Nachricht eines Spielers aufflimmerte, dessen Name grün markiert worden war: *Du auch hier?*

Es war xXPlayerOneXx.

»Ach, komm schon!«, stöhnte ich. Das durfte doch nicht wahr sein! Wie in aller Welt war er hier reingekommen? Und wann? Diesmal konnte ich nicht mal behaupten, dass mich Linus stalkte, weil Anne und Mr. Skull ja immer noch zwei verschiedene Personen für ihn waren. Stalkte er dann einfach alle Leute, die er kannte, zu jeder Zeit? Oder gab es mehr Linusse, als ich für möglich gehalten hätte?

Ach, vergiss es. Auf die beknackte Idee, sich im Internet als Mann auszugeben, um einem Typen dann als Frau hinterherzulaufen und sich in ihn zu vergucken, konnte nur jemand wie ich kommen. Keine Nachahmungsgefahr.

Natürlich könnte das hier genauso gut meine Schuld sein – so wie sonst auch immer. Hatte mich meine Angst davor, ihm zu begegnen, etwa genau in die Richtung getrieben, die er sowieso schon eingeschlagen hatte? Schon wieder? Wie groß war die verdammte Wahrscheinlichkeit gewesen?

Was hast du denn gedacht?, donnerte Mr. Skulls Stimme in meinem Hinterkopf. *Dass du ihm ewig aus dem Weg gehen kannst?*

»Nein.« Frustriert wischte ich mir übers Gesicht. »Aber wären ein paar Stunden denn zu viel verlangt gewesen?«

Wie durch ein Wunder kam ich durch den Raid, ohne von einem tollwütigen Riesenstinktier abgemurkst zu werden. Kaum dass ich den Bereich verlassen hatte, hatte ich eine Voicechat-Anfrage im Postfach.

Ich biss mir auf die Unterlippe, bis es wehtat. Das war nicht gut. Das war das Gegenteil von dem, was ich gewollt hatte. Ich sollte verschwinden, und zwar schnell.

Nein, das konnte ich nicht bringen. Ich konnte jetzt nicht von null auf hundert einen auf abweisend machen! Außerdem wollte ich doch seine Stimme hören!

Also beschloss ich einmal mehr, egoistisch zu sein, und nahm die Anfrage an – in dem Moment, in dem ich realisierte, dass ich im Eifer des Gefechts etwas Wichtiges vergessen hatte.

»Hallo?«, ertönte Linus' Stimme auch schon durch meine Kopfhörer, und ich schlug mir mit einer Hand auf den Mund.

Scheiße, die Software!

Ich presste die Lippen zusammen, damit ja kein Ton zwischen ihnen hindurchdringen konnte, minimierte das Spiel und doppelklickte schnell auf das Programm, mit dem ich meine Stimme verstellen konnte. Obwohl es sich normalerweise immer sofort geöffnet hatte, ließ es sich jetzt gehörig Zeit damit. Mein Mauszeiger wich einem sich immer langsamer drehenden Kringel, während ich wartete …

»Skull?«

Und wartete …

»Jemand da?«

Und wartete …

»Ist dein Mikro wieder kaputt?«

Endlich breitete sich die Kommandozentrale auf meinem Bildschirm aus. Ich doppelklickte auf den Gangster – also auf das absolute Gegenteil des Häufleins Elend, wie das ich mich fühlte –, und wartete noch mal fünf Nur-so-zur-Sicherheit-Sekunden, bis ich davon überzeugt war, dass sich die Software in mein Mikrofon gefressen hatte.

Trotzdem verstellte ich meine Stimme vorsichtshalber extratief, als ich so männlich wie möglich sagte: »Hallo?«

»Ah, da bist du ja. Was hattest du heute noch vor?«

Ich brauchte einen Moment, um auch meinen Geist vom Anne-Modus auf Mr. Skull umzustellen und mir nicht einzubilden, dass mich Linus gerade nach einem Date fragte. »Keine Ahnung«, antwortete ich etwas entspannter. Ich war nicht aufgeflogen. Damit hatte ich dieses Wochenende endgültig überstanden. »Mein Ziel ist nur, so schnell wie möglich raus aus Kupfer.«

Linus lachte leise. »Wessen denn nicht?«

Zurück im MoM-Fenster, checkte ich die Weltkarte auf der Suche nach irgendeinem interessanten Event. Am Freitag hatte eine neue Season gestartet und heute Morgen hatte es ein paar kleinere Updates gegeben, sodass es bestimmt viel zu entdecken gab – und ich mich nicht mehr von Linus zu einem Angeltrip überreden lassen musste.

»Und?«, fragte dieser interessiert. »Wie war dein Wochenende? Was hast du gemacht?«

Mein Magen krampfte sich zusammen. »Nichts. Du?«, fragte ich zurück wie ein Durchschnittsmensch, der sich nicht das ganze Wochenende über an seine Fersen geheftet hatte.

»Ich war auf diesem Seminar-Ausflug, von dem ich letztens erzählt habe«, antwortete Linus ausweichend. Weil er eigentlich auf etwas anderes hinauswollte: »Es überrascht mich nur, dass du mich nicht längst abgehängt hast. Warst du nicht schon in Kupfer (32), als wir am Donnerstag gezockt haben?«

Scheiße! Daran hatte ich überhaupt nicht gedacht. »Ähm«, antwortete ich abgehackt. »Ich hatte Besuch. Da hatte ich keine Zeit.«

»Oh, cool. Na dann – ich hatte schon Angst, dass du längst in Platin aufgestiegen bist.« Ein Lächeln schwang in seiner Stimme mit. »Aber da habe ich ja noch mal Glück gehabt.«

»Ja«, stieß ich eher die Luft aus meinen Lungen, als dass ich sprach. »Ich hab nämlich auch noch ein Leben, weißt du?«

Linus schenkte mir ein gedehntes: »Na ja. So ganz sicher bin ich mir da bei dir noch nicht. Hey – sie haben neue Zeit-Challenges freigeschaltet. Bock?«

Meine Miene erhellte sich. »Immer!«

Zeit-Challenges bildeten eine willkommene Abwechslung zwischen all den Raids und Duellen. Sie waren wie Quests nur eine Nebensächlichkeit in Magistrar, mit dem Unterschied, dass man für sie nicht so viel sinnlos herumrennen musste. Man begab sich an den Ort, an dem sie abgehalten wurden, und musste beispielsweise eine bestimmte Anzahl Monster binnen kürzester Zeit killen. Dabei gab es keine Spielerbegrenzung – die getöteten Viecher tauchten sowieso Sekundenbruchteile später wieder auf, als wäre nichts gewesen, sodass immer genug für alle da war. Und wenn der Hohe Rat neue Challenges einführte, waren diese normalerweise mit wertvollen Erfahrungspunkten und seltenen Zaubern vollgepackt. Kein schlechter Wiedereinstieg in das Spiel.

»Was ist dir lieber?«, fragte Linus. »Karpfen, Hühner oder Libellendrachen?«

Ich schnaubte. »Alles, nur keine Hühner! Ich hab so die Nase voll von denen, ich kann sie nicht mal mehr essen.«

Linus lachte gedämpft. »Ist sicher auch nicht das Schlechteste.«

Keine Ahnung, ob es etwas damit zu tun hatte, dass er gestern Mittag Fisch gegessen hatte, aber er entschied sich für die Libellendrachen und wir teleportierten uns in die Hohen Lande – ein Tal mitten in den Bergen, das für Kupfer-Spieler zugelassen war. Alles drum herum war allerdings für Silber reserviert, was genau so viel Sinn machte wie die fünfzig linken Stiefel, die ich bei unserem letzten Angelausflug abbekommen hatte. Wer warf denn am laufenden Band seine linken Schuhe in den Fluss?!

Ich wusste nicht, was den Auslöser gab, aber kaum dass sich der Tagschatten und der Sensenmann Seite an Seite durch das Gebiet bewegten, konnte ich mich endlich vollends entspannen – und so in das Spiel eintauchen, wie es sich gehörte. Linus schritt neben mir her, seine Strahlen leuchteten mit der grellen Sonne um die Wette, und die leichte Brise wiegte seine Haare mit einer viel größeren Eleganz als meine zerfledderte Robe, die um meine Knöchel schlotterte.

Umgeben von sechs riesigen Bergen, deren Gipfel den Himmel zu küssen schienen, schritten wir von der kleinen Siedlung weg, an deren Rand wir gelandet waren, und begaben uns ins freie Feld. Wir durchquerten eine sattgrüne Wiese, deren Gras uns bis zu den Knien reichte, das ich jedoch kaum an meinen Beinen spüren konnte. Bereits jetzt konnte ich in der Ferne den hellblauen Info-Schriftzug leuchten sehen, der die Zeit-Challenge ankündigte.

»Ich glaube, die hier ist ein bisschen anders.« Linus klang, als würde er nebenbei etwas lesen. »Es geht nicht darum, so viele wie möglich zu töten, sondern eine ganz bestimmte Anzahl – keinen mehr, keinen weniger.«

Ich runzelte die Stirn. »Okay. Wo ist der Haken? Sind die Teile so schnell tot, dass man mit einem Schlag zwischen zehn und hundert töten könnte?«

»Keine Ahnung«, murmelte er. »Werden wir sehen.«

Es überraschte mich, dass er kein Wort mehr über das Seminar verloren hatte. Klar, bis jetzt hatte er mit Mr. Skull auch nicht wirklich viel über sein Privatleben gesprochen, aber … aber …

Es gab kein logisch nachvollziehbares Aber. Das war einfach nur die Anne in mir, die auf das geringste Anzeichen geierte, dass mich Linus nicht mit irgendeinem anderen brünetten Mädchen verwechselt hatte, dem er unbedingt seine Nummer hatte geben wollen.

Ich schürzte die Lippen, als mir mein eigener Gedanke erst wirklich bewusst wurde. Denn genau so etwas war der Grund, weshalb ich das hier nicht mehr lange mitmachen konnte. Weshalb ich mich unbedingt mit Skull aus der Affäre ziehen musste – weil Anne Elisabeth Schmitt jetzt *die Affäre war!* Ich sollte um jeden Augenblick froh sein, in dem Linus über nichts sprach, über das ich sowieso längst Bescheid wusste, weil ich dabei gewesen war.

Umso erleichterter war ich, als wir in den abgesteckten Wirkungsbereich der Challenge traten. Ein Info-Fenster erschien vor meinem inneren Auge und erklärte mir die grundlegenden Regeln des Events. Ich sollte in hundertachtzig Sekunden exakt dreiundsiebzig Libellendrachen töten – Wesen, die nicht annähernd so furchterregend waren, wie ihr Name einen glauben machen wollte. Bei ihnen handelte es sich um kleine Babydrachen mit Libellenflügeln, die eigentlich viel zu süß waren, um sie alle abzuschlachten – aber was tat man nicht alles für ein paar saftige Belohnungen?

Zeit-Challenges gab es in allen möglichen Ausführungen. Mal musste man Monster töten, mal Gegenstände aufsammeln – einmal hatte ich sogar Beute dafür bekommen, innerhalb von zwei Minuten dreißig Blumen zu pflücken! Die meisten Herausforderungen absolvierte man allein, also ohne Teampartner oder Gilde, so auch diese hier.

»Fangen wir gleichzeitig an?«, fragte Linus, und ich spürte seine warme Präsenz umso deutlicher neben mir.

Ich checkte die Zauber, die ich außerhalb von Raids, Dungeons und Duellen immer im Schnellzugriff hatte. »Klar. Bereit?«

»Drei, zwei, eins ...«

Ich bestätigte die Challenge und entdeckte einen roten Timer am Rand meines Blickfelds, der gnadenlos herunterlief. Im nächsten Moment war ich von Libellendrachen umzingelt – kleinen, dicken grünen Kreaturen, die wie orientierungslose Fliegen durch die Luft zuckten. Mein Herz sprang vor Aufregung gegen meine Brust, und ich feuerte sofort einen ersten Blitzzauber in ihre Richtung ab.

»Was zum –«

In derselben Sekunde registrierte ich, was Linus so sehr verstörte. »Scheiße!« Ich konnte die Uhr nur zu deutlich sehen – dafür fehlte mir aber eine ganz bestimmte zweite Zahl, vor allem dann, als mein Angriff mehrere Drachenbabys pulverisierte. »Die werden nicht mitgezählt?«

»Ich seh auch keinen Counter«, murmelte Linus und klang von jetzt auf gleich gehetzter, als ich ihn je erlebt hatte. »Okay, dann Konzentration!«

Das war leichter gesagt als getan, weil ich zwischendrin vor lauter Stress instinktiv mehrere Zauber abgefeuert und weiß Gott wie viele Drachen umgebracht hatte. Wie viele waren es bisher gewesen? Vier? Fünf? Verdammt, ich musste mich beeilen. Aber noch viel schlimmer, ich musste selbst *zählen*.

Wenn das gerade vier gewesen waren, dann ging es jetzt weiter mit –

Hilflos drehte ich mich um die eigene Achse auf der Suche nach ein paar einzelnen Libellen, die ich eine nach der anderen töten konnte, ohne den Faden zu verlieren. Aber wohin ich auch blickte, flitzten die Viecher wie wild umher – genau wie die anderen Spieler, die sich regelrecht in meinen Weg warfen, um möglichst viele von ihnen auf einmal abzugreifen. Mich erwartete nichts als schwirrende Flügel, zuckende Blitze und Staubwolken, die meine Sicht verdunkelten.

Der Tagschatten neben mir hatte sich sofort an die neue Situation angepasst. Mit ein paar gezielten Zaubern erledigte er jeweils eine Handvoll Libellen auf einmal.

Ich stellte mir Linus vor – endlich so, wie er wirklich aussah –, wie sein Kopf mit jeder Sekunde röter wurde, während er versuchte, seine Treffer mitzuzählen.

Entschieden schwebte ich ein paar Schritte von ihm weg und nahm mir eine ganze Horde Libellen vor, die sich in diesem Moment in meiner unmittelbaren Umgebung tummelte. Schnell feuerte ich einen zweiten Schattenblitz ab, zielte dabei zwischen die Augen eines Minidrachen … und sah zu, wie er einfach platzte und mit seiner Detonation etwa ein halbes Dutzend seiner Brüder und Schwestern explodieren ließ.

»Scheiße!«, stieß ich hervor und versuchte, mir aus den Schadenszahlen, die einen Sekundenbruchteil in der Luft aufflackerten, bevor die Drachenbabys gegrillt wurden, irgendwie eine sinnvolle Anzahl Treffer abzuleiten. Das müssten sechs gewesen sein. Warum hielten die auch so wenig aus?

Okay, vier plus sechs waren zehn. Dann fehlten noch … Verdammt!

»Wie viele noch mal?«, fragte ich, ohne die Lippen zu bewegen, und verfluchte mich selbst dafür, riskieren zu müssen, dass jetzt auch noch Linus den Faden verlor.

»Dreiundsiebzig«, presste der Tagschatten zwischen zusammengebissenen Zähnen hervor, und ich malte mir aus, wie ich ihn in diesen Sekunden um seine Konzentration und damit seinen Sieg brachte.

Okay, dreiundsiebzig minus zehn sind dreiundsechzig. Nur noch dreiundsechzig in zwei Minuten. Ich hatte genau zwei Minuten.

Die pure Hitze brach in mir aus und trieb mir Schweißperlen auf die Stirn. Entschieden entfesselte ich den nächsten Zauber, wartete ab, bis ich gerade so abgezählt hatte, wie viele Libellen ihm zum Opfer gefallen waren, und warf gleich den nächsten hinterher.

Sechzehn …

Immerhin einen Vorteil hatte die Sache: Jetzt hatten Linus und ich keine Zeit, uns zu unterhalten. Er konnte mir keine Dinge erzählen, die ich nicht hören wollte, und ich hatte eine gute Ausrede, nicht mit ihm zu interagieren.

Fünfundzwanzig …

O ja, vielleicht entfernte sich Mr. Skull ja sogar in diesen Sekunden schon von xXPlayerOneXx. Vielleicht war das das einschneidende Erlebnis, nach dem sich die beiden Gefährten auseinanderlebten, bis sie schließlich vollends getrennte Wege gingen.

Dreißig …

Der Gedanke daran tat mir irgendwie weh, obwohl Linus gar nicht aus der Welt wäre. Zumindest nicht aus Annes Welt. Ich würde nur einen Teil von mir aus der Sache rausziehen, bevor es brenzlig werden konnte.

Achtunddreißig …

Trotzdem kam ich mir auf einmal so vor, als würde ich einen finsteren Plan schmieden. Als wäre ich drauf und dran, Linus zu verraten.

Sechsundvierzig …

Wie hatte meine spontane Idee, einen Männer-Account zu starten, so schnell aus dem Ruder laufen können?

Fünfzig …

Und was sollte dieser Mist hier eigentlich? Einen Timer konnten sie uns stellen und einen Zähler nicht? Okay, wahrscheinlich war genau das der Sinn der Sache, aber warum? Ich war doch kein kleines Kind mehr. Ich musste nicht unter Beweis stellen, dass ich zählen konnte!

Verdammt, wo war ich jetzt noch mal?

Linus fluchte. »Ich glaub, ich hab es«, sagte er leise, als befürchtete er, er könnte mich aus meiner Konzentration reißen – tja, zu spät. »Aber sicher bin ich mir nicht.«

Ich versuchte, die letzten Augenblicke Revue passieren zu lassen, meinen Geist umzukrempeln und in meinem eigenen Gedächtnis in die Vergangenheit zu reisen, doch leider war ich keine hoch entwickelte KI oder auch nur ein überdurchschnittlich entwickeltes menschliches Wesen und besaß das Kurzzeitgedächtnis einer Stubenfliege.

Verzweifelt feuerte ich noch ein, zwei Blitze ab, dann gab ich es auf. Ich hatte keine Ahnung, ob ich die Zielzahl erreicht hatte oder auch nur einigermaßen nah genug herangekommen war. Es spielte keine Rolle mehr – die Zeit lief unermüdlich ab, und die letzten Sekunden verbrachte ich damit, mich nach dem Tagschatten umzusehen und in dessen ausdruckslose Miene zu starren.

Wie angespannt Linus war, erkannte ich nicht zuletzt daran, dass er ausnahmsweise nicht wie wild im Kreis herumrannte oder einen spontanen Tanz aufführte. Kam es mir nur so vor, oder war er heute irgendwie ernster als sonst? Hatte er einen Kater von gestern?

Unwillkürlich dachte ich an unseren Kuss zurück, und auf einmal fühlte es sich so an, als könnte ich seine Lippen wieder auf meinen spüren. Beim Gedanken daran wurde mir heiß und kalt zugleich. Heiß, weil Linus mich geküsst hatte. Kalt, weil er auch Mr. Skull geküsst hatte, ohne es zu wissen.

Nach und nach kamen die Magier um uns herum ebenfalls zum Stehen. Nur noch ein einzelner, verzweifelter Elf hüpfte umher und pustete zwei letzte Libellendrachen weg. Und dann: *Drei, zwei, eins …*

ZEIT UM!, brüllte mich der Bildschirm an, die Null des Countdowns rückte ins Zentrum meines Sichtfelds, und die Zahl schwoll langsam, aber sicher wieder an, schoss immer höher, bis wir die Zehner, Zwanziger, Dreißiger, Vierziger und Fünfziger hinter uns gelassen hatten.

Als ich die Sechziger erreichte, wuchs meine Anspannung ins Unermessliche. Ich biss mir auf die Unterlippe, bis es wehtat, hielt die Luft an.

Da waren sie, die Siebziger. Und dann eine einzelne Ziffer: 73.

Sie blieb stehen.

Ich stieß ein Quietschen aus, das ich noch Stunden später bereuen würde – und fluchte. »Verdammt, das sind zwei zu …«

BESTANDEN, erschlugen mich die Großbuchstaben aufs Neue, und ich verstand die Welt nicht mehr. Dreiundsiebzig war die Zielzahl gewesen? Wie hatte ich das so schnell wieder vergessen können? Jede Fliege würde jetzt den Kopf über mich schütteln.

Aber das bedeutete -

BESTANDEN, leuchtete die Message noch etwas länger vor mir auf, als würde das Spiel geduldig darauf warten, dass ich endlich kapierte, was vor sich ging.

»O Gott«, hauchte ich im selben Moment, als Linus lautstark fluchte. Ich war so im Freudentaumel gefangen, dass ich es kaum wahrnahm. Ich lachte und erschrak vor mir selbst, weil ich die dreckigste Lache ausgepackt hatte, die ich je von mir gehört hatte. Meine Güte, dieses Spiel holte wirklich das Übelste aus mir heraus.

Hatte ich es echt geschafft? Ich, Anne *Mr. Skull* Elisabeth Schmitt, die sonst nur für alte Stiefel und angeknackste Nasen zu gebrauchen war? Unmöglich. Da musste ein Fehler vorliegen. O ja, bestimmt war das ein Bug, für den ich zwar nichts konnte, für den ich aber trotzdem in fünfzehn Minuten gebannt werden würde.

»Ach, Scheiße!«, stieß Linus wieder hervor, und jetzt schaltete ich.

»Was denn?«, fragte ich zögerlich und beachtete die Erfahrungspunkte und die beiden Zauber kaum, die mir angezeigt wurden.

Unsere Umgebung veränderte sich, die Libellendrachen verblassten. Nur diejenigen, die sich mitten in der Challenge befanden, konnten sie sehen. Wir waren jetzt offiziell fertig.

Ich hörte, wie Linus tief durchatmete. »Ich lag um zwei daneben.« Seine Stimme war rau und klang völlig anders als sonst – fast so, als hätte er meine Software für sich entdeckt.

Ich ließ die Schultern hängen. »Oh.« Wow, das war das erste Mal, dass ich erfolgreicher in etwas gewesen war als er – und es fühlte sich furchtbar an. »Tut mir leid.« Ich blickte in Richtung der Anzeige, die den Challenge-Bereich markierte. »Wenn du noch mal willst, dann …«

»Nein.« So sanft die Miene des Tagschattens auch war, so hart war sein Tonfall, der mir einen Stich versetzte. »Nein, lass gut sein. Ich … Heute ist einfach nicht mein Tag.« Er machte eine Pause. »Ich glaube, ich hör jetzt auf.«

Seine Worte warfen mich jäh aus meinem Tunnelblick, und ich fand mich vor meinem Bildschirm und meiner Tastatur wieder. »Was?! H-halt, warte!«, hielt ich ihn hastig zurück, bevor er den Voicechat verlassen oder eine andere Dummheit begehen konnte. »Was ist denn los?« Ich versteifte mich etwas. »Hab ich was Falsches gesagt?«

»Nein.« Er seufzte. »Nein, überhaupt nicht. Es ist nur … Ich glaub, ich hab's verbockt.«

Ich stutzte. »Die Challenge?« Denn das, was er dort getan hatte, war tatsächlich mehr oder weniger die Definition von *verbockt.*

»Nein. Ja, die auch«, lenkte er ein. »Aber … dieses Wochenende hab ich jemanden kennengelernt. Und ich glaube, ich hab's verbockt.«

Eine Eiseskälte erfüllte mich vom Kopf bis in die Zehenspitzen, raubte mir den Atem und verschlug mir die Sprache.

Oh, oh.

Im nächsten Moment bereute ich es, nachgehakt zu haben. Ich, Mr. Skull, der sich doch unbedingt von Linus hatte lösen wollen.

»Wir haben ziemlich viel Zeit miteinander verbracht«, fuhr dieser fort. »Ich würde sagen, ich hab sie ganz gut kennengelernt und … Na ja, ich hab mir was rausgenommen, was ich nicht hätte machen sollen.«

Wieder kam mir unser Kuss in den Sinn, intensiver als je zuvor, und brachte meine Wangen zum Glühen.

»Keine Ahnung«, murmelte er. »Ich hab ihr vorhin meine Nummer gegeben und …« Er stockte. »… ich weiß nicht, was ich erwartet habe. Und mir ist klar, dass ich eigentlich überhaupt nichts erwarten *darf*. Aber ich hatte irgendwie gehofft, sie würde mir schreiben.«

Ein dicker Kloß bildete sich in meinem Hals. Die Gesetze der Höflichkeit verlangten von mir, dass ich antwortete, aber ich konnte nicht. Ich konnte einfach nicht.

Wie es aussah, brauchte Linus das auch gar nicht. »Keinen Plan, was ich mir dabei gedacht habe, sie einfach so zu küssen. Das war … zu viel, zu schnell, und ich weiß nicht mal, ob sie mich auch mag. Vielleicht sieht sie mich nur als Kumpel. Als den Nerd von nebenan.« Er stöhnte. »Ich hab sie einen ganzen Abend mit MoM-Kram zugetextet! Kannst du das glauben? Wie der reinste Versager. Als hätte ich kein Leben oder so.«

Meine Hand verkrampfte sich um die Maus. »Linus …«

»Ich hab's einfach nicht drauf«, schloss er, und ich konnte förmlich hören, wie sein Herz ins Bröckeln geriet. »Und inzwischen frage ich mich die ganze Zeit, ob ich es anders hätte machen können.«

Ich musste etwas tun. Aber was nur?

»Ob das etwas geändert hätte. Jetzt kann ich nur noch darauf hoffen, dass sie sich meldet. Auch wenn mir langsam kein Grund mehr einfällt, warum sie das sollte.«

Alles in mir schrie mich an, mich zu outen. Mich zu erkennen zu geben. Ihm zu sagen, dass er absolut nichts falsch gemacht hatte. Aber ich konnte nicht.

»Oder dass ich sie auf dem Campus zufällig wiedersehe und sie mir nicht aus dem Weg geht.«

»Linus!«, warf ich mit fester Stimme ein – vergeblich.

Stattdessen begann er wie ein Wasserfall runterzurattern: »Ich bin die Sache von Anfang an falsch angegangen. Wahrscheinlich war der erste Eindruck schon voll daneben.«

Mein Mund klappte zu, und ich ließ ihn reden. Nebenbei kaufte ich mir schnell einen Tanz-Move für Skull. Wenn ihn das nicht aufmunterte, wusste ich auch nicht.

»Und jetzt texte ich dich auch noch zu. Ich fühl mich wie so ein vierzehnjähriges Mädchen bei Dr. Sommer«, maulte Linus weiter. »Das ist doch einfach nur erbärmlich.«

Ich schloss meinen Einkauf ab und betätigte meine neue Tastenkombination, woraufhin der Sensenmann seine Sense auf den Boden warf und zum Tanz des *Ketchup Songs* ansetzte.

»Ich will einfach nur …« Linus unterbrach sich selbst. »Was tust du da?«, fragte er lauernd.

Ich musste grinsen. »Was?«, gab ich unschuldig zurück.

»Machst du dich über mich lustig?!«

Meine Lippen teilten sich, um ihm eine beschwichtigende Antwort zu geben, doch dann realisierte ich, dass das die reinste Mädchen-Antwort wäre. Und ich war schließlich gerade nicht Anne. »Jap«, antwortete ich deshalb gefasst. »Und wenn du aufgehört hast, rumzuheulen, können wir vielleicht wieder zu den wichtigen Dingen zurückkommen.«

Ein Schnauben drang an meine Ohren, und ich bildete mir ein, dass es amüsiert klang. »Ich weiß nicht«, sagte er dann aber. »Irgendwie … ist mir für heute die Lust vergangen. Ich muss auch noch auspacken und … Zeug für die Uni machen.«

Ich biss mir auf die Unterlippe, während sich eine tiefe Traurigkeit in mir ausbreitete, die ein gefühlloses Wesen wie Skull niemals empfinden könnte. Obwohl ich vorhin entschlossen gewesen war, xXPlayerOneXx aus meinem Online-Leben zu verbannen, schmerzte mich jetzt der Gedanke, dass er mich nach einer läppischen Zeit-Challenge schon wieder allein ließ.

»Tut mir leid«, war alles, was Linus noch sagte, bevor er sich endgültig verabschiedete, den Voicechat verließ und Sekunden später offline ging.

Und ich? Ich blieb einfach auf der Wiese stehen und starrte ins Leere. Ließ die letzten Minuten noch mal Revue passieren. Die letzten Stunden. Tage. Ließ mich von der Urgewalt aus Gefühlen begraben, die sich in mir aufgestaut hatte, und hielt die imaginäre Skull-Stimme in meinem Hinterkopf nicht davon ab, wieder lauter zu werden, um sich mit der imaginären Pia-Stimme darüber zu streiten, ob ich in Zukunft vielleicht weniger oft Basecaps tragen sollte, weil meine Haare davon so platt wurden.

Und dann fasste ich einen Entschluss. Nein, viel mehr noch: Ich hatte eine Erleuchtung.

Das hier war keine Sache von Wow-ein-Typ-ist-online-nett-zu-mir-weil-er-mich-für-einen-Mann-hält. Es war ein Wow-dieser-Typ-ist-wirklich-toll-und-ich-mag-ihn.

Auch wenn sich das die Anne von letzter Woche niemals eingestanden hätte, hatte ich mich Hals über Kopf in Linus verliebt.

Gleichzeitig hatte ich einen großen Fehler gemacht. Mal wieder. Denn was in den vergangenen Minuten geschehen war, hatte sich wie eine entscheidende Schwelle angefühlt, die wir überschritten hatten und nach der es kein Zurück mehr gab. Wie sollte ich Linus jemals erzählen, dass ich sein Online-Freund mit der schrägen Stimme war?

Die Antwort lautete: gar nicht. Ich musste es aussitzen. Eines Tages würde diese Sache vielleicht gar nicht mehr relevant sein – weil entweder Anne oder Mr. Skull oder beide nicht mehr relevant für Linus wären.

Ich hatte die Nase voll davon, immer über die Zukunft zu grübeln und alles schwarzzumalen. Ich wollte in den Tag hineinleben und das sagen, denken und tun, was ich wollte. Das war schließlich überhaupt erst der Grund gewesen, weshalb ich mir diesen Account zugelegt hatte: Weil ich einfach nur ich selbst sein wollte!

Ich wollte im Hier und Jetzt leben. Daher gab es nur noch eine Sache, die ich tun musste.

Ich ließ Mr. Skull in der Wiese stehen und griff nach meinem Handy. Dort wischte ich eine Nachricht von Pia weg, die fragte, ob wir uns zum Abendessen etwas bestellen wollten, sobald sie wieder zu Hause war, und öffnete stattdessen meine Kontaktliste. Ich faltete den zerfledderten Zettel von Linus auseinander, den ich am äußersten Rand meines Schreibtischs deponiert hatte, wo ich ihn nicht mal aus dem Augenwinkel hatte erspähen können.

Dann gab ich seine Nummer in meinem Telefonbuch ein, checkte ungefähr fünfhundertmal, ob ich auch alle Ziffern richtig hatte, löschte sie dann noch mal komplett, um geordnet von vorne anzufangen, und überprüfte sie noch fünftausendmal. Danach tippte ich seinen Namen – Linus Treuhardt – ein und bekam von meiner antiken SIM-Karte freundlicherweise mitgeteilt, dass die Zeichenbegrenzung für Telefonbucheinträge überschritten und deshalb abgeschnitten worden war. Die Konsequenz: Ich hatte jetzt einen Kontakt namens Linus Treuha in meinem Handy gespeichert.

Ich öffnete einen Chat mit ihm und war enttäuscht, weil ich sein Profilbild nicht sehen konnte oder er keines hatte. Anstatt ihm zu schreiben, ertappte ich mich dabei, wie ich das Display geschlagene zwanzig Minuten lang einfach nur anstarrte, während Skull auf der Wiese wahrscheinlich wortwörtliche Wurzeln schlug. Ja, ich traute mich nicht einmal, eine Nachricht vorzuformulieren, weil ein paranoider Teil von mir befürchtete, Linus' Handy würde schon mit Benachrichtigungen um sich schmeißen, wenn eine unbekannte Nummer auch nur zu tippen begann.

Bis ich wieder ein Gefühl für mich selbst bekam, waren meine Handflächen feucht geworden, und ein nervöses Kribbeln wanderte durch meine Magengrube, um anschließend in meine Beine zu sacken und sie mit einer lähmenden Schwere zu belegen. Verdammt, was war nur los mit mir? Eigentlich sollte das doch nicht so schwer sein. Ein

Hi, ich bin's sollte ja wohl drin sein. Und mehr brauchte es auch gar nicht. Einfach nur ein Lebenszeichen. Dann wäre er an der Reihe und ich wäre fein raus.

Oder wäre es gewesen, hätte ich nicht mit eigenen Ohren mitbekommen, wie geknickt er gerade war. So geknickt, wie er es nur einem guten Freund gegenüber zeigen würde, der rein gar nichts mit dem Mädchen zu tun hatte, das zufällig der Grund dafür war, weshalb sein ganzer Tag ruiniert war.

Ich stöhnte frustriert. Diese Situation war so unglaublich unnötig, und ich konnte kaum glauben, wie ich mich nur dort hatte hineinmanövrieren können.

Ich musste aus diesem Strudel raus. Und zwar schnell.

Als ich tief durchatmete und sich meine Glieder nach und nach entspannten, kam mir die Lösung aller Lösungen in den Sinn. Ein leichtes Lächeln umspielte meine Lippen, als ich mir ausmalte, wie es ablaufen würde. Dann tippte ich auf das Hörer-Symbol und rief Linus an.

17. KAPITEL

REAL LIFE

Es war schon seltsam. Obwohl ich gerade eben noch seine Stimme in meinen Ohren gehabt hatte, kam es mir so vor, als hätte ich sie seit Jahren nicht mehr gehört, als sie endlich aus dem Handy drang: »Hallo?«

Für ihn war es ein ganz anderes Erlebnis. Vor wenigen Sekunden hatte er mit seinem Online-Gefährten Mr. Skull telefoniert, und jetzt war da niemand Geringeres dran als … Mr. Skull, nur dass er keine Ahnung hatte.

Ich lächelte. »Hey, ich bin's.«

»Anne?«, fragte er ungläubig – oder als wäre er sich nicht sicher, welche der fünf Weiber, denen er seine Nummer gegeben hatte, an der Strippe war.

Unbeholfen zuckte ich die Achseln, obwohl er das genauso wenig sehen konnte wie gerade eben im Spiel. »Wie sie leibt und lebt.«

Wow. Dümmste Antwort des Jahres, Anne.

Linus lachte leise, als fände er meine bodenlose Inkompatibilität mit der menschlichen Spezies wirklich amüsant. »Cool. Hätte nicht gedacht, dass du dich schon so bald meldest.«

Meine Brauen schossen in die Höhe. »Ach ja?«, entwich es mir, und ich musste mir auf die Zunge beißen, um nicht noch etwas Unüberlegtes hinterherzuschieben. War das derselbe Linus, dessen Herz ich gerade durch meine Kopfhörer hatte brechen hören, oder gab es doch auch zwei Versionen von ihm?

»Ja.« Er klang etwas verdattert. »Ich meine, allein schon, dass du die Nummer so schnell gefunden hast. Ich hatte Angst, dass du sie übersiehst.«

»Und ich hatte Angst, dass du mir eine Fake-Nummer gegeben hast«, schloss ich, um ihm vielleicht ein kleines bisschen seiner Nervosität von vorhin zu nehmen – falls überhaupt noch was davon übrig war.

Linus schnaubte. »Warum hätte ich dir eine Fake-Nummer geben sollen? Du hast mich doch nicht mal danach gefragt.«

Ich stutzte. Ach ja. »Hey, ist das ein Vorwurf?«

»Vielleicht.«

Wieder musste ich lächeln. »Du hast mich auch nicht gefragt! Und dein Butterbrotpapier hätte ich fast weggeworfen.«

»Hast du aber nicht.«

Stille breitete sich zwischen uns aus, und wieder war das einer der Momente, in denen ich keine Eile hatte, damit zu brechen. »Habe ich nicht«, sagte ich sanft – und stellte fest, dass ich keine Ahnung hatte, was nun käme. Was sollte ich denn jetzt sagen? Dass ich das Wochenende mit ihm genossen hatte? Dass es mir leidtat, ihn bei der letzten Übung nicht aufgefangen zu haben? Dass es mir Spaß gemacht hatte, mit ihm über MoM zu reden, als hätte ich keine Ahnung davon? Dass ich nur wegen ihm zum Kloster gefahren war und wir uns insgeheim schon seit zwei Wochen kannten?! Dass ich eine verdammte Stalkerin -

»Also …« Linus klang vorsichtig. »Du fragst dich sicher, warum ich dir meine Nummer gegeben habe.«

Ich zögerte. »Na ja …«

»Der Grund dafür ist …« Er rang mit sich »… dass ich dich fragen wollte, ob … du nächstes Wochenende schon verplant bist.«

Nur am Wochenende?, dachte ich verdrossen. *Ich bin immer verplant.*

Moment mal. Erst jetzt kapierte ich, was er eben gefragt hatte. Ich schloss die Augen und unterdrückte ein *Yes!*, das meine Kehle hinaufkroch. Unwillkürlich schlug mein Herz höher, und die Zweifel, die ich mir gerade wieder selbst hatte einreden wollen, waren wie weggeblasen. »Schwierig«, überlegte ich laut. »Da wollte ich eigentlich das nächste Kloster abklappern gehen.«

Linus lachte leise. »Ich glaube, da hätte ich eine bessere Idee.«

»Ach ja?« Ich wirbelte auf meinem Drehstuhl herum und starrte die MoM-Poster an der gegenüberliegenden Wand an. Eines davon zeigte einen Ork-Troll-Hybriden, der nur im Merchandise existierte und den man leider nicht als Avatar nehmen konnte. Mit gezücktem Schwert rannte er auf einen riesigen Drachen zu. »Und die da wäre?«

»Wenn ich es dir vorher sagen würde«, entgegnete er spitz, »könntest du darüber nachdenken und zu dem Schluss kommen, dass du keine Lust hast. Also sage ich lieber nichts und hoffe, dass du auf Überraschungen stehst.«

Ich grinste und überlegte keine Sekunde lang. »Und wie!« Dann stockte ich. »Solange mir nicht wieder die Augen verbunden werden.« Meine Nase begann wie auf Befehl ganz heiß zu werden.

»Diesmal nicht«, entgegnete er belustigt. »Versprochen.« Er machte eine Pause. »Solange du mich nächstes Mal fängst, wenn ich mich fallen lasse.«

»Hey, ich hab dich aufgefangen!« Ich reckte das Kinn. »Mit vollem Körpereinsatz!«

»Dann haben wir einen Deal?«

Ich holte tief Luft und bildete mir ein, sein Geruch würde mir in die Nase steigen. In diesem Moment freute ich mich schon so sehr aufs Wochenende, dass ich sogar beinahe die Tatsache vergessen konnte, dass heute erst Sonntag war. »Wir haben einen Deal.«

Wie die darauffolgende Woche ablief, bekam ich kaum mit. Alles fühlte sich wie ein Traum an. Ein Traum, in dem ich nicht die Hauptperson war, sondern nur eine Randfigur, die einfach ihr Ding durchzog, ohne wirklich zu leben. Ja, ich freute mich so sehr auf Freitag, dass auf dem Weg dorthin nichts mehr eine Rolle spielte.

Ich blieb mit Linus in Kontakt. Obwohl ich inzwischen seinen Nachnamen kannte, konnte ich ihn nicht auf Instagram stalken, weil er dort keine Accounts besaß. Aber wir schrieben uns jeden Tag. Jeden Tag! Ich wartete nur darauf, dass er eines Morgens aufwachte und feststellte, dass er sich irgendwo im Kloster den Kopf angestoßen haben musste, mir überhaupt seine Nummer gegeben zu haben. Aber bis jetzt war das noch nicht passiert.

Ich wusste nicht, ob wir verhältnismäßig viel oder wenig texteten. Ich für meinen Teil machte mir so viele Gedanken über das, was ich schrieb, dass ich achtzig Prozent der Nachrichten letzten Endes nie abschickte. Und für alle anderen brauchte ich ewig. Selbst wenn und vor allem dann, wenn sie nur aus einem Emoji bestanden, das ich eine halbe Stunde lang aus der unendlichen Liste herausgesucht hatte, um ja die richtige Nuance abzubilden.

Was das Studium betraf, war mir in dieser Woche alles egal. Ich kümmerte mich nicht um die Blicke der Leute in meinem letzten Kurs, der erst diese Woche angefangen hatte. Scherte mich nicht darum, dass auch mein letzter Dozent in technischen Modulen ein Mann war. Störte mich nicht einmal an dem penetranten AXE-Schweißgeruch-Mix, der inzwischen wie ein zweites Parfüm an mir hing. Oder an der Gruppenarbeit am Mittwochmorgen, in der ich wie früher beim Völkerball als Letzte in ein Team gewählt wurde. Es war mir alles schnurzpiepegal, denn ich wusste, am Freitag würde ich endlich Linus wiedersehen – und es würde wundervoll werden.

Wenn ich auf dem Campus war, hielt ich immer verstohlen nach ihm Ausschau, hatte aber kein Glück. Unsere Stundenpläne waren ziemlich unterschiedlich und führten uns oft in verschiedene Gebäudeteile. Und als ich mal Leerlauf hatte und ihn fragte, was er machte, war er gerade in die nächste Vorlesung geschlendert. Es sollte wohl einfach nicht sein. Aber vielleicht war es auch besser so – eine unausgesprochene Dating-Regel, an der ein Fluch haftete, der besagte, dass ich Linus vor dem ersten Date nicht mehr sehen durfte wie ein Bräutigam seine Braut vor der Hochzeit. Das Schicksal hatte einen Countdown, einen Trommelwirbel der Extraklasse angestimmt und wollte sich das nicht von unseren Hormonen ruinieren lassen.

Was sich auch veränderte, waren meine Abende. Mit Linus. Als er am Montag nicht bei MoM online kam, erfuhr ich übers Handy, dass er spontan mit zwei Mitbewohnern ein Bier trinken gegangen war. Die Info legte ich gedanklich in meinem Was-Anne-weiß-aber-Skull-nicht-Ordner ab und war seltsam erleichtert, entspannt zocken zu können, ohne ständig Angst haben zu müssen, etwas Falsches zu sagen.

Umso schwieriger war es am Dienstag, als Mr. Skull ihn vielleicht oder vielleicht auch nicht fragte, ob er das Kellerbier schon vermisste, und Linus verwirrt nachhakte, woher ich wusste, dass er Kellerbier getrunken hatte. Wie ich es inzwischen ganz gut konnte, wand ich mich aus der Sache heraus, fiel am Ende aber auch erschöpft in mein Bett.

Am Donnerstag ertappte ich mich dabei, mich gar nicht erst an den Laptop zu setzen, sondern einen spontanen Filmabend mit Pia und einer ihrer Kommilitoninnen zu veranstalten. Weil ich die Chance nutzen wollte, keine Zeit mit Linus zu verbringen und schlimmstenfalls doch noch alles zu versauen.

Und dann … war endlich Freitag. Ein Tag, an dem Linus und ich keine Vorlesungen hatten, weil wir nicht lebensmüde waren, uns unser wertvolles Wochenende unnötig zu verkürzen. Das bedeutete auch: Wir waren beide zeitlich flexibel und hatten ausgemacht, uns bereits am frühen Nachmittag zu treffen.

Linus hatte mir einen Screenshot von Google Maps geschickt. Dort hatte er eine Route zwischen seiner und meiner Wohnung angegeben und ihre Mitte markiert. Die Hälfte der Strecke befand sich in der Innenstadt, und als wollte er unter Beweis stellen, dass er ein Nerd war, übermittelte er mir im nächsten Schritt die genauen Koordinaten unseres Treffpunkts.

Ich hatte noch etwa zwanzig Minuten Zeit, bis ich losmusste, und mit jeder davon stieg eine so ungeahnte Nervosität in mir auf, dass ich Dinge tat, die mir normalerweise gar nicht ähnlich sahen. Ich war gerade auf bestem Wege, mich fertigzumachen – sowohl in Sachen Make-up als auch mental. Der bloße Gedanke an das bevorstehende Date trieb mir Schweißperlen auf die Stirn.

»Was machst du so?«, flötete Pia, als sie an der geöffneten Badezimmertür vorbeistolzierte, wahrscheinlich ohne mir einen Blick zuzuwerfen. Im Gegensatz zu mir hatte sie zwar eine Freitagsvorlesung belegt, sich jedoch schon nach dem ersten Mal dazu entschieden, nicht mehr hinzugehen, weil sie erfahren hatte, dass ihr Dozent den ganzen prüfungsrelevanten Stoff sowieso am Ende des Semesters zusammenfassen würde. So viel zu den guten Erstsemestervorsätzen.

»Ich schminke mich«, antwortete ich hochkonzentriert – und schaffte es trotzdem, mit dem Mascara-Bürstchen abzurutschen und damit schwarze Striemen bis zu meiner Augenbraue zu ziehen. »Verdammte Axt!«

»Ach so, okay, viel Spaß noch«, wurde ihre Stimme auf dem Gang leiser – ehe sie so abrupt stehenblieb, dass es sich wie ein Stampfen anhörte. »Du tust *was?!*«

Sofort versteifte ich mich und packte die Wimperntusche weg. Mist, ich hatte sie aktiviert!

Es könnte sein, dass ich es in den letzten Tagen geschafft hatte, Pia keinen Ton über Linus zu erzählen. Also, schon über Linus, den

Typen vom Kloster, aber ganz sicher nicht Linus, den Typen, mit dem ich mich verabredet hatte – und niemals im Leben Linus, den Typen von MoM.

Warum? Weil ein Teil von mir noch nicht mal jetzt daran glaubte, dass das Date wirklich stattfinden würde, und ich wusste, dass Pia Angelegenheiten wie diese an die größte Glocke im Dorf hängen würde.

Schon preschte sie bis zur Badezimmertür und blieb breitbeinig in der Öffnung stehen. Sie trug eine Jogginghose und ein pinkes Top und hatte ihre langen Haare zu einem süßen Seitenzopf geflochten. Ihr Blick fiel auf mich, und ihre Kinnlade klappte herunter. »*Du* schminkst dich?«

»Ach, komm schon!«, maulte ich und blitzte sie im Spiegel an. »Du tust so, als hätte ich das noch nie gemacht.«

»Das nicht«, dachte sie laut und mit gerunzelter Stirn. »Aber du bist doch so furchtbar darin. Deshalb machst du es nur ganz selten, wenn du so verzweifelt bist, dass du sogar das Risiko eingehen würdest, nachher schlimmer auszusehen als – hey!«

Während sie sich in Rage geredet hatte, hatte ich schon missmutig ein Abschminkpad aus der Packung gezogen. »Ich hab's kapiert.« Ich war ein hoffnungsloser Fall und brauchte gar nicht erst versuchen, mich irgendwie vorzeigbar zu machen.

»Versteh mich nicht falsch!« Schnell trat sie neben mich und kämpfte förmlich das Pad aus meiner Hand. »Du siehst wunderbar aus!« Ohne zu zögern, tupfte sie leicht die Stelle unter meiner Augenbraue ab, die ich mit Mascara vollgeschmiert hatte. Sie nahm den Arm herunter und betrachtete mich beinahe misstrauisch. »Die Frage ist nur: *Warum* siehst du wunderbar aus?«

Mein Magen zog sich zusammen. Feingefühl war genauso wenig ihre Stärke wie meine. »Müssen die Gene sein.« Bevor sie sich zu sehr in meinem mit Eyeliner und Puder bearbeiteten Gesicht umsehen konnte, quetschte ich mich an ihr vorbei und begab mich in mein Zimmer, wohl wissend, dass sie mir auf dem Fuß folgte.

»Und jetzt geht sie auch noch zu ihrem Kleiderschrank!«, kommentierte sie jede meiner Bewegungen. »Und sie zieht *nicht* das erstbeste Shirt raus!« Sie stieß ein kurzes, triumphales Lachen aus. »Geht Anne Schmitt etwa auf ein Date?«

Ihrem Tonfall nach glaubte sie keine Sekunde lang daran. Was auch verständlich war. Abgesehen von Linus hatte ich bisher nicht das geringste Dating-Material kennengelernt. Und wahrscheinlich würden mich die meisten Kommilitonen auch nicht unbedingt als Dating-Material bezeichnen …

Mir wurde klar, dass es keinen Zweck hatte, die Neuigkeiten noch länger vor Pia verheimlichen zu wollen. Ich hatte damit lange genug hinterm Berg halten können, aber jetzt wurde meine Nervosität mit jeder Sekunde schlimmer, und wenn ich nichts unternahm, würde ich platzen!

Ich ließ meinen Kleiderschrank geöffnet und drehte mich langsam zu ihr um. »Weißt du noch, als ich dir von Linus vom Kloster erzählt habe?«, fragte ich zaghaft.

Sie kratzte sich an der Schläfe. »Der, der dir fast die Nase gebrochen hätte?«

Mein Mund klappte zu. Das war keine gute Hinführung zum Thema. »Ein *Baum* hat mir fast die Nase gebrochen«, korrigierte ich sie. »Und Linus und ich haben uns verabredet.«

Pias Gesichtszüge entgleisten so träge, als hätte ich eine Taste für ultralangsames Vorspulen gedrückt. »Nein«, hauchte sie in einem so ehrfürchtig-ungläubigen Ton, als hätte sie gerade erfahren, dass die Menschheit nicht von Affen, sondern von Rentieren abstammte. Dann erhellte sich ihre Miene plötzlich. »O mein Gott, du bist verabredet!«, quietschte sie vergnügt und lud sich mit einem Hüpfer endgültig selbst in mein Zimmer ein. »Das ist ja so aufregend! Ich meine … irgendwie schräg«, lenkte sie ein. »Aber auch aufregend.«

»Es ist *nur* aufregend!«, gab ich zurück und spürte, wie meine Anspannung von Pias Reaktion nicht gelindert, sondern nur noch mehr in die Höhe getrieben wurde. Verzweifelt wedelte ich mit einer Hand in Richtung Tür. »Wenn du mich entschuldigen würdest, ich muss mich echt fertig machen.«

»Deshalb bin ich doch da-ha!«, bekräftigte sie und überbrückte mit einem Selbstbewusstsein wie auf dem Catwalk die Distanz zu mir.

»Weißt du, Pia«, murrte ich, als sie mich mit einem gekonnten Hüftstoß von meinem Kleiderschrank trennte. »Ich kann mich auch ganz gut ohne deine Hilfe anziehen.«

»Aber nicht annähernd so –« Sie stockte und verzog das Gesicht, als sich der Inhalt meines Schranks vor ihr erstreckte. »O Gott«, stieß sie hervor. »Ich bin voll überfordert.«

Ich schnaubte. »Dann lass mich machen!« Ich schickte mich an, sie wegzuschieben, aber sie blieb wie ein Fels in der Brandung stehen.

»Das ist doch …« Sie gab ein beinahe angewidertes Geräusch von sich. »Komm schon, Anne!« Mit einem Ruck hatte sie drei, vier ineinander verknotete Shirts herausgezogen. »Die sind weder gebügelt noch zusammengelegt!«

Ich ließ die Schultern hängen. »Natürlich waren die zusammengelegt!« Und das Leben war viel zu kurz zum Bügeln.

»Und … was ist das überhaupt?« Während sie einen Teil davon einfach auf den Boden geworfen hatte, beäugte sie zwei andere T-Shirts, als hätte sie sie gerade aus dem Müll gefischt. Sie fasste sie sogar nur mit je zwei Fingerspitzen an! »Das ist ja alles schwarz!«

Ich stöhnte. »Merchandise gibt es meistens nur in Schwarz.« Unwillkürlich fragte ich mich, warum das so war. Was hatten diese Kommerzgeier gegen Regenbogenfarben?

»Du bist doch kein Emo!« Sie funkelte mich an. »Zumindest willst du nicht auch noch wie einer aussehen.«

Ein Zucken ging durch mein Augenlid. »Auch noch? Oh, hey!« Meine Hand schoss vor, als sie ein weiteres Shirt aus meinem Schrank zog. »Ich glaube, das zieh ich an.« Galant entriss ich es ihr, faltete es auseinander, weil es *sehr wohl* gefaltet war, und hielt es mir prüfend vor den Oberkörper. Es war – Überraschung! – schwarz mit blauem Aufdruck.

Pia starrte mich an, als hätte sie gerade den letzten Glauben daran verloren, ich könnte jemals ein zivilisiertes Leben führen. »Da ist eine Cartoon-Figur drauf, Anne.«

Ich blinzelte. »Das ist Stitch!«

Cartoon-Figur?! Also bitte.

»Und wenn es unser Bundeskanzler wäre«, giftete Pia, »hätte er noch lange nichts auf deinem Date zu suchen!«

Allein der Gedanke ließ mich schütteln. »Warum sollte ich ein Shirt mit dem Kanzler drauf besitzen?« Ich stockte. »Warum sollte *irgendjemand* –«

»Bitte, Anne!« Pia flehte mich mit gefalteten Händen an, als wollte sie zu mir beten. »Das ist dein erstes Date seit Franz-Josef. Gib dir etwas Mühe.«

Mir drehte sich der Magen um. »Bitte sprich nicht über Franz-Josef.« Der Typ, der den uncoolsten Namen der Welt trug, hatte es irgendwie geschafft, zum coolsten Typen der Schule zu avancieren. Als er mich einmal stilecht mit einer auf eine gebrauchte Serviette gekritzelten Nachricht zu sich eingeladen hatte, war ich überglücklich gewesen, hatte mich den halben Tag herausgeputzt, Make-up aufgetragen und eine verdammte Bluse angezogen … eine Bluse!

Long story short: Irgendwie hatten wir da beide was verwechselt. Erstens hatte er mich, die Anne aus seinem Lateinkurs, mit der Anne aus seinem Biologiekurs verwechselt. Zweitens hatte ich *ihn* mit einem Typen verwechselt, der sich mit mir auf ein romantisches Date verabreden wollte. Dabei war es ihm einzig und allein darum gegangen, sich von Bio-Anne Anfängertipps zum Thema Grasanbau zu holen.

Ich hatte ihm da nicht weiterhelfen können. Ergo war es ein ganz, ganz furchtbares Date gewesen.

Verdammt seist du, du gutaussehender, unerreichbarer Franz-Josef.

»... und deshalb«, riss mich das Ende von Pias Monolog aus meinen Gedanken, »solltest du das jetzt wirklich nicht versauen!« Ich hatte den Mittelteil nicht mitbekommen, aber wahrscheinlich war es mal wieder darum gegangen, dass ich als einsame Jungfrau sterben würde, wenn ich das hier nicht glatt über die Bühne brachte.

»Ich hab's!« Sie schnippte mit den Fingern, als hätte sie gerade eine bahnbrechende Idee gehabt, die es Menschen erlauben würde, mit eigenen mechanischen Flügeln zu fliegen, ohne sich dabei mehr Knochen zu brechen, als Menschen wie Biologie-Anne jemals entdeckt hatten. »Ich such dir einfach was aus *meinem* Schrank aus. Ich hab mir letztens eine süße Bluse gekauft, die würde dir bestimmt super stehen!« Ehe ich sie daran erinnern konnte, dass sie mindestens zwei Kleidergrößen von mir entfernt war, tänzelte sie auch schon aus dem Raum.

Eine Bluse.

»Gute Idee!« Lockeren Schrittes folgte ich ihr – und drückte die Tür hinter ihr ins Schloss. Und sperrte ab.

»Ach, komm schon!«, maulte Pia auf der anderen Seite, und ich war einfach nur froh, meine Ruhe zu haben.

Weil es jetzt allerhöchste Eisenbahn war, entschied ich mir für Stitch, eine Übergangsjacke und eine stinknormale Jeans, die zumindest so aussah, als hätte ich sie gebügelt. Als mir Linus textete, dass er gerade seine Wohnung verlassen hatte, hetzte ich nach draußen, stellte fest, dass ich meinen Schlüssel vergessen hatte, klingelte Pia an die Tür, um mich wieder reinzulassen, und ließ mir fünf Minuten lang vergeblich die *süße Bluse* anpreisen – sie sah wirklich ganz süß aus. Anschließend fand ich meinen Hausschlüssel endlich am naheliegendsten Ort, nämlich unter meinem Kopfkissen, und sprintete wieder nach draußen.

Der drohende Anblick meiner Handyuhr im Hinterkopf, ging ich nicht zur Bahn – ich rannte. Was aber nichts daran änderte, dass sie vor meiner Nase davonfuhr und ich mir genauso gut Zeit hätte lassen können, bevor ich Stitch durchschwitzte.

Unsicher blickte ich an mir herab. Vielleicht hatte Pia recht gehabt, und das hier war wirklich kein Outfit für ein Date. Vielleicht hasste Linus animierte Figuren. Und dann? Hasste er dann auch mich? Überlegte er sich die Sache mit dem Date noch mal? Erinnerte er sich an eine andere Studentin aus unserem Klosterkurs und steckte ihr seine Nummer zu?

Ich wusste selbst, wie dusselig diese Gedanken waren, aber die Gewissheit half mir rein gar nicht dabei, sie im Keim zu ersticken. Vielleicht sollte ich noch mal nach Hause gehen und …

Die nächste Bahn kündigte sich mit einem Rauschen an, und ich straffte die Schultern. *Reiß dich zusammen, Anne! Du bist unwiderstehlich!*

Erst jetzt fiel mir auf, weshalb diese Jeans noch so gebügelt aussah: Weil ich sie nur einmal kurz angehabt hatte, bis ich mir mitten in der Nacht in einem MoM-Triumph-Heißhungeranfall einen Becher Schokoladeneis reingezogen und Stunden später die letzten geschmolzenen Reste über die Hose gekippt hatte.

Über diese Hose, über deren rechtem Hosenbein sich ein kaum verblasster, unförmiger Fleck erstreckte.

Ach du …

Die Türen der Bahn öffneten sich vor mir, und ich wurde von der Menschenmenge um mich herum förmlich hineingeprügelt.

Von der Station aus trennten mich nur ein paar Stationen bis zum überfüllten Stadtzentrum, und von dort aus waren es wenige Gehminuten bis zur Innenstadt. Gehminuten, in denen ich immer wieder unruhige Blicke in Richtung der Schaufenster um mich herum warf. Da war Billigmode für Vierzehnjährige, überteuerte Mode für Vierzigjährige, bunte Kleidung, graue Kleidung, Business-Kleidung, Sportbekleidung – aber alle Läden, die ich sah, hatten eines gemeinsam: Sie hatten Hosen. Gebügelte Hosen. Zusammengelegte Hosen. Saubere Hosen.

Vielleicht sollte ich …

Mein Handy, das ich die meiste Zeit über in der Hand hielt, weil es zu groß für meine Hosen- *und* Jackentaschen war, vibrierte, und mich traf fast der Schlag. Erschrocken riss ich es hoch in der festen Erwartung, dass Linus abgesagt hatte. Bestimmt hatte er den Schokofleck aus fünfzig Metern Entfernung gesehen und Hals über Kopf die Flucht ergriffen.

Er hatte mir tatsächlich geschrieben. Nach den drei ewigwährenden Sekundenbruchteilen, die ich zögerte, bevor ich die Nachrichtenvorschau öffnete, erkannte ich auch, was es war, das er mir unbedingt mitteilen wollte: *Ich bin da.*

Ich stieß ein so lautes Seufzen aus, dass es eher wie ein Stöhnen klang.

»Probleme«, murrte irgendjemand im Vorbeigehen, und er hatte ja keine Ahnung, wie recht er damit hatte.

Als ich in die nebenbei bemerkt sehr beliebige Straße einbog, in der sich Linus' Koordinaten befanden, war ich außer Atem, zerstreut und dreckig – nicht unbedingt in dieser Reihenfolge. Keinesfalls die besten Voraussetzungen für ein Date. Aber zumindest einer meiner drei Zustände klärte sich plötzlich wie von selbst, als ich ihn auf der anderen Straßenseite entdeckte.

Bevor ich auch nur sein Lächeln erwidern konnte, ließ ich meinen Blick zu seinem Oberkörper gleiten. Er trug natürlich kein Cartoon-Shirt. Verdammt!

Stattdessen hatte er sich einen dunkelroten Hoodie ohne Aufdruck übergestreift, der locker saß und es trotzdem irgendwie schaffte, seinen Körper zu umschmeicheln. Dazu trug er eine Jacke locker in der Hand mit sich herum. Am Straßenrand hielt er an und wartete offenbar darauf, dass ich zu ihm rüberkam.

Wie von selbst machte ich einen Schritt auf ihn zu – und er riss entgeistert die Augen auf. Unsicher blieb ich stehen, gerade noch rechtzeitig, bevor ein Auto hupend an mir vorbeirauschte.

Überraschend emotionslos blickte ich ihm nach. Das hätte mir gerade noch gefehlt. Andererseits, hätte es mich über den Haufen gefahren, hätte man zumindest unter all dem Blut den Schokofleck nicht mehr gesehen.

Ehe ich mich aus meiner Schockstarre reißen konnte, überquerte Linus wie ein Profi die Straße. Ein warmes Lächeln auf den Lippen, blieb er vor mir stehen, und auf einmal wollte ich nichts weiter tun, als im Boden zu versinken.

»Hey.«

O Gott. Er war real.

Komm schon, Anne! Über den Punkt seid ihr doch längst hinweg!

Und doch fühlte ich mich wieder wie im Traum, als er mich zur Begrüßung umarmte. Verstohlen sog ich seinen Geruch ein, der ein so nostalgisches, heimeliges Gefühl in mir auslöste, als wäre es zehn Jahre her, dass ich ihn zuletzt gerochen hatte. War das irgendwie krank? Kam ich jetzt schon wie die reinste Stalkerin rüber, so sehr, wie ich an ihm schnüffelte? Wie eine Perverse, der bei der nächstbesten Gelegenheit Linus' Schlüpfer mitgehen lassen würde?

»Wie geht's?«, riss er mich aus meinen Wahnvorstellungen.

Eine einfache Frage. Eine, die ich schon tausendmal gehört und hunderttausend Mal beantwortet hatte. Sogar ein Baby könnte ein Programm schreiben, das einem die einzig richtige Antwort ausspuckte, wann immer sie ihm gestellt wurde.

Ich war kein Baby, aber leider war ich auch kein Programm. Und deshalb starrte ich Linus einfach nur an, während die Erinnerung an unseren Kuss mit einem Mal allgegenwärtig wurde und mich völlig aus der Fassung brachte. Die Worte, die ich in Richtung Mund schicken wollte, purzelten auf halber Strecke aus meinem Kopf und verteilten sich auf dem Boden zu meinen Füßen.

O mein Gott. Dieser Kerl hatte mich geküsst. Und aus irgendeinem Grund hatte er mich wiedersehen wollen.

Linus räusperte sich und musterte mich kurz. »Stitch«, kommentierte er mein Outfit, und mein Magen verkrampfte sich. Doch dann nickte er anerkennend. »Cool.«

Erleichtert stieß ich die Luft aus und grinste bis über beide Ohren. »Findest du?«

Linus schien mindestens so gelöst wie ich – wahrscheinlich nicht wegen Stitch, sondern weil es mir doch nicht die Sprache verschlagen hatte. »Klar. Sieht süß aus. Wollen wir?«

Als er sich in Bewegung setzte, ging ich neben ihm her, und die Tatsache, dass er zumindest mein Shirt süß fand, beschäftigte mich so sehr, dass ich ein paar Sekunden zu spät schaltete. »Wohin überhaupt?«

»Na, wohin wohl?«, fragte er amüsiert und deutete in Richtung Ende der Straße.

Nein, das stimmte nicht ganz. Er deutete in Richtung des Rheins, der sie kreuzte und ein lang gezogenes T mit ihr bildete. Auf der gegenüberliegenden Seite fand bereits seit ein paar Tagen -

»Die Herbstkirmes!« Ich kicherte, und mein Herz schlug sofort höher. »Wir gehen auf die Kirmes?«

»Das hab ich mir zumindest so überlegt.« Ich spürte seinen Seitenblick auf mir. »Wenn du Lust hast?«

»Und wie!« Unwillkürlich beschleunigte ich meinen Schritt. Süßkram, Getränke, Fahrgeschäfte und Musik – was sollte ich denn mehr wollen?

Es wurde für jeden Geschmack etwas geboten, und selbst wenn es mal still zwischen uns würde, wäre um uns herum genug los, um das zu überspielen.

Nicht so wie die peinliche Stille, die zwischen Franz-Josef und mir ausgebrochen war, nachdem er mir seine Balkonpflanzen gezeigt hatte.

»Und?«, fand ich nach und nach endlich meine Fähigkeit zu sprechen wieder. »Wie war deine Woche?«

Er zog die Schultern. »Kann mich nicht beklagen. Na ja, außer dass seit dem zweiten Semester alles komplizierter, anstrengender und langweiliger ist als im ersten.«

Betreten starrte ich ihn an. »Es geht so schnell bergab?«

Linus lächelte schief. »Und ob! Zumindest solange man noch Pflichtkurse machen muss.« Er nickte bedächtig. »Ich glaube, ab dem vierten Semester – mit den Vertiefungen –, wird alles besser.«

Ich schluckte. Das vierte Semester war noch genau anderthalb Jahre entfernt. Kein besonders heller Lichtblick.

»Und du?« Wir gingen so dicht nebeneinanderher, dass sein Oberarm kaum merklich meinen streifte. »Hast du dich schon auf dem Campus eingelebt?«

Ich verdrehte die Augen. »Unser Campus besteht aus drei Gebäuden und dem Dozentenparkplatz. Da gibt es nicht viel einzuleben.«

»Sag das nicht«, antwortete er gedehnt. »Du hast ja keine Ahnung, welche geheimen Ecken die FH bereithält.«

Ich hob eine Braue. »Ach ja? Welche denn zum Beispiel?«

Er legte den Kopf schief. »Wenn ich dir das verraten würde, wären sie ja nicht mehr geheim, oder?«

Ich kniff die Augen zusammen. »Haben wir uns nur verabredet, damit du vor mir angeben kannst?«

»Na klar.« Achselzuckend sah er mich an. »Ich bin erst im dritten Semester. Ich muss mir immer noch einen Ruf erarbeiten.«

»Einen Ruf also.«

»Ja.« Linus schob die Hände in die Taschen seines Hoodies. »Die meisten Rollen sind schon vergeben: Die Nerds, die Geeks, die sozial Inkompetenten« – das wäre dann wohl ich – »die Ruhigen … Da bleibt eben nur noch das Arschloch übrig.«

Ich schnaubte. »Du tust so, als wären das *alle* Rollen, die zu vergeben sind.«

»Sind sie auch – zumindest für mich.« Er grinste. »Glaub mir, für den Part der Sportskanone hab ich vorgesprochen, aber ich bin nicht in den Recall gekommen.«

»Du Armer.« Ich musste grinsen. »Dabei würdest du sicher einen tollen Cheerleader abgeben, so sehr, wie du …« Ich stockte und überlegte. *… mich neulich vor dem Gorgonen angefeuert hast*, zuckte der restliche Satz nur durch meinen Geist, weil ich mir so fest auf die Zunge biss, dass es mich wunderte, kein Blut zu schmecken.

Er runzelte die Stirn. »Wie ich was?«

Ich lächelte gequält. »Wie du mich neulich bei den Vertrauensübungen motiviert hast.«

Etwas Unsicheres mischte sich in seinen Blick. »Bist du immer noch sauer, weil du gegen diesen Baum gelaufen bist?«

Ich schüttelte mich und war erleichtert, dass meine Nase zu alter Imperfektion zurückgefunden hatte. »Ich denke, wir sind inzwischen quitt.«

Wir überquerten eine weitere Straße und bewegten uns über eine Fußgängerbrücke in Richtung Kirmes. Schon aus der Ferne war die Musik laut und deutlich zu hören, und auf halber Strecke kam es mir so vor, als würde mir der Geruch von Zuckerwatte und gebrannten Mandeln in die Nase steigen.

»Ich muss sagen«, hob ich an, »in Köln zu wohnen, hat doch seine Vorteile.«

»Du bist gar nicht aus Köln?«, fragte Linus überrascht.

»Aus Hürth«, korrigierte ich ihn, und er winkte ab. »Ich weiß, war keine Weltreise bis hierher. Aber zentral zu wohnen, ist toll! Man kommt so schnell von A nach B. Und jetzt wohne ich auch nicht weit weg vom Campus, ich kann quasi nicht zu spät zu Vorlesungen kommen und …« Ich hielt inne, als mir auffiel, dass ich mich sogar selbst in Grund und Boden langweilte. »O Gott, sorry«, murmelte ich. »Ich will gar nicht über die Uni reden.« Aber worüber sollte ich denn sonst reden?

MoM*?*

Was anderes.

MoM*?*

Nein, Anne, was anderes!

Masters of Magic?

Nein!

»Keine Sorge«, antwortete Linus zu meiner Überraschung. Ein verheißungsvolles Lächeln umspielte seine Mundwinkel, das einen seltsamen Anflug von Adrenalin in mir aufsteigen ließ. »Ich hab da was für uns vorbereitet.«

Ich blinzelte. »Vorbereitet?«

»Siehst du dann schon.«

Meine Güte. Wie viele Überraschungen hatte er denn noch auf Lager?

Nach ein paar weiteren Minuten Fußweg und mehreren krampfhaften Anläufen, mich weder über MoM noch über die Uni zu unterhalten, die einfach nur darin endeten, dass ich versuchte, mich daran zu erinnern, wie die verschiedenen Wolkenformationen hoch über unseren Köpfen hießen, erreichten wir endlich die Kirmes. Wir wurden von Musik aus jeder Ecke und von den verschiedensten süßen bis fettigen Düften willkommen geheißen, und ich erlaubte es mir, kurzzeitig den Rand zu halten.

Wir spazierten eine Runde über das Gelände, das an sich nicht unglaublich groß war, dafür aber vollgestopft mit Ständen, Fahrgeschäften und natürlich Menschen. Damit man auf dem Weg vom Crêpe-Stand zum Schokoobst nicht verdurstete, warteten außerdem Getränkestände an jeder Ecke und luden einen auf alles ein, was das Herz begehrte. Das Lachen von Kindern hallte von kleineren Fahrgeschäften, Dartbuden und vom Dosenwerfen in unsere Richtung und gesellte sich zu den kehligeren Tönen der Erwachsenen, die wahrscheinlich schon an den Bars kampierten, seit die Kirmes heute geöffnet hatte.

»Also …« Linus wandte sich mir zu. »Willst du dir erst Mut antrinken oder gleich Geisterbahn fahren?«

Ich grinste. »Ich glaube, ich trinke mir lieber erst mal fürs Riesenrad Mut an«, antwortete ich in dem festen Glauben, dass das ein total schlagfertiger Konter war.

Er stutzte. »Wirklich? Hast du Höhenangst?«

Mir blieb der Mund offen stehen. Wie kam er denn darauf?

Komm schon, Anne!, fauchte mich meine innere Pia an. *Wer braucht denn schon Mut fürs Riesenrad?!*

Ich wäre ja für die Geisterbahn gewesen, klärte mich Mr. Skull in missbilligendem Tonfall auf.

»N-nein«, entgegnete ich. »Das … war nur so ein …« Warum war ich so komisch? »Was zu trinken, klingt gut.«

Linus brachte mich zur nächsten Bar. »Eigentlich wärst du ja jetzt dran, mir ein Bier auszugeben«, sinnierte er – und wandte sich ab, ehe ich auch nur eine Sekunde darüber nachdenken konnte. »Zwei Kölsch«, bestellte er, und ich ließ die Schultern hängen.

»Weißt du«, erklärte ich, als wir uns Augenblicke später an einen der leeren Stehtische vor dem Stand stellten. »Ich trinke liebend gern auch mal was anderes als Bier.«

Linus grinste. »Okay, die nächsten Cocktails gehen auf dich.«

Ich grunzte. »Cocktails.« Hatte ich überhaupt Geld dabei?

»Also gut.« Linus stützte sich mit einem Unterarm locker auf der Tischplatte ab. »Lass uns loslegen. Um der guten alten Zeiten willen.« Damit zog er sein Handy aus der Hosentasche und entsperrte den Bildschirm.

»Die guten alten Zeiten, die ja schon sooo lange her sind?«, fragte ich belustigt – und stockte abermals.

Er hatte eine Website geöffnet, deren riesige, in Kapitälchen gedruckte Überschrift eisige Schauer über meinen Rücken jagte: *Eisbrecher-Fragen für jeden Anlass.*

»O nein«, stöhnte ich. »Bitte nicht noch mehr davon!«

»Komm schon!«, ermutigte er mich. »Die besten hatten wir noch gar nicht.« Er lachte leise, als hätte er sich bereits eine ganze Reihe von ihnen durchgelesen und wüsste genau, was auf uns zukam. »Wie wär's? Wir stellen uns abwechselnd Fragen und antworten darauf. Ohne Erklärung. Und nachhaken ist auch nicht erlaubt.«

Ich entspannte mich etwas. Immerhin müsste ich dann keine unangenehmen Fragen zu meinen imaginären Freunden beantworten. »Okay, von mir aus.«

Linus schenkte mir einen tiefen Blick. Wahrscheinlich wägte er gerade ab, ob das hier eine gute Idee war. Ob er mich damit restlos vergraulen oder ob die Sache doch ganz lustig werden würde.

Schließlich entschied er sich. »*Was war der schlechteste Ratschlag, den Sie je bekommen haben?*«

Ich schnaubte. »Oh, sind wir jetzt schon beim Sie angekommen?«

Seine Mundwinkel zuckten. »Ihre Antwort, Frau Schmitt.«

Ich dachte nach, aber alle Ratschläge, die mir einfielen, waren verdammt gute gewesen, die ich blöderweise ignoriert hatte. Wie zum Beispiel: *Zieh dir was Frisches an und nicht die Hose, die seit einer Ewigkeit über deiner Stuhllehne vor sich hingammelt.* Ich seufzte lautlos. »Ich weiß nicht. *Hör nicht auf das, was andere sagen?*«

Linus zog die Brauen zusammen. »Wo ist das denn ein schlechter Rat?«

Ich reckte das Kinn. »Keine Nachfragen!«

Er blinzelte. »Ach ja.«

Doch ich machte eine wegwerfende Handbewegung. »Es ist nur so … Nicht alles, was andere sagen, ist unbedingt nett. Und ja, man kann versuchen, andere zu ignorieren.« Zum Beispiel Alligator1337 oder Holla, die Waldfee. »Aber wenn man Pech hat, hört es trotzdem nicht auf. Und wenn man die ganze Zeit nur weghört, findet man nie die Kraft oder die Munition, um sich zu verteidigen.« Oder – in meinem Fall – zu fliehen. Und zwar endgültig.

Linus nickte bedächtig. »Nicht schlecht, Herr *Hecht.*«

Ich wollte entrüstet sein, aber als ich sein Lächeln sah, verlor ich die Fähigkeit dazu. Wir stießen an, und während wir unser Bier tranken, reichten wir sein Handy zwischen uns hin und her, um uns die dämlichsten Fragen zu stellen, die das Internet zu bieten hatte.

Ich glaubte nicht, dass Linus geplant hatte, dieses Spiel so lange zu spielen, aber wir waren immer noch mittendrin, als wir schon vor dem Riesenrad Schlange standen.

»Okay, ich hab was!« Ich ließ das Handy sinken und blitzte Linus herausfordernd an. »*Wenn Sie bis zu Ihrem Lebensende nur noch einen einzigen Film sehen dürften, welcher wäre das?*«

»*Avatar*«, antwortete Linus wie aus der Pistole geschossen.

Ich blinzelte. »Der letzte Luftbändiger oder die blauen Aliens?«

»Die blauen Aliens von James Cameron«, erwiderte er zu meiner Enttäuschung. »Er ist ziemlich lang und echt gut gemacht, von daher würde mir davon bestimmt ein paar Jahre nicht langweilig werden. Auch wenn es schade wäre, die Fortsetzungen nicht mehr sehen zu können.« Er runzelte die Stirn. »Magst du Avatar etwa nicht?«

Ich wandte den Blick ab. »Ich habe nur einen anderen blauen Alien lieber.«

»Schon klar, Lilo.« Er pikte mich in Stitchs und meinen Bauch – eine Geste, die eigentlich so wenig Aussagekraft hatte wie ein Haufen Stroh, mir aber ein wohliges Prickeln über den Rücken jagte.

Weil ich wieder eine Chance verpasst hatte, Linus ein Bier auszugeben, bezahlte ich für die Fahrt im Riesenrad, das preislich sowieso in einer anderen Liga spielte. Wir unterbrachen unser Spiel kurz, um einzusteigen, dann hatte sich Linus auch schon die nächste Frage ausgesucht. »*Welchen Wunsch würden Sie sich gerne erfüllen, bevor Sie sterben?*«

Ich grunzte. »Wow, wie tiefgründig.« Wir saßen nur zu zweit in der kleinen Gondel, die sich in dieser Sekunde in Bewegung setzte. »Ich weiß nicht genau«, sagte ich, um Zeit zu schinden, während meine Gedanken rasten. Ich wollte keinen klassischen Bucket-List-Punkt herunterrattern. Oder irgendwelche schnulzigen Lebenswünsche wie aus einem Horoskop von mir geben. Oder etwas Dusseliges wie *einmal im Leben Platin (90) erreichen.* Nein, ich wollte …

Was wollte ich?

Je höher wir stiegen, desto abgelenkter wurde ich. Nach und nach erstreckten sich das restliche Kirmesgelände, der Rhein und schließlich ganz Köln zu unseren Füßen. Die Sonne neigte sich langsam, aber sicher dem Horizont, doch abgesehen davon war der Himmel strahlend blau und wolkenlos. Fast so, als hätte sich das Wetter vor den klassischen Herbststürmen noch mal zusammengerissen, um uns das perfekte erste Date bescheren zu können.

Linus ließ genau wie ich den Blick schweifen, strahlte die pure Geduld aus und drängte mich nicht dazu, ihm zu antworten. Vielleicht war das ja der Grund, weshalb sich mir die einzig wahre Antwort wie von selbst auf die Zunge legte: »Ich würde gern … etwas tun, das eine Bedeutung hat.«

Erstaunt sah er mich an. »Ach ja?«

Ich konnte mich ihm nicht ganz zuwenden. Meine Aufmerksamkeit wurde zum Teil von unserer Umgebung, die im Gold der Herbstsonne erstrahlte, teils aber auch von meiner eigenen Gedankenwelt auf sich gezogen. »Ja, etwas … etwas Besonderes. Das einen Wert hat. Für andere Menschen.« Ich lächelte leicht. »Ich glaube, das ist auch ein Grund, warum ich an KI arbeiten will. Es gibt so viele potenzielle Einsatzfelder für solche Technologien, wo sie Menschen wirklich helfen könnten! Alten Menschen, kranken Menschen, Menschen im Straßenverkehr, an Schulen, im Alltag – sie können so vieles besser machen. Und ich … Ich würde gerne dafür sorgen, dass es sie gibt.« Überfordert zog ich die Brauen zusammen. »Hat irgendwas von dem, was ich gerade gefaselt habe, einen Sinn ergeben?«

»Wenn du mich fragst …« Betont beiläufig legte Linus einen Arm auf meine Rückenlehne. »… ergibt das sogar einen ziemlich großen Sinn.« Er lächelte. »Da hast du aber noch einen ganz schön langen Weg vor dir.«

Ich zuckte die Achseln. »Na ja, den ersten Schritt habe ich ja gemacht, oder nicht? Was soll schon schiefgehen?« Mein Lächeln nahm etwas Gequältes an. »Ach ja, einfach alles.«

Er lachte in sich hinein. »Mach dir keinen Kopf. Das Studium ist ein Klacks.«

Verwundert blickte ich ihn an. »Hast du nicht vorhin noch davon gesprochen, dass alles immer schlimmer wird?«

Sein Mund klappte geräuschvoll zu. »Verdammt.«

Ich bildete mir ein, dass das Riesenrad langsamer wurde, kaum dass wir den Höhepunkt erreicht hatten. »Wow«, murmelte ich, als ich die vielen Gebäude, Bäume und Menschen betrachtete, die sich unter uns verneigten. »Ich war schon oft hier, aber es ist wirklich immer wieder was Besonderes.«

Als ich aufsah, hob Linus eine Braue. »Ist das deine nette Art, mir zu sagen, dass meine Idee, hierherzukommen, einfallslos war?«

Schockiert riss ich die Augen auf. »Nein!« Heftig schüttelte ich den Kopf. »Ich find's toll. Viel besser als dieses Standardzeug, im Kino irgendwelche Klischeeschnulzen schauen oder so …« Ich realisierte, dass ich dabei war, mich um Kopf und Kragen zu reden, und beschloss, jetzt einfach den Mund zu halten.

Obwohl Linus den Arm nur auf meine Lehne gelegt hatte, war mir, als würde ich seine Berührung deutlicher in meinem Rücken spüren. »Also stehst du nicht auf Klischees?«

»Na ja, was heißt drauf stehen?« Aus irgendeinem Grund traute ich mich nicht, seinen Blick zu erwidern. »Manchmal sind sie ja ganz nett, aber meistens sorgen sie nur dafür, dass die Story unglaublich vorhersehbar wird, und das ödet mich irgendwie an.« Ich verdrehte die Augen. »*Oh, seht her, sie werden emotional und plötzlich fängt es an zu regnen, damit sie klatschnass sind, wenn sie mitten auf der Straße rummachen.*«

»Klischees öden dich also an«, wiederholte Linus gedehnt und mit einem Tonfall, der mich misstrauisch werden ließ.

Ich drehte den Kopf und begegnete seinem tiefen braunen Blick, der mir von jetzt auf gleich die Sprache verschlug. Umso mehr, als er herabzuckte und auf meine leicht geteilten Lippen fiel. Sofort schlug mein Herz höher, das Blut schoss mir in den Kopf und ich spannte mich etwas an. Das hier war er. Der Moment, auf den ich schon so lange gewartet hatte.

Ein leichtes Lächeln umspielte Linus' Lippen. »Wenn das so ist, werde ich dich jetzt lieber nicht küssen. Ist schließlich auch ein Klischee.« Damit wandte er sich nach vorne und schenkte seine Aufmerksamkeit wieder unserer Umgebung, als wäre nichts gewesen. Als wäre das gerade nicht *der Moment* gewesen!

Verdattert starrte ich ihn an und stieß ein spitzes Lachen aus, das die Situation nicht überspielte, sondern nur noch schlimmer machte. Absoluter. Korb.

Geknickt ließ ich mich tiefer in den Sitz sinken. Warum war ich auch immer so unglaublich vorlaut?

»Hier.« Als wäre das eben nicht passiert, reichte er mir sein Handy. »Du bist dran.«

Mit einem mulmigen Gefühl nahm ich ihm das Telefon ab. Wenn ich das nicht gesagt hätte, hätte er mich dann wirklich geküsst? Auf dem höchsten Punkt des Riesenrads, im mit Abstand romantischsten Augenblick unseres Dates?

Ja, es wäre tatsächlich ein Klischee gewesen. Aber ein wunderschönes Klischee! Und schließlich hatte es keinen Tropfen vom Himmel geregnet!

Missmutig nahm ich mir die erstbeste Frage und las sie vor: »*Welchen Hintergrund haben Sie gerade auf Ihrem Handy?*« Ich stockte. »Oh, das ist einfach.« Ich blendete den Browser aus und sah -

Meine Kinnlade klappte herunter. »Eine *Waldfee?!*«, brach es aus mir heraus. Ausgerechnet eine gottverdammte Waldfee!

»Was?«, fragte Linus belustigt und nahm mir das Handy ab. »Woher weißt du das?«

Irritiert sah ich von der grünhäutigen, blattgeschmückten Frauenfigur zu ihm und wieder zurück. Es war eines der offiziellen Artworks, die das Team hinter MoM zur Waldfee herausgegeben hatte und wie man sie auch auf Tassen, T-Shirts und – nicht ganz offiziellen – Kondompackungen finden konnte. Warum glaubte er, ich würde sie nicht kennen?

Oh. Richtig. Weil ich nicht Mr. Skull war. Zumindest gerade nicht. Und nicht für ihn.

Meine Gesichtszüge entgleisten. Eine Eiseskälte breitete sich in mir aus, und auf einmal fühlten sich meine Lippen taub an. »N-na, weil …« Wie ein Fisch öffnete und schloss sich mein Mund mehrere Male. »… sie aussieht wie eine Waldfee. Oder etwa nicht?«, schob ich unschuldig hinterher, aber Linus' prüfender Blick zeigte mir, dass ich es diesmal nicht geschafft hatte, mich aus der Nummer herauszureden.

»*Waldfee* ist ein sehr spezieller Begriff«, raunte er, als hätte ich gerade ein Codewort aus einem radikalen Untergrund von mir gegeben. »Den würde man nicht benutzen, wenn man es nicht weiß.« Abrupt zog er seinen Arm zurück und rutschte etwas von mir weg, so weit es in der Gondel ging. »Sag mal …«

Ich biss mir auf die Unterlippe. *Bitte nicht.*

»… spielst du etwa MoM?«

Das Lachen, das ich ausstieß, kam so schnell und war so spitz, dass ich es mir nicht mal selbst abkaufte. »Waaas?«, fragte ich belustigt, während ich mich nach einem Nothalt umsah, der mich jetzt sofort hier rausbringen würde – notfalls auch in einem Schleudersitz. »Wie kommst du denn darauf?«

Er kniff die Augen zusammen und ließ sein Handy in die Tasche gleiten. »Wegen dem, was ich gerade gesagt habe.« Und wofür ich immer noch kein gutes Gegenargument präsentiert hatte.

Ich schluckte. »Ist es denn eine Waldfee?«, fragte ich zaghaft. »Ansonsten hätte ich auch noch ein paar andere Namen parat: Waldnymphe, Naturgeist, Kräuterfrau –«

»Anne«, knurrte Linus förmlich, und ich verstummte. Wie schief der Haussegen hing, verstand ich erst, als er mit einer Mischung aus Unglauben und Enttäuschung fortfuhr: »Bitte sag mir nicht, dass ich dich schon mehrmals mit MoM zugelabert habe und du die ganze Zeit gewusst hast, worum es geht.« Heftig schüttelte er den Kopf. »Warum zur Hölle hast du mir das nicht gesagt?«

Panisch riss ich die Hände hoch. »Halt, stopp!«, unterbrach ich ihn und war erleichtert, als er tatsächlich innehielt. Weiter wusste ich allerdings auch nicht. »Ich spiele kein MoM!« Mein Mund bewegte sich schneller, als ich denken konnte. »Ich … hab's nur mal kurz angespielt«, würgte ich irgendwie hervor. »Aber das ist schon Jahre her.« Während ich sprach, formte sich meine Ausrede wie ein Pfad im Nirgendwo vor mir. Mit jedem Schritt, den ich machte, erkannte ich etwas mehr von meinem Weg. »Als es gerade neu war, hab ich es nur mal kurz ausprobiert. Zwei Tage lang oder so! Aber … Was soll ich sagen?« Unbeholfen lächelte ich. »War wohl einfach nicht mein Ding.«

Unbewegt starrte mich Linus an. »Wirklich?«

Meine Kehle wurde staubtrocken. Ahnte er etwas? Hatte ihn das hier nicht überzeugt? Würde ich alles umso schlimmer machen, wenn ich jetzt weiterhin -

»Wirklich!«, plapperte ich einfach weiter. »Ein paar Namen und so kriege ich bestimmt noch hin, aber das ist echt lange her. Echt nicht der Rede wert. Am besten vergisst du gleich wieder, dass ich auch nur weiß, was das ist!« Ich biss mir kräftig auf die Zunge, bevor ich noch mehr Stuss von mir geben konnte. *Sieh es ein, Anne, der Schaden ist angerichtet.*

Linus entspannte sich sichtlich, und ich widerstand dem Drang, dasselbe Stöhnen auszustoßen, das mir schon vorhin auf der Straße komische Blicke beschert hatte. »Ach so. Okay. Cool.« Er nickte langsam. »Ich meine, wäre auch seltsam gewesen sonst. Wenn ich über MoM rede und du die ganze Zeit nur so tust, als wäre das alles neu für dich.« Er schnaubte belustigt. »Stell dir das mal vor!«

Angestrengt zwang ich meine Mundwinkel nach oben. »O ja, das wäre echt abgefahren.«

Ich nahm kaum wahr, wie Linus sein Handy wieder hervorzog. Und war immer noch zu sehr im Moment gefangen, als er ablas: »*Wie würde der Titel Ihrer Autobiografie lauten?*«

Ich schluckte merklich. *Ja, Anne,* grollte Skull. *Wie würde er lauten? Vielleicht was in Richtung: Das Mädchen, das ihrem Schwarm online vorgaukelt, ein Kerl zu sein, und den richtigen Augenblick verpasst hat, ihm das zu sagen. Schon wieder!*

»Und?«, fragte Linus.

Missmutig schüttelte ich den Kopf. »Nein, das ist zu lang.«

Er runzelte die Stirn. »Was ist zu lang?«

Mir wurde heiß und kalt zugleich. Hatte ich das gerade laut gedacht? »Was?«, fragte ich zurück, einfach nur, weil mir nichts anderes einfiel.

Linus kam nicht dazu, weiter nachzuhaken, denn in diesem Moment rastete das Riesenrad ein, und wir mussten aussteigen.

18. KAPITEL

DUNGEON

Der restliche Abend war wundervoll – einfach alles davon. Dass Linus mich nach zwei weiteren Getränken – einer davon *endlich* ein Hugo! – doch noch in die Geisterbahn zerrte. Dass die Geisterbahn ein absoluter Reinfall war … mit Ausnahme des echten Mannes mit der echten Kettensäge, der kurz vor Schluss plötzlich neben unseren Wagen gesprungen kam und dem ich beinahe vor Schreck in die echten Eier geboxt hätte. Dass wir uns an einem Stand Fritten kauften und ich mir danach noch ein paar Schoko-Erdbeeren besorgte. Dass ich mir in meinem Kopfkino ausmalte, wie ich Linus mit welchen fütterte, bis er beiläufig erwähnte, dass er von Erdbeeren Ausschlag bekam – etwas, das ich irgendwie persönlich nahm, weil er das Mr. Skull nie gesagt hatte. Andererseits bedeutete das vielleicht, dass wir die nächste Ebene erreicht hatten. Das nächste Level – eine höhere Liga?

Mir entging nicht, dass es dunkler wurde und sich dabei immer mehr zwischen uns veränderte. Dass wir keine Icebreaker mehr brauchten, um uns zu unterhalten, sondern über Gott und die Welt sprachen. Teilweise auch über MoM, nur dass ich meine spontanen Ausbrüche nun unter Kontrolle hatte und mich nicht mehr verplapperte. Und dass die zufälligen Berührungen, die wir hin und wieder miteinander teilten, immer häufiger wurden und immer fester.

Aber all diese Dinge drohten konstant von einem einzigen Gedanken überschattet zu werden: Hatte ich vorhin meine letzte Chance verpasst, Linus die Wahrheit zu beichten? Und wenn er jetzt schon so enttäuscht gewesen war, als ich ihm offenbart hatte, doch nicht völlig MoM-fachfremd zu sein, wie würde er dann erst reagieren, wenn ich ihm gestand, dass ich …?

Nein. Dies war der letzte Beweis gewesen, den ich gebraucht hatte. Ich durfte es ihm niemals erzählen.

Meine Grübeleien endeten damit, dass Linus meine Hand nahm, als wir das Gelände verließen, und sie auch dann nicht mehr losließ, als wir die Brücke über dem Rhein überquert hatten.

Ich ertappte mich selbst dabei, wie ich jetzt, am Ende unseres Dates, viel nervöser wurde als am Anfang. Wie verabschiedeten wir uns nun voneinander? Was sollte ich sagen?

Danke für die Einladung? Nein. Das hatte ich gesagt, als ich aus Franz-Josefs Haus geflüchtet war, und verfluchte mich bis heute dafür.

War schön mit dir? Das hatte ich bei Franz-Josef auch gesagt und es war so was von daneben gewesen!

Diesmal war es vielleicht schon passender – aber es drückte nicht ansatzweise das aus, was ich fühlte.

Denn was ich fühlte, konnte ich kaum beschreiben. Die Schmetterlinge, die den ganzen Abend in meinem Bauch herumgeflattert waren. Das Kribbeln, das sich über meinen ganzen Körper zog, wann immer Linus mich anlächelte. Seine bloße Präsenz, die meine Handflächen feucht werden ließ, was ziemlich bescheiden war, jetzt, wo er meine Hand festhielt und ich sie nicht beiläufig an meiner Hose abwischen konnte.

Gleichzeitig war ich hin- und hergerissen. Ich wollte nicht gehen. Ich wollte noch mehr Zeit mit ihm verbringen. Am liebsten die ganze Nacht, die ganze Woche, das ganze Semester, nonstop. Auf der anderen Seite konnte ich es kaum erwarten, getrennte Wege zu gehen, weil ich mich wie eine tickende Zeitbombe fühlte und ahnte, dass ich es noch gehörig vermasseln würde, wenn ich das Schicksal länger als nötig auf die Probe stellte.

»Also«, sagte Linus schließlich, als wir beinahe die Stelle erreicht hatten, an der wir uns vorhin getroffen hatten. »Du musst in die andere Richtung, oder?«

Ich hatte das Gefühl, dass er das nur sagte, um Zeit zu schinden. Schließlich war er derjenige gewesen, der den perfekten Mittelpunkt zwischen unseren Wohnungen ermittelt hatte. »Mhm«, antwortete ich zaghaft, und wenn es mir in seiner Gegenwart ohnehin ständig die Sprache verschlug, war mein Kopf jetzt wie leer gefegt.

»Okay, verstehe.« Er zögerte, und ich spürte, wie seine Hand um meine lockerer wurde. Ich musste all meine Selbstbeherrschung aufbringen, um mich nicht an ihm festzuklammern wie ein kleines Kind. »Eigentlich hatte ich geplant, dir jetzt vorzuschlagen, am Montag ins Hochschulkino zu gehen, aber …« Er lachte leise. »Das wäre ja viel zu klischeehaft, oder?«

Ich riss die Augen auf und hätte mich am liebsten selbst geohrfeigt. Wer hätte gedacht, dass ich den Abend längst vermasselt *hatte?* »Nein!«, beteuerte ich. »Ich liebe Klischees! Ich *bin* quasi ein Klischee!«

Wir blieben an der Kreuzung stehen, an der wir uns trennen müssten, und Linus grinste. »Du weißt doch noch gar nicht, welchen Film sie zeigen.«

Ich blinzelte. »Welchen denn?«

»Avatar.«

Meine Mundwinkel sackten herab, und er lachte.

»Ich nehm dich nur auf den Arm. Die Filme verraten sie vorher nicht.« Er ließ meine Hand endgültig los und schob seine in seine Jackentaschen. Ich stellte mir vor, wie er sie beiläufig am Innenstoff abwischte, weil mein Schweiß an ihnen klebte. »Aber es werden wohl irgendwelche Action-Streifen mit Vin Diesel sein.«

Ich überlegte kurz. »Okay, damit komm ich klar.«

Er lächelte. »Gut.« Mir war, als würde sich etwas Unsicheres in seine Gesichtszüge mischen. Etwa weil ihm die gleichen Gedanken durch den Kopf schossen wie mir seit geschlagenen zehn Minuten?

»Dann schreibe ich dir. Oh!« Seine Miene erhellte sich. »Und du schreibst mir bitte, wenn du sicher zu Hause angekommen bist.«

Mir wurde warm ums Herz. »Klar.«

»Okay. Dann …« Er zögerte, nahm aber schließlich die Hände aus seinen Jackentaschen und drückte mich an sich. »Wir sehen uns.«

Ich versuchte, den verschwindend kurzen Augenblick unserer Umarmung in meinem Gedächtnis einzufangen, so gut es ging. »Bis dann.«

Im Nachhinein wusste ich nicht mehr, wie genau wir auseinandergegangen waren. Das Nächste, was ich wahrnahm, war, dass ich mit gesenktem Kopf zwischen den anderen Menschen durch die Dunkelheit huschte, während mein Körper langsam abkühlte. Wow, das war … Das war wirklich toll gewesen. Aber auch wirklich viel. Ich war so glücklich und gleichzeitig völlig durcheinander. Ich konnte es kaum erwarten, mich einfach nur an den Laptop zu setzen und …

Oh. Wahrscheinlich wäre Linus auch da. Verdammt. Wie sollte ich mein Date mit ihm verarbeiten, wenn ich gleich das nächste anhängte?

»Anne!«, ertönte seine Stimme hinter mir.

Abrupt blieb ich stehen und tastete meine Jackentaschen ab. Hatte ich was vergessen? Handy? Geld? War ihm jetzt doch noch der Fleck auf meiner Hose aufgefallen?

Völlig überfordert drehte ich mich zu ihm um – und erschrak, weil er da auch schon direkt vor mir stand.

Aus klaren braunen Augen blickte er mich an, und auf einmal schienen die zig anderen Menschen um uns herum zu verblassen. »Ich wollte dir noch was sagen.«

»Oh«, krächzte ich. All meine Körperfunktionen hatten gerade den Date-Modus mit all seinen Du-musst-einen-guten-Eindruck-hinterlassen-Funktionen runtergefahren, und ich war völlig überfordert. »Was denn?«

Linus zog die Schultern hoch. »Dass ich dich im Kloster geküsst habe, tut mir leid.« Er schüttelte den Kopf. »Das war total überstürzt und ich wollte dich nicht bedrängen oder so.«

Verdattert starrte ich ihn an. Er wollte wirklich auf den Kuss hinaus? Den Kuss, den ich einfach nicht aus dem Kopf bekam? Den ich immer und immer wieder in meinem Gedankenkino abspielte, in dem *Avatar* verboten war? Hatte er sich gerade allen Ernstes dafür entschuldigt?

Meine Lippen teilten sich leicht. »Du musst wirklich nicht –«

»Aber das hier«, unterbrach er mich mit fester Stimme, »tut mir nicht leid.« Das war die einzige Vorwarnung, die ich bekam und die viel zu spät auf das hindeutete, was sie war. Linus sagte kein Wort mehr. Stattdessen legte er beide Hände auf meine Schultern und küsste mich.

Ich wusste nicht, wie mir geschah, aber das musste ich auch nicht, denn mein sonst so fehlprogrammierter Körper reagierte wie von selbst. Ich schlang meine Arme um Linus' Hals und ließ die Endorphine übernehmen. Mit einem Mal fiel die Anspannung, die ich die letzten Stunden mit mir herumgetragen hatte, von mir ab. Alle Zweifel und Ängste, ich könnte etwas falsch machen, verloren sich im Nichts, und ich konnte sogar für einen Moment vergessen, daran zu denken, dass ich mich heute beinahe geoutet hätte.

Linus war alles, was ich sah, fühlte, spürte. Seine Lippen bewegten sich mit einem gewissen Grad an Vorsicht auf meinen, doch mit jedem Augenblick schien auch seine Unsicherheit von ihm abzufallen. Er schlang die Arme vollends um mich und drückte mich an sich, sodass seine Körperwärme allgegenwärtig für mich wurde. Ich hörte und spürte, wie er tief einatmete und sich umso mehr in den Kuss hineinlehnte. Mit meinen Fingern strich ich über seinen Nacken, seine Wangen, wo ich winzigste Stoppel ertastete, die ich mit bloßem Auge kaum sehen konnte. Ich erinnerte mich an den Tag zurück, an dem ich vergeblich versucht hatte, Linus auf Instagram zu finden. Damals, noch bevor ich ihn zum ersten Mal in Fleisch und Blut gesehen hatte. Bevor ich mich Hals über Kopf in ihn verliebt hatte.

Ich hatte nur einen kurzen Blick auf ihn erhaschen wollen. Und jetzt hatte ich einfach alles von ihm. Das hier war nicht wie Platin (90). Es war so viel besser.

Doch genau wie Platin (90) endete es irgendwann – zumindest vorerst. In unserem Fall begann es in dem Moment, in dem ich mir einbildete, einen Tropfen auf meiner Wange zu spüren. Ernsthaft?

Linus' Kuss wurde sanfter, zarter, und irgendwann lösten sich seine Lippen von meinen. Sein Gesicht noch ganz dicht bei mir, lächelte er leicht. »Irgendwie hab ich jetzt doch das Gefühl, mich entschuldigen zu müssen.«

Ich konnte nicht anders, als auch zu lächeln. »Wenn jede Entschuldigung von dir mit einem Kuss endet, hätte ich nichts dagegen.«

Langsam ließ er die Arme sinken, und weil ich nicht wie ein Faultier an ihm hängen bleiben wollte, hatte ich keine andere Wahl, als es ihm gleichzutun. »Okay, dann … sehen wir uns Montag?«, fragte er so zögerlich, als befürchtete er, ihn zu küssen, hätte mich vom Gegenteil überzeugt.

Ich nickte. »Bis Montag.«

Linus machte Anstalten, einen Schritt rückwärts zu machen, doch dann blieb sein Blick an meinem Mund hängen, und etwas Entschiedenes mischte sich in seine Miene. Kurzerhand berührte er mich am Kinn, hob mein Gesicht an und hauchte mir einen Abschiedskuss auf die Lippen. Einen, der so schnell verging, wie er gekommen war, und doch eine deutliche Botschaft hinterließ: *Ich will das hier und nichts anderes.*

Das restliche Wochenende fühlte sich wie ein Wirbelsturm an. Ein Wirbelsturm meiner eigenen Gefühle, in dem ich hoffnungslos gefangen war.

Ja, genau so war es. Ich hatte mich selbst gefangen genommen. Mich in meinem selbst erschaffenen Gewirr aus Skull- und Anne-Fäden verfangen, bis ich nicht mehr wusste, wie ich daraus entkommen sollte. Ich war wie eine Spinne, die seelenruhig ihr Netz gesponnen hatte und dann dumm genug gewesen war, sich selbst darin einzuwickeln. Die Fliege dagegen war freier denn je, schwirrte gut gelaunt um meinen Kopf herum und erinnerte mich in regelmäßigen Abständen daran, welch hoffnungsloser Fall ich doch war.

Ich musste Freitagnacht all meine Selbstbeherrschung aufwenden, um mich nicht bei MoM einzuloggen – und tat es dann doch. Nur um festzustellen, dass xXPlayerOneXx online war. Wie vom Blitz getroffen hämmerte ich auf meine Maus, um mich aus dem Spiel auszuloggen, das Fenster zu schließen und meinen Laptop runterzufahren. Hoffentlich hatte er nicht bemerkt, dass ich da gewesen war.

Somit war mein Abend gewissermaßen gelaufen. Ich konnte nicht MoM zocken und Pia war nicht da – *ihre* Verabredungen endeten meistens nicht damit, dass sie und ihr Date getrennt nach Hause gingen. Irgendwie fühlte ich mich verloren. Letzten Endes lag ich in meinem Bett und schaute ein paar dämliche YouTube-Videos. Irgendwann wechselte ich zu meiner liebsten Streaming-App auf der Suche nach ein paar neuen Filmen und entdeckte – *Avatar*.

Ich ließ es bleiben und ging einfach schlafen.

Am Samstag kam ich auf die Idee, dass ich ja inzwischen alle Ressourcen zur Verfügung hatte, um meinen Tagesablauf um Linus herumzuplanen. Allen voran mein Handy und seine Nummer. Ich verfolgte seinen WhatsApp-Status, fragte ihn ab und an – aber nicht zu oft! –, was er gerade machte und fand heraus, dass Ludwig ihn heute auf eine Party schleifen wollte. Ich wusste nicht, was mich mehr überraschte:

Dass Linus der Typ für Partys war? Oder dass er mich nicht fragte, ob ich auch hingehen wollte?

Nicht, dass ich das gewollt hätte. Im Gegenteil. Ich war froh, dass er es nicht tat. Aber andererseits … Warum tat er es nicht? Wollte er mich noch nicht so früh wiedersehen? Oder spürte er das Risiko, das in jeder Sekunde wuchs, die wir miteinander verbrachten? Das Risiko, dass ich irgendetwas Dummes sagte, tat oder dachte? So wie zum Beispiel jetzt gerade in diesem Moment?

Ich schlug mir meine eigene Schwarzmalerei aus dem Kopf und konzentrierte mich auf das Wesentliche. Ich konnte den ganzen Abend in Magistrar verbringen, ohne Gefahr zu laufen, einem gewissen xXPlayerOneXx zu begegnen.

Beim bloßen Gedanken daran fühlte ich mich plötzlich seltsam befreit. Weil Pia am Abend schon wieder verabredet war und ich inzwischen keine Ahnung mehr hatte, ob es immer derselbe oder jedes Mal unterschiedliche Kerle waren, mit denen sie sich traf, verlor ich keine Zeit, mich einzuloggen und endlich wieder Mr. Skull in meine imaginären Arme zu schließen.

Als der Sensenmann auf dem Bildschirm erschien, sah er nicht gerade erfreut aus.

Skull und ich waren in der Kupfer-Liga angekommen, aber das Ende des Weges war noch lange nicht in Sicht. Fontana hatte es gemeinsam mit mir bis in Silber (69) geschafft, was bedeutete, dass Skull mir immer noch etwas zu beweisen hatte. Aber inzwischen war ich fest davon überzeugt, dass wir es schaffen konnten. Gemeinsam.

Also folgte ich dem Lauf des Spiels und begann zu leveln. Ich schlachtete hier ein paar Dämonen, da ein paar Hühner und nahm auf dem Weg ein paar Quests an, die jetzt, wo ich wieder in der richtigen Liga angekommen war, sogar einigermaßen interessant wurden. Ich reiste in ein entlegenes Gebiet im Wunderwald, in dem es vor Vampirwölfen nur so wimmelte. Dort musste ich eine Katze vom Baum retten, führte ein Liebespaar zusammen, das sich aus unerfindlichem Grund an zwei verschiedene Ecken der Karte verlaufen hatte, und half einem alten Mann dabei, seine Brieftasche wiederzufinden. Er war so dankbar, dass er mir als Finderlohn einen Zauber schenkte, der wahrscheinlich mehr wert war als alles, was er je im Leben besessen hatte. Und dann …

Dann war er da auch schon. Der einzige Mensch, der im selben Atemzug dafür sorgen konnte, dass mein Herz höherschlug und sich ein Eiszapfen in meine Brust bohrte.

Meine Augen weiteten sich, als das Lämpchen neben seinem Nutzernamen grün wurde. Zuerst hielt ich es für einen Fehler, einen Bug, eine optische Täuschung, einen Anfall meinerseits, aber auch nach mehreren panischen Atemzügen blieb der Anblick gleich. Warum war er hier? Hatte er nicht auf die Party gehen wollen?

Mir dämmerte, dass die Antwort in der Frage steckte.

Linus schrieb mir keine Nachricht. Stattdessen schickte er gleich eine Voicechat-Anfrage. Ein deutliches Zeichen dafür, wie gut wir inzwischen befreundet waren. Er und Skull. Skull, den er überhaupt nicht kannte. Von dem er keine Ahnung hatte, dass es sich bei ihm in Wirklichkeit um mich handelte.

Mir wurde übel. Mehrere quälende Sekunden lang starrte ich die Anfrage an, beobachtete reglos, wie der Timer mit der Zeit, die mir blieb, um sie anzunehmen, langsam herunterzählte.

Neun.

Ich konnte nicht mehr so weitermachen wie bisher. Das stand fest.

Acht.

Aber was sollte ich jetzt tun? Wie sollte es von hier aus weitergehen? Genau dieselben Fragen hatte ich mir letzte Woche gestellt und war schnell auf eine Lösung gekommen. Doch inzwischen war einfach alles anders.

Fünf.

Weil ich ein Date mit Linus gehabt hatte. Weil er mich zum zweiten Mal geküsst hatte. Und zum dritten Mal. Und es hatte sich so verdammt gut angefühlt.

Drei.

Ich wollte das mit ihm. Ich wollte, dass es etwas Ernstes war.

Zwei.

Aber gehörte zu etwas Ernstem nicht auch das Minimum an Ehrlichkeit – genau das, was ich ihm nicht geben konnte, weil es sonst alles zerstören würde?

Eins.

Mein Finger fühlte sich lahm und schwer an, als ich die *Annehmen*-Taste drückte. »Hallo?«, brummte ich missmutig.

Im ersten Moment herrschte Stille. »H-hallo?«, fragte Linus dann mit seltsam spitzem Unterton. »Skull?«

Ich stutzte. Das hier war kein Telefon, in das er eine Nummer eingeben und sich um eine Ziffer vertun konnte. Er hatte doch auf meinen Namen geklickt! »Ja«, antwortete ich irritiert. »Was denn?«

Ein, zwei Sekunden herrschte Stille. »Wer ...« Linus stockte. »Wer bist du?«

Meine Schultern sackten herab. »Hä?«, gab ich verwirrt zurück und erinnerte mich daran, dass ich ja jetzt Skull war. Sofort reckte ich das Kinn. »Willst du mich verarschen?«, fragte ich barsch.

Betretenes Schweigen breitete sich am anderen Ende aus, und ich spürte einen – wenn auch verwirrten – Stich in meiner Brust. War mein Ton jetzt *zu* rau gewesen?

Mein Ton -

Mit einem Schlag realisierte ich, was gerade passierte. Die Zeit schien stillzustehen – nein, eher elendig auf dem Fußboden zu verenden –, als mir etwas bewusst wurde, das ich noch vor ein paar Tagen niemals vergessen hätte. Etwas, das jedoch immer mehr in den Hintergrund gerückt war, je mehr Zeit ich im Real Life mit Linus verbracht hatte.

Meine Stimme.

Erschrocken sog ich die Luft ein und hämmerte förmlich mit der Hand gegen mein Headset, um das Mikrofon abzustellen. Mit einem Ruck hatte ich mich vom Schreibtisch abgestoßen, rollte mit meinem Stuhl rückwärts und starrte den Bildschirm an, auf dem der Voicechat mit Linus immer noch als aktiv angezeigt wurde.

Totenstille erfüllte meine Umgebung. Von xXPlayerOneXx drang kein Ton aus meinen kabellosen Kopfhörern. Da war nur das Blut, das in meinen Ohren rauschte und meinen Kopf anschwellen ließ, und mein Herz, das wie wild in meiner Brust klopfte und mir beinahe den Verstand raubte.

Was war gerade passiert?

Meine Gedanken stoben aus allen Ecken meines Bewusstseins heran, knüllten sich zu einer dicken, wabernden Kugel zusammen und explodierten, um sich wie spritzende Eingeweide in alle Richtungen zu zerstreuten.

Ich war so vorsichtig gewesen. Vorsicht war meine Regel Nummer eins gewesen. Und es hätte so leicht sein können. Ich hätte nur das absolute Minimum an Sorgfalt an den Tag legen müssen.

Hatte ich es gerade wirklich verbockt? War das wirklich alles gewesen, was es gebraucht hatte?

Mein Mund wurde trocken, und ich konzentrierte mich so sehr auf meine Kopfhörer, dass ich ihre Stille in mich aufzusaugen drohte, bis sie mich ausfüllte. Ich wartete nur auf den Moment, in dem Linus seine Stimme wiederfinden und seine Lippen meinen Namen formen würden: *Anne? Bist du das etwa?*

Doch es passierte nicht. Und das wiederum erfüllte mich mit Hoffnung und Angst zugleich.

Vor allem aber mit Angst. Das konnte es nicht gewesen sein. Nicht jetzt. Nicht so.

Verzweiflung umklammerte mein Herz und fraß sich geradewegs hinein. Ich spürte förmlich, wie meine Lebenspunkte abliefen, ganz ohne Heilzauber in Sicht. Denn es gab keine Heilung für Selbstzerstörung.

Ich fühlte mich taub, benommen, als ich langsam wieder in Richtung Schreibtisch zurückrollte. Schwerfällig, ohne einen klaren Gedanken fassen zu können. Meine Finger zitterten, als ich eine Hand auf die Maus legte und mit einer Seelenruhe, die ich gerne bei meinen Abiturprüfungen an den Tag gelegt hätte, meine Stimmverzerrer-Software öffnete. Als ich dreimal danebenklickte, bis ich endlich den Gangster auswählte. Und mehrere flache Atemzüge später das Mikrofon wieder anschaltete.

Ich schluckte so angestrengt, dass Linus es bestimmt hören konnte. »Hallo?«, fragte ich mit rauer Stimme.

»Oh!«, antwortete er so plötzlich, dass ich zusammenzuckte. »Da bist du ja.«

Ich reagierte nicht. Nichts in mir regte sich. Ich traute dem Frieden nicht.

»Hey, wer war das gerade?«

Mein ganzer Körper spannte sich an, bis ich hätte schwören können, dass sich daraus ein Muskelkaterpotenzial entwickelte. »Hm?«, fragte ich mit hoher Stimme, die jetzt aber hoffentlich nicht mehr annähernd so hoch klang wie eben.

»Da war gerade eine Frau an deinem Account.« Ich konnte nicht sagen, ob Linus belustigt oder unsicher klang. »Oder ein Mädchen oder so.«

Meine Kinnlade klappte herunter. »*Ein Mädchen?!*«, stieß ich entrüstet hervor. Klang ich etwa wirklich wie eine Zwölfjährige?

Ich biss mir auf die Zunge, bevor ich eskalieren konnte. »Das war … meine …« Ich rang mit mir, ermahnte mich, jetzt bloß nichts zu sagen, das ich bereuen würde, und stolperte dann doch über meine eigenen Gedanken. »… Frau.«

»Oh.«

Ach du Scheiße.

»Du bist verheiratet?«

Ganz offensichtlich.

»Und deine Frau spielt auch MoM?«

O ja. Da hatten sich zwei gefunden.

Hilfesuchend ließ ich meinen Blick aus dem Fenster gleiten. Vielleicht wäre ja zufällig wieder ein Auto zur Stelle, vor das ich mich werfen könnte. »Sie … ähm … nein.« Ich hatte es aufgegeben, mir irgendeine sinnvolle Geschichte zusammenstricken zu wollen. »Sie wollte es nur kurz ausprobieren und ich hab sie gelassen. Aber … ist nicht so ihr Ding.«

»Verstehe. Kann auch echt kompliziert sein, wenn man sich noch nicht damit beschäftigt hat. Sieht sie dir gerade zu?«

»Nein, äh …« Ich rang mit mir. »Sie ist jetzt … äh … in der Küche.« Am liebsten hätte ich mir mit der flachen Hand gegen die Stirn geschlagen.

Meine Frau ist in der Küche? Was Besseres fiel mir nicht ein? Da konnte ich mich ja gleich zu Alligator1337 in die Ecke stellen!

»Okay, cool.« Ich sandte ein Dankesgebet zum Himmel, dass Linus kein *»Da, wo sie hingehört«* hinterherschob und alles zunichtemachte, was ich jemals an ihm gut gefunden hatte. »Hast du Lust auf einen Dungeon? Ich könnte etwas Gold gebrauchen.«

»Klar doch«, antwortete ich matt, ohne ihm richtig zugehört zu haben. Denn ich konnte nach wie vor nicht glauben, dass ich mich wirklich aus dieser Situation gewunden hatte.

Die Frage war nur: Für wie lange würde mir das noch gelingen?

Die Ruine um uns herum war stockfinster – und das, obwohl das Dach über den meisten Gebäudeteilen restlos eingestürzt war. Eigentlich hätte das allgegenwärtige Sonnenlicht durch kleinere Lücken und größere Öffnungen fallen und uns den Weg leuchten müssen. Aber so einfach war das nicht. Schließlich befanden wir uns hier in einem Spiel.

Deshalb hatte auch das warme Licht, das der Tagschatten neben mir ausstrahlte, rein gar keine Auswirkung auf unsere Umgebung. Wir konnten exakt drei Schritte weit sehen – und dann war da nichts als Schwärze.

Dungeons gab es einige in MoM, ein großer Teil davon kreuz und quer über die ganze Karte verteilt. Meistens dienten sie nur dazu, in kürzester Zeit möglichst viele Monster abschlachten zu können. Dabei konnte man einen Haufen Gold und Erfahrung zusammenbekommen, ohne weit laufen zu müssen. Ab und an fanden auch Events statt, in denen altbekannte Dungeons in neuem Licht erstrahlten und Magistrar noch mal einen besonderen Twist verliehen.

Heute war keiner dieser Tage, was bedeutete, dass es ultradunkel war und an jeder Ecke eine kleine bis mittlere Bestie lauern konnte.

Ich spürte die Sense in meiner Hand kaum – genauso wenig wie meine Füße, die unter meinem wallenden Gewand vielleicht gar nicht existierten. Der Tagschatten und ich befanden uns im Almeria-Dungeon: eine alte, aber restlos verfallene Festung. Der Legende nach hatte hier einmal ein König mit seiner Familie gehaust, bis dessen Tochter ein verbotenes Buch gefunden und versucht hatte, sich mit den geheimen, darin beschriebenen Künsten die schwarze Magie zu eigen zu machen. Doch der Schuss war nach hinten losgegangen: Sie hatte ihre Blutlinie und alles, was dazugehörte, mit einem Fluch belegt, und das Reich war untergegangen. Während sich der Rest der Landkarte erholt hatte, stand die verfallene Festung immer noch an Ort und Stelle, um daran zu erinnern, dass man sich auf keinen Fall mit finsteren Mächten einlassen sollte. Oder in unserer Sprache: *Benutzt keine Cheats, sonst werdet ihr bestraft.*

Ich war angespannt, doch das hatte rein gar nichts mit dem Dungeon an sich zu tun. Eine meiner Gehirnhälften steckte in Skull, die andere wurde aber immer noch in Annes Schädel aufgehalten, weil es da ein paar Dinge gab, die sie stellvertretend für ihre bessere Hälfte klären musste.

Es lief nicht besonders gut. Und damit meinte ich nicht einmal Linus' und meinen spontanen Ausflug hierher.

Links und rechts wurden wir von überdimensionalen verschlissenen Gemälden gut gekleideter, blasser Gestalten angestarrt, die von gespenstischen Lichtern ohne jede Quelle angeleuchtet wurden und deren Blicke uns auf Schritt und Tritt zu verfolgen schienen. Ich war lange nicht mehr in diesem Dungeon gewesen und wartete nur auf ein Update des Hohen Rats, bei dem die gruseligen Männer und Frauen aus ihren Bilderrahmen sprängen und über uns herfallen würden.

»Hörst du das?«, raunte mir xXPlayerOneXx zu.

Ich ließ meinen Blick durch die Finsternis schweifen und spitzte die Ohren. Tatsächlich drang ein leises Geräusch, das an flatternde Flügel erinnerte, gedämpft in mein Bewusstsein, Augenblicke, bevor sich der finstere Gang in zwei Teile spaltete.

»Ich glaube, es kommt von da.« Linus wandte sich nach rechts, und ich blieb dicht an seiner Seite. Dungeons waren immer anders aufgebaut, wann immer man sie betrat, und sie verschoben sich auch gerne mal, während man schon mittendrin war. Deshalb mussten Linus und ich nah beieinander bleiben, um nicht durch eine Falltür oder eine sich aus dem Nichts auftuende Wand getrennt wurden. Dann wären wir auf uns allein gestellt und je nach Monstern, die auf uns lauerten, so was von am Arsch.

Seite an Seite bewegten wir uns durch die Finsternis, allzeit bereit und … ohne Vorkommnisse. Linus schleuderte zwei, drei halbherzige Feuerzauber von sich. Wir beobachteten, wie die Mini-Bälle durch den Gang schossen und nach ein paar Schritten in Mini-Feuerwerken explodierten, ohne jemanden oder etwas getroffen zu haben.

»Mist«, murmelte er. »War wohl die falsche Richtung.«

Ich warf einen Blick über die Schulter – genau in der Sekunde, als sich eine Wand lautlos hinter uns schob und den Rückweg blockierte. Danke für nichts.

War vielleicht auch besser so. Ich konnte mich sowieso kaum auf das konzentrieren, was wir taten. Die letzten dreißig Fledermäuse, die wir gegrillt hatten, waren allein auf Linus' Kappe gegangen. Wobei er nicht annähernd so gesprächig war wie sonst. War er nach der Sache zuvor doch misstrauisch geworden?

Wenn ich nicht aufpasste, würde es zumindest nicht mehr lange dauern, bis es soweit wäre. Vielleicht sollte ich allmählich einen Steckbrief über Mr. Skulls wundersames Privatleben anlegen, damit ich mich in dieser Hinsicht nicht auch noch verzockte.

Das Traurigste an der Sache war, dass Skull ein viel besseres Leben führte als ich – und zwar nicht nur online. Wahrscheinlich hing er oft mit seiner Frau und seinen zwei kleinen Söhnen im Park ab. Spielte Frisbee oder Baseball – oder was auch immer normale Menschen mit Kindern in der Welt da draußen machten. Am Montag ging er zur Arbeit, wo er nicht nonstop dafür angestarrt wurde, ein Mann zu sein. Stattdessen verdiente er Geld, mit dem er dafür sorgen konnte, dass sich seine Familie nicht sechs Tage pro Woche von Pasta und einen Tag von Tiefkühlpizza und noch mal Pasta ernähren musste. Und dann, abends – wenn seine Kinder mit sich selbst beschäftigt waren und seine Frau mit ihren Freundinnen ausging, um sich über den neuesten Klatsch und Tratsch aus der Stadt, irgendwelche Promis und die britischen Royals auszutauschen –, *nur* dann setzte er sich an seinen Computer und spielte zumindest für ein paar Stunden MoM. Aber nur, wenn er sich nicht gerade mit der Börse, seiner Mitgliedschaft in einem Automobilclub, der Tageszeitung oder seinem sozialen Engagement im Tierheim beschäftigte.

Mr. Skull war einfach perfekt. Und ich war so eine Versagerin, dass ich seine Perfektion nicht mal spielen konnte. Ich hatte ein Alter Ego erschaffen, das eigentlich nur eine Fassade – ein Avatar – hatte sein sollen, das inzwischen aber so sehr über sich hinausgewachsen war, dass ich einfach nicht mehr an es heranreichte.

Wow. Sogar meine eigenen Erfindungen übertrumpften mich. Jetzt wusste ich, wie sich Frankenstein fühlte. Vielleicht sollte ich lieber doch nichts mit KI anfangen.

»Findest du, wir sollten mal wieder rausgehen?«, fragte Linus beiläufig. Wer einen Dungeon betrat, durfte Gold und Erfahrung nur behalten, wenn er es in einem Stück nach draußen schaffte. Deshalb war es ratsam, ab und zu mal den Ausgang aufzusuchen, um alles zu sichern, was man schon abbekommen hatte. Allerdings konnte man sich nur bessere Beute erhoffen, je länger man blieb.

»Ich weiß nicht«, murmelte ich. »Vielleicht können wir langsam einen Bogen –«

»Hey!«, zischte Linus und blieb abrupt stehen. Der Tagschatten drehte sich um die eigene Achse, und etwas Gehetztes mischte sich in seinen Blick. »Hast du das gehört?«

Ich blinzelte. »Ähm.« Ich wollte mir zumindest einbilden, dass das Geräusch meiner Stimme von den hohen, nackten Wänden zurückgeworfen wurde, aber Fehlanzeige.

Bis da eben doch was war – schon wieder drang ein flatterndes Geräusch an meine Ohren. Jedoch nicht wie das der Fledermäuse, die im Eingangsbereich darauf gewartet hatten, dass wir ihnen den Garaus machten. Nein, es klang irgendwie …

Ein ohrenbetäubendes Kreischen zerriss die Luft um uns herum. Erschrocken quietschte ich auf und widerstand gerade so dem Drang, mich flach auf den Boden zu werfen. Ich spürte einen Luftzug haarscharf über meinen Kopf gleiten, als eine mindestens armlange Kreatur so knapp über mich hinwegschoss, dass sie beinahe meine Kapuze mit sich gerissen hätte.

»O Gott, o Gott!«, entwich es mir. Blindlings schleuderte ich einen Feuerball auf den schwarzen Schatten, welcher meinem Angriff jedoch mit Leichtigkeit auswich.

»Na endlich!«, reagierte Linus ein klein wenig professioneller als ich. Mit einem Ruck riss er die Arme zur Seite, haute mir dabei fast eine runter – und erstrahlte im hellsten Licht.

Zischend kniff ich die Augen zusammen, wurde aber wie durch ein Wunder nicht geblendet. Für einen kurzen Moment sah ich einfach alles: die nackten, kalten Backsteinwände um uns herum, die eingefallenen oder bröckelnden Mauern, den herabgestürzten Kronleuchter, der den Weg vor uns blockierte – und natürlich die überdimensionale, haarige Kreatur mit den schwarzen Lederschwingen und Vampirzähnen, die so weit aus ihrem Maul herausragten, dass sie es nicht mehr richtig schließen konnte. An den Fängen haftete frisches Blut.

In dem Sekundenbruchteil, in dem ich weiter als zwei Schritte sehen konnte, stieß sich das Vieh gerade an der nächstgelegenen Wand ab. Seine rotglühenden Augen richteten sich auf mich und …

Es wurde wieder dunkel.

»Shit!«, stieß ich hervor und warf einen zweiten Feuerball. Diesmal traf er sein Ziel.

Und dann traf das Ziel mich.

Die Kreatur prallte nicht gegen mich – diese Mechanik existierte bei MoM nur in Raids und Duellen. Stattdessen sauste das Monster geradewegs durch mich hindurch, und es fühlte sich so an, als würde es auf halber Strecke mein Herz, meine Knochen und all meine verrottenden Eingeweide darin mit sich reißen.

Überrascht sog ich die Luft ein, schlitterte einen Schritt rückwärts und spürte, wie meine Kraft im selben Tempo wie das Grün in meiner Lebensleiste schwand. »Fuck! Was zur Hölle ist das?«

»'ne Fledermaus«, antwortete Linus deutlich ruhiger. *Ihn* hatte ja kein Werwolf-Vampir auf links gedreht!

»Das ist doch keine Fledermaus!«, keifte ich. Wir hatten auf dem Weg hierher schon so viele vermöbelt, dass ich genau wusste, wann ich es mit einer zu tun hatte.

Der Tagschatten wirbelte herum und hielt plötzlich in beiden Händen einen kreisrunden Spiegel, als wollte er dem Vieh dessen eigene Hässlichkeit vorhalten. »Na, dann vielleicht ein Flughund.«

»Flughunde sind doch auch Fleder…«

»Konzentration, Skull!«, unterbrach Linus meine Bio-Nachhilfe – und wurde von der Pseudo-Fledermaus niedergemäht. Glaubte ich zumindest, denn obwohl das Vieh geradewegs durch ihn hindurchsauste, verlor er nur ein Viertel seines Lebens – und nicht gut die Hälfte wie ich zuvor.

»Worauf wartest du noch?«, erinnerte er mich in diesem Moment daran, dass *ich* es mir nicht leisten konnte, noch so einen Angriff einzustecken.

Ich fluchte und warf beide Arme in die Luft, schleuderte meinen mächtigsten Angriff von mir und …

Mein Schatten mischte sich unter die Schatten um uns herum und ward nie mehr gesehen. Ein Kreischen ertönte, das beinahe einen Anflug von Hoffnung in mir aufkeimen ließ, aber die silberne Leiste mit meinen Erfahrungspunkten blieb starr und regungslos, was schlichtweg bedeutete, dass das Ding noch am Leben war.

»Konzentration«, ermahnte mich Linus wieder. »Das Vieh ist schnell und kann austeilen, aber es hält nicht besonders viel aus. Wenn du es bannen kannst, kann ich meinen Zauber entladen.«

Plötzlich dämmerte mir, was passiert war. Der Handspiegel des Tagschattens hatte einen Teil des Angriffs abgefangen und in sich gespeichert. Im richtigen Moment könnte Linus das Vieh seine eigene bittere Medizin schlucken lassen. Doch wir hatten nur einen Versuch.

Na ja, Linus hatte vielleicht noch ein paar mehr Versuche, aber wenn ich lebend aus der Sache herauskommen wollte, musste ich jetzt damit anfangen, darum zu kämpfen.

»W-warte kurz!« Da wir uns in einem Dungeon außerhalb eines Events befanden, konnte ich auf deutlich mehr Zauber zugreifen als beispielsweise in den MOBA-Arenen. Genauer gesagt war es mir sogar möglich, mein Inventar zu öffnen, in dem sich mir alle Arten von Magie, die ich jemals gefunden hatte, in Form von rechteckigen bunten Icons präsentierten. Also musste ich nur noch die passendsten auswählen und meine Kurztasten damit belegen. Der Haken an der Sache war nur, dass die Spielzeit ganz normal weiterlief. Und ich hatte keine Ahnung, wonach ich suchen sollte.

»Skull?«, fragte Linus gehetzt.

Schweißperlen traten mir auf die Stirn, als ich verzweifelt durch meine Liste mit Zaubern scrollte. Die meisten davon waren absoluter Müll und richteten so wenig Schaden an, dass ich die Fledermaus genauso gut am Po hätte kratzen können. Zwischendrin entdeckte ich einen Wegwerf-Regenerations-Zauber, den ich jetzt mehr als gebrauchen könnte. *Wegwerf-*, weil ich ihn nur ein einziges Mal benutzen konnte, ehe er sich aus meiner Sammlung verabschiedete. Aber man lebte ja nur einmal, nicht wahr?

Ich rüstete ihn aus, musste jedoch mein Inventar schließen, ehe ich ihn benutzen konnte. Schnell heilte ich mich und musste dann noch drei quälend langsame Sekunden abwarten, bis ich meine Vorräte wieder ansehen konnte.

Linus stöhnte. »Willst du dir vielleicht noch die Nägel lackieren?«

»Haha!«, antwortete ich viel zu weiblich und stürzte mich wieder in meine Zauber.

»Fuck!«, stieß Linus hervor, und ich spürte regelrecht den schmerzhaften Zug, der durch seinen Körper gehen musste, als die Fledermaus erneut zuschlug. »Wird das heute noch was?«

»Ist ja gut!« Ich sog mein Inventar förmlich in mich auf – und wurde endlich fündig. *Schattenbann*, schwebte der Name des Zaubers über dem violetten Icon. Das war alles, was ich wissen musste.

»Beeilung!«

Mein Herz schlug mir bis zum Hals. Blitzschnell ließ ich den Zauber auf eine meiner Kurztasten gleiten, schloss das Inventar und -

»Wo?!«, rief ich aus, und Linus knipste noch mal für einen Moment das Licht an.

Die blutroten Augen der Bestie bohrten sich förmlich in meine, und für eine Sekunde kam es mir so vor, als wäre mir diese Fledermaus gar nicht so unähnlich. Auch ich heftete mich in der tiefsten Dunkelheit an Linus' Fersen, in der er nicht erkennen konnte, ob ich eine Fledermaus oder ein Flughund war. Oder eben Anne oder Mr. Skull.

Keine Ahnung, ob das der Grund war, weshalb eine unbeschreibliche Energie in mir hochkochte. Ob es die Wut auf die Fledermaus war, die mir meine Zeit stahl, obwohl mir langsam die Blase drückte. Oder vielleicht war es die Wut auf mich selbst, weil ich mir immer wieder unter Beweis stellte, dass ich mit meinen Problemen lieber »Ich seh dich nicht, du siehst mich auch nicht« spielte, anstatt sie aus dem Weg zu räumen.

Dieses Vieh würde ich jetzt allerdings so was von aus dem Weg räumen!

»Friss das!«, schleuderte ich ihm entgegen und entfesselte den Schattenbann. In dem Moment, in dem die Finsternis um uns herum wieder die Oberhand gewann, geriet sie plötzlich in Bewegung. Von allen Seiten schoss sie heran und stürzte sich wie eine Meute hungriger

Hyänen auf die Kreatur. Ihr Kreischen schmerzte in meinen Ohren, und ich widerstand dem Drang, mir mein Headset herunterzureißen. »Jetzt!«, wies ich Linus an.

»Nein«, erwiderte er matt. »Nicht jetzt.«

Entgeistert riss ich den Kopf herum. »Was?«

In diesem Augenblick sah ich es: Meine kupferne Erfahrungspunkteleiste, die immer voller wurde.

Verdutzt blinzelte ich. »Was passiert hier?«

»Du hast das Teil nicht gebannt«, erklärte Linus, »sondern getötet.« Der Unterton in seiner Stimme irritierte mich so sehr, dass ich den Schriftzug kaum wahrnahm, der sich in den Vordergrund meines Bewusstseins zu kämpfen versuchte.

Du bist jetzt auf Level Silber (50)!

Ich kam nicht mehr mit. »Hä? Nicht gebannt?« Entgeistert öffnete ich mein Inventar, aber der Zauber war verschwunden. War wohl auch ein Einwegzauber gewesen. »Warum heißt das Teil dann *Schattenbann?!*«

»Weil es die Schatten um dich herum bannt, um den Feind zu attackieren«, ratterte Linus aus dem Magistrar-Erste-Klasse-Schulbuch herunter. »Komm.« Damit setzte er sich in Bewegung, und ich beeilte mich, ihm hinterherzukommen, ehe er mich in der Dunkelheit zurücklassen konnte.

Ein mulmiges Gefühl stieg in mir auf – und das, obwohl das grässliche Vieh tot war. Aber ich konnte nicht überhören, dass Linus enttäuscht klang. Wahrscheinlich hatte er sich auf den großen Auftritt seines Spiegels gefreut, den ich ihm jetzt vermasselt hatte. Oder vielleicht störte er sich daran, dass ich nun offiziell eine Liga weiter war als er.

Ich räusperte mich. »Weißt du, ich glaube, es war wirklich ein Flughund.«

»Lass stecken«, grunzte Linus. »Du bist ziemlich durch den Wind heute, kann das sein?«

Ich schluckte merklich. »Waaas?«

»Ich meine, was war das gerade?«, fragte er belustigt. »Das hätte wahrscheinlich sogar deine Frau besser hinbekommen.«

Ich blies mir eine Haarsträhne aus dem Gesicht. Jetzt wurde ich schon mit der imaginären Frau meines imaginären Alter Egos gedisst! »Soll ich sie vielleicht holen, damit ihr ohne mich weitermachen könnt?«

»Schon gut«, wehrte Linus ab. »Nicht, dass sie nach zwanzig Minuten besser spielt als ich.«

Ich schnaubte belustigt. »Du glaubst wirklich, dass sie zwanzig Minuten dafür brauchen würde?«

Er lachte leise, und ich war froh, dass offenbar alles wieder in Ordnung war. War das immer so, wenn Männer ein Problem miteinander hatten? Und ich hatte gedacht, dass zur Versöhnung Bier fließen oder der Sportkanal eingeschaltet werden musste.

»Eigentlich«, begann Linus plötzlich, »wäre es doch echt cool, wenn mehr Frauen zocken würden. Findest du nicht?«

Ich versteifte mich etwas. »Ähm.«

»Na ja, ich meine … der Vielfalt wegen.« Sein Lachen klang nervös, als befürchtete er, ich könnte das, was er sagte, total dämlich finden. »Keine Ahnung, liegt vielleicht daran, dass ich einen klassischen Männer-Studiengang gewählt habe, aber … Es ist doch irgendwie schade, dass immer alles so nach Geschlechtern getrennt ist, oder? Man findet hier kaum Frauen.«

Ich befeuchtete meine Lippen, biss kräftig drauf, bevor ich meine Antwort überstürzen konnte, und sprach dann trotzdem exakt das aus, was mir auf der Zunge gelegen hatte: »Oder sie verstecken sich hinter Männer-Accounts …«

»Ja, genau!«, bekräftigte Linus, und mein Herz machte einen Sprung. »Das sollte doch überhaupt nicht nötig sein! Ich würde mich freuen, wenn sie einfach … na ja, zu sich selbst stehen würden.«

Ich wagte es kaum, ihn anzusehen, während wir um die nächste Ecke bogen. »Glaub mir, das hat nichts damit zu tun«, murmelte ich in mich hinein.

Linus schien es nicht zu hören, was vielleicht auch besser so war. »Ich hatte vor ein paar Tagen 'ne Verabredung«, erzählte er so beiläufig, als hätte er Skull letzte Woche nicht sein Herz ausgeschüttet, weil Anne ihn nicht angerufen hatte. »Und ich hab von ihr erfahren, dass sie MoM mal ausprobiert hat. Schon Jahre her, nichts Ernsthaftes«, spielte er es deutlich besser herunter als ich auf dem Riesenrad. »Aber … trotzdem irgendwie cool. Ich meine, dass sie sich überhaupt mal dafür interessiert hat. Die meisten anderen Frauen schütteln doch nur den Kopf darüber.«

Vielleicht hätte ich mich geschmeichelt fühlen sollen. Konnte ich aber nicht, weil er mich damit gleichzeitig daran erinnerte, dass alles, was wir hatten, auf einer dicken, fetten Lüge errichtet worden war. Eine, die immer mehr anzuschwellen drohte wie ein unterirdischer Pickel, der sich einfach nicht ausdrücken ließ.

Linus machte eine Pause. »Irgendwie hätte ich Lust, sie zu fragen, ob sie es nicht noch mal versuchen will.«

Meine Augen weiteten sich. Nein. Nein, nein, nein, nein!

»Stell dir das mal vor!«, spann er seinen unheilvollen Gedanken laut weiter. »Du und deine Frau, ich und Anne – könnte ziemlich witzig werden.«

Nein, nein, nein, nein!

Wie würde ein Mann in dieser Situation reagieren? Was würde er sagen, um das hier zu lösen, ohne sich verdächtig zu verhalten oder sein Gegenüber gegen sich aufzubringen? Welche großen Künste der

Gesprächsführung brauchte es, um auf diesem Drahtseil zu balancieren, ohne auch nur ins Wanken zu geraten?

Mir fiel nur eine einzige Möglichkeit ein. »Nein.«

Linus lachte. »Ich hab ihr mal geschrieben.«

Entgeistert riss ich den Kopf in Richtung meines Handys herum, doch der Bildschirm blieb schwarz. Im ersten Moment wusste ich nicht, ob ich erleichtert oder misstrauisch sein sollte. Wenn er nicht mir geschrieben hatte, wem dann? Hatte er etwa noch ein zweites Date mit einer zweiten Anne gehabt? War Biologie-Anne zurückgekehrt, um mir wieder die Tour zu vermasseln?!

Mein Bildschirm leuchtete auf und kündigte eine neue Nachricht an. Verdammt. Verdammt, verdammt, verdammt!

»Vielleicht meldet sie sich ja gleich.«

Ich durfte nie wieder meinen Handybildschirm entsperren.

»Wobei – sie hat bestimmt mega viel um die Ohren. Hey!«, sagte Linus, ohne Luft zu holen. »Sie interessiert sich übrigens für KI. Als Frau! Ist das nicht cool? Ich hätte das echt nicht gedacht. Arbeiten eigentlich viele Frauen in deiner Firma?«

Mir blieb der Mund offen stehen. »Du bist«, versuchte ich den Ball auf seine Spielfeldseite zurückzuschleudern, »ganz schön aufgedreht heute.«

»Sorry«, winkte Linus ab. »Es ist einfach nur … Es wäre echt cool.« Plötzlich nahm seine Stimme einen anderen Unterton an. Einen, der mir bekannt vorkam, aber nicht gut genug, als dass er mir wirklich vertraut gewesen wäre. Ich hatte ihn schon einmal an ihm erlebt, vielleicht ein-, zweimal …

Der Kuss. Es war derselbe Ton, den er angeschlagen hatte, bevor er mich am Freitag geküsst hatte.

»Ich glaube … Ich glaube, das zwischen uns könnte echt was werden. Also, zwischen Anne und mir«, korrigierte er sich und hatte ja keine Ahnung, wie überflüssig das war. »Es lief nicht schlecht und … wenn sie jetzt auch noch mit MoM anfangen würde …« Er schnaubte, als könnte er selbst kaum glauben, dass er seinen kühnsten und doch gar nicht mal so abwegigen Wunschtraum auch nur aussprach. »Das wäre der Wahnsinn.«

Ich wusste nicht, ob ich mich freuen oder in meinen Oberarm schreien sollte. »Der Wahnsinn«, formten meine Lippen wie von selbst die einzige Antwort, die in dieser Situation keine Lüge war.

Endlich erreichten wir das Ende des Dungeons. Als die Sonnenstrahlen von Magistrar auf mein Gesicht trafen und mir das erbeutete Gold gutgeschrieben wurde, hätte ich mich am liebsten vor Freude längs ins Gras geworfen, hätte es die Funktion denn gegeben. Dieser Spaziergang durch eine der dunkelsten Ecken Magistrars hatte mir die glühend roten Augen geöffnet. Dafür, dass ich unbedingt in meinem Inventar aufräumen sollte. Vor allem aber, dass ich in Sachen Linus endlich handeln musste. Denn so, wie es jetzt war, konnte es unmöglich weitergehen.

19. KAPITEL

IGL

Ich musste das Ruder meines Lebens wieder an mich reißen. Musste den Kurs ändern – und zwar schnell, bevor ich geradewegs in den nächsten Strudel geriet, den ich selbst heraufbeschworen hatte, und hoffnungslos von ihm in die Tiefe gerissen wurde.

Aber das würde ich niemals allein schaffen, das war mir inzwischen klar. Ich brauchte einen Experten. Eine Person, die sich in Sachen MoM, Beziehungen, verdeckte Identitäten, Doppelleben und Lügengewirre perfekt auskannte und diese komplexen Themengebiete gut zu verknüpfen wusste.

Leider musste ich schon bald feststellen, dass es auf der ganzen Welt wahrscheinlich niemanden gab, der auch nur MoM und *Beziehungen* gut unter einen Hut brachte, weshalb ich mit Pia vorliebnehmen musste.

»Also gut, Liebchen«, hob sie an, nachdem sie sich rücklings auf mein Bett gelegt hatte, die Knie angezogen, die Hände auf dem Bauch gefaltet und an die Decke starrend. »Was kann ich heute für dich tun?«

Ich saß auf meinem Schreibtischstuhl, den ich in ihre Richtung gedreht hatte, und lehnte mich mit verschränkten Armen zurück. »Sollte ich nicht diejenige von uns beiden sein, die liegt?«

Pia öffnete den Mund zu einer Erwiderung, aber ich überlegte es mir anders. »Ach, vergiss es. Was ich dir sage, würde dich sowieso vom Hocker hauen.«

»Ach ja?« Sie drehte den Kopf und sah mich zweifelnd an, als befürchtete sie, ich würde gleich mit irgendeinem technischen Thema anfangen, von dem sie keinen Plan hatte – so wie ungefähr immer, wenn ich ihr damit drohte, sie vom Hocker zu hauen. »Da bin ich aber gespannt.« War sie nicht. Wahrscheinlich überlegte sie gerade schon fieberhaft, wie sie sich selbst einen Alibi-Anruf aufs Handy spielen konnte, um sich ganz schnell aus dem Staub zu machen.

Ich schluckte und wollte anfangen, aber kein Ton drang zwischen meinen Lippen hervor. Was ich ihr sagen wollte, war so simpel und doch so, so schwer auszusprechen. Es war ein seltsames Gefühl. Ich hatte Angst, dass ich mich, sobald ich auch nur eine Silbe über diese Sache verlor, geradewegs selbst in den Strudel werfen würde, aus dem es kein Entkommen gab.

Aber vielleicht brauchte ich genau deshalb Pia. Weil sie diejenige mit dem Rettungsring wäre, der … sie vielleicht nur mit in die Tiefe ziehen würde. Immerhin würde ich dann nicht allein ertrinken. Für so was gab es beste Freundinnen doch, oder?

»Ich … hab dir doch von Linus erzählt«, presste ich hervor.

In Pias Miene regte sich nichts. »Der süße Typ, der dich mit dieser blauen Ratte auf deinem Shirt gesehen hat und *nicht* bei der nächstbesten Gelegenheit durchs Klofenster geflüchtet ist?«

Ich verdrehte die Augen. »Stitch ist keine Ratte, aber abgesehen davon korrekt. Wie du ja weißt …« Ich rang mit mir. »… habe ich ihn neulich auf meinem Wochenendseminar kennengelernt. Richtig?«

Sie nickte. »Richtig.«

»Falsch.«

Pia stutzte. »Falsch?« Abrupt richtete sie sich auf. »Was willst du mir damit sagen? Dass du ihn noch nicht gut genug kennst, um …« Erschrocken schlug sie sich eine Hand vor den Mund. »Wollte er etwa mit dir schlafen?!«

Meine Mundwinkel sackten herab. »Was? Wie kommst du denn jetzt …« Ich brach ab. Ich wollte es nicht wissen. Wollte nicht einmal wissen, wie es in Pias Kopf aussah, genauso wenig, wie *sie* mehr von meinem Innenleben mitbekommen wollte als nötig. Es war die erste Grundregel unserer perfekt funktionierenden Freundschaft. »Was ich damit sagen wollte, ist, dass ich ihn schon vorher kannte.«

Ihre Mundwinkel sackten desinteressiert herab. »Okay?« Mit einer fließenden Bewegung fischte sie ihr Handy von der Matratze neben sich und entsperrte den Bildschirm. Vermutlich rechnete sie mit der unspektakulärsten Geschichte, die jemals von einer Menschenseele erzählt worden war. Und vielleicht war es das für fremde Ohren ja auch.

Ich atmete tief durch, nahm all meinen Mut zusammen. Pia war meine Freundin, ich konnte ihr alles sagen. »In Wirklichkeit hab ich Linus etwas früher kennengelernt … in *Masters of Magic*.«

Teilnahmslos drehte Pia den Kopf und musterte mich. »Was ist das? Eine Zaubershow im Fernsehen?«

Ein Zucken ging durch mein Augenlid. »*Masters of Magic!*«, Ich beschrieb mit beiden Armen ausschweifende Bewegungen zu meiner Zimmereinrichtung hin. »MoM? Das Spiel, das ich seit Jahren jeden Tag spiele?!«

Sie blinzelte. »Ach ja. Ansonsten hätte ich auf einen Geheimcode für einen KI-Kurs getippt.« Sie formte mit den Händen einen Regenbogen wie SpongeBob in dieser Folge mit dem Pappkarton. »Weil Künstliche Intelligenz wie Magie ist!«

Ich stockte. »Ist es nicht.« Ich wartete eine Reaktion von ihr ab, aber da kam keine mehr. »Ähm … hallo?«, schob ich hinterher. »Das ist die große Neuigkeit!« Ich warf die Arme in die Luft. »Ich hab ihn in-game kennengelernt!«

»Ist ja gut! Warum machst du ständig aus allem so ein großes …«

Sie geriet ins Wanken. »Moment, was? Woher weißt du das? Seid ihr da drin nicht immer alle verkleidet?«

Ich bemühte mich, die Fassung zu bewahren. »Genau«, lenkte ich ein. »Wir sind alle verkleidet. Ich hatte anfangs auch keinen blassen Schimmer, wer er ist, wo er wohnt, wie alt er ist oder sonst irgendwas.«

Ich konnte ihr förmlich ansehen, wie es hinter ihrer Stirn ratterte. »Und dann hast du ihn im Kloster getroffen und eure Liebe für diesen ganzen Nerd-Kram hat euch zusammengeführt?« Ihre Miene erhellte sich. »Wie süß! Als wärt ihr …«

»Nein!«, schnitt ich ihr das Wort ab und konnte nicht mehr länger an mich halten. »Ich hab ihn bei MoM kenngelernt, hab rausgefunden, dass er an unserer FH studiert und an diesem Seminar teilnehmen wird und …« Ich schnappte nach Luft »… hab mich eingetragen, um ihn im Real Life kennenzulernen.«

Pia legte ihr Handy weg und verschränkte die Hände in ihrem Schoß. »Okay«, sagte sie langsam. »Und wo genau liegt jetzt das riesengroße Problem, weswegen ich mein Fußbad verschoben habe?«

Ich biss mir auf die Unterlippe. Dann hob ich mit brüchiger Stimme zu sprechen an: »Das riesengroße Problem ist, dass er denkt, ich wäre ein Mann.«

Pia rümpfte die Nase. »Hä? Hat dich der Kerl schon mal angesehen?«

Kraftlos wischte ich mir mit der Hand übers Gesicht. »Nicht so!«

»Oder ist er blind?« Sie runzelte die Stirn. »Aber wie kann er dann dieses Spiel spielen?«

»Er hat –«

»Wobei er dann auch taub sein müsste.«

»Nein, ich habe –«

»Auch wenn deine Stimme nicht besonders feminin ist.«

»Meine was ist nicht *was?!*«

Sie schenkte mir ein gefrorenes Lächeln. »Sorry, was hast du gesagt?«

Mir schossen so viele Gedanken durch den Kopf, doch ich beschloss, beim Wesentlichen zu bleiben. »Ich kenne Linus – online und offline«, erklärte ich. »Und er kennt mich auch. Offline. Aber online … bin ich ein anderer Mensch.« Ich schluckte. »Weißt du noch, als du mich angerufen hast und geglaubt hast, ich wäre ein Mann?«

Pias Miene erhellte sich. »Ja«, hauchte sie, während ihre Augen und ihr Mund immer größer wurden, als würde sie gerade die ultimative Erleuchtung bekommen.

»Genau so geht es Linus auch. Immer noch.«

Plötzlich zog Pia die Brauen zusammen, und ich konnte förmlich spüren, in welche Richtung sich ihre Grübeleien bewegten. »Augenblick. Aber das würde ja bedeuten …«

»Ich bin mit Linus ausgegangen«, brach es aus mir heraus. »Und dann bin ich heimgekommen und habe online mit ihm gezockt. Er hingegen …« Wie wild gestikulierte ich mit den Händen, um meine Worte zu untermalen. »… ist zuerst mit Anne ausgegangen und hat dann mit Mr. Skull gespielt. Mr. Skull, einem knapp dreißigjährigen Mann, der …« Ich ging meinen Skull-Steckbrief durch. »… glücklich mit einer Frau verheiratet ist, in Köln wohnt und als Ingenieur für Künstliche Intelligenz in einer kleinen, aber trotzdem für das Weltgeschehen bedeutenden Firma arbeitet!« Bebend atmete ich durch. »Mr. Skull, der definitiv nicht Anne ist.«

Pias Lippen teilten sich leicht. »Mr. Skull, der so was von Anne ist.«

Ich ließ die Schultern hängen. »Mr. Skull, der so was von Anne ist.«

Fassungslos schüttelte sie den Kopf, und ich machte mich auf eine Standpauke der Extraklasse gefasst. Aber stattdessen klang sie fast schon bewundernd, als sie sprach: »Wow. Und ich dachte, *ich* wäre die perfekte Stalkerin.« Sie schnaubte beinahe fasziniert. »Hey, ich hab da diesen einen Typen kennengelernt, aber ich bin mir nicht sicher, ob er nicht vielleicht schon eine Freundin hat und sich nur eine Beschäftigung sucht, solange er in Köln ist. Könntest du …?«

»Pia.«

Abwehrend hob sie die Hände. »Richtig. Deine Probleme zuerst.« Sie kratzte sich am Kinn. »Also … das ist … echt … die einzige Lovestory, die ich mir für dich vorstellen könnte.«

Ich stutzte. »*Lovestory?*«, wiederholte ich angewidert. Als wir uns geküsst hatten, hatte es nur einen einzigen Tropfen geregnet. Kein Grund, gleich das Kitsch-Vokabular auszupacken.

»Na klar! Das ist doch total dein Ding! Das Einzige, was zu jemandem wie dir passen würde. Entweder das«, fuhr sie nachdenklich fort, »oder du bastelst dir einen Androiden nach deinen eigenen Bedürfnissen zusammen, den du zum Mann nimmst und der dich jede Nacht …«

»Zurück zum Thema!« Ich atmete tief durch. »Ich bin total am Ende, Pia. Ich weiß nicht, was ich tun soll. Ich …« Ich schluckte. »Ich brauche deinen Rat.«

Endlich wandte sie sich mir vollends zu und starrte mich hoch konzentriert an. Ich konnte ihr ansehen, dass sie etwas ausbrütete. Den perfekten Masterplan, um das, was ich mit Linus hatte, zu retten? Wie ich alles bekommen konnte, was ich mir schon immer gewünscht hatte, ohne auf etwas verzichten zu müssen? Eine glanzvolle Karriere bei MoM, einen Top-Bachelor-Abschluss und nicht zuletzt Linus?

Mein Herz setzte einen Schlag aus, als sie plötzlich die Augen aufriss. Ihre Lippen teilten sich, und sie stieß hervor: »Catfishing!«

Ich rümpfte die Nase. »Was?«

»Jetzt ist es mir eingefallen! So nennt man das doch, oder? Catfishing ist, wenn man sich online als jemand ausgibt, der man gar nicht ist. Dann verliebt sich derjenige …«

»Nein!« Ächzend sank ich immer tiefer in meinen Stuhl. »Pia …!«

»Augenblick, stimmt«, murmelte sie. »Dann hättest du in *Wirklichkeit* ein alter, stinkender Nerd sein müssen. Also ist es quasi genau das Gegenteil von Catfishing. *Dogfishing? Catbirding?*«

»Hier wird niemand gefischt oder gevögelt!«

»Na, Letzteres hoffentlich schon!«

Ich stöhnte. »Das ist eine Katastrophe.« Frustriert senkte ich den Blick. »Ich kann keine zwei Leben führen. Aber wenn ich Linus die Wahrheit sage, dann … dann wird das alles kaputtmachen. Und … ich will nichts kaputtmachen. Wirklich nicht.«

»Kann ich total verstehen.« Pia zog die Stirn in Falten. »Einen süßen Typen stalken ist eine Sache, aber wenn ich mal herausfinden sollte, dass ein Typ mich stalkt, fände ich das gar nicht mal so cool.«

»Genau so ist es! Irgendetwas muss sich ändern. Aber ich weiß nicht, was oder wie.«

Sie legte den Kopf schief. »Na ja, wer ist dir wichtiger? Linus oder deine komische gespaltene Persönlichkeit?«

Gute Frage. Hart, aber fair. »Rate mal.«

»Okay.« Sie schlug die Beine übereinander. »Dann sag ade zu *Mr. Skeleton*.«

Ich riss die Augen auf. »Sein Name ist Skull!« Ich stockte. »*Mein* Name ist Skull!«

Nun war sie es, die stöhnte. »Nein, dein Name ist Anne!« Sie stand auf. »Zumindest wird er das ab jetzt wieder sein.«

Meine Lippen teilten sich leicht. »Aber … aber ich habe dank ihm doch gerade erst die Silber-Liga erreicht.«

Sie blinzelte. »Ist das so was wie die Silberne Hochzeit?«

Ich rümpfte die Nase. »Warum zur Hölle sollte es –«

»Dann spielt das ja wohl so was von keine Rolle!« Sie hob eine Braue. »Oder?«

Die Finger in meinem Schoß knetend, überlegte ich. Sie hatte recht. Schließlich hatte ich vor nicht mal einer Stunde am eigenen Leib erfahren, wie es sich anfühlte, weiterzumachen wie bisher. Als mir Linus von seinem Date mit – na ja – mir erzählt hatte, hätte ich mich darüber freuen können. Hätte mich geschmeichelt, gerührt, einfach nur glücklich fühlen können, dass ihm unser Freitagabend genauso sehr gefallen hatte wie mir. Aber so war es nicht. Ich freute mich nicht. Ich fühlte mich leer. Weil ich das niemals hätte hören dürfen. Ich kam mir vor wie ein Spion, wie eine Fliege an der Wand, wie eine Verräterin.

Das gab den Ausschlag.

Ich befeuchtete meine Lippen. »Also gut.« Dann musste es wohl doch die harte Tour sein.

Ich drehte mich auf meinem Stuhl herum und loggte mich in MoM ein. Alles in mir sträubte sich dagegen, auch nur einen der Klicks zu machen, die nötig waren, um meinen Account zu deaktivieren. Aber es war notwendig. Weil Linus die größte Bandbreite an Gefühlen in mir auslöste: Freude, Glück, Geborgenheit. Gefühle, die ich noch nie auf diese Weise gespürt hatte. Und ich wollte sie um nichts in der Welt eintauschen. Und Linus auf keinen Fall hintergehen.

Linus war mir wichtiger als Mr. Skull. Deshalb musste Mr. Skull gehen, damit Linus Teil meines Lebens bleiben konnte. Und damit ich, Anne, die Real-Life-Anne, glücklich sein konnte.

Und doch fühlte es sich nicht wie eine Erleichterung an, als ich meine Entscheidung bestätigte. Sondern eher so, als würde ich die Tür zu meinem Schicksal schwungvoll zustoßen.

Pia war neben mich getreten und blickte neugierig in Richtung Bildschirm. »Das war ja einfach.« Pause. »Und darauf bist du echt nicht selbst gekommen?«

Ich konnte ihr nicht in die Augen sehen. »Bin ich. Ich hab nur jemanden gebraucht, der mir zeigt, dass ich keine andere Wahl habe.«

Als ich mich zu ihr umwandte, schenkte sie mir ein mitfühlendes Lächeln. »Wann siehst du ihn wieder?«

Natürlich meinte sie Linus und nicht Mr. Skull, den ich am selben Tag wie ihn kennengelernt hatte, den ich aber wahrscheinlich nie wiedersehen würde. Ich vermisste ihn jetzt schon. »Morgen Abend«, antwortete ich verdrossen. »Wir gehen ins Hochschulkino.« Ich schlang die Arme um meinen Oberkörper, und auf einmal fühlte ich mich wie eine Schildkröte, die ihren Panzer abgeworfen hatte und jetzt ungeschützt vor Sonne und Raubtieren über den glühend heißen Sandstrand kroch. »Hilfst du mir dabei, mir was zum Anziehen rauszusuchen?«

Pia strahlte übers ganze Gesicht – immerhin eine, der danach zumute war. »Nichts lieber als das!«

20. KAPITEL

F5

Während ich den restlichen Sonntag über noch um Mr. Skull getrauert hatte, sprang ich am Montagmorgen wie ein neuer Mensch aus dem Bett.

Okay, das stimmte nicht ganz. Ich war wie ein neuer Mensch aus dem Bett gekrochen, weil schließlich immer noch Montag war und nicht mal die neue Anne motiviert genug war, um an diesem Tag *irgendwohin* zu springen.

Den Vormittag verbrachte ich in einer Vorlesung, in der ich mich kaum auf meinen Dozenten konzentrieren konnte. Linus hatte frei und damit genug Zeit, mir ununterbrochen zuckersüße Nachrichten zu schreiben, die meine Knie weich werden ließen. Allen voran Nachrichten wie: *Wie geht's?* Oder: *Wie läuft die Veranstaltung?* Was wollte man mehr?

Zugegeben, er hätte mir auch am laufenden Band irgendwelche Fußball-Tabellen screenshotten können, und ich hätte trotzdem auf mein Handy gesabbert.

Den Nachmittag über bereitete ich mich mental und vor allem körperlich auf mein Date vor. Am Freitag war ich noch total verplant gewesen, weil ich mein ganzes Leben nicht auf die Reihe bekommen hatte. Aber das war die alte Anne gewesen. Die neue Anne hatte sich von Kopf bis Fuß herausgeputzt. Allen voran mit einer fleckenlosen

Jeans und einer dunkelblauen Bluse von Pia, die mir eine Taille zauberte, wo keine war.

Ich konnte es dennoch kaum glauben, als ich am Montagabend nach einem Dating-Crashkurs von Pia und gehüllt in die edelsten Gewänder, in Richtung Campus marschierte. In einem Outfit, das mich wie eine erwachsene, bodenständige Frau aussehen ließ, die ihren letzten Samstagabend nicht damit verbracht hatte, sich ihre zwanzigste Tasse mit Star-Wars-Aufdruck aus China zu bestellen.

Das änderte allerdings nichts daran, dass ich immer noch eine erwachsene Frau war, die es schaffte, zu ihrem zweiten Date auf ihrem eigenen Campus zu spät zu kommen! Ich konnte nur froh sein, dass ich keine Absatzschuhe besaß – denn heute war einer dieser Tage, an denen mir garantiert einer der Stelzen abgebrochen und mein Fuß umgeknickt wäre und ich mir den Knöchel und das Genick gebrochen hätte.

So konnte das allerdings nicht passieren, und ich hatte absolut keine Entschuldigung, als ich zum Nebengebäude joggte, in dessen Erdgeschoss das Hochschulkino abgehalten wurde. Linus wartete draußen neben dem Eingang, die braunen Haare leicht gegelt und die Hände in den Hosentaschen. Langsam kam er mir entgegen, und sein bloßer Anblick beschwor Schmetterlinge in meinem Bauch herauf. Ich war geflasht, als würde ein brandneuer, wundervoll gestalteter MoM-Avatar präsentiert werden – und zwar absolut jedes Mal, wenn ich Linus sah.

»Sorry!«, entschuldigte ich mich hastig, noch bevor ich bei ihm ankam. »Ich hab den Bus verpasst und der nächste hat sich verspätet und …«

»Ist doch kein Problem.« Anstatt auf meine verbale Selbstauspeitschung einzugehen, umarmte er mich zur Begrüßung. »Schön, dass du da bist.«

Von jetzt auf gleich fühlte ich mich völlig gelöst. Schwerelos. Geborgen. Dankbar schlang ich die Arme um ihn und genoss den Moment in vollen Zügen, solange er anhielt.

Linus löste sich nur ein Stück von mir, und sein Gesicht war meinem so nah, dass sich meine Augen weiteten und mein Herz schneller zu schlagen begann. Wollte er mich jetzt etwa küssen? Zur Begrüßung? Ganz casual, als wären wir ein Paar? Und starrte ich ihn gerade wie ein verängstigtes Reh an und nahm ihm damit jegliche Lust, das zu tun?

Linus räusperte sich und ließ mich los. »Bestimmt haben wir noch nicht viel verpasst. Und Popcorn werden sie uns schon übrig gelassen haben.«

»Popcorn«, sagte mein Mund wie von selbst, um mich von der Tatsache abzulenken, dass ich mich gerade selbst um einen Kuss betrogen hatte.

Er runzelte die Stirn. »Ja, Popcorn?«

Verdammt, was hatte ich damit sagen wollen? »Süß oder salzig?«

Linus schnaubte belustigt. »Süß, natürlich.«

Erleichtert seufzte ich. »Zum Glück, ich dachte schon, du wärst einer dieser …« Ich biss mir auf die Zunge, ehe ich mich einmal mehr um Kopf und Kragen reden konnte. »Wollen wir reingehen?«

Er lächelte schief. »Klar.« Doch bevor sich einer von uns in Bewegung setzen konnte, hielt er mich locker am Arm zurück und musterte mich von Kopf bis Fuß. »Gut siehst du aus, Lilo.«

Von jetzt auf gleich war alles vergessen. Und damit meinte ich: einfach alles. Ich vergaß das Drama meines letzten Spaziergangs, in dem wir in unseren Avataren gesteckt hatten, vergaß die Notfallbesprechung mit Pia, vergaß all das Kopfzerbrechen, das ich in die Vorbereitung auf dieses Date gesteckt hatte, vergaß meine Vorlesung, den Weg hierher und ob ich diesmal meinen Hausschlüssel mitgenommen hatte oder später elendig vor meiner eigenen Wohnung kampieren müsste. Ich vergaß sogar mein Stitch-Shirt von letzter Woche, obwohl mein neuer Kosename genau darauf angespielt hatte. Nichts von all dem spielte mehr eine Rolle, denn Linus war hier und schenkte mir dieses warme Lächeln, das er zur Perfektion beherrschte und das mir zeigte, dass einfach alles gut war und mit der Zeit noch viel besser werden würde.

Ich hatte mich letzte Nacht richtig entschieden.

Linus und ich bekamen noch ein paar zusammengekratzte Popcorn-Reste ab. Wir betraten den Kinoraum, als dieser bereits abgedunkelt war und die ersten Minuten eines Streifens angelaufen waren, den ich auf die Schnelle nicht zuordnen konnte.

Das Nebengebäude war, anders als der Name vermuten ließ, das Herzstück des Campus, weil sich die Studierendenvertretung hier in vollen Zügen austoben durfte. Dazu gehörte auch der Kinoraum. Linus‘ Aussagen zufolge hatte die Studierendenvertretung einen verlassenen Seminarraum gekapert und ihn ordentlich aufgemotzt. Mit Erfolg. Vor uns erstreckten sich knapp dreißig knallbunte Sitzsäcke, ein hochwertiger Beamer, der hoffentlich nicht beim leichtesten Atemzug zu flackern begann, sowie ein Teppichboden, der nur darauf wartete, mit einzelnen Popcornstücken übersät zu werden. Dazu ein paar stimmungsvolle Lavalampen und Lichterketten als matte Beleuchtung.

Die meisten Plätze waren schon besetzt, aber Linus und ich fanden noch einen extrabreiten Sitzsack in der letzten Reihe, auf den wir auch gemeinsam passten. Als hätten wir uns abgesprochen, ließen wir uns beide rücklings hineinfallen, und ich kicherte leise, als einzelne Popkörner aus der Tüte flogen und sich über uns verteilten. Hastig suchten wir sie zusammen und steckten sie uns in den Mund, auch wenn es bereits zu spät für die Drei-Sekunden-Regel war. Als ich gerade glaubte, alle gefunden zu haben, spürte ich plötzlich Linus' Finger an meinem Schlüsselbein.

Erschrocken blickte ich zu ihm – während er sich das letzte Popcorn-Stück grinsend in den Mund schob. In dem Moment, in dem sich ein gefährliches Kribbeln auf meiner Haut ausbreitete, legte Linus gekonnt einen Arm um meine Schultern, und der Bann war endgültig gebrochen.

Ich konnte kaum glauben, wie selbstverständlich alles an unserer Situation war. Die Art und Weise, wie er mich berührte. Wie er mir immer wieder verstohlene Seitenblicke zuwarf. Wie wir uns zur Begrüßung umarmt hatten. Ich war so unglaublich nervös gewesen, bevor ich hierhergekommen war, aber Linus zeigte mir mit absolut jeder Sekunde aufs Neue, dass das nicht nötig war. Weil er mich mochte. Und zwar so, wie ich war.

Es fühlte sich so an, als würden wir uns schon seit einer Ewigkeit kennen …

Tut ihr ja auch, drang eine schroffe Stimme durch mein Unterbewusstsein zu mir durch. *Du ihn viel länger als er dich.*

Du hast Sendepause, Skull! Und zwar für immer.

Von jetzt auf gleich brach mir der kalte Angstschweiß aus. Ich hielt die Luft an und versuchte mit aller Kraft, die mentale Tür ins Schloss zu drücken, gegen die sich Skull von der anderen Seite stemmte. Er hatte auf diesem Date absolut nichts zu suchen. Ich hatte die Sache erledigt. Sie bereinigt. Damit abgeschlossen. Mein Plan stand fest: Ich würde mich vorerst von MoM fernhalten und Linus irgendwann eines schönen Tages damit überraschen, von ihm inspiriert worden zu sein und mit dem Spielen angefangen zu haben. Natürlich müsste bis dahin noch etwas Gras über die Sache wachsen. Aber es war ein Weg. Alles würde gut werden.

Wieder spürte ich Linus' Blick auf mir, und ich gab es auf, mich auf die Intro-Credits der Komödie konzentrieren zu wollen, die gerade auf der gegenüberliegenden Wand flimmerten. Als ich den Kopf drehte und ihn direkt ansah, machte er sich nicht einmal die Mühe, die Sache zu überspielen. Er lächelte und jagte das Kribbeln, das er eben noch über meine Haut gescheucht hatte, geradewegs in meine Magengrube, wo es seine vollen Ausmaße annahm.

Ich schenkte ihm ein schüchternes Lächeln. »Der Film läuft da vorne«, wollte ich schnippisch sagen, doch stattdessen drang nur ein unsicheres Piepsen zwischen meinen Lippen hervor.

»Ich weiß«, raunte er. »Aber hier gibt es was viel Besseres zu sehen.« Plötzlich versteifte sich sein Arm um meine Schultern. Ehe ich michs versah, zog er mich leicht zu sich, lehnte sich gleichzeitig in meine Richtung und ließ unsere Lippen miteinander verschmelzen.

Ich wusste nicht, wie mir geschah, machte mir aber auch gar keine Mühe, es verarbeiten zu wollen, weil es nicht nötig war. Weil es völlig in Ordnung war, meinen Kopf auszuschalten und im Moment zu versinken.

Eine leichte Gänsehaut rann über meinen Rücken, als ich seinen inzwischen so vertrauten Geruch einatmete. Meine Hand fand seine Wange, und ich ging in dem Gefühl seiner weichen Lippen auf meinen so sehr auf, dass ich bald vergaß, wo wir uns befanden oder weshalb wir eigentlich hergekommen waren.

Wir verbrachten unser Kino-Date schon mit Knutschen, bevor ich auch nur herausgefunden hatte, wie der Streifen überhaupt hieß. Es war das absolut klischeehafteste Klischee, das man sich hätte ausdenken können. Aber ich liebte es. Ich liebte es so sehr, dass ich niemals etwas anderes haben wollte.

Die nächsten drei, vier Wochen vergingen wie im Flug. Während der Ernst des Studiums schneller ernst wurde, als mir lieb war, konnte man dasselbe über meine Beziehung zu Linus sagen – doch in dieser Hinsicht konnte es mir nicht schnell genug gehen.

Ich war verliebt. Ich war so unglaublich verliebt, dass ich nicht mehr wusste, wohin mit meinen Gefühlen. Und dass ich alles infrage stellte, was ich jemals für irgendeinen Menschen gefühlt hatte. Und mir mein damaliger Crush auf Franz-Josef nur noch peinlich war.

Ich wollte bei Linus sein. Am liebsten immer und überall. Nur wenn er da war, fühlte ich mich vollständig. Ich vermisste ihn selbst dann, wenn er nur ein paar Hörsäle weiter saß und wir die ganze Vorlesung über texteten. Oder wenn ich bei ihm zu Hause in seiner Küche wartete, während er kurz aufs Klo verschwand.

Obwohl ich das gar nicht von mir kannte, war ich geradezu süchtig nach diesen verräterischen kleinen Schmetterlingen, die er mit jedem Blick, mit jeder Berührung und mit jedem Wort in meiner Magengrube umherflattern ließ. Wenn ich nicht in seinen Armen lag, kam ich mir schutzlos vor. Und wenn ich abends zu Hause in meinem Bett lag und in mein Handy starrte, stieg das nagende Gefühl in mir auf, dass etwas fehlte.

Und damit meinte ich nicht Mr. Skull.

Wenn ich einen Moment innehielt, um meine Situation zu reflektieren, konnte ich mir kaum erklären, wie ich es schaffte, mich von Magistrar fernzuhalten. Einerseits lag es wahrscheinlich an den zahlreichen Vorlesungen, Gruppenarbeiten, Essays und Seminaren, die mir meine Dozenten in immer kürzeren Abständen um die Ohren hauten. Oder an Pia, die Gefallen daran gefunden hatte, mich zu coachen, und mich nonstop mit den neuesten Mode-, Beauty- oder Dating-Trends versorgte. Ganz bestimmt aber lag es an Linus. Linus, der auch offline über magische Fähigkeiten verfügte. Allen voran, die Zeit rasend schnell vergehen zu lassen, wann immer wir zusammen waren.

Während wir es am Anfang kaum hinbekommen hatten, uns tagsüber zu sehen, bogen wir uns unsere Terminpläne jetzt mit aller Gewalt zurecht. Sei es, dass ich mich fünf Minuten früher aus der

Vorlesung schlich, um ihn auf dem Gang zu treffen, oder er sich von seinen Kommilitonen einen Platz im nächsten Seminar besetzen ließ, damit er noch ein paar Minuten länger mit mir reden konnte. Wenn eine Veranstaltung ausfiel, trafen wir uns zum Mittagessen oder hingen auf der Campuswiese rum, die echt kein Highlight war, weil sie wirklich nur aus ödem Gras bestand, sich jedoch schon bald zu meinem absoluten Lieblingsort auf dem Gelände entwickelte.

Mit der Zeit wurde es viel zu kalt und regnerisch, um sich ständig draußen aufzuhalten, und wir wechselten zu einem kleinen, häufig überfüllten Aufenthaltsraum, in dem man sich mit einem Kiosk, einem Kicker und mehreren Computern beschäftigen konnte. Aufgrund von Letzteren hingen hier am laufenden Band Linus' Kumpel herum, die ich im Kloster kennengelernt hatte und die mich mit nicht annähernd so liebevollen Blicken taxierten wie er. Für sie war ich immer noch das schräge Huhn vom Wochenendseminar.

»Also gut.« Manu mit seinen fettigen blonden Haaren, der wirklich *immer* in Jogginghosen herumlief, lehnte sich auf seinem Platz vor dem Computerbildschirm zurück. Er hatte es sich zur Gewohnheit gemacht, dort in jeder freien Minute die aktuellen Ranglisten von Fußball, Hockey, MoM und einfach jeder Online- und Offline-Sportart zu checken, die irgendwo auf dem Erdball gespielt wurde. Keine Ahnung, warum er das nicht einfach mit seinem Handy machte. »Das sieht doch schon mal nicht schlecht aus.«

Justus – sein richtiger Name war Ludwig, was nicht wirklich besser war – lümmelte neben ihm auf einem Stuhl und spielte auf seinem Handy herum, wie Manu es auch hätte machen können, hätte er sich nicht ganz so wichtigmachen wollen. »Alles, was kein Abstieg ist, sieht gut aus.«

Meine Brauen schossen in die Höhe. Der Typ war erste Sahne darin, einem nicht zuzuhören und trotzdem immer so passende Antworten zu geben, dass es nicht auffiel. Ich meine – die Reaktion hätte auf absolut jede Tabelle und Sportart gepasst, von der Manu hätte sprechen können. Von dem Kerl könnte ich mir definitiv noch eine Scheibe abschneiden. Vor allem, wenn ich nächstes Mal als Mr. Skull -

Augenblick. Nein. Mr. Skull gab es nicht mehr. Obwohl ich inzwischen fast wieder mehr Zeit ohne ihn als mit ihm verbracht hatte, fühlte sich die Lücke, die mein Avatar in meinem Leben hinterlassen hatte, nach wie vor unglaublich groß an.

Linus und ich saßen nebeneinander auf zwei Stühlen, die wir vom angrenzenden Tisch weggedreht hatten, um uns den anderen beiden zuzuwenden – und zumindest ein kleines bisschen dem beißenden Geruch des Döners zu entgehen, der auf der anderen Seite der Tischplatte genüsslich verspeist wurde. Mein Freund, wie ich ihn inzwischen offiziell nennen konnte, hatte einen Arm locker um meine Schultern gelegt, und ich musste meine ganze Selbstbeherrschung zusammennehmen, um mich nicht superkitschig an ihn zu lehnen. »Und?«, fragte er in Richtung Manu. »Hast du dich schon für das Probespiel angemeldet?«

»Na klar.« Er reckte das Kinn. »Heute Morgen. Begrenzte Plätze und so.«

Ich runzelte die Stirn. Was für ein Probespiel denn? Skeptisch betrachtete ich Manus Wohlfühlbauch, der sich unter seinem T-Shirt abzeichnete. Obwohl er Sportfan war, betonte er immer wieder, wie sehr er es hasste, sich bewegen zu müssen. Er keuchte ja schon, wenn er die Treppe hierher nehmen musste. Welchen Sport sollte er auf einmal selbst betreiben wollen?

Meine Augen weiteten sich. Oh. Natürlich. *E*-Sport.

»Dir ist aber klar, dass du nur reinkommst, wenn du bis dahin in der Silber-Liga bist, oder?«, bestätigte Linus meinen Verdacht und jagte mir einen eisigen Schauer über den Rücken.

»Probespiel?«, wiederholte ich mit hauchdünner Stimme und schob vorsichtshalber ein »Silber-Liga?« hinterher, als hätte ich absolut keinen Plan, worum es ging.

»Ach«, winkte Linus ab. »Geht nur um MoM. Die Universität hat ein E-Sports-Team, das *Wolf Pack,* und die suchen Nachschub.« Er nickte in Manus Richtung. »Nächste Woche ist ein Online-Probespiel. Danach wählen sie ein paar aus, die der Mannschaft beitreten können …«

»… und beim nächsten Turnier mitmachen dürfen!«, ergänzte Manu und reckte das Kinn. »Wie kannst du da nur so ruhig bleiben? Das ist die Eintrittskarte zu Ruhm, Reichtum und Fame!«

Einerseits konnte ich Manu kaum zuhören, andererseits hallten seine Worte unaufhörlich in meinem Geist wider.

MoM.

Ruhm.

Mannschaft.

Reichtum.

Turnier.

Fame. Augenblick. War das nicht dasselbe wie Ruhm?

Eine MoM-Karriere?

Mein Mund wurde mit einem Mal ganz trocken. Ich hatte hier und da mal von der Uni-Mannschaft gehört, aber das wirklich nur am Rande. Ich hatte nicht gewusst, dass sie überhaupt neue Leute aufnahmen. Leute von der FH. Leute wie mich. Und dann auch noch in einem waschechten Casting?!

»Sag mal, Linus«, fragte Ludwig und sah endlich von seinem Handy auf, »wolltest du dich nicht auch anmelden?«

Überrascht riss ich den Kopf zu ihm herum und starrte ihn an, während mein Herz plötzlich zu rasen begann. Ich wusste nicht, welche Antwort ich erwartete, worauf ich hoffte, was ich am allermeisten befürchtete.

Es war, als würde sich das Allerschlimmste und gleichzeitig das Allerschönste bestätigen, als sich seine Lippen teilten. »Nee.« Er strich mir ein letztes Mal über den Oberarm und stand dann auf. »Keinen Bock.«

Ludwig zuckte die Achseln. »Okay.«

Verdattert sah ich zwischen den beiden hin und her. Und das war's? Das war das ganze Gespräch gewesen?! Wo waren die Informationen? Die Gefühle? Die Details? »Wie jetzt?«, stieß ich hervor und zog jäh alle Blicke auf mich – bestimmt sogar die des Döner-Typen, der immer noch in meinem Rücken schmatzte. »Ä-ähm.« Ich stockte und wusste nicht, was ich sagen sollte. Dass dieser Recall eine ultimative Chance für jeden MoM-Spieler war? Eine einmalige Angelegenheit, die man sich unmöglich entgehen lassen sollte? Eine Möglichkeit, sich zu beweisen? Endlich etwas zu reißen? Etwas zu tun, das bedeutend war – mit der einen Sache, die man so sehr liebte?

Jetzt bin ich aber gespannt, dröhnte Skull in meinem Hinterkopf, und ich biss mir auf die Zunge.

»Ich meine ja nur«, schob ich hilflos hinterher und erhob mich ebenfalls. »Ich dachte, du magst MoM. Hast du nie darüber nachgedacht, mehr daraus zu machen?« Und zwar auch nur annähernd so intensiv wie ich in diesem Augenblick?

Linus kratzte sich am Kopf. »Na ja, bestimmt hab ich mal drüber nachgedacht. Aber dieses Wettbewerbsgetue liegt mir nicht so. Das stresst mich nur und macht keinen Spaß.«

Ein Zucken ging durch mein Augenlid. »Ist nicht ganz MoM ein einziger Wettbewerb?«

Linus schenkte mir einen erstaunten Blick und zeigte mir, dass ich mich einmal mehr auf ganz dünnem Eis bewegte. »Ich schätze schon, aber … muss ja nicht sein, oder?« Er lächelte. »Mein Leben besteht schließlich nicht nur aus MoM. Es ist nur ein Hobby.«

Und da stand ich und starrte ihn an, Anne Schmitt, die sich gerade selbst bewiesen hatte, dass sie der größere Freak von uns beiden war. »Klar. Verstehe ich.«

Linus hob eine Hand und strich mir sanft über die Wange. »Ich muss jetzt zum Mentoring.« Und zwar nicht, weil er einen Mentor brauchte, sondern weil er kleine Informatik-Erstsemester bei ihren ersten Gehversuchen im Studium betreute. Der Typ war zu gut für diese Welt.

Das Lächeln, das ich ihm schenkte, musste viel wehmütiger rüberkommen, als ich wollte. Aber es zeigte seine Wirkung: Linus hauchte mir einen Kuss auf die Lippen – und lehnte sich dann doch weiter in meine Richtung, um ihn in die Länge zu ziehen.

Dankbar legte ich die Hände auf seinen Schultern und stellte mich etwas auf die Zehenspitzen. Seine Arme schlangen sich wie von selbst um mich und machten einfach alles perfekt. Seine warmen, weichen Lippen auf meinen waren alles, was ich spüren wollte, und verdrängten sogar für ein paar Augenblicke jegliche Gedanken an die nächste Vorlesung, die mich in einer halben Stunde erwarten würde.

»Du weißt aber schon, dass du noch nicht in der Silber-Liga bist, oder?«, fragte Ludwig am Rande meines Bewusstseins.

»Na und? Bis nächsten Montag ist es ja noch eine Weile hin.« Fingerknöchel knackten. »Schaffe ich locker.«

»Da bin ich aber gespannt.«

Linus ließ sich vom Gespräch seiner Freunde nicht beirren. Er scherte sich nicht darum, obwohl es um MoM ging. Stattdessen widmete er mir all seine Aufmerksamkeit. Wann immer ich glaubte, er würde gleich von mir abrücken, versteifte sich sein Griff etwas und er holte von Neuem aus. Sein Atem kitzelte meine Wange, und mein Herz schlug schneller und schneller, bis ich befürchtete, es würde jeden Moment aus meiner Brust springen. Ich bekam kaum mehr Luft, dachte aber gar nicht daran, aufzuhören.

Linus und ich waren das absolut kitschigste, stereotypischste Pärchen auf dem ganzen Campus, das nicht die Finger voneinander lassen konnte. In gewisser Weise ekelte ich mich selbst an. Doch das war total okay. Denn ich genoss das hier in vollen Zügen.

Ein Stöhnen ertönte irgendwo neben uns. »Wir gehen schon mal vor«, brummte Manu, und die Präsenz der beiden verschwand.

Linus lächelte leicht in den Kuss hinein, ließ sich aber Zeit, bis er sich schließlich doch von mir löste. »Wenn ich gewusst hätte, dass man die beiden so abwimmeln kann, hätte ich mir viel früher eine Freundin gesucht.«

Ich legte den Kopf schief. »Aber ob du mich dann auch gefunden hättest?«

Er grinste und ergriff meine Hände. »Was machst du später noch?«

Ich spürte einen Stich in meiner Brust, weil ich glaubte, dass ich nicht das sagen würde, was er hören wollte. »Shoppen mit Pia.« Am liebsten hätte ich ihr sofort geschrieben und abgesagt, weil ich ihn nicht enttäuschen wollte. Wie ungesund. »Und du? Hilfst du Manu dabei, in die Silber-Liga zu kommen?«, fragte ich und hoffte, dass mein Tonfall nichts Lauerndes annahm.

Er schnaubte belustigt. »Mal sehen. Aber weißt du …« Er sah sich um, doch sein Blick schien in eine andere Dimension abzudriften. »Irgendwie macht mir MoM zurzeit nicht mehr so viel Spaß.«

»Was?«, fragte ich verdutzt. »Meinetwegen?«

Er runzelte die Stirn. »Warum denn deinetwegen?«

Betreten schloss ich den Mund. Was zur Hölle war los mit mir? »Keine Ahnung, sprich weiter.«

Er seufzte lautlos. »Das klingt vielleicht komisch, aber ich hatte online diesen einen Kumpel, mit dem ich immer gelevelt habe, und … seit ein paar Wochen ist er irgendwie untergetaucht.« Er zuckte die Achseln. »Eventuell hat er sich einen neuen Account gemacht oder so. Aber gerade eben macht es mir einfach nicht mehr so viel Spaß.«

Nichts in mir regte sich. Eine gähnende Leere breitete sich in meinem Inneren aus wie an dem Tag, an dem Linus Mr. Skull das erste Mal von Anne erzählt hatte. Nur dass es jetzt genau andersherum war. »Wie … heißt er denn?«, fragte ich mit tauben Lippen, ohne einen Gedanken daran zu verschwenden, ob die Frage irgendwie komisch rüberkam.

Linus friemelte den Riemen seines Rucksacks zurecht. »Ich hab ehrlich gesagt keine Ahnung. Der Kerl spielt einen Sensenmann, heißt Mr. Skull und will auch so genannt werden. Wie so ein Method Actor oder so.«

Mir lief es eiskalt den Rücken runter. Meine Knie wurden weich, und ich musste meine letzte Kraft mobilisieren, um mich nicht an meinem Stuhl, der nächsten Wand oder Linus abzustützen oder alternativ an Ort und Stelle zusammenzuklappen.

Nun schloss sich also der Kreis.

Auf einmal wirkte mein Freund beinahe peinlich berührt. »Gibt schon schräge Vögel online. Sei froh, dass du nichts davon mitbekommst.«

Ich schenkte ihm ein gefrorenes Lächeln. »Mhm.«

»Bis dann, Lilo.« Wie er sich mit einem Kuss verabschiedete und sich eilig einen Weg zwischen Kicker-Tisch, Pausenbrotessern und Schläfern hindurchbahnte, registrierte ich kaum. Alles, was ich wahrnahm, war das schwarze Loch, das sich in meinem Herzen ausbreitete.

Ich hatte Mr. Skull begraben, damit ich glücklich sein konnte. Ich hätte niemals gedacht, dass es dazu führen könnte, Linus unglücklich zu machen.

Für mich war er mehr gewesen als nur irgendein Mitspieler. Und anscheinend hatte das auf Gegenseitigkeit beruht. Mr. Skull war ein Freund für ihn geworden. Ein Freund, den ich ihm kaltblütig entrissen hatte für meine eigenen, egoistischen Zwecke.

Heftig schüttelte ich den Kopf. Mr. Skull war doch überhaupt nicht real! *Ich* war Mr. Skull, und ich war immer noch da! Aber das konnte Linus nicht wissen …

Ich schluckte. Ich hatte offenbar nicht nur ein Loch in mein Herz gerissen, sondern gewissermaßen auch in das von Linus. Eines, das nur ich flicken konnte.

Vorsichtig ließ ich meinen Blick zu dem Computer schweifen, an dem Manu bis eben gesessen hatte. Vor meinem inneren Auge verwandelte er sich in meinen Laptop, der zu Hause auf mich wartete. Der Trailer zu MoM flimmerte über den Bildschirm und lockte mich mit wohligen Klängen, satten Farben und reiner Magie.

Ich könnte einfach online gehen. Könnte wieder Mr. Skull werden. Könnte der Freund sein, den Linus so sehr vermisste.

Aber das würde niemals etwas daran ändern, dass ich das nicht war. MoM war nicht die Lösung. Das hatte ich jetzt verstanden.

Und ich war anscheinend ein Method Actor.

Am Nachmittag ging ich wie geplant mit Pia shoppen, was eigentlich die perfekte Ablenkung von meinem Alltag sein sollte. Davon, dass ich Linus vermisste, dass ich ein schlechtes Gewissen wegen der Skull-Sache hatte und dass es mich in den Fingern juckte, mich für das Testzocken anzumelden, von dem Manu gesprochen hatte.

Aber leider scheiterte mein Plan, mich selbst auf andere Gedanken zu bringen. Als wir Pias Lieblingsladen betraten, in dem es gerade zwanzig Prozent auf alles gab, obwohl wir uns noch mitten in der Herbstsaison befanden, stürmte sie einfach drauflos und ward nie mehr gesehen.

Während ich sie zwischen Kleiderständern und Umkleidekabinen suchte, fiel mir einmal aus der Ferne ein süßes schwarzes T-Shirt mit einem Baby-Yoda-Aufdruck auf. Ich kam von meinem Kurs ab und ging neugierig darauf zu – nur um zu beobachten, wie es immer kleiner aussah, bis ich feststellte, dass ich mich in die Kinderabteilung verlaufen hatte.

Ich stieß einen tiefen Seufzer aus und blickte Baby Yoda bekümmert an. »Was würdest du tun, wenn du ich wärst?«

»Aufhören, mit einem T-Shirt zu reden«, brummte ein Kerl in meinem Rücken.

Getriggert wirbelte ich herum. »Sagt der erwachsene Mann, der in der Kinderabteilung …« Ich brach ab und schenkte dem Familienvater, der sein kleines Mädchen an der Hand an mir vorbeiführte, ein entschuldigendes Lächeln.

Es war zwar nicht Baby Yoda gewesen, der mir geantwortet hatte, aber ich war dennoch schlauer als vorher. Der fremde, fiese Mann hatte völlig recht. Ich sollte aufhören, mit T-Shirts zu reden und zu grübeln. Ich musste mich an Fakten orientieren. Linus war mir wichtiger als MoM. Aber das hieß nicht, dass mir MoM rein gar nichts bedeutete. Im Gegenteil. Linus hatte gesagt, dass es für ihn nur ein Hobby sei. Aber jetzt, wo das *Wolf Pack* ihre Blind Audition angekündigt hatte, fragte ich mich zum ersten Mal, ob es für mich noch viel mehr sein könnte als das.

War der Aufnahmewettbewerb kein Wink des Schicksals? Ein Zeichen, dass doch alles einen Sinn und Zweck hatte? Eine einmalige Chance, die ich mir auf keinen Fall entgehen lassen durfte?

Auf einmal lag die Antwort klar auf der Hand. Wobei ich auf keinen Fall als Mr. Skull auf die Bildfläche zurückkehren und mich geradewegs in das Spinnennetz werfen dürfte, aus dem ich mich eben erst herausgewunden hatte.

Aber womöglich musste ich das auch gar nicht.

Meine Augen weiteten sich, und ich starrte dem Mann und seinem Kind vielleicht eine Spur zu konzentriert hinterher. Natürlich! Es gab eine Lösung. Eine Lösung, wie ich beides von dem bekommen konnte, was ich wollte. Und es wäre gar nicht mal so schwer.

Zu Hause angekommen – ich hatte Pia förmlich aus dem Laden schleifen müssen, bevor sie ihr letztes Essensgeld dort lassen konnte –, warf ich mich regelrecht auf meinen Schreibtischstuhl und startete meinen Laptop. MoM war nicht mehr in meinem Auto-Start, aber trotzdem genauso schnell geöffnet wie früher.

Als der Ladebildschirm verschwand und meiner Startseite Platz machte, wurde ich von Wehmut und einem Hauch Nostalgie erfasst. Niemals hätte ich gedacht, dass ich so schnell zu ihr zurückfinden würde. Und hatte es ehrlich gesagt auch nicht gehofft.

»Schön, dich wiederzusehen, Fontana.«

21. KAPITEL

RE

Fontana wieder aufzutauen, war leider nur der erste Schritt in meinem Zehn-Punkte-Plan, um mich im MoM-Recall durchzusetzen. Die nächsten acht lauteten: Leveln, leveln, leveln. Und der letzte natürlich: Alle anderen Mitbewerber in die Pfanne hauen.

Aber bis dahin war es noch ein weiter Weg. Denn Fontana empfing mich in genau dem Zustand, in dem ich sie am Straßenrand zurückgelassen hatte. Überfahren, vernachlässigt, eingegangen auf Level Kupfer (20).

Mr. Skull ruhte sich auf den Lorbeeren aus, die ihm die Silber-Liga spendierte. Aber ich durfte nicht auf ihn zurückgreifen. Durfte nicht einmal mit dem Gedanken spielen, mich bei meinem neuen alten Account einzuloggen. Ich musste das hier auch ohne ihn schaffen. Linus zuliebe. Und natürlich auch mir zuliebe.

Ich konnte nicht genau sagen, warum ich so sehr für dieses Probezocken brannte. Warum mich die Vorstellung so umhaute, in einer richtigen MoM-Mannschaft zu spielen. Warum sie mich so sehr in ihren Bann zog, dass ich in regelmäßigen Abständen die Website des *Wolf Pack* anschaute, ihr Maskottchen begutachtete, ihre Rankings studierte und ihren Soundtrack anhörte. Ja – diese MoM-Mannschaft besaß ihren eigenen Soundtrack!

Vielleicht hatte meine Faszination damit zu tun, dass ich noch von keiner erfolgreichen *Frauen*mannschaft im MoM gehört hatte. Schon klar, es gab in der Internetwelt da draußen ein paar beliebte Streamerinnen, aber die waren wiederum so krasse internationale Überfliegerinnen, dass ich mir nicht im Traum vorstellen konnte, jemals an sie herankommen zu können.

Was Erfolg in Sachen MoM betraf, gab es daher nur wenig Vorbildmaterial für mich. Aber genau so war es auch schon beim Ingenieurwesen gewesen. Und es hatte mich nicht davon abgehalten, mich einzuschreiben.

Womöglich war meine Aktion gerade eben ein Symptom für genau dieselbe Sache: Ich hatte kein Vorbild. Deshalb wollte ich mein eigenes sein.

Doch in dem Moment, in dem ich diesen Gedanken zu fassen bekam, stiegen plötzlich kleine, fiese, nagende Zweifel in mir auf und bissen sich wacker an mir fest. Wenn es noch nie eine Frau in eine bedeutende MoM-Mannschaft geschafft hatte, warum sollte es dann ausgerechnet mir gelingen? Vielleicht war das Team überhaupt nicht auf der Suche nach Frauen. Vielleicht hatten sie nur Plätze für Männer oder hatten sich vorgenommen, sich in *Wolf Boys* umzubenennen, oder sie besaßen keine Frauenumkleide …

Dann sollen sie eine für dich bauen!, schnauzte mich Skull in meinem Hinterkopf so wütend an, wie es nur jemand sein konnte, der für eine stumpfe Elfenkriegerin in einen immerwährenden Schönheitsschlaf versetzt worden war.

Das war wohl seine Art und Weise, mir zu sagen: *Du schaffst das.*

Trotz der Motivation von der zweiten Hälfte meiner gespaltenen Persönlichkeit verging der Rest der Woche wie ein Fiebertraum. Mich mit Skull von Kupfer auf Silber hochzuleveln, hatte sich so viel einfacher angefühlt als mit Fontana. Vielleicht, weil ich einen xXPlayerOneXx an meiner Seite gehabt hatte. Jetzt hingegen war ich auf mich allein gestellt – und zwar wirklich allein. Ich verspürte nicht das geringste Bedürfnis, einer Gilde beizutreten. Weil ich nun wieder eine Frau war. Eine offenkundige Frau mit all ihren Vorzügen und Nachteilen – sogar dann, wenn ich mein Mikrofon nicht anschaltete. Als hätte sich die MoM-Spieler-Spezies seit meinem letzten Besuch als Fontana um hunderte Jahre zurückentwickelt, gingen nur noch die wenigsten davon aus, dass sich hinter meinem Frauen-Avatar ein Mann oder zumindest ein Zwölfjähriger verbarg. Für alle anderen lautete die Devise: Was du siehst, ist, was drinsteckt.

»Süße«, nannte mich ein Kerl inmitten eines Duells.

»Spiel anständig oder geh zurück in die Küche!«, keifte ein anderer im Voicechat.

Du machst Heilerin, schrieben entschieden gefühlt achtundneunzig Prozent aller männlich aussehenden Spieler, wenn wir uns für Duelle oder Raids ausrüsteten.

Es war faszinierend. Ich hätte schließlich auch ein Kerl sein können, der eine Frau spielte – aber das war denen egal. Sie waren viel zu einfach gestrickt, um auch nur einen Schritt weiterzudenken. Oder gar zu akzeptieren, dass Frauen genauso gute – oder echt miserable – Spieler sein konnten wie sie.

Ich versuchte, das alles an mir abprallen zu lassen, wie ich es die letzten Jahre über getan hatte, ehe mir alles zu viel geworden war. Doch es fiel mir verdammt schwer. Weil ich jetzt wusste, dass es anders ging. Weil es irgendwo da draußen Spieler wie Linus gab.

Natürlich, er hatte mich für einen Mann gehalten. Aber ich hatte ihn auch in der Gegenwart von offenkundig weiblichen Spielerinnen erlebt. Er war alles, was sich der Hohe Rat von MoM nur wünschen konnte. Das Paradebeispiel eines anständigen, guten Spielers.

Aber manche Dinge wusste man vor allem deshalb so zu schätzen, weil sie unglaublich rar waren. Und Linus schien zu einer aussterbenden Art zu gehören. Umso mehr sehnte ich mich nach ihm. Jedes Mal, wenn ich mehrere Level geschafft hatte und das Spiel *mich* geschafft hatte, lehnte ich mich erschöpft auf meinem Stuhl zurück und schrieb ihm eine Nachricht. Manchmal bestand sie überhaupt nicht aus Worten, sondern aus einem lustigen GIF oder einem Herzchen-Emoji. Und Linus' Reaktion ließ nie lange auf sich warten. Egal, wie wütend, enttäuscht oder verzweifelt ich auch war, wann immer mich seine Nachricht erreichte, fühlte ich mich ausgeglichener. Als würde alles wieder gut werden.

Weil ich nicht riskieren konnte, in die Zink-Liga zurückversetzt zu werden, spielte ich risikoarm – und damit auch erfahrungspunktearm. Bis Freitag war ich auf Level Kupfer (35) angelangt. Das Ende meiner langen Reise war in Sichtweite. Allerdings auch das Wochenende. Das Wochenende, an dem ich mich nicht wie früher in mein Loch von Zimmer verziehen und vor mich hin zocken konnte, ohne dass jemand Wind davon bekam. Denn jetzt hatte ich nicht nur eine Pia, die sich in den letzten Wochen zu sehr daran gewöhnt hatte, dass ich mich doch ab und zu ins Sonnenlicht traute, sondern auch einen Linus, dem ich in den letzten Tagen bestimmt ziemlich reserviert vorgekommen war und der definitiv Verdacht schöpfen würde, wenn ich ihm fürs Wochenende absagte.

Und ich *wollte* ihm ja auch nicht absagen. Aber das Auswahlspiel war am Montag, und wenn ich bis dahin nicht den Silber-Thron erklommen hatte, wäre es das so was von gewesen. Und wer wusste schon, wann das Team einen neuen Aufruf starten würde? Nächstes Semester? Übernächstes? In vierzehn Jahren, wenn ich längst einen Roboter aus Wattestäbchen gebaut und dieser mich umgebracht hatte? So lange konnte ich nicht warten!

Ich musste beides haben. Also musste ich mich heute reinhängen.

Mein Puls raste, als ich am Freitagvormittag vom Wocheneinkauf nach Hause flitzte und unsere neuen Vorräte eher schlecht als recht in Regalen und Kühlschrank verstaute. Ohne Rücksicht auf Verluste setzte ich mich an meinen Rechner und teleportierte mich in den nächstbesten Raid – einen großen, für den ich zwar weniger Erfahrungspunkte bekommen würde, aber zumindest einigermaßen geschützt vor den Angriffen der Bestien wäre, denen ich mich entgegenstellen musste. Ich musste sicher spielen. Durfte keine Risiken eingehen. Denn ich hatte nur diese eine Chance.

Wie bei jedem Raid scannte ich unauffällig die Namen der Spieler um mich herum, aber von einem xXPlayerOneXx war nichts zu sehen. Was in diesem Fall vielleicht daran lag, dass er mich im selben Augenblick auf dem Handy anrief.

Erschrocken riss ich mein Headset herunter und ging ran, nur um mir das Handy sofort zwischen Ohr und Schulter einzuklemmen und mich wieder der Tastatur zu widmen. »Hey«, sagte ich mit piepsender Stimme und hoffte, dass ich nicht atemlos klang.

»Hey, Lilo«, begrüßte er mich und jagte wie jedes Mal Schmetterlinge durch meinen Körper – noch viel schneller als sonst, weil ohnehin schon Tonnen an Adrenalin durch meine Adern gepumpt wurden. »Was machst du?«

»Ähm.«

Fontana hatte ihr Schwert gezogen, das sie nie zum Schlagen oder Stechen benutzte. Stattdessen schwang sie es nur durch die Luft, während sie einen Zauber nach dem anderen auf den Skorpion abfeuerte, den wir in der Wüstenlandschaft von Marbahar umzingelt hatten. Alle paar Sekunden erschütterte eine Explosion ihre Umgebung, und ich war froh, dass mein Headset weit genug weg auf dem Tisch lag, sodass Linus nichts davon hören konnte. »Ich …« Ich zögerte, stockte, strengte mich so sehr an, etwas Vernünftiges zu sagen, und würgte schließlich hervor: »Ich lieg rum, du?«

»Ich … lieg auch rum, schätze ich.« Pause. »Lust, zusammen rumzuliegen?«

Ich riss die Augen auf und versteifte mich mit einem Ruck am ganzen Körper. Hatte er das gerade wirklich gefragt?

»Ähm«, korrigierte er sich hastig. »Ich meine, abzuhängen. In der Stadt oder so.«

Das Blut schoss mir mit Verzögerung in den Kopf, und auf einmal spürte ich einen dicken Kloß in meinem Hals. Obwohl sich meine Finger immer noch über die Tastatur und die Maustasten bewegten, fühlte es sich plötzlich so an, als würde Fontana ganz ohne mein Zutun handeln. Als wäre sie ein eigenständiges Wesen, das meine Führung nicht brauchte, um dem Skorpion zu zeigen, wo der Hammer hing.

Irgendwie hatte ich zu ihr nie so eine starke Verbindung gehabt wie zu Skull. Doch das änderte nichts an der Tatsache, dass ich sie brauchte, um mein Ziel zu erreichen. Sie – und nur ein klein wenig mehr Zeit.

Ich könnte es schaffen. Ich könnte auch in die Silber-Liga aufsteigen, wenn ich mich heute mit Linus verabredete. Aber dann müsste ich einfach alles geben, alles auf eine Karte setzen und trotzdem riskieren, dass mir die Zeit ausging. Viel besser wäre es doch, wenn ich jetzt auf Nummer sicher ging und mich dafür morgen mit Linus traf. Später, wenn ich fest davon überzeugt war, dass nichts mehr schieflaufen konnte, oder? Oder?

»Ich … weiß nicht«, sagte ich matt. »Ich muss lernen.«

»Wirklich?«, fragte er verblüfft. »Jetzt schon? Die Prüfungen sind doch erst im Januar.«

Verdammt. Die Ausrede kam ein paar Monate zu früh. »I-ich meine auswendig lernen. Eine Präsentation.«

»Oh.« Linus klang zufrieden mit meiner Antwort. »Trifft sich gut. Ich hab am Montag eine Abgabe und noch kein Wort geschrieben. Lust auf Co-Working?«

Und wie! Hätte ich zumindest gehabt, hätte es wirklich eine Präsentation gegeben, für die ich lernen müsste. Verdammt. Aber ich konnte ihn jetzt doch nicht abwimmeln! Damit würde ich ihm so was von vor den Kopf stoßen.

Ach, ich würde mir schon was einfallen lassen. Mit meinem Laptop konnte ich schließlich noch ein paar andere tolle Dinge …

Unwillkürlich blitzte ein Bild vor meinem inneren Auge auf, in dem ich Linus gegenüber in seiner Bude saß. Während er wie wild auf seiner Tastatur herumtippte, um seine Seminararbeit fertigzubekommen, tat ich genau das Gleiche – um einen Feuerzauber nach dem anderen auf das verdammte Stinktier aus dem Wald zu schleudern.

Sofort schlug ich mir den Gedanken aus dem Kopf und warf meine Feuerbälle stattdessen auf die aktuelle Bedrohung – den Skorpion, der in diesem Moment seinen Schwanz in die Luft riss und einen Regen aus winzigen Stachelspitzen auf uns herabsausen ließ. »Ähm … klar«, sagte ich und war mir auf einmal nicht mehr sicher, ob die Antwort überhaupt zu seiner Frage passte.

»Cool. Wie wär's mit jetzt?«

Ich stutzte. »Wie, jetzt?« Ich warf einen nervösen Blick in Richtung Fenster.

»Ich war gerade bei Manu, bin also noch in der Innenstadt. Wenn ich den nächsten Bus nehme, könnte ich wahrscheinlich in zwanzig Minuten bei dir sein.«

Verdutzt blinzelte ich. »Du weißt doch gar nicht, wo ich wohne.«

»Ähm«, sagte er trocken. »Erinnerst du dich, als du mir vor der Kirmes deine Adresse gegeben hast?«

Meine Augen weiteten sich. »Hast du die etwa nicht datenschutzkonform gelöscht?«

»Meine Aufbewahrungsfrist beträgt sechs Jahre«, antwortete er gönnerhaft, und ich musste kichern.

»Mist!« Ich atmete tief durch und sprach gleichzeitig einen Heilzauber aus, der mich von den piksenden Skorpionstacheln befreite.

»Hast du Lust?«, hakte er nach. »Ich fahre morgen übers Wochenende zu meinen Eltern nach Düsseldorf. Wäre cool, wenn wir uns vorher noch sehen könnten.«

Meine Miene erhellte sich. Ich hatte mich so sehr auf die Vorstellung versteift, dass sich Linus für morgen oder Sonntag mit mir verabreden wollen würde, dass ich ganz vergessen hatte, dass er ja auch noch ein Leben außerhalb dieser Beziehung führte. Sofort entspannte ich mich etwas. Mein Wochenende war vorerst freigeschaufelt.

»Klar. Das wäre schön.« Vorausgesetzt, ich schaffte es in den nächsten zwanzig Minuten, den Raid zu beenden und sämtliche Hinweise auf MoM in die tiefsten Katakomben meines Rechners zu schieben, auf dass Linus sie niemals finden könnte.

»Cool. Bis gleich.«

Es dauerte geschlagene fünf Minuten, nachdem er aufgelegt hatte, bis mir einfiel, dass mein Laptop nicht das Problem an der Sache war. Der Raid hatte gerade geendet, als ich mich auf meinem Stuhl umdrehte und der Anblick meines Zimmers wie ein neues Meer aus Riesenstacheln über mich hereinbrach. Genauer gesagt: meine MoM-Tassen. Meine MoM-Fanshirts. Meine MoM-Bilder. Meine MoM-Poster. Meine MoM-einfach-alles-in-diesem-gottverdammten-MoM-Freak-Zimmer! Das Zimmer, in das Linus in einer guten Viertelstunde hineinspazieren würde.

Ich war so was von am Arsch.

22. KAPITEL

SKIN

Als ich den Führerschein gemacht hatte, hatte mir mein Fahrlehrer immer vorgeworfen, ich würde nicht *vorausschauend fahren.* Ich hatte ihm das Gegenteil bewiesen, indem ich meine praktische Fahrprüfung fehlerlos bestanden hatte. Zu Hause angekommen, hatte ich mich auf mein Fahrrad geschwungen, um Pia zu besuchen, und war nach zehn Metern gegen ein parkendes Auto gefahren.

Ungefähr so fühlte es sich jetzt an, als ich mich in meinem Zimmer um die eigene Achse drehte und mir wünschte, hier drinnen würde nicht nur eine Bombe der *Unordnung* explodieren.

MoM. Ich war umgeben von MoM – als wäre Magistrar durch ein Portal in diese Welt übergetreten. Mein Zimmer schrie förmlich nach *Nerd* und würde mich vor Linus als absolute Lügnerin auffliegen lassen. Sobald er einen Fuß durch diese Tür setzte, wäre ich geliefert.

Mir wurde heiß und kalt zugleich. Genau wie bei meiner überstürzten Anmeldung zum Klosterkurs hatte ich keinen Schritt weiter gedacht als nötig – und es drohte mir zum Verhängnis zu werden. Endgültig.

Ich vergaß meinen Laptop und alle MoM-Beweise, die sich darauf befanden. Die waren jetzt nebensächlich. Abrupt klappte ich ihn zu und schnappte mir stattdessen mein Handy, um Linus anzurufen. Noch während es tutete, stolperte ich durch mein Zimmer in dem hoffnungslosen Versuch, irgendetwas von dem, was mich als MoM-Spielerin entlarven würde, aus dem Weg zu räumen – und blieb langsam wieder stehen. Weil ich keine Ahnung hatte, wo ich anfangen sollte.

Tuuuuuut.

Ich stöhnte und riss mir das Handy vom Ohr. »Komm schon!« Warum ging er denn jetzt nicht ran?

Tuuuuuut.

Verzweifelt legte ich auf und schrieb ihm stattdessen eine Nachricht: *Hey, wollen wir nicht lieber zu dir gehen?*

Ich schickte die Nachricht so schnell wie möglich ab, damit er sie so schnell wie möglich lesen konnte – doch das tat er nicht.

Mein Herz verkrampfte sich in meiner Brust, und ich schob hastig hinterher: *Ich hab nicht aufgeräumt.*

Meine Schultern sackten herab. Was für eine lahme Ausrede. So einen Prince Charming wie Linus würde die niemals von hier fernhalten. Aber was dann? Ein Rohrbruch? Ein Stromausfall? Eine Orgie?

Mir brach der kalte Angstschweiß aus. *Denk nach, Anne! Denk nach, denk nach, denk nach, verdammt!*

In diesem Moment meldete sich mein Handy mit einer sanften Vibration. Erschrocken entsperrte ich den Bildschirm – und erstarrte am ganzen Körper. Linus' Nachricht war nicht lang, brauchte aber trotzdem eine Ewigkeit, um ihre schreckliche Bedeutung in meinen Kopf zu hämmern: *Hab einen früheren Bus erwischt. Bin gleich da.*

Mein Leben zog an meinem inneren Auge vorbei. Sowohl das echte als auch das virtuelle. Denn beide würden enden, wenn mich Linus als Doppelagentin, Lügnerin und *Dogbirderin* entlarvte und unsere Beziehung hochkant aus dem Fenster warf.

Nein. Nein, nein, nein, nein. Das durfte ich nicht riskieren. Ich durfte *Linus* nicht riskieren. Nicht nach den wunderschönen letzten Wochen, die wir zusammen gehabt hatten.

Verdammt, ich hatte doch alles getan, um unsere Basis nicht zu zerstören. Hatte Skull bei totem Leibe begraben. MoM den Rücken gekehrt. Aber es war nie genug gewesen.

Wenn ich mir nicht auf der Stelle etwas einfallen ließ, würde ich Linus verlieren.

Ich war davon ausgegangen, ich könnte über den Zeitpunkt bestimmen, wann Linus hier eintraf, weil ich ihn schließlich zur Haupttür und hier oben reinlassen musste – aber Fehlanzeige. Irgendjemand musste ihm unten die Tür aufgehalten haben, denn die nächste Nachricht, die ich von ihm bekam, war ein *Bin gleich oben.*

Die Anspannung explodierte in meiner Brust und ließ die pure Verzweiflung auf mich herabregnen. Meine puren Instinkte ergriffen die Oberhand und fanden den nächstbesten Ausweg für mich.

Gehetzt stürzte ich aus dem Zimmer und schloss die Tür sorgfältig hinter mir. Er würde niemals etwas erfahren, wenn er diesen Raum nie betrat. So einfach war das.

Dennoch fühlte ich mich, als würde ich mich durch Wackelpudding bewegen, als ich den Gang zwischen Pias und meinem Zimmer durchquerte. Ich passierte Küche und Bad, die links und rechts von mir abzweigten, und blieb schließlich vor der Wohnungstür stehen. Schluckte. Ergab mich dem Kribbeln wie von tausenden Ameisenfüßen, das über meinen Körper strich.

Augen zu und durch, Anne. So wie sonst auch immer.

Ich öffnete die Tür, als Linus bereits die letzten Stufen nach oben stieg. Seine Miene erhellte sich, als er mich sah, während ich so dreinblicken musste, als würde ein Zombie zu meiner Wohnung spaziert kommen.

»Hey«, begrüßte er mich, was ich mit einem viel zu überschwänglichen »Heeey« erwiderte. Ich war froh, als er beide Arme um mich schlang und mich zum Schweigen brachte. Der Kuss, den er mir schenkte, lullte mich beinahe genug ein, um mich vergessen zu lassen, dass ich gerade den leibhaftigen Löwen in meine Höhle treten ließ. Ich erlaubte mir, den Moment zu genießen, ehe der Ernst des Lebens wie ein ausgehungertes Tier über mich herfallen konnte.

Als Linus sich von mir löste, räusperte ich mich verlegen und winkte ihn herein. »Schön, dass du hergefunden hast. Willkommen in meinem bescheidenen Heim.« Meine Gedanken rasten. Ich musste ihn in die Küche bekommen – und dortbehalten, bis er wieder ging. Dann würde alles gut werden. Zumindest vorerst. Aber für die Zukunft musste ich mir was Besseres überlegen. Ich konnte Linus schließlich nicht für immer aus meinem Schlafzimmer verbannen!

»Hier gibt es eigentlich gar nicht so viel zu sehen«, wartete ich nicht einmal ab, bis er sich Schuhe und Jacke ausgezogen hatte. »Da hinten sind unsere Zimmer, hier ist das Bad und das hier ist unsere Wohnküche.« Damit trat ich auch schon durch den Türrahmen und lenkte Linus' maximale Aufmerksamkeit auf diesen einen Raum, der sich neben meinem Zimmer befand. »Willst du was trink-« Das Geräusch eines Kleiderbügels, der gegen eine Wand prallte, ertönte in meinem Rücken genau in dem Moment, in dem mein Blick auf die Fontana-Tasse neben der Spüle fiel.

Mit einem Satz hechtete ich in ihre Richtung, riss sie von ihrem Platz und mit der anderen Hand die Spülmaschine auf. Ich warf sie regelrecht hinein, und mein Herz verkrampfte sich, als ein schmerzhaftes Klirren von drinnen ertönte – das sofort erstickt wurde, als ich die Klappe ruckartig schloss.

»Ja, gerne«, antwortete Linus geschäftig und trat in die Küche. Er hatte einen dunkelblauen, abgewetzten Rucksack geschultert, den er auch immer auf dem Campus dabei hatte. »Was habt ihr da?«

Abrupt richtete ich mich auf und lehnte mich lässig gegen die Spüle. »Ähm … alles, schätze ich.«

»Cola?«

Unsicher öffnete ich den Kühlschrank und warf einen Blick hinein. »Wir haben hier nur Pias Cola Zero Vanille.«

Ein Zucken ging durch Linus' Augenlid. »Dann vielleicht doch lieber ein Wasser.«

»Gute Wahl.« Ich befüllte zwei Gläser mit Sprudelwasser und wandte mich zu ihm um – in der festen Absicht, sie auf dem ungelenken, nackten Küchentisch abzustellen, wo wir bestimmt eine tolle, kuschelige Zeit weit weg von meinem Zimmer verbringen würden.

Aber Linus machte mir einen Strich durch die Rechnung, indem er seinen Rucksack locker geschultert ließ und sich auf den Gang hinauslehnte. »Also, wo geht's lang?«

Mein Herz sackte mir in die Hose. »Was?«, fragte ich die perfekte Frage, um einen Moment Zeit zu schinden.

»Dein Zimmer.« Damit marschierte er auch schon drauflos.

Mein Herz machte einen Satz. »Warte!« Seit wann war der Kerl denn so unfassbar neugierig? Schnell heftete ich mich an seine Fersen. Das Wasser schwappte über den Rand beider Gläser auf meine Hände und tropfte auf den Boden, doch ich beachtete es nicht und schob mich hastig an Linus vorbei. »Also, mein Zimmer …« Schweißperlen traten mir auf die Stirn, als ich auf halber Strecke zwischen den beiden geschlossenen Schlafzimmertüren stehen blieb. Ich würde nicht behaupten, dass mir in diesen Sekunden eine bahnbrechende Idee kam. Stattdessen nahm die Verzweiflung einfach überhand.

Pia war vor einer Stunde losgezogen, um zu lernen oder so. Auf jeden Fall war sie nicht hier. Und im Gegensatz zu meinem Zimmer war ihres völlig frei von MoM-Kram.

Abrupt wandte ich mich nach links. »Hier geht's lang.« Entschieden drückte ich die Klinke mit dem Ellbogen herunter und öffnete die Tür. Vor mir erstreckte sich ein Traum von strahlend weißen

Wänden, süßen rosa Vorhängen, einem weit geöffneten, aber absolut unchaotischen Kleiderschrank und einem Bett, in dem sich Pia seit unserem Einzug schon mit mindestens zwei Kerlen gewälzt hatte. Oder zweimal mit einem Kerl – so genau wusste ich das nicht.

»Oh, wow«, kommentierte Linus meine Wahl, während ich betont beiläufig zum Kleiderschrank spazierte und ihn schloss, bevor er feststellen konnte, dass er voller sexy Sommerkleider und eine absolut cartoonfreie Zone war. »Das hätte ich gar nicht gedacht.«

Ich versteifte mich etwas und bewegte mich auf Pias fein säuberlich aufgeräumten Schreibtisch zu, um die inzwischen nur noch halb vollen Gläser darauf abzustellen. »Was meinst du?«

»Ich hätte gedacht, dass du etwas … nerdiger lebst.«

Ich schluckte. »Nerdig? Ich?« Schnaubend wandte ich mich ihm zu. »Wie kommst du denn darauf?« Die pure Hitze kochte in mir hoch. Wovon redete er da? Ich, ein Nerd? Nur weil ich ein einziges Mal MoM gespielt hatte? Hatte ich mich in den letzten zwei Minuten etwa schon wieder verplappert?

»Na, weil du dich für Robotik interessierst. Da hätte ich zumindest mit einem Staubsaugerroboter gerechnet.«

Ich schloss die Augen und stieß lautlos die restliche Luft aus meinen Lungen. Ach ja – ich war ja auch abgesehen von MoM ein Nerd. Ganz vergessen. »Kommt auch noch«, wehrte ich verlegen ab. »Wir wohnen schließlich erst ein paar Wochen hier.« Wir hatten noch nicht mal einen richtigen Staubsauger.

»Also dann.« Linus ließ sich wenige Schritte von mir entfernt auf die Bettkante sinken und stellte seinen abgewetzten dunkelblauen Rucksack auf dem Boden ab. »Wie weit bist du mit deiner Präsentation?«

»Ach.« Halbherzig lehnte ich mich gegen den Schreibtischstuhl. »Ich hab hier und da schon ein bisschen was gemacht, aber … Na ja, du weißt schon.« Meine Lüge war so unfassbar schlecht, dass ich keine

Ahnung hatte, wie mich Linus nicht schon an Tag eins als Mr. Skull hatte entlarven können. Das war definitiv sein Versagen.

Er nickte. »Okay. Ich bin ziemlich weit mit meiner Arbeit. Ich kann dir danach gerne helfen.«

Ich schenkte ihm ein frostiges Lächeln. »Cool.« Das bedeutete für mich: Ich musste so schnell wie möglich eine halbfertige Präsentation basteln, bei der mir Linus helfen und die niemals eine andere Menschenseele zu Gesicht bekommen würde.

Einen unendlichen Augenblick lang stand ich einfach nur da und blickte ihm entgegen, bis mir schlagartig klar wurde, dass mir eine entscheidende Sache fehlte, um gemeinsam mit Linus zu arbeiten. »Ach ja, mein Laptop.« Ich machte zwei halbherzige Schritte durch den Raum. »Ich hole ihn kurz.«

Linus runzelte die Stirn und nickte in Richtung Schreibtisch. »Da ist er doch.«

Langsam drehte ich den Kopf und starrte das mit Stickern beklebte MacBook an, auf dem Pia viel mehr Zeit mit dem Vorplanen von Instagram-Beiträgen als mit Essays und Präsentationen verbrachte. »Ach ja.« Da wir keine Vorlesungen zusammen besuchten, hatte Linus weder meinen überdimensionalen Gaming-Laptop noch mein Mini-Windows-Netbook jemals gesehen. Und er schöpfte nach wie vor keinen Verdacht. Ich musste mein Bestes tun, damit das auch so blieb. »Stimmt«, sagte ich matt. »Da ist er ja.«

Mit steifen Bewegungen kehrte ich zum Schreibtisch zurück und setzte mich. Mein Herz schlug inzwischen so schnell in meiner Brust, dass ich kaum mehr Luft bekam. Bemerkte Linus, dass ich angespannt war?

Ich positionierte mich etwas schräg auf dem Stuhl, damit ich den Laptop so drehen konnte, dass er von seiner Position aus keine Chance hatte, einen Blick auf den Bildschirmschoner zu werfen. Als ich ihn aufklappte strahlte mir ein Bild von einem Sonnenuntergang an einem griechischen Strand entgegen, an dem Pia letztes Jahr in den Sommerferien gewesen war. Auf dem Foto vollführte sie eine kunstvolle Yoga-Pose, wie ich sie niemals hinbekommen würde, ohne mir ein Bein abzubrechen.

Ihr Laptop war passwortgeschützt, und nachdem ich drei verschiedene ihrer Lieblings-Bubbletea-Sorten erfolglos eingegeben hatte, gab ich es auf, mich in ihr System hacken zu wollen. Stattdessen klickte ich auf *Benutzer wechseln.*

Dass Linus schon die ganze Zeit über in unregelmäßigen Abständen geschnieft hatte, registrierte ich erst, als er fragte: »Hey, hast du vielleicht ein Taschentuch für mich?«

»Oh.« Ich sah auf. »Klar.« Draußen konnte es inzwischen klirrend kalt werden. Da sollte man immer ein Tempo parat haben. Die Frage war nur: Wo hatte Pia welche?

Kurz entschlossen zog ich die Schreibtischschublade zu meiner Linken auf und …

Ich verstand nicht, was ich sah. Hielt die großen und kleinen, ringförmigen und länglichen bunten Gegenstände zuerst für Malstifte und sonstiges Büro-Equipment. Hob eine Hand, um hineinzugreifen und sie zur Seite zu schieben auf der Suche nach einer vernachlässigten Packung Taschentücher – und registrierte in letzter Sekunde, was zur Hölle Pia in ihrer gottverdammten Schreibtischschublade aufbewahrte.

»Ach du Scheiße!« Erschrocken riss ich meine Hand zurück und drückte die Sextoy-Schublade mit einem Knall zu.

Stille legte sich über uns. Linus starrte mich an. Ich starrte ins Leere und versuchte, den Anblick, der sich mir gerade geboten hatte, für immer aus meinem Geist zu verbannen.

»Alles okay?«

Ein Teil von mir drohte abzusterben, als seelenloser Geist durch die Nacht zu schweben und sich schließlich in Mr. Skulls Grab zu dessen kalten Gebeinen zu kuscheln. »J-ja.« Ich schenkte Linus ein entschuldigendes Lächeln. »Es ist nur …« Ich stockte. »Da war … eine Spinne.« Schnell stand ich auf. »Deshalb bleibt die lieber zu.«

Er runzelte die Stirn. »Soll ich sie erschlagen?«

Bestürzt blickte ich ihn an. »Nein!« Bitte nicht. Bitte, bitte nicht.

»Ich kann sie auch fangen und freilassen …«

»Nein!«, fiel ich ihm ins Wort. »Die Spinne bleibt, wo sie ist!«

Jetzt sah er einfach nur noch ratlos aus. »Okay, wenn dir das lieber ist.«

Konzentration, Anne!, ermahnte ich mich. »Taschentuch.« Hilflos drehte ich mich im Kreis auf der Suche nach irgendeinem Fach oder einer Schublade, in der Pia ihre Alltagsgegenstände horten könnte. »Taschentuch.«

Linus schnaubte belustigt. »Bist du sicher, dass du hier wohnst?«

»Warum fragst du mich das?«, entgegnete ich mit schriller Stimme und straffte die Schultern. »Ach, ich geh einfach in der Küche nachsehen.« In diesem Moment fiel mir das Nachtkästchen neben ihrem Bett auf. Natürlich! Wer hortete schon Tempos in seiner Schreibtischschublade? Nicht, dass Sextoys da besser aufgehoben wären …

Wenn es einen Ort gab, an dem man sie aufbewahrte, dann in unmittelbarer Nähe zum eigenen Bett.

Erleichtert, vielleicht doch noch ein kleines bisschen normal zu wirken, ließ ich mich neben Linus und dem Nachtkästchen nieder, zog die Schublade auf -

Jetzt hatte ich Pias Dildo-Vorrat gefunden.

»O Gott!«, rief ich aus und schloss die Schublade so schnell, wie ich sie geöffnet hatte.

Aus dem Augenwinkel bemerkte ich, wie Linus neben mir zurückzuckte. »Noch 'ne Spinne?«

In einer mechanischen Bewegung drehte ich den Kopf, doch anstatt ihn zu sehen, breitete sich ein schwarzes Loch in meinem Bewusstsein aus.

Sextoys, überall Sextoys! Wie viel von dem Zeug konnte eine Frau besitzen? Hatten sie die auf der Erstsemester-Messe verteilt? Beim letzten Karneval? Ich wollte wütend auf Pia sein, mich mit ihrer Kollektion in so eine Situation gebracht zu haben. Aber mir war auch klar, dass ich selbst schuld daran war, mir ihr Zimmer zu nehmen, es als mein eigenes auszugeben und ein Dasein zu führen, in dem ich bald selbst nicht mehr wusste, wann ich anderen etwas vorlog und wann ich die Wahrheit sprach.

Ich hatte doch einfach nur in Ruhe zocken wollen.

»Ich glaube, ich hab hier keine Taschentücher mehr.« Inzwischen war ich mir sicher, dass mein Lächeln roboartiger rüberkommen musste als jeder Staubsaugerroboter, den ich hätte haben können. »Das Badezimmer ist nebenan.«

»Alles klar.« In völliger Gelassenheit stand Linus auf und schlurfte aus dem Raum.

Und ich? Ich wurde von einem Anflug von Panik erfasst, sprang auf und lief hinter ihm her, um auch ganz sicherzugehen, dass er nicht aus Versehen *nebenan* und *gegenüber* verwechselte und in meinem richtigen Zimmer landete.

Als ich auf den Gang stolperte, hatte Linus gerade die Hand auf die Klinke der Badezimmertür gelegt und sah mich verwirrt an. »Bist du sicher, dass alles okay ist?«

Wie vom Donner gerührt blieb ich stehen. »Okay.« Ich geriet ins Stocken, das Adrenalin, das in den letzten zwei Minuten in unzähligen Stößen durch meinen Körper gepumpt worden war, machte mich ganz benommen. »Ich meine: ja!« Schnell zog ich mich in Pias Zimmer zurück und malte mir aus, wie Linus durch das Badezimmerfenster kletterte und sich mehrere Stockwerke in die Tiefe stürzte, um meinem Wahnsinn zu entkommen.

Mein Herz klopfte wie wild, als ich in Richtung Bett torkelte. Meine Kehle fühlte sich ganz eng an, und ich versuchte, tief durchzuatmen und mich zu beruhigen, während ich mich auf die Bettkante sinken ließ. Doch obwohl die Gefahr vorerst gebannt war, fühlte ich mich furchtbar. Was zur Hölle tat ich hier? Ich gaukelte Linus vor, dies wäre mein Zimmer. Und dann? Wollte ich damit jedes Mal weitermachen, wenn er hierherkam? Oder für immer versuchen, ihn von hier fernzuhalten? Warum schaffte ich es nicht einmal, eine Minute nach vorne zu denken? Warum machte ich meinen Führerschein, wenn ich dann immer und immer wieder mit dem Fahrrad gegen parkende Autos krachte?

Und was in aller Welt erhoffte ich mir von meinem Schauspiel? Glaubte ich ernsthaft, ich könnte es immer so weitertreiben?

Ach, was bildest du dir ein?, fragte mich Skull verdrossen. *Du glaubst doch nicht wirklich, dass du mit xXPlayerOneXx ein* Für immer *haben könntest, oder?*

Bebend atmete ich durch, aber der Druck der letzten Wochen drohte mit einem Mal überhandzunehmen. Skull hatte recht. Wofür tat ich das hier überhaupt? Ich konnte doch nicht ernsthaft meinen, das zwischen Linus und mir hätte eine Zukunft, oder?

Unsere Beziehung basierte auf einer Lüge. Auf Täuschung. Und irgendwie auch auf Manipulation. Hätte ich mich nicht in seinen Klosterkurs geschlichen, hätten wir uns nie auf diese Weise kennengelernt.

Ich hatte nicht fair gespielt, sondern gecheatet. Und jetzt versuchte ich mit aller Kraft, es zu vertuschen, damit ich nicht gebannt wurde. Dabei war dieses Ende unvermeidlich.

Ein Schluchzen kroch meine Kehle hinauf, und meine Augen begannen zu brennen. Warum tat ich das alles hier überhaupt noch? Warum zögerte ich das Unvermeidliche immer weiter hinaus? Wäre es nicht viel weniger schmerzhaft, die Sache einfach hinter sich zu bringen? Ihm mein echtes Zimmer zu zeigen und ihm die Wahrheit um die Ohren zu hauen? Ihm Angst einzujagen, weil ich eine dogbirdende Stalkerin war? Ihn zu verlieren?

Meine Sicht verschwamm, ich blinzelte heftig und …

»Was ist los?«

Erschrocken sah ich auf und blickte in Linus' Gesicht. Verdammt, war der schnell! War er durch den Gang geflogen? Ich hatte keinen Mucks von ihm gehört.

Und doch stand er da nun und musterte mich mit einer Mischung aus Entsetzen und Sorge. »Ist was passiert?«

Meine Tränen, die ich gerade hatte wegblinzeln wollen, fühlten sich angestachelt und zwängten sich aus meinen Augenwinkeln hervor. »N-nein.« Ich wollte gleichgültig klingen, aber meine Stimme brach, und ich wandte beschämt den Blick ab.

»Hey«, sagte er sanft und schloss die Tür hinter sich. Wie er die Distanz zu mir überbrückte, nahm ich kaum wahr – bis er sich neben mir niederließ und beide Arme um mich schlang. »Komm schon, Lilo.« Er küsste mich ins Haar. »Sprich mit mir. Du verhältst dich schon die ganze Zeit seltsam.«

Das gab den Ausschlag. Ich schniefte und wünschte, die Schublade neben mir wäre nicht mit Dildos in allen Farben und Formen gefüllt, sondern mit Taschentüchern, die in unserer Wohnung offenbar nicht existierten. Eine Träne nach der anderen rollte über meine Wange, und ich wischte mir verzweifelt übers Gesicht. »Genau das ist es doch«, erwiderte ich schluchzend. »Ich bin seltsam. Und ein Freak. Und …« Ich schnappte nach Luft. »… mir passieren ständig dumme Dinge. Ich bin nicht der Sechser im Lotto. Und auch nicht der Trostpreis.« Meine Unterlippe bebte. »Ich bin das eine Plüschtier am Schießstand auf der Kirmes, das bei zehn Umzügen schon hundertmal runtergefallen und im Dreck gelandet ist, von Pferden fast totgetrampelt wurde und jetzt völlig schmuddelig mit einem Auge und drei Gliedmaßen in einer Ecke liegt und darauf wartet, entsorgt zu werden.«

Linus löste sich etwas von mir und taxierte mich mit gerunzelter Stirn. »Das ist … ganz schön spezifisch.«

»Es ist wahr!« Ich zog die Schultern hoch. »Und deshalb warte ich nur darauf, dass du das endlich auch kapierst und einen Schlussstrich ziehst.«

Ein leichtes Lächeln umspielte seine Lippen, und er schüttelte belustigt den Kopf. »Was redest du denn da für einen Stuss?«

»Noch ein Punkt für die Liste!«, warf ich ein. »Ich rede Stuss!«

»Und genau das mag ich so an dir.«

Ich stutzte. »Ach ja?«, fragte ich wenig überzeugt.

»Ja.« Einen Arm um mich gelegt, strich mir Linus mit der anderen Hand über die Wange und wischte ganz beiläufig meine Tränen weg. »Du bist witzig. Immer gut drauf. Und … echt.« Nachdenklich musterte er mich. »Vor allem Letzteres. Du bist aufrichtig und ehrlich. Direkt. Wenn du den Mund aufmachst, kann ich mich darauf verlassen, dass du die Wahrheit und nichts als die Wahrheit sagst. Das, was man hören muss.«

Mit einem Mal schoss mir das Blut in den Kopf und rauschte in meinen Ohren wie der Orkan aus Schuldgefühlen, der sich in mir zusammenbraute. »Ach ja?«, wiederholte ich mit dünner Stimme.

Er nickte. »Und wie. Du bist jemand zum Pferdestehlen, Anne. Und ich würde dich niemals gegen einen anderen Preis eintauschen.«

Am liebsten hätte ich sofort wieder losgeheult – vor Rührung, vor Reue, vor Verzweiflung. »Nicht mal gegen den Hauptpreis?«

Sein Lächeln vertiefte sich. »*Du* bist der Hauptpreis.« Mit einer sanften Entschiedenheit zog er mich an sich heran und küsste mich, wie er mich noch nie zuvor geküsst hatte. Mit einer Inbrunst, einer Selbstsicherheit, einem Drängen, als wollte er mir mit aller Kraft unter Beweis stellen, wie recht er doch hatte.

Auf einmal war er alles, was ich noch hatte. Mein Anker auf tosender See, an dem ich mich verzweifelt festklammern musste, wenn ich nicht untergehen und elendig ertrinken wollte. Meine Hände fanden seine Wangen, strichen über seine Haut und legten sich in seinen Nacken.

Linus atmete tief ein, lehnte sich weiter in meine Richtung – und nahm mit einem Lächeln meine Unterlippe zwischen seine Zähne.

Ein heißkaltes Kribbeln zog sich über meinen ganzen Körper, und von jetzt auf gleich hatte sich die Stimmung zwischen uns verändert. Meine Lider wurden schwer, und ich schlang die Arme um ihn, schmiegte mich an ihn und wünschte mir, er würde mich nie wieder loslassen.

Doch genau das tat er. Allerdings nur, um mich mit leichtem Druck rückwärts zu führen, bis ich der Länge nach auf der Matratze lag. Seine Lippen waren das Einzige, was nie den Kontakt zu mir verlor.

Ich wollte mich fallen lassen und den Moment genießen. Doch gleichzeitig dehnte sich eine einzige Frage unendlich wie das Weltall in meinem Kopf aus: Was zur Hölle tat ich hier? Ich stürzte umso tiefer in die Grube, die ich mir selbst gegraben hatte. Das realisierte ich spätestens in dem Augenblick, als mich Linus vollends mit seinem Körper bedeckte und eine seiner Hände unter den Stoff meines Shirts gleiten ließ. Sofort wurde sein Kuss vorsichtiger, als befürchtete er, ich könnte ihn davon abhalten, seinen Plan weiterzuverfolgen. Aber das tat ich nicht – und hasste mich selbst dafür. Das hier war nicht richtig, oder? Wie konnte sich eine Sache so gut und gleichzeitig so furchtbar anfühlen?

Es kam mir vor wie ein Traum, den ich lange nicht zu träumen gewagt hatte, doch das änderte nichts daran, dass es real war. Oder daran, dass die seltsame Furcht in mir aufstieg, dass ich das hier bereuen würde. Denn Linus und ich waren eine tickende Zeitbombe, und es war nur eine Frage der Zeit, bis jemand verletzt wurde. Bis ein Herz brach.

Das musste aufhören.

Dass ich Linus vorhin nicht hatte kommen hören, hatte wohl doch nicht an seinen Ninja-Schleichkünsten gelegen. Denn genauso unvorbereitet traf mich Pia, als diese ruckartig die Tür öffnete.

Erschrocken rissen wir die Köpfe herum und blickten ihr entgegen, aus mindestens so weit aufgerissenen Augen wie sie uns. Wir, die gerade dabei waren, in ihrem Zimmer, auf ihrem Bett, in unmittelbarer Nähe ihrer Sextoy-Sammlung, herumzumachen.

Pias Nasenflügel blähten sich quälend langsam. »Was zur –«

»Oh, hey, Pia!«, trällerte ich los, und wir richteten uns schnell auf. »Was gibt's?«

Meine Freundin starrte mich an, ohne zu blinzeln. Erst mich, dann Linus, dann wieder mich, und ich betete, dass sie in dieser kurzen Zeit eins und eins zusammenzählte. Dass Linus hier war, der Kerl, der auf keinen Fall erfahren durfte, dass ich insgeheim doch MoM spielte, weil es dann nur ein Katzensprung wäre, um herauszufinden, dass ich rein zufällig sein guter Freund Mr. Skull war. Dass mein Zimmer voll von eindeutigen Hinweisen war, die ihn erst das eine und dann das andere entdecken lassen würden. Dass ich keine andere Wahl gehabt hatte. Und dass sie mich jetzt um keinen Preis auffliegen lassen durfte.

Pia holte Luft. »Ich hab mich in der Tür geirrt«, sagte sie tonlos und schenkte meinem Freund ein unsicheres Grinsen. »Hi, ich bin Pia.«

Linus blickte genauso verstört drein, wie ich mich fühlte, seit ich ihre Schreibtischschublade geöffnet hatte. »Hi.«

Sie räusperte sich. »Ich geh dann mal …« Sie deutete mit dem Daumen hinter sich. »… in mein Zimmer.«

Ich grinste zurück. »Gute Idee.«

»Viel Spaß euch noch!«, flötete Pia zum Abschied, schenkte mir dabei aber einen eindeutigen Blick: *Nicht auf meinem Bett!*

Einen Sekundenbruchteil später hatte sie die Tür zwischen uns geschlossen, und Linus sah mich ratlos an. »Was war das denn?«

Ich schluckte. »Hat sich in der Tür geirrt.«

Irritiert wandte er sich vollends zu mir um. »Hier drinnen? Bei einer Fifty-fifty-Chance?«

Mein Kopf musste inzwischen Ähnlichkeit mit einer reifen Tomate haben. »Ja, wir müssen uns beide noch etwas umgewöhnen, weil –« *Komm schon, Anne, irgendetwas!* »… wir letzte Woche die Zimmer getauscht haben.«

Linus blickte drein, als würde ich für ihn nur von spanischen Bahnhöfen sprechen. »Wohnt ihr nicht erst seit ein paar Wochen hier?«

»Ja, aber die …« Ein letztes Aufbäumen. »… die Zugluft. Sie findet die Zugluft furchtbar.«

»Zugluft?« Linus blickte sich im Raum um. »Ist mir gar nicht aufgefallen.«

»War wahrscheinlich nur Einbildung«, würgte ich hervor. »Aber wenn sie jetzt zufrieden ist …« Ich rieb mir die feuchten Handflächen an der Hose ab, während sich nachträglich die Gewissheit in meinen Kopf hämmerte, dass ich unter anderen Umständen vielleicht gerade mein erstes Mal auf Pias Bett erlebt hätte.

Ich war froh, dass es nicht passiert war. Denn dann hätte es kein Zurück mehr gegeben.

Doch gab es das jetzt überhaupt noch? Und wenn nicht – was erwartete mich, wenn ich mich weiter durch den finsteren Tunnel meiner eigenen Lügen bewegte?

23. KAPITEL
PRO-GAMER

Am Sonntag musste ich mir etwas eingestehen. Ich schaffte es nicht. Ich bekam es einfach nicht hin. Und damit meinte ich nicht nur die Sache mit Linus. Sondern auch die Sache mit Fontana.

Wir hatten uns auseinandergelebt. Vielleicht lag es daran, dass ich sie von einem Tag auf den anderen aus meinem Leben verbannt hatte, vielleicht war sie auch nur zu nachtragend, aber ich fand einfach keinen Zugang zu ihr. Wir waren nicht kompatibel. Unsere Kommunikation war eher schlecht als recht. Wir stiegen nur träge in unseren Rängen auf, die Erfahrungspunkte plätscherten vielmehr vor sich dahin, als dass sie uns in höhere Riegen katapultierten. Bei offenen Kämpfen musste ich immer häufiger die Flucht ergreifen, bevor ich mich von Monstern, Insekten oder Kätzchen killen lassen konnte. Mit jeder Stunde sank mein Mut und stieg meine Furcht davor, mich in einen größeren Raid zu wagen.

Das Problem war nur, dass große Raids mehr Erfahrungspunkte brachten, und die brauchte ich. Dringend. Mit den Kaffeeklatsch-Events, denen ich mich am Sonntag stellte, kam ich nirgendwohin.

Ich schaffte es nicht. Nicht zuletzt, weil sich der Lernnachmittag mit Linus in die Länge gezogen hatte. Ein Nachmittag, den ich damit verbracht hatte, verzweifelt zu versuchen, Pias Laptop zu hacken, um irgendeine Präsentation von ihr zu mopsen, bis ich ihr eine Nachricht geschrieben und sie mir endlich von meinem Zimmer aus ihr Passwort verraten hatte. Dann hatte ich mir schnell eine PowerPoint-Vorlage aus dem Internet geladen und versucht, sie mit irgendwas zu befüllen, das einigermaßen etwas mit meinem Studiengang zu tun hatte. Als Linus' Facharbeit fertig gewesen war, hatte ich mich beeilt, den Laptop zuzuklappen, bevor er die Gelegenheit beim Schopf packen konnte, einen Blick auf mein Ergebnis zu werfen.

Ich war auf Level Kupfer (44), also nur noch sieben Stufen von der Silber-Liga entfernt. Ein unerreichbares Ziel, wenn ich mich weiterhin in ungefährlichen, aber auch nicht lohnenswerten Gefilden spielte. Doch meine Gedanken waren nie bei MoM gewesen, sondern nur in meinem Real Life. Allen voran wurden sie begleitet von Fragen wie: *Was zur Hölle mache ich hier?* Und: *Wie soll es nun weitergehen?* Und: *Warum lande ich, ganz egal, was ich tue, immer wieder bei genau diesen Fragen?*

Dass Linus übers Wochenende bei seinen Eltern war, musste ein Wink des Schicksals sein. Es hätte dafür sorgen müssen, dass ich einen klaren Kopf hatte. Aber Fehlanzeige. Denn auch in Magistrar grübelte ich über Linus nach. Das machte mich unaufmerksam – und es wurde mir zum Verhängnis.

Ich hatte eingesehen, dass es rein rechnerisch nicht möglich war, noch rechtzeitig die Silber-Liga zu erreichen, wenn ich meine Zeit mit Minimonstern und Katzenrettungsquests verplemperte. Etwas Großes, Bedeutendes, Riskantes musste er. Dennoch wusste ich nicht, was mich geritten hatte, mich schon wieder in die Höhle des Gorgonen zu begeben. Vielleicht lag es daran, dass xXPlayerOneXx diesmal nicht bei mir war. Vielleicht aber auch daran, dass ich mir selbst beweisen wollte, dass ich auch ohne ihn und Mr. Skull in Magistrar bestehen konnte. Oder weil ich ein Zeitalter einläuten wollte, in dem ich mein echtes Leben und MoM für immer voneinander trennte.

Mein Kopf war so voll von Linus, von Skull, vom Studium, von dieser unglaublichen Chance, wie Mogli von einem waschechten *Wolf Pack* aufgenommen zu werden, dass ich eine Sekunde zu spät bemerkte, dass der Gorgone verschwunden war. Eine Sekunde zu spät riss ich den Kopf hoch und entdeckte ihn hoch über mir an der Höhlendecke, während mich seine roten Augen durchbohrten. Eine Sekunde zu spät sprang ich zur Seite – und wurde von einem der beiden Laserstrahlen getroffen, die auf mich herabschossen.

Meine Lebensleiste schrumpfte in sich zusammen, bis sie puterrot wurde und sich meine Glieder schwer und brüchig anfühlten. Verzweifelt schlug ich förmlich auf die Tasten, die meinen Heilzauber aktivierten.

Wieder eine Sekunde zu spät. Die Erde unter mir erbebte, als der Gorgone mit einem lauten Knall darauf landete – unmittelbar vor mir. Meine Lebenspunkte, die sich gerade so erholt hatten, wichen einem alles verschlingenden Nichts. Ich stürzte in die entgegengesetzte Richtung, genau in dem Moment, in dem die Bestie die Krallen in die Höhe riss -

Der Schmerz, der sich über Fontanas Rücken zog, fühlte sich genauso an wie mein eigener. Ich konnte förmlich spüren, wie das Blut spritzte, bekam jedoch nichts davon zu sehen, weil sich der Bildschirm schlagartig schwarz färbte – unterbrochen nur von einem einzigen Schriftzug:

VERNICHTET!

Meine Gesichtszüge entgleisten. Matt starrte ich den Screen an, sog jeden einzelnen Buchstaben in mich auf, konnte sie aber immer noch nicht greifen, als sie sich schließlich auflösten und einer viel schlimmeren Botschaft Platz machten:

Du bist jetzt auf Level Zink (12)!

Meine Mundwinkel sackten herab, und eine beißende Kälte breitete sich in meiner Brust aus. Ich wollte wütend sein, enttäuscht, aber das war ich nicht. Stattdessen spürte ich einen unbändigen Hass auf mich selbst. Von Kupfer (44) auf Zink (12). Ich sollte froh sein, dass es nicht möglich war, unter die Zink-Liga zu fallen – der einzige Rettungsring, den es in *Masters of Magic* gab. Nicht, dass ich es nicht verdient hätte, auf den Boden der Tatsachen zu stürzen.

Ich hatte diese eine Chance gehabt, beim Auswahlspiel des Wolf Packs mitzumachen. Das war sie gewesen.

Inzwischen war es Montag, ein Uhr morgens. Nicht einmal wenn ich ab jetzt nonstop durchzockte, hätte ich auch nur die geringste Möglichkeit, es noch in die Silber-Liga zu schaffen. Und das wollte ich auch gar nicht mehr. Ich war einfach nur müde.

Mit bebenden Fingern klappte ich meinen Laptop zu. Ein paar Minuten lang saß ich nur da und sah mein Leben einmal mehr vor meinem inneren Auge vorbeiziehen. Und dann in tausende Teile zerspringen. War das hier ein Omen? Dass ich alles verlieren würde? Und zwar in absolut jeder Hinsicht?

Ein dicker Kloß bildete sich in meinem Hals, und ich schluckte schwer. Noch nie zuvor hatte ich mich wie so eine Versagerin gefühlt. Ich hatte geglaubt, ich würde es hinbekommen, aber ich war geboren, um zu verlieren.

Wem machte ich eigentlich etwas vor? Ich versuchte mich immer an genau den Dingen, die ich nicht haben konnte. Jemand wie ich würde niemals an Künstlicher Intelligenz forschen. Jemand wie ich würde niemals besonders gut in MoM oder *irgendetwas* sein. Und jemand wie ich würde jemanden wie Linus niemals verdienen.

Ich drehte mich mit meinem Stuhl herum, aber nicht mal das bekam ich hin. Weil mir die Willenskraft dazu fehlte. Und weil ein winzig kleiner Teil von mir immer noch verzweifelt nach einem Ausweg suchte.

Dieser Teil klang wie Mr. Skull: *Ich bin vielleicht nicht die Lösung für all deine Probleme …*

»Nein, bist du nicht«, murrte ich. »Du bist der Ursprung davon.«

… aber ich kann zumindest die für eines davon sein, beendete er seinen Satz, und ich begriff.

Langsam wandte ich mich wieder meinem Schreibtisch zu und klappte den Laptop auf. Loggte mich aus meinem Account aus und verabschiedete mich ein weiteres Mal von Fontana.

Und dann loggte ich mich erneut ein – in meinen anderen Account. Was ich auf dem Bildschirm sah, gab mir etwas, das ich lange nicht mehr verspürt hatte: Eine Hoffnung, dass alles gut werden würde.

Silber (53).

Ich hatte es getan. Ich hatte mich beim Um-die-Wette-Zocken der Universität angemeldet und meinen Account im Formular angegeben. Den Account, der allein Mr. Skull gehörte, zusammen mit meiner Hochschule, meiner Mailadresse und meinem richtigen Namen. Zum ersten Mal in Skulls Leben hatte ich mich geoutet – freiwillig, zu meinen Bedingungen und nur der begrenzten Gruppe Menschen gegenüber, die meine Bewerbung sichten würden und keine Ahnung hatten, wie sehr ich dafür über meinen Schatten gesprungen war.

Die Einladung hatte nicht lange auf sich warten lassen: Ich war der exklusiven Gästeliste für einen privaten Dungeon hinzugefügt worden. Es war ein kleines Feature von MoM, das hauptsächlich von Mannschaften oder größeren Institutionen genutzt wurde, um jemandem unter kontrollierten Bedingungen beim Spielen zusehen zu können. Selten verwendeten auch private Spielergruppen die Funktion, um neue Zauber auszutesten oder Strategien für gefährlichere Dungeons auf der restlichen Karte zu entwickeln. Ich ging davon aus, dass das *Wolf Pack* alle, deren Profil eine silberne Marke zeigte, eingeladen hatte, und war gespannt zu sehen, wie groß die Konkurrenz sein würde.

Als ich mich am Montagabend einloggte, stand ich irgendwie neben mir. Ich hatte letzte Nacht kaum mehr geschlafen und war dafür in meinen Vorlesungen geistig weggenickt – zumindest dann, wenn gerade kein Schub aus Nervosität vor dem Auswahlspiel meinen Puls in die Höhe getrieben hatte. Dennoch blickte ich Mr. Skull mit schwerem Herzen entgegen. Ich verstieß gegen meinen Vorsatz, schon klar. Aber ich musste einfach wissen, was sein könnte. Was ich erreichen könnte. Und Skull war meine einzige Chance.

Wahrscheinlich würde es sowieso nichts werden. Aber dann hätte ich zumindest Gewissheit und könnte Skull getrost begraben und nie mehr zurückblicken.

Linus war nicht online, und mein Herz begann zu rasen, als ich mir vorstellte, dass er bei Manu zu Hause saß und ihm live über die Schulter schaute. Dann würde er meinen Benutzernamen sehen. Mich erkennen. Aber immerhin wären wir nicht über einen Voicechat verbunden und ich müsste mich nicht rechtfertigen und schon gar keine unangenehmen Fragen beantworten. Fragen wie: *Hä, Skull? Du studierst an unserer FH? Ich dachte, du wärst ein fast dreißigjähriger Mann mit Frau und Job? Könnte es vielleicht sein, dass du in Wirklichkeit eine Achtzehnjährige namens Anne bist? Ich wusste schon im Kloster, dass irgendwas faul an der Sache ist!*

Es hatte keinen Zweck. Ich würde nicht wegen irgendeiner spontanen Paranoia einen Rückzieher machen. Schließlich würde Mr. Skull sowieso nie wieder mit Linus spielen – das war ein Entschluss, den ich niemals rückgängig machen würde.

Um Punkt achtzehn Uhr erschien im Einladungsmenü der *Eintreten*-Button. Ich atmete tief durch und klickte darauf.

Damit wurde ich eins mit dem Spiel. Eins mit Mr. Skull. Ich spürte die Leichtigkeit meiner knöchernen Glieder, den leichten Luftzug, der durch meine glühenden Augenhöhlen strich, die Brise, die mein Gewand vom Boden hob, ohne jedoch meine Füße zu erkennen zu geben. Aber vor allem nahm ich die pure Energie wahr, die in meinem Inneren brodelte. Ich war nicht einfach nur ein Sensenmann. Ich war ein gottverdammter Magier. Und mit meinen Kräften war nichts unmöglich – vorausgesetzt, ich nahm die richtigen Zauber aus meinem Inventar mit.

Endlich war ich zurück.

Vor meinem inneren Auge flimmerte eine Beschreibung des Dungeons auf, gemischt mit Anweisungen, wie ich am besten in ihm bestehen könnte. Mein gesamter Körper spannte sich an, als ich die Informationen in mich aufsog, und eine Nervosität, wie ich sie nicht einmal vor meinem ersten Date mit Linus gespürt hatte, drohte mein ganzes Denken zu übernehmen.

Es war ein weitläufiger, vom *Wolf Pack* generierter Dungeon. Eine klassische Höhle mit vielen Ecken, Fallen und Sackgassen, in der man sich in Windeseile verlaufen konnte. Es spielte jeder gegen jeden, doch es gab kein bestimmtes Ziel. Hier ging es nicht darum, zu gewinnen. Es zählte lediglich, jederzeit die beste Seite seines spielerischen Könnens unter Beweis zu stellen – zum Beispiel, indem man Monster tötete, die sich einem in den Weg stellten. Oder andere Spieler. Spieler, die sich dort ebenso wie Kreaturen tummeln würden – die man aber nicht auseinanderhalten konnte. Der Dungeon hatte uns mit einem Zauber belegt, der alle anderen Magier so aussehen ließ, als gehörten sie zu den hauseigenen Monstern dieser Höhle. Nicht einmal, wenn man einen von ihnen angriff, zeigte einem das Spiel diese Information an. Man musste die manchmal mehr, manchmal weniger eindeutigen Anzeichen interpretieren, wenn man abschätzen wollte, ob man gerade eine echte

Fledermaus attackierte, die man mit wenigen Zaubern zur Strecke bringen könnte, oder ob sich dahinter ein viel robusterer Troll verbarg, der gleich seine besten Angriffe auf einen schleudern und einen hochkant aus dem Dungeon katapultieren würde. Wenn man hier bestehen wollte, musste man also allzeit auf das Schlimmste gefasst sein.

Der Dungeon erlaubte mir vier Slots für meine Zauber, und obwohl ich in solchen Fällen oft auf Nummer sicher ging und mir ein ausbalanciertes Portfolio zusammenstellte, kam ich jetzt ins Grübeln. Am Rande meines Blickfelds lief eine Sekundenanzeige ab – sobald sie bei Null angekommen wäre, würde die Challenge beginnen, ganz egal, ob ich bereit war oder nicht.

Unsicher scrollte ich durch mein Inventar und fand den *Erleuchten*-Zauber, der mir vielleicht helfen würde. Er war weder für Raids noch für Duelle gedacht, sondern für das Leveln auf dem freien Feld in unbekannten Gegenden. Mit ihm konnte man sich auf einen Schlag alle Statuswerte der umliegenden Gegner anzeigen lassen, darunter auch die Anzahl der Lebenspunkte. Anhand dieser Zahl könnte ich abschätzen, ob ich es mit einem mickrigen Monster oder einem Magier zu tun hatte, der mir gleich die Hölle heiß machen würde.

Ich wählte ihn aus – und geriet doch ins Schleudern. Was brachte es mir, zu wissen, ob ich gerade ein Monster oder einen Spieler angriff? Wenn ich es mit jemandem zu tun bekam, der alles in seinem Weg abschlachten wollte, würde ich das auch so herausfinden. Und wenn nicht – war das ein Grund für mich, ihn nicht trotzdem zu bekämpfen? Schließlich ging es darum, beim *Wolf Pack* einen guten Eindruck zu hinterlassen. Mit diesem Dungeon konnte ich demonstrieren, wie ich bei kniffligen Gegnern handelte – egal, ob Monster oder Spieler.

Das machte die Sache eindeutig. Ich durfte meinen Slot nicht für einen Zauber verschwenden, der ohnehin nichts am Spielverlauf ändern würde. Schließlich hatte ich nur vier Plätze und jeder davon war wertvoll. Also packte ich einen Feuerzauber, einen Heilzauber, einen Blitzzauber und einen Windzauber ein. Ich hatte keine Zeit, mir alle noch mal in Ruhe anzusehen, da die Sekunden bereits abliefen und sich der dunkle Bildschirm lichtete.

Er lichtete sich – und ließ mich weiterhin in tiefster Finsternis zurück. Allein.

Ich versteifte mich am ganzen Körper und sah mich um. Genau wie beim letzten Dungeon ging mein Sichtfeld ungefähr drei Schritte weit. Meine Umgebung bestand aus kaltem, feucht glänzendem Stein und war von allgegenwärtigen Tropfgeräuschen erfüllt. Ich sog tief die kühle, etwas modrige Luft ein und packte meine Sense fester. Die Magie der Zauber, die ich mitgenommen hatte, prickelte zwischen meinen knochigen Fingerspitzen. Sie waren alle aufgeladen – zumindest noch. Wenn ich einen von ihnen benutzte, müsste ich einige Sekunden warten, bis ich ihn erneut aktivieren konnte. Und ich hatte schließlich nur vier zur Auswahl. Ich hatte keine Ahnung, ob ich als Erstes auf Mann, Maus oder Monster treffen würde, aber es stand fest, dass ich jederzeit auf alles gefasst sein musste. Ich durfte nicht zögern. Ich durfte nicht versagen.

Vor und hinter mir erstreckten sich zwei Wege, und ich entschied mich dazu, vorwärtszugehen. Mein Blick zuckte ruhelos durch die Finsternis, hin und her, hin und her. Aus weiter Ferne traf der Bruchteil eines Echos auf meine Ohren. Kampfgeräusche. Meine nicht vorhandenen Nackenhaare stellten sich auf, und für einen Moment spielte ich mit dem Gedanken, auf dem nicht vorhandenen Absatz kehrtzumachen und zu verschwinden. Aber wäre nicht genau das der Fehler? Ich konnte mich nicht beweisen, wenn ich Konflikten aus dem Weg ging.

Okay. Dann weiter.

In einem Test-Dungeon wie diesem stieß einem nichts Schlimmeres zu, wenn man starb. Was auch immer hier drinnen geschah, hatte keine Auswirkungen auf das richtige Spiel. Man bekam keine Erfahrungspunkte, sicherte sich kein Gold und keine Zauber, ging aber auch kein Risiko ein, in eine niedrigere Liga abzustürzen.

Nein. Alles, was ich hier verlieren konnte, war ein potenzieller Platz im MoM-Team der Universität. Und meinen letzten Lichtblick, dass sich meine vergangenen Fehlentscheidungen doch noch irgendwie bezahlt machten.

Meine Anspannung wuchs mit jedem Meter, den ich zurücklegte. An jeder Weggabelung biss ich die Zähne so fest zusammen, dass ich meine Kiefer nach einiger Zeit kaum mehr spüren konnte. Geschlagene zwei Minuten blieb ich allein und wurde lediglich von entfernten Kampfgeräuschen begleitet, bis …

Ich war gerade so um eine Ecke gebogen, als mir eine Harpyie ins Gesicht flog.

Vor Schreck schrie ich auf und taumelte rückwärts. Eher instinktiv als bewusst schleuderte ich meinen Feuerzauber gegen den Vogel mit dem halb skelettierten Frauenkopf. Mein Angriff explodierte an seiner Brust, bevor er auch nur Luft holen konnte, und riss die Kreatur in tausende Stücke.

Erleichtert atmete ich auf. Einerseits weil es kein mächtiger Spieler, sondern tatsächlich nur ein mickriges Monster gewesen war. Andererseits weil ich endlich etwas getan hatte, um mein Können zu zeigen.

Wow, kommentierte Linus in meinem Kopf, und ich fragte mich, ob ich von nun an immer die Stimmen der Leute hören würde, die gerade nicht in der Nähe waren. *Du hast eine Harpyie getötet. Dein* Können *ist grenzenlos.*

Meine Zähne begannen zu knirschen. Er hatte recht. Ich musste unbedingt mehr tun.

So schnell ich konnte, schwebte ich voran. Alle paar Schritte schoss ein neuer dunkler Blitz durch die Luft, aber jetzt, wo sich die eine Harpyie als echtes Monster entpuppt hatte, machte ich mir um die anderen keine Sorgen mehr. Ein bis zwei gezielte Angriffe reichten, um sie aus dem Weg zu räumen. Bei der fünften blieb ich dafür nicht einmal mehr stehen.

Ich begann, mich etwas sicherer in meinen Knochen zu fühlen. Ich musste mich nicht auf Äußerlichkeiten verlassen, um zu wissen, ob es sich bei meinem Gegenüber um einen Magier oder ein Monster handelte. Inzwischen kannte ich die Bewegungsmuster der Monster, die meistens planlos durch den Dungeon schwebten. Daher wusste ich genau, was mich erwartete, als der Gang in einen Hohlraum mündete und ich geradewegs in ein Gefecht zwischen zwei Fledermausmännern stieß. Etwa ein Meter große Fledermäuse mit den Köpfen von Männern, deren Augen und Münder stets weit aufgerissen waren. Ihr bloßer Anblick jagte mir Schauer über den Rücken, umso mehr aber die Tatsache, dass sich die beiden nicht auf mich stürzten, sondern aufeinander.

Lichtblitze zuckten zwischen ihnen hin und her, sie wichen voreinander zurück und warfen sich dann doch wieder in die Richtung des jeweils anderen. Das waren eindeutig zwei Spieler. Systemgesteuerte Kreaturen würden so etwas schließlich nicht machen.

Oder? Schließlich war dies ein benutzerdefinierter Dungeon. Wer wusste schon, wie das *Wolf Pack* die Monster hier genmanipuliert hatte?

Mein ganzer Körper begann zu prickeln. Es gab nur einen Weg, es zu überprüfen. Und da ich nicht bei der Mannschaft punkten würde, wenn ich vor jeder Konfrontation davonlief, blieb mir keine andere Wahl.

Zwei, drei Sekunden erlaubte ich mir noch, um das Geschehen zu beobachten. Um mir ein Urteil zu bilden. Um herauszufinden, welche der beiden Kreaturen unterlegen wirkte. Dann wählte ich meinen frisch aufgeladenen Feuerzauber aus, riss meine Sense in die Höhe und schleuderte einen Feuerball in seine Richtung.

Funken sprühten, die Hitze meines eigenen Angriffs schlug mir ins Gesicht – und die Fledermaus stürzte zu Boden, wo sie mit einem Mal zersprang und sich die kohlschwarzen Umrisse eines Elfenkriegers zeigten, ehe sich dieser in Luft auflöste.

Ich hatte gerade gewissermaßen Fontanas Bruder umgebracht. Einen Spieler.

Hitze schoss mir in den Kopf, und plötzlich konnte ich nichts als Reue empfinden. War das die richtige Entscheidung gewesen? Ich war in einen Zweikampf geraten, hatte mir den Unterlegenen geschnappt, der offenbar fast keine Lebenspunkte mehr übrig gehabt hatte, und ihm den Todesstoß versetzt, obwohl das überhaupt nicht *mein* Gefecht gewesen war. Wie musste das jetzt rüberkommen? Als wäre ich das absolute Kameradenschwein?

Mein Gedankengang wurde jäh unterbrochen, als ein Blitz durch meinen Körper fuhr.

»Scheiße!«, stieß ich hervor und schleuderte blindlings eine Windböe auf den übrig gebliebenen Fledermausmann. Hielt er mich für ein Monster? Hatte er einen Hass auf mich, weil ich ihn um seinen Kill gebracht hatte? Oder war er einfach nur fest entschlossen, jedes Leben in diesem Dungeon auszuradieren?

Ohne Erleuchtungszauber konnte ich die Lebenspunkte meines Gegenübers nicht sehen. Konnte nicht ausmachen, wie viel Schaden mein Angriff angerichtet oder ob sich die Böe nur wie ein leises Lüftchen für ihn angefühlt hatte. Ich hatte nicht die leiseste Ahnung, ob ich eine Chance hatte. Und genau das war die große Herausforderung, vor die mich das *Wolf Pack* stellte. Vor die ich mich selbst stellte, weil ich auf den einen Zauber verzichtet hatte, der mir hätte helfen können. Ich hatte absolut keine Informationen. Alles, worüber ich verfügte, waren Skull und seine Fähigkeiten.

»Scheiß drauf«, murmelte ich und schleuderte meinen Blitzzauber auf mein Gegenüber, während sich mein Feuerzauber regenerierte. Hastig warf ich mich zur Seite, bevor mich der nächste Schlag des Fledermausmanns treffen konnte. Beinahe hätte ich meinen Heilzauber ausgesprochen, ließ es dann aber doch bleiben. Meine Lebensleiste war noch grün, also mehr als halb voll. Und ich wurde das Gefühl nicht los, dass ich den Zauber gleich viel dringender brauchen würde.

Auf einmal wünschte ich mir Linus an meine Seite. xXPlayerOneXx, den Tagschatten, der den perfekten Zauber in petto gehabt hätte, um mich zu unterstützen, mich zu stärken, uns gemeinsam zum Sieg zu verhelfen.

Früher hatte ich immer allein gespielt – entweder physisch oder zumindest geistig, weil mein Schweigen im Voicechat eine unüberwindbare Distanz zu meinen Mitspielern aufgebaut hatte. Und obwohl ich es gewohnt sein müsste, fühlte es sich jetzt, in der *Nach-Linus-Ära*, nicht mehr wie früher an. Es war ein einsames Spiel.

Ich dachte keine Sekunde nach, als ich einen neuen Feuerball auf den Spieler schleuderte. Die Fledermaus zuckte nicht einmal mit der Wimper, stürzte stattdessen auf mich zu …

Der Fluch, mit dem uns der Dungeon belegt hatte, geriet ins Flackern. Für einen Sekundenbruchteil sah ich den Ork, der wirklich in der Fledermaus steckte. Erkannte das milchige, wabernde Weiß, mit dem sein Körper umgeben war und von dem unzählige kleine Lichtblitze in alle erdenklichen Richtungen zuckten.

Der Spuk war sofort wieder vorbei, nicht aber der Angriff, den der Ork vorbereitete. Und bei dem ihm mein Feuerzauber nur zugutekam: Er absorbierte ihn.

Fluchend machte ich einen Satz rückwärts. Ohne zu überlegen, flüchtete ich mich um die nächste Ecke und entging gerade so einem Feuerball, der haarscharf an mir vorbeirauschte. Mit wild klopfendem Herzen presste ich mich gegen die nächstbeste Wand. Ich musste einen kühlen Kopf bewahren. Es war klar, dass mich der Spieler nicht laufen lassen würde. Nicht jetzt, wo er schon so weit gekommen war.

Schnell sprach ich meinen Heilzauber aus, denn wenn mich dieser Angriff getroffen hätte, wäre es um mich geschehen gewesen. Ich durfte nicht nachlässig sein und musste unbedingt Zeit schinden. Zauber wie diese waren verdammt mächtig, doch sie hielten nur für ein paar Sekunden an – und brauchten dann oft mehrere Minuten, um sich wiederaufzuladen. Wenn ich den richtigen Zeitraum abpasste –

Auf einmal war die Bestie da. Stand neben mir. Holte mit beiden Flügeln aus.

Ich kreischte und versuchte alle Zauber in meinem Portfolio gleichzeitig zu entfesseln, wobei nur einer von ihnen aufgeladen war. Mein Blitz traf den Ork mitten ins Herz, der seine wahre Gestalt erst wieder zeigte, als er auf dem Boden aufschlug und zu Staub zerfiel.

Der Anblick ließ mich an Ort und Stelle erstarren. Nicht nur vor Schock, dass ich es tatsächlich geschafft hatte, einen Spieler zu schlagen, der eine deutlich intelligentere Kombination aus Zaubern mitgenommen hatte. Nicht vor Scham, weil mir das nur gelungen war, weil er sich Sekunden zuvor mit einem anderen Spieler die Köpfe eingeschlagen hatte.

Es lag am Usernamen des Spielers, der für den Bruchteil einer Sekunde eingeblendet wurde: Es war *Bananenbrot.*

»Scheiße!«, zischte ich. Ich hatte bis jetzt nicht viel mit Linus' Freunden zu tun gehabt. Aber da er sie kurz vor meiner Skull-Beziehungspause der xXGuildOneXx hinzugefügt hatte, wusste ich genau, dass dieser bescheuerte Username Manu gehörte. Hatte ich ihn gerade aus der Auswahl gekickt? Und wenn ja, hatte ich mich gleich hinterherbefördert, weil ich mich absolut unsportlich verhalten hatte? Manu und sein Gegenspieler hatten sich selbst offenbar schon genug zugerichtet. Ich war gerade zur rechten Zeit gekommen, um die Lorbeeren einzuheimsen, und hatte auch keine Sekunde gezögert, genau das zu tun.

Diese Gedanken begleiteten mich durch die darauffolgenden Gänge des Dungeons. Sie ließen mich unkontrolliert werden, als ich eine

Reihe *echter* Fledermäuse erledigte. Als ich mehrere Minuten lang durch die Gegend streunte, ohne einer Menschen- oder Monsterseele zu begegnen, was mich mehr verstörte als jeder Anblick, der sich mir hätte bieten können. Als ich einen vermeintlichen Spieler entdeckte, der aber vor mir weglief, bevor ich auch nur die Gelegenheit bekam, ihn anzugreifen und –

Die Welt um mich herum erstarrte, und mein Sichtfeld wich der Schwärze. Einer Schwärze, die lediglich von einem blassen Schriftzug unterbrochen wurde:

ZEIT ABGELAUFEN!

Erschrocken riss ich die Augen auf und wurde jäh aus Mr. Skulls Knochen zurück in meinen Körper geworfen. Zeit abgelaufen? Welche Zeit?

Erst jetzt bemerkte ich die Uhr am oberen rechten Bildschirmrand, die inzwischen eine große, fette Null zeigte.

Meine Miene wurde ausdruckslos. Okay. Das war's dann wohl. Das wurde mir spätestens in dem Moment bewusst, in dem eine personalisierte Nachricht des Wolf Packs eingeblendet und mir mitgeteilt wurde, dass sie sich für meine Teilnahme bedankten und baldmöglichst ihre Entscheidung verkünden würden.

Vielleicht hätte ich erleichtert sein sollen, dass es vorbei war, doch stattdessen fühlte ich mich unruhig. Wirklich? *Das* sollte alles gewesen sein? Ich hatte etwas anderes erwartet. Etwas mehr. Dass wir uns bis in die frühen Morgenstunden in verschiedenen Disziplinen beweisen mussten. Aber es war tatsächlich nur dieser eine Dungeon gewesen. Hatten das Team, der Trainer oder wer auch immer uns hier bewertete, überhaupt die Gelegenheit gehabt, uns alle wirklich zu begutachten?

Ich schluckte. Was, wenn sie gar nicht dazu gekommen waren, mich zu beobachten? Wenn sie auch gar kein Bedürfnis danach verspürt hatten, weil sie von vornherein einen Favoriten ins Auge gefasst hatten? Einen Favoriten, der schon in der Platin-Liga, jemand mit Meisterschaftserfahrung, oder einfach nur nicht ich war? Was, wenn ich nur zur Deko da gewesen war? Als Beiwerk, als Nebendarstellerin, die keine Sprechrolle hatte und einzig und allein dem Zweck diente, vom Hauptcharakter in die Nase geboxt zu werden, um dessen unglaubliche Stärke zu demonstrieren?

Ich fühlte mich, als hätte ich versagt. Als hätte ich fünf Minuten auf dem Eis bekommen und keine einzige Pirouette hingelegt. Als hätte ich die Chance erhalten, vom Zehnmeterbrett zu springen, und es nur zu einer Arschbombe gebracht. Ich hatte die ultimative Gelegenheit gehabt – und sie nicht ausreichend genutzt.

Das war es gewesen. Der letzte Beweis, den ich gebraucht hatte. MoM war einfach nicht mein Ding. Meine letzten Niederlagen hatte ich noch auf meine männlichen Mitspieler schieben können, aber das hier war etwas völlig anderes. Es war der entscheidende Rückschlag, den es gebraucht hatte, um mich endlich aufwachen zu lassen.

Es lag an mir.

Seltsamerweise wurde ich von einer vagen Erleichterung durchströmt. Schließlich war ich nun um eine Erkenntnis reicher, die mich für mein restliches Leben leiten könnte. MoM und ich passten nicht zusammen. Also könnte ich mich jetzt getrost auf andere Dinge konzentrieren. Mein Studium zum Beispiel – diese eine Sache, die ich doch *eigentlich* in Zukunft machen wollte.

Erst jetzt bemerkte ich, dass ich im Nachbereitungsbildschirm versauerte, auf dem ein paar Statistiken angezeigt wurden, die ich mir aber gar nicht ansehen wollte. Meine Laune war sowieso schon im Keller.

Ich wollte mich gerade ausloggen, als eine einzelne Nachricht im Gruppenchat auftauchte: *Hey, will noch wer zum Lab?*

Meine Gesichtszüge glätteten sich. Das Labyrinth von Azerym war einer der verrücktesten Dungeons überhaupt – und einer der lukrativsten, wenn es um Gold und Erfahrungspunkte ging. Er war willkürlich, schwierig, verwirrend – kurz gesagt der absolute Hammer! Und je mehr Leute man zu seiner Gruppe zählte, desto größer war die Wahrscheinlichkeit, dass man ihn innerhalb weniger Stunden bezwang – und nicht mehrere Tage oder gar Wochen brauchte, wie es schon manchen Streamern bei irrwitzigen Challenges ergangen war.

Ja, ich hatte mich gerade entschieden, dass ich nicht mehr wollte. Aber wollte ich mich wirklich auf Level Silber (53) von der Bildfläche verabschieden?

Nein. Die eine Sache, die ich noch nie zuvor erreicht hatte, war Gold gewesen. Und selbst wenn mein MoM-Talent nicht für mehr reichte, wollte ich zumindest ein einziges Mal über mich hinauswachsen, bevor ich für immer das Handtuch warf.

Da kam das Labyrinth für mich wie gerufen. Ich verließ den privaten Dungeon und stieß eine Teleportation später zu der kleinen Gruppe, die sich dort versammelt hatte. Das Labyrinth von Azerym sah genauso aus, wie es sich wohl jeder vorgestellt hätte: Imposant und einschüchternd zugleich, mit riesengroßen pechschwarzen und abgenutzten Mauern, die hier und da grün-violetten, dornenübersäten Ranken bewachsen waren. Es gab nur einen Eingang, der unmittelbar vor uns lag, doch im Inneren des Gewirrs aus Wänden herrschte ein so finsterer Nebel, dass man von außen keine drei Schritte hineinsehen konnte.

Das Labyrinth konnte jederzeit betreten werden – aber man landete nur mit denjenigen Magiern in einer Gruppe, mit denen man sich beim Eintreten zusammenschloss. Einzelne Nachzügler waren auf sich allein gestellt.

Das Ziel, das man im Labyrinth erreichen musste, war so simpel wie ausgefallen: Irgendwo im tiefsten Inneren verbarg sich ein goldenes Ei.

Wer auch immer es fand, bescherte sich selbst und seiner ganzen Gruppe einen Geld- und Erfahrungspunktesegen. Wenngleich dieser unter allen Mitgliedern aufgeteilt wurde, blieb sogar bei größeren Konstellationen mehr als genug übrig. Der Haken an der Sache war nur: Das Ei hatte keinen festgelegten Standort und das ganze Labyrinth keinen starren Aufbau. Es folgte einem absolut willkürlichen Algorithmus, der sich vor allem dann bemerkbar machte, wenn sich spontan Wände oder ganze Sektoren des Labyrinths verschoben, Gruppen getrennt, einzelne Spieler mit Monsterhorden eingesperrt wurden, und, und, und …

Man tat also gut daran, sich mit möglichst vielen Mitstreitern hineinzuwagen. Je mehr am Start waren, desto mehr Gebiet konnte man zusammen abdecken und desto höher war die Wahrscheinlichkeit, fündig zu werden. Dabei war aber absolut alles offen: Manche fanden das Ei bereits in den ersten zehn Sekunden, andere nach dreißig Stunden. Kurzum war dies kein Ort, an dem man auf sich allein gestellt sein wollte. Schon der Langeweile wegen nicht.

Die Gruppe, die sich gerade vor dem Dungeon bildete, wurde indes immer größer. Als ich eine Voicechat-Anfrage bekam, stellte ich mich trotz meiner langen Skull-Pause klug genug an, um zuerst meine Stimmverzerrer-Software zu aktivieren, ehe ich beitrat.

Mit fünfundzwanzig Leuten in einem Voicechat zu sein, konnte ganz schnell zur absoluten Katastrophe mutieren. Aber nach allem, was ich schon vom Labyrinth mitbekommen hatte, wären wir ohnehin nicht mehr lange so viele.

»Alles klar«, ertönte klar und deutlich Manus Stimme in meinem Ohr. »Denke, wir sind genug Leute. Lasst mal reingehen.«

»Okay«, antwortete ein anderer.

»Okay.«

»Alles klar.«

»Cool.«

»Mhm.«

»Jo.«

Ich verdrehte die Augen und stellte mich erst einmal auf stumm. Musste echt jeder bei jedem Atemzug seinen Senf dazugeben? Das hier war jetzt schon schlimmer als jede WhatsApp-Gruppe.

Ich schwebte zwischen den anderen in Richtung Eingang … und erkannte aus dem Augenwinkel einen vertrauten Tagschatten.

Erschrocken sog ich die Luft ein, und das Labyrinth verschluckte mich. Das Erste, was ich im Vorbereitungsbildschirm sah, war der Chat in der linken unteren Ecke, in dem mich jemand in letzter Sekunde privat angeschrieben hatte.

xXPlayerOneXx: *Du auch hier?????*

Mir blieb fast das Herz stehen. »Verdammte –«

24. KAPITEL

LOOT

Ich war nicht überrascht, sondern völlig fassungslos. Obwohl klar war, dass es sich hierbei nicht um einen der dummen Zufälle handelte, die Linus und mich immer wieder zusammenführten – in einem Voicechat mit über zwanzig anderen. Schließlich hatte ich von Anfang an gewusst, dass sich Manu für das Auswahlspiel angemeldet hatte. Und wo er war, waren Linus und auch Ludwig nicht weit.

Es gab keinen Grund, mich zu fragen, warum Linus hier war. Im Gegenteil: Es blieb einzig und allein für ihn die Frage offen, was zum Teufel *Mr. Skull* hier machte.

Die Vorbereitungszeit war gerade lang genug, dass ich gehetzt aufs Klo rennen, mir einen Energy-Drink aus der Küche holen und wieder zurücklaufen konnte, während ich mir den Kopf darüber zerbrach, warum mich das Schicksal immer regelrecht auf Linus warf. Weil wir rechtmäßig zusammengehörten? Oder weil es mir eins auswischen wollte?

In meiner grenzenlosen Überforderung brachte ich im Chat nicht mehr als ein *hi* zustande. Als das Abenteuer begann, kostete es mich einige Mühe, mich wieder auf das Spiel einzulassen – doch schon bald konnte ich meine Umgebung erneut aus den Augen von Mr. Skull sehen.

Nicht, dass es etwas Aufregendes zu sehen gegeben hätte. Das Labyrinth war genauso kalt, dunkel und glitschig wie die Höhle, aus der ich eben gekrochen war. Während mir Letztere ein ungutes Gefühl gegeben hatte, erledigte Azerym den Rest. Natürlich fanden wir weit und breit kein goldenes Ei, das mich aus meiner Misere erlöst hätte.

Krasser zufall, tippte Linus in den Chat, fügte abgesehen davon aber nichts mehr hinzu. Er war auch am Handy ziemlich schreibfaul, weshalb mich das nicht überraschen sollte, mir aber trotzdem mehrere Steine vom Herzen fallen ließ.

Männlich, wie ich war, schickte ich ihm nur ein teilnahmsloses *Ja*, und die Sache war gegessen. Zumindest für Linus. Meine Gedanken hingegen drehten sich in einem außer Rand und Band geratenen Kettenkarussell, inklusive schreiende kleine Kinder, die durch die Luft geschleudert wurden.

Ich hätte auch einfach gehen können. Umkehren und das Labyrinth auf direktem Wege verlassen, bestenfalls bevor sich eine Mauer zwischen den Ausgang und uns schob und es mir erschwerte, von hier zu entkommen. Ich dachte sogar eine Sekunde darüber nach – hin- und hergerissen zwischen der Tatsache, dass ich Linus als Mr. Skull nicht mehr hatte begegnen wollen, und dem unguten Gefühl, das mich beschlich, wenn ich meine neue Clique schon nach zwei Minuten im Stich ließ.

Nicht, dass sie mich gebraucht hätten. Als ein riesiger Schwall aus Magiern schoben wir uns durch die engen, moosigen Gänge des Labyrinths und vernichteten alles, was uns in die Quere kam. Es erinnerte mich an einen Schwarm Termiten, der über eine Holzhütte hinwegfegte und nichts davon übrig ließ. Teilweise bekam ich die Monster, die sich uns in den Weg stellten, gar nicht zu sehen – vier Feuerbälle, acht Blitze und ein Orkan zerlegten sie in kleinste Partikel.

Vielleicht wird das mit Linus ja gar nicht so schlimm, versuchte ich mir einzubläuen. *Es sind schließlich noch genug andere da.* Der Voicechat war voll von grunzenden und röchelnden Typen, die offenbar keine Ahnung hatten, wie man das eigene Mikrofon deaktivierte. Auch wenn Linus und ich ein paar Belanglosigkeiten im schriftlichen Chat austauschten, war es nicht genug, um in ein echtes Gespräch zu kommen – nicht zuletzt, weil ich mir als schwerbeschäftigtes Skelett für jede Antwort unendlich viel Zeit ließ. Zeit, in der ich bestimmt cool und unnahbar rüberkam, in der mir aber ein Wasserfall Schweiß nach dem anderen aus den Poren trat, während ich fieberhaft überlegte, wie ich nur aus dieser Nummer rauskommen könnte.

Das Labyrinth nahm mir einen Teil meiner Grübeleien ab, indem es einfach den Gang zumachte. Es passierte nicht mit einem Ächzen oder Stöhnen, nicht mit einem Donnern oder Quietschen, nicht mit einem Erdbeben und schon gar nicht mit einer Ankündigung. Von einer Sekunde auf die andere war da kein Trollritter mehr vor mir, sondern eine dunkelgraue, fahle Wand, die mit blutigen Kratzspuren übersät war.

Unsere Gruppe war geteilt worden.

Erschrocken zuckte ich zusammen und wirbelte herum. Sorge und Hoffnung keimten in mir auf. War xXPlayerOneXx nicht gerade auch noch vor mir gewesen?

Nope! Da stand der Tagschatten, wie er leibte und lebte. Nur vier andere waren übrig geblieben, und ein mulmiges Gefühl machte sich in meiner Magengrube breit, als ich einen davon als das Bananenbrot erkannte.

»Da waren's nur noch fünf«, kommentierte Manu in diesem Augenblick, und ich stellte schweren Herzens mein Mikrofon an. »So schnell kann's gehen.«

»Finde ich ehrlich gesagt besser so«, entpuppte sich einer der anderen ausgerechnet als Ludwig. Natürlich. »Ich will nicht ständig irgendein Gelaber im Ohr haben.« Sagte derjenige, der jetzt dem Rest von uns ins Ohr laberte.

»Hey, Skull«, meldete sich Linus zu Wort und erweckte den Drang in mir, meinen Laptop zuzuklappen und an meiner Tischkante zu zerschlagen. »Krass, dass du auch hier bist!«

»Ich bin in Begleitung hier!«, presste ich zu meiner Verteidigung hervor und realisierte erst einen Moment später, dass Linus überhaupt keine Frage gestellt hatte.

»Oookay«, antwortete er. »Jetzt sind wir wohl deine Begleitung. Bananenbrot ist Manu, *Blaubarschbube* ist Ludwig. Wir studieren zusammen …«

»Hey, posaun meinen Namen nicht im ganzen Internet rum!«, brummte Ludwig.

»Mach dir nicht ins Hemd«, winkte Linus ab. Die fünfte Person unter uns, die einen Paladin spielte, sagte kein Wort und wünschte sich gerade wahrscheinlich genauso sehr aus diesem Labyrinth heraus wie ich.

Sehnsüchtig warf ich einen Blick über die Schulter, aber selbst wenn wir inzwischen nicht schon um Dutzende Ecken gebogen wären, hatte sich mit Sicherheit eine Mauer vor den Rückweg geschoben. Jetzt hieß es nur noch: weitermachen und hoffen, dass wir irgendwann an einem anderen Ausgang ankamen. Zum Glück war die Wahrscheinlichkeit dafür minimal größer als die, das goldene Ei zu finden.

»Hey, Skull«, sprach mich zu meiner Überraschung Manu an, als wir die neu kreierte Sackgasse hinter uns ließen und einen anderen Weg einschlugen. »Kann es sein, dass du mich vorhin umgebracht hast?«

Mir wurde heiß und kalt zugleich. »Nein.«

»Ich meine im Auswahlspiel.«

Ich sandte ein Stoßgebet zum Himmel, es möge sich eine Wand zwischen uns schieben und Manu aus dem Weg räumen. »Welches Auswahlspiel?«

»Ach«, mischte sich Linus ein. »Die Uni Köln hat vorhin ein Testspiel veranstaltet, um ihr MoM-Team zu erweitern. Ist aber nur für Studenten.«

»Ach so«, nahm ich den Faden erleichtert auf. »Nichts für mich. Weil ich ja kein Student bin.«

»Okay«, sagte Manu etwas überfordert. »Dann hat mich vorhin wohl ein anderer Sensenmann gegrillt.«

»Ich hab dich schon echt lange nicht mehr gesehen«, fuhr Linus fort. Wenn der wüsste …

»Ich war beschäftigt«, gab ich zurück. »Arbeiten und so.«

»Was arbeitest du denn?«, fragte Ludwig neugierig.

»Geht dich nichts an!«, keifte ich, und die drei ließen mich endlich in Frieden.

»Mal sehen, wen wir zuerst wiederfinden«, kehrte Linus zum Wesentlichen zurück. »Ein paar von unserer Gruppe oder das Ei.«

Dann wechselten sie endgültig das Thema und unterhielten sich ausgiebig über das Auswahlspiel der Uni und Fußball und rissen ein paar Informatik-Insiderwitze, bei deren Klang ich mir zumindest nicht mehr wie der größte Nerd in der Runde vorkam.

Ich ertappte mich selbst dabei, wie ich verzweifelt immer größere Abstände zwischen mir und der Gruppe herstellte – in der Hoffnung, eine übereifrige Labyrinthmauer würde sich meiner erbarmen und mich endlich von ihr trennen.

Das tat sie auch zehn Minuten später. Allerdings nicht so, wie ich gehofft hatte. Ludwig und der stille, wahrscheinlich überaus genervte Paladin verschwanden. Übrig blieben Linus und ich mit einem viel zu gesprächigen Stück Bananenbrot.

Das durfte doch alles nicht wahr sein! Ich warf einen halbherzigen Feuerball in Richtung der neuen Mauer, die sich aber nicht noch mal für mich öffnete, um mich von meinem Freund entkommen zu lassen. Inzwischen fühlte sich mein Schädel so heiß an, dass ich das Gefühl hatte, mein ganzes Schlafzimmer damit beheizen zu können.

Aber hey, vielleicht musste ich ja gar nicht auf eine Mauer warten. Vielleicht könnte ich einfach bei der nächsten Biegung *aus Versehen* eine andere Richtung einschlagen und die anderen aus den Augen verlieren …

Klar, wenn gleichzeitig mein Mikro, mein Lautsprecher, mein ganzes Headset und mein Chat kaputtgingen, mit denen mich die beiden darauf aufmerksam machen würden, dass ich vom rechten Weg abkam – dann könnte das klappen!

»Die von der Uni wollen sich bis Ende der Woche melden, hab ich gehört«, sagte Manu gerade. »Wenn sie mich nehmen, lass uns einen drauf trinken. Freitag oder Samstag.«

»Freitag mach ich schon was mit Anne«, lehnte Linus ab.

Ich musste lächeln. Der Tagschatten wirkte in der finsteren Umgebung strahlender denn je und erfüllte mein Herz von innen heraus mit Licht. Wir hatten neulich festgestellt, dass wir zwar hier wohnten, aber noch nicht annähernd alle Sehenswürdigkeiten und Museen in Köln abgeklappert hatten. Deshalb war am Freitag das Schokoladenmuseum an der Reihe.

»Ach ja?« Manu klang irgendwie genervt. »Was habt ihr denn Schönes vor?«

»Wir machen eine Museumstour durch Köln. Als Erstes …«

»Wow, wie aufregend. Hey, sag mal«, fragte er dann plötzlich lauter. »Hast du sie eigentlich schon mal durchgenommen?«

Entgeistert riss ich die Augen auf und musste mir auf die Zunge beißen, um nicht empört »Nein!« zu rufen. Wo kam das denn jetzt auf einmal her? Und warum zur Hölle glaubte Manu, es sei eine gute Idee, in meiner Gegenwart …

Ach ja. Ich war ein Mann in einer Männerrunde. Da schnitt man eben solche Themen an.

Schmerz zuckte durch meinen ganzen Kiefer, und ich hatte schon einen metallischen Geschmack im Mund, als Linus endlich antwortete: »Nein.« Und zwar in einem deutlich ruhigeren Tonfall, als ich es jemals hinbekommen hätte. »Uns läuft ja nichts davon.«

»Na ja«, erwiderte Manu gedehnt. »Das war noch nie ein guter Grund, um was anbrennen zu lassen.«

Auf einmal stieg der unbändige Drang in mir auf, *ihn* anbrennen zu lassen. Mein Feuerzauber war zumindest aufgeladen …

»Wenn sie soweit ist, bin ich es auch«, erwiderte Linus gelassen – und sog plötzlich scharf die Luft ein. »Das könnte ungemütlich werden.«

Das war alles, was ich noch von ihm hörte, ehe uns ein Schwarm Minidrachen überrollte. Jetzt, wo wir mehr als zwanzig Mitstreiter eingebüßt hatten, waren nicht mehr wir die Termiten, sondern sie.

»Scheiße!«, stießen Manu und ich auf eine Weise gleichzeitig hervor, die ich für immer bereuen würde. Ich pfefferte zwei schnelle Zauber heraus und ging dann hinter Linus in Deckung, der einen magischen Schutzwall kreierte – einen, der eigentlich nur für ihn gedacht war, aber auch auf Mitstreiter überging, die sich ganz eng an ihn kuschelten. Der Wall dämpfte die Wirkung von gegnerischen Angriffen um fünfzig Prozent. So rettete er uns wahrscheinlich das Leben, weil er uns genug Zeit verschaffte, uns mit unseren Angriffs- und Heilzaubern über Wasser zu halten, bis uns eine Mauer endlich erlöste und von den Drachen trennte.

Ach ja, und von Manu.

Etwas ratlos drehte sich Linus zu mir um. »Und da waren's nur noch zwei.«

Wo war ich hier nur hineingeraten?

»Schon krass«, sagte er, als wir weitergingen. »So groß ist das Lab doch gar nicht. Irgendwann müssten wir doch mal wieder Leute treffen.«

Bei meinem Glück hatten sich alle anderen inzwischen frustriert ausgeloggt und wir waren die Einzigen, die noch übrig waren.

»Ist doch besser so«, erwiderte ich halbherzig. »Je mehr wir verteilt sind, desto größer ist die Wahrscheinlichkeit, dass wir was finden.«

»Auch wieder wahr.«

Die nächsten Minuten waren einfach seltsam. *Einfach,* weil uns nur wenige Monster heimsuchten, mit denen wir gut fertig wurden. *Seltsam,* weil wir kaum ein Wort miteinander wechselten. Skull und xXPlayerOneXx hatten sich schon eine Weile nicht mehr gesehen – und anscheinend hatten sie sich nichts mehr zu sagen.

Ich sollte glücklich darüber sein, denn dann gäbe es keinen schmerzhaften Abschied mehr, wenn ich als Skull wirklich für immer von der Bildfläche verschwand. Gleichzeitig konnte ich nicht anders, als diese Situation auf Linus und mich – Anne – zu projizieren.

»Hm«, murmelte er ein paar Sekunden nach einem kurzen Gefecht mit einem Riesenwarzenschwein, das uns den Weg versperrt hatte.

Ich erlaubte es mir, mich etwas zu entspannen, lehnte mich zurück und klickte mit einer Hand, um mich mit Mr. Skull fortzubewegen, während ich nach einer geschlagenen halben Stunde endlich an meinem Energy-Drink nippte. »Was ist los?«

»Ach, ich frag mich nur ...« Er zögerte. Dann sprach er es aus: »Wann ist die beste Zeit, um mit jemandem zu schlafen?«

Ich erschrak so sehr, dass ein Teil meines Drinks zwischen meinen Lippen hervorspritzte und mir der Rest davon brutal durch die Nase lief. Erstickt hustete ich und bedeckte mein Gesicht halbherzig mit meiner Hand, um meine über Jahre hinweg vollgekrümelte Tastatur nicht noch mehr in Mitleidenschaft zu ziehen.

»Alles okay?«, fragte Linus irritiert.

»Ja«, keuchte ich. »Ja, aber ...« Fassungslos schüttelte ich den Kopf und wischte mir über die untere Gesichtshälfte. »Warum zur Hölle fragst du mich das?!«

»Was wirst du denn gleich so aggressiv?«, entgegnete Linus verwirrt. »Ist doch ’ne ganz normale Frage.«

Ich rang nach Worten – nach möglichst männlichen, coolen Worten, die aber gleichzeitig so schroff und abweisend waren, dass sie das Thema auf der Stelle beenden würden. »Seh ich aus wie Dr. Sommer?«

»Wenn man davon ausgeht, dass Dr. Sommer seine besten Zeiten längst hinter sich hat ...« Touché. »Ich weiß nicht«, murmelte er.

»Ich hab irgendwie ein schlechtes Gewissen – nach dem, was Manu gesagt hat.«

Mein Herz geriet aus dem Takt. Ein schlechtes Gewissen? Weil er noch nicht mit mir geschlafen hatte?

»Neulich gab es da diesen einen Moment. Wir waren in ihrem Zimmer, und ... die Stimmung war perfekt!«

O Gott. Er sprach von dem Vorfall in Pias Zimmer. Natürlich war die Stimmung für ihn perfekt gewesen. Er war arglos in meine Falle gelaufen und hatte keine Ahnung von der bodenlosen Panik gehabt, die mich in jedem Moment mit ihm in diesem Raum erfüllt hatte.

Ich hätte ihn nicht aufgehalten, hätte Pia es nicht für mich getan. Weil ich es mir wirklich, *wirklich* wünschte. Und unter anderen Umständen hätte ich mich auf einen zweiten Anlauf gefreut. Aber ...

Nicht so. Nicht, sobald ich an die Worte dachte, die er zuvor zu mir gesagt hatte: *Du bist aufrichtig und ehrlich. Direkt. Wenn du den Mund aufmachst, kann ich mich darauf verlassen, dass du die Wahrheit und nichts als die Wahrheit sagst.* Unter anderen Umständen wäre ich fest davon überzeugt gewesen, dass Linus längst hinter mein Geheimnis gekommen war und das nur ausgesprochen hatte, um mich aus der Reserve zu locken. Doch so war er nicht. Nicht so wie ich.

Er schnaubte belustigt. »Es wäre nicht geplant gewesen, aber es hätte echt gut gepasst. Ich meine, natürlich war ich vorbereitet! Aber ... wäre das zu früh gewesen? Oder ... ist es jetzt vielleicht sogar schon zu spät, weil wir es nicht getan haben?«

Ich starrte meinen Bildschirm an, während mein Herz dumpf in meiner Brust zu pochen begann. Fragte er mich das gerade wirklich? Was zur Hölle sollte ich darauf antworten?

Vielleicht das, was ich tatsächlich darüber dachte. Aber was dachte ich überhaupt darüber?

Ich schluckte merklich, und meine Hände wurden feucht. »Ich kann dir da nicht helfen, Mann«, sagte ich matt und betete, dass er die Sache auf sich beruhen ließ.

»Du hast recht«, lenkte er zu meiner Erleichterung ein. »Bei dir ist das Ganze wahrscheinlich schon zu lange her. Und … bei mir auch. Meine letzte ernsthafte Beziehung war vor ein paar Jahren, und ich …«

Meine Augen weiteten sich. Das war er. Das war der Moment, in dem ich realisierte, in welche Richtung sich dieses Gespräch bewegte. Und dass Linus drauf und dran war, Mr. Skull einfach alles über sein bisheriges Liebesleben zu erzählen. Von früheren Beziehungen, unerwiderten Gefühlen, kurzfristigen Schwärmen, feuchten Träumen, One-Night-Stands und Affären –

»O Gott!«, stieß ich hervor, als mir eine Sicherung durchbrannte. »O Gott, o Gott, o Gott, ogottogottogott –«

Linus stockte. »Was ist denn los?«, fragte er ratlos. »Tut dir irgendwas weh?«

»Ja, meine …« Mein Kopf war leer. »Eier.«

»Was? Was hast du denn mit denen –« Er unterbrach sich selbst. »Vergiss es, ich will's nicht wissen.«

Ich auch nicht. Ich wollte nicht wissen, was er über seine letzten Beziehungen zu sagen hatte. Oder über Anne. Über mich. Ich wollte nichts von dem wissen, was er nicht auch mir erzählen würde. Und ich wollte es nur hören, wenn Linus mir gegenüberstand und wusste, mit wem er es zu tun hatte.

Das war ich ihm schuldig. Und dafür, dass er mir so verdammt viel bedeutete, hatte ich genug Zeit damit verbracht, ihn unfair zu behandeln. Ich war ein furchtbarer Mensch. Und ich musste endlich damit anfangen, mich zu ändern.

Ich hatte so energisch auf meine Maus gehämmert, dass ich Linus ein paar Schritte voraus war. Deshalb erschien das goldene Schimmern auch zuerst auf meinem Bildschirmrand. Was es bedeutete, bemerkte ich allerdings erst, als er sagte: »Hey! Da ist es doch!«

Mein Herz machte einen Hüpfer. Einen Moment lang war ich fest davon überzeugt, dass es sich bei dem Licht um einen strahlenden Ausgang handelte. Aber es war so viel besser. Es war das Ei.

»Yes!«, stieß ich hervor und schwebte drauflos, der Tagschatten an meiner Seite. Ich hatte das Labyrinth noch nie bezwungen und keine Ahnung, was ich tat, als ich in das Ei hineinflog – aber es schien das Richtige zu sein. Urplötzlich explodierte das pure Licht auf meinem Bildschirm und verschlang mein ganzes Sichtfeld.

Nur um Platz für eine einzige Frage mit zwei Buttons als Antwortmöglichkeiten zu machen.

BEUTE MIT DER GANZEN GRUPPE TEILEN?
JA – NEIN

Entgeistert starrte ich die Frage an. Was sollte das denn? Ich konnte mich dazu entscheiden, alles für mich selbst zu behalten? Die ganze, übermenschliche Belohnung, die mich sofort in die Gold-Liga und darüber hinaus katapultieren würde?

Das musste neu sein. Hatte es ein Update gegeben? Ich hatte keine Ahnung, aber es spielte eigentlich auch keine Rolle. Weil ich nichts mehr zu gewinnen oder zu verlieren hatte, beantwortete ich die Frage mit Ja.

»Der Hammer!«, drang Linus' Stimme an meine Ohren, als er seine Benachrichtigung bekam, und ließ mein Herz höherschlagen – und es doch schwer vor Wehmut werden.

ABGESCHLOSSEN: LABYRINTH VON AZERYM

Ich konnte mich nicht freuen, als der Schriftzug vor mir erschien.

Auch nicht, als mir ein Haufen Belohnungen, Gold und Erfahrungspunkte gutgeschrieben wurden, die mich mit einem Mal zwei Level nach oben beförderten – wer weiß, vielleicht hätte ich es ohne den vierundzwanzigköpfigen Anhang sogar in die Platin-Liga geschafft.

Ich freute mich nicht. Ich war einfach nur erleichtert, dass es jetzt vorbei war. Wenngleich mir der schwerste Teil noch bevorstand.

Weil wir beide im Belohnungsfenster waren, blieb unser Voicechat aktiv. »Das ist der Wahnsinn!« Linus lachte leise. »Das war so eine spontane Aktion, und dann finden wir auch noch das verdammte Ei! Darauf sollten wir einen trinken.«

Mein Herz machte einen Satz, doch er fuhr fort: »Im Blühenden Reich zum Beispiel. Da feiern sie gerade Herbstfest.«

Ich schluckte angestrengt. Seine harmlose Einladung schmetterte mich nieder. Weil sie mir vor Augen führte, dass ich schon wieder einen Fehler gemacht hatte. »Ich kann nicht.«

»Oh. Heute noch was anderes vor?«

»Sozusagen«, murmelte ich. Mein Herz brannte. Das passierte also, wenn man *nur mal kurz* mit Mr. Skull online gehen wollte. Man machte den ganzen Fortschritt, den man in Sachen *Ich rette mich aus meinem Lügennetz* erreicht hatte, zunichte. »Ich höre jetzt mit MoM auf«, sagte ich das vielleicht einzig Richtige.

»Hey, klar, kein Problem«, kam es wie aus der Pistole geschossen von Linus. »Ich muss auch los. Holen wir wann anders nach. Bis dann.«

Ich stutzte. »Bis dann?«, fragte ich in dem Moment, in dem er den Belohnungsbildschirm und damit auch den Voicechat verließ – und kapierte erst viel zu spät, dass Linus einfach *nichts* kapiert hatte. Bis ich aus dem Labyrinth gekommen war, wurde mir xXPlayerOneXx schon als offline angezeigt. Er war gegangen – in dem festen Glauben, dass er Mr. Skull morgen wiedersehen würde. Und übermorgen. Und jeden Tag darauf.

Ich stieß einen wütenden Schrei aus, den Pia bestimmt sogar unter ihren Noise-Cancelling-Kopfhörern hören konnte. Was zur Hölle war eben passiert? Und wie in Gottes Namen sollte ich das geradebiegen?

In diesem Moment fühlte sich das Lügengewirr, das ich um mich herum geflochten hatte, unüberwindbar an. Mein einziger Lichtblick war es, dass ich nie wieder mit Mr. Skull online gehen musste. Diese Säule meines Hauses aus Unwahrheiten konnte ich zum Einsturz bringen – vielleicht sogar, ohne gleichzeitig meine Beziehung zu Linus in Schutt und Asche zu legen.

Doch wieder einmal war ich eine Meisterin darin, mir die Dinge so zurechtzulegen, wie sie sich für mich am schönsten anhörten. Dabei stand mir das Allerschlimmste noch bevor.

25. KAPITEL

ENDGEGNER

Die Woche verging wie im Flug, nicht zuletzt, weil ich mich beflügelt fühlte wie lange nicht mehr. Ich war nicht mehr mit Mr. Skull online gegangen und auch nicht mit Fontana. Und doch oder gerade deshalb fühlte ich mich befreit. Ich hatte beim Auswahlspiel völlig versagt, und Skull hatte sich angemessen von xXPlayerOneXx verabschiedet. Falls Linus inzwischen begriffen hatte, dass sein »Bis dann!« für immer gelten würde, schien er nicht geknickt zu sein. Zumindest vertraute er sich mir, Anne, nicht damit an.

Jetzt, wo ich weder über MoM nachdenken musste noch über verschiedenste Strategien, Linus vorzumachen, ich hätte keine Ahnung von diesem Spiel, war es, als würden sich mir völlig neue Seiten meines eigenen Lebens zeigen. Ich fing an, meine Vorlesungen halbwegs interessant zu finden. Genoss die Zeit, die ich mit Linus ohne seine Kumpels und MoM-Gespräche verbringen konnte, umso mehr. Und die Sache mit dem Testzocken hatte ich schon fast wieder vergessen, als wir am Freitagnachmittag im Schokoladenmuseum vom Schokobrunnen naschten, uns auf ein schnelles Kölsch in eine Bar setzten und schließlich zu ihm nach Hause fuhren, um den Abend ausklingen zu lassen.

Obwohl er schon deutlich länger in seiner Studentenbude wohnte als ich, wirkte sein Zimmer geradezu steril – und das jedes Mal, wenn ich hier war. Alles war tipptopp aufgeräumt, sein Bett war mit militärischer Genauigkeit gemacht und an seinen Wänden hingen keine Bilder, geschweige denn, dass auch nur ein Post-it auf ihnen klebte. Der Boden war völlig frei von Unterhosen und einzelnen Socken, und ich wettete, dass er seine Shirts bügelte, bevor er sie im Kleiderschrank verstaute. Die einzige Oase der Persönlichkeit war sein Schreibtisch, auf dem sein Laptop, sein Gaming-Headset, ein paar Ordner und Bücher fürs Studium lagen … und ein ausgedrucktes Selfie von uns, das wir mal auf einer der vielen Brücken über dem Rhein bei Sonnenuntergang geschossen hatten. Der Anblick sorgte dafür, dass mein Herz einen freudigen Hüpfer machte und eine tiefe Rührung in mir aufstieß. Wir waren noch nicht lange ein Paar. Ich hatte rein gar nichts in dieser Richtung erwartet. Aber dass er mich beim Lernen, beim Surfen, beim Zocken bei sich haben wollte, bedeutete mir verdammt viel.

Apropos Zocken: Merch suchte ich vergeblich, was eindeutig belegte, dass ich der größere Nerd von uns beiden war.

»Ich hol uns gleich was zu trinken«, sagte Linus, kaum dass wir eingetreten waren. Er tippte auf seinem Handy herum und zog beiläufig einen länglichen Bluetooth-Lautsprecher aus seiner Schreibtischschublade, den ich in der ersten Schrecksekunde für einen knallbunten Dildo hielt. Vielen Dank auch, Pia. »Hier, du wählst die Musik aus.«

Er stellte den Lautsprecher auf dem Tisch ab und drückte mir sein Handy in die Hand. Einfach so. Total beiläufig. Der absolute Vertrauensbeweis. Dann ließ er mich allein und etwas verdattert zurück. Was machten Frauen, die die Handys ihrer Männer in die Finger bekamen? All seine Nachrichten durchschauen? Sich auf die Suche nach verborgenen WhatsApp-Konversationen machen?

Mein Daumen schwebte bereits über der App, aber dann ließ ich es bleiben. Ich hatte als Mr. Skull schon so viel von Linus mitbekommen, dass ich nicht glaubte, dass da noch irgendwelche dunklen Geheimnisse übrig geblieben waren, die ich hätte lüften können.

Stattdessen wechselte ich zu seiner Musik-Streaming-App … und war heillos überfordert. Welche Musik hörte ich überhaupt gerne?

Wenn ich recht darüber nachdachte, machte ich das nicht mal besonders viel. Deshalb drückte ich einfach auf den Play-Knopf, um den aktuellen Song in Linus' Wiedergabeliste abzuspielen. Es war ein episches Instrumental-Stück, das nach *Game of Thrones* und *Herr der Ringe*, blutigen Schlachten und Feuerbällen klang, die aus Drachenmündern geschossen kamen – genau die richtige Hintergrundmusik, wenn man sich in den nächsten Raid warf.

Ich lächelte leicht und legte Linus' Handy weg, um mein eigenes zu checken. Vielleicht fand ich in meinen Playlists ja irgendwelche vorzeigbaren Songs, die ich ihm antun konnte …

Ich kam gar nicht dazu, die App zu öffnen. Stattdessen wurde meine Aufmerksamkeit von dem kleinen Brief-Icon in meiner Benachrichtigungsleiste auf sich gezogen. Eine neue E-Mail.

Wahrscheinlich nur wieder eine Werbemail von diesem einen Duftkerzen-Shop, bei dem ich vor fünf Jahren *einmal* was bestellt hatte! Ich wischte die Benachrichtigung auf und fand eine Uni-Mailadresse in der Absenderzeile. Ging es um irgendein Projekt an meiner Hochschule?

Ich öffnete die E-Mail und wurde so sehr erschlagen, wie es nur vier kurze, aber derart bedeutungsvolle Sätze tun konnten:

Hi Anne,

danke, dass du bei unserer Challenge am Montag dabei warst! Wir haben einen guten Eindruck von dir und deinen Skills bekommen und würden dich gern persönlich treffen, um Weiteres zu besprechen. Kannst du nächsten Mittwoch, 19 Uhr, in unserem Trainingsraum vorbeikommen? Wegbeschreibung auf unserer Website!

LG Cindy

Meine Knie wurden weich, und unzählige Fragen schossen in meinem Hinterkopf kreuz und quer durch die Gegend. Insbesondere weil eine *Cindy* die Mail unterzeichnet hatte. Cindy – könnte das unter Umständen ein männlicher Name sein? Oder hatte die Mail gar nichts mit MoM zu tun? Hatte es am Montag eine Back- oder Näh- oder Gärtnerei-Challenge gegeben, bei der Biologie-Anne mitgemacht und die falsche Mailadresse angegeben hatte?

Trainingsraum. Das war weder ein Wort für Küchen noch für Nähzimmer oder Gärten. Es war ein Begriff, den man bei Sport-Teams benutzte. Auch bei E-Sport-Teams.

Ein Regenschauer der Erleichterung prasselte auf mich ein. Ich hatte es geschafft. Ich hatte es versucht, mich bis auf die Knochen blamiert – oder auch nicht, wenn ich jetzt so darüber nachdachte – und es verdammt noch mal geschafft!

Ich schlug mir eine Hand vor den Mund. »O mein Gott«, flüsterte ich, während ich in einem Bad aus Endorphinen versank und ein Kribbeln meinen gesamten Körper erfüllte. »O mein Gott.« Ich hatte es getan. Ich wusste nicht wie, aber es war so. Ich hatte etwas vollbracht, von dem ich zuletzt selbst nicht mehr geglaubt hatte, dass ich dazu in der Lage wäre.

Endlich hatte ich etwas erreicht.

Dass die Zeit um mich herum stillstand, war nur ein Trugschluss, denn sie lief in demselben Tempo weiter wie zuvor, als Linus mit zwei Weißweingläsern durch die Tür kam. »Alles in Ordnung?«, fragte er mit einem Tonfall, den ich irgendwo zwischen besorgt und verstört einordnete.

Mir blieb der Mund offen stehen, und eine Affenhitze schoss mir in den Kopf. Panisch blickte ich von ihm zum Handy und zurück und sperrte dann schnell den Bildschirm. »J-ja!«, stellte ich mir selbst wieder mein Improvisationstalent unter Beweis. »M-mir ist nur … aufgefallen …, dass bald Weihnachten ist!«

Er blinzelte. »Oh. Ja«, bestätigte er und drückte die Tür mit einem Fuß hinter sich zu. »Dauert aber schon noch ein paar Wochen.«

»Es ist quasi morgen!«, betonte ich und bereute es jetzt schon. »Und ich bin aufgeregt. Und ich muss unbedingt noch Geschenke kaufen!«

Linus schnaubte belustigt und stellte die Gläser neben mir auf dem Tisch ab. »Ich glaube, dafür hast du noch etwas Zeit.«

Meine Schultern sackten herab. »Ist Vorfreude nicht die schönste Freude?« In diesem Moment wünschte ich, ich könnte es ihm sagen. Meine Freude mit ihm teilen. Einfach alles mit ihm teilen.

Dann realisierte ich, dass ich das niemals tun könnte. Weil dieser Zug längst abgefahren war. Wenn ich jetzt auch nur einen einzigen Fehler beging, würde ich einfach alles verlieren. Ihn verlieren.

Linus lächelte schief. »Du bist so verrückt, Anne Schmitt.« Als er die Arme um mich schlang und mich küsste, war ich der glücklichste und verzweifeltste Mensch auf Erden.

Mittwoch kam schnell. Viel schneller, als ich wollte. Weil ich meine Entscheidung längst getroffen hatte, sie aber nicht wahrhaben wollte. Weil sie wehtat, wie es nur richtige konnten.

Mittwochmorgen fragte mich Linus, ob ich nach meiner letzten Vorlesung schon etwas vorhatte. Ich sagte ab, weil ich lernen musste. Und log ihn einmal mehr an. Aber es wäre das letzte Mal. Ganz sicher. Ich würde mich darum kümmern, dass alles zwischen uns wieder gut würde. Und dass er nie erfahren würde, was sich hinter seinem Rücken – oder vielmehr vor seinen Augen – abgespielt hatte.

Ich würde absagen. Aber ich würde es persönlich tun. Das war der Kompromiss, den ich mit mir selbst ausgemacht hatte. Ich würde diesen Weg nicht beschreiten, aber ich wollte zumindest ein einziges Mal mit eigenen Augen sehen, was hätte sein können. Was ich niemals haben durfte. Das hatte ich mir selbst eingebrockt.

Ja, ich würde absagen und hinter mir aufräumen. Und dann würde ich nach vorn sehen. Endgültig. Vielleicht … Vielleicht würde ich Linus sogar die Wahrheit sagen.

Ein Teil von mir glaubte nicht, dass das ohne Kollateralschaden möglich wäre. Dafür war es zu spät. Aber vielleicht wäre es eines Tages nicht mehr zu spät, sondern spät genug. Es wäre Gras über die Sache gewachsen und Linus' und meine Beziehung auf einer anderen Ebene. Auf einer Ebene, die die Wahrheit verkraften würde.

Diese Vorstellung war mein einziger Lichtblick. Gleichzeitig drehte sich mir bei der Vorstellung, mein Geheimnis noch für Wochen, Monate zu bewahren, der Magen um.

Also schön. Zuerst einmal war das *Wolf Pack* dran.

Am Abend fuhr ich zum Campus der Universität und irrte zwanzig Minuten vergeblich in einem Gebäude herum, bis ich schließlich den richtigen Raum fand, an dem ich bis dato schon dreimal vorbeigelaufen war.

Zaghaft klopfte ich an, und erst als ein weibliches »Herein« ertönte, bemerkte ich, dass die Tür sowieso nur angelehnt war. Zögerlich trat ich in einen Raum, den man nur als Gaming-Höhle bezeichnen konnte. Die Rollläden waren vollständig heruntergelassen, sodass die blau-violette Beleuchtung ihre ganze Wirkung entfalten konnte. An einer Wand prangte eine riesige LED-Konstruktion, die das dunkelblaue Logo des *Wolf Packs* formte: Einen Wolfskopf – wer hätte das gedacht?

Vor mir erstreckten sich mehrere lange Tische mit zwölf extrabreiten Bildschirmen, bequemen Gaming-Stühlen und hochwertiger Hardware – vom Tower bis zum Mousepad. Und als wäre das nicht genug, lief im Hintergrund leise der MoM-Soundtrack wie eine Hymne zur Einstimmung auf diesen neuen Lebensabschnitt.

Nur zu dumm, dass es nicht meiner wäre.

Zu meiner Überraschung war von einem *Team* weit und breit nichts zu sehen. Am nächstgelegenen Platz erhob sich gerade eine Frau, die einfach nur Cindy sein konnte. Sie hatte pinkgefärbte Haare, trug ein langärmeliges Kleid mit unzähligen kleinen Planeten darauf und fingerlose Handschuhe, obwohl wir hier drinnen gut und gerne zwanzig Grad hatten. In anderen Worten: Sie war einfach perfekt.

»Hey!« Grinsend kam sie auf mich zu. »Du musst Anne sein!« Allein schon, dass sie das sagte, bewies mir, dass es wohl nicht viel weibliche Konkurrenz gegeben hatte. »Ich bin Cindy. Ich freu mich so, dich zu sehen!«

»Wirklich?«, fragte ich unsicher und blieb an der Türschwelle stehen, bis sie mich erreicht hatte.

Sie kicherte. »Und wie! Endlich eine zweite Frau in unserer Gruppe!« Sie verschränkte die Arme. »Die Jungs sind gerade mit den anderen losgegangen, um ihnen den Trainingsraum zu zeigen. Aber die holen wir bestimmt noch ein.«

Ich stutzte. »Ich dachte, das hier ist der Trainingsraum.«

»Oh!« Sie machte eine wegwerfende Handbewegung. »Der *Fitness*-Trainingsraum. Unser Coach verdonnert uns dazu, mindestens dreimal pro Woche Sport zu machen, damit wir unsere Gesundheit nicht vernachlässigen.« Sie streckte sich. »Der Rücken dankt es einem.« Sie wandte sich um. »Das hier ist unser MoM-Trainingsraum. Das Equipment haben wir uns erst vor ein paar Monaten besorgt. Du kannst es entweder benutzen oder deine eigenen Sachen mitbringen, falls du mit denen besser klarkommst.« Zur Unterstreichung ihrer Worte deutete sie auf einen der Tische mit einer pinken Maus und einer leuchtenden Tastatur, die dort auf sie zu warten schienen. »Zwei- bis dreimal die Woche spielen wir hier alle zusammen in einem Raum, aber wir sind auch alle in derselben Gilde, da ergibt sich auch oft an anderen Tagen was.«

Ich sagte kein Wort, sondern hing einfach nur an ihren Lippen. Weil ich es nicht glauben konnte. Sie war hier. Eine Frau. In einem MoM-Team. Es fühlte sich so an … Ja, es fühlte sich fast so an, als wären wir endlich im einundzwanzigsten Jahrhundert angekommen.

»Die Fitnesseinheiten machen wir auch oft zusammen, weil man dann ein kleines bisschen weniger sterben will.« Sie grinste. »Unserem Coach ist es aber wichtig, dass das Studium immer noch an erster Stelle steht. Wenn es also mal nicht klappt, ist das kein Problem. Vor allem, weil du ja nicht hier studierst.« Sie war am Satzende angelangt und holte Luft. »Auf welchem Level warst du nochmal? Silber (53)?«

»Inzwischen Silber (55)«, erklärte ich. Goldenes Ei sei Dank. »Aber …«

»Okay«, plauderte sie munter weiter. »Für das nächste Match wäre es gut, wenn wir dich und die anderen bis dahin noch in die Gold-Liga bekommen würden. Falls du dann überhaupt schon mitspielen willst. Die meisten von euch haben bisher keine Wettkampferfahrung gesammelt, daher ist es völlig okay, wenn ihr es zuerst etwas langsamer angehen lassen wollt. Wir brauchen auf jeden Fall …« Sie stockte. »Ach, das kann ich dir auf dem Weg zum Fitnessraum erzählen.« Damit machte sie Anstalten, sich an mir vorbei aus dem Raum zu schieben.

Mein Herz sprang gegen meine Rippen. »W-warte!« Mein Entschluss war längst gefällt. Ich musste ihn nur noch aussprechen.

Fragend drehte sich Cindy zu mir um. »Ja?«

Ich straffte die Schultern. Jetzt gab es kein Zurück mehr.

Na ja, vielleicht doch, wenn ich einfach die Klappe hielte und die Führung über mich ergehen ließe.

Nein. Nein, Anne!, schrie mir meine innere Stimme förmlich zu, die endlich mal nicht wie Pia oder Skull klang. *Es gibt absolut kein Zurück mehr. Denk an Linus!*

Ich schluckte. Dann sprach ich es aus: »Ich … kann nicht in eurer Mannschaft spielen.«

Cindy blinzelte. »Nicht? Warum? Hast du schon 'ne andere gefunden?«

Mein Magen verkrampfte sich. Ich konnte kaum glauben, dass das die erste Erklärung war, die ihr einfiel. Als würden sich alle um mich reißen. »Nein, ich …« Ich stockte. Ich hatte nur bis hierher gedacht, und keine Sekunde weiter. »Ich kann einfach nicht. Aus … Gründen.« Ich räusperte mich. »Ich bin nur gekommen, weil ich es euch persönlich sagen wollte.« Und weil ich hatte wissen wollen, wie in aller Welt ein MoM-Trainingsraum aussah.

Unsicher knetete Cindy ihre Hände. »Okay, ich verstehe …« Sie wirkte eher verletzt als enttäuscht. »Schade. Ich hätte mich wirklich über eine zweite Frau im Team gefreut, und wir brauchen unbedingt gute Spieler für das nächste Match …« Sie unterbrach sich selbst und lächelte halbherzig. »Aber das ist ja nicht dein Problem.« Langsam bewegte sie sich zurück zu ihrem Platz. »Dann trotzdem danke, dass du gekommen bist. Falls du es dir anders überlegst …, meld dich einfach.«

Als sie mich anlächelte, wirkte es aufrichtig. Es war diese Geste, die mich dazu brachte, länger als nötig im Türrahmen stehen zu bleiben. »Kann ich dich was fragen?«

Sie hatte sich gerade wieder ihrem PC zugewandt und sah erstaunt auf. »Klar.«

Unbeholfen trat ich von einem Fuß auf den anderen. »Warum habt ihr mich ausgewählt? Ich meine«, schob ich hinterher, »im Dungeon hab ich nicht gerade meine Bestleistung abgeliefert.« Ich rang nach Worten. »Waren die anderen so schlecht, dass sonst niemand übrig geblieben ist?« Ich versteifte mich etwas. »Oder lag es daran, dass ich eine Frau bin und ihr noch eine zweite wolltet?« Eine Quotenfrau vielleicht?

Cindy schnaubte belustigt. »Glaub mir, wir hatten während des Spiels keinen guten Überblick, welcher Avatar zu welchem Realnamen gehört hat. Wir haben erst im Nachhinein nachgesehen, wer wer ist.«

Nachdenklich lehnte sie sich auf ihrem Stuhl zurück. »Im Dungeon warst du … interessant, wenn auch nicht überragend, das stimmt. Aber dann hast du das Goldene Ei gefunden.«

Ich riss die Augen auf. »Was?!« Sie wusste davon?

»… und du hast den Gewinn mit allen anderen geteilt.« Sie nickte bekräftigend. »Das war Teamgeist. Und Teamgeist ist das, was man in einem Team am allerdringendsten braucht.«

Entgeistert starrte ich sie an und machte einen Schritt auf sie zu. »Du bist dabei gewesen?«

»Die meisten von uns waren dabei.« Sie grinste, während es mir eiskalt den Rücken runterlief. Wie viele von den fünfundzwanzig Spielern waren Undercover-Wölfe gewesen? »So eine Chance konnten wir uns doch nicht entgehen lassen.« Sie zuckte die Achseln. »Und ich bin der Platin-Liga jetzt ein kleines Stück näher als vorher. Dank dir.«

Verdattert kratzte ich mich am Kopf. »Ähm … gern geschehen, schätze ich.«

»Anne?«, ertönte eine irritierte Stimme in meinem Rücken, und ich versteifte mich am ganzen Körper.

Langsam drehte ich mich um und blickte dem letzten Menschen entgegen, den ich hier erwartet hätte.

»Was zur Hölle machst *du* denn hier?«

26. KAPITEL
GAME OVER

Mir lief das Blut aus dem Kopf. »Du?«, stieß ich hervor und entdeckte in seiner Miene einen Spiegel meiner eigenen Gefühle.

Ludwig, der sich vor seinen Freunden offiziell aus der Angelegenheit *Testspiel* herausgenommen hatte, stand im Türrahmen, begleitet von sechs Männern, von denen manche zum Team und andere zu den Neulingen gehören mussten. Sie waren vom Fitnessraum zurückgekehrt.

»Hast du …?« Er räusperte sich kurz. »Hast du dich verlaufen?«

Ich öffnete den Mund, einfach nur, um zu bejahen, die Chance zu nutzen und zu verschwinden, was nichts wirklich besser machen würde, aber vielleicht auch nicht schlimmer. Doch ich kam nicht dazu.

»Hey!«, sagte Cindy vorwurfsvoll und stand auf. »Was soll das denn für ein blöder Macho-Spruch sein?«

Betreten blickte Ludwig sie an. »Was?«

Mit verschränkten Armen blieb Cindy neben mir stehen, und die heißkalte Gewissheit kochte in mir hoch, dass gleich etwas ganz, ganz Furchtbares passieren würde. »Na, hör mal!«, keifte sie. »Nur weil sie eine Frau ist, hat sie etwa kein Recht, hier zu sein?«

Abwehrend hob Ludwig die Hände. »Nein, ich meinte damit –«

»*Mr. Skull* hier hat sich zufällig echt gut geschlagen«, schlugen Cindys nächste Worte wie eine Bombe in meinem Bewusstsein ein. »Sie zwar die Zweite von euch, die wir ausgewählt haben.«

Ludwigs Miene wurde ausdruckslos. »*Mr. Skull?*«, fragte er matt. Sein Blick richtete sich wieder auf mich, bohrte sich in meinen, und auf einmal war da nichts als das herausfordernde, wütende Blau seiner Augen, das den Boden unter meinen Füßen wegzuziehen drohte. »Ist das wahr?«

Die anderen Männer zwängten sich an ihm vorbei, scherten sich nicht um die Diskussion, die hier ausgebrochen war. Aber allein der Ausdruck in Ludwigs Gesicht bannte mich an Ort und Stelle, meinen Körper, meinen Geist, sodass es kein Entkommen mehr gab.

Ich schluckte und schüttelte kaum merklich den Kopf. »Es ist nicht das, was du –«

»Ich fass es nicht.« Obwohl er nur flüsterte, übertönte er meine brüchige Stimme ohne Probleme. Dann brach es aus ihm heraus: »Ich fass es einfach nicht!« Im nächsten Moment hatte er mich gepackt und zerrte mich mit einem Ruck durch die Tür.

»Hey!«, beschwerten sich Cindy und ich wie aus einem Mund, aber Ludwig ließ nicht von mir ab. Schnellen Schrittes zog er mich hinter sich her. Im ersten Augenblick sträubte ich mich, begriff dann jedoch, dass ich besser keinen Widerstand leistete. Nicht, wenn ich auch nur die geringste Hoffnung behalten wollte, es könnte doch noch alles gut werden. Obwohl ein Teil von mir in diesen Sekunden realisierte, dass nie wieder alles gut werden würde.

»Ludwig!«, beschwor ich ihn. »Ich kann das alles erklären, wirklich!«

Wir waren gerade vor dem Treppenhaus angekommen, als er mich losließ und zu mir herumwirbelte. »Mr. Skull?!«, wiederholte er. »*Du* bist Mr. Skull?«

Mein Mund öffnete sich, meine Lippen bewegten sich, aber kein Ton drang zwischen ihnen hervor. Mein Kopf war leer, meine Knie weich und mein Herz voll eiskalter Panik. »Ich …«

»Mr. Skull. Der Kerl mit der viel zu tiefen Stimme, der immer online mit Linus abhängt?« Seine Augen weiteten sich. »Ich wusste doch, dass sich die Stimme fake anhört!« Er machte einen Schritt rückwärts und starrte mich an wie eine Kreuzung aus Gorgone und Stinktier. »Er weiß nicht, dass du das bist, oder?«, fragte er mit einem lauernden Unterton, der durchscheinen ließ, dass er die Antwort schon kannte.

Meine Augen begannen zu brennen. »Es ist nicht so, wie du denkst«, nahm ich nochmal Anlauf. Meine Gedanken schossen in alle erdenklichen Richtungen, auf der Suche nach einer passenden Ausrede, prallten dabei aber regelmäßig an Widerständen ab.

Ich spiele gar kein MoM. Warum sollte ich sonst hier sein?

Ich hab mich wirklich nur verlaufen. Sehr abwegig – das hier war nicht mal mein Campus!

Linus weiß es! Ludwig könnte sich mit einem kurzen Anruf vom Gegenteil überzeugen.

Ich bin nicht Mr. Skull. Doch, das hatte Cindy gerade gesagt.

Wochenlang hatte ich mich um die Wahrheit herumgewunden. Jetzt saß ich in der Falle.

Abrupt ballte Ludwig die Hände zu Fäusten. »Es ist nicht so, wie ich denke? Es ist also nicht so, dass du Linus nach Strich und Faden belogen hast? Denjenigen, der uns ständig bittet, in deiner Gegenwart nicht über MoM zu reden, weil dich das Spiel nicht interessiert? Und dann …« Er riss den Arm in Richtung Trainingsraum hoch. »Und dann *das?!* Warum?« Er schnaubte und schüttelte fassungslos den Kopf. »Warum solltest du das machen? Du weißt doch, dass er drauf steht. Warum es vor ihm verheimlichen? Was hast du davon?« Seine Brauen waren so eng zusammengezogen, dass sie sich beinahe über seinem Nasenbein trafen. »Wolltest du ihn von vorne bis hinten verarschen? So tun, als hättest du keine Ahnung, und ihn dann mit dem hier übertrumpfen? Geht dir dabei wirklich einer ab?«

Ich biss mir auf die Unterlippe, bis ich befürchtete, die Abdrücke meiner Zähne nie wieder herausbekommen zu können. Dann senkte ich die Lider, bevor mir Tränen in die Augen treten konnten. Mir war es, als spürte ich einen Blick in meinem Rücken. Falls Cindy uns beobachtete, war ich froh, dass sie nicht einschritt. Sie konnte mir nicht helfen. Niemand konnte das. Was ich hier tat, war nicht mehr als ein letztes, verzweifeltes Strampeln vor meinem unvermeidbaren Untergang. »Können wir nicht einfach vergessen, dass wir uns hier gesehen haben?«

»Du spinnst doch. Jetzt sag schon!« Er packte mich so plötzlich an der Schulter, dass ich erschrocken die Augen aufriss. »Was für ein Spiel spielst du mit Linus? Und was hast du ihm noch alles vorgelogen? Ist das irgendein kranker Streich?«

»Es ist kein Streich!«, antwortete ich verzweifelt. Bebend atmete ich durch. Er verstand es nicht. Gleichzeitig machte er mir deutlich, dass mich allein die Wahrheit aus dieser Situation befreien würde. Ich musste es ihm sagen, obwohl er der Letzte war, dem ich mich anvertrauen wollte.

Ich musste es tun. »Mr. Skull war –« Ich stockte. »Mr. Skull … war zuerst da.«

Ein paar Sekunden lang starrte mich Ludwig einfach nur an, und ich konnte ihm ansehen, wie es hinter seiner Stirn zu rattern begann. Dann entgleisten seine Gesichtszüge wie in Zeitlupe. Sein Griff lockerte sich und löste sich schließlich in derselben trägen Langsamkeit, wie sich seine Miene verdüsterte. »Was?«

Mein Atem ging nur noch flach. »Ich hab ihn online kennengelernt. Als Mr. Skull. Und als ich dann erfahren habe, dass er an der FH studiert –«

»Bist du ihm *ganz zufällig* über den Weg gelaufen?«, fragte Ludwig mit rauer Stimme. »Hast dir seinen Stundenplan unter den Nagel gerissen und dich für seine Module eingeschrieben?«

»Nur für das eine!«, beteuerte ich. »Ich wollte ihn einfach nur in echt sehen und –«

»Du bist eine verdammte Stalkerin«, schnitt er mir das Wort ab. Sein Gesicht war eine Nuance blasser geworden. »Du bist eine gottverdammte …« Seine Mundwinkel bogen sich nach unten. »Du bist geisteskrank.«

Etwas in mir drohte zu zerbrechen. Meine Finger begannen zu zittern, und jede Kraft drohte meinen Körper zu verlassen. »Ich weiß, dass du das wahrscheinlich nicht verstehen kannst, aber Linus bedeutet mir verdammt viel. Ich werde nie –«

»Du wirst es ihm sagen.«

Seine Worte trafen mich wie eine Ohrfeige. »Ludwig –«

»Sag es ihm!«, donnerte er so laut, dass ich zusammenzuckte. »Oder ich mach's!« Er kniff die Augen zusammen. »Wobei … kommt wahrscheinlich auf dasselbe raus.« Damit schob er sich an mir vorbei, nicht ohne mich anzurempeln, und kehrte zum Trainingsraum zurück.

Ich wusste im Nachhinein nicht mehr, wie ich nach Hause gelangte. Feststand, dass ich mich wie betäubt fühlte. Kaum etwas um mich herum wahrnahm. Nicht einmal meine Jacke zumachte oder auf die Idee kam, mir Handschuhe anzuziehen, obwohl die Novemberkälte unerbittlicher denn je war. Als ich zu Hause ankam, hatte ich taube Lippen und war völlig durchgefroren. Zumindest glaubte ich das. Denn ich spürte: nichts.

»Heyyy!«, begrüßte mich Pias Stimme schon euphorisch, kaum dass ich durch die Tür getreten war. Ich hatte ihr erzählt, dass ich wieder mit MoM angefangen hatte, für eine Uni-Mannschaft ausgewählt worden war und jetzt absagen gegangen war, weil ich wieder aufgehört hatte zu spielen, was sie mit einem irritierten Blick und einem langgezogenen »Okaaay« quittiert hatte. Sie schlüpfte aus der Küche auf den Gang, der vom Geruch von Pasta erfüllt war. »Da bist du ja schon wieder. Wie ist es gelaufen? Hat dich jemand zerfleischt?«

Mitten auf dem Gang blieb ich stehen und starrte sie mit leerem Blick an.

Verwundert blinzelte sie. »Jetzt im Ernst? Sind die so verzweifelt auf der Suche, dass sie kein Nein akzeptieren können?«

Ich konnte ihre Interpretation nicht korrigieren. Ihr nicht sagen, dass es nicht das Team gewesen war, das mich zerfleischt hatte. Im Grunde war es nicht einmal Ludwig gewesen. Ich hatte eine Mausefalle aufgestellt und war dumm genug gewesen, selbst hineinzutreten.

Ich hatte MoM hinter mir lassen wollen. Aber das hatte ich schon so oft tun wollen und nie durchgezogen. Ich hatte den Absprung nicht geschafft. Weil ich verdammt schwach war.

Doch selbst wenn es mir gelungen wäre – Ludwigs Reaktion hatte mir einmal mehr deutlich gemacht, dass ich es niemals überstanden hätte, weiterhin mit dieser Lüge zu leben. Eine Lüge, die so schlimm war, dass sie mich in seinen Augen zu einer Geisteskranken machte.

Ich hätte niemals heil aus dieser Sache herauskommen können. Alles, was ich getan hatte, hatte meinen Weg des Versagens geebnet. Ludwig hatte die Angelegenheit nur abgekürzt. Ich sollte nicht wütend, enttäuscht, verzweifelt darüber sein, sondern dankbar. Doch ich konnte nicht anders.

Keine Ahnung, wie ich an den Küchentisch gekommen war, aber auf einmal saß ich auf meinem Stuhl und starrte ins Leere.

Vor allem fühlte ich mich machtlos. Ludwig hatte mir ein Ultimatum gestellt. Ich musste es Linus sagen, sonst würde er sich selbst darum kümmern. Aber wie?

In den letzten Wochen war ich immer wieder in Situationen geraten, in denen ich mich verplappert oder fast geoutet hätte. Immer und immer wieder war mein Kopf hochrot geworden und mir der kalte Angstschweiß ausgebrochen. Panik und Verzweiflung hatten meinen Verstand benebelt, und ich hatte nicht gewusst, wie ich nur aus dieser Situation entkommen sollte.

»Anne?«

In all diesen Wochen hatte ich die darauffolgenden Nächte stets darüber gegrübelt, ob es vielleicht einen anderen Ausweg gegeben hätte. Keinen, in dem ich die Sache überspielte, einen Hustenanfall vortäuschte oder so lange vor mich hin brabbelte, bis Linus vergessen hatte, worum es eigentlich gegangen war. Sondern einen, in dem ich ihm die Wahrheit sagte, ohne ihn zu verlieren.

Ich war immer wieder zu demselben Schluss gekommen: einen solchen Ausweg gab es nicht.

Es gab keinen. Ich war drauf und dran, in voller Fahrt mit dem Kopf gegen die Wand zu prallen.

Erneut hatte ich einen Filmriss. Von einer Sekunde auf die andere fand ich mich in meinem Zimmer wieder, Pia auf der anderen Seite der Tür. »Sicher, dass du nicht drüber reden willst?«, fragte sie zaghaft durch das Holz.

Ich antwortete nicht. Konnte nicht. Mein Leben würde in den nächsten Minuten enden.

»Ich würde dir ja gern ein heißes Bad einlassen, aber wir haben nur eine Dusche, und eine heiße Dusche kannst du dir wahrscheinlich auch selbst organisieren«, murmelte Pia. »Ich könnte dir auch eine heiße Schokolade anbieten, aber ich weiß nicht, ob das so gut zu Pasta passt und …« Sie brach ab. »Ich bin da, wenn du mich brauchst, okay?« Dann entfernten sich ihre Schritte in Richtung Küche.

Ich atmete tief durch, bekam aber kaum noch Luft. Meine Hände zitterten, als ich mein Handy aus meiner Jackentasche zog – und erst jetzt bemerkte, dass ich die Jacke gar nicht an der Tür ausgezogen hatte. Mein Herz bebte, als ich eine Nachricht an Linus schrieb: *Kannst du vorbeikommen? Oder kann ich vorbeikommen?*

Linus öffnete meine Nachricht sofort und dann – nichts.

Mit rasendem Puls saß ich da und starrte die App an, während meine Kehle immer enger und mein Mund immer trockener wurde. Warum schrieb er denn nichts? Ahnte er, warum ich ihn jetzt unbedingt sehen wollte? Hatte Ludwig die ganze Geschichte brühwarm weitererzählt? War es zu spät, um noch irgendetwas retten zu wollen?

Als sich mein Bildschirm schon dunkler stellte, einen Sekundenbruchteil, bevor er ganz ausging, erreichte mich seine Antwort.

Erschrocken tippte ich auf das Display, damit es wieder aufleuchtete. Linus schrieb: *Schon fertig gelernt?* ☺ *Zocke gerade noch. So in ner stunde?*

Eine Eiseskälte breitete sich in meiner Brust aus und trieb mir neue Tränen in die Augen. Eine Stunde? In einer Stunde wäre ich vor Verzweiflung gestorben. Ludwig hatte ihm noch nichts erzählt, was ich ihm hoch anrechnete. Aber ich konnte nicht wissen, wann sich das ändern würde. Ich konnte nicht so lange warten. Ich musste mit Linus reden. Jetzt.

Mein Daumen schwebte schon über dem *Anruf*-Button, aber ich zögerte. *Zocke gerade noch.* Ich wusste genau, wie ich ihn erreichen konnte.

Wie fremdgesteuert fuhr ich meinen Laptop hoch. MoM war inzwischen wieder im Auto-Start, weshalb es keine zwei Minuten dauerte, bis ich mich als Mr. Skull eingeloggt hatte. Ein allerallerletztes Mal.

xXPlayerOneXx war online. Laut unseres Gildenmenüs steckte er gerade noch mitten in einem Raid, aber schon nach wenigen Minuten, die ich damit verbrachte, unentwegt auf den Bildschirm zu starren, wechselte sein Status von Gelb auf Grün.

Ich dachte keine Sekunde länger nach, stattdessen öffnete ich einen Voicechat mit ihm und wartete mit wie wild klopfendem Herzen darauf, dass er die Anfrage annahm. Bemerkte erst im zweiten Moment, dass ich mein Headset noch gar nicht aufhatte, und setzte es mir schnell auf den Kopf. Ganz automatisch wanderte mein Blick zu meiner Taskleiste, wo ich jetzt normalerweise den Stimmverzerrer öffnen würde – aber nicht heute. Nie wieder.

In diesem Augenblick wurde ich zum ersten Mal von einem ganz anderen Gefühl erfasst: Es war Erleichterung. Erleichterung, dass all die Lügen, all die Geheimnisse nun endlich ein Ende hätten. Nicht erst in Wochen, Monaten, Jahren, wann auch immer ich mich andernfalls getraut hätte, es aufzulösen. Sondern jetzt. Ludwig sei Dank konnte ich endlich die eine Sache tun, die mein Leben in den ganzen letzten Wochen überschattet hatte. Eine Sache, die ich vielleicht schon viel früher hätte tun sollen.

Das Gefühl hielt nicht lange an. Es wurde von einer Eiseskälte abgelöst, als ein blasser Signalton an meine Ohren drang, weil Linus die Anfrage angenommen hatte.

»Hey, Skull«, begrüßte er mich sofort. »Ich bin eigentlich schon fertig für heute. Meine Freundin hat mir gerade geschrieben und …«

Ich schnappte angestrengt nach Luft und sprach es einfach aus: »Ich bin deine Freundin.«

»Äh, was?« Linus stockte. »Hallo? Wer ist denn da?«

Meine Unterlippe begann zu beben. »Hier ist Anne, Linus. Anne Schmitt.«

»Was …« Wieder brach er ab, und ich malte mir aus, wie er überprüfte, ob er den richtigen Voicechat betreten hatte. »Ich …« Schon dieses eine Wort allein klang so unglaublich dünn, als würde seine Stimme am seidenen Faden hängen. »Ich verstehe nicht.«

Jetzt gab es kein Zurück mehr. Das hier war das Ende. Das unvermeidliche Ende von einfach allem, was sich in den letzten Wochen entwickelt hatte. Eine kleine, schüchterne Blume war vom Sonnenlicht geküsst zaghaft erblüht – und wurde jetzt brutal totgetrampelt. Ich spürte es so deutlich, als läge ich selbst unter den unzähligen Schuhen, die ohne Rücksicht auf Verluste über uns hinwegstiegen.

»Wer ist da?«, hallten Linus folgende Worte in meinem Kopf wider und gaben mir endgültig den Rest.

Ich entsperrte meinen Handybildschirm und rief ihn einfach an. Sein Klingelton drang durch meine Kopfhörer an meine Ohren. Gleichzeitig tutete es. Einmal. Zweimal.

Dann ging er ran. »Hallo?«, fragte er mit belegter Stimme, einmal in meinem Handy, einmal in meinem Headset.

Ich schloss die Augen. »Ich bin's wirklich, Linus.«

Stille am anderen Ende. An beiden anderen Enden. Eine ewigwährende Stille, in der ich nur mein dumpf pochendes Herz und das Blut hören konnte, das mir in den Ohren rauschte. Neben dem reißenden Geräusch, das meine letzte, sterbende Hoffnung von sich gab.

Dann legte Linus einfach auf – zumindest am Handy. Im Voicechat waren wir nach wie vor miteinander verbunden. »Du … bist bei Skull?«, fragte er mit rauer Stimme.

Er verstand es immer noch nicht. Oder wollte es nicht verstehen, weil die Wahrheit seine schlimmsten Vorstellungen übersteigen würde. Eine einzelne Träne löste sich aus meinem Augenwinkel und rollte über meine Wange. »Ich *bin* Skull. Ich war immer Skull«, brach es aus mir heraus. »Von Anfang an.«

»Aber …« Er stockte, klang heiser. »Warum hast du nichts gesagt? Im Kloster … oder danach …«

»Linus, ich …«

»Warum der ganze Aufzug?«, wurde er plötzlich lauter. »Warum diese Stimme? Warum …« Er schnappte nach Luft. »Ich verstehe nicht, warum du das getan hast.«

»Linus …«

»Lass mich nachdenken!«, verlangte er schroff. »O mein Gott«, stieß er plötzlich hervor, und ich spürte förmlich, wie sich das pure Grauen in ihm ausbreitete. »Seit wie vielen Wochen geht das schon? Seit wie vielen *Monaten?* Wie viele Dinge habe ich dir erzählt *über dich selbst?* Warum?«, rief er aus. »Ich kapier's einfach nicht.«

»Es tut mir leid!«, fiel ich ihm ins Wort. »Wirklich, das musst du mir glauben! Es ist alles so schnell gegangen, und ich hab den richtigen Moment verpasst, es dir zu sagen –«

»Mir was zu sagen?«, fragte er barsch. »Dass du kein Mann bist? Dass du vorhast, mich auf dem Campus zu verfolgen? Mir vorzumachen, du hättest keine Ahnung von MoM? Mit mir auszugehen und gleichzeitig mit mir zu zocken? Mir vorzugaukeln, du wärst zwei verschiedene Menschen? Über Monate hinweg?« Er atmete schwer. »Weißt du, wie wahnsinnig das ist, Anne?« Ein lautes Schnauben drang an meine Ohren. »Oder ist das überhaupt dein Name?«

Ein brennend heißer Stich bohrte sich in meine Brust. »Linus!«

»Das ist krank, Anne! Das ist einfach nur krank. Ich …« Seine Stimme brach. »Ich erkenne dich gar nicht wieder.« Plötzlich wurde er mit jedem Wort leiser. »Aber vielleicht kannte ich dich ja auch nie.«

»Bitte!«, beschwor ich ihn und wünschte, ich könnte ihm in die Augen sehen. »Bitte lass mich das erklären. Ich weiß, dass es falsch war, aber …«

»Ich glaube, du weißt überhaupt nichts«, unterbrach er mich matt. »Du hast mein Vertrauen missbraucht. Du hast … du hast mich verarscht. Du hast mich nach Strich und Faden verarscht! Ich … ich kann's einfach nicht fassen.«

»Ich wollte das alles nie!«, beteuerte ich. »Bitte glaub mir. Ich wollte es dir schon so lange sagen, aber –«

»Ich will nichts mehr von dir hören«, sagte er so tonlos, dass es mich wünschen ließ, er würde mich anschreien. »Überhaupt nichts mehr. Ich will … nie wieder von dir hören«, endete er voller Bitterkeit. »Egal, mit welcher Stimme.«

Mein Herz brach in tausend Teile und ließ mich ausgehöhlt zurück. »Linus …«

Die Verbindung wurde getrennt – und xXPlayerOneXx ging offline, bevor ich auch nur einen einzigen Klick machen konnte.

27. KAPITEL
RESET

»Anne.«

Ich wusste nicht, wie lange Pia bereits im Türrahmen stand, geschweige denn dass ich mitbekommen hatte, wie sie die Tür geöffnet hatte. Ich saß auf meinem Bett, die Arme um die Beine geschlungen, und starrte ins Nichts. Ich hatte Kopfhörer auf, hörte jedoch keine Musik, sodass Pias Stimme zwar gedämpft, aber immer noch gut vernehmbar an meine Ohren drang.

»Du hast jetzt seit drei Tagen kein Wort mehr gesagt.« Langsam machte sie einen Schritt herein. Aus dem Augenwinkel erkannte ich, wie sie in gespielter Empörung die Hände in die Hüften stemmte. »Und wenn ich ehrlich sein soll, tu ich mir das nicht mehr an. Als gute Mitbewohnerin ist es deine Pflicht, mich zu unterhalten!« Sie machte eine Pause. »Oder zumindest … dich *mit* mir zu unterhalten.«

Müde ließ ich den Blick in ihre Richtung wandern. Und wieder zurück.

Linus hatte mich blockiert. Auf WhatsApp, bei MoM – und das war's eigentlich auch schon. Auf mehr Apps waren wir nie vernetzt gewesen. So einfach war es also, einen Menschen aus seinem Leben zu verbannen.

Ich sollte wütend auf ihn sein. Dafür, dass er nicht mit mir hatte reden wollen. Mich nicht erklären ließ. Aber das konnte ich nicht.

Weil ich von Anfang an gewusst hatte, worauf ich mich da einließ. Und weil ich es verdient hatte.

Pia seufzte lautlos. »Schon klar, das, was ich gleich sagen werde, klingt vermutlich echt bescheuert, aber irgendwann wird es einen Sinn für dich ergeben: Er ist nur ein Kerl. Von denen gibt es so viele! Und ich bin mir sicher, dass es auf dieser großen weiten Welt noch einen zweiten geben wird, der deine Kobold-T-Shirts toll findet. Mindestens!«

»Stitch ist kein Kobold«, murmelte ich verdrossen.

»Oh, die Dame kann ja doch noch reden.« Pia überbrückte die Distanz zu mir und ließ sich auf meine Bettkante sinken. »Du hast versucht, dich bei ihm zu melden. Er will nicht. Dann ist das sein Problem. Und du machst es nicht besser, indem du dich jetzt hier in deiner Man Cave versteckst.«

»Ich mache aber auch nichts schlechter.« Ging ja schließlich nicht mehr.

»Ach ja?«, fragte sie mit gerümpfter Nase. »Darf ich fragen, wann du zuletzt geduscht hast?«

Ich schwieg.

»Siehst du?« Sie legte den Kopf schief. »Was kann ich machen, um dich aufzumuntern?«

»Gar nichts.«

»Was kannst *du* machen, um dich aufzumuntern?«

Meine Lippen teilten sich, aber ich bekam keinen Piep heraus.

»Anne.« Sie rang nach Worten. »Wo Menschen sind, sind auch Ärsche. Manchmal, weil die Menschen welche haben, manchmal, weil sie welche sind.« Pia sah sich im Raum um. »Könnte es sein, dass dich eine Runde *Masters of Magic* glücklich machen würde?«

Entgeistert sah ich sie an. »Hast du gerade den richtigen Titel gesagt?«

»Tja.« Sie reckte das Kinn. »Ich hab meine Hausaufgaben gemacht.«

»Ein halbes Jahr nach dem Abschluss, besser spät als nie.«

»Hey!« Sie verschränkte die Arme. »Okay, wie wär's? Ich mache mir jetzt einen Account bei diesem Spiel und du bringst mir bei, wie es geht.«

Ein Zucken ging durch mein Augenlid. *»Du?«*

»Wenn es dich ablenkt.« Sie zuckte die Achseln. »Da siehst du mal, welche Opfer ich für dich erbringe.«

Ich runzelte die Stirn. »Ich will nicht, dass sich irgendjemand für mich opfert.«

»Dann bekomm dein Leben wieder auf die Reihe!«, murrte sie und ließ Schultern hängen. »Sorry. Trennungen sind hart. Ich weiß.«

»Nein«, entgegnete ich. »Du weißt es nicht. Weil du noch nie jemanden gecatfished hast.«

»Du doch auch nicht«, antwortete sie sanft. »Du hast dich als grässlichen alten Mann ausgegeben und dich als schöner Schwan entpuppt. Für Linus hätte das eine tolle Überraschung sein müssen!«

Ich grunzte.

Pia ließ sich rücklings auf meine Matratze sinken und starrte an die Decke. »Ich sag's nur ungern, aber … du hättest diese Chance nicht für ihn aufgeben sollen, Anne.«

Ich wechselte in den Schneidersitz. »Welche Chance denn?«

»Na, das mit diesem Team. Dem du abgesagt hast.«

Kopfschüttelnd sah ich sie an. »Das hab ich doch nicht *für ihn* gemacht.«

»Du wolltest nicht, dass er erfährt, dass du ihn angelogen hast. Wäre dein Doppelleben kein Geheimnis gewesen, hättest du doch die Gelegenheit beim Schopf gepackt, oder etwa nicht?«

Ich rang mit mir. Und nickte. »War doch auch besser so. Du hast es ja selbst gesagt«, erinnerte ich uns beide laut. »Was ist mir wichtiger? Linus oder irgendein dämliches Spiel?«

»Es tut mir leid, dass ich das gesagt habe.« Sie setzte sich wieder auf. »Wirklich.«

Betreten starrte ich sie an. So ernst wie jetzt hatte sie mich noch nie zuvor angesehen. »Hä?«

»Das war dumm von mir. Okay? Mein Instagram-Account ist mein Leben. Da muss doch gerade ich es verstehen können, dass dieses komische Spiel auch dein Leben ist.«

»Na ja, ich würde es jetzt nicht als mein *Leben* bezeichnen …«

»Und das ist doch die allererste Regel beim Dating! Dass man sein Leben nicht für einen anderen Menschen aufgeben soll.« Sie straffte die Schultern. »Du hast ihm die Wahrheit gesagt. Vielleicht wäre ein klein bisschen früher besser gewesen, aber du hast es getan. Und er hat reagiert.« Sie unterdrückte ein Seufzen. »Er hat die Sache mit euch an den Nagel gehängt, Anne. Dann solltest du ihn auch an den Nagel hängen – und spielen. Jetzt hält dich doch nichts mehr davon ab!« Sie riss mein Handy vom Nachttisch und legte es vor mich auf die Matratze. »Ruf diese Nerds von der Uni an! Sag ihnen, dass du an Bord bist!«

Genervt schob ich es weg. »Die Nerds von der Uni wollen mich bestimmt nicht mehr! Und selbst wenn doch«, fügte ich hinzu, »ist das keine gute Idee.«

Sie stöhnte. »Und warum nicht?«

Ich wandte den Blick ab, als meine Augen urplötzlich zu brennen begannen. Die meiste Zeit über fühlte ich mich leer, aber dann gab es wieder Momente wie diesen, in denen einfach alle Gefühle in mir hochkochten. »Ich kann nicht.« Ein Schluchzen kroch meine Kehle hinauf, und ich fixierte sie hilfesuchend. »Nicht ohne Linus.«

Pia rieb sich die Schläfen. »Ernsthaft jetzt? Was hat der, was andere Gaming-Typen nicht haben?«

»Darum geht es nicht.« Nicht nur. »Er … er hat mir Kraft gegeben. Er hat mich beschützt. Nicht vor den Angriffen, den Zaubern oder den Monstern …« Ich bemerkte, dass ich zu konkret wurde, als Pia überfordert die Stirn runzelte. »… sondern vor der Realität.« Ich schluckte.

»Das ist der Grund, weshalb ich mich überhaupt als Mann ausgegeben habe. Als Frau in dieser Domäne … Ich halte es einfach nicht aus.« Ich wischte mir übers Gesicht, obwohl sich die Tränen nach wie vor in meinen Augen sammelten. »Wenn ich nur für mich allein spiele, dauert es auch nicht lange, bis die ersten Kommentare kommen. Die blöden Sprüche. Die Erniedrigungen. Linus war der Einzige …« Ein Schluchzen unterbrach meinen Satz, bis ich nicht mehr wusste, wie ich ihn hatte beenden wollen. »Aber wie soll das erst werden, wenn ich einem Team angehöre? Mit Teamfotos? Mit öffentlichen Auftritten? Mit Matches, die man sich im Livestream oder vor Ort ansehen kann? Die Leute werden mich *sehen,* Pia!«, stieß ich aufgebracht hervor. »Sie werden meinen Namen kennen. Und sie werden … über mich reden. Und dann komme ich nicht mehr aus der Nummer heraus. Es wird kein Zurück mehr geben und ich … Dann gibt es niemanden, der mich beschützt.« Meine Stimme brach, und ich entschied, dass es genug war, weil alles, was ab jetzt noch meinen Mund verlassen würde, sowieso nur unverständliches Gebrabbel wäre.

Ein paar Sekunden lang starrte mich Pia einfach nur an, mit einem undeutbaren Ausdruck in den Augen, dem ich kaum standhalten konnte. Dann sagte sie: »Hast du irgendeine Idee, wie verdammt egoistisch du klingst?«

Erschrocken blinzelte ich die Tränen weg. »Was?«

»Buhu«, sagte sie mit hartem Unterton. *»Ein paar fette Geeks, die sich im Real Life nicht trauen, eine Frau auch nur anzusehen, sind gemein zu mir. Wie furchtbar.«* Sie kniff die Augen zusammen. »Glaubst du wirklich, du bist die Einzige, die online Probleme mit Männern hat?«

Ein Funke der Wut wurde in mir entzündet. Heftig schüttelte ich den Kopf. »Was auch immer du mir sagen willst, aber die flirty Kommentare, die du unter deinen Fotos bekommst, sind ganz bestimmt nicht –«

»Ich rede nicht von den Kommentaren«, unterbrach sie mich schroff und warf einen Blick auf ihr Handy, das sie öfter in der Hand als in einer Tasche herumtrug. »Zumindest nicht von denen, die du siehst. Und auch nicht von den Nachrichten. Ach«, brach sie ab. »Da hätten wir ja schon wieder eine.« Sie tippte noch einmal auf dem Bildschirm herum, dann hielt sie mir das Handy hin.

Wenn wir bei einheitlichen Begriffen bleiben wollen, strahlte mich auf dem Screen ein Dildo an. Ein hautfarbener, echter, menschlicher, haariger, einsatzbereiter Dildo.

»Um Gottes willen!«, stieß ich hervor und wusste nicht, ob ich mir mit der Hand den Mund oder die Augen bedecken sollte. »Igitt!« Nur mit Mühe widerstand ich dem Drang, den Blick abzuwenden wie ein beschämtes Kind, während Pia mit ausdrucksloser Miene das Handy sinken ließ.

»Wir alle haben Probleme, Anne«, sagte sie eindringlich. »Jede von uns. Egal, ob online oder offline. Egal, ob in den sozialen Medien oder in irgendwelchen komischen Rollenspielen. Diese Probleme haben nichts mit mir oder dir oder der Plattform zu tun, auf der wir unterwegs sind. Der Ursprung liegt nicht in uns, sondern in der Gesellschaft, die verdammt noch mal glaubt, sie könnte so mit uns umspringen!« Sie ergriff meine Hand. »Oder zumindest in ein paar einzelnen Idioten in der Gesellschaft, die es schaffen, so penetrant zu werden, dass es uns tatsächlich juckt. Glaubst du wirklich, es ist die richtige Reaktion, sich vor ihnen zu verstecken? Sie gewinnen zu lassen?«

Meine Augen wurden groß. »Ich –«

»Wenn solche Kerle diese Dinge zu dir sagen, wollen sie dich weg ekeln. Sie wollen dich aus ihrem Revier raus haben. Aber MoM ist verdammt noch mal *dein* Revier, Anne! Das musst du ihnen endlich klar machen! Und zwar nicht nur für dich.« Sie atmete tief durch. »Sondern für alle anderen Frauen da draußen. Alle Frauen, denen es genauso geht oder einmal so gehen wird.« Während sie sprach, spürte ich, wie das Loch in meinem Herzen nach und nach gefüllt wurde. Meine Tränen versiegten, noch bevor sie zu aggressiv werden konnten, und plötzlich wurde ich von einer seltsamen Ruhe erfüllt. »Wir bleiben stark, Anne. Wir bleiben stark, damit andere auch stark sein können.«

Es war, als würde sich der Schleier der Verzweiflung, der sich in seinem dunkelsten Grau vor mein Blickfeld gelegt hatte, mit einem Mal lichten. Wir mussten stark sein. Und Pia ging mit gutem Beispiel voran. Sie war stark, damit ich stark sein konnte. Genau das musste ich weitergeben. Und das konnte ich. Das spürte ich jetzt mit jeder Faser meines Körpers. Ebenso wie die Tatsache, dass ich verdammt stolz auf sie war.

Ich hatte geglaubt, es wäre meine Bestimmung, an KI zu forschen. Oder in die Platin-Liga bei MoM zu kommen. Oder mit dem einen Mann auf Erden glücklich zu werden, der meine Shirts gut fand. Aber das stimmte nicht. Es war meine Bestimmung, stark zu sein – und das der ganzen Welt zu zeigen. Vielleicht sogar andere Menschen zu inspirieren auf dieselbe Weise, wie Pia mich gerade inspirierte.

»Du hast recht«, hauchte ich. »Du hast so was von recht.«

»Ich hab immer recht.« Pia ließ meine Hand los. »Manchmal muss ich nur etwas fies werden, damit man mir das endlich abkauft.«

»Tut mir leid.« Ich biss mir auf die Unterlippe. »Ich wusste nicht, dass du solche Nachrichten bekommst. Du hast nie darüber geredet …«

»Muss ich auch nicht«, erwiderte sie schnippisch. »Ich geb denen doch keine Bühne –« Sie unterbrach sich selbst. »Hey«, murmelte sie schließlich. »Weißt du was? Vielleicht sollte ich genau das machen.« Nachdenklich starrte sie ihr Handy an. »Warum gebe ich dem Ganzen nicht mehr Raum? Die Leute sollen sehen, was los ist!« Sie nickte langsam. »Ich glaube, du hast mich gerade auf die Idee für einen höchstpikanten Post gebracht.« Sie grinste. »Kann ich dich kurz allein lassen?«

Zögerlich nickte ich. »Klar.«

»Toll! Dann schneide ich jetzt ein paar *Dickpics* zusammen.« Viel motivierter, als man bei so einem Satz sein sollte, sprang sie von meinem Bett auf und tänzelte zur Tür heraus – nur um zwei Sekunden später wieder den Kopf hereinzustrecken. »Schnapp sie dir, Tiger!«

Ich zog die Brauen zusammen. »Wen genau meinst du jetzt?«

Sie machte große Augen. »Na, die Magier. Oder Monster. Oder was auch immer es in diesem Spiel so gibt.«

Ein paar Minuten lang hockte ich einfach nur da und lauschte dem Klang ihrer Worte, die in meinem Unterbewusstsein nachhallten. Dann hob ich mein Handy von der Matratze auf und rief die Mail auf, die mir Cindy geschickt hatte. Ich dachte kaum über das nach, was ich tat, als ich darauf antwortete: *Habt ihr noch einen Platz im Team frei?*

Ich bemühte mich, nicht auf eine Antwort zu warten, aber als der Sonntag verstrich und die Nacht über Köln hereinbrach, wurde ich immer unruhiger. Missmutiger. Hoffnungsloser. Ich bekam mein Abendessen kaum herunter und konnte mich den restlichen Abend über weder auf meine Vorlesungsunterlagen konzentrieren noch mich dazu überwinden, mich in MoM einzuloggen und mein Glück bei einem Raid zu versuchen.

Ich hatte mich längst wieder auf mein Bett verkrümelt und lauschte Pia, die mir jede Version ihres Texts für ihren Instagram-Post über *Dickpics* aufs Neue vorlas, als plötzlich mein Handy klingelte.

Mein Herz machte einen Satz. *Linus,* schoss es mir durch den Kopf, als ich das Handy regelrecht von meinem Nachttisch riss – aber die Nummer, die angezeigt wurde, gehörte nicht ihm. Zumindest hatte ich sie nicht gespeichert und ich bezweifelte, dass Linus inzwischen sein Handy vor lauter Frust in den Rhein geworfen und sich ein neues zugelegt hatte. Mit gemischten Gefühlen ging ich ran. »Hallo?«

»Hey, Anne!«, meldete sich eine gut gelaunte Stimme bei mir. »Hier ist Cindy vom *Wolf Pack*.«

Mir stockte der Atem, und mein Verstand drohte sich mit einem Mal auszuknipsen. »Du! Ich meine Hi«, schob ich schnell hinterher.

»Schön, dass du mich …« Ich unterbrach mich selbst. »Hey, woher hast du meine Nummer?«

Eine Sekunde lang blieb es still. »Von dem Formular, das du für deine Bewerbung ausgefüllt hast?«, fragte sie langsam.

Ich blinzelte. »Oh, richtig. Hi.«

»Hi.« Sie lachte leise. »Ich rufe dich an wegen der Mail, die du mir geschrieben hast.«

Sofort versteifte ich mich und griff Hilfe suchend nach meiner Bettdecke. »Mhm.«

»Du hast gefragt, ob wir noch einen Platz im Team für dich hätten. Ich freue mich, dass du noch mal drüber nachgedacht hast.« Sie machte eine Pause. »Es ist nur so, dass wir deinen Platz an einen Nachrücker vergeben haben.«

Ein dumpfes Gefühl des Versagens benebelte meine Sinne, und das Loch in meinem Herzen, das Pia mit ihrem Pep-Talk gerade so wieder hatte flicken können, wurde schnell größer als das in einem Zahn, wenn man zu viel auf Süßigkeiten herumkaute. »Oh.« Das war es dann wohl gewesen. Ich hatte meine Chance gehabt und sie nicht genutzt. Bei Linus. Beim *Wolf Pack*.

»Aber«, fügte Cindy plötzlich hinzu, »wir bräuchten tatsächlich noch jemanden, der Ludwigs Platz im Team einnimmt.«

Mir drehte sich der Magen um. »Was?«, stieß ich hervor. »Ludwig? Was ist mit ihm?«

»Genau das hab ich mich am Mittwoch auch gefragt. Hör zu«, fuhr sie fort. »Ich hab keine Ahnung, was da zwischen euch war, aber das, was ich von ihm erlebt habe … allein schon, wie er dich gepackt und durch die Gegend gezerrt hat!« Sie seufzte. »So gehen wir hier nicht miteinander um. Das war krass unsportliches Verhalten. Und weißt du, wofür das Wort *Sport* in *Wolf Pack E-Sports* steht?«

Meine Augen wurden groß. »Sportliches Verhalten?«

»Goldrichtig!«, tönte Cindy. »Und da wir wissen, dass wir bei dir darauf zählen können, sehen wir uns morgen beim Training!«

»Gleich morgen?«, wiederholte ich ehrfürchtig.

»Gleich morgen. Und am Mittwoch. Und gern auch an allen anderen Tagen, wenn du bei unserer Gruppenfitness mitmachen willst.«

Ich rümpfte die Nase. »Ist das Pflichtvoraussetzung?«

Cindy kicherte. »Nein, Hauptsache, du lieferst in der Arena ab. Ach ja!«, ergänzte sie, bevor ich mich in einem Tagtraum verlieren konnte, in dem ich mit einem Haufen Kerlen Bauch-Beine-Po-Workouts zu schrulliger 80er-Jahre-Musik absolvierte. »Streich dir doch schon mal den zwölften Dezember fett im Kalender an. Da findet unser Freundschaftsspiel gegen Kiel statt.«

Eine Affenhitze brach in mir aus und erschwerte mir das Sprechen. »U-und da soll ich mitspielen?«, krächzte ich und lockerte den Kragen meines Shirts. Das ging schnell. Zu schnell.

Cindy grunzte. »Wenn du dich bis dahin als gut genug erwiesen hast, klar. Ansonsten darfst du die Turnierluft gern von der Ersatzbank aus schnuppern.«

Mir blieb der Mund offen stehen. Die E-Sports-Ersatzbank. Die vielleicht einzige, nach der ich mich nicht sehnte.

»Klingt das okay für dich?«

Mit einem Mal konnte ich sie endlich wieder spüren. Die Energie, die MoM in mir entfachte und bei der ich nur zu bereit war, sie in gleichem Maße wieder zurückzugeben. Für mich. Für Cindy. Das *Wolf Pack*. Und für alle Frauen, die mir dabei zusehen wollten. »Klingt so was von okay.«

Ich hatte es geschafft. In den letzten Jahren hatte ich schier mein ganzes Leben MoM verschrieben. Ich hatte den Absprung schaffen wollen, etwas erreichen wollen. Und jetzt war ich Teil von etwas viel Größerem, von einer richtigen Mannschaft. Vielleicht war das der erste Schritt in eine Zukunft, die viel schöner werden könnte, als ich es mir je ausgemalt hatte.

Und doch konnte ich mich nicht darüber freuen – zumindest nicht so sehr, wie man hätte meinen können. Denn in meinem Herzen klaffte noch immer ein schwarzes Loch, wie es eigentlich nur bei Sensenmännern möglich sein sollte.

Mein Traum war es nie gewesen, den perfekten Mann zu finden. Ich hatte nie nach einer Beziehung gesucht – nicht einmal an diesem verheerenden Tag bei Franz-Josef zu Hause. Und ganz bestimmt hatte ich nicht ausgerechnet bei MoM danach Ausschau gehalten. Aber die schönsten Dinge trafen einen oft dann, wenn man am wenigsten damit rechnete.

Kein Teil von mir hatte mit Linus gerechnet. Ich hatte ihn bekommen und wieder verloren. Und obwohl damit derselbe Zustand wie vor meiner Skull-Ära wiederhergestellt war, fühlte ich mich, als wäre ich weit unter die Zink-Liga meines Lebens zurückversetzt worden.

Ich hatte ihn belogen, ihn verletzt, ihn enttäuscht. Und auch wenn Pia die nächsten Tage damit verbrachte, mir einzubläuen, dass andere Konsolen auch schöne Spieler hatten, konnte ich die Sache einfach nicht auf sich beruhen lassen.

Ich musste mit ihm sprechen, doch mir war klar geworden, dass er das niemals zulassen würde. Noch immer war ich auf jeder Online-Plattform blockiert, auf der er jemals unterwegs gewesen war, und wann immer ich auf dem Campus auch nur annähernd in seine Nähe kam, bauten sich Manu und Ludwig zu einem unüberwindbaren Wall vor mir auf. Einen Wall, den ich nicht einmal mit meinem Ultra-Zauber zu durchdringen vermochte.

Es dauerte mehrere Tage, mehrere Versuche und eine Verzweiflung, die nach und nach das Blut in meinen Adern zu Eis erstarren ließ, bis ich meinen Plan über Bord warf. Linus wollte nicht mit mir reden, und das musste ich akzeptieren.

Aber das bedeutete nicht, dass ich mit *niemandem* reden konnte.

Keine zwei Wochen waren vergangen, seit ich Linus die Wahrheit gesagt hatte. Ich hatte die ersten Trainings mit dem *Wolf Pack* hinter mir und fühlte mich noch immer in keiner Weise für das gerüstet, was noch kommen würde. Die Vorlesungen, mein ganzes Leben war weitergegangen, aber was unsere Beziehung betraf, standen die Uhren immer noch still.

Es war Mittwoch, und weil ich Linus in- und auswendig kannte, wusste ich genau, dass er vormittags zwischen elf und zwölf die Zeit im Aufenthaltsraum totschlug – gemeinsam mit seinen Leibwächtern, natürlich.

Ich verschwand früher aus meinem Seminar, um sie noch zu erwischen, schlüpfte durch den Eingang des Aufenthaltsraums – und stieß beinahe gegen Linus. Ich erschrak mindestens so sehr wie er, und während sich im ersten Moment nur Erstaunen in seinen Augen widerspiegelte, verfinsterte sich seine Miene sofort. Genau wie bei all den anderen Malen, bei denen ich ihm in der letzten Zeit begegnet war.

»Das darf doch nicht wahr sein«, knurrte Ludwig und schob sich sofort zwischen uns. »Kapier es endlich, *Skull!* Er hat keinen Bock auf dich!«

Meine Lippen teilten sich, doch Linus‘ bloßer Anblick drohte mich zu entwaffnen. Ich war ihm schon lange nicht mehr so nah gewesen. Beinahe kam es mir so vor, als würde ich eine Nuance seines vertrauten Geruchs wahrnehmen …

Manu legte ihm eine Hand auf die Schulter und beförderte ihn mit sanftem Druck auf den Gang hinaus.

»Ich sag es dir noch einmal, Schmitt«, grollte Ludwig, und ich sah ihm an, dass es ihm hier nicht nur um Linus, sondern auch um seinen verlorenen Platz im *Wolf Pack* ging. »Halt dich von ihm fern oder –«

»Ich will mit dir reden«, presste ich hervor, bevor er mir wüste Beschimpfungen an den Kopf werfen konnte – und tatsächlich stolperte Ludwig über seinen eigenen Satz und verstummte irritiert.

»Mit mir?« Seine Brauen zogen sich zusammen, als witterte er eine Verschwörung, ein falsches Spiel, ein Ablenkungsmanöver, als wäre ich mein eigener Klon, den ich in den letzten Tagen in meinem Labor herangezüchtet hatte, und würde ihn nur kurz beschäftigen, damit die echte Anne Schmitt in der Zwischenzeit Manu k.o. schlagen und ein paar wertvolle Minuten mit Linus abstauben könnte.

Ich atmete tief durch, aber so sozial inkompetent ich in Situationen wie diesen normalerweise war, fiel es mir jetzt erstaunlich leicht, mich von all den Dingen zu befreien, die sich in letzter Zeit in mir angestaut hatten. »Ich wollte mich entschuldigen. Für das, was beim *Wolf Pack* passiert ist.« Meine Stimme glich einem Krächzen, und ich räusperte mich. »Ich hab gehört, dass du jetzt doch nicht im Kader bist.«

Meine Gedanken überschlugen sich, doch in letzter Sekunde hielt ich mich davon ab, ihm zu sagen, dass sie stattdessen mich genommen hatten. Ich wollte ihn schließlich besänftigen und nicht noch mehr auf die Palme bringen. Vielleicht hatte er es auch schon so herausgefunden, doch falls ja, ließ er es sich zumindest nicht anmerken. Stattdessen wartete er und ließ eine Stille zwischen uns entstehen, die er normalerweise sofort mit fiesen Sprüchen und finsteren Blicken gefüllt hätte.

Ich witterte eine Chance. »Du sollst wissen, dass ich das nicht gewollt habe. Echt nicht. Das, was ich getan habe, war … furchtbar. Was ich Linus angetan habe. Es ist durch nichts zu entschuldigen. Und dass mein Fehler jetzt auch noch Auswirkungen auf dich hatte …« Langsam schüttelte ich den Kopf. »Das war nicht meine Absicht. Schließlich hast du in erster Linie nur gezeigt, dass Linus dein Freund ist. Und dass du ihm ein verdammt guter Freund bist. Es tut mir leid.«

Ein harter Zug bildete sich um Ludwigs Kiefer. Er holte hörbar Luft, stieß sie dann aber aus seinen Lungen, ohne etwas gesagt zu haben. Kaum etwas in seiner Miene regte sich. Es waren Nuancen, bei denen ich mir einbildete, dass meine Worte vielleicht ein klein wenig in ihm ausgelöst haben könnten. Schließlich erlöste er mich: »Okay.«

Das war alles, was er von sich gab, ehe er sich zum Gehen wandte.

Mein Herz verkrampfte sich in seiner Brust. Das hier konnte man wohl als Erfolg bezeichnen, aber es war nicht annähernd das, was ich hatte erreichen wollen. »L-Ludwig?«

Er hielt inne, halb in Richtung Gang gedreht, und sah mich abwartend an. Vielleicht war er nicht mehr rasend vor Wut, aber auch nicht annähernd so wohlwollend, wie ich es mir gewünscht hätte. Natürlich nicht. So sehr ich mich über meinen Platz im *Wolf Pack* freute, so sehr musste es ihn schmerzen, dass ihm die Chance verwehrt worden war.

Daran konnte ich aktuell nichts ändern. Ich musste mich auf die Dinge konzentrieren, die in meiner Macht standen – oder besser gesagt: in seiner Macht.

Unsicher schlang ich die Arme um meinen Oberkörper und schielte in den Gang hinter Ludwig, von dem Manu und Linus längst verschwunden waren. Auf einmal hatte diese Situation etwas Endgültiges an sich. Als wäre es meine letzte Gelegenheit, die Scherben dessen aufzukehren, was ich zerstört hatte.

Ich schluckte. »Würdest du … Linus sagen, dass es mir leidtut?«

Nichts in Ludwigs Miene regte sich, doch er wandte sich mir wieder vollends zu. Hoffnung brachte das Eis in meinen Adern zum Schmelzen, und mein Herz schlug schneller und verriet mehr, wie sehr ich meine Erwartungshaltung in den letzten Tagen heruntergeschraubt hatte. Kein Teil von mir glaubte mir, Linus jemals wieder zurückgewinnen zu können – aber zumindest zu wissen, dass er wusste, dass ich ehrliche Reue empfand, könnte mir dabei helfen, zu heilen. Irgendwann.

Doch als sich Ludwigs Blick wie blaues Feuer in meinen Geist bohrte, dämmerte mir, dass nicht immer alle Träume in Erfüllung gingen. »Wie oft soll ich es dir noch sagen?«, zischte er und beugte sich so weit vor, dass sein Gesicht alles war, was ich noch wahrnehmen konnte. Und seine Worte das Einzige, was ich noch die nächsten Stunden, Tage, Wochen über hören würde, weil sie sich so sehr in mein Gedächtnis einbrannten, dass sie alles andere übertönten: »Halt dich von ihm fern, Schmitt. Du bist für ihn gestorben.«

The show must go on – so wenig ich das auch wollte. Aber der zwölfte Dezember kam rasend schnell. Genauer gesagt, trennten mich von meiner Zusage aus gesehen insgesamt keine vier Trainings davon.

In einem Team mit lauter Männern zu spielen, war nichts Neues für mich. Es kamen ab und an ein paar blöde Sprüche, aber die waren noch weit über der Gürtellinie und schossen ihre Spitzen in alle Richtungen aus, nicht nur gegen mich als Frau. Und ich zahlte es ihnen mit barer Münze heim – wie es eben so war unter Kollegen.

Auch wenn das reguläre Training durch unzählige Online-Sessions und viel zu kurze Nächte ergänzt wurde, die ich mit Cindy und den anderen im Labyrinth von Azerym verbrachte, fühlte ich mich in keiner Weise auf das vorbereitet, was kam.

Nur gut, dass ich nicht im Kader für das Freundschaftsspiel gegen Kiel stand. Wir waren neun Personen auf fünf Plätzen, und das Team hatte sich geschlossen dazu entschieden, die anderen drei Neulinge und mich vorerst zu schonen, damit wir uns das Ganze von außen ansehen und uns an das Wettbewerbs-Feeling gewöhnen konnten.

So weit, so gut.

Problematisch wurde es erst, als ich am Morgen des zwölften Dezembers einen Anruf von Cindy erhielt. »Hallo?«, fragte ich mit vollem Mund, während ich plötzlich so ein ungutes Gefühl bekam, dass mir meine Cornflakes wieder zum Hals rauskommen wollten.

»Heeey«, begrüßte mich Cindy in einem geradezu verdächtigen Tonfall. »Christoph hat sich für heute krankgemeldet. Du müsstest für ihn einspringen.«

Mir blieben meine Cerealien endgültig im Hals stecken. Zehn Sekunden mit einer Mischung aus Husten und Würgen später fragte ich: »Du meinst als … Assistentin? Schiedsrichterin? Getränkehalterin?«

»Als fünfte Spielerin, Trotteline!«, entgegnete sie. »Sei also bitte zwei Stunden früher da und nimm alles mit, was du brauchst. Ciao, ciao!«

Damit legte sie auf. Ich saß einfach nur da, mit dem Mund voller Speichel-Cornflakes, und starrte fassungslos mein Handy an. Dann holte ich tief Luft. »Pia!«

»Um Gottes willen!«, quietschte sie zwei Räume weiter. Das Geräusch einer sich öffnenden Tür ertönte, gefolgt von tapsenden Schritten, und schließlich kam Pia, zwei Handtücher um Kopf und Körper gewickelt, schlitternd neben mir zum Stehen. »Was ist denn los? Ist es abgesagt?« Sie machte sich gar keine Mühe, ihre Hoffnung zu verbergen. Sie hatte sich nur meinetwegen ein Ticket für das heutige Event gekauft – nicht zuletzt, weil ich befürchtet hatte, ganz allein ohne Begleitung im Publikum sitzen zu müssen. Aber das hatte sich jetzt erledigt.

Mein ganzer Körper begann zu kribbeln, und meine Lippen fühlten sich taub an, als ich sagte: »Nicht ganz. Ich soll spielen.«

Pia schaffte es gleichzeitig, sich sichtlich zu entspannen und enttäuscht dreinzublicken. »Ach so. Na dann.« Sie zuckte die Achseln. »Cool.«

»Cool?«, wiederholte ich und stand auf. »*Cool?* Das ist … der absolute …« Ich war mir nicht sicher, ob ich *Wahnsinn* oder *Horror* sagen wollte, und ließ es einfach bleiben.

Sie blinzelte. »Und … was soll ich jetzt machen?«

Aus großen Augen sah ich sie an. »Du musst mir unbedingt sagen, was ich anziehen soll.«

Sie verlor die Kontrolle über ihre Mimik. »O mein Gott«, hauchte sie. »Meine Zeit ist endlich gekommen!« Ehe ich michs versah, war sie schon herumgewirbelt und auf ihren immer noch feuchten Füßen aus dem Raum gerutscht.

Ich folgte ihr deutlich langsamer und darauf bedacht, nicht mit meinen Socken in ihre nassen Fußabdrücke zu treten, während ich mich fragte, ob ich meine Bitte vielleicht bereuen sollte. Ich hatte schließlich keine Ahnung, auf welche Ideen Pia so kommen würde.

Ich bog um die Ecke und betrat mein Zimmer genau in dem Moment, in dem sich Pia vor meinem Kleiderschrank umdrehte und mir ein schwarzes T-Shirt hinhielt. Es war das mit Stitch darauf. »Das hier«, tönte sie. »Ich finde, du solltest das hier anziehen.«

Ein Zucken ging durch meine rechte Braue. »Verarschst du mich?«

»Nein.« Hoch erhobenen Hauptes stolzierte sie auf mich zu und hielt es mir hin. »Dieses Shirt bist einfach du. Mehr als jedes andere. Und wer sonst würdest du heute Abend sein wollen, wenn nicht du selbst? Ganz bestimmt kein blöder Sensenmann!«

Unsicher nahm ich das Shirt entgegen. »Ehrlich gesagt spiele ich immer noch einen.«

»Du weißt schon, was ich meine!« Sie lächelte triumphierend. »Es ist ganz einfach. Dieses Shirt, eine Hose, die nicht am Arsch gerissen ist – fertig.«

»Jetzt schrauben wir die Ansprüche aber ganz schön runter«, murmelte ich, doch als ich ein paar Stunden später in genau dieses Outfit schlüpfte, fühlte ich mich mehr als bereit.

Es überraschte mich, dass Pia ihren Sold nicht für abgegolten erklärte und mich trotzdem zum Match begleitete – und das auch noch zwei Stunden vor dem eigentlichen Beginn. Das Spiel fand in einer mittelgroßen Halle statt, in der für gewöhnlich kleine Konzerte oder Comedy-Auftritte abgehalten wurden. Auf der Bühne hatte man das Set-up für uns Spieler aufgebaut, und dort, wo sich normalerweise Parkett und Bestuhlung befanden, lagerte alles Erdenkliche an Technik. Von Kameras über Mikrofone bis hin zu einem waschechten Mischpult.

Pia und ich waren schon vor mehreren Minuten auf der gegenüberliegenden Seite der Bühne eingetreten und hatten von da an keinen Schritt weiter gemacht. Ich war einfach nur erschlagen von den bunten Lichtern, die auf der Bühne ausgetestet wurden. Von der kämpferischen Musik, die bereits aus ein paar Lautsprechern dröhnte. Den zwei mal fünf Gaming-Plätzen, die in einer langen Reihe auf uns warteten, alle mit Blick auf das Publikum, sofern dieser nicht am Bildschirm klebte. Die Aussicht allein sorgte dafür, dass mir der kalte Angstschweiß ausbrach und mein Puls ins Unermessliche anstieg.

»O. Mein. Gott«, hauchte ich. »Ich kann das nicht. Ich kann das so was von gar nicht.«

»Du bist doch schon hier, also hab dich nicht so.« Damit packte mich Pia am Handgelenk und zerrte mich einfach hinter sich her. Wir bewegten uns zwischen den paar Stühlen hindurch, die sie auf dem Parkett übrig gelassen hatten und als VIP-Bereich markiert worden waren. Hier saßen unsere Ersatzspieler, die Begleitpersonen der Teams und angeblich auch irgendwelche hochrangigen Funktionäre der Hochschulen und Gaming-Szene. Falls die kamen. Ich glaubte eher nicht. Schließlich war dies nur ein Freundschaftsspiel. Die Messlatte lag nicht besonders hoch.

Wenn auch hoch genug, um meine Beine mit jedem Schritt schwerer werden zu lassen. *Ich kann das nicht*, schoss es mir immer wieder durch den Kopf. *Ich kann das nicht. Ich kann das nicht.*

Als wir gerade so die Bühne hinaufgeklettert waren, blieb mir fast das Herz stehen. Nicht, weil etwas passiert oder ich gestolpert wäre. Sondern weil mir mit einem Schlag bewusst wurde, dass ich auf meinen Platz starrte. Auf *meinen* Platz. Der, der sich ganz rechts außen im *Wolf-Pack*-Bereich der Bühne befand. Und der mit *Mr. Skull* ausgeschildert war. Niemals hätte ich gedacht, eines Tages so etwas zu sehen, und der Anblick erfüllte mich mit brennendem Stolz.

Cindy hatte mich gerade so auf Silber (64) hinaufgeprügelt. Ich war mit Skull noch nicht so weit gekommen wie damals mit Fontana. Für die Gold-Liga hatte es bisher nicht gereicht. Und doch hatte es für *das hier* gereicht. Für die Tatsache, dass da mein Name stand und mein Equipment aus dem Trainingsraum aufgebaut worden war. Es war …

Es war wie ein Traum, den ich nie zu träumen gewagt hatte und der jetzt trotz allem in Erfüllung ging.

Ab diesem Augenblick begann sich alles wie ein einziger, langer, vielleicht auch etwas wirrer Film anzufühlen. Ein Film, der mal schneller, mal langsamer abgespielt wurde, mal lauter, mal leiser. Aber ganz gleich, was sich veränderte, ich erlebte jede Sekunde mit jeder Faser meines Körpers.

Cindy fand uns auf der Bühne und holte uns nach hinten, wo sich Pia am Spieler-Büfett bediente und meine Teammitglieder offenbar auf ihre Dating-Tauglichkeit überprüfte. Unser Coach sprach mit uns über das anstehende Match, ging mit uns unsere Fortschritte der letzten Trainings durch und … irgendwie artete die Besprechung dann in eine brandheiße Diskussion darüber aus, mit welchem Outfit ein Trollkrieger einen Schönheitswettbewerb gewinnen könnte.

Was auch immer.

Die Zeit verging furchtbar schnell, und plötzlich war es 18:15 Uhr – nur noch eine Dreiviertelstunde bis zum Beginn des Matchs. Wir würden insgesamt bis zu fünf Duelle gegen Kiel bestreiten. Wer drei für sich entschied, trug den heutigen Sieg nach Hause. Die Arena wäre jedes Mal eine andere, und wir wussten nicht, was uns erwartete. Mit jeder Minute, die verstrich, konnte ich spüren, wie die Anspannung im *Wolf Pack* wuchs.

Cindy und die anderen zeigten mir den Livestream, in dem man bereits anfing, vom Spiel zu berichten, beispielsweise mit einer Übersicht der Teammitglieder, die heute an den Start gingen. Unsere echten Namen wurden genau wie auf der Mannschafts-Website und in allen öffentlichen Informationen nicht erwähnt, weil sie keine Rolle spielten. Stattdessen wurde nur das Wichtigste eingeblendet, so zum Beispiel:

Meisterdieb, Seelenwächter, Gold (74)

ChaosQueen3000, Ork, Gold (75)

*_Mr_Skull_*, Sensenmann, Silber (64)

Obwohl es noch lange nicht so weit war, trudelten schon die ersten Live-Kommentare ein, und ich konnte nicht anders, als an meinem Handy zu kleben und sie zu scannen.

Das wird der Hammer!

Stehen gerade am Einlass.

ChaosQueen haut alle im Alleingang weg

Mit 2 frauen kann das ja nix werden.

Ich hielt inne, und meine Augen weiteten sich. Der Kommentar war schon ein Stück nach oben gerutscht, und ich berührte die Spalte mit dem Finger, damit sie sich nicht weiter weg bewegte.

Mit 2 frauen kann das ja nix werden.

Und dann auf einmal sah ich sie. Denn sie waren überall. Die Beleidigungen und Angriffe.

Pussy-team

immerhin gibt es was zu sehen

ich hoffe, chaosqueen hat wieder diesen kurzen rock an

»mr.« skull weis schon warum sie nen männernamen genomen hat! einfach nur peinlihc!!

Mein Schädel wurde heiß, während es mir eiskalt den Rücken runterrann. Da waren sie. Es fühlte sich so an, als hätte ich nur auf sie gewartet, aber nicht im positiven Sinne. Es war eher, als hätte ich mit dem Kopf in einer Guillotine gesteckt, ehe das Eisenbeil nun endlich heruntergestürzt war. Und obwohl da so viele andere Kommentare waren, konnte ich auf einmal nur noch diese sehen.

Plötzlich fühlte ich mich kraftlos. Machtlos. Unfähig. Denn mein größer Feind würde später nicht am Nebentisch sitzen. Wie sollte ich mich ihm dann stellen?

Ich kann das nicht.

Dreißig Minuten vor Beginn des Matchs machte Pia Anstalten, sich aus dem Backstage-Bereich zu verziehen und ihren Platz zu sichern. Doch als sie durch den Vorhang schlüpfen wollte, wirbelte sie plötzlich zu mir herum. »Hey, komm mal her!«, raunte sie mir zu. »Das ist der Hammer!«

Ich hatte mir gerade so ein belegtes Mini-Brötchen halbherzig in den Mund geschoben, obwohl ich vor lauter Nervosität nicht genug Speichel zusammenbekam, um es auch nur einigermaßen kauen zu können. »Hm?«, presste ich irgendwie zwischen Gürkchen und Zähnen hervor.

»Komm schon!« Wieder schnappte sie sich mein Handgelenk und zog mich einfach auf die Bühne.

Mich traf fast der Schlag. Ich hatte durch den Vorhang gehört, dass allmählich Leben in die Halle kam – aber ich hatte nicht mit den Menschenmassen gerechnet, die sich gerade auf den Weg zu ihren Plätzen machten. Während mir der Saal vorhin noch geradezu mickrig vorgekommen war, sah es jetzt so aus, als würde sich die halbe Weltbevölkerung hier versammeln, um mich versagen zu sehen.

Ähm … um mich spielen zu sehen.

Ich kann das nicht. Ich kann das nicht.

Irgendwie schluckte ich das Brötchen in wenigen Bissen runter und spürte seinen schmerzhaften Weg nach unten, als es sich wie ein Tannzapfen durch meine Speiseröhre zwängte. »O mein Gott«, flüsterte ich.

»Der Wahnsinn!«, verstand mich Pia völlig falsch und schirmte ihre Augen mit einer Hand ab, um sich umzusehen. »Was meinst du, wie viele hier reinpassen? Fünfhundert? Tausend?«

In diesem Augenblick wünschte ich mir, ich hätte das Talent, auf Knopfdruck in Ohnmacht fallen zu können. Das passierte allerdings nicht. Stattdessen klingelte mein Handy, das ich irgendwann in den letzten Minuten in meine Arschtasche gesteckt hatte, weil ich nicht gewusst hatte, wohin damit.

Mein Magen schrumpelte zu einer winzigen Kugel zusammen, als ich es herauszog. Wahrscheinlich war das nur wieder meine Mutter, die immer noch nicht so ganz kapierte, warum mir auch nur ein anderer Mensch beim Computerspielen zusehen wollen sollte, aber die trotzdem stolz auf mich war. Ich beachtete das Display kaum, als ich ranging, weshalb ich zu spät sah, dass darauf alles andere als *Mom* angezeigt wurde.

Sondern *Linus.*

28. KAPITEL
CREDITS

Das Handy auf halbem Weg zu meinem Ohr, erstarrte ich am ganzen Körper. Das durfte nicht wahr sein. Nicht jetzt. Nicht hier. Nicht nach all den Wochen. War das Zufall oder Schicksal?

Der allgegenwärtige Lärm – ein Mix aus Musik, Stimmen und einem Scheppern, das irgendwo hinter der Bühne ertönte – wurde plötzlich so durchdringend, dass ich Linus wahrscheinlich nicht mal dann gehört hätte, hätte er lauthals in den Hörer geschrien. Falls er überhaupt irgendetwas sagte. Schließlich hatte ich mich noch nicht einmal gemeldet.

Ich schluckte angestrengt und presste irgendwie hervor: »H-hallo?«

Ich hörte nichts. Ich hörte absolut nichts, und die bloße Gewissheit legte plötzlich den Hebel meines Anne-Notstromaggregats um. Mit einem Mal ging die Glühbirne in meinem Hirn wieder an, und ich erwachte zu neuem Leben. »W-warte!«, bat ich und ließ Pia auf der Bühne stehen. Schnell huschte ich hinter den Vorhang, schob mich an meinen Mitspielern, dem Büfett und Kiel vorbei und verschwand in Richtung Garderobe. Ich parkte dort nur meinen Rucksack, während Cindy noch zwei Outfits für *während* und *nachher* verstaut hatte. Offenbar musste ich noch viel lernen.

»O-okay«, hauchte ich und war gleichzeitig fest davon überzeugt, dass ich mir den ganzen Anruf nur einbildete. »Ich bin da. Äh … ich meine, ich kann jetzt wieder was hören. Ich meine«, stieß ich mit meinem letzten Sauerstoff hervor, »hier ist es ruhiger.«

So ruhig, dass ich Linus am anderen Ende einatmen hörte. Ich wusste nicht, womit ich rechnen sollte. Wollte er mich wieder anschreien? Mich verurteilen? War ihm noch ein pikantes Detail meines doppelten Spiels aufgefallen, das er mir jetzt vorhalten wollte? Was auch immer es war, ich war nicht bereit dafür. Genauso wenig, wie ich bereit für dieses Match war.

»Hi.«

Hi. Das war alles, was er sagte. Ein einziges Wort, eine einzige Silbe, mit der er eine Bombe der Unsicherheit in meinem Inneren explodieren ließ.

Ich stockte, bekam kaum Luft. »Hi.«

»Sorry«, fuhr er langsam fort, als müsste er sich über jedes Wort den Kopf zerbrechen. »Ich will dich nicht stören bei … was auch immer du gerade machst.« Ich hatte ihn in den letzten Wochen auf dem Campus nur aus weiter Ferne gesehen und seine Stimme nicht mehr gehört, seit er den Voicechat verlassen hatte. Es fühlte sich so unwirklich an, jetzt mit ihm zu reden. »Ich wollte dich eigentlich nur fragen …« Er hielt inne. »Heute Abend spielt das *Wolf Pack* gegen Kiel. Genauer gesagt in« – Pause – »einer halben Stunde. Ich hatte zwei Karten besorgt, aber Manu hat doch keine Zeit und Ludwig will nicht mitkommen aus … Gründen«, umschrieb er dessen Rausschmiss galant. »Ich dachte, vielleicht hast du ja Lust, mit mir hinzugehen, ganz unverbindlich, und … zu reden. In welcher Reihenfolge auch immer. Ist kurzfristig, ich weiß. Aber falls du nichts vorhast …«

Die Trümmer meiner Seele, die von der Explosion gerade eben zurückgeblieben waren, wurden unversehens von einem wilden Tornado in die Luft gehoben und in alle Richtungen durcheinandergewirbelt. Da waren Hoffnung und Angst. Freude und Verzweiflung. »Ich kann nicht.«

Stille. Dann: »Oh. Ja. Klar. Ich verstehe.« Er holte tief Luft. »Ich bin derjenige, der sich nicht gemeldet hat. Das … das tut mir leid. Ich musste erst einmal -« Er brach ab. »Ach, ist ja auch egal. Ich wollte wirklich nicht stören.«

Sein bloßer Tonfall drohte mich innerlich zu zerreißen. »Warte! Stopp!«, flehte ich ihn an. Er wusste es nicht. Wusste nicht, wie maßlos verhindert ich heute Abend war. Ich war so kurzfristig in die Auswahl gekommen, dass mein Name wahrscheinlich nicht mal auf der Website stand. »Ich kann wirklich nicht, weil ich gleich selbst *spielen* werde!«

»W-was?«, entwich es ihm. »Du … spielst beim *Wolf Pack?* Aber –« Er stockte, und ich konnte förmlich hören, wie es klick machte. »Ach. Natürlich. Ludwig hat mir erzählt, dass er dich dort gesehen hat. Bevor sie ihn wieder ausgeladen haben …«

»Ja … ähm.« Ich räusperte mich. »So ergibt auf einmal alles einen Sinn, was?« Ein nervöses Lachen schlüpfte zwischen meinen Lippen hindurch, ehe ich es aufhalten konnte. Ich hatte immer noch ein schlechtes Gewissen deshalb – aber wie so oft war ein schlechtes Gewissen der Nährboden für feste Entschlossenheit. Ludwig war ein guter Spieler. Deshalb hatte das *Wolf Pack* ihn überhaupt erst ausgewählt. Und wenn ich jetzt hier mit Linus stehen und normal mit ihm reden konnte, dann könnten Ludwig und ich vielleicht auch über das hinwegsehen, was passiert war. Spätestens dann, wenn wir das Spiel heute gewännen und ich den Endorphinrausch der anderen ausnutzte, um ein gutes Wort für ihn einzulegen. Es fühlte sich richtig an.

»Okay.« Linus klang so, als müsste er die Info erst noch verarbeiten, dass ich jetzt Teil der Mannschaft war. »Okay, dann bist du sicher aufgeregt. Ich will dich nicht auch noch ablenken. Also dann –«

»Nein!« Das pure Adrenalin schoss durch meine Adern beim bloßen Gedanken daran, jetzt einfach aufzulegen und so zu tun, als wäre nichts gewesen. Die Ablenkung war schon da. Alles, was ich noch unternehmen konnte, war, sie zu lindern. Nicht zuletzt, weil ich das Gefühl hatte, dass wir uns für immer verlieren würden, sollten wir jetzt auflegen. »Bitte.« Ich schloss die Augen. »Bitte sag mir, worüber du hättest reden wollen, wenn ich als Zuschauerin mitgekommen wäre.«

»Ach«, wehrte er ab – und zögerte. »Es … war nichts Spezielles. Ich …« Wieder unterbrach er sich, und ich konnte mir vorstellen, wie viel lieber es ihm gewesen wäre, jetzt in einem schriftlichen Chat mit mir zu stecken. Aber das hier war verbal, in Echtzeit und ohne Verzerrer jeglicher Art. Welche Nachricht auch immer er mir übermitteln wollte, er konnte sie nicht nach der Hälfte wieder löschen. Schließlich gab er sich einen Ruck. »Das war wirklich starker Tobak, Anne. Ich war überfordert. Hast du ja gemerkt. Und … ich will wütend sein. Und enttäuscht. Aber das kann ich nicht, weil ich dich verdammt noch mal vermisse und ich …« Er geriet ins Stocken, dann brach er endgültig ab.

Meine Unterlippe begann zu zittern wie Espenlaub, und meine Sicht verschwamm. Eine ungeahnte Wärme stieg in mir auf und vermischte sich mit der kalten Verzweiflung, die seit Wochen mein stetiger Begleiter gewesen war. »Wirklich?«, flüsterte ich und war mir nicht mal sicher, ob er es hören konnte.

»Wirklich«, antwortete er kraftlos. »Wirklich, wirklich.«

»Anne!«, rief Cindy, die mit einem Knall durch die Garderobentür brach. »Wo bleibst du denn? Wir müssen jetzt zur Ankündigung auf die Bühne!«

»Scheiße«, stieß ich hervor, und mein Herz zerriss in zwei dicke, ungleiche Hälften. »Linus …«

»Schon gut, ich hab's gehört«, wehrte er ab. »Konzentrier dich. Du packst das.«

Ich rang mir ein Lächeln ab. »Ich spiele heute als Mr. Skull«, sagte ich zaghaft und in der festen Gewissheit, dass ich mich auf dünnem Eis bewegte. »Wenn du kommst, kannst du uns beiden zusehen.«

Was ich dann von ihm hörte, hätte sowohl ein verächtliches Schnauben als auch ein ersticktes Lachen sein können, das mein Herz verräterisch höherschlagen ließ. »Viel Glück, Lilo.«

Und damit ging der Film einfach weiter. Wo ich es eben geschafft hatte, zumindest für einen kurzen Moment auf die *Stopp*-Taste zu drücken, sprang ich jetzt förmlich von Szene zu Szene. In einem Augenblick stand ich noch in der Garderobe, im nächsten auf der Bühne neben Cindy und acht anderen Spielern, blinzelte gegen das grelle Licht an und sog den Anblick der vielleicht fünfhundert, vielleicht tausend Menschen in mich auf, die an diesem Abend hierhergekommen waren, nur um uns zu sehen – oder womöglich hatten sie auch Kaya Yanar sehen wollen und sich im Tag geirrt.

Ich bekam die offizielle Ankündigung kaum mit, genauso wenig wie den Jubel, als die einzelnen Mitglieder beider Teams auf die Bühne traten und vorgestellt wurden. Das ganze *Wolf Pack* trug mitternachtsblaue Jerseys mit unserem Logo sowie den Sponsoren darauf, und doch brachte jeder von uns seinen ganz eigenen Stil ein. Cindy hatte sich für eine Variante mit Reißverschluss entschieden, die sie offen trug, damit die Welt das schrille Kleid sehen konnte, das sie darunter angezogen hatte. Die anderen kamen teils in Jogginghosen, teils in Designer-Outfits. Ich hatte nur eine langweilige, immerhin ausnahmsweise fleckenfreie Jeans angezogen, aber der Wolfskopf auf meiner Jacke reichte aus, um mich bereits jetzt wie ein vollwertiges Mitglied des Teams zu fühlen.

Auch jetzt wurde mein echter Name nicht zur Sprache gebracht. Für alle Anwesenden war ich einfach nur Mr. Skull. Zum ersten Mal in meinem Leben erschienen beide meiner Persönlichkeiten gleichzeitig auf der Bildfläche.

»Bist du nervös?«, drang Cindys Stimme wie aus weiter Ferne an meine Ohren.

Ich wagte es kaum, den Blick vom Publikum zu reißen, und nickte mit einem dicken Kloß in meinem Hals. »Bin ich wirklich schon soweit?«, raunte ich. »Ich glaube, ich bin noch nicht soweit.«

»Du wirst es nie wissen, wenn du es nicht versucht hast.« Ich spürte ihre Hand auf meiner Schulter. »Hab keine Angst vorm Verlieren, Anne. Jeder von uns verliert immer wieder mal. Jeder von uns ist schon mal in die Zink-Liga abgestürzt. Aber weißt du, was die wahren Gewinner von allen Verlierern unterscheidet? Was das Geheimnis hinter ihrem Sieg ist?«

Langsam drehte ich den Kopf in ihre Richtung, und meine Nervosität wuchs ins Unermessliche. »Was denn?«, fragte ich mit rauer Stimme und wie wild klopfendem Herzen.

Cindy schenkte mir ein selbstsicheres Lächeln. »Diejenigen, die eines Tages als Sieger in die Geschichte eingehen, sind diejenigen, die nach jeder Niederlage weitergemacht haben. Die Verlierer haben aufgegeben. Bist du eine Verliererin, Anne? Gibst du schon auf, bevor das Spiel überhaupt begonnen hat?«

Sie sprach über MoM, aber ich konnte an nichts als Linus denken. Auf einmal flachte meine Anspannung ab, und eine seltsame Ruhe überkam mich, wie man sie wohl nur empfinden konnte, wenn man das eigene Leben endlich aus klareren Augen sah. Ich warf einen prüfenden Blick auf Stitch, und auf einmal ergab alles einen Sinn. »Nein. Niemals.«

Das erste Duell erlebte ich wie einen Fiebertraum. Eine meiner Gehirnhälften war Mr. Skull gewidmet, die andere Anne. Während erstere einen Feuerball nach dem anderen erzeugte, dachte Letztere über das Telefonat mit Linus nach. Während die eine die Flucht quer durch die Dschungelarena ergriff, bevor sie von einem Hinterhalt aus Kiel ausradiert werden konnte, konzentrierte sich die andere ganz auf das Herzklopfen, das der bloße Klang von Linus' Stimme in ihr ausgelöst hatte. Während sich die eine im letzten Moment in den erlösenden Radius eines Heilzaubers warf, kämpfte die andere die Zweifel und die Reue herunter, die wieder in ihr aufzusteigen drohten. Während Mr. Skull alles dafür gab, seinem Team zum Sieg zu verhelfen, fragte sich Anne, ob es wirklich möglich sein konnte, dass sie trotz allem, was passiert war, und trotz all der Fehler, die sie begangen hatte, doch noch *beides* bekommen könnte.

Es grenzte an ein Wunder, dass alles funktionierte – zumindest jetzt, im Spiel. Mein Team und ich kommunizierten nonstop. Ganz ohne Chat oder Voicechat, bewegten sich unsere Lippen unentwegt, um Befehle oder Warnungen auszusprechen. Immer wieder fiel mein Blick auf die winzige Kamera an meinem Screen, die ab und an mein konzentriertes Gesicht auf die übergroßen Bildschirme in der Halle übertrug, und der Gedanke daran, dass Linus mir vielleicht gerade eben in die Augen sah, drohte mich mehr als einmal aus der Fassung zu bringen.

Nichtsdestotrotz endete das Duell mit einem knappen Sieg für uns, und im Nachhinein hatte ich keine Ahnung mehr, wie wir das fertiggebracht hatten. Das Erste, was ich wieder aktiv wahrnahm, war Cindy, die mir um den Hals fiel, und dann, wie wir uns für die Fünfzehn-Minuten-Pause hinter die Bühne verzogen.

Eine Pause, in der meine Anne-Seite ruckartig die Kontrolle an sich riss.

Ich wollte es. Ich wollte *beides.* Unbedingt.

Ich war gerade so im Backstage-Bereich angekommen, halbherzig pinkeln gegangen und hatte dann einen halben Liter Wasser auf ex runtergestürzt, als ich hektisch Linus' Nummer wählte. Es dauerte drei, vier elendige Signaltöne, bis ich endlich wieder seine Stimme hören konnte: »Hallo?«

»Bist du da?«, fragte ich hastig. »Bist du in der Halle?«

»J-ja, ich hab –«

»Ich muss dich sehen!«, stieß ich hervor. »Ich muss dich sehen, jetzt, bitte!«

»Okay«, lenkte er sofort ein. »Aber ich weiß nicht, ob sie mich hinter die Bühne lassen werden.«

»Dann auf dem Gang.« Ich schlüpfte durch den Vorhang und sprang mit dem Handy am Ohr von der Seite der Bühne. »Ich geh jetzt da vorne raus und du dort, wo du bist, und dann treffen wir uns in der Mitte.«

»O-okay«, antwortete er erneut, deutlich gehetzter diesmal. »Aber du hast nur noch elf Minuten …«

»Die müssen reichen. Und wenn nicht, habe ich später noch mal fünfzehn Minuten. Und dann wieder«, zählte ich auf. »Und dann wieder.«

Ich stürzte zwischen den beiden Blöcken aus Stühlen vorbei und durch die Tür. Die Platzanweiser oder Security-Leute oder beides ließen mich einfach so passieren, und ich hoffte, dass sie sich auf meinem Rückweg daran erinnern würden, dass ich auf die andere Seite gehörte.

Die nächsten Minuten waren ein verschwitztes und panisches »Wo bist du?«, das wir einander immer wieder wie einen Tischtennisball zuspielten, während ich einen Gang entlang, an mehreren Toiletten und einem Snack-Stand vorbei und schließlich eine Treppe nach oben rannte – nur um Linus erst zu bemerken, als ich schon beinahe in die entgegengesetzte Richtung davongelaufen wäre.

Mein Herz setzte einen Schlag aus. »Linus!« Obwohl ich ihn erst neulich gesehen hatte, kam er mir verändert vor. Waren seine Haare länger geworden? War das schicke blaue Hemd, das er da trug, neu? Oder lag es nur an der Unsicherheit, die seine Miene zierte, als er langsam die Distanz zu mir überbrückte?

Obwohl er derjenige gewesen war, der ursprünglich hatte reden wollen, schien er jetzt den größten Respekt vor dem zu haben, was in den nächsten Minuten geschehen würde. Immerhin war er weniger von der Rolle als ich und beendete zur Vollständigkeit das Telefonat, als wir voreinander angekommen waren.

»Hi«, keuchte ich. »Da bist du ja!«

Er warf einen besorgten Blick auf seine Handyuhr. »Du hast noch acht Minuten, Anne. Das wird echt knapp.«

»Das ist nicht dein Problem, sondern meines!«, wehrte ich ab und versuchte krampfhaft, wieder zu Atem zu kommen, damit ich die nächsten acht Minuten nicht damit verbringen müsste, ihn vollzustöhnen. »Ich …« Ich straffte die Schultern, was mir das Atmen etwas leichter machte. »Ich wollte mich noch mal bei dir entschuldigen.« Jetzt, wo ich mir sicher war, dass er mir zuhören würde. »Ich wollte es dir schon viel früher sagen, aber ich wusste einfach nicht wie. Ich hatte Angst davor, wie du reagieren würdest. Ich hätte dir sagen sollen, wer ich wirklich bin, bevor ich mich ins Kloster gemogelt habe. Von vornherein mit offenen Karten spielen. Aber ich …« Ich geriet ins Stocken. »Ich hatte Angst. Nicht vor dir!«, beteuerte ich auf seinen irritierten Blick hin. »Sondern vor …« Mir fiel etwas ein. »Weißt du noch? Holla, die Waldfee?«

Linus grunzte belustigt, doch dann erhellte sich seine Miene. »Ja, schon. Aber was …?« Seine Worte blieben in der Luft hängen, und er zog die Brauen zusammen. »Ich glaube, ich weiß, worauf du hinauswillst.«

Erleichterung machte sich in mir breit. »Er war nicht der Einzige, der so etwas abgezogen hat. Ehrlich gesagt habe ich manchmal das Gefühl, dass es mehr von seiner Sorte gibt als … gute Menschen.« Menschen wie er.

Ein harter Zug bildete sich um Linus' Kiefer. »Ich hab die Kommentare gesehen. Im Livestream. Es tut mir leid, dass es so viele Vollidioten da draußen gibt, die glauben, es wäre in Ordnung, sich so zu verhalten.«

»Das ist mein Leben, Linus.« Ich konnte förmlich spüren, wie mir meine verbleibende Zeit durch die Finger rann. »War es schon immer, bis ich irgendwann genug hatte. Mit Skull hatte ich gerade erst ein neues, richtiges Leben bekommen. Ich wollte es nicht sofort wieder aufs Spiel setzen für ...«

»... einen Kerl, den du kaum kennst«, spann Linus meine Gedanken weiter.

Mein Mund klappte zu, und ich nickte. »Und dann habe ich dich kennengelernt. *Musste* dich einfach kennenlernen, weil ich dachte, es ist zu schön, um wahr zu sein. Aber dann war es einfach nur schön. Und wahr ... und zu spät.« Ich schlang die Arme um meinen Oberkörper. »Das soll keine Entschuldigung sein. Es macht nichts besser, das weiß ich. Aber ich *fühle* mich zumindest besser, wenn du die ganze Geschichte kennst.« Na ja, zumindest einen Teil davon. Das mit Pias Zimmer würde ich mir wohl bis zum bitteren Ende aufsparen.

Linus hatte die Hände in seine Hosentaschen geschoben und trat von einem Fuß auf den anderen. »Was soll ich sagen?«, fragte er vorsichtig. »Es war wirklich viel zu verdauen.« Dann sah er mich direkt an. »Aber ich *kenne* dich. Du bist einfach Anne. Und das sind wohl ...« Er zog die Schultern hoch. »... Dinge, die sich im Leben einer Anne so abspielen.«

Ich unterdrückte ein Seufzen. »Du hast ja keine Ahnung«, murmelte ich und fragte mich unwillkürlich, wie es Biologie-Anne in den letzten Monaten ergangen war.

Langsam wirkte er, als würde er sich wieder wohler in seiner Haut fühlen. »Ein Teil von mir hat es irgendwie geahnt, weißt du?«

Verblüfft blinzelte ich. »Ach ja? Was hat mich verraten?«

Er lächelte leicht. »Na ja, immer wenn du dich erschreckt hast oder wütend warst, hast du gekreischt wie ein Mädchen.«

Meine Schultern sackten herab. »Oh.« Unsicher rieb ich mir über den Arm. »Da muss ich wohl das Geld für meine Software zurückverlangen.«

Linus grinste mich an. »Nein, *die* hat ihren Job gut gemacht! Du hast versagt.«

Ich schnaubte belustigt. »Na, vielen Dank auch!«

Er lachte leise, wurde dann jedoch wieder ernst. »Wie soll ich sauer auf dich sein, Lilo? Wie soll ich wütend sein, wenn du so ablieferst wie heute?«

Tat ich das? Na, wenn er das sagte.

Er machte eine ausschweifende Handbewegung. »Ich bin verdammt stolz auf dich, dass du es so weit gebracht hast. Genauer gesagt bin ich stolz auf *Mr. Skull*«, korrigierte er sich gelassen. »Daran, dass du da oben Maus und Tastatur bedienst, muss ich mich noch gewöhnen.« Er schmunzelte leicht. »Weißt du … Ich dachte mir ständig: *Das Einzige, was es noch besser machen würde, wäre es, wenn sie MoM spielen würde … oder wenn sie* Avatar *mögen würde,* aber das kam mir dann doch zu abwegig vor.«

Ich kicherte. »Viel zu abwegig!«

Linus warf einen nervösen Blick auf seine Uhr, als befürchtete er, jemand würde ihm seinen *oder mir meinen* Platz wegnehmen, wenn wir hier noch länger Wurzeln schlugen.

Mein Magen krampfte sich zusammen. Ich war noch nicht soweit. Aber so was von gar nicht. Wenn ich jetzt zum zweiten Duell zurückkehrte, würde ich mich vor Anspannung eher selbst in Brand stecken als meine Gegner – und zwar schlimmstenfalls mich auf der Bühne, nicht Mr. Skull.

Ich befeuchtete meine Lippen. »Also, was …? Was heißt das jetzt?«

Linus blickte drein, als würde er die Antwort auf diese Frage selbst nicht kennen. Dennoch begann er zu sprechen: »Ich hab Mr. Skull wirklich gemocht. Und ich mag dich auch.« Damit nahm er meine Hände in seine. »Wirklich. Und wenn jetzt aus zwei Personen eine werden …, muss ich mir zumindest keine Gedanken mehr machen, wie ich meine Zeit einteile.«

Ein dicker Kloß bildete sich in meinem Hals, als ein zögerlicher Schwarm Schmetterlinge aus dem Winterschlaf in meiner Magengrube erwachte. Ich schluckte merklich. »Bist du dir sicher?«, fragte ich mit belegter Stimme. »Ich bin echt verkorkst. Das müsstest sogar du doch inzwischen kapiert haben.«

Zärtlich drückte er meine Hände, und ich drohte mich in seinen braunen Augen zu verlieren. »Du bist einfach nur du, Lilo, mit all deinen Ecken und Kanten«, raunte er mit sanfter Stimme. »Und für mich bist du immer noch der Hauptgewinn.«

Ich wusste nicht, wer von uns beiden den Anfang machte. Es fühlte sich an wie eine Standard-Tastenkombination, die wir so verinnerlicht hatten, dass wir sie vollautomatisch betätigten, im richtigen Moment, perfekt aufeinander abgestimmt. Linus zog mich in seine Arme, während ich meine um seinen Hals schlang, sodass unsere Lippen auf halber Strecke aufeinandertrafen.

Das Loch in meinem Herzen, das ich mit MoM zu flicken versucht hatte, wurde mit einem Mal mit Glückseligkeit gefüllt. Ein wohliges Prickeln breitete sich auf meiner Haut aus, als ich Linus so nah war wie lange nicht mehr. Ich sog tief seinen vertrauten Geruch ein und wünschte mir einmal mehr, den Film anhalten zu können, der mich durch so viele Ups und Downs geführt hatte, nur um endlich an diesem einen Augenblick enden –

Ein Gong ertönte, und wir lösten uns erschrocken voneinander. »Scheiße!«, presste ich hervor, während Linus einen gehetzten Blick auf sein Handy warf.

»Du hast noch anderthalb Minuten.«

»Scheiße!«, brach es erneut aus mir heraus, und plötzlich wusste ich nicht mehr, wo vorne oder hinten war, geschweige denn, wo ich hergekommen war und wo ich hinmusste.

Linus nahm mein Gesicht in seine Hände. »Anne. Was auch immer andere Leute zu dir oder über dich sagen, sie haben keine Ahnung. Weil sie dich nicht kennen. Aber heute Abend werden sie dich kennenlernen.« Er hauchte mir einen Kuss auf die Lippen. »Du packst das«, war das Letzte, was er sagte, ehe er mich zielstrebig herumdrehte und mir zumindest einen ersten Anhaltspunkt gab.

Damit rannte ich einfach los. Ich rannte, bis meine Lunge brannte und meine Beine schmerzten, ich zweimal mit demselben Fuß umknickte, sodass ich mir Mr. Skulls Sense herbeiwünschte, um sie als Gehstock zu entfremden, und bis ich mich irgendwie auf der Bühne wiederfand. Exakt vier Sekunden, bevor die Zeit ablief. Völlig durchgeschwitzt, außer Atem und den entgeisterten Blicken meiner Mitspieler ausgesetzt, denen ich nach dem Turnier wahrscheinlich noch einige Erklärungen schuldig wäre.

Aber das war okay. Denn das käme später.

Ich war von innerer Ruhe erfüllt, als ich mich auf meinen Stuhl setzte und nah an den Tisch heranrückte. Als sich meine rechte Hand auf meine Maus und die linke auf der Tastatur positionierte, geschah etwas, das ich lange Zeit nicht für möglich gehalten hatte: Skull und Anne verschmolzen nahtlos miteinander. Sie wurden von zwei Entitäten zu einer einzigen Person, untrennbar verbunden, und vereinten das Beste beider Welten.

Als das zweite Duell startete, wurde ich – und zwar alle Teile meiner selbst – in *Masters of Magic* hineingesogen, und die Energie, die mich von innen heraus erfüllte, fühlte sich genauso beflügelnd an wie am allerersten Tag, an dem ich mit diesem Spiel in Berührung gekommen war.

Linus hatte recht. Jetzt würde ich es ihnen allen zeigen.

Mein Name war Anne, aber in Magistrar kannte man mich als Mr. Skull. Magistrar, eine Welt voller Magie und Zauber, voller Gilden und finsterer Gestalten, voller Monster und gefährlicher Kreaturen. Eine Welt, die aus wundervollen Feldern und Tälern, weitläufigen Wäldern und Ebenen, belebten Städten und wilder Natur bestand. Eine Welt, in der man nur zu gerne versank, ein paar Stunden verbrachte, sich mit Ale und neuen Zaubern eindeckte und einfach nur seine Zeit genoss.

Und genau das hätte ich jetzt wahrscheinlich auch getan, wäre ich nicht mitten in einem Duell gewesen. Es waren fünf gegen fünf – könnte man zumindest meinen. Aber Fakt war, dass ich nie allein war. Denn jeder Sensenmann brauchte seinen Tagschatten. Und auch wenn dieser gerade nicht in derselben Arena mit mir kämpfte, war er immer noch an meiner Seite. Dort draußen im Publikum und auch ganz nah bei mir. Wie schon von dem Moment an, in dem ich zum ersten Mal seine Stimme gehört hatte.

BONUS:

NOW IN DEVELOPMENT

»Und das hier …« Ich führte Linus durch den Gang und legte meine Hand dann auf die Klinke der Tür zu unserer Rechten. »… ist mein Zimmer.«

Er runzelte die Stirn. »Habt ihr doch wieder getauscht? Was ist aus der Zugluft geworden?«

Ein nervöses Kichern stieg meine Kehle hinauf, und ich lächelte ihn gläsern an. »Hat sich herausgestellt, dass die auf der anderen Seite noch stärker war.« Bevor er noch mehr gute Fragen stellen und ich noch mehr dumme Antworten geben konnte, drückte ich die Tür auf und trat ein in meine eigene kleine Welt, die von Kopf bis Fuß mit MoM zugepflastert war.

Bevor ich ihn eingeladen hatte, hatte ich den seltsamen Drang verspürt, hier aufzuräumen und vor allem den Game-Anteil meiner Einrichtung zu reduzieren. Aber nachdem ich verzweifelt versucht hatte, das ganze Merchandise in die einzige meiner Schubladen zu quetschen, die noch nicht hoffnungslos überfüllt gewesen war, hatte ich einsehen müssen, dass es keinen Zweck hatte. Wochenlang hatte ich versucht, Linus gegenüber zu vertuschen, wer oder was ich wirklich war. Und es war an der Zeit, dass ich ihn endlich ganz hereinließ. Nicht nur in mein Zimmer, sondern in mein wahres Leben.

Mein ganzer Körper verspannte sich, als ich vor ihm in die Mitte des Raumes schritt. Mein Gaming-Laptop auf der einen Seite, mein Bett auf der anderen, und dazwischen gab es nichts als MoM. Meine Fontana-Tasse stand auf meinem Schreibtisch und unzählige Sammelfiguren und -karten beanspruchten den ganzen Platz in einem Regal für sich. Einem plötzlichen Selbstzerstörungstrieb nach hatte ich sogar ein MoM-Poster an die Wand gehängt, weil ich mir absolut sicher war, dass dies der Tropfen wäre, der das Fass zum Überlaufen und Linus dazu bringen würde, Hals über Kopf die Flucht zu ergreifen.

Ich räusperte mich. »Und?«, fragte ich mit schriller Stimme, ehe ich mich langsam zu ihm umdrehte. »Was sagst du?«

Mit undurchdringlicher Miene ließ Linus den Blick schweifen, besah sich meiner Einrichtung – und stieß schließlich einen tiefen Seufzer aus. »Ich bin … so erleichtert.«

Meine Augen wurden groß, und aus irgendeinem Grund wurde ich noch nervöser als zuvor. »W-wirklich?«

»Und wie. Das hier« – er beschrieb eine vage, ausschweifende Bewegung mit der Hand – »passt so viel besser zu dir als alles, was ich im anderen Zimmer gesehen habe. Ich meine, wie cool ist das denn?« Er schritt an mir vorbei und trat zu meinem Regal, wo unzählige große und kleine MoM-Spielfiguren auf ihn warteten. »Fehlt nur noch ein Tagschatten.«

Das war der Moment, in dem mir endlich klar wurde, dass – warum auch immer – doch noch alles gut geworden war. Ich hatte gekämpft und alles verloren … und dann gekämpft und alles wieder zurückbekommen. Die unbeschreibliche Wärme, die sich in diesen Sekunden in mir ausbreitete, kam mit dem festen Willen einher, dass ich dafür sorgen würde, all dies nie wieder zu verlieren.

»Einen Tagschatten habe ich doch schon.« Linus wandte sich zu mir um, und ich ergriff seine Hände. »Er steht genau vor mir.«

Mein Freund lächelte, und obwohl er nicht in Gestalt seines Avatars hier war, schaffte es xXPlayerOneXx allein damit, meinen ganzen Tag zu erhellen. »Und er hat nicht so schnell vor, wieder zu gehen.« Als er sich zu mir beugte und seine Lippen sanft auf meine trafen, fühlte es sich an, als hätten wir sogar die Platin-Liga hinter uns gelassen. Wir, der Sensenmann und der Tagschatten, die Dunkelheit und das Licht, zwei Seelen, die sich unter anderen Umständen vielleicht nie getroffen hätten und die sich hoffentlich niemals mehr verlieren würden. Es war, als wären wir endlich angekommen: am Ziel.

Plötzlich löste sich Linus von mir, die Brauen zusammengezogen, als wäre ihm etwas eingefallen. »Wenn das hier dein Zimmer ist, was war dann drüben in der Schublade, was dich beim letzten Mal so erschreckt hat? Wirklich nur eine Spinne?«

Meine Augen weiteten sich, und bei der Erinnerung daran stieg mir eine unbeschreibliche Hitze in den Kopf. »Lass uns bitte nie wieder darüber reden.«

Ende

GLOSSAR

A

adden – hinzufügen (z. B. zur Freundesliste)

Agintinia – Stadt im Süden von *Magistrar* in unmittelbarer Nähe zum Krater des *Argos*

Alligator1337 – Spieler mit Kobold-*Avatar*

Almeria-Dungeon – *Dungeon* in Form einer verlassenen Festung

Argos – hundertäugiges Monster in *Magistrar*

Atlartica – Unterwasserregion von *Magistrar*

AtomkraftNeinNein – Spieler mit Minnesänger-*Avatar*

Avatar – spielbarer Charakter in *Masters of Magic*

Avgar – westliche Region in *Masters of Magic*

B

gebannt werden – in einem Online-Game gesperrt werden

Blühendes Reich – an den Frühling angelehnte Region von Magistrar

Brutus – Spielerin mit Troll-*Avatar*

Bug – unbeabsichtigte Fehler in Videospielen

C

Sich carrien lassen – sich von einem anderen Spieler durch das Spiel oder Duell manövrieren lassen, ohne einen eigenen Beitrag zum Sieg oder Überleben zu leisten

Cheat – Betrug im Spiel, mit dem sich unfaire Vorteile verschafft werden; kann mit einem *Bann* geahndet werden

D

def – defend (vor gegnerischen Angriffen schützen)

Duell – Kampf zwischen zwei Teams mit je fünf Spielern in einer Arena

Dungeons – abgegrenzte Spielbereiche mit je einem festen Ein- und Ausgang, in dem starke Monster lauern

E

EP – Erfahrungspunkte

F

Feeden – dem Gegner durch schlechtes Spiel Kills schenken

Flammenlande – Vulkanregion von *Magistrar*

Friendly Fire – Spielmodus, in dem man auch seine eigenen Teammitglieder verletzen kann, wenn man sie mit Angriffen trifft

Fontana – Annes alter Avatar in *Masters of Magic*

G

Glacialis – eisige Region im Norden von *Magistrar*

gg – good game / gutes Spiel

H

Himmel – Region in *Masters of Magic*

die Hohen Lande – Östliche Region von *Magistrar*

Der Hohe Rat – Spitzname für das Entwicklerteam von *Masters of Magic*

Höhlen von Avgar – Teilbereich in der Region Avgar; Austragungsort des Drachen-*Raids*

Holla – Spieler mit Waldfeen-*Avatar*

I

IGL – In-Game-Leader (Spielführer)

in-game – im Spiel

K

Kill – in *Masters of Magic:* Tötungen von gegnerischen Spielern in *Dungeons* und *Duellen*

L

Labyrinth von Azerym – *Dungeon* in *Masters of Magic*

Lane – einer der Pfade, auf denen sich *MoM*-Spieler im Duell-Modus bewegen können

LeckerSpeck – Spieler mit Pegasus-*Avatar*

Level – Stufen in *Masters of Magic*, die durch Erfahrungspunkte erreicht werden können

Leveln – schnell Erfahrungspunkte sammeln, um schnell im *Level* aufzusteigen

Liga – Spielerkategorien, die man mit höheren Leveln erreichen kann, um zusätzliche Regionen, Zauber, etc. freizuschalten (Zink, Kupfer, Silber, Gold, Platin)

Loot – Beute, die man zumeist nach einer abgeschlossenen Quest oder einem Sieg im Spiel erhält

Luria – Stadt im *Blühenden Reich* (*Magistrar*), erste Stadt für Anfänger

M

Magische Quellen von Azdahor – Rückzugsort in Magistrar

Magistrar – die Welt des Videospiels *Masters of Magic*

Marbahar – Wüstenregion von *Magistrar*

Miercoles – Spieler mit Oger-Avatar

MMORPG – Massive Multiplayer Online Role-Playing Game
MOBA – Multiplayer Online Battle Arena
Gemutet – stummgeschaltet (Mikrofon)
MoM – Abkürzung für das Videospiel *Masters of Magic*
Mr. Skull – Annes neuer Account in *Masters of Magic*

N

NPC – non-player character (computergesteuerte Figur im Videospiel)

O

Ödland – Region im Süden von *Magistrar*

R

Raid – Gefecht in *MoM*, in dem eine festgelegte Anzahl Spieler gemeinsam gegen ein besonders starkes Monster kämpft

S

Season – Saisons in Online-Videospielen, zu deren Beginn beispielsweise Neuerungen verfügbar sind
Skills – Fähigkeiten

T

Tagschatten – Linus' Avatar in *Masters of Magic*
TonaldDrump – Spieler mit Sternenzauberinnen-*Avatar*

U

Ultra – mächtigster Spielerangriff in einem *Duell* in *Masters of Magic*

Q

Quest – Von *NPCs* gestellte Aufgaben an Spieler, für deren Erfüllung es Belohnungen z. B. in Form von Gold, Zaubern oder Erfahrungspunkten gibt

W

Wunderwald – Region in *Magistrar*

wp – well played (gut gespielt)

X

xXPlayerOneXx – Linus' Accountname in *Masters of Magic*

DANKSAGUNG

Dieses Buch hat einen langen und steinigen Weg hinter sich, aber manche Geschichten sind es einfach wert, erzählt zu werden. Umso schöner, wenn es Menschen gibt, die einen dabei unterstützen. Mein Dank gebührt:

Florian, der sich immer wieder dazu hinreißen lässt, doch mal ein Buch in die Hand zu nehmen – wenn es denn von mir ist.

Kaja Raff, dank der dieses Buch Hand und Fuß und Sense hat.

Sarah und Yvonne, die schon Fans von »IN-GAME« werden durften, lange bevor feststand, wann, wo und wie es veröffentlicht werden würde.

Larissa Schira, Cristina Haslinger und Kathrin für die spontane Verfügbarkeit zu ausgefeilten Dungeon-Verständnisaspekten.

Karina Woller und dem ganzen Team beim Lago Verlag, die das Paradebeispiel einer vertrauensvollen Zusammenarbeit auf Augenhöhe für mich geworden sind. Danke, dass diese besondere Geschichte ein Zuhause bei euch finden durfte.

Allen Menschen, die dieses Buch nicht nur schließen und dann vergessen. Die stattdessen darüber sprechen, schreiben, zeichnen oder rezensieren. Die dabei helfen, ein kleines Stückchen Magistrar in unsere Welt zu bringen.